Ullstein

ÜBER DAS BUCH:

Als sich David Jenkins den Anweisungen seiner Reederei nicht mehr beugen will und einen Piraten erschießt, verliert er nicht nur sein Schiff, sondern fast auch die Gunst seiner verwöhnten Frau. Um ihr ein Leben in Luxus zu erhalten, verdingt er sich an einen chinesischen Kredithai als Kapitän auf einem Seelenverkäufer, bemannt mit dem Abschaum des Pazifiks und bis unter die Reling vollgestopft mit illegalen Auswanderern. Eine gnadenlose Spirale der Gewalt droht sein Schiff und dessen menschliche Fracht in den Abgrund zu ziehen.
Ein atemberaubender Thriller um Geldgier, Korruption und gewissenloses Morden auf hoher See, aber auch um die Macht der Liebe . . .

DER AUTOR:

Sam Llewellyn ist selbst ein erfahrener Hochseesegler, und er hatte sich bereits mit Sach- und Kinderbüchern in England einen Namen gemacht, als sein erster Segelthriller erschien, dem bald weitere folgten, die inzwischen alle bei Ullstein erschienen sind. Geboren auf den rauhen Scilly-Inseln, lebt Llewellyn mit seiner Frau und zwei Söhnen in Herefordshire und teilt seine Zeit auf zwischen Segeln und maritimer Publizistik.

Sam Llewellyn

Roulette mit dem Teufel

Roman

Ullstein

Ullstein Buchverlage GmbH,
Berlin
Taschenbuchnummer: 24201
Titel der Originalausgabe:
The Iron Hotel
Aus dem Englischen
von Hedda Pänke

Deutsche Erstausgabe
Juni 1997

Umschlaggestaltung:
Theodor Bayer-Eynck
unter Verwendung zweier Fotos
von TCL/Bavaria und
Mauritius-AGE/Nathan Road

Printed in Germany 1997
Gesamtherstellung:
Ebner Ulm
ISBN 3 548 24201 4

Gedruckt auf alterungs-
beständigem Papier mit
chlorfrei gebleichtem Zellstoff

Vom selben Autor
in der Reihe
der Ullstein Bücher:

Als Requiem ein Shanty (23351)
Den Fischen zum Fraße (23873)
(23960)
Ein Leichentuch aus Gischt (22230)
Ein Sarg mit Segeln (23647)
In Neptuns tiefstem Keller (23235)
Laß das Riff ihn töten (22067)
Laß das Riff ihn töten/Ein Leichentuch aus Gischt (23530)
Schuß in die Sonne (22417)
Im Sog des Verderbens (23947)

Die Deutsche Bibliothek –
CIP-Einheitsaufnahme

Llewellyn, Sam:
Roulette mit dem Teufel : Roman /
Sam Llewellyn. [Aus dem Engl. von
Hedda Pänke]. – Dt. Erstausg. – Berlin :
Ullstein, 1997
(Ullstein-Buch ; Nr. 24201)
ISBN 3-548-24201-4
NE: GT

Für Karen

»Ware«, sagte er tonlos. »Sie waren nichts als Ware.«

Fritz Stangl, Kommandant von Treblinka,
zitiert von Gitta Sereny in *Am Abgrund*

Ein Wort des Dankes
Ohne die freundliche Unterstützung der China Navigation Company hätte dieses Buch nicht geschrieben werden können. Großen Dank schulde ich auch den Captains Jim Bird, Mike Allison und Geoff Garret wie Chief Engineer Brian Ingleson und den anderen Offizieren und Mannschaftsangehörigen der MS *Micronesian Pride.* Falls diese liebenswürdigen Menschen glauben, sich selbst, ihre Schiffe oder ihre Reedereien in dieser Geschichte wiederzuerkennen, dann irren sie sehr.

Den ganzen Tag lang strömte der Regen auf die Felder an der Flußmündung herunter. Er tauchte das Labyrinth aus Wasserläufen und Inseln in einen nassen, grauen Dunst und durchnäßte die dreihundertundsiebzig Menschen, die nervös am Kai darauf warteten, daß das Versprechen eingehalten wurde.

Anfangs hatten die Menschen versucht, die Kartons, Säcke und mit Strippe zusammengehaltenen alten Koffer zu schützen. Aber der Regen durchtränkte Jute, weichte Pappe auf und rann an Plastik und Kunststoff entlang, bis er ein Loch, einen Riß gefunden hatte, durch die er ins Innere eindringen konnte. Und es gab unzählige Löcher und Risse, weil die meisten dieser Menschen Hunderte von Kilometern hinter sich hatten. Es war eine mühsame Reise gewesen, voller Umwege; das hatte zu den Bedingungen gehört. Die Organisatoren hatten alles hervorragend durchdacht, und sie wollten sich ihre Pläne nicht von einem neugierigen Milizionär und dadurch verpatzen lassen, daß sich verängstigte Familien mit ihrer gesamten Habe an einem Ort versammelten. In dem kleinen Dorf am Perlenfluß stellten dreihundertundsiebzig Leute eine riesige Menschenansammlung dar, selbst im Februar, zum chinesischen Neujahrsfest, an dem die Familien zusammenkommen und Schulden bezahlt werden.

Dunkelheit brach herein. Flutscheinwerfer durchschnitten den Regen wie silbernglitzernde chinesische Laternen und ließen die Gesichter der Menschen grau wie Stein erscheinen.

Die Menschen sprachen nicht mehr. Nur noch ein Rauschen war zu hören – das Rauschen des Regens und das Rauschen des gelbbraunen Flußwassers, das strudelnd auf das Südchinesische Meer zutrieb.

Um sieben Uhr ertönte eine Stimme aus den Lautsprechern am Gebäude hinter dem Kai. Die Menschen gerieten in Bewegung und begannen, in ungeordneter Kolonne einer schlauchartigen Öffnung zwischen zwei Barrieren entgegenzudrängen, die dem Eingang eines Viehmarktes ähnelte. Der Weg führte durch einen kleinen Schuppen. Ein bebrillter Mann saß hinter einem Tisch im Schuppen und rauchte eine Zigarette. Hin und wieder spuckte er in einen Porzellannapf und hakte Namen auf der Liste vor ihm ab. Die Menschen liefen weiter, zur Hintertür zum Schuppen hinaus und an weiteren Barrieren entlang. Sie endeten an einer Gangway. Die Gangway führte zur Pfortluke eines vielfenstrigen Schiffs mit verrosteter Reling und Planenverstrebungen hinauf: einer Fähre.

Um neun Uhr hatte sich die gesamte Menschenschlange durch den Schuppen und die Pfortluke des Schiffs gewälzt. Der letzte war ein Mann, der eine drei Meter lange Planke auf der Schulter balancierte. Daran hingen zehn Hühner, mit den Köpfen nach unten und an den Flüßen mit Klammern an der Planke befestigt und klatschnaß vom Regen, so daß sie aussahen wie tropfendes Wachs.

Die Pfortluke verschluckte Planke und Hühner. Irgend jemand schob die Gangway fort und schloß die Luke. Zwei Schauerleute rannten durch die Pfützen davon. Die Strömung zog die Fähre vom Kai fort. Ihre regennasse Seite glänzte kurz im Lampenlicht auf. Dann tauchte sie in die Dunkelheit ein und verschwand.

Die Schauermänner kletterten in einen Lastwagen, und der Lastwagen knatterte davon, Zigarettenrauch schlängelte sich aus den Fenstern, seine Rücklichter schimmerten orange in der Dunkelheit. Am Kai und an den Schlammbänken, Fahrrinnen und kleinen Buchten flußabwärts wurde es still, nur noch der Regen war zu hören.

Erstes Buch

1. Kapitel

An dem Tag, an dem alles wirklich begann, spielte Jenkins Tennis.

Diana schlug auf. Jenkins sah auf ihre langen, sonnengebräunten Beine, den kurzen weißen Rock, den dunklen Schweißfleck unter der Achsel, als sie den gelbgrünen Ball hoch in die feuchte Februarluft warf. Er beobachtete das feurige Stampfen ihres Fußes im neuen Reebok, das Heben ihrer Brust unter der Aertex-Bluse, das Zucken ihrer Muskeln am noch immer festen Kinn. Bei ihrem Anblick konnte man fast glauben, daß sich seit ihrer Heirat nichts geändert hatte. Doch damals hatten sich hinter dem Drahtzaun des Tennisplatzes noch die grünen Bäume von Dorset erhoben. Jetzt umrahmte ihr Racket die fernen Hochhaustürme von Hongkong, die aus dem schwefelgelben Dunst aufragten.

Dorset – das war vor zwanzig Jahren gewesen. Alles hatte sich inzwischen verändert. Und wer zum Teufel, dachte Jenkins, konnte eigentlich wissen, wohin das alles noch führen würde ...

Diana fing den Ball und warf ihn erneut hoch. Jenkins kam es vor, als bewege er sich ungewöhnlich langsam. Vielleicht lag es daran, daß sich alles andere für ihn mit erschreckender Schnelligkeit abspielte. Er kannte Dianas Aufschlag auswendig. Mach schon, dachte er, ein Aufschlag! Bring deinen berühmten eingeschwungenen Off-break. Es war ein tückischer Aufschlag, aber immer der gleiche.

Neben ihr duckte sich Jeremy Selmes und fuhr sich lächelnd mit der linken Hand und so obsessiv-penibel wie ein Käfigaffe über die schwarzen, gewellten Haare. Er trug weiße Shorts und eines dieser Hemden mit dem Krokodil. Bis vor kurzem war Jeremy Inspector bei der Polizei von Hong Kong gewesen und wußte daher, wie man sich zu formellen Anlässen kleidete, Tennis eingeschlossen. Das wußte auch Jenkins' Partnerin Rachel, seine Tochter und eine etwas dunkler gebräunte, jüngere und unbeschwertere Version ihrer Mutter. Jenkins trug abgeschnittene Jeans und schmuddelige Turnschuhe, in die seine Zehen zielstrebig Löcher bohrten. Der schwache, leicht säuerliche Geruch seines Dan Dare-T-Shirts stieg ihm in die Nase.

Jenkins sah auf seine Armbanduhr und spürte, wie sich in seiner Magengegend Panik breitmachte. Der Griff um sein Racket wurde plötzlich feucht.

»Dad?« rief Rachel.

Dianas Arm schwang aus. Sie ächzte, wie es der Trainer ihr beigebracht hatte. Der Ball kam angeschossen, traf innerhalb von Jenkins' Feld auf und rollte Richtung Steuerbord davon.

»Geschafft«, sagte Jeremy.

Jenkins stand da wie aus Beton gegossen und war unfähig, das zischende gelbrüne Geschoß mit dem Racket zu treffen. »Aus«, sagte er.

»Bist du ganz sicher?« fragte Jeremy mit dem gereizten Unterton eines Freundes, der nicht direkt widersprechen möchte.

»Er war drin«, erklärte Diana mit ihrer scharfen Home Counties-Stimme. »Ich habe gesehen, daß er drin war.«

Jenkins sah zu Rachel hinüber. Rachels Gesicht war glatt und herzförmig, der Teint natürlich braun. Auch ihre Augen waren braun und funkelten belustigt. Sie wußte, daß Jenkins ein hoffnungsloser Tennisspieler war. Sie wußte, daß er schummelte. Aber sie würde ihn nicht verraten. Rachel und Jenkins waren Freunde und Verbündete. Sie würden einander nie verpetzen.

»Wie wäre es mit einer Wiederholung?« meinte Rachel.

Rachel, der Friedensengel. Rachel, die weise Achtzehnjährige. Jenkins ertappte sich dabei, erneut auf seine Uhr zu schielen. Es war eine gefälschte Rolex von der Güteklasse, wie man sie für hundert Dollar in Tshimshatsui bekam. Bis vor drei Monaten hatte er eine echte besessen. Glücklicherweise hatte den Wechsel niemand bemerkt.

Diana ließ einen Ball zweimal auf dem Boden auftippen und rümpfte die Nase. »Meine Güte, wach doch endlich auf«, sagte sie.

»Fertig?« erkundigte sich Jeremy süffisant.

»Fertig«, verkündete Jenkins und konzentrierte sich auf den Ball.

Diana hieb den Ball über das Netz, eingeschwungen und tückisch angeschnitten. Jenkins parierte ihn mit der Rückhand und legte seine ganze Schulterkraft in den Schlag. Er traf den Ball auf den Punkt. Jeremy reckte sich vergebens nach ihm, als er viel zu hoch über das Netz zurückschoß. Der Ball stieg immer noch, während er über die Grundlinie flog, den Drahtzaun überquerte und schließlich zwischen zwei Palmen hinter einer weißen Stuckmauer verschwand.

»Ich glaube, der war aus«, sagte Jeremy mit seinem strahlenden Filmstarlächeln.

»Satz«, erklärte Diana selbstgefällig.

»Also wirklich, Dad«, sagte Rachel und lächelte nachsichtig. Man durfte Jenkins eine Menge zutrauen. Sich ordentlich zu kleiden und Tennis zu spielen gehörten nicht dazu.

Wieder sah Jenkins auf die Uhr. Dabei war die Zeit absolut gleichgültig. Entscheidend war, daß Minuten vergingen und ihn einer Folge von Ereignissen entgegentrugen, die so erschreckend waren, daß er sich nicht dazu durchringen konnte, über die Details nachzudenken.

»Verdammt«, sagte er. »Ich muß los.«

»Wo brennt's denn?« fragte Jeremy.

»Im Büro.«

»Arbeitet ihr denn auch an Neujahr?«

Jenkins grinste vage in seine Richtung und vermied einen Blick in die Augen des Ex-Polizisten. Es war in der Tat Neujahr in China, ein Fest, zu dem sich die Familien trafen und an dem Schulden beglichen wurden.

»Also dann bis später«, sagte Jeremy.

»Ich werde es versuchen«, sagte Jenkins. »Ich rufe dich an. Was machst du, Rachel?«

»Ich habe Aufnahmen«, erwiderte sie. »Am Statue Square. Auf einem Pferd.«

Jenkins nickte, wie immer verblüfft darüber, daß sich sein kleines Mädchen seinen Lebensunterhalt als Photomodell verdienen konnte, und dann erinnerte er sich daran, daß Rachel kein kleines Mädchen mehr war. Er schob seinen Schläger in die Hülle und zog den Reißverschluß zu.

Diana sammelte die Bälle am Rand des Tenniscourts auf, ihre Pobacken zeichneten sich unter ihren weißen Höschen ab. Unten am Yachtclub machten sich geschiedene Hongkong-Briten gegenseitig darauf aufmerksam, daß sie einen knackigen Hintern hatte. Sie hörte es nicht ungern. »Spielen wir nun Tennis oder nicht?« Soweit es Diana betraf, war Arbeit Männersache. Das war eben der Preis, den sie für die Gesellschaft von Frauen mit gebräunter Haut und blonden Haaren zu zahlen hatten.

Als Jenkins den Tennisplatz verließ, hatten die anderen drei bereits ein amerikanisches Doppel begonnen. Sie würden ohne ihn sehr viel besser klarkommen. Er drehte sich um und ging auf das Clubhaus zu, unter Beachtung der Vorkehrungen, die ihm mittlerweile zur Gewohnheit geworden waren.

Wenn er an der Terrasse vorbeiging, würde er vermutlich von jemandem an die Bar gelockt werden, und das hieß, daß er eine Runde spendieren mußte, was ihm nicht möglich war. Also lief er rechts am Gebäude entlang und bückte sich geflissentlich, als würde ihn das Etikett einer hawaiianischen Ti-Palme im Beet unter der Dachtraufe immens interessieren. Er schaffte es zu den Duschräumen, ohne jemandem zu begegnen, zog sich aus und betrat eine Kabine.

Während ihm das Wasser auf den Schädel trommelte, versuchte er, nicht darüber nachzudenken, wieviel ihn die Clubmitgliedschaft kostete. Fast fünftausend Pfund. Ein Tropfen im Ozean der Dinge, die die gute, arme Diana benötigte, um ihren Lebensstil aufrechtzuerhalten, wie sie ihn gewöhnt war.

Die gute, arme Diana.

Es gab eine Zeit, in der Jenkins Captain Jenkins gewesen war, Herr der *Komodo President* der Orient Line. Damals war sein Leben ordentlich aufgeteilt: vier Monate auf See, zwei an Land. Die Bezahlung war gut genug, um Diana mit einem Luxus zu umgeben, von dem sie in ihrer Kindheit in Poole nicht einmal zu träumen gewagt hätte. Sie hatte ihre Amahs – Irina und Consuelo aus Manila. Sie hatte ein Apartment in Repulse Bay mit Blick auf das blaugraue Südchinesische Meer. Sie vertrieb sich ihre Zeit im Yachtclub, im Stanley Club und in Raouls Frisier- und Schönheitssalon. Einmal im Jahr fuhr sie für zwei Wochen nach England zurück, das sie nun mit einem sentimentalen, aber kühlen Ausdruck in den braunen, oberflächlichen Augen »Heimat« nannte. Hat sich was mit Heimat, dachte Jenkins. Für Diana war Heimat dort, wo die Konten geführt wurden.

Aber das ist nicht fair, dachte er und seifte seinen Oberkörper ein, dessen Rippen in den letzten drei Monaten sehr viel sichtbarer geworden waren. Diana ist, wie sie ist, und du hast sie geheiratet. Du wirfst ihr Dinge vor, für die du wenigstens zur Hälfte selbst verantwortlich bist.

Er spülte die Seife ab und sah wieder auf seine Uhr. Die Gedanken an das, was vor ihm lag, kehrten zurück und verursachten erneut Magengrimmen. Er trocknete sich ab und zog einen beigefarbenen Leinenanzug an, der bei künstlichem Licht noch immer als korrekt durchging, und affige Church-Slipper, die Diana ihm gekauft hatte – mit Troddeln auf dem Rist und Löchern in den Sohlen. Er betrachtete sich im Spiegel über den Marmorwaschbecken und zupfte die dunkelblaue, zerknitterte Krawatte zurecht. Bis auf das Gesicht sah er ganz respektabel aus, aber mehr war nicht möglich. Das Gesicht war braun, mit schwarzen Haaren, die an den Schläfen grau wurden und dringend geschnitten werden mußten, doch ihm fehlte die Aura von Gesundheit und Dynamik, die erfolgreichen europäischen Gesichtern in Hongkong eigentümlich war.

Jenkins schenkte sich ein höfliches Lächeln und sagte: »Scheiße«. Es war egal – selbst wenn er so selbstsicher wie der Taipon von Swires wirkte. Er ging zu einem Treffen mit Tommy Wong, und Tommy Wong wußte sehr genau, wie es um ihn stand.

Jenkins befingerte die erbärmlich magere Rolle Geldscheine in seiner Hosentasche. Er verließ die Garderobe und ging hinten um das Clubgebäude herum. Sein Rad war an den gußeisernen Zaun angekettet. Der gute alte Jenkins, sagten die anderen. Radelt aus Jux. Verrückt wie ein Suppenhuhn. Ein Anti-Kolonialist hatte auf den Sattel gespuckt. Er wischte ihn sorgfältig mit einem Stück Bananenblatt ab und radelte Richtung City.

Der Wind pfiff warm und staubig um seine Nase. Zwischen großen Villen mit Fengshui-Löwen auf den Torfposten senkte sich die Straße abwärts. Diana würde gern hier oben leben in der kühlen Brise, die den Millionären Luft zufächelte. Zwischen den Wolkenkratzern sah man Victoria Harbour, blau, glitzernd und voller Schiffe. Neben zwei Containerschiffen hievten klapprige Hafenkräne rostige Eisenkisten mit bedenklicher Schnelligkeit durch die Luft. Himmel, dachte Jenkins und bremste ein wenig ab. Fracht löschen am Neujahrstag. Sie würden den Schauerleuten den dreifachen Lohn zahlen müssen. Er war froh, daß er es nicht war, der es einem Reeder erklären mußte.

Er wandte den Blick vom Hafen ab, fühlte den Staub und Schweiß eines ungewöhnlich warmen Februartages, spürte die Unebenheit der Straße in den Knochen. Er war in Wirklichkeit keineswegs froh, daß er es nicht war. Er hätte fast alles dafür gegeben, da draußen im Hafen zu sein und seinen Job zu tun – Dreifachlohn oder nicht.

Aber das war nicht möglich.

Er bog nach links ab, tauchte zwischen die Apartmentblöcke ein. Der Hafen verschwand. Die Straßen waren leer. Niemand öffnete die Geschäfte, und niemand ging ins Büro.

Jenkins auch nicht.

Der Schweiß lief an ihm herab, als wäre er bergauf statt abwärts geradelt. Er stach ihm in den Augen, befleckte Rükken und Achseln seines Leinensakkos, als er an der Happy Valley-Rennbahn vorbeiflitzte, die große, leere Auffahrt am Fuß des Hügels hinauf und sich auf die Pedale stellte, um die Rampe zum Harbour Tower Hotel zu bewältigen. Dort suchte er nach einer Möglichkeit, sein Rad anzuschließen. Der Türsteher blickte geflissentlich durch ihn hindurch. Jenkins radelte die Rampe wieder hinunter und sah auf das Roleximitat. Er hatte noch zehn Minuten.

Er fand ein Geländer und kettete das Rad an. Dann schüttelte er seine Leinenjacke, um die Schwitzflecken zu trocknen, rieb erfolglos an einem Ölfleck, den die Kette an seinem rechten Hosenbein hinterlassen hatte, und schluckte einige Male, um wieder etwas Feuchtigkeit in den Mund zu bekommen.

Sieben Minuten.

Im Geist sah er, wie sich die Tennisspieler in ihrem kleinen Drahtkäfig reckten und Sprünge zur Seite machten. Auch ihr Leben würde sich ändern. Wenn kein Wunder geschah, mußte er zu Diana zurückgehen, zu der armen Diana, und sagen: Sorry, Darling, aber all das muß ein Ende haben.

Er sah schon jetzt ihren Gesichtsausdruck: genervt, amüsiert und eine Spur herablassend. Sie würde die Knöchel der langen goldbraunen Beine übereinanderschlagen. Die blaugetuschten Wimpern um die oberflächlichen braunen Augen würden erbeben, und sie würde die Stirn runzeln, aber nur leicht, damit es keine Fältchen verursachte. Darling, würde sie sagen, weil sie ihn viele Jahre so genannt hatte, was meinst du damit?

Und er würde von dem Tennisclub sprechen müssen, dem Yachtclub, dem Friseur, den Reisen in die Heimat und dem geleasten BMW. Mit einem wohldosierten spröden Auflachen würde sie die Tatsache quittieren, daß er Witze machte, die sie nicht verstand. Dann würde ihre Miene angesichts dessen, was sie in seinem Gesicht sah, so leer werden wie ihr Kopf, und ihr Leben würde für sie zu einem großen Nichts werden.

Er wußte, daß er auch bei der nächsten Station versagen mußte, dem Trost. Vermutlich würde er ihr versichern, es handele sich nicht um das Ende der Welt.

Was natürlich nicht stimmte.

Sie würde reagieren wie damals, als Billy getötet wurde. Erst kam die Leere. Dann die Trauer. Dann suchte sich die Trauer ein Ziel und verwandelte sich in Wut.

Es war seine Schuld. Er war auf See gewesen, als Billy starb. Immer war er auf See gewesen.

Diana hatte sich denn auch erfreut gezeigt, als er ihr vor drei Monaten erzählte, daß er von nun an in einem Büro arbeiten würde. Natürlich bedürfte es einer gewissen Gewöhnung, ihn ständig um sich zu haben. Aber Büros bedeuteten einen gewissen gesellschaftlichen Status, saubere Hemden und die Aktienbezugsrechte, über die sie soviel auf ihren Cocktailparties hörte. Die Zeit auf See hatte immer etwas von, nun ja, sehr handfester Arbeit gehabt.

Zwei Minuten. Er schob die Hände in die Taschen, befühlte erneut die magersüchtige Geldrolle. Sehr bald schon würde er Diana die Wahrheit sagen müssen.

Die Schultern im verschwitzten Leinensakko straffend, lief David Jenkins die Rampe hinauf und betrat die eisige Kühle der klimatisierten Hotelhalle.

Tommy Wong war ein schlanker Mann mit Blazer und

Hermès-Krawatte. Mit dem Rücken zum Fenster saß er auf einem roten Samtsofa. Hinter ihm bot sich der faszinierende Ausblick auf wellenbewegtes Wasser und die Boote vor dem Betonfries von Kowloon. Aber Tommy Wong war ausschließlich an Menschen interessiert, nicht an Hafenansichten. Beim Geldverleih zählte Menschenkenntnis, besonders wenn man die Art Geldverleiher war, zu dem die Kunden kamen, nachdem sie von allen Banken und Finanzierungsunternehmen abgewiesen worden waren. Für Tommy Wongs Marktposition war Charakter die einzige Sicherheit.

Charakter oder besondere Fähigkeiten.

Wong nippte vornehm an dem Tee auf dem niedrigen Tisch vor sich. Er hätte Cognac bevorzugt, aber er wollte den Gweilo nicht in die Situation bringen, Drinks bezahlen zu müssen. Entweder war der Gweilo nicht dazu in der Lage, oder – sehr viel unwahrscheinlicher nach Wongs Ansicht – der Gweilo würde Wong das geliehene Geld zurückgeben, und dann mußte ihm Wong einen Drink spendieren, um das Gesicht zu wahren, nachdem er die Summe plus Zinsen eingesteckt hatte.

Der Gweilo betrat die Bar. Wong stellte fest, daß die beigefarbenen Leinenhosen über den hochpolierten, aber lächerlichen Schuhen zu kurz waren. An dem rechten Hosenaufschlag war ein Fleck, und der Saum des Jacketts sackte an den Stellen durch, wo allzulanges Tragen die Taschen ausgebeult hatte. Das gebräunte Gesicht war verschwitzt, und die Augen blickten wild wie die eines durchgehenden Pferdes.

Wong war sich darüber im klaren, daß so kein Mann aussah, der gekommen war, um dreißigtausend US-Dollar zurückzuzahlen plus zehntausend Dollar Zinsen.

Er hob eine Hand in angemessene Höhe. Der Gweilo – Jenkins; vergiß seinen Namen nicht, dachte Wong. Es wird ein heikles Gespräch, und es ist weise, die Verachtung zu verdrängen und sich daran zu erinnern, daß auch ein

Gweilo menschlich ist – wedelte mit dem Arm auf die ausgreifende, unbändige Art eines Mannes, der an beschränkte Räume nicht gewöhnt ist. Wongs geübtes Auge entdeckte ein leichtes Erblassen des Teints. Zu einer Rückzahlung würde es auf gar keinen Fall kommen.

Unbeholfen bahnte sich der Gweilo – Jenkins – seinen Weg zwischen den Sesseln hindurch. Die Bar war fast leer. Das chinesische Neujahrsfest war ein Zeitpunkt für Familienzusammenkünfte, nicht für öffentliche Spektakel. Wong war gewarnt worden, daß dies ein entschlossener Mann war, sobald er einen Anlaß zu Gewalttätigkeiten erhielt. Er sah, daß Farbe in das Gesicht zurückkehrte und sich die blaugrauen Augen vor der Helligkeit verengten, die vom Hafen hereinkam. Er wirkte tatsächlich wie ein zu allem entschlossener Mann.

Jenkins fühlte sich in Hotelsbars nicht wohl. Die Drinks waren zu teuer, die Möbel standen zu dicht. Angesichts des schmächtigen Tommy Wong auf dem Sofa, der vor dem hellen Wasser hinter ihm wie eine hohle Silhouette wirkte, stieg Widerstand in Jenkins hoch. Wenn er schon alles verlieren sollte, dann nur an jemanden, dessen Gesicht er erkennen konnte.

»Rutschen Sie«, sagte er.

Wong blickte verständnislos zu ihm hoch.

»Rücken Sie ein wenig zur Seite.«

Wong rückte, und Jenkins setzte sich heftig genug, ihn auf den Sprungfedern hochhopsen zu lassen. Sein Geruch, Stanley-Club-Seife vermischt mit Schweiß und Fahrradöl, drang auf Wong ein. Die Seife gefiel ihm, der Rest weniger.

Ein Kellner baute sich neben ihnen auf. Die Geldrolle in Jenkins Tasche würde für den Harbour Tower-Whiskey auf keinen Fall weiter dezimiert, so nötig er ihn auch hatte. »Tee«, sagte er. Jetzt, da die Stunde gekommen war, fühlte er sich fast beschwingt.

Eine Weile saßen beide schweigend da und musterten den kastanienfarbenen Teppichbelag der überschwenglich vergoldeten Bar. Dann sagte Wong: »Es ist heiß heute.«

»Ich habe Tennis gespielt.«

»Ein teures Vergnügen.«

Jenkins erinnerte sich an die Personen auf dem Tenniscourt. Dieser Käfig wäre ihm künftig versperrt. Sein Widerstand sank in sich zusammen. »Hören Sie, ich brauche einen Aufschub«, sagte er. Es hörte sich an, als hätte ein anderer gesprochen.

Wongs schwarze Brauen stiegen und falteten seine Milchkaffee-Stirn. »Aufschub?« fragte er, als hätte er dieses Wort noch nie gehört.

Jenkins' Unbeschwertheit verwandelte sich in ein Schwindelgefühl. Er hatte nur noch Geld für zwei Wochen. »Zwei Wochen«, sagte er, bevor er es sich anders überlegen konnte.

Wong nickte einsichtig. »Schulden sind zu Neujahr zu bezahlen«, sagt er. »So haben wir es vereinbart.«

»Ich kann nicht zahlen.«

»So«, sagte Wong und öffnete ein kleines Notizbuch. »Ihr Boot haben Sie bereits verkauft, glaube ich. Da ist noch die Miete für Ihr Apartment. Ihre Möbel. Der Schmuck Ihrer Frau.«

»Das würde nicht reichen«, sagte Jenkins und wartete auf den nächsten Axthieb.

Wong lächelte. Jenkins spürte sein Herz wie einen Stein in der Brust. Was ist so komisch? fragte er sich. Es macht dem Kerl Spaß, einen Gweilo zappeln zu sehen. Er hat einen Freund weiter hinten in der Bar entdeckt. Ich zähle nicht. Er wird mich einfach pfänden. Diana pfänden. Deshalb . . .

»Einen Augenblick bitte«, sagte Wong. Er lächelte noch immer.

Jenkins starrte ihn verdutzt an. Das Lächeln galt ihm. Es sah tatsächlich so aus, als wäre es aufmunternd gemeint.

Wong zog ein kleines Telephon aus der Tasche und begann, Kantonesisch zu reden, eine Sprache, die Jenkins nicht verstand. Als das Gespräch zu Ende war, wandte er sich wieder Jenkins zu und nickte. »Ein Aufschub um eine Woche ist möglich«, sagte er, zog einen kleinen Kalender aus der Brusttasche seines Blazers und trug etwas ein.

»Ausgezeichnet«, sagte Jenkins. Das Blut pulste mit neuer Energie durch seine Adern. In einer Woche konnte er seine Situation entscheidend verbessern. Eine weitere Runde durch die Reedereien und Heueragenturen. In einer Woche konnte alles geschehen.

Geborgte Zeit. Geborgtes Geld.

Ein Kellner brachte die Rechnung. Zwei Tassen Tee verschlangen Jenkins gesamtes Vermögen bis auf fünf Hongkong-Dollar. Die ließ er als Trinkgeld zurück. Mittellos radelte er schwerfällig nach Repulse Bay zurück.

2. Kapitel

Es war ein großes Apartment. Einmal hatte es Diana nach den ausgefeilten und raffinierten Richtlinien umgestaltet, die sie einem Innenausstatter namens Lanes Bodais entrissen hatte. Diana war ganz entzückt gewesen, weil Bodais diverse Auszeichnungen errungen hatte. Jenkins nahm nur flüchtig einen untersetzten Mann mit hervorquellenden Augen, Halbglatze und Pferdeschwanz zur Kenntnis. Das Apartment veränderte sich auf eine Weise, die Leute zu beeindrucken schien, die einen Blick für derlei Dinge hatten. Aber schon bald war Diana wieder zu Rosa und Beige zurückgekehrt, mit Volants und Trockenblumen hier und da. Denn so war Diana nun einmal: Erst Feuer und Flamme für eine neue Idee, aber dann folgte der Rückzug in die Sicherheit. Darin waren sie und Jenkins schon immer groß gewesen: Jenkins hatte sich vom Kadetten zum dritten Offizier, zweiten Offizier, ersten Offizier und Kapitän hinaufgearbeitet; vier Monate auf See, zwei zu Hause; das klare Raster eines geordneten Lebens. Alles, was nicht hineinpaßte, wurde weggeräumt, aus den Augen, aus dem Sinn.

Jetzt war Dianas größte Sicherheit die Clique. Auch heute abend war sie bei der Clique; schließlich hatte die Cocktailstunde geschlagen, und in der Gweilo-Welt war Neujahr der Zeitpunkt für Parties. Jenkins erschauerte in der pastellfarbenen Weite des Wohnzimmers. Die Amahs waren ausgegangen, schnatterten mit Tausenden von Cousins und Cousinen am Staue Square. Und so war die Küche eine kleine Oase der Unordnung mit einer halb abgenagten Entenkarkasse, ein paar Brotrinden und einem margarineverschmierten Teller. Jenkins verputzte die Rinden, wusch die Teller ab und wanderte ins Wohnzimmer zurück.

Auf dem Fernseher stand eine gerahmte Photographie: Diana und er vor einem Kirchenportal – eine kühle blonde Schönheit und ein lächelnder, sonnenverbrannter junger Mann. Auf Dianas schmalen klaren Zügen lag etwas, was aus heutiger Sicht wie ein Triumph wirkte. Zum ersten Mal glaubte er, in seinem Lächeln betäubte Verwirrung zu entdecken. Eine Woche vor der Aufnahme war er noch auf See gewesen. Sein Vater hatte die Hochzeit in Blandford ausgerichtet, weil Diana nicht in Poole heiraten wollte. Ihr Schleier war zurückgeschlagen. Es war April, aber selbst in diesem Monat hatte sie braun und sportlich gewirkt. Jenkins' Tante Helen hatte auf der Hochzeit kein Blatt vor den Mund genommen. »Sie hat dich gekriegt«, sagte Tante Helen. »Jetzt glaubt sie, daß auch wir ihr gehören.«

Als Mann, der gerade heimgekehrt war und gleich nach den Flitterwochen wieder auf See sein sollte, konnte Jenkins kaum verstehen, was Tante Helen damit meinte. Im Laufe der Jahre war es dann deutlicher geworden. Jenkins hatte es sogar liebenswert gefunden. Er war mit Diana verheiratet, und so war es nur zu verständlich, daß sie einander liebten mit allen ihren Eigenheiten und Fehlern. So wurde das Raster aufgebaut.

Jenkins lief über den Casa Pupo-Teppich, vorbei am Regal voller Folio Society-Ausgaben, und stöberte in den CDs. Unter einem Stapel James Last und Earth, Wind and Fire fand er Beethovens viertes Klavierkonzert. Er legte es in den CD-Player, und der Raum füllte sich mit Musik. Einen Augenblick lang fühlte er sich unglaublich frei. Dann, wie durch eine Tür, die ins Schloß fällt, war es wieder vorbei.

Eine Woche.

Die Leere in seinem Magen zog sich zusammen wie ein türkischer Bund. Nichts, was in der nächsten Woche geschehen konnte, würde irgend etwas in Ordnung bringen. Großer Gott, dachte Jenkins und schloß die Augen. Wo ist der Leitfaden für so etwas?

Für den freien Fall gibt es keinen Leitfaden.

Er lehnte die Stirn gegen das kühle Glas einer William Russell Flint-Reproduktion. Timmy Wong wußte verdammt gut, daß sich in der nächsten Woche nichts Positives ergeben würde, wenn in den vergangenen drei Monaten nichts geschehen war. Warum also der Aufschub?

Aus Herzensgüte.

Jenkins lachte laut auf. Es hörte sich irgendwie verrückt und gefährlich in der leeren Wohnung an. Darüber solltest du dir keine Gedanken machen, alter Junge, dachte er. Du solltest darauf warten, daß die Büros öffnen, dich auf dein Rad schwingen und deine vielen Kontakte anrufen.

Die sich bereits als so hilfreich erwiesen hatten.

Er wanderte ziellos umher, steckte den Kopf in das Eßzimmer und fühlte sich von der strengen Anordnung der Stühle abgestoßen. Rachels Zimmer lag ein paar Schritte den Flur hinunter. Dort fühlte er sich wohler. Es roch nach ihrem Parfum. Rachel hatte sich geweigert, den Raum tapezieren zu lassen, sondern ihn selbst weiß angestrichen. An den Wänden hing eine Sammlung Masken aus Neuguinea und gegenüber dem Bett ein Regal, auf dem sie die Idole ihrer Kindheit aufgereiht hatte – teils aus Spaß und teils, weil etwas in ihr, das sich noch nicht damit abgefunden hatte, achtzehn zu sein, sie noch immer liebte. Jenkins lehnte sich gegen den Türpfosten. Da war Och Scott mit ihrem Schottenrock und den blauen Kulleraugen. Da waren

Ahab der Araber und Canada Bear. Früher hatte sie sie allabendlich vor dem Zubettgehen umarmt und geküßt. Jetzt hockten sie auf Abruf auf den Regalbrettern, unterwegs in den Müll.

Jenkins kam es vor, als hätte er mit ihnen viel gemein.

»Daddy?«

Er zuckte zusammen. Rachel saß hinter der Tür, ihr Computerbildschirm warf einen grünlichen Schein auf ihre zurückgekämmten blonden Haare.

»Entschuldige«, sagte Jenkins. »Wußte nicht, daß du hier bist.« Warum diese Erklärung? fragte er sich. Ein Zeichen von Schuldbewußtsein.

Sie runzelte die Stirn auf eine Weise, die Diana Angst vor Fältchen eingejagt hätte. »Geht es dir auch gut?«

»Ausgezeichnet«, sagte Jenkins.

»Du siehst aber nicht ausgezeichnet aus.«

»Die Dinge laufen nicht ganz so, wie sie sollten«, erwiderte Jenkins, bemüht, nicht zu viel zu sagen. Werde eindeutiger, dachte er. »Im Büro. Ich dachte, du wärst zu Aufnahmen?«

»Abgesagt. Da war irgend etwas mit dem Pferd. Also dachte ich, ich könnte statt dessen ein wenig arbeiten.«

Im letzten Jahr hatte Rachel die Schule abgeschlossen und wartete nun darauf, mit dem Studium zu beginnen. Irgendwie typisch für sie waren ihre Zensuren so hervorragend, daß sie ihr ein Stipendium an jeder Universität in Großbritannien, Hongkong oder den USA gesichert hätten. Aber sie beschloß, daß eine Universität etwas für Erwachsene war; sie war jedoch nicht bereit, eine Erwachsene zu sein, und wollte abwarten, bis es so weit war. Inzwischen hatte sie bei einer der Cocktailparties ihrer Mutter Mavis Yee kennengelernt. Mavis Yee leitete Yee Ma Publicity, eine Werbeagentur. Mavis erklärte, Rachel hätte das Gesicht des Jahres und eine große Model-Karriere vor sich.

Rachel hatte freundlich gelächelt. Sie glaubte nicht an eine große Karriere als Model. Aber sie hatte ein paar Photos von sich zusammengesammelt und war damit zu Fruity Models gegangen. Die Aufnahmen zeigten sie schlank, hochgewachsen, mit einer natürlichen Grazie. Ihre Wimpern waren lang und dunkel, ihre Augen groß und mandelförmig. Sie war eine hervorragende Schauspielerin, die eine geheimnisvolle Asiatin, eine Pariser Range oder eine Unschuld vom Lande perfekt darstellen konnte. Leute, die es nicht besser wußten, sagten, sie sähe so asiatisch aus, als hätte Hongkong auf sie abgefärbt. Für Jenkins hatte sie, soweit er sich erinnern konnte, immer gleich ausgesehen. Die Sache mit dem asiatischen Flair war Unsinn, denn sie war in Dorset geboren worden und erst im Alter von acht Jahren nach Hongkong gekommen. Aber die Model-Honorare kamen wie gerufen, sie gaben Rachel die Chance, ihrem Interesse für chinesische Keramik zu frönen.

»Was hast du morgen vor?« fragte sie.

»Nicht viel«, erwiderte Jenkins, ohne nachzudenken. Er setzte sich auf den Stuhl, über den sie üblicherweise ihre Kleider hängte. Unvermittelt sah er in ihr nicht Rachel, sondern eine schöne Frau, die er kaum kannte. Bald, dachte er, wird sie uns verlassen.

In einer Woche würden sie alle diese Wohnung verlassen.

Sie hatte irgend etwas gesagt. »Hollywood Road«, hörte er. »Wir könnten uns mal wieder amüsieren gehen«, fuhr sie fort.

Es gehörte zu ihren Lieblingsspäßen, die Antiquitätengeschäfte an der Hollywood Road heimzusuchen und Fälschungen zu entlarven. »Wird nicht klappen«, sagte Jenkins. »Ich habe eine Besprechung.«

Sie ließ ihre Augen über seinen ausgebeulten Anzug und das nicht mehr ganz frische Hemd wandern. Er hatte das unangenehme Gefühl, daß sie ihn durchschaute. Sie seufzte. »Es ist schließlich deine Pflicht, uns auf die Weise zu versorgen, an die wir gewöhnt sind«, sagte sie. Diana hätte es ernst gemeint.

»Für die Memsahibs nur vom Allerfeinsten«, sagte Jenkins.

Es war nicht komisch, aber sie lachten beide, und Jenkins spürte, daß er den Gefilden des Zweifels entglitten war und sich wieder im Raster befand. Die Illusion von Nähe kehrte zurück. Rachel briet für ihn ihre legendären Rühreier auf Toast und erzählte begeistert von einem Lehrgang in Berkeley, den sie gern besuchen würde. Einen Moment lang gelang es Jenkins, sich davon zu überzeugen, daß er eines Tages in der Lage sein könnte, sie dorthin zu schikken. Um neun Uhr kam Diana zurück mit den geröteten Wangen vom Gin anderer Leute und trank ein pinkfarbenes Slimfast. Jenkins ging früh zu Bett. Später kam Diana herein und bestrich ihr Gesicht mit einer übelriechenden Creme. Weit voneinander entfernt lagen sie unter der Casa Pupo-Decke in dem großen Bett. Jenkins starrte zu dem schwachen Luftstrom aus der Klimaanlage hinauf und versuchte, das bohrende Unbehagen in seinem Magen zu verdrängen.

Morgen, sagte er sich wie ein Mantra, morgen wird alles anders.

Er wachte früh auf und kletterte aus dem Bett, um die Post zu holen. Da war eine letzte Mahnung der Auto-Leasingfirma, die fast den ganzen Rest von Tommy Wongs Geld verschlingen würde. Da war ein Umschlag mit dem Logo eines Kreditkartenunternehmens. Sie schicken die Rechnung aber sehr früh, dachte er. Das wird ein Alptraum, eine Katastrophe. Dianas Kreditkartenrechnungen waren immer Katastrophen.

Er schloß die Augen und riß den Umschlag auf.

Es war eine Karte, vierfarbig mit einer Champagnerflasche und zwei Gläsern bedruckt, und ein sehr flacher schwarzer Kasten, vermutlich irgendein elektronischer Firlefanz. In der Bauchbinde des schwarzen Kastens steckte eine rote Rosenknospe. *Herzlichen Glückwunsch zu Ihrem Geburtstag – Ihre Friendship Card* stand da in gedruckter Handschrift.

Er drehte die Karte um, suchte nach dem Betrag, den er zu bezahlen hatte. Da stand nichts. Langsam fiel der Groschen. Es war eine Glückwunschkarte. Er hatte heute Geburtstag. Heute vor zwanzig Jahren plus . . . war er sechzehn gewesen, und seine Eltern hatten an den Barry Docks gestanden und gewinkt, mit Tränen in den Augen und der Hoffnung im Herzen, daß er es diesmal richtig machte und daß er in den Kadettenkajüten der *Merchant Willis* einen angenehmen Geburtstag verbrachte. Jetzt waren seine Eltern tot, und der einzige Mensch, der sich an seinen Geburtstag erinnerte, war die Kreditkartenfirma, die ihn für eine Rechnung geneigt stimmen wollte, die er nicht bezahlen konnte.

Er begann zu lachen. Leise, um Diana nicht zu wecken. Es wurde ein Husten daraus. Die Tülle der Teekanne klirrte gegen die Tassen, als er eingoß. Er trug den Tee ins Schlafzimmer. »Wenn du erkältest bist, möchte ich mich nicht anstecken«, murmelte Diana und schlief wieder ein. In der Küche schrieb er eine Nachricht für Rachel, zog Jeans, das Dan Dare-T-Shirt von gestern und seine Leinenschuhe an. Dann lief er in die Garage hinunter, wo er sein Rad untergestellt hatte.

Die Bibliothekarin der öffentlichen Bibliothek von Kowloon war eine breithüftige Frau mit einem Pferdegesicht. Ihre Eltern waren aus einem Dorf auf dem Festland, das sie nur als abstoßend dreckig in Erinnerung hatte, in die Stadt gezogen. Sie brachte in ihren Job eine tiefe Abneigung gegen Schmutz und Unordnung ein. Elf Minuten nach neun blickte sie vom Bildschirm ihres elektronischen Verzeichnisses hoch. Und prompt bog der große Gweilo durch die Tür, verschwitzt aussehend, im T-Shirt seines Kindes, das Ende seines rechten Hosenbeins in die Socke gestopft. Vor drei Monaten, als er mit seinen Besuchen begann, hatte er drei Anzüge abwechselnd getragen und jeden Tag ein frisches Hemd. Die Anzüge waren seitdem schmuddliger geworden, die Hemden langlebiger. Das Gesicht, rosig und gesund wie bei fast allen Gweilos, wirkte nun hohlwangig und grau. Er war pünktlich, und das sprach für ihn. Aber für die Bibliothekarin war er eindeutig auf dem Weg nach unten. Und nach den ungeschriebenen Gesetzen von Hongkong war das ein Grund für Verachtung, nicht für Mitleid.

An diesem Morgen war nichts anders als sonst. Der Gweilo ging zum Zeitschriftenregal hinüber. Er nahm ein paar maritime Magazine und Zeitungen heraus und begab sich an seinen üblichen Tisch in einer der Lesenischen, von wo aus er durch einen Wald von Hochhäusern eine blaue Scheibe des Victoria Harbour sehen konnte. Dann zog er einen Notizblock aus seiner Aktentasche und begann, mit einem billigen Filzstift Telephonnummern aus den Zeitschriften abzuschreiben.

Viertel vor zehn war er damit fertig. Er stapelte die Magazine ordentlich auf dem Tisch, um seinen Platzanspruch zu wahren, und verließ die Bibliothek Richtung öffentliche Telephone vor der Tür.

Das Telephonieren haßte Jenkins am meisten.

Es war zwei Wochen her, seit er mit Guy Warwick gesprochen hatte. Warwick war einst mit ihm gefahren als Erster Steuermann auf der *Komodo President.* Er war ein mäßiger Offizier an Deck gewesen, aber ein fähiger Pragmatiker, der sich schnell an das Büroleben angepaßt hatte. Dafür bewunderte ihn Jenkins. Er selbst war darin überhaupt nicht gut. Er bewältigte seine Aufgaben, trat aber früher oder später unweigerlich jemandem auf die Zehen.

»Southern Cross Manning«, sagte die weibliche Stimme der Zentrale.

Southern Cross Manning vermittelte Schiffsmannschaften. Warwick war dort inzwischen der Zweite auf der Brücke. Es war eine gute Position, mit Aktienbezugsrecht. Die meisten, mit denen Jenkins zur See gefahren war, arbeiteten jetzt an Land. Jenkins beneidete sie nicht – es sei denn auf die Weise, in der jemand ohne Job jemanden beneidet, der einen hat – irgendeinen Job.

Jenkins verharrte lange in der Warteschleife, bis er durchgestellt wurde.

»David«, sagte Warwick mit seiner jovialen New-Zealand-International-Stimme. »Was können wir für dich tun?«

»Ich wollte nur mal hören, ob sich etwas getan hat«, sagte er und bemühte sich, ähnlich sicher und jovial zu klingen.

»Viel nicht, fürchte ich«, erwiderte Warwick. »Zu viele Kapitäne, aber nicht genug Schiffe.«

»Und wie sieht es bei den Offizieren aus?«

»Könnte ich dir doch nicht antun«, erklärte Warwick. Er kannte Jenkins' Situation. »Es sei denn, du wärst Filipino. Fünfzehntausend US-Dollar im Jahr. Haha.«

Hoffnungslosigkeit überkam Jenkins und erstickte sein mühsam aufgebautes Selbstvertrauen. »Gut«, sagte er und legte auf.

Die pferdegesichtige Bibliothekarin beobachtete ihn von ihrem Tresen aus. Er lehnte den Kopf gegen das Glas der Telephonzelle, wo er einen widerlich fettigen Fleck hinterlassen würde.

Jenkins steckte weitere Münzen in den Apparat. Er fühlte sich seltsam schwindlig. Es ist mein Geburtstag, dachte er. Aber nichts würde sich ändern. Kindisch, das auch nur anzunehmen. Seine Finger zitterten so heftig, daß er den Geldeinwurf verfehlte, und er brauchte zwei Versuche, um die Nummer von China Shipping korrekt zu wählen. »Mister Dacre, bitte«, sagte er der Zentralenstimme.

Diesmal brauchte er nicht zu warten. »Dick Dacre«, sagte eine ungeduldige australische Stimme.

Jenkins kratzte den letzten Rest seines Selbstvertrauens zusammen. »Guten Tag, Dick«, sagte er. »David.«

»David wer?« bellte Dacre.

»Jenkins.«

»Oh, yeah«, machte Dacre. Seine Stimme war kühl geworden. Sie wurde noch kühler. »Was wollen Sie?«

»Ich suche ein Schiff.«

»Welches Schiff?«

»Ich suche Arbeit auf einem Schiff.«

Kurzes, ungläubiges Schweigen. »Sie wollen einen Job?«

»So ist es. Ich habe vor zwei Wochen schon einmal angerufen. Sie sagten ...«

»Sie rufen seit Monaten alle zwei Wochen an.«

Kalter Schweiß machte Jenkins Kleidung klamm. Bisher war jedermann wenigstens höflich gewesen. »Ich suche schließlich Arbeit.«

»Tatsächlich? Sie suchen also tatsächlich Arbeit? Nach allem, was Sie sich verdammt noch mal geleistet haben? Hören Sie zu, Mann. Melden Sie sich bei der verdammten Arbeitsvermittlung oder schicken Sie Ihre Frau auf den Strich, wenn Sie wollen. Aber kommen Sie nicht zu mir und ...«

Jenkins stellte fest, daß der Schweißfilm auf seinem Körper heiß geworden war. *Bei Brandgefahr* ... hieß es auf dem Hinweis vor ihm an der Zellenwand. »Was haben Sie gerade gesagt?« fragte er.

»Soll ich es Ihnen buchstabieren?« fragte Dacre zurück. »Sie sind überall auf dem Scheiß-Pazifik als wahnsinniger, unzurechnungsfähiger Bastard bekannt.«

»Moment mal«, sagte Jenkins. »Vor einem Jahr haben Sie mir im Yachtclub erklärt, Sie würden jedem ein Loch in den Pelz brennen und sein Boot versenken, der unerlaubt Ihr Schiff betritt. Wieso die Meinungsänderung?«

Schweigen.

»Erklären Sie es mir, Sie Heuchler!« sagte Jenkins. Heuchler. Lausiges Wort. Schwach.

Erneut Schweigen. Im Hintergrund des Schweigens ein Rauschen. Das Blut in seinen Ohren. Und hinter dem Blut das Freizeichen. Eine Hand legte sich auf seinen Arm. Er schüttelte sie ab. Seine Kehle schmerzte. Er mußte geschrien haben. Er drehte sich um.

Da waren zwei ausdruckslose, fahle Gesichter über blauen Uniformkragen. »Erregen Sie kein Aufsehen«, sagte eins der Gesichter. »Bitte gehen Sie.«

»Aktentasche«, sagte der andere und streckte sie ihm entgegen, als könnte sie explodieren.

Jenkins nahm die Aktentasche, bestieg sein Rad und fuhr ziellos umher. Tu etwas. Das kannst du doch. Etwas tun.

Aber es gab nichts, was er tun konnte. Wie sie damals gesagt hatten, als das mit Bill passierte. Nichts zu machen.

Einige Zeit später fand er sich in der Hollywood Road wieder. Seine Hände zitterten noch immer, als er das Rad an den Bambuspfosten eines Baugerüstes anschloß und sich setzte. Er hatte keine Ahnung, wie er hierher gekommen war. Hollywood Road bedeutete Rachel. Vielleicht hing es damit zusammen.

Die Sonne schien. Es roch nach Rauch. Das kam von den Weihrauchspiralen, die sich wie gigantische rote Sprungfedern über dem Man Mo-Tempel erhoben, der der Gelehrsamkeit und dem soldatischen Mut gewidmet war.

Soldatischer Mut hatte das Raster zertrümmert.

3. Kapitel

Die Brücke der *James Beeson* unterschied sich nicht von all den anderen Brücken, auf denen Jenkins die letzten zwanzig Jahre plus seines Lebens verbracht hatte. Es war ein langer, dunkler Raum, der sich über die Breite des Schiffes erstreckte, mit Steuerrad, Radar, Kartentisch und all dem anderen Drum und Dran, kalkulierbar wie die monatliche Heuer. Vor den Bugfenstern bildeten auf dem hundertzwanzig Meter langen Deck Stapel von Containern – drei Meter hoch, sieben breit – einen scharfkantigen schwarzen Berg vor dem Nachthimmel über der Zamboanga Strait. Die Container enthielten unetikettierte Ananasdosen, zu Niedriglöhnen bei Western Foods produziert in der Nähe von Davao im Süden der Philippinen. Die *James Beeson* sollte die Dosen zur Western Foods-Niederlassung auf Hawaii schaffen, wo Arbeitskräfte fünfmal so teuer waren. Dort würden sie – versehen mit dem Etikett *Produce of the USA* – an die Westküste weitertransportiert und vertrieben. Es war eine ganze gewöhnliche Fahrt, die sich durch nichts von Hunderten anderer unterschied, die Jenkins unternommen hatte.

Jenkins war mit Juan, dem philippinischen Maat, und dem Steuermann Carlos auf der Brücke. Geoff Wallace, der Oberingenieur, kam gerade aus dem Maschinenraum. Keiner von ihnen scherte sich darum, wie Western Food sein Geld machte. Sie waren Lastwagenfahrer, die sich ihr Geld damit verdienten, die Zehntausende von Tonnen der *Beeson* von Kran zu Kran bewegen. Heute abend waren sie Lastwagenfahrer mit Kater. In Edwards Nightclub in Davao hatten sie kräftig einen zur Brust genommen.

»Hübsch, was?« meinte Geoff.

Die *James Beeson* glitt unter einer schweren schwarzen Wolkendecke dahin, an deren Rändern violette Blitze aufzuckten. Drüben an Steuerbord strahlte die beleuchtete Kuppel der Moschee von Zamboanga wie ein goldener Tennisball über der Lichterkette der Hütten. Zwischen der *Beeson* und der Moschee leuchteten die Kerosinlampen der Fischer wie ein Schwarm Glühwürmchen auf dem dunklen Wasser.

»Hübsch«, beharrte Geoff.

Jenkins knurrte. Für seinen Geschmack war es da drüben zu vollgestopft. Aber Kapitän und Oberingenieur der *James Beeson* waren zu sehr aufeinander angewiesen, um diese Meinungsverschiedenheit weiter zu verfolgen. Das lernte man in mehr als zwanzig Jahren auf See und in der Ehe. Gehörte zum Job. Gehörte zum menschlichen Miteinander.

Ein Schweißtropfen rann Jenkins' Nase hinunter und fiel aufs Fensterbrett. »Heiß«, sagte er.

»Nicht so heiß wie in dem verdammten Maschinenraum«, erwiderte Geoff. Er war ein kleiner, unrasierter Mann aus Lancaster, der einen entnervenden Frohsinn als Gegenmittel zum schauerlichen Geratter der Maschinen kultivierte, die er in Gang halten mußte. Er war auch Rachels Pate, was die Sammlung von Masken aus Neuguinea erklärte, die Dianas Auge im Zimmer ihrer Tochter beleidigte.

Jenkins trank seinen Teebecher leer. Die Decklampen der *Beeson* brannten, und die lange Erfahrung der Tintenfisch-Fischer bewahrte sie davor, überlaufen zu werden. Aber die Meerenge machte ihn nervös.

Der schwarze Bildschirm der ARPA, der Automatic Radar Plotting Aid, war mit winzigen grünen Punkten bedeckt. Größere Brocken schimmerten zwischen ihnen auf. Man wußte nicht, wer sie waren und was sie machten. Volle Kraft voraus war das Gebot der Stunde.

»Was ist mit den Decklampen?« fragte er.

»Ich habe Manuel gesagt, er soll die Birnen überprüfen. Vermutlich hat er es nicht getan«, sagte Geoff. »Ich werde mal nachsehen.«

Jenkins lehnte sich gegen das Achterschott und blickte über die Schulter des Maats auf das blasse Leuchten des Gyro-Kompaß. Er war schläfrig. Die Lampen der Fischer funkelten wie ein Flammenteppich. Bald würden sie das rote Blinken des Leuchtfeuers von Little San Pedro sehen. Dann hätten sie diese widerlich überfüllte Enge hinter sich, der Wachmaat würde übernehmen, und sie könnten sich alle aufs Ohr legen.

Er hörte Geoff stöhnen, als er an der Steuerbordtür zerrte. Das verdammte Ding klemmte. Muß endlich jemanden dazu bringen, etwas dagegen zu tun. Aber bei der Mannschaftszahl, die einem die Reeder neuerdings zugestanden, war keine Hand frei, um eine Glühbirne zu wechseln, vom Ölen einer Tür ganz zu schweigen. »Dieser Mistkerl Manuel«, hörte er Geoff rufen. »Zwei Birnen sind hin.«

Irgendwo draußen war ein merkwürdiges schurrendes Geräusch: als würde ein Stuhl über den Boden eines Ballsaales gezogen. Aber da standen keine Stühle, und der nächste Ballsaal war Tausende Meilen entfernt.

Jenkins Eingeweide zogen sich zusammen. »Was war

das?« fragte die hohe, ängstliche Stimme des Steuermanns. Der Stuhl bewegte sich erneut, diesmal begleitet von metallenem Getöse. Glas klirrte. Plötzlich waren die Fenster weg. Heiße Nachluft schoß herein, vermischt mit Metallbrokken, die herumzischten wie große, harte Insekten. Maschinenpistolenkugeln.

Jenkins rannte zur Ecke der Brücke und hieb auf den Schalter des Scheinwerfers ein. Natürlich eingerostet. Er brauchte zwei Anläufe, bis der Lichtstrahl die dunstige Luft durchschnitt und seine weiße Scheibe auf das Meer richtete. Die Scheibe wanderte zu einem großen, schlanken Boot, einem roten Rumpf mit zwei Auslegern, der sich längsseits neben die *James Beeson* schob.

»Megaphon!« sagte Jenkins.

Jemand drückte ihm einen Lautsprecher in die Hand. »Abdrehen oder ich schieße«, schrie er.

Ein kantiges Gesicht unter einem ausgeblichenen orangefarbenen Turban starrte vom roten Boot zu ihm herauf. Die kleinen Schweine wollen uns tatsächlich ans Leder, dachte Jenkins wütend. Er bewegte den Scheinwerfer, behielt den scharlachfarbenen Rumpf dabei fest im Blick. Er schwankte wie unsicher. Der Mann an der doppelläufigen Maschinenpistole auf dem Vordeck hob die Hand und blinzelte in den Lichtkegel.

»Setzt die Sirene in Gang«, sagte er.

»Vorsicht, Captain«, sagte jemand. »Sie schießen wieder.« Die Stimme kam von unten. Als er hinblickte, sah er Juan auf Händen und Knien. Gott, dachte Jenkins. Er hat recht.

Über seinem Kopf heulte die Schiffssirene auf. Das Kielwasser des roten Bootes geriet in Bewegung. Dann drehte es ab. Der Scheinwerferkegel folgte ihm auf seinem Weg durch die kleinen Ein-Mann-Paddelboote der Fischer. Eine Sekunde lang leuchtete der Rumpf im Scheinwerferlicht blutrot auf, spuckte Gischt unter dem Heckwerk hervor und verschwand in der Nacht.

Hinter Jenkins hustete jemand.

Es war ein eigentümliches Husten, schwach und irgendwie sprudelnd, als versuche der Huster vergeblich, etwas aus seinen Lungen loszuwerden. Jenkins blickte über die Schulter.

Da lag jemand, ans Schott gelehnt. Er trug einen Overall wie Geoff. Aber er hatte die falsche Farbe, wirkte schwarz und glänzend im Licht der Quecksilberdampflampe. Schwarz und glänzend hieß rot und nass. Das Gesicht war weiß.

Geoffs Gesicht.

Geoff sah Jenkins an und runzelte die Brauen. »Verdammt schwachsinnig«, sagte er. Sein Mund blieb offen. Gräuliches Blut rann heraus.

Er starb.

Jenkins ging neben ihm in die Hocke und griff nach dem kräftigen, behaarten Handgelenk, in dem kein Leben mehr pulste. Alles war wie immer: das leichte Brummen des Schiffes, das Donnergrollen in den Wolken. Aber das Deck unter seinen Füßen war klebrig von Geoffs Blut.

Jenkins begann zu zittern.

Geoff. Er würde jeden Moment aufstehen, lachen, Bierzeit ausrufen und fragen, wie es denn mit einem Schluck wäre.

Jenkins wollte ihn zurückholen. Puls, Atmung – nichts. Herzmassage, Mund-zu-Mund-Beatmung. Seine Luft zischte und pfiff in der zerschmetterten Brust, aber die Atmung wollte nicht wieder einsetzen.

Schließlich stand Jenkins auf. Er hatte das Gefühl, daß ihm etwas Wertvolles durch die Finger und ins Meer geglitten war. Er wollte die *James Beeson* hart nach Steuerbord wenden und es zurückholen oder zumindest zwischen den Fischerbooten durch die Wogen pflügen dem roten Boot nach, um es mit den Dreimeter-Schiffsschrauben der *James Beeson* in den Grund zu rammen.

»Militär im Anmarsch, Sah«, sagte Juan.

Der Radarschirm zeigte seinen Schwarm grüner Punkte.

Sie wiegten sich sanft wie Neonfische in einem Bassin. Es gab keinerlei Hinweis darauf, welcher davon das rote Boot war. Würde ihn nie geben.

In den Büros in Hongkong würden die an Schreibtischen gestrandeten Kapitäne bekümmert nicken. Eine Tragödie, würden sie sagen und – der Wahrheit die Ehre – es wohl auch so meinen. Es trieben sich natürlich jede Menge Piraten herum. Amerikanische Waffen, Gesetzlosigkeit. Aber wenn man Handelsschiffe bewaffnen würde, lüde man zu bewaffneten Überfällen geradezu ein. Vergeltungsmaßnahmen sind die Aufgabe des Militärs. In diesem Fall des philippinischen Militärs. Eine feine Truppe, das philippinische Militär, dachte Jenkins und spuckte ein wenig von Geoffs Blut über die Reling. Üblere Diebe noch als die Piraten. Aber die Reeder hielten nichts von direkten Aktionen. Machte sich nicht gut gegenüber den Versicherungen. Also hatte man den Schwanz einzukneifen. Eine hervorragende Politik – für dickärschige Flottenmanager.

Einen Moment lang erkannte Jenkins den Mann nicht wieder, der das dachte. Er war seit zwanzig Jahren bei der Linie. Er war ein Kapitän, ein pflichtbewußter Diener der Reederei.

Aber Geoff war tot. Und Dinge, die selbstverständlich gewirkt hatten, waren es plötzlich nicht mehr.

Vier Matrosen brachten eine Trage. Sie beäugten die Löcher in Geoffs Körper mit geziemender Hochachtung. Dann wickelten sie ihn in Polyäthylen und legten ihn in die Tiefkühltruhe Nummer zwei, aus der das Steak stammte, das Geoff sechs Stunden zuvor zu Abend gegessen hatte.

Anderthalb Stunden später kam das Militär mit einem rostiggrauen Kanonenboot längsseits. Sie kündigten an, die Crew als unentbehrliche Zeugen festzunehmen. Jenkins überreichte dem kommandierenden Leutnant den üblichen Umschlag mit Dollars, und der Leutnant verlor sein

Interesse an den unentbehrlichen Zeugen. Die *James Beeson* passierte die Meerenge und pflügte weiter durch die Nacht.

Damals war Ross Clements Frachtdirektor gewesen. Als ihm Jenkins die Nachricht über Satellitentelephon mitteilte, klang er deprimiert. Er sprach Jenkins sein Beileid für den Verlust seines Oberingenieurs aus und gratulierte ihm zu seiner Handhabung der Situation.

»Gut gemacht«, sagte Clements und meinte damit »im Einklang mit der Reedereitaktik«: passiver Widerstand, einfach zusehen, wie sie einen überfielen, und dann so tun, als wäre gar nichts passiert.

Aber plötzlich stellte Jenkins fest, daß ihn die Reedereitaktik um den Schlaf brachte. Und das wurde noch schlimmer, nachdem er mit Geoffs Frau in Australien gesprochen hatte.

Die Reederei hatte Charlene bereits informiert. Jenkins ertappte sich bei Entschuldigungen. Es war nicht typisch für ihn, sich zu entschuldigen.

»Du hättest es doch nicht verhindern können«, sagte Charlene. Ihre Stimme klang rauh vom Weinen, aber da war noch etwas anderes. Jenkins spürte, daß sie nicht glaubte, was sie sagte. Die Wahrheit drängte sich aus der chaotischen Dunkelheit auf, die er sorgsam aus seinem Leben verdrängt hatte. Es gab so etwas wie Verzweiflung, und die ließ sich nicht mit Platitüten besänftigen.

Jenkins hatte es stets geschafft, sich davon zu überzeugen, daß auf der Welt Ordnung und System herrschten. Aber nun war die Welt für ihn eine Verschwörung des Nichtstuns. Wenn Ross Clements vom Erhalten der Unverletzlichkeit des internationalen Handels sprach, meinte er damit die Bewahrung der Profite eines Schiffahrtsunternehmens und einer Ananas-Konservenfabrik.

Gut gemacht, Geoff, dachte Jenkins. Maitais für die Touristen in Waikiki. Ein Bentley vor den Präsidenten. Du bist nicht vergebens gestorben.

»Die Reederei verhält sich recht anständig«, sagte Charlene.

»Sicher«, sagte Jenkins und traute sich nicht zu, mehr zu äußern.

»In finanzieller Hinsicht meine ich«, sagte Charlene. Eine Pause entstand. »Mist«, sagte Charlene. »Ich wollte eigentlich ganz vernünftig und einsichtig sein. Aber das bringe ich nicht. Hier sind zwei Kinder, die ihren Daddy wiederhaben wollen, und da ist ein kleiner brauner Mistkerl, der ihn ohne Grund umgebracht hat. Ich bin verdammt wütend, Dave.«

»Sicher«, sagte Jenkins noch einmal und legte auf.

Und der gute, alte Geoff lag steif wie eine Planke in der Tiefkühltruhe.

Es machte einfach keinen Sinn.

Aber dann formte sich in Jenkins eine Idee, die sehr wohl Sinn machte.

Sie brachten den Toten nach Hongkong. Ross Clements kam an Bord.

»Haben Sie etwas dagegen, die Fahrt fortzusetzen?« fragte er.

»Nun«, sagte Jenkins. »Ich würde gern zu Geoffs . . .«

»Wir haben einen neuen Ingenieur aufgetan. Er muß jede Minute hier sein. Dan Smith. Kiwi. Netter Kerl. Es ist nicht besonders günstig, gleich zwei Mann ersetzen zu müssen.«

»Also keine Zeit, um zur Beerdigung zu gehen.«

Clements legte seine sommersprossige Hand auf den Kunststofftisch. Er kannte seinen Jenkins. Guter Mann. Verläßlich, unkompliziert. Wenn es sein mußte, würde Jenkins tun, was man von ihm verlangte. Wahrscheinlich kam er nur deshalb mit seiner Frau aus. Pflichtgefühl oder so was. »Die Reederei wird bei der Beerdigung vertreten sein«, sagte er. »Das Problem ist nur, daß uns die Zeit davonläuft . . . Ich weiß, daß Geoff Ihr Freund war.«

»Der Pate meiner Tochter.«

»Wir werden Ihre Frau hinfliegen lassen.«

Jenkins stellte sich vor, daß Diana wegen einer Trauerfeier bis nach Australien flog. Diana fand Beerdigungen deprimierend. »Keine Sorge«, sagte er. »Ich werde Blumen schicken.«

Clements wirkte erleichtert. »Anständig von Ihnen, daß Sie es so sehen.«

Jenkins sah es durchaus nicht so. Aber er würde Clements nicht anvertrauen, wie er es sah. Was er vorhatte, war strikt persönlich.

Die *James Beeson* verließ Hongkong und fuhr über Honolulu nach Oakland, Kalifornien. In Oakland rief der Reedereivertreter für Jenkins ein Taxi. Das Taxi hielt in einer von niedrigen Häusern gesäumten Straße. Jenkins ging unter einem Gewirr von Strom- und Telephonkabeln zu einem Laden, dessen Schaufenster nicht aus Glas, sondern aus Stahlbeton bestanden. Ein hochgewachsener Sicherheitsposten stand rechts neben der Stahltür. Die Tür ging auf, und Jenkins trat ein. *Meyer Guns* stand über der Tür.

Eine halbe Stunde später kam er mit einem länglichen, braun eingeschlagenen Paket wieder heraus. Er trug es, als enthielte es rohe Eier. Das Taxi brachte ihn zu einem Supermarkt und dann zurück zu den Docks, wo er den Wachtposten an den Toren aufgeräumt zuwinkte. Sie winkten zurück und ließen ihn passieren, ohne einen Blick in das Taxi zu werfen, in dem sich fünfundzwanzig Kilo Rindersteak, fünf Kästen Corona-Bier und eine automatische Brotmaschine befanden – alles auf dem braun eingeschlagenen Paket aus dem Waffengeschäft.

Das Steakfleisch verschwand in der Tiefkühltruhe, aus der drei Wochen zuvor Geoffs Körper entfernt worden war. Die Brotmaschine verschwand in der Offiziersmesse. Das Paket verschwand hinter in einem nicht genutzten Leitungsrohr der Klimaanlage.

Drei Monate später und zufällig auf den Tag genau vier Monate nach dem Mord an Geoff näherte sich die *James*

Beeson wieder der Zamboanga Strait. Jenkins befand sich mit Juan, dem philippinischen Maat, und dem Steuermann Carlos auf der Brücke. Es war dunkel. Heftiger Regen peitschte die schwarze See. Jenkins ging mit einem schweren Schraubenschlüssel unter Deck. Eine halbe Stunde später kehrte er auf die Brücke zurück.

Der Regen hatte aufgehört. Jenkins schwitzte vor Nervosität. In seinem Magen regte sich ein Gefühl, das er aus seiner Kindheit kannte, wenn er an einem schönen Tag an den Stour angeln gegangen war. Er ging zu den Vorhängen, die das Kartenhaus von der Brücke abschirmten. Auf der Karte war der Kurs des Schiffes eine Bleistiftlinie auf der rechten, der dem Festland zugewandten Seite der Meerenge.

»Viele Fischer«, sagte Juan. Seine Zähne schimmerten grünlichweiß im Schein des Radarplotters.

Da waren sie wieder auf dem schwarzen ARPA-Schirm: die grünen Neonfische mit ein paar größeren Brocken dazwischen.

»Rechts halten«, sagte Jenkins.

»Okay«, sagte Juan. Er war ein zuverlässiger Mann, solange er seine Anordnungen bekam und nicht aus der Fassung gebracht wurde. »Einige Boote ankern.«

Auf dem Plotter waren große ortsfeste Lichtpunkte zu sehen, Küstenfahrer vermutlich, die weit vor dem Ort vor Anker lagen. Durch die Brückenfenster wirkte Zamboanga wie eine gelbe Galaxie, getrennt von der *Beeson* durch die Sternbilder der Fischerflotte.

Jenkins gab Anordnungen, die die *James Beeson* an den rechten Rand der Fahrrinne durch die Meerenge manövrierte. »Kurs halten«, sagte er zu Juan.

»Kurs halten.« Das lange Schiffsdeck erstreckte sich vor ihnen, eine scharfkantige Silhouette vor dem dunklen Horizont.

»Halbe Kraft.«

Juans Augen begannen nervös zu zwinkern. Die Vorschriften der Reederei verlangten in Piratengewässern volle Kraft. Aber er schob doch den Hebel zurück, und das Geräusch des Summers erfüllte das Ruderhaus. Dann trug er die Veränderung in das Logbuch ein. Juan hatte sie nicht zu verantworten.

Jenkins lächelte in die Dunkelheit. In Gedanken befestigte er eine Maifliege am Haken und lief unter den Weiden auf den Brutplatz zu, in dem die große Forelle lebte. Sie war groß wie ein Baumstamm, diese Forelle. Er wußte, daß ihm sein Vater die Hölle heiß machen würde, weil sie erst zur Abendbrotzeit herauskam, und weil der Brutplatz außerhalb der Gewässer lag, in dem er angeln durfte. Aber deshalb ging er ja vor allem zur Abendbrotzeit dorthin.

Er trat ans Schalterbrett und knipste zwei Lampen an der Steuerbordseite aus. Carlos' Kopf zeichnete sich als schwach schimmernde Silhouette vor den Lichtern der Fischerboote ab. »Halte sie auf diesem Kurs«, sagte Jenkins. Also gut, dachte er. Jetzt zeigen wir es ihnen, Geoff, und allen, die keinen Finger gerührt haben.

Um Piratenangriffe zu vermeiden, empfahl die IMO, sollten sie mit Volldampf losbrettern und ihr Schiff taghell beleuchten. Die *James Beeson* tuckerte mit vier mickrigen Knoten dahin, die kaum einen Lufthauch auf Jenkins' Gesicht brachten. In der Mitte ihres Steuerborddecks, wo Jenkins die Lampen gelöscht hatte, herrschte pechschwarze Finsternis.

Schnell lief Jenkins die Eisentreppe zum Bootsdeck hinunter und griff sich das Paket aus Oakland, ein Nachtsichtgerät und ein tragbares VHF.

Er öffnete das Paket und nahm die Bazooka heraus. Er führte das Geschoß in den Lauf ein, wie es ihm der Mann im Geschäft gezeigt hatte. Dann setzte er sich auf den weißen Plastikstuhl, den er früher dort aufgestellt hatte, und wartete. Schon einmal hatte er so gesessen und gewartet. Beim letzten Mal war die Nacht zu klar für die kleinen braunen Schurken gewesen, um auf Schiffsjagd zu gehen. Heute war es günstiger. Lausige Sicht. Finster wie in einem Affenarsch. Natürlich war es ziemlich unwahrscheinlich, daß sie zweimal dasselbe Schiff angriffen. Jenkins befühlte das warme Metall der Bazooka in seinen Armen. Dennoch ...

Zwischen den Weiden gab es eine Lücke, durch die ein listiger Angler seine Maifliege auswerfen konnte. Dort hatte er gesessen und darauf gewartet, daß der große Fisch an die Oberfläche kam, um nach einem Insekt zu schnappen. Das Geräusch seines Atems hatte in seinen Ohren gedröhnt. Auch jetzt ging er laut. Vielleicht war der große Fisch bereits gefangen. Vielleicht würde gar nichts passieren. Er konnte nur warten ...

In all diesen Jahren hatte er seinen Mund gehalten. Aber jetzt mußte er tun, was richtig war.

Fischerboote trieben vorbei, schaukelten in den Bugwellen der *Beeson*. Jenkins zog das Nachtsichtgerät aus seinen Shorts und blickte nach achtern. In der roten Welt des Suchers zeigten sich die Kerosinlampen als qualmende Fakkeln, die Boote als streichholzdünne Rümpfe, die sich aus der sanften nördlichen Dünung hoben. Ein ankerndes Schiff glitt vorbei, unbeleuchtet, schwarzer Koloß vor dem Lichtgeflirr an Land. Wenn man die Schiffahrt neuerdings mit dem Lastwagenverkehr vergleichen konnte, dann war die Schiffahrt rund um die Philippinen wie das Fahren auf unmarkierten Straßen, auf denen die meisten anderen Fahrer keine Scheinwerfer besaßen. Auch nach all diesen Jahren klammerte sich Diana noch immer an die Vorstellung, die Handelsschiffahrt sei etwas Ehrbares. Früher, als man jeden Tag eine saubere Uniform anzog, die einem – gestärkt und gebügelt – von einem chinesischen Steward bereitgelegt wurde, hätte sie vielleicht recht haben können. Heutzutage gab es keine Uniformen mehr ebensowenig wie Leute mit ausreichend Zeit, das Schiff zu streichen oder eine Fregatte loszuschicken, die miese kleine Banditen mit Waffen an Bord aus der Subic Bay vertrieben. Jetzt gab es nur noch verrottende, unterbemannte Schiffe, die nach Gesetzen verkehrten, die von Buchhaltern aufgestellt wurden, und die einen dazu zwangen, ruhig mitanzusehen, wie die Banditen die Aufbauten unter Beschuß nahmen und den Paten deiner Kinder töteten ...

Draußen in der roten Dunkelheit bewegte sich etwas: etwas, das zu groß für ein Fischerboot war, zu wendig für ein Handelsschiff.

Langsam beugte Jenkins den Kopf. Er spürte das Metall der Bazooka an seiner Wange. Er kniff das linke Auge zu und spähte durch das Visier in die Dunkelheit. Er konnte das heiße Puckern seines Bluts spüren. Sein Mund war knochentrocken, so knochentrocken wie damals, als die Forelle aufgetaucht war und nach einem Insekt geschnappt hatte, und dann war seine eigene Fliege zwei Meter stromaufwärts von dem Fisch entfernt gelandet und begann, auf ihn zuzutreiben ...

Draußen in der Dunkelheit ein weißer Streifen. Kielwasser.

Jetzt war das Angeln vergessen. Jetzt dachte er an Geoff und das Blut, das aus seinem Mund gequollen war. Mit seiner freien Hand hob er das VHF ans Ohr.

»Brücke«, meldete sich Juans Stimme.

»Bleib dran«, sagte er.

»Verstanden.« Juan hörte sich verspannt an.

Der weiße Streifen wurde zur Bugwelle eines langen, schlanken Boots. Es tauchte aus der Dunkelheit auf, paßte seine Geschwindigkeit der *James Beeson* an und kam näher. Als es dreißig Meter entfernt war, sagte Jenkins: »Licht.«

An Deck der *James Beeson* wurde es taghell. Im Lichtschein lag ein scharlachrotes Boot mit Bambusauslegern, die ihm das Aussehen eines Wasserläufers gaben. Sechs Männer befanden sich an Deck. Einer von ihnen trug einen ausgeblichenen orangefarbenen Turban. Jenkins sah den Mann in das grelle Licht blinzeln. Dann beugte er sich über die an Deck montierte Doppel-Maschinenpistole. Von oben beleuchtet wirkten seine Wangenknochen scharf wie Messerklingen.

Über die dumpfen Maschinengeräusche der *Beeson* hinweg hörte Jenkins Rufe. Die beiden Visierscheiben der Bazooka zeigten auf den Bug des roten Bootes. Ein großer Außerborder heulte auf, und die Nase des roten Bootes hob sich, als der Mann am Ruder beschleunigte und nach Steuerbord drehte. Die Maschinenpistolen begannen zu hämmern, während der Schütze bemüht war, nicht das Gleichgewicht zu verlieren. Die beiden Scheiben vor Jenkins Auge zeigten auf die rote Seitenwand des Bootes.

Jenkins löste aus.

4. Kapitel

Es zischte wie eine Feuerwerksrakete an seinem Ohr, dann ein Blitz, eine Erschütterung und ein Strom heißer Luft. Für einen Sekundenbruchteil wurde die Nacht schneeweiß. Um Jenkins wurde es schwarz, seine Ohren dröhnten, und vor seinen Augen zitterte ein riesiger roter Ball. Der rote Ball löste sich in Flammenklumpen auf, die achtern im öligen Wasser trieben. Das rote Boot schien verschwunden zu sein.

Jenkins stand auf. Es roch scharf nach Munition. Er hob das Nachtsichtgerät aus und brachte die Bazooka in seine Kajüte. Dann rannte er wieder zur Brücke hinauf. Es begann wieder zu regnen.

Er hörte die erregten Stimmen, bevor er oben angekommen war. Juan und Carlos standen an der Nock und zeigten nach achtern, wo sich die Flammen des brennenden Bootes im dunklen Wasser widerspiegelten. »Hey«, sagte Jenkins. Jetzt kam der Regen wie ein Vorhang herunter. Alles verschwand. »Wer ist am Steuer?« fragte er.

»Autopilot, Sah«, sagte Carlos.

»Geh bitte wieder ans Ruder«, sagte Jenkins unsicher.

»Yes, Sah«, antwortete Carlos.

Jenkins fühlte sich benommen. Unten im Meer brannte

Treibstoff, und sechs Männer waren vermutlich zerfetzt. Hier oben herrschte Ruhe und Ordnung.

Er trat zur Karte. Der Kurs nannte 350 Grad. Die Brückentür öffnete sich. Dan Smith, der neue Ingenieur, trat ein und brachte den Geruch brennenden Öls mit. »Was war das für ein Knall?« fragte er.

»Welcher Knall?« fragte Jenkins mit einer ihm fremden Stimme.

Juan gluckste. »Captain hat mit Bazooka auf Piraten geschossen.«

»Halt den Mund, Juan«, sagte Jenkins.

»Haha«, machte Smith, der nur seinen Maschinen glaubte.

»Nein, wirklich«, sagte Juan. Juan hatte es gern ein bißchen spannend, und das hier war mehr als ein bißchen spannend. Aber Smith war bereits wieder nach unten entschwunden.

Jetzt, da es vorüber war, erkannte Jenkins, wie weit er gegangen war, und das bereitete ihm Übelkeit. »Ich habe dir gesagt, du sollst den Mund halten. Wenn du über diese Sache redest, werden alle gefeuert.« Er sagte sich, daß eine Explosion in der Zamboanga Strait nichts allzu Ungewöhnliches war, vorausgesetzt, niemand stellte dumme Fragen, und niemand reagierte übertrieben aufgeregt. Er trat um Carlos herum und blickte auf die Kompaßkarte am Steuerrad. Beruhige dich, sagte er sich. Konzentriere dich auf die einfachen Dinge. Denk nicht an Geoff. Denk nicht an brennende Piraten.

Er starrte auf die Kompaßkarte. Da stand achtzehn Grad. »Welchen Kurs steuerst du?« fragte er.

»Achtzehn, Sah.«

»Dreihundertfünfzig habe ich gesagt. Was zum Teufel denkst du dir eigentlich, Juan?«

Juan kicherte. »Tut mir leid, Sah.«

»Steuere dreihundertfünfzig«, sagte Carlos.

Der Regen legte einen undurchsichtigen Vorhang vor die

Brückenfenster. Juan ging hinüber und warf einen Blick auf das ARPA, der Bildschirm legte einen grünlichen Schleier über sein Gesicht.

Jenkins sah ihm über die Schulter. Der heftige Regen verwischte das Bild auf dem Schirm. Er fand den Empfindlichkeitsregler, ohne hinzusehen, und drehte voll auf. Wegen der Fischerboote war der Kollisionsalarm ausgeschaltet. »Geh auf GPS und bring uns auf Kartenkurs«, sagte er. Sein Magen fühlte sich irgendwie flattrig an. Er hätte Juan nie allein auf der Brücke lassen dürfen. Er wußte, wie unberechenbar er auf Aufregungen reagierte.

Der Radararm bewegte sich über den Schirm, der jetzt frei von Regen war.

Aber nicht ganz frei.

Rechts vor dem Klecks der *James Beeson* war ein anderer Klecks. Ein riesiger Klecks, wahrscheinlich ein Schiff. Auf dem ARPA-Schirm tauchten kleine grüne Buchstaben auf: CPA (nächster Ansteuerungspunkt) null Meter. TCPA (Zeit zum nächsten Ansteuerungspunkt) dreißig Sekunden.

»Hart Backbord«, sagte Jenkins ganz ruhig. Er rannte zum Telegraph, legte seine Hand um den glatten Messinggriff und riß ihn ganz zurück. Dabei sah er unablässig nach vorn über die Container hinweg.

Aber der Regen strömte so heftig herab, daß die Wischer nicht nachkamen, und er konnte den Bug seines eigenen Schiffs nicht erkennen, geschweige denn, was sonst noch da draußen war.

Statt dessen spürte er es.

Ein unvermitteltes Rucken des Decks, ein fast zu vernachlässigendes Nachgeben der eigenen Knie. Der Schweiß floß ihm in Strömen vom Körper. Dabei schien alles so glasklar und einfach zu sein. Ein Schritt vom Wege. Den Piraten ausschalten. Zurück in Reih und Glied. Auf nach Hongkong, und niemand würde etwas erfahren.

Aber Jenkins hatte es verpatzt.

Du dummer, saudämlicher Hund, dachte er.

Er streckte die Hand aus und drückte auf den Alarmknopf. Es begann zu schrillen, überall. Schreie und Rufe waren zu hören. Jemand stand mit dem Suchscheinwerfer in der Nock und richtete den Strahl auf etwas in ein paar hundert Meter Entfernung: auf ein Schiff vor Anker und mit Rostflächen von der Reling bis zur Wasserlinie. Und an seinem Heck war deutlich eine lange, schwarze Schramme zu sehen in der Farbe des Anstrichs der *James Beeson*.

Jenkins erkannte, daß er so weit vom Weg abgewichen war, daß es kein Zurück mehr gab.

Das Brückentelephon klingelte. »Wasser dringt in Nummer eins und zwei ein«, meldete Dan Smith. »Jede Menge Wasser.«

»Auspumpen«, brachte Jenkins über gefühllose Lippen.

Während der nächsten dreißig Sekunden blieb das andere Schiff da, wo es war. Sehr gut, dachte Jenkins und mochte sein Glück kaum fassen.

Der Vordersteven des anderen Schiffs schien kürzer zu werden. Sein Bug senkte sich unübersehbar wie ein U-Boot beim Tauchen.

O nein, dachte Jenkins.

Der Bug des anderen Schiffs verschwand unter Wasser. Es sank innerhalb von fünfzig Sekunden.

Nun, dachte Jenkins mit einem Gefühl absoluter Gleichgültigkeit, das er später für einen Schock hielt, damit ist die Karriere im Eimer.

Dann konzentrierte er sich darauf, sein Schiff und seine Fracht nach Hongkong zurückzubringen.

Es hatte kein Aufsehen gegeben, keine Presseberichte. Die *James Beeson* kam ins Trockendock, und ihre Fracht übernahm – zu immensen Kosten – ein anderes Schiff. Sofort nach dem Einlaufen in Hongkong wurden Offiziere und Mannschaften von Bord genommen und von Norwegen bis Tasmanien in alle Welt verstreut. Jenkins wurde aufgefordert, das Ergebnis der Untersuchungen zu Hause abzuwarten. Und so erzählte er Diana, er hätte Urlaub, und wartete ab.

Schließlich rief Ross Clements an. Er klang locker und liebenswürdig wie immer. »Wir denken nach«, sagte er. »Es wäre uns angenehm, wenn Sie die Sache für sich behalten würden.«

Jenkins blickte durchs Fenster hinaus auf den Dunst, der zwischen den Hochhäusern waberte. Die Wohnung kam ihm überheizt und überparfümiert vor. Er war nervös, und ihm fiel keine elegantere Formulierung für die Frage ein, die ihm durch den Kopf ging. »Feuern Sie mich?« wollte er wissen.

»Offen gestanden«, sagte Clements, »ist das eine sehr komplizierte Angelegenheit. Wir lassen keinen Aspekt außer acht. Wie wäre es morgen mit einem Lunch?«

Jenkins entging keineswegs, daß er die Frage nicht beantwortet hatte.

Orient Line war ein guter Arbeitsgeber, wie eine Familie, hieß es immer. Seit seinem sechzehnten Lebensjahr arbeitete Jenkins für die Line. Sie hatte ihn ausgebildet und danach eingestellt. Sie hatte erst vorgeschlagen und dann dabei geholfen, daß Diana und die Kinder von Lee-on-the-Solent nach Hongkong zogen. Sie hatte ihm das Geld für das Apartment vorgeschossen, für ihn gebürgt, als er sich um die Mitgliedschaft im Hongkong Yacht Club bewarb, und ihm nach Bills Tod Urlaub gewährt.

Es war eine große, machtvolle, allumfassende Organisation: von der Wiege bis zur Bahre. Wie eine Familie.

Aber wenn man über die Stränge schlug, konnte man sicher sein, daß Orient Line zurückschlug.

Nicht daß man ihn vor ein Kriegsgericht geladen hätte. Ross Clements lud ihn zum Lunch ein. Mit hochgezogenen Brauen und Chili-Schweiß auf der Stirn saß er hinter seinem Teller mit Thai Green Curry. Ihm gegenüber Jenkins, der nur ein Bier trank. Überrascht stellte Jenkins fest, daß er weder Scham noch Furcht empfand, sondern nur Abneigung.

Er sah zu, wie Ross sich mehr Reis auf den Teller häufte. »Und?« fragte er.

Ross' sonnenverbrannte Nase zuckte beim Kauen. Sein Gesicht lächelte, aber seine blauen Augen nicht. »Es ist ein bißchen heikel«, sagte er. Jenkins wußte, daß er mit keiner sanften Lösung rechnen durfte. »Schließlich gibt es Verhaltensregeln der Reederei und internationale Gesetze, und über beide haben Sie sich hinweggesetzt.«

»Hätten Sie sich anders verhalten?«

Ross ging darüber hinweg. »Ich hatte Besprechungen mit den Direktoren. Mit dem Taipan.« Er legte seine Gabel nieder. »Einfach waren sie nicht.«

»Zu wie vielen Piratenüberfällen ist es seither in der Zamboanga Strait gekommen?« fragte Jenkins.

Ross zuckte mit den Schultern. »Keinen. Garantiert nicht, Dave. Aber das Büro in Manila mußte . . . nun, ich möchte Ihnen gar nicht sagen, auf welche Summen sich die Mehrkosten belaufen. Und Sie haben das verdammte Schiff beschädigt und einen Filipino versenkt, weil Sie vom Kurs abgekommen waren.«

»Der Maat war vom Kurs abgekommen.«

Die dichten Augenbrauen senkten sich. »Ich bitte Sie«, sagte er.

Jenkins schob die feuchten Hände in die Taschen. Das war eine dämliche Bemerkung gewesen. Die Verantwortung lag beim Captain.

»Also«, sagte Ross, »was soll ich tun?«

Jenkins war klar, daß er keine Anwort erwartete. Ähnlich formal wie bei einem Prozeß bewegte sich Ross auf einen Urteilsspruch zu.

»Die Direktoren wollten Sie den Flips übergeben«, sagte Ross.

»Diese Menschen haben Geoff umgebracht.«

Ross runzelte die Stirn. »Ich dachte, gerade Sie würden

ein Einsehen haben. Ihre Loyalität hat der Reederei zu gelten, nicht dem Einzelnen.« Er fand, daß Jenkins erregt aussah. Ganz so, als stünde er kurz vor dem Ausflippen. Für derartige Choleriker gab es keinen Platz mehr. Nach kurzem Schweigen fügte er besänftigend hinzu: »Geoff wurde bei einem bewaffneten Überfall unbekannter Täter getötet. Sie können wegen eines Unfalls nicht wie wahnsinnig mit einer Bazooka um sich schießen.«

»Sie wissen verdammt gut, daß es kein Unfall war.«

»Wir sollten uns bemühen, leiser zu sprechen«, sagte Ross. Jenkins sah, daß sich andere Gäste zu ihnen umdrehten. Vermutlich hatte er geschrien.

»Ich erkläre es Ihnen jetzt zum letzen Mal«, sagte Ross. »Unsere Reederei erwartet unbedingte Gewaltlosigkeit. Darüber hinaus waren Sie nicht auf der Brücke, sind vom Kurs abgekommen und haben ein ankerndes Schiff versenkt.« Er beugte sich vor. »Wenn das vor den Untersuchungsausschuß kommt, sind Sie Ihr Patent los.« Jenkins konnte seinen Knoblauchatem riechen. »Wir tun Ihnen einen Gefallen, wenn wir es unter der Decke halten. Sehen Sie das ein?«

»Nein«, sagte Jenkins.

Ross hatte gewußt, daß es ihm Jenkins nicht leicht machen würde. »Dave«, sagte er, »ich fürchte, wir müssen uns von Ihnen trennen.«

»Freigestellt?« fragte Jenkins über die Grube hinweg, die bis vor kurzem sein Magen ausgefüllt hatte.

»Gekündigt, mit zwei Monaten Gehalt. Wir werden niemandem etwas sagen. So behalten Sie Ihr Patent.«

Jenkins spürte, wie ihm das Blut aus dem Kopf wich. Orient Line war sein Leben gewesen.

»Wir tun alles in unser Macht Stehende, um Ihnen zu helfen. Wir können Ihnen einen Anwalt besorgen . . .«

Jenkins stand auf. Sein Stuhl kippte nach hinten. Er trat hinaus in die emsige Betriebsamkeit von Central Hongkong.

In der anglikanischen Kathedrale war es kühl und dunkel, und die guten Ladies der Diözese hatten Vasen mit Lilien vor die Säulen gestellt. Er setzte sich in eine Bank hinter ein paar Filipina. Seine Überlegungen überschlugen sich nicht mehr. Sie wurden gelassen, logisch und düster. Sie hatten nichts damit zu tun, daß ihn Orient Line zur Waise gemacht hatte. Sie betrafen praktischere Dinge.

Er hatte sich finanziell verausgabt, weil er mit einer Fahrtzulage gerechnet hatte, die er nun nicht erhalten würde. Die Abfindung von Orient würde gerade für einen Monat reichen. Was danach kam, wußte der Himmel.

Er atmete den Lilienduft tief ein. Du bist festgefahren, sagte er sich. Ein einziger Arbeitsgeber seit dem sechzehnten Geburtstag, dein ganzes Leben lang, zwanzig Jahre plus. Ein Arbeitgeber, eine Frau, eine Tochter. Widerspruchslos und loyal, dachte Jenkins.

Er sah Geoffs Gesicht und hörte die Explosion der Bazooka. Wenn der verdammte Juan doch nur seinen Kurs gehalten hätte ... Probeweise, wie ein Mann, der einen schmerzenden Zahn betastet, versuchte er, seine Handlungen zu bedauern. Es gelang ihm nicht. Für Geoff hatte er das Richtige getan.

Aber nicht für Diana.

Diana war an das Leben gewöhnt, das sie führte. Und sie hat dieses Leben verdient, sagte sich Jenkins. Es ist nicht leicht für sie gewesen. Sie würde es nicht verstehen.

Sie würde es mit Sicherheit nicht verstehen.

Mit Rachel wäre es anders. Rachel würde ihn verstehen, Mitgefühl für ihn aufbringen. Jenkins verspürte ein überwältigendes Verlangen nach Mitgefühl. Aber es wäre nicht richtig, wenn ein Vater und eine Tochter eine Angelegenheit dieser Größenordnung vor der Mutter verheimlichten.

Bring es in Ordnung, sagte sich Jenkins. Aber halte den Mund.

Er stand auf, verneigte sich vor dem Altar und verließ die Kirche.

In den folgenden zwei Wochen startete er seine Arbeitssuche und etablierte sich in der öffentlichen Bibliothek mit ihren Zeitschriften und den Telephonzellen vor der Tür. Er rief jede Reederei in Hongkong an und erzählte überall das gleiche. Er sei Seemann mit mehr als zwanzigjähriger Erfahrung und Kapitänspatent. Aber sobald die Flottenmanager seinen Namen hörten, erstarb ihr Interesse abrupt.

»Ah«, sagten sie. »David Jenkins. Waren früher bei Orient, sagten Sie?«

»Hatte Abwechslung nötig.«

»Im Moment ist nichts frei«, sagten die Stimmen am anderen Ende der Leitung. Jenkins wußte, was das bedeutete. Er stand auf der Schwarzen Liste.

In den folgenden Wochen erzählte Jenkins Diana, er hätte die Lust am Segeln verloren, und verkaufte seine Yacht *Powderfinger* zum höchsten Preis, den er bekommen konnte. Er betrug ungefähr die Hälfte ihres tatsächlichen Werts. Aber die Mitgliedschaft im Yachtclub behielt er bei. Er hatte sein ganzes Leben zu irgendwelchen Gruppen gehört, sich aber seine Unabhängigkeit bewahrt. Jetzt fand er das Gruppenleben noch weniger attraktiv, ganz abgesehen von der Tatsache, daß eine Runde an der Club-Bar seinen Wochenetat verschlingen konnte. Diana bemerkte natürlich kaum etwas davon; sie hatte ihren eigenen Freundeskreis.

Aber die Yacht fehlte ihm. Und Rachel spürte es natürlich. »Wie konntest du es nur über dich bringen, sie zu verkaufen?« fragte sie.

»Ich bin weiß Gott oft genug auf See«, entgegnete er.

»Aber *Powderfinger* . . .«

»Herr im Himmel«, sagte er. »Ich habe sie verkauft. In Ordnung?«

»In Ordnung.« Aber Rachel kannte ihn fast so gut wie er sie. Sie wußte verdammt gut, daß es nicht in Ordnung war. Aber er konnte ihr nicht sagen warum.

Statt dessen hatte er es Jeremy Selmes gesagt.

Eine Woche, bevor die Abfindung ausgegeben war, hatten sie sich im British Bulldog verabredet, einem hochnäsigen Pub nach Londoner Vorbild, ein paar Blocks von Jeremys Büro entfernt. Weil er nichts anderes zu tun hatte, traf Jenkins zu früh ein. Jeremy – klein, dunkel und ungeheuer beschäftigt – kam fünf Minuten zu spät. Er zwinkerte der Kellnerin zu. »Nicht übel«, sagte er und sah zu, wie der schwarze Minirock zum Tresen zurückschwenkte. Dann lehnte er sich gegen das Sofapolster. »Na, Dave«, sagte er. »Wie geht's, wie steht's?«

Jenkins sah auf den feinen blauen Anzug, die schwarzen, auf Hochglanz polierten Schuhe. Und wußte in diesem Moment, daß er ihm nicht die Wahrheit sagen konnte. »Ich habe beschlossen, an Land zu kommen.«

Die schwarzen Brauen stiegen in die Höhe. »Die Lust am großen weiten Meer verloren?«

Jenkins zwang sich zu einem Lächeln. »Peile eine andere Fahrrinne an«, sagte er. »Flottenmanagement.«

Jeremy stellte fest, daß Jenkins' Haare dringend geschnitten werden mußten und daß er erschöpft wirkte. Mit Diana verheiratet, würde er allerdings auch kaum zum Schlafen kommen. Bißchen schwach im Oberstübchen, aber bekanntlich bumsten die am besten. »Für wen?«

»Neue Truppe«, erwiderte Jenkins vage. Sobald man sich an Ausweichmanöver gewöhnt hatte, waren sie leichter als direkte Lügen. »Griechen.«

»Oh, yeah.« Jeremy kannte sich mit der Schiffahrt nicht aus.

»Im Grunde wollte ich darüber mit dir sprechen. Wir haben da einen Captain, einen verdammten Trottel. Er sitzt tief in der Klemme.« Jetzt kam er in Fahrt, und irgendwie hielt er sich an die Wahrheit. »Er braucht Geld. Sehr viel Geld sogar. Aber auf konventionellen Wegen kann er sich es nicht beschaffen.« Jeremy war Polizist gewesen, ein Experte auf dem Gebiet der Unterwelt und ihrer unkonventionellen Wege. »Ich habe mich gefragt, ob . . .«

»Ah«, sagte Jeremy. Er winkte der Kellnerin und bestellte Nachschub an Bier und entlockte ihr ganz nebenbei ihre Telephonnummer. Genau das bewunderte Jenkins an Jeremy: seine Fähigkeit, sich durchs Leben zu winden wie der Regenwurm durch einen Dunghaufen.

»Dieser Kerl braucht also einen Kredit.« Jeremy blickte hoch. Seine Augen waren dunkel und kalt. »Würdest du seine Situation als verzweifelt bezeichnen?«

Jenkins zögerte einen Moment, obwohl jede Überlegung überflüssig war. »Ja, das trifft es vermutlich. Warum?«

»Wegen des Typs, an den ich denke«, sagte Jeremy. »Das reine Vergnügen ist der nicht. Kennt ein paar recht gefährliche Leute. Aber als Geldverleiher geht er wohl in Ordnung, nehme ich an. Fünfundzwanzig Prozent Zinsen, vielleicht fünfzig, kommt auf die Sicherheiten an. Keine Zudringlichkeiten, bis die Hauptsumme fällig ist. Wie hört sich das an?«

Jenkins' Magen hatte sich wieder einmal davongemacht. »Ganz so, als wäre es besser, ihn vom Büro fernzuhalten«, sagte er. »Er soll mich zu Hause anrufen.«

»In Ordnung«, sagte Jeremy. »Er heißt Tommy Wong.«

5. Kapitel

Drei Monate später verbrachte Jeremy einen rührigen Vormittag. Mit Hilfe einer Androhung von Mißhandlung und zwei großen Bestechungssummen hatte er seinen Männern gerade die Bewachung des Wang-Containerparks gesichert. Er saß an seinem Schreibtisch unter einem Vertrauen einflößenden Photo von sich in der Uniform der Hongkong Police, auf dem er die Hand eines Gouverneurs mit Dreispitz und Straußenfedern schüttelte.

Sein Direktanschluß klingelte. »Maximum Security«, meldete sich Jeremy.

»Morgen«, sagte David Jenkins.

»Dave«, sagte Jeremy, lehnte sich in seinem Sessel zurück

und verlieh seiner Stimme geschäftsmäßige Freundlichkeit. »Was gibt es?«

»Erinnerst du dich noch, daß ich dir im November von dem Burschen erzählte, der dringend Geld brauchte?«

Jeremy legte die Stirn in Falten. Jenkins' Tonfall war nichts zu entnehmen. »Yep.«

»Der Idiot hat Mist gebaut«, sagte Jenkins.

Jeremy zog eine Rothmans aus der Schachtel und steckte sie gelassen an. »Kann er nicht zahlen?«

»So sieht es aus.«

»O je«, machte Jemery. »Was kann er verkaufen?«

»Am liebsten nichts.«

»Hör zu, Kumpel«, sagte Jeremy. »Wenn dein Freund von Tommy Wong Geld geliehen hat, sollte er es besser zurückzahlen.«

»Verstehe.« Jenkins' Stimme verriet nichts.

»Ich habe es dir gesagt«, fuhr Jeremy fort. »Keine Gewalt vor Fälligkeit. Aber dann jede Menge. Heute abend Tennis?«

»Werde ich kaum schaffen.«

Jenkins legte auf. Er hatte vom Yachtclub aus angerufen. Es war Mittwoch, zehn Uhr morgens, ein Tag, nachdem er auf den Stufen des Man Mo-Tempels gesessen hatte. Zu dieser Stunde war die Bar mit Ausnahme einer angejahrten Blondine fast leer. Sie war betrunken, stützte sich auf einen Hocker und machte sich an den Barmann heran. Jenkins identifizierte sie als eine Freundin Dianas. Als er wenig später einen Bus bestieg, hatte er nicht zum ersten Mal das Gefühl, Diana kaum noch zu kennen. Ebensowenig wie sie ihn.

Gott sei Dank.

In der Bibliothek saß ein Kurzgeschorener auf Jenkins' Stammplatz. Er reagierte gereizt. Dieser Stuhl an diesem Tisch war der einzige Bereich, den er noch hatte. Die Bibliothekarin mit dem Pferdegesicht saß hinter ihrem Tresen. Jenkins war halb geneigt, eine Szene zu machen. Auf die richtige Weise angesprochen, würde sie diesen Eindringling darauf hinweisen, daß . . .

Er lief zum Zeitungsregal, zog eine *South China/Morning Post* heraus und ging mit ihr zu dem Tisch. Er setzte sich dem Mann gegenüber, der auf seinem Stuhl hockte, und hielt sich die Zeitung vors Gesicht. Sie schuf einen kleinen Schwarzweißraum, in dem er seine Nerven beruhigen konnte. Die Artikel auf der Titelseite waren in der gestelzten Pekinger PR-Sprache geschrieben, die sich neuerdings in den Zeitungen breitmachte. Der Chinese gegenüber sprach auf kantonesisch und in normaler Lautstärke in ein Mobiltelephon. Auch das noch, dachte Jenkins. Aber er brachte nicht genug Konzentration für Verärgerung auf. In seinem Kopf rannte ein einziger Gedanke herum wie ein Hamster im Laufrad.

Was mache ich jetzt?

Er holte ein paar Mal tief Luft. Er brauchte ein Schiff, er mußte ein Schiff steuern. Er wußte nicht, was er sonst tun könnte. Aber niemand wollte ihm ein Schiff geben. Dann raube doch eine Bank aus, dachte Jenkins. Du bist vielleicht schlecht im Taktieren, aber im Organisieren bist du gut. Um Rachels willen überfall eine Bank. Um Dianas willen natürlich auch. Arme Diana.

Also raubst du eine Bank aus. Aber bestimmt wirst du geschnappt. Und dann stecken Rachel und Diana in noch größeren Schwierigkeiten. Jenkins war verblüfft über sich selbst. Er dachte ernsthaft über einen Banküberfall nach? Verrückt. Was er brauchte, war ein Schiff.

Der Hamster flitzte weiter, Runde für Runde.

Jemand kam und setzte sich neben den kurzgeschorenen Mann.

»Entschuldigung«, sagte eine Stimme. »Captain Jenkins?«

Er ließ die Zeitung sinken und sah in die dunklen, undurchdringlichen Augen von Tommy Wong.

»Da gibt es jemanden, den Sie kennenlernen sollten«, sagte Wong.

Jenkins stellte fest, daß sein Herz unbehaglich klopfte. Es war geschehen. »Woher wußten Sie, wo ich bin?«

Wong nickte knapp. »Sie sind wichtig für mich«, sagte er. »Die Ente, die goldene Eier legt.«

»Gans«, sagte Jenkins. Die pferdegesichtige Bibliothekarin hinter dem Tresen musterte sie finster. »Sie kommen einen Tag zu früh.«

Wong lachte. »Hierbei geht es nicht um Geld.« Er stand auf. »Kommen Sie.« Er sprach mit normaler Stimme, aber in der Bibliothek hörte sie sich sehr laut an. »Ohne jedes Risiko und zu Ihrem Vorteil.«

Er könnte lügen, dachte Jenkins. Er könnte mich von hier fortbringen, um mich zusammenschlagen zu lassen. Aber vor Fälligkeit der Summe keine Gewalt, hatte Jeremy gesagt. Und mit solchen Dingen kannte sich Jeremy aus.

Er stand auf und folgte Wong. Der muskulöse Mann, der auf seinem Stuhl gesessen hatte, kam ihm nach; lief auf den Außenkanten der Füße wie ein Schläger.

Vor der Bibliothek parkte ein stahlgrauer Lexus am Straßenrand. Der muskulöse Mann öffnete den Schlag. Wong stieg als erster ein, dann folgte Jenkins, dann der muskulöse Mann. Jenkins fühlte sich wie der Belag zwischen zwei Sandwichscheiben. Der muskulöse Mann lächelte, ein breites, gänzlich unfreundliches Lächeln. Der Fahrer fuhr an.

Wong überraschte die völlig angstfreie Miene des Gweilo. Natürlich konnte man nie wissen, was sie dachten, aber erstaunlicherweise kam das, was er in den Augen neben ihm sah, einer Art Erleichterung sehr nahe. Kein vernünftiger Mensch konnte Erleichterung darüber empfinden, von einem Mann zu einem unbekannten Ort gebracht zu werden, dem er vierzigtausend Dollar nicht zurückgezahlt hatte. Allerdings waren Gweilos anders. »Wir fahren zu meinem Chef Mister Chang«, sagte Wong. »Einem sehr einflußreichen Mann.«

Jenkins nickte. So etwas wie Frieden hatte sich in ihm ausgebreitet. Es geschah etwas. Und für den Augenblick genügte das.

Der Lexus wand sich durch den dichten Verkehr und

hielt vor dem Gebäude der Hongkong and Shanghai Bank. Zu dritt durchquerten sie das Atrium und betraten den Fahrstuhl. Der Leibwächter drückte auf einen Knopf. Jenkins sah auf die schwarzen Köpfe seiner Begleiter hinunter und verspürte Hoffnung. Zu einem Überfall auf ihn eignete sich dieser Ort kaum.

Die Stockwerkangaben erreichten den oberen Dreißigerbereich, und die Tür ging auf. Sie liefen durch einen Raum voller Schreibtische, vorbei an zwei gelangweilten Sekretärinnen, und betraten ein Büro.

Es war ein großer Raum mit Fenstern vom Boden bis zur Decke und Ausblick auf den Hafen. An der Wand hinter dem Schwarzlack-Schreibtisch hing ein edel gerahmtes chinesisches Schriftzeichen auf handgeschöpftem Papier. Unter dem Ideogramm saß ein stämmiger Chinese mit Brille, Savile Row-Anzug und Old Harrovian-Krawatte. Tommy Wong sagte etwas auf kantonesisch und servil wie eine schleimabsondernde Schnecke. Der Mann hinter dem Schreibtisch nickte und wandte sich mit einem verblüffend pausbäckigen Lächeln Jenkins zu. »Mein werter Captain«, sagte er. »Es ist mir in der Tat eine Freude, Sie kennenzulernen. Ich bin Hugh Chang. Bitte nehmen Sie Platz.«

Jenkins nahm Platz. Wong und der Leibwächter zogen sich zurück. Jenkins spürte, daß seine Ruhe bedenklich abnahm. Das Schriftzeichen war in Hongkong allgegenwärtig, auf Lycheesdosen, Theaterplakaten und Hafencontainern. Es war das Markenzeichen des Chang-Imperiums.

Und das war Hugh Chang. Man sah ihn im Fernsehen, wie er Delegationen aus Peking die Hände schüttelte, oder auf der ersten Seite des Wirtschaftsteils in den Zeitungen. In Hugh Changs Büro wurde man von keinem Schmalspur-Geldverleiher geleitet.

»Es ist sehr zuvorkommend von Ihnen, sich ein paar Minuten für unsere Begegnung zu nehmen«, sagte Chang durch sein Lächeln hindurch. »Wir beide sind sehr beschäftigt, also werde ich, wenn Sie gestatten, gleich zur Sache kommen. Über Ihre Geschäftsbeziehung zu Mister Wong bin ich informiert und überzeugt davon, daß Sie diese Angelegenheit im Griff haben.« Das Pausbäckchenlächeln wankte keine Sekunde. Jenkins' Verwirrung nahm zu. »Aber für den unwahrscheinlichen Fall, daß Sie auf Schwierigkeiten stoßen – wie weit würden Sie gehen, um Ihren Verpflichtungen nachzukommen?«

Und vor einer halben Stunde habe ich ernsthaft erwogen, Banken zu überfallen, dachte Jenkins. »Ich würde tun, was nötig ist.«

Chang nickte lächelnd. »Und . . . verzeihen Sie . . . wie war das in der Zamboanga Strait? Haben Sie da auch getan, was nötig ist?«

»Woher wissen Sie davon?«

»Viele Leute wissen davon, Mister Jenkins.«

Jenkins dachte an Warwick, an Dacre und an die Schwarze Liste. »Warum interessiert Sie das?«

»Mister Wong und ich sind alte Freunde. Mir kam die Idee, daß wir einander vielleicht helfen können. Aber bevor ich helfen kann, muß ich ein wenig mehr über Sie erfahren.«

Das ist keine Antwort, dachte Jenkins. Was will er?

»Also«, sagte Chang, »muß ich mich auch über die Zamboanga Strait informieren.« Er positionierte sein Handgelenk auf dem Schreibtisch, blickte auf seine Uhr und sah dann wieder Jenkins an.

Die Masche mit der Uhr elektrisierte Jenkins. Plötzlich begann sein Herz zu hämmern, Schweiß trat auf seine Stirn. Das könnte seine Chance für die Rückkehr in eine geordnete Welt sein. Greif zu. Was hast du schon zu verlieren?

»Ein Kollege von mir wurde von Piraten ermordet. Die Zamboanga Strait wimmelt von ihnen. Ich kam zu dem Schluß, daß das Stillhaltegebot der Reederei für diesen Fall nicht anwendbar war. Dieser Pirat mußte unschädlich gemacht werden. Ich habe ihn unschädlich gemacht.«

»Problemlösung durch direkte Aktion«, sagte Chang. »Obwohl Sie das in Handlungen zweifelhafter Legalität verwikkelte.«

»Die Bestimmung war ein Problem, keine Lösung.«

Chang nickte. »Ich danke Ihnen für Ihr Vertrauen.« Er wirkte entschieden weniger pausbäckig. Seine Augen hatten den Glanz einer polierten Pflaume. »Wußten Sie, daß mein Sohn Raymond mit Ihrer Tochter Rachel befreundet ist?« fragte er unvermittelt. Das Pausbäckchenlächeln war wieder da. »Wenn junge Leute Freunde sind, sollten sich kluge Eltern kennenlernen, eine Beziehung zueinander anknüpfen.« Er nickte das Nicken eines Weisen. »Und in geschäftlichen Dingen kooperieren. Beispielsweise nach einer Lösung zur Begleichung Ihrer Schulden suchen. Und zufällig brauche ich gerade einen Offizier für eines meiner Schiffe.«

Jenkins spürte, wie das Blut in sein Gesicht zurückkehrte. »Ein wirklich glücklicher Zufall. Ich werde Mister Wong darüber in Kenntnis setzen. Ein Captain Soares wird sich mit Ihnen in Verbindung setzen, um alles Weitere zu vereinbaren. Und jetzt bitte ich Sie, mich zu entschuldigen.«

Jenkins glaubte nicht an glückliche Zufällle. Aber die richtigen Worte waren gefallen: Ordnung, Zusammenarbeit, Beziehungen. Sie bedeuteten, daß er sich wieder im Raster befand. Einem geschenkten Gaul sieht man nicht ins Maul, sagte er sich. Es war seine Chance. Seine plötzliche Sorgenfreiheit brachte ihn auf die Füße und zur Tür hinaus.

Nachdem er gegangen war, betrachtete Chang einen Moment lang sein Spiegelbild auf der lackierten Schreibtischplatte. Dieser Jenkins war ein hervorragender Seemann nach allem, was man hörte. Das war gut. Er hatte zwanzig Jahre lang für dieselbe Reederei gearbeitet. Auch das war gut. Und doch hatte er keine Bedenken, Gewalt bei der Verteidigung der Menschen anzuwenden, denen er sich verpflichtet fühlte – das waren jetzt seine Familie und er selbst. Das war sehr gut.

Es gab nur zwei Dinge, die noch besser waren. Zum einen

befand sich Jenkins in einer verzweifelten Situation. Zum zweiten hatte er seine Tochter. Nach allem, was man hörte, liebte Jenkins seine Tochter.

Die Tochter war ein entscheidender Vorteil.

6. Kapitel

Rachel war in ihrem Zimmer und betrachtete mit der Lupe einen Reiter aus der T'ang-Zeit, das tiefbefriedigende Nebeneinander von grüner Glasur und dem nackten braunen Ton; eine Abgrenzung und doch keine Abgrenzung, eine Gegenüberstellung von Härte und Sanftheit, von Yin und Yang. Man kann es überall sehen, dachte sie, überall in dieser viertausendjährigen Kultur.

Das Telephon klingelte.

Eine Männerstimme meldete sich. Sie war jung, voller Elan. »Rachel?«

Ihr Herz begann wild zu klopfen. Oh, wie schön, dachte sie. »Raymond?«

»Hör zu«, sagte er. »Ich würde heute gern mit dir in die Galerie Ong gehen.«

»Heute?«

»In einer Stunde bin ich bei dir. Halte dich bereit.«

Ihr Herz klopfte nicht mehr ganz so wild. Raymond Chang war zweifellos ziemlich attraktiv. Er war nett, witzig, intelligent, er sah sehr gut aus, er hatte ein Auto und so weiter. Aber Rachel plagte eine geheime Sorge im Zusammenhang mit ihm: Wie kann man eine Beziehung zu jemandem haben, der davon ausgeht, daß man pausenlos in den Startblöcken sitzt?

»Eigentlich glaube ich nicht, daß ich mitkommen kann«, sagte sie.

Raymonds Stimme kühlte sich einige Grade ab. »Was heißt das, du glaubst, du kannst nicht?«

Rachel stellte fest, daß aus ihrer geheimen Sorge etwas

wurde, was Verärgerung sehr nahe kam. »Das heißt, daß ich andere Pläne habe.« Sie hätte Raymond sagen können, daß sie mit ihrem Vater ausging. Das hätte er verstanden, denn sein eigener Vater war ein Traditionalist und hielt viel von Familienbanden und Pflichten. Aber sie hatte Raymond gern. Sie wollte nicht mit ihm auf der Grundlage von Regeln verkehren, von denen sie nicht überzeugt war. Sie wollte eine unvoreingenommene Beziehung von Mensch zu Mensch. Oder gar nichts.

»Welche anderen Pläne, verdammt noch mal?«

Rachel hörte die Leere in Raymonds Stimme. Sie verspürte leichte Genugtung darüber, daß er eifersüchtig war, sorgte sich aber gleichzeitig, daß sie ihrer Gereiztheit nachgegeben haben, zu schroff gewesen sein könnte ... Jetzt nicht weich werden, sagte sie sich. »Pläne eben.«

»Oh«, sagte Raymond.

»Aber morgen abend würde es passen«, sagte Rachel. Nach der Schroffheit machen wir jetzt also auf Miss Gefällig.

»Vielleicht«, erwiderte Raymond beiläufig. »Ich melde mich wiedel.« Wenn er erregt war, neigte er dazu, aus »r« ein »l« zu machen.

»Bis ...« Aber bevor sie den Satz beenden konnte, hatte er aufgelegt.

Prachtvoll, dachte sie. Einfach prachtvoll. Er ist der erste Mann, den du wirklich magst, aber du mußtest ihn verprellen.

Also ihn anrufen.

Auf keinen Fall.

Sie lächelte. Sture Kuh. Sture, verlogene Kuh.

Draußen schlug die Wohnungstür zu, gleich darauf rauschte die Dusche im Bad. Zehn Minuten später kam ihr Vater herein in einem schwarzen, mit Paradiesvögeln bedrucktem Kimono. Sein Gesicht wirkte noch immer erschöpft, aber in seinen Augen schien ein neues Leuchten zu stehen. Rachel legte Raymond unter unerledigte Fälle ab und schob die Schublade fest zu.

Wie immer brachte ihr Lächeln Jenkins' Herz zum Schmelzen.

»Gehst du aus?« fragte er.

»Ja. Mit meinem alten Herrn, dachte ich.« Sie strahlte ihn mit ihren Bernsteinaugen an. »Herzlichen Glückwunsch zum Geburtstag. Ich wollte dich ins Loon Fung einladen.«

»Donnerwetter«, sagte er. »Mein Lieblingslokal.«

Sie ließ ihn nicht aus den Augen. In den letzten Wochen war jeder Aufmunterungsversuch so verlaufen, als wollte man einen Stuhl an einem Bein hochstemmen. Doch heute ging eine Unbeschwertheit von ihm aus, eine . . . nun, handelte es sich um ihren Vater, hätte sie es Zuversicht genannt. »Was stimmt dich so heiter?« fragte sie.

»Ich hatte einen guten Tag«, sagte er. »Das macht munter. Wo ist deine Mutter?«

»Aus. Ein wichtiges Tennisspiel, sagte sie. Und dann geht sie mit Myra Jennings essen.«

»Dem Krokodil?«

»Der Schildkröte. Obwohl solche persönlichen Verunglimpfungen weder statthaft noch hilfreich sind«, sagte sie im Gouvernantenton und schürzte vorwurfsvoll die Lippen. »Wie auch immer – sie amüsieren sich, und wir werden es auch tun. Mutter bat mich, dir ihre Glückwünsche zu übermitteln.« Der letzte Satz war ein Spontaneinfall.

»Ich hoffe, es macht ihr nichts aus, das Loon Fung zu verpassen.«

Rachel senkte den Blick. »Ich glaube nicht.« Daß ihr Vater die See mit dem Land vertauscht hatte, schien ihre Mutter nicht glücklicher gemacht zu haben. Doch das gehörte zu den Dingen, die ihr Vater kaum bemerken würde. Solange seine Familie ausreichend zu essen und zu trinken hatte, schien ihr Vater kein Bedürfnis nach tiefergehenden Erkundungen zu verspüren. Rachel war alt genug, um sich zu fragen, wie lange die beiden auf dieser Basis noch miteinander leben konnten.

Doch darüber wollte sie nicht nachdenken, nicht am Geburtstag ihres Vaters. Sie suchte nach einem anderen Thema und fand es. Die Reifen um ihr Handgelenk klimperten, als sie nach dem Merkzettel griff, der auf ihrer Schreibtischplatte klebte. »Ein Mann hat angerufen. Unangenehme Stimme. Nannte sich Suarez oder so ähnlich.«

»Tatsächlich?« Jenkins fühlte sich nahezu euphorisch. Tommy Wong war kein Thema mehr. Es sah so aus, als könnte er wieder auf See. Und er ging mit Rachel essen, ohne Diana.

Nein, dachte er schnell. Dianas Abwesenheit war durchaus kein Grund zur Euphorie. Aber wenn Diana mitgekommen wäre, hätten sie über ihre Fortschritte im Tennis sprechen müssen und die neuesten Neuigkeiten aus ihrer verdammten Clique. Es war eine Sache, daß man ihr dort ein Gefühl von Wichtigkeit gab, jedoch eine ganz andere, sich vom Klatsch über die Mitglieder überrieseln zu lassen wie vom Öl aus einer lecken Pumpe.

Aber Diana war glücklich. Und das allein zählte.

Er zog ein Seersucker-Sakko und dunkelblaue Leinenhosen an. Zu Ehren des Anlasses schob er neue Pappe in die durchgelaufenen Loafers. Er mußte sich dringend die Haare schneiden lassen. Verdammt grau an den Schleifen. Ansonsten war er bereit für die See.

Er ging zum Telephon und wählte die Nummer, die Rachel auf ihren Zettel geschrieben hatte. »Yeah?« meldete sich eine kalte Stimme.

»Captain Soares?«

»Wer will ihn sprechen?«

»Mein Name ist Jenkins.«

»Ah, ja«, sagte die Stimme und wurde aalglatt. »Captain Jenkins. Wie angenehm. Hören Sie, ich habe so viel von Ihnen gehört, daß ich Ihnen bei einem Bier ein Angebot machen möchte. Habe noch eine Menge zu tun, also später, so gegen elf. Bin dann im Kitten Club in Wan Chai. Sie kennen den Kitten Club? Voller junger Miezen. Haha.«

»Ich fürchte, das ist nicht möglich«, sagte Jenkins. »Wie ist es mit morgen?«

»Morgen ist zu spät. Wenn wir uns einig werden wollen, müssen wir uns noch heute abend einigen. Um elf, okay?«

Jenkins sagte »okay«, legte auf und fühlte sich irgendwie über den Tisch gezogen. Egal, dachte er. Bis elf war es sein Geburtstag.

Sie fuhren mit dem Taxi nach Aberdeen. Im Loon Fung herrschte ein Getöse wie neben einem Wasserfall. Rachel sprach in fließendem Kantonesisch mit dem Kellner, und er führte sie durch die Menge an einen Tisch mit Ausblick auf das Wasser.

»Soll ich bestellen?« fragte sie.

Jenkins lächelte sie an. Sie würde das Richtige bestellen. Sie wußte, was er gern aß, und noch wichtiger: Sie konnte die Karte lesen.

Mit beträchtlichem Stolz beobachtete er, wie sie sich durch die Gänge arbeitete. Es ist, dachte er, ein unglaubliches Glück, daß sie das Aussehen ihrer Mutter und das Köpfchen ihres Vaters mitbekommen hat und nicht anders herum.

Das Essen kam schnell. »Ich bin am Verhungern«, sagte Rachel, hob die Schale und schob sich mit den Stäbchen die Bissen in den Mund. Als ihr erster Heißhunger gestillt war, hielt sie inne und musterte ihn mit den bernsteinfarbenen Augen. »Du hattest vergessen, daß du heute Geburtstag hast, stimmt's?«

»Die Kreditkartenfirma hat mir eine Karte geschickt. Aber gestern.«

Sie lachte. »Warum fährst du nicht wieder zur See?«

Er blickte auf die Wantans, die wie Geldsäcke in seiner Suppe schwammen. »Vielleicht werde ich genau das tun«, sagte er und sah wieder Mr. Changs Pausbacken vor sich. »Übrigens«, sagte er, »man hört da so gewisse Dinge in, äh, Cocktailkreisen. Was ist mit dir und Raymond Chang?«

Sie wandte ihm das Gesicht zu – große, geheimnisvolle

Augen unter fein geschwungenen Brauen. Es war offensichtlich, warum die Leute sie photographieren wollten. Sie schob die dichten, blonden Haare hinter ihr linkes Ohr, so wie sie es immer tat, wenn sie verlegen war. Jenkins fühlte sich plötzlich durch die Tatsache bedrückt, daß er ihr Vater und sie erst achtzehn war. »Raymond?« meinte sie mit bemühter Beiläufigkeit. »Das übliche. *Guanxi.*«

»Aha.« *Guanxi* brauchte man, um in der chinesischen Welt voranzukommen. Es bedeutete Beziehungen, Menschen, die man kannte oder denen man Gefälligkeiten erwiesen hatte, Gefälligkeiten, die man zurückfordern konnte, wenn man sie brauchte. Aber es mußte ernster als das sein, denn Rachel hatte die Tatsache außer acht gelassen, daß er lieber in der Hölle schmoren würde, als auf eine Cocktailparty zu gehen.

»Und er hat mich ein paar Mal zum Essen eingeladen. Er ist sehr nett. Sehr gutaussehend. Ich glaube, er interessiert sich für mich.«

»Ich werde für seinen Vater arbeiten.«

»Als was?«

»Ich soll ein Schiff steuern, glaube ich.« Er spürte einen plötzlichen Mitteilungsdrang. »Hörte sich ein bißchen vertrackt an.« Das Zugeständnis entsetzte ihn.

Aber Rachel schien nichts zu bemerken. Es sah ganz so aus, als würde dieser Raymond einen großen Teil ihrer Gedanken beanspruchen. »Raymond sagt, sein Vater sei ein Scheißkerl. Natürlich nicht wörtlich. Es geht vor allem um diese konfuzianische Vorstellung von Vätern und Söhnen. Gehorsam. Raymond sagt, sein Vater sei ein altmodischer Typ.« Sie beschäftigte sich intensiv damit, Krabben und Schwarze-Bohnen-Sauce in ihre Schale zu schaufeln. »Er ist mit mir nicht einverstanden.«

Noch nie hatte Rachel irgendwelchen Wert auf die Anerkennung durch die Väter ihrer Freunde gelegt. Eindeutig ernst, dachte Jenkins. Um sie aufzumuntern, sagte er: »Davon hat er mir aber nichts gesagt.«

»Du hast über mich und Raymond gesprochen?«

»Sein Vater äußerte sich dahingehend, daß es gut wäre, wenn sich die Eltern junger Leute kennenlernen.«

Rachel spuckte ein Stück Krabbenschale auf den Fußboden, ein Beispiel chinesischer Tischsitten, das Diana verärgert hätte. »Davon weiß ich nichts. Nach Raymonds Äußerungen glaube ich, daß der alte Scheißkerl vermutlich für von den Eltern vereinbarte Ehen ist. Reinrassige.«

»Sehr vernünftige Einstellung«, sagte Jenkins.

Sie legte ihre Hand auf seine Finger. Sie klebte ein bißchen von der Schwarze-Bohnen-Sauce. »Da widerspreche ich dir.« Eine Sekunde lang war sie für ihn wieder zehn Jahre alt, marmeladen- und sandverklebt am Strand mit ihrem Bruder. Bill. Bill war acht gewesen. Zwei klebrige, schreiende kleine Rangen. Jetzt war eine davon tot, und die andere . . . nun, die andere war erwachsen.

Das Gefühl von Unerbittlichkeit war wieder da. Durch die Gedanken an Bill. Bills Tod hatte Diana aus dem Gleis geworfen. Seither war alles, was ganz natürlich sein sollte, zur Pflicht geworden. Er hatte für sie gesorgt auf eine verbissene Weise, eine unerbittliche Art.

»Dad?«

Er machte sich bewußt, daß sie etwas gesagt hatte. »Entschuldige«, sagte er und trank einen Schluck Tee. »War gerade woanders.«

»Herzlichen Glückwunsch«, sagte sie und schob ihm ein kleines Päckchen zu, rot mit goldenen Glückssymbolen.

In dem Päckchen war eine kleine Plastikhalbkugel. In der Halbkugel eine tropische Insel mit Palmen. Als er sie umdrehte, wirbelten Schneeflocken um die Palmen. »Genau das, was ich mir immer gewünscht habe«, sagte er.

»Du hattest doch diese Bilder von Schweizer Chalets in deiner Kajüte auf der *James Beeson*. Du hast immer gesagt, sie wären besser als jede Klimaanlage. Ich dachte, das würde dich an sie erinnern.«

Jenkins küßte ihre Jadewange.

»Es freut mich, daß du wieder auf See gehst«, sagte sie.

Er nickte. Einen Moment lang gab es nur sie und ihn in ihrer eigenen kleinen Halbkugel. Töchter waren etwas Wunderbares.

Um halb zehn setzte er sie zu Hause ab und fuhr mit dem Taxi weiter nach Wan Chai.

Der Kitten Club lag in einer dunklen Ecke des Neongeplärrs von Wan Chai. Jenkins bezahlte den Taxifahrer und blieb vor der Tür kurz stehen. Ein Stellplakat zeigte auf Oben-ohne-Photos Gina, Dolores, Lily und Pam. Er glaubte nicht, daß ihm Soares sympathisch sein würde, wenn der Kitten Club seiner Vorstellung von Vergnügen entsprach.

Jenkins drückte die schwere Holztür auf und trat ein.

Gina und Dolores, die in ihrer Heimat Thailand ganz anders hießen, schoben umgehend ihre Brüste aus ihren Trikots und setzten ein verführerisches Lächeln auf. »Spendierst du mir einen Drink?« fragte Gina.

Jenkins Blicke nahmen ihr stark geschminktes Gesicht und ihre braunen Brustwarzen in sich auf. Allzu flüchtig, wie ihr schien. »Keinen Drink«, sagte er. »Ein San Miguel für mich. Haben Sie Captain Soares gesehen?«

Jenkins sah rote Wollpulvertapeten, ein paar Sitznischen und im Hintergrund einen roten Vorhang. Ein rachitisch aussehender junger Chinese versuchte es mit einem vertraulichen Lächeln und sagte: »Nicht mehr lange.«

Jenkins setzte sich in eine der Buchten und rümpfte die Nase über den Geruch der Räucherstäbchen. Ein CD-Player mühte sich durch »Midnight Hour« und »The Birdie Song«. Der rote Vorhang teilte sich, und ein Kopf tauchte auf. Die Haare waren schwarz und glänzten gelfeucht. Der massige Schnurrbart war gleichfalls schwarz wie auch die Stoppeln auf dem fliehenden Kinn und die Pupillen über den dunklen Augensäcken. Die Augen huschten nach links und rechts. Der Kopf schob sich aus dem Vorhang, gefolgt von einem eiförmigen Köper in weißem, kurzärmeligem Hemd und

Khakihosen. Goldmedaillons hingen über der schwarzen Haarmatte auf dem speckfarbenen Brustkorb. Hände knöpften sich die Hosen zu.

»Captain Soares?« fragte Jenkins.

Die Augen trafen ihn wie etwas Kaltes und Feuchtes. Die roten Lippen unter dem schwarzen Schnurrbart verzogen sich zu einem gewinnenden Lächeln. »Mister Jenkins«, sagte Soares, »wie liebenswürdig, daß Sie gekommen sind.« Eine Thai mit trüben Augen schob sich an ihm vorbei und begann mit den Mädchen hinter der Theke zu tuscheln.

Soares kratzte sich die Brust und brachte seine Goldstücke zum Klingeln. Er setzte sich an den Tisch, rief nach einem Bier, trank und rülpste. »Es heißt, Sie suchen einen Job«, sagte er.

Jenkins nickte und sah zu, wie sich Soares' graue Zunge den Schaum vom Schnurrbart leckte.

»Yeah«, sagte Soares. »Wir haben da ein Schiff. Ein echter Mistkahn, muß ich Ihnen sagen. Wir bringen es zum Abwracken. Nach Oakland, Kalifornien.«

»Nach Kalifornien«, wiederholte Jenkins. Die meisten Abwrackwerften befanden sich in Indien oder China, wo Arbeitskräfte billig waren.

Der Schnurrbart verlieh Soares' Gesicht einen melancholischen, clownesken Ausdruck. »Ich brauche einen Ersten Steuermann«, sagte er.

Jenkins nickte. Bettler durften nicht wählerisch sein.

»Das Geld stimmt«, sagte Soares. »Sechzigtausend Dollar.«

»Hongkong.«

»Amerikanische«, sagte Soares.

Jenkins Bier verharrte auf halbem Weg zu seinem Mund. »Was?«

»Die Hälfte jetzt. Die andere am Ziel.«

Jenkins setzte das Glas schnell ab, damit es ihm nicht aus den Fingern rutschte.

Sechzigtausend Dollar war genau die Summe, mit der er seine Schulden bezahlen und ein neues Leben beginnen konnte. Aber niemand, den Jenkins kannte, würde sechzigtausend Dollar zahlen, um ein Schiff über den Pazifik zum Abwracken zu bringen.

»Und was ist es für ein Schiff?« fragte er wachsam.

»Containerschiff. Siebentausend Tonnen. Wir laden ein paar Container. Vor allem leere, ein bißchen Sandballast. Ich brauche einen Mann, der es gewöhnt ist, mit Filipinos zu arbeiten, der die Fracht im Auge behält, die Deck-Crew überwacht und den Mund hält. Der Zweite Maat ist ein Brite, die beiden anderen Flips. Der Chief ist Australier. Er nimmt seine Frau mit. Filipino-Crew, chinesische Köche.«

Jenkins nickte. Es hörte sich extrem vertrackt an. Das einzige ermutigende Zeichen war die Frau des Maschineningenieurs. Schiffsoffiziere nahmen ihre Frauen nicht auf vertrackte Fahrten mit. Abgesehen davon hatte er allerdings noch heute vormittag ernsthaft darüber nachgedacht, eine Bank auszurauben. »Eine Frage«, sagte er.

Soares hob eine Braue.

»Ist die Sache legal?«

Soares legte seine Wurstfinger auf die Goldklunker, die sich beim Kratzen auf die linke Brustseite geschoben hatten. »Beim Grab meiner Mutter«, sagte er. »Wollen Sie den Job?«

Sechzig Riesen. Im Geist atmete Jenkins tief durch. »Selbstverständlich«, sagte er.

»Willkommen an Bord«, sagte Soares. »Vielleicht brauchen Sie einen Vorschuß.« Er tauchte mit der Hand in seine Khakis und holte eine dicke Rolle schmuddeliger Greenbucks hervor. »Reichen zehntausend Dollar?«

Jenkins gefiel die Art nicht, in der Soares so etwas für selbstverständlich hielt, aber er konnte die Augen nicht von dem Geld wenden. »Hübsch, was?« sagte Soares.

Jenkins blickte hoch. Soares lächelte ein eindeutiges Komplizenlächeln. Diesmal zeigten seine Augen keine Neigung zum Wandern.

Die Tür ging auf, und ein Mann kam herein. Die Mädchen

hinter der Bar schwärmten auf ihn zu. Er war dunkel, stämmig und Ende zwanzig. »Laßt ihn in Ruhe«, sagte Soares zu den Mädchen. »Er will zu mir.« Er überreichte Jenkins das Geld. Der Mann kam auf sie zu. »Dave«, sagte Soares, »Ihr Zweiter Maat. Peter Pelly.«

Pelly hatte glatt zurückgestrichene schwarze Haare und ein breites, scharfgeschnittenes Gesicht. Seine schmalen Augen glitten über das Geld in Jenkins' Hand. Zumindest ein Großelternteil war chinesisch gewesen. »Wie geht's?« sagte er mit Londoner Akzent. Jenkins steckte das Geld ein. Peters Hand fühlte sich hart und trocken an. Er sah die Mädchen an, nicht Jenkins. Er spendierte Dolores einen Drink aus den Rémy Martin-Flaschen hinter der Bar und zog mit einer Art naiver Freude ein dickes Geldbündel aus der Tasche. Er war Jenkins sympathischer als Soares.

»Komm zu mir, Schätzchen«, sagte Peter. Dolores kam und setzte sich auf sein Knie. Jolly Jack auf Landgang, dachte Jenkins. Zeichen dafür, daß du wieder zu einem Schiff gehörst. Du solltest begeistert sein.

»Was Sie jetzt brauchen, ist ein bißchen Vergnügen«, sagte Soares, stieß Jenkins an und zeigte auf das Mädchen, mit dem er hinter dem Vorhang hervorgekommen war. »Lassen Sie sich den Chrom von der Trailerstange lecken.« Er streckte die Zunge unter dem Schnurrbart hervor und bewegte sie schnell hin und her. Hinter der Theke lachten die Mädchen, es klang wie Spatzentschilpen.

Jenkins stand auf. Er spürte das Geld in seiner Tasche. »Meine Frau wartet auf mich«, sagte er.

»Du schwul?« fragte das Mädchen.

»Boje C-elf. Übermorgen, acht Uhr morgens«, sagte Soares. »Aber Sie haben keine Ahnung, was Ihnen da entgeht.« Er lachte ein keckerndes Lachen, das seine Goldmedaillons zum Klirren brachte.

Nachdem er die Tür hinter sich geschlossen hatte, kam sich Jenkins mieser als mies vor. Egal, sagte er sich. Das Gute am Korruptsein ist, daß man dafür bezahlt wird.

Als er nach Hause kam, lag Diana im Bett. Creme glänzte auf ihrem Gesicht. Sie trug ein blaues Spitzennachthemd und las *Hello*! »Darling«, sagte sie. »Rachel hat mir erzählt, daß ihr im Loon Fung gegessen habt.«

»Stimmt«, sagte Jenkins. Das miese Gefühl war verschwunden. Er wollte sich ihr anvertrauen, wollte ihr sagen: Diana, du kannst weiter hier wohnen bleiben, und auch das mit den Clubs und dem BMW geht in Ordnung. Aber natürlich hatte sie keine Ahnung, daß dies alles bis vor kurzem gefährdet war. »Ich muß dir etwas sagen«, meinte er statt dessen.

Sie blätterte eine Seite ihrer Zeitschrift um.

»Ich fahre wieder zur See.« Er wappnete sich.

Sie blickte nicht von dem Magazin auf, aber Jenkins sah, daß sie die Lippen zusammenpreßte. »Tatsächlich?«

»Ich hoffe, du hast nichts dagegen.«

Sie richtete ihre Augen auf ihn. Sie waren bernsteinfarben wie Rachels, aber nicht so warm und ausdrucksstark, sondern kühl und gefühllos. »Dagegen?«

»Die Bezahlung ist hervorragend«, sagte Jenkins. Warum rechtfertigte er sich eigentlich?

»Ich weiß, du wirst tun, was du für uns alle am besten hältst.« Diana lächelte das blendende Cocktailparty-Lächeln, das kam und ging, ohne auf ihrem Gesicht irgendeine Spur zu hinterlassen. »Ich bin sicher, daß du es genießen wirst.« Sie wandte sich wieder ihrer Zeitschrift zu.

Jenkins zog sich aus und kletterte ins Bett. Es war leichter gewesen, als er befürchtet hatte.

Diana schloß die Zeitschrift und legte sie ordentlich auf den Stapel auf ihrem Nachttisch. Es sah so aus, als würden sie miteinander reden. »Weißt du, wer Rachel heute abend angerufen hat?« fragte sie.

»Nein.«

»Raymond Chang.«

Jenkins blickte auf die pink- und beigefarbenen Vorhänge. Die Fenster waren geschlossen. Die Amahs machten den Raum täglich sauber, dennoch kam es einem vor, als würde man hier in trockenem Staub versinken. »Sie hat irgendwas davon erwähnt. Netter Kerl?«

Diana schnalzte mißbilligend. »Sein Vater ist einer der zehn reichsten Männer von Hongkong.«

»Oh«, sagte er. »Der.«

»Du bist wirklich nicht von dieser Welt.« Es war nicht einmal ein halber Scherz. Er legte die Hand auf ihre Schulter. Die Haut war noch immer glatt und jung. An ihrem nächsten Geburtstag wurde Diana sechsunddreißig. Er verspürte ein unbewußtes Verlangen, den Wunsch nach Nähe. Er ließ seine Hand über ihren Oberarm zum seidigen Schwung ihrer Hüfte wandern.

Sie schüttelte sie ab. »Es ist schon spät. Ich muß früh aufstehen, auch wenn du es nicht mußt.«

Für Termine im Strong Body Studio und beim Friseur, dachte Jenkins. Er glitt unter die Bettdecke. Manchmal war die Ehe mit Diana so, als wäre er überhaupt nicht verheiratet.

Er war zwanzig gewesen, als er sie kennengelernt hatte: nach vier Jahren auf See mit einem nagelneuen Steuermanns-Patent in seinem Zimmer im Haus seiner Eltern am Rand von Dorchester und in der zweiten Woche eines einmonatigen Urlaubs. In der Canford School, einem schauerlich neogotischen Gemäuer, wo er mit ein paar Freunden regelmäßig Tennis spielte, hatte eine Tanzveranstaltung stattgefunden. Und dort war er ihr begegnet.

Es war eindeutig eine Sache auf den ersten Blick gewesen. Jenkins hatte kurze Haare und ein braunes Gesicht, und der Hund seines damaligen Captains hatte dafür gesorgt, daß Jenkins sorgfältig auf seine Kleidung achtete: Blazer und Flanell zwischen all den Koteletten und Schlaghosen seiner Altersgenossen. Und Diana – nun, Diana hatte lange, goldbraune Beine, lange, auf dem Hinterkopf hochgesteckte Haare und lange weiße Zähne, und zwischen den ganzen Plateausohlen, den Mullkleidern und den falschen Wimpern war sie das einzige natürliche Wesen.

Er hatte sie angesprochen. Und als sie sich unterhielten, war sie nicht so kompliziert wie die anderen Mädchen. Sie hielt es nicht für sonderbar oder spießig, bei der Handelsmarine zu arbeiten. Sie konnte mit Menschen umgehen auf die gleiche Art, wie die Jungs auf dem Schiff miteinander auskamen.

Erst sehr, sehr viel später begann Jenkins zu vermuten, daß es bei einer Ehe um mehr gehen könnte, als miteinander klarzukommen.

An diesem Abend tanzte er mit ihr zu den Klängen von Noddy Holder, während die Discolämpchen von den assyrischen Wandreliefs der Aula zuckten. Und später, draußen auf dem Parkplatz in seinem MGB, entdeckte er die glatte Haut ihrer Oberschenkel, den geschmeidigen Schwung ihrer Tennishüften und die aufregenden Runzeln ihrer kleinen rosa Brustwarzen. Nein, nicht am ersten Abend bitte – hatte sie ihm ins Ohr gehaucht. So etwas mußte ein anständiger Kerl selbstverständlich respektieren trotz der Probleme, die er mit seinen Hosen hatte. Und so hatte er sie eingeladen, sich mit ihm am nächsten Abend *Superfly* anzusehen, und war am Abend danach mit ihr zu einem Ralph McTell-Konzert nach Bournemouth gefahren. Und am Abend danach waren sie am Strand entlanggelaufen, Richtung Studland, und auf einer Decke in den Dünen hatte sie ihm dann bewiesen, daß sie das, was sie am ersten Abend nicht tun wollte, am vierten mit Hingabe tat.

Und dann mußte Jenkins wieder an Bord.

Er hatte ihr dreimal wöchentlich geschrieben, lange, ausführliche Briefe über sein Leben auf dem Schiff. Die Briefe, die zurückkamen, waren kürzer und in großer, quadratischer Schrift mit kleinen Kreisen über dem »i«. Sie erzählten vom Tennis und von Menschen, die Jenkins nicht kannte. Sie vermittelten ihm den Eindruck, daß sie begehrt war. Sie machten ihn sogar sehr besorgt, denn er saß auf diesem verdammten Schiff fest, und sie war der Star von Poole, und der Himmel mochte wissen, mit wem sie ausging.

Als sie ihm dann eines Tages schrieb, sie sei schwanger, war es fast eine Erleichterung. Postwendend machte er ihr einen Heiratsantrag. Und so heirateten sie im Haus seiner Eltern, weil sie erklärte, ihr eigenes Elternhaus sei zu klein. Und damit hatte sie recht, denn Hamworthy besaß eine Terrasse, und sein Vater, ein Royal Navy-Offizier (im Ruhestand), lebte in einem großen Farmhaus mit Reitställen und zwanzig Morgen Land.

Merkwürdigerweise, wie Jenkins fand, schienen seine Eltern von Diana nicht gerade begeistert zu sein. Ein paar Tage vor der Hochzeit fragte seine Mutter: »Du bist dir doch ganz sicher, oder?«

»Selbstverständlich«, erwiderte Jenkins.

Sein Vater hatte sich vor dem Dinner vier steife Gin genehmigt anstelle der üblichen zwei. »Eins steht felsenfest«, sagte er. »David wird seinen verdammten Kopf durchsetzen.«

Jenkins erinnerte sich, was er damals empfunden hatte: er und Diana gegen den Rest der Welt. Er war gern auf See, aber manchmal kam es ihm ein bißchen unfair vor, daß seine Eltern ihn mit sechzehn fortgeschickt hatten, bevor er wußte, was er eigentlich wollte. Er hatte es Diana erzählt, und sie war seiner Meinung gewesen.

Nach Rachels Geburt wurde ein Kindermädchen eingestellt, weil Jenkins Zweiter Steuermann geworden war. Aber damit war viel Arbeit verbunden. Mitunter kam er sechs Monate lang nicht nach Hause. Während einer seiner Urlaube empfing sie Bill. Es war eine ideale Ehe. Zwei entzückende Kinder, eine wunderschöne Frau. Das einzige Problem war, daß sie einander im Durchschnitt von vier Monaten nur einen sahen. Aber schließlich waren sie erwachsen.

Am nächsten Morgen wachte er früh auf. Der Wind sang in den Balkongittern. Diana lag schlaff unter der Decke und schnarchte leise. Er holte seinen Seesack vom Schrank, brachte ihn ins Schlafzimmer und begann zu packen. Rachel steckte den Kopf aus der Tür ihres Zimmers. »Tee?« fragte sie.

Sie setzten sich an den Küchentisch. »Wann mußt du los?« fragte sie.

»Heute.« Er wollte ihr vom Kitten Club erzählen. Aber da gab es nichts, was er hätte erzählen können.

»Bist du wirklich okay?« Sie kannte ihn beunruhigend gut.

»In absoluter Topform«, sagte er. »Ich habe gestern abend mit diesen Leuten gesprochen.« Er hoffte, sie nahm ihn nicht ins Kreuzverhör.

Ihre Gedanken waren woanders. »Raymond hat angerufen. Raymond Chang. Als ich aus dem Loon Fung zurückkam.«

»Deine Mutter hat es mir erzählt. Ein bißchen spät, oder?«

Sie senkte den Blick. »Ich glaube, ihm liegt viel an mir.«

»Dir auch viel an ihm.«

Ihr Gesicht errötete leicht. »Ich habe ihm gesagt, daß es ein bißchen spät für Anrufe ist.«

»Sehr vernünftig.«

Sie umfaßte seine Finger. »Du würdest Andeutungen nicht einmal erkennen, wenn man sie dir um die Ohren schlägt«, sagte sie und küßte ihn auf die Wange. »Gute Fahrt.«

Er nickte. Er packte zu Ende und brachte Diana Tee. »Du bist noch nicht fort?« fragte sie und schlief wieder ein.

Er küßte Rachel zum Abschied, sagte ihr unbeholfen, sie solle brav sein, und hievte seinen schweren Seesack zur Haustür hinaus. Er hatte sich an Diana gewöhnt. Dennoch ertappte er sich bei einem unwürdigen Gedanken.

Manchmal neuerdings hatte er nicht mehr das Gefühl: er und Diana gegen den Rest der Welt. Manchmal neuerdings hatte er das Gefühl: Rachel und er gegen Diana.

7. Kapitel

Gegen elf Uhr vormittags war der Nordost-Monsun voll ausgebrochen. Er heulte durch die Betonschluchten der Stadt und peitschte das khakifarbene Wasser zu kurzen, scharfen Wellen hoch, gekrönt von schmuddeliger Gischt. Gut hundert Schiffe lagen vor Anker, die meisten von ihnen im Achtstunden-Umschlag, während klapperige Barken Fracht löschten oder aufluden. Weiter draußen, außerhalb des eigentlichen Hafens, in den Fahrrinnen zum Süden von Lamma Island warteten Dutzende weiterer Boote darauf, daß sie an die Reihe kamen. Es war laut, geschäftig, nervös – kurzum, es herrschte die manische Aktivität, für die Hongkong berüchtigt war.

Aber nicht an Boje C-11.

Boje C-11 war ein runder Prahm mit einem Schäkel in der Mitte, der im Meeresgrund nordwestlich der Pier der Macao-Fähre verankert war. Ein Schiff war dort vertäut. Am Heck waren noch Spuren der weißen Buchstaben zu sehen, die einst den Namen *Glory of Saipan* gebildet hatten.

Die *Glory* sah aus wie ein rostiger Schuhkarton von hundertzwanzig Meter Länge und dreißig Meter Breite. Vorn, wo die beiden Seiten zum Bug zusammenliefen, befand sich ein Unterkunftsblock, fünfstöckig und weiß gestrichen, darüber die Spiegelglasfenster der Brücke. Unter den Fenstern liefen Roststriemen den pockigen und aufgeplatzten Anstrich hinunter. Von den Antennen über dem Peildeck flatterte die Flagge von Liberia.

Hinter dem Unterkunftsblock verliefen Schiebeluken bis zum Heck. Auf den Luken waren sieben mal dreizehn Meter große Container gestapelt, jeweils zwei über- und sechs nebeneinander. Ganz hinten hustete ein viereckiger Schornstein schwarzen Rauch.

Jenkins näherte sich Boje C-11 mit einem baufälligen Wassertaxi. Der Fahrer hatte etliche Goldzähne, die er bereitwillig zeigte. »Ha!« sagte der Fahrer. »Verdammt alte Rostlaube!«

Jenkins konnte sich zu keiner Antwort durchringen. Die *Glory of Saipan* war in der Tat kein ermutigender Anblick. Nahezu alles ließ Böses ahnen. Die Lüftungsfenster standen offen. Und das hieß, daß die Klimaanlage nicht funktionierte. Auf dem Achterdeck in der Nähe des Schornsteins sah Jenkins einen 500-Kilowatt-Generator, dessen armdicke Kabel sich durch eine Luke unter Deck schlängelten, vermutlich in den Maschinenraum. Und das bedeutete, daß nicht nur die Klimaanlage sondern auch die Generatoren des Schiffs den Geist aufgegeben hatten und die Eigner zu knauserig waren, sie zu ersetzen.

Das Wassertaxi bretterte über die kurzen Wellen zum Achterschiff der *Glory* und stieß mit seinem Autoreifen am Bug gegen das Heckwerk. Jenkins schleuderte seinen Seesack an Deck und kletterte an Bord. Das Taxi ließ Gischt am Heck aufspritzen, tuckerte zum Ufer zurück und ließ Jenkins im Dröhnen des Generators zurück.

»Wer zum Teufel sind Sie?« fragte eine australische Stimme hinter ihm.

Er drehte sich um und spürte das Knirschen von Rostpartikeln unter den Schuhen. Der Mann war etwa einsachtundsechzig groß und hatte ein hageres Gesicht. Sein Teint schimmerte rötlich, aber das war kein Zeichen von Gesundheit, sondern für geplatzte Äderchen und eine Vorliebe für Alkohol. Das Weiß der Augen wirkte wässrig wie das Weiß zu kurz pochierter Eier.

Jenkins streckte die Hand aus. »Jenkins«, sagte er. »Erster Steuermann.«

Der Australier ignorierte die Hand und musterte ihn von Kopf bis Fuß. »Nairn«, sagte er, ohne die Lippen zu bewegen. »Erster Ingenieur. Der verfluchte Wasserkessel ist im Eimer.« Er stampfte auf eine Tür neben dem Schornstein zu.

Jenkins bemühte sich, nicht verblüfft zu sein. Neues Schiff, neue Regeln, sagte er sich. Aber ihm gefielen weder das Schiff noch die Regeln. Er schulterte seinen Sack, knirschte über das schmale Stahldeck neben den Containern und zog die Tür zur Unterkunft auf. Durch den Gestank von miesen Kochgerüchen und Männerschweiß lief er fünf Treppen hinauf. Es war schauerlich. Aber es gab auch Tröstliches. Heute früh waren zwanzigtausend Dollar an Tommy Wong überweisen worden und zehntausend auf Dianas Bankkonto. Nach der Ankunft in Oakland würde Wong den Rest erhalten.

Bettler dürfen nicht wählerisch sein, sagte sich Jenkins wieder einmal. Man kann sich an alles gewöhnen.

Inzwischen hatte er die Brücke erreicht, und eine Brücke war nun einmal eine Brücke. Er sah sich um. Die Karten schienen in Ordnung. Die Geräte waren verdreckt und vernachlässigt wie der Rest des Schiffes. Doch überrascht entdeckte Jenkins ein neues Raytheon ARPA sowie im Kartenraum ein Satelliten-Kommunikationssystem und ein SSB-Radio. Das Schiff mochte eine Rostlaube sein, aber wenn es sank, würde man wissen, wo es sank. Noch besser: Man wäre in Lage, Hilfe zu alarmieren.

»Mister Jenkins«, sagte eine Stimme.

Er blickte hoch. Es war Soares, noch immer in dem kurzärmeligen weißen Hemd und den Khakihosen aus dem Kitten Club. Seine Goldamulette klimperten wieder auf der teigigen Brust. Offenbar war er kälteunempfindlich. Jenkins schüttelte seine feuchte Hand und fragte: »Wann legen wir ab?«

Soares zuckte mit den Schultern. »Warten auf Anordnungen. Mittagessen um halb eins.« Er griff zu einem Telephon und wählte. »Messeboy auf die Brücke.«

Der Messeboy führte Jenkins in seine Kajüte, einem Kunststoffgeviert mit Schreibtisch, Koje und einem stinkenden Dusche-Klo-Kabuff. Eine Prozession Ameisen bewegte sich über das Leebord der Koje. Jenkins schickte den Messeboy nach Mop und Desinfektionsmitteln, legte Zeitungsbögen in die Fächer des Stahlspinds und packte seinen Seesack aus. Er aktivierte Rachels tropischen Schneesturm und stellte die Halbkugel auf das Regalbrett unter seinem Bullauge. Die künstlichen Flocken wirbelten um die Palmen. Verdammt gräßliches Schiff, dachte er. Aber immerhin ein Schiff. Die Dinge waren wieder auf Kurs. Um halb eins ging er zum Essen hinunter.

Die Messe bestand aus einem mit blauweißkariertem Wachstuch bedeckten Stahltisch. Peter Pelly, der Zweite Maat, war da. Er zwinkerte und nickte. Die Haut unter seinen dunklen schmalen Augen war grau und zeugte von einem ausgewachsenen Kater. Nairn und Soares aßen Sardinen und fettige Bratkartoffeln mit Knoblauch. Am Ende des Tisches saß eine Frau von rund fünfzig Jahren, mit langem Kinn und zu einem Knoten zusammengezurrten Stahlwollehaaren. Sie musterte Jenkins aus argwöhnischen grauen Augen. Ihr Mund war ein schmaler Schlitz – ganz so, als hätte jahrelange Resignation ihre Lippen verschwinden lassen. »Irma, das ist der Erste Steuermann«, sagte Nairn, »er . . . äh . . .«

»David Jenkins«, sagte Jenkins.

Mrs. Nairn zog den Schlitz breit und sagte: »Erfreut-Siekennenzulernen.« Zu weiterer Konversation kam es nicht. Jenkins zog eine Packung Kraft-Käsescheibletten sowie ein paar bläßliche Tomaten zu sich heran und machte sich ein Sandwich. Nairn goß sich hintereinander drei kleine Gläser Apfelsaft ein und kippte sie ruckartig. Jenkins nahm an, daß er mehr an Whiskey gewöhnt war.

Soares wischte sich mit dem Handrücken über die Lippen. »Jedermann zufrieden?«

Nairn rülpste. Seine Frau sah ihn so stirnrunzelnd an, als fände sie das nicht gerade fein. »Abgesehen von den kaputten Maschinen haben die beiden Schlitze noch nie einen Maschinenraum von innen gesehen. Ich will Ihnen nur sagen, daß ich derartige Umstände nicht gewöhnt bin. Ich war auf der *Asia Ruby*. Ich hatte einen Zweiten, einen Dritten, zwei Kadetten, fünf Matrosen. Meine schwerste Aufgabe am Tag war die Entscheidung, welchen Wein ich mir zum Dinner kommen lassen sollte . . .«

»Das war einmal«, sagte Mrs. Nairn. Ihre Stimme klang wie ein Peitschenhieb.

Nairn blickte auf, als wäre er gerade aus tiefem Schlaf erwacht. »Was?« fragte er.

Sie ließ ihn nicht aus den Augen. »Vorbei, vorüber«, sagte sie. »Jetzt haben wir ein Schiff zu steuern.«

»Oh«, machte Nairn wie ein Schlafwandler. »Yeah.«

Sie stand auf. Auch Nairn erhob sich. Sie gingen hinaus.

Peter hob die Brauen. »Reizendes Pärchen«, sagte er.

Soares hatte in der Nase gebohrt und begutachtete nun die Resultate. »Yeah«, meinte er abwesend. »Dave, sprechen Sie sich mit Rodriguez ab, dem Dritten Maat. Pete, Sie navigieren. Ich sehe Sie auf der Brücke. Um sechs kommt der Lotse an Bord.«

»Wo finde ich Rodriguez?« fragte Jenkins.

»Die Flips haben ihre eigene Messe auf dem Unterdeck«, sagte Soares. »Wenn Sie gern Blut und Fischköpfe essen, können Sie ihnen Gesellschaft leisten.« Er wühlte in seiner Tasche herum und warf Jenkins einen Schlüsselbund zu. Es war unangenehm warm.

Unten in der Mannschaftsmesse sahen Rodriguez und Johnny, der Dritte und Vierte Maat, *Stirb langsam* auf Video. Rodriguez war ein kleiner Mann mit großzügigen Lippen und pomadisierter Tolle, Johnny, stämmig und irgendwie kummervoll, mit hervortretenden, gefleckten braunen Augen. *»Howdy«*, sagte Rodriguez. Beide bedachten Jenkins mit einem schlaffen Handschlag.

»Mögen Sie Elvis Presley«, erkundigte sich Rodriguez.

»›Jailhouse Rock‹«, sagte Jenkins.

Rodriguez nickte. »Mein Held. In den Staaten werde ich Graceland besuchen.«

»Ah«, machte Jenkins. Wenigstens hatte Rodriguez an irgend etwas Interesse und war des Sprechens mächtig.

Rodriguez fuhr sich mit einem Kamm durch die Tolle und

stand auf. »Johnny«, fragte Jenkins, »was haben Sie für den Nachmittag vor?«

»Schlafen«, sagte Johnny. »Magenschmerzen. Krankes Herz. Videogucken.«

»Was ist mit der Rettungsausrüstung?«

»Später«, sagte Johnny.

»Jetzt«, sagte Jenkins. Hier würde Ordnung herrschen. System. Wie auf einem richtigen Schiff.

Johnny schob die Unterlippe vor und watschelte schnaufend und ächzend aus der Messe.

Die Vorräte befanden sich in kajütengroßen Spinden im untersten Geschoß des Unterkunftsblocks. Die Türen waren aus Stahl. Von den Rahmen breiteten sich Sprünge aus. Irgend jemand hatte Löcher in die Türen gebohrt, um das Schlimmste zu stoppen, aber viel hatte es nicht geholfen. Die Schlösser waren gute Chubb-Einriegelschlösser und nagelneu. Jenkins steckte den Schlüssel ins erste Spind und öffnete es.

Das Spind war mit Säcken gefüllt. Jenkins versuchte, sie zu zählen. Es waren zuviele.

»Spind eins«, sagte Rodriguez nach einem Blick auf seine Liste. Er gähnte. »Reis. Zweihundertvierzig Fünfzigkilo-Säcke.«

Schweigen. Dann fragte Jenkins: »Wieviel Reis essen achtzehn Filipinos pro Tag?«

»Ungefähr zwanzig Kilo.«

»Also haben wir für sechshundert Tage Reis.«

»Sehr langsames Schiff«, sagte Rodriguez und gluckste.

»Zählen Sie sie.«

Sie zählten. Es waren zweihundertundvierzig Säcke. Im Tiefkühlschrank befanden sich fünfzig Schweine in Stücken sowie mehrere Zentner Fisch. Es gab diverse Gallonen Öl, Kisten mit Zwiebeln und etliche Korbflaschen Sojasauce. Rodriguez hakte die Lebensmittel von seiner Liste ab und summte »A Fool Such as I« vor sich hin. Als sie ihre Inventur beendet hatten, ging Jenkins mit der Liste auf leicht wackligen Knien ins Büro. Er hatte das Gefühl, daß ein extrem kurzer Glücksmoment vorüber war und die Dinge in eine entschiedene Schieflage gerieten.

Soares blätterte im *Playboy* und kratzte sich abwesend im Schritt. »Alles okay?«

»Wie schnell läuft dieses Schiff?« fragte Jenkins.

»Elf Knoten«, erwiderte Soares.

»Wie lange brauchen wir bis Oakland?«

Soares' feuchtkalte Augen waren schmal und hart geworden. »Einen Monat«, sagte er. »Mehr oder weniger. Warum?«

»Wir haben genügend Vorräte für dreihundertundfünfzig Menschen an Bord.«

Soares blätterte eine Seite des *Playboy* um. »Mister Zamboanga-Schlaumeier-Jenkins, wenn Ihnen dieses Schiff nicht paßt, können Sie das Geld zurückzugeben und an Land gehen.« Er blickte auf seine Armbanduhr. »Wir stechen um siebzehn Uhr in See.«

Ich bin der Erste Maat, sagte sich Jenkins. Ich werde dafür bezahlt, der Anordnung des Captains zu folgen. Es wird für alles eine absolut logische Erklärung geben. »Yessir«, sagte er, stellte aber fest, daß er schwitzte.

Soares widmete seine Aufmerksamkeit wieder dem *Playboy*.

Jenkins verbat sich jedes weitere Grübeln über die Vorräte. Er zog einen Overall und Stahlkappen-Stiefel an und setzte sich einen Schutzhelm auf. Er schob sich das Sprechfunkgerät in die Brusttasche und scheuchte ein halbes Dutzend Matrosen aufs Vorderdeck. Das Funkgerät in seiner Tasche quakte. »Lotse an Bord«, sagte Soares' Stimme. »Also los geht's.«

Das war Maat-Arbeit und so behaglich, als würde er sich in einen alten, vertrauten Sessel fallen lassen. Jenkins trieb die Matrosen dazu an, sich für das Schlippen bereitzuhalten. Er reckte den Kopf über den Vorsteven und sah die Gestalt eines Chinesen vom Lotsenboot auf die Ankerboje treten und den Schäkel der Ankerkette lösen. Unter seinen

Füßen spürte er das schwache Dröhnen, mit dem sich das Schiff in Bewegung setzte. In seinen Ohren hörte er den Lotsen: »Schlippen lassen.«

»Schlippen«, wiederholte er. Die Stahltrosse klatschte in das khakifarbene Wasser und und wurde von der Heck-Ankerwinde aufgenommen. Die *Glory* war frei.

Und prompt fielen Jenkins die immensen Vorräte und die Sechstausend-Dollar-Heuer wieder ein. Worum geht es hier? fragte er sich.

Doch jetzt war es ohnehin zu spät.

Der Bug der *Glory of Saipan* schwang herum, um Green Island herum und in die Fahrrinne, die in das offene Südchinesische Meer hinausführte. Jenkins wandte sich der Vordeck-Crew zu, ordnete das Einholen und Befestigen der Ankerkette an.

Sein Funksprechgerät meldete sich wieder.

»Maat«, quakte Soares. »Im Maschinenraum gibt es ein Problem. Kümmern Sie sich darum.«

8. Kapitel

Im Maschinenraum war es heiß wie in der Hölle und doppelt so laut. Aber da sich Jorge, der Öler, in Maschinenräumen aufhielt, seit sein reicher Onkel vor sechs Jahren dem Prüfer an der MacArthur Sea School in Cebu City per Bestechung einen Befähigungsnachweis entlockt hatte, war er an die Hitze und den Krach gewöhnt. Jorge glaubte, daß seine wahre Berufung die Zucht von Kampfhähnen war und sich Geld von seiner Mutter zu leihen, um auf sie Wetten abzuschließen, während die Hähne einander auf den Kampfplätzen des *barrio* zerfetzten, und seiner Mutter das Geld – auch bei Gewinn – nicht zurückzugeben. Das Leben auf See erschien ihm im großen und ganzen unerfreulich, besonders aber auf einem alten Dreckkasten wie diesem.

Heute abend war es ganz besonders mies.

Mit den beiden neuen Maschinisten Ho und Lee fing alles an. Beide waren Chinesen. Selbst Jorge konnte erkennen, daß sie keine Ahnung von ihren Arbeit hatten. Aber das hätte er ihnen nie ins Gesicht gesagt, denn sie waren Typen, die sich nicht die Butter vom Brot nehmen ließen. Jorges Erfahrung mit den Hähnen hatte ihn gelehrt, Kämpfernaturen auf den ersten Blick zu erkennen.

Die Maschinisten waren in einem Kabuff neben dem Rudermaschinenraum. Zwischen ihnen stand ein Stahltisch, an den zwei Pappröhren geklebt waren. Sie standen über den Röhren und schrien sich an. Auf einer Seite des Tisches lag ein Haufen Geld. Es sah aus wie ein Glücksspiel.

Plötzlich sah Jorge einen kleinen Kopf mit spitzen Ohren und Schnurrhaaren aus der rechten Röhre auftauchen. Der Chinese Ho griff nach dem Geldhaufen.

Jorge ging ein Licht auf. Hier fand ein Rattenrennen statt. Jorge war ein Mann mit ausgeprägten sportlichen Instinkten. Er trat an den Tisch. Die Ratte des Chinesen Ho steckte wieder den Kopf heraus. Der Chinese Lee zahlte. Hos Ratte beeindruckte Jorge mit ihrem pfiffigen Gesichtsausdruck und dem Anschein gesunden Durchhaltevermögens. Jorge zog sein Geld aus der Tasche und klatschte hundert amerikanische Dollar auf Hos Tischseite.

Keiner der Männer würdigte ihn oder sein Geld auch nur eines Blicks. Jorge begann sich mißachtet zu fühlen, eine Empfindung, die er nicht sonderlich schätzte. So zog er sich einen Stuhl heran und beobachtete, schwer atmend, weiter.

Wieder gewann Hos Ratte. Lee zahlte. Aber noch immer ignorierten sie Jorge.

Schließlich riß Jorge der Geduldsfaden. Er hatte gewonnen. Er wollte ausgezahlt werden. Er tippte Lee auf die Schulter – eigentlich war es mehr ein leichter Stoß oder ein freundschaftlicher Schubs.

Nun wurde er nicht mehr übersehen.

Lee wandte sich um, das Gesicht ausdruckslos wie ein

Bogen gelbes Papier. Dann verspürte Jorge einen brennenden Schmerz an seinem rechten Ohr. Er flog zur Seite und auf das schmierige Stahldeck. Er hat mich geschlagen, dachte er durch einen blutroten Schmerznebel. Seine Finger schlossen sich um den Griff seines Messers, und er schoß hoch wie ein Stehaufmännchen.

Lee nahm Jorges Geld vom Tisch und stopfte es sich in die Tasche. Jorge fühlte sich verletzt und gedemütigt. Mit gezücktem Messer schoß er vorwärts.

Lee lächelte. Es war ein Lächeln, das Jorge plötzlich erkennen ließ, daß Lee kein Mann war, dem man mit einem Messer vor der Nase herumfuchtelte. Aber er hatte es nun einmal gezückt und sah keine Möglichkeit, es auf einigermaßen anständige Weise wieder einzustecken.

Lee bewegte die Arme, als wollte er in einen engen Pullover schlüpfen. Sein Fuß schnellte hoch und trat gegen Jorges Messer. Während die Klinge über den Boden schlitterte, schossen seine Knöchel vor, um Jorges Nase zu treffen und ihm die Knochen ins Hirn zu treiben. Aber Jorge hatte sich abgeduckt, so daß ihn der erste Schlag an der Stirn traf. Blitze zuckten in seinem Kopf. Er flog nach hinten in den Hauptmaschinenraum und blieb vor den Fenstern der Steuerungskabine liegen. Trotz seines eingeschränkten Sehvermögens kam es ihm so vor, als ob der Obermaschinist in der Steuerungskabine etwas in ein Telephon schrie. Seine Hand fand die Türklinke. Er öffnete die Tür, stolperte hinein und schloß hinter sich ab. Irgend jemand schrie, aber was, konnte er wegen des Rauschens in seinen Ohren nicht verstehen. Er hörte ohnehin nicht zu. Er blickte durch das Fenster in den Maschinenraum, den der Chinese Lee gerade mit seinem widerlichen Latschgang durchquerte. Und die Hände des Chinesen Lee umklammerten eine große rote Axt.

Jenkins stand oben an der Treppe. Seine Brust hob und senkte sich krampfhaft nach dem Hundert-Meter-Lauf von der Brücke. Unter ihm dröhnte die Maschine inmitten der drei stählernen Galerien, auf deren höchster er stand. Ganz unten, neben den schwirrenden Steuerknaggen, hieb ein Mann im weißen Overall mit einer roten Axt auf das Fenster der Steuerungskabine ein. Drinnen sah er Nairn. Hinter dem Glas sah sein Gesicht aus wie ein blutunterlaufener Totenschädel. Neben Jenkins' Hand befand sich ein großer roter Knopf. Der Generalarm.

Er wußte, was im Fall einer Meuterei oder einer Rebellion zu tun war. Man drückte auf den Knopf.

Er drückte auf den Knopf.

Neben der Steuerungskabine flackerte das orangefarbene Alarmsignal auf. Jenkins wartete auf eilig nahende Schritte. Sie blieben aus. Es mußten Alarmglocken ertönen.

Aber niemand würde auf sie reagieren, denn dieses Schiff war ganz anders als alle Schiffe, auf denen Jenkins sein Leben zugebracht hatte. Das orangefarbene Licht hörte auf zu flackern. Jemand hatte den Alarm ausgeschaltet.

Die Erkenntnis kam Jenkins so hell wie ein Magnesiumblitz. Für sechzigtausend Dollar machte man sich die Regeln je nach Bedarf.

Er sah sich um. In einem ans Schott geschweißten Behälter steckten ein paar rostige Eisenstangen. Er zog eine meterlange Stange heraus und rannte die Stufen zum Zentrum des Aufruhrs hinunter.

Der Chinese Lee hatte mit voller Wucht gegen das Fenster geschlagen. Aber anstatt zu zersplittern, war das Glas nur durch Sprünge undurchsichtig geworden. Der ist kein Maschinist, dachte Jenkins, sonst müßte er wissen, daß die Scheibe verstärkt ist. Der Mann holte gerade zum zweiten Mal aus, als Jenkins hinter ihn trat. Drinnen zog Nairn Grimassen und gestikulierte. Der Chinese drehte sich um. Seine kurzgeschnittenen Haare standen stoppelartig vom Schädel ab. Seine Augen unter buschigen Brauen waren zusammengekniffen und schwarz. Die Kiefermuskeln arbeiteten, ausgeprägt und hart wie Walnüsse.

Jenkins zeigte auf die Treppe. Der Chinese legte die Stirn in Falten. Jenkins sah, daß er unsicher wurde. Er klopfte mit seinem Eisenrohr auf das Deck und zeigte erneut auf die Treppe, nachhaltiger. Dann begann er selbst die Stufen hinaufzulaufen, Richtung Deck. Über die Vibrationen der Maschine hinweg fühlte er das Poltern von Stiefeln hinter sich. Von zwei Paar Stiefeln.

Oben, am Ende der Treppe, sah er ein kleines Rechteck Tageslicht. Er kletterte durch die Luke an die kühle Meeresluft.

Kann mir den Maschinenraum nicht terrorisieren lassen, dachte Jenkins. Das waren keine Seeleute, weder Maschinisten noch irgendeine andere bekannte Sorte von Bordarbeitern. Jenkins wußte, daß es nur eine Chance gab, ihnen die Regeln beizubringen, und die hatte nichts mit herkömmlichen Ausbildungsmethoden zu tun.

Er stand in einer Art Spalte zwischen den Containern und der Vorderseite des Maschinenraumaufbaus. Eine Eisenleiter führte am Aufbau empor. Jenkins schob seine Stange in den Gürtel und kletterte hinauf.

Oben auf der Leiter angekommen, drehte er sich um.

Die beiden Männer standen in der Spalte und sahen zu ihm hoch. »Hier herauf!« rief er. »Schnell!«

Der Mann mit der Axt sah erst die Leiter an, dann die Axt. Er ließ die Axt fallen und begann zu klettern. Sein Gefährte folgte ihm. »Schnell!« rief Jenkins.

Die linke Hand des ersten Mannes legte sich um die oberste Sprosse der Leiter. Jenkins hieb ihm mit dem Eisenrohr über die Finger. Der Mann schrie auf. Jenkins schlug ihn aufs Ohr, dann auf die Finger der anderen Hand.

Der Mann ließ die Leiter los und stürzte mit metallischem Geschepper zwischen die Container.

An Backbord glitten die Parabolantennen von Stanley Island vorbei, und das Lotsenboot strebte dem Land entgegen.

Jenkins beugte sich über die Leiter. Der zweite Mann

klammerte sich mit einer Hand an die Sprossen und rieb sich mit der anderen den Nacken, den sein Gefährte vermutlich im Sturz erwischt hatte. »Verstehen Sie Englisch?«

Der Mann wandte ihm ein hartes, ausdrucksloses Gesicht zu. »Bißchen.« Unten in der Spalte kam der andere Mann mühsam auf die Beine.

»Bleiben Sie, wo Sie sind«, sagte Jenkins. »Ich erteile Ihnen jetzt Lektion Nummer eins.«

»Ja, Mister Jenkins«, erwiderte der Mann.

»Sie werden im Maschinenraum keine Schlägerei anzetteln. Sie werden auf diesem Schiff überhaupt keine Schlägerei anzetteln. Sie werden auf diesem Schiff Befehle befolgen.«

»Ja, Mister Jenkins«, erwiderte der Mann.

»Sagen Sie das auch Ihrem Freund.«

»Ja, Mister Jenkins«, erwiderte der Mann und lächelte, ein breites, absolut unfreundliches Lächeln. Und plötzlich erkannte ihn Jenkins. Das war der Mann, der ihm in der Bibliothek gegenübergesessen hatte. Der Mann, der ihn und Tommy Wong zu Hugh Chang begleitet hatte. Damals war er kein Maschinist. Damals war er der Leibwächter eines Kredithais.

Was zum Teufel machte er auf der *Glory of Saipan*?

Nicht so wichtig. Land war Land, und ein Schiff war ein Schiff. »Gut«, sagte Jenkins, »Und jetzt gehe ich zum Captain.«

Soares war auf der Brücke und hatte einen Rattansessel so auf eine Frachtkiste gestellt, daß er aus dem Fenster sehen konnte. »Was gibt es für Probleme?« fragte er.

»Die Mannschaft prügelt sich herum«, sagte Jenkins. »Zwei Chinesen. Sollen angeblich Maschinisten sein.« Er war ausgepumpt und gereizt. »Ich habe Sie in die Backbordfarbkabine gesperrt und schlage vor, daß Sie die Mistkerle an Land setzen.«

»An Land?«

»Sie haben den Maschinenraum verwüstet. Sie wollten auf den Obermaschinisten mit einer Axt los. Sie haben keine Ahnung von der Arbeit, für die sie bezahlt werden. Irgendwann werden sie jemanden umbringen.«

Soares kratzte sich die Brust. Er roch so, als hätte er alten Schweiß mit einem Deo übertüncht. »Hmmm«, machte er. »Yeah. Die Sache ist nur, daß wir sie vielleicht noch brauchen.«

Jenkins starrte ihn an. »Sie brauchen?«

»Ist ohnehin ihr erstes Vergehen«, meinte Soares. »Ich sag Ihnen was. Werde sie mir mal in meinem Büro zur Brust nehmen.« Ächzend glitt er aus seinem Sessel und nahm Jenkins' Finger in seine feuchte Hand. »Wirkt komisch, was? Besonders auf einen Burschen wie Sie, auf jemanden, der bei Orient gearbeitet hat, was? Sie haben sich richtig verhalten. Keine Frage. Aber . . . nun, Sie werden sehen.«

Jenkins entzog ihm seine Hand und wischte sie an seinem Overall ab. Soares ging.

Er begann, auf der Brücke auf und ab zu laufen, unternahm eine Routine-Inspektion. An der Backbordseite der Rattansessel und die Konsole mit den Signallichtern und dem Maschinenraum-Telegraph, jetzt auf volle Fahrt voraus. Mittschiffs das Steuer mit dem Gyrokompaß und der Autopilotsteuerung, um die sich so nahe an Land offenbar ein Steuermann namens Bong kümmerte. An der Steuerbordseite das ARPA und hinter dem ARPA der Kartenraum mit Vorhängen, um die Nachtsicht des Ausguckmanns nicht zu beeinträchtigen.

Plötzlich bezweifelte er, daß es richtig gewesen war, eine Mannschaft aufbauen zu wollen. Alles Unsinn. Er hatte einen chinesischen Lümmel mit einer Eisenstange geschlagen, mehr nicht. Zwanzig Jahre plus auf See, immer ruhig und gelassen. Und nun das.

Er dachte an Diana, hörte ihre verschlafene Stimme: »Du bist noch nicht fort?«

Achtzehn Jahre Ehe, sagte eine kleine Stimme in seinem Kopf. Und sieh dir an, wohin es dich gebracht hat.

Kümmere dich um deine Arbeit. Grüble nicht.

Er trat ans Backbordfenster und blickte nach hinten, durchschritt die Breite des Schiffs, sah an Steuerbord nach hinten, blickte dann auf den ARPA-Schirm. Er fand die Routine beruhigend. Fast überzeugte sie ihn davon, daß es ein ordentlicher Job auf einem ordentlichen Schiff war. Er plottete den Verkehr, der immer spärlicher wurde, je weiter sie nach Südosten fuhren, fort von den Inseln von Hongkong. Pete kam herein, ging zum Kartentisch fummelte mit einem Stift auf einer der großen Seekarten herum. Jenkins sah ihm über die Schulter.

Der dort eingezeichnete Kurs würde die *Glory of Saipan* zum Norden von Luzon bringen, der nördlichsten Insel der Philippinen, also ziemlich weit südlich der Great Circle-Route nach San Francisco. »Warum fahren wir eigentlich so weit nach Süden?« fragte er.

»Anordnung des Alten«, erwiderte Pete. Pete verbreitete eine typische Handelsschiffahrt-Atmosphäre, durchaus leichtlebig, aber unerschütterlich. »Woher kommen Sie?«

»Oh, ich war gestrandet«, erwiderte Jenkins.

»Ich auch«, sagte Pete. »In der verdammten Seamen's Mission.« Jenkins gewann den Eindruck, daß er ein gesprächiger Mann war, der unter zu langem Schweigen litt. »Hatte im Oktober abgemustert. Saß da rum und war mittlerweile davon überzeugt, daß es auf der ganzen Welt kein verdammtes Schiff mehr für mich gab. Dann tauchte Soares auf.« Petes schmale Augen wanderten über die abblätternde grüne Farbe der Brücke, die Roststreifen unter den Fenstern. »Nicht unbedingt meine Traumvorstellung von einem Schiff. Hüten Sie sich vor diesem verdammten Chief, der hat verfluchte Komplexe. Und über diese Maschinisten wissen Sie bereits Bescheid. Halte mich persönlich von ihnen fern, so gut es geht. Aber gegen die Heuer ist nichts einzuwenden.«

Das kam Jenkins' eigener Einschätzung nahe genug, um ihn zutraulich werden zu lassen. »Eigenartige Überführung, was?« meinte er.

»Mir ziemlich gleichgültig«, sagte Pete. »Immerhin besser als die Seamen's Mission.« Er zog einen Taschenrechner heraus und begann auf die Tasten einzudrücken.

Jenkins sah zu, wie die Inseln von Hongkong im Meer verschwanden, und fühlte sich einsamer als jemals zuvor. Leb wohl, Rachel, dachte er. Denk hin und wieder an deinen Alten.

Er brühte Pete und sich Kaffee mit Hilfe des Brücken-Kessels. Wenigstens gab es etwas so Normales wie einen Brücken-Kessel. Ermutigt rief er den Messeboy und beauftragte ihn, im Unterkunftsblock mit einem Frühjahrsputz zu beginnen.

Irgendwo achtern begannen Werkzeuge zu wimmern und zu kreischen. Als Jenkins aus dem Brückenfenster blickte, sah er orangefarbene Funkenregen sprühen und blaue Blitze von Schweißbrennern zucken. Und er wußte, daß – Brücken-Kessel oder nicht – die Dinge alles andere als normal waren. Aus irgendwelchen Gründen, die ihm verborgen waren, wurden Veränderungen an den Containern vorgenommen.

9. Kapitel

Jenkins hatte gerade vier Stunden geschlafen, als Soares ihn über das Bordtelephon weckte. Er duschte in seinem Kabuff, in dem der Messeboy den Gestank nach altem Urin durch den nach neuem Bleichmittel ersetzt hatte. Er machte sich eine Tasse Kaffee in der Kombüse und lief gegen das Schlingern des Schiffes im niedrigen Seegang aus Nordost auf das Büro zu.

Soares saß in einem Drehstuhl, Beine auf dem Schreibtisch, und schielte sehnsüchtig auf das *Penthouse*-Poster am Schott. Er trug ein Unterhemd über Shorts und zeigte jede Menge weißes Schenkelfleisch und schwarze Behaarung. »Maat«, sagte er. »Da kommt einige Frachtarbeit auf Sie zu.«

Hinter den Bullaugen des Büros erstreckte sich das Südchinesische Meer leer bis zum Horizont. »Wir haben keine Fracht«, sagte Jenkins.

»Yeah«, machte Soares. »Yeah, yeah. Aber ich möchte ein paar Kisten weghaben.« Er schob Jenkins vier Bögen Karopapier zu, knabberte an seiner dicken Unterlippe und sah zu, wie Jenkins die Papiere stirnrunzelnd betrachtete.

»Was ist das?« fragte Jenkins.

»Staupläne.« Soares steckte sich eine Zigarette an und blies den Rauch gegen die Genitalien der Schönen an der Wand.

Für einen Stauplan nahm er sich reichlich sonderbar aus. Er zeigte ein schematisches Diagramm des Decks der *Glory of Saipan*. Die mittleren Container waren als Leerflächen dargestellt, die sich zwei Container tief bis zu den Ladeluken erstreckten. Vierzehn Sieben-Meter-Container mußten entfernt werden. »Wohin mit den Kisten, die Sie weg haben wollen?«

Soares deutete mit dem Daumen durch das Bullauge auf die blaue, leere See.

Jenkins bediente den Portalkran selbst. Es war leichte Arbeit. Man setzte sich in die Führerkabine, während sich die Kabel nach unten schlängelten, begab sich neben die Container, senkte den Greifer und paßte den richtigen Zeitpunkt der langen Dünung vom Backbordbug ab, hob den Container an – die uralten Gelenke ächzten und stöhnten. Man schwenkte die Kabine zur Seite, bis man ins blaue Wasser starrte und nicht mehr auf die rostigen Containeroberflächen und die Sperren gegen die Außenbordkanten des Auslegers klirrten. Ein Knopfdruck löste den Greifer aus. Klatsch.

Inmitten weißer Gischtblüten trafen die Container aufs

Wasser. In einem Strom dicker Blasen entwich die Luft. Wenig später wurden die rostbraunen Behälter grün und verschwanden schließlich im blauen Nichts. Aus diesem Nichts tauchte im Schlepptau der Blasen eine Frage auf. Eine Frage, die Jenkins nicht hören wollte, weil er wußte, daß er mit der Anwort nicht leben könnte.

Warum?

Um Viertel nach fünf war er fertig, ging in seine Kajüte und duschte. Mrs. Nairn klopfte an seine Tür. »Bier?« fragte sie. Er folgte ihren Polsterhüften über den Kajütgang.

Die Kajüte der Nairns war extrem adrett. Am Schott hing ein Photo des Chief. In Shorts und Buschhut stand er vor einem Mähdrescher. Mrs. Nairn stellte zwei eisverkrustete Flaschen San Miguel und eine Dose Seven-Up auf die Spitzentischdecke. Mit geübtem Schwung ihres Handgelenks wischte sie die Kronenkorken von den Bierflaschen. »Schon ein bißchen eingewöhnt?« fragte sie.

»Ja«, sagte Jenkins. Sie hatte Platzschoner auf die Vinylpolsterbänke gelegt. An der Wand hing ein rosa-blaues Kätzchen-Gemälde. Er erkannte, daß er nicht der einzige war, der dem Leben einen Hauch von Ordnung vermitteln wollte. Er fragte sich, ob seine diesbezüglichen Versuche so verdreht wirkten wie die von Mrs. Nairn. Er legte seine Finger um den Hals des San Mig und nahm einen schnellen, kalten Schluck.

»Cheers«, sagte Mrs. Nairn und nippte, den kleinen Finger abgespreizt.

Nairn kam herein. Er ignorierte Jenkins, trank die Hälfte der Seven-Up mit einem Schluck und verzog angewidert das Gesicht. »Habe mit Ihnen ein Hühnchen zu rupfen«, sagte er mit Blick auf das Mähdrescher-Photo.

»Wie bitte?« fragte Jenkins.

»Sie waren bei Orient, stimmt's? Mir ist klar, daß Ihr Jungs bei Orient glaubt, Hand in Hand mit Gott zu fahren. Aber ist es für Orient-Decktypen üblich, ihre Nase in den Maschinenraum zu stecken?« erkundigte sich Nairn. Seine

Stimme klang betont sarkastisch. Es war die Stimme eines Mannes, der Streit suchte, irgendeinen Streit. Komplexe, hatte Pete gemeint.

»Ich bin nicht mehr bei Orient.«

»Sie wurden gefeuert«, sagte Nairn. »Und seit diesem Tag strahlt die Sonne nicht mehr aus Ihrem Rectum. Vergessen Sie das bloß nicht. Mein letztes Schiff habe ich aus eigenem Antrieb verlassen. Also stecken Sie Ihre Nase nicht in meinen Maschinenraum.«

Jenkins spürte, wie die Wut in ihm hochstieg wie ein Ballon. Aber es war zu früh für eine Auseinandersetzung. Er stand auf. »Ich werde jetzt besser weitermachen«, sagte er.

»Oh, nein«, sagte Mrs. Nairn. »Also wirklich . . .«

Nairn ging in die Schlafkajüte und schlug die Tür zu.

Mrs. Nairn lächelte ein Besänftigungslächeln. »Kümmern Sie sich nicht um Edwin«, sagte sie. »Sein Gedächtnis ist neuerdings nicht mehr das allerbeste.« Sie beugte sich vor. »Er hat getrunken, wissen Sie . . .«

»Tatsächlich?« äußerte Jenkins.

»Nun wissen Sie es«, sagte Nairns Stimme hinter der Tür. »Aber ich bin jetzt trocken. Anordnung des Arztes. Der verdammte Arzt ist sie.«

»Fürchte, so ist es«, strahlte Mrs. Nairn.

»Vergessen Sie auch das nicht«, rief Nairn. »Für den Fall, daß Sie plötzlich den verfluchten Orient-Drang verspüren, auch noch Pillen zu verteilen.«

»Eine Schiffsärztin?« fragte Jenkins. Auf Schiffen von der Größe der *Glory of Saipan* fuhren für gewöhnlich keine Ärzte mit.

Mrs. Nairn zwinkerte Jenkins kurz zu. »Ganz angenehm, sich nützlich zu machen«, sagte sie. »Wie gesagt, kümmern Sie sich nicht um Edwin. Er hatte sich bereits zur Ruhe gesetzt, aber dann mußten wir doch wieder hinaus. Die Umstände. Er ist ein tief enttäuschter Mann.« Sie lachte auf, es klang, als würde Porzellan zerbrechen.

»Aber ich glaube, das ist wohl jeder auf diesem Schiff, Sie nicht auch? Im Grunde sind wir doch alle Opfer.«

Jenkins zwang sich zu einem Lächeln und verließ die Kajüte. Er war auch früher mit Verrückten unterwegs gewesen, darunter mit Fingers Nagwich, der sich nach einer Woche Gin-Dauerkonsum 1979 geweigert hatte, ohne Luftunterstützung in Singapur anzulaufen. Aber ein Schiff war ein Schiff gewesen, eine klar definierte Gruppe auf einer eindeutig definierten Fahrt und mit traditionellen Regeln. Es waren die Konventionen, die das Leben auf Schiffen erträglich machten.

Und Ehen, krächzte eine Stimme in seinem Kopf.

Auf der *Glory* gab es keine Regeln. Die *Glory* war eine chaotische Rostkiste.

Und weiteres Chaos drohte.

Er ging auf die Brücke, um mit seiner Wache zu beginnen und ein paar Atemzüge Luft zu schnappen, die Nairn nicht verpestet hatte. Nach einer Weile wurde er ruhiger. Die Sonne entzündete Freudenfeuer um die Wolken am westlichen Horizont. Achtern wirkten die Hohlräume zwischen den Containern wie drei Miniatur-Innenhöfe. Unten in den Höfen gab es Öffnungen in den Containern, die fast Fenster und Türen sein könnten.

Jenkins warf einen Blick auf die Karte. Auf der geraden Linie des Kurses der *Glory* waren die Tagespositionen eingetragen, ein Kreuz für jede Stunde. Er sah näher hin.

Hundertundzehn Meilen weiter voraus hatte jemand ein Kreuz eingezeichnet. Heute früh war es noch nicht dagewesen.

Der Crew der *Glory* wurde viel Geld dafür bezahlt, ein rostiges Schiff zum Abwracken zu bringen, das zuviel Proviant und eine Schiffsärztin an Bord hatte. Seit geraumer Zeit gab es eine ganze Reihe Antworten auf die alles entscheidende Frage. Schon bald, wußte Jenkins, würde er sich eingestehen müssen, wie die richtige Antwort aussah.

Um 4.10 Uhr war die Brücke dunkel bis auf das grünliche Leuchten des ARPA. Jenkins hatte gerade die Wache übernommen, und seine Lider waren schwer. Er stützte sich auf die hölzernen Griffe und starrte auf den runden Schirm.

An dem Punkt, wo der Schiffskurs die Peripherie des Schirm erreichte, war ein kleiner grüner Echoimpuls aufgetaucht. Ohne es nachzuprüfen, wußte Jenkins, daß das die Position des Bleistiftkreuzes auf der Karte war.

Er rief die Vektoren auf, die ihm ihre relative Schiffsposition in zwei Stunden sagen würden. Während die *Glory* durch die Dünung stampfte, blickte er auf den schwarzen Suppenteller und las die Zukunft. Was er sah, gefiel ihm ganz und gar nicht.

Hinter der breiten Fensterfront hing ein Fleischerhakenmond am Himmel. Die *Glory of Saipan* kletterte über eine silberne Leiter auf ihn zu.

Auf dem kreisförmigen Bildschirm rückte der Echoimpuls immer näher.

Um fünf, als die ersten Anzeichen der Dämmerung den Himmel grau färbten, schrillte das Telephon. »Hier Captain«, sagte die Stimme. »Wer dort?«

»Erster Maat.«

Soares gewährte ihm ein röhrendes Husten. »Was sehen Sie?«

»Ein Radarobjekt«, sagte Jenkins. »Rechts voraus. Ortsfest. Entfernung elf-komma-drei Meilen.« Eine Hoffnung regte sich. Ein Fischerboot, würde Soares jetzt sagen. Räumen Sie ihm eine Meile ein. Und sie würden das Fischerboot passieren und nach Oakland weiterfahren.

»Halten Sie Ihren Kurs«, sagte Soares.

»Wir werden es rammen.«

»Wir gehen Bord an Bord«, sagte Soares ungeduldig.

»Bord an Bord?«

»Mister Jenkins«, sagte Soares. »Sie haben Ihr Geld bekommen. Fangen Sie endlich an, es sich zu verdienen.«

Die Hoffnung zerplatzte wie eine Seifenblase.

Der Himmel im Osten war nagellackrosa geworden das Meer schlachtschiffgrau.

Draußen am Horizont hob sich etwas Kleines und Quadratisches dunkel vom heller werdenden Himmel ab.

Jenkins griff nach seinem Fernglas, einem 7x50 Steiners aus besseren Tagen. Es gehörte zu den wenigen Dingen, die er nicht verkauft hatte. Er war davon überzeugt gewesen, irgendwann ein anderes Schiff zu finden.

In der Nock der Brücke roch die Luft warm und sauber. Die Wellen rollten gleichmäßig in sein Gesichtsfeld, leicht gekräuselt von einer winzigen Vordämmerungsbrise.

Das Ding war ein Schiff. Es hatte einen schwarz-weißen Anstrich, quadratische, kastenförmige Aufbauten, drei Reihen Fenster und einen untersetzten Schornstein. Es sah aus wie ein Schiff auf einer Kinderzeichung, mit einer Korkenzieher-Rauchfahne über dem Schornstein. Es hatte dieses topplastige Aussehen, das auf Verkehr in geschützten Gewässern hinwies, das Aussehen der Schiffe, die in Hongkong von Insel zu Insel huschten oder zwischen den Schlickbänken des Perlenflusses hindurchglitten. Eine Fähre.

Die Sonne schob einen Feuerstreifen über den Horizont und begann, sich den Himmel hinaufzuschwingen. Ihr rotes Strahlen warf einen angenehmen Schein über den abblätternden weißen Anstrich der Fähre. Sie kam immer näher. Soares erschien auf der Brücke. Aus dem Ruderhaus drang das Geräusch eines VHF-Radios. Die Fähre hatte auch einen Namen. In schwarzen chinesischen Schriftzeichen stand er am Bug. »Maat!« brüllte Soares. »Kommen Sie her!«

Jenkins füllte die Lungen noch einmal mit sauberer Luft und trat ein. Soares stand da, eine Zigarette im Mundwinkel, die Daumen im Gürtel verhakt. »Rufen Sie die Mannschaft zusammen«, sagte er. »Lassen Sie die Gangway runter.«

Die klotzige Fähre hatte sich mit einem dunklem Bewuchs überzogen. Aber es war kein Flaum, kein Fell, es waren Menschen: Hunderte von Menschen standen auf den

Aufbauten, auf dem Vor- und Achterdeck, bewachten Säcke und Bündel, hielten Kinder bei der Hand. Sie winkten nicht wie Opfer eines Schiffsunglücks. Sie standen nur da und starrten herüber, passiv wie Kormorane auf einem Felsen.

»Da sehen Sie es«, sagte Soares. »Es gefällt ihnen nicht mehr in China. Sie wollen nach Amerika. Also bringen wir sie dorthin. Und wenn wir kurz vor der Küste der Vereinigten Staaten sind, hat unser Freund Mister Chang dafür gesorgt, daß ein paar Thunfischfänger sie übernehmen. Auf den Schiffen bekommen sie ihre Visa, ihre Green Cards – was auch immer, das ist nicht unser Problem. Und dann gehen sie an Land und leben glücklich und in Freuden.«

»Sie haben gesagt, es sei ganz legal«, sagte Jenkins.

»Da befinden sich dreihundertsiebenundsechzig Menschen in Seenot. Wir retten sie von dieser verdammten Fähre, stimmt's? Und wir nehmen sie dorthin mit, wohin wir auch fahren. Und bevor wir die amerikanischen Hoheitsgewässer erreichen, treffen wir auf diese Thunfischboote, von denen ich Ihnen erzählt habe. Und die nehmen sie uns ab.« Soares bohrte einen Wurstfinger in ein Nasenloch. »Wie auch immer«, sagte er. »Sie sind nicht blöde. Es ist Arbeit, für die Sie bezahlt werden. Gibt es da für Sie ein Problem?«

Die Bereitschaft zu einem Banküberfall war nicht genug. Man mußte die abgesägte Schrotflinte dem Kassierer in den Mund drücken, den eigenen Finger am Abzug spüren. Man mußte die Demütigung schlucken und an Diana denken. »Kein Problem«, sagte Jenkins mit einer Stimme, die einem Fremden zu gehören schien.

Die *Glory of Saipan* ging längsseits der Fähre. Unter Jenkins' Anleitung befestigte die Deck-Crew Warpleinen und Springtaue, vertäute die beiden Schiffe miteinander. Die Gangway wurde hinabgelassen. Ein stämmiger Chinese ging an Deck der Fähre: Lee, der Maschinist, der mit der Brandaxt gegen das Ruderraumfenster geschlagen hatte. Die Menschen begannen, an Bord der *Glory* zu kommen.

Diana, Rachel und Hongkong tauchten weg, sie gehörten zu der ordentlichen und wohlorganisierten Welt, die sich in Chaos auflöste. Soares lehnte an der Reling und sah einem Chinesen zu, der oben an der Gangway stand und die Ankömmlinge auf seiner Liste abhakte. Der Chinese war Ho, der Gefährte von Lee und Ex-Leibwächter von Tommy Wong.

Jenkins atmete tief durch. Er ging die Metalltreppe zum Fuß der Gangway hinunter. Er sah zu Ho, der ihm sein breites, humorloses Lächeln zeigte. Jenkins nickte. Das gehörte zu den Regeln, wie sie im Dienstbuch standen. Der Erste Maat trug die Verantwortung für die Fracht.

Unten auf dem Deck der Fähre wartete Fung in der dichtgedrängten Menge darauf, daß er an die Reihe kam. Er war ein kleiner Mann mit einfältigem Gesicht, der seine Tochter Lin an der Hand hielt und seine drei Kisten und einen Koffer zentimeterweise mit sich zerrte, wenn die Schlange weiterrückte. Sein Mund war trocken, aber sein Herz war voller Freude.

Dieses kleinere Schiff war schmutzig und übelriechend gewesen und das Essen schlecht. Als die Mannschaft von Bord gegangen war, hatten Fung und seine Freunde mit dem Schlimmsten gerechnet. Sie hatten den Herrn auf ihre Weise angebetet. Aber die Armee hatte ihre Kirche verwüstet, als sie sich weigerten, Schutzgeld zu zahlen. Sie wurden drangsaliert und gefangengenommen. Sie hatten ihr Geld gezahlt und wurden aus der Gefangenschaft befreit. Aber dann wurden sie auf dem Meer sich selbst überlassen. Also hatten sie Gott um Errettung angefleht.

Und die Rettung kam in Form dieses großen stählernen Schiffes. Zugegeben, es war ein bißchen rostig, aber nach der verrotteten Fähre auch beruhigend solide. Es entsprach dem, was versprochen worden war. Aber Fung hatte bisher ein Leben geführt, in dem das Einhalten eines Versprechens an ein Wunder grenzte. Die *Glory of Saipan* war ein Wunder, das sich mit der Teilung des Roten Meeres durch Moses' Hand vergleichen ließ.

Er sah nach links und rechts auf seine Freunde. Ihnen war ein Platz im ersten Innenhof zugewiesen worden. Das hatte Fung den Plänen entnommen. Dafür hatte Lucy gesorgt, verbissen und unermüdlich.

Er konnte Lucy nicht sehen, aber die Menge stand dicht, und sie war klein. Um ihn herum gerieten die Leute wieder in Bewegung, und plötzlich stand Fung auf der Gangway. Fung jubelte innerlich auf, als er unter den Blicken der beiden Männer hinüberlief: des strengen Chinesen mit der Liste, der aussah wie ein Triade, und des großen, zornig wirkenden Gweilo mit der großen Nase. Der Gweilo zwinkerte Lin zu. Lin kicherte. Fung zerrte sie weiter, zog sie auf das Metalldeck und blickte in den ersten Innenhof mit den Gefühlen eines Israeliten beim Anblick des Landes Kanaan. Sein Zuhause war ein ramponierter Container mit der Aufschrift Hapag Lloyd und einer aus dem Metall herausgeschlagenen Türöffnung.

»Halleluja«, sagte Fung.

Lucy konnte er noch immer nirgendwo entdecken.

Für Jenkins sah es aus, als hätte jemand den Menschen gesagt, sie dürften nur einen Koffer mitbringen, und sie hatten zugestimmt, weil sie in ihrer Lage jeder Bedingung zugestimmt hätten, nur um es später zu bereuen. Und so sah er neben den Koffern offenbar unentbehrliche Bündel und Kisten, selbst einen purpur-orangefarbenen Sessel. Ein Mann stolperte über die Gangway mit einer Planke über der Schulter, von der fünf Hühner herabhingen. Ein anderer, ein wenig älterer Mann schleppte einen sehr beweglichen Sack, in dem es quiekte.

Ho drückte dem alten Mann eine Hand gegen die Brust und schrie auf ihn ein. Der alte Mann sah ihn mit schreckgeweiteten Augen an. Ho griff nach einem Sack. Der alte Mann schrie zurück. Ho versetzte ihm einen Stoß. Die Leute hinter dem Alten stimmten mit hohen Stimmen ein Protestgeschrei an. Hos Hand fuhr zum Hosenbein seines Overalls. Als sie wieder hochkam, hielt sie eine fünzehn Zentimeter lange Messerklinge. Das Geschrei verstummte. Das Messer durchschnitt die Sackschnur. Er öffnete sich. Drei schwarze Ferkel purzelten heraus und rannten quiekend und gegen den Strom auf die Fähre zurück.

»Schweine dreckig«, sagte Ho zu Jenkins und schob den alten Mann mit der flachen Seite seines Messers an Deck. Die dünner werdende Menschenschlange schob sich weiter.

Nach weiteren fünfzig Leuten war Lee, der Axt-Held, der letzte in der Schlange. »Überprüfung beendet«, sagte Ho. »Jetzt haben wir sie alle an Bord.« Nach gestern schien Ho Jenkins als Schlägerkollegen zu betrachten.

Jenkins kletterte auf die Container und lief auf den Rand der ersten Freifläche zu.

Er war jetzt eindeutig zu einem Innenhof geworden, und er wimmelte vor Menschen. Jeder Container schien fünf von ihnen zu beherbergen. Die Schweißer hatten auf Leitern gestanden, die von den Ladeluken an den Türen vorbei zu den Oberkanten der oberen Container führten. Jemand hatte bereits auf der Ladeluke eine Art Feuerstelle errichtet, und schwacher Holzkohlengeruch drang in Jenkins Nase.

Alles absolut legal.

Ein kleines Mädchen fiel ihm auf. Es kletterte panisch die Leitern im Innenhof hinauf und herunter. Zunächst nahm er an, es wäre freudige Erregung. Dann sah er, daß das kleine Gesicht weiß und verängstigt wirkte. Über das allgemeine Getöse hinweg hörte er die schrille Stimme des Mädchens. Es rief etwas, was ein Name sein konnte. Das Kind schien jemanden zu suchen.

Jenkins lief weiter am Rand der Container entlang, aber Ho fing das Mädchen ab, als es die Leiter heraufkam. »Was gibt es?« fragte Jenkins.

»Nichts«, grinste Ho. »Dummes kleines Mädchen.«

»Lusi«, sagte das Mädchen. Es weinte. Ein Mann kam die Leiter herauf, vermutlich der Vater des Kindes. Er packte Jenkins am Ärmel und zog ihn zur Schiffseite gegenüber der Fähre. Das Sprechfunkgerät in Jenkins' Tasche meldete sich. »Gangway einholen lassen«, sagte Soares. »Dann Leinen los.«

Neben der Gangway stand Lee in seinem weißen Overall und reinigte sich die Fingernägel mit einem Messer. Jenkins gab ihm die Anordnung weiter. Der Mann zupfte an seinem Ärmel. »Lusi«, sagte er und zeigte senkrecht hinunter in die Kluft zwischen den Schiffen.

Da unten sah Jenkins eine Reihe Bullaugen. Eins wirkte komisch, ganz so, als würde sich dahinter etwas bewegen. Aus dieser Höhe war es nicht deutlich auszumachen. Eine Spiegelung, vermutete Jenkins.

Dann glitzerte es da unten kurz auf – zerbrochenes Glas. Und dort, wo bis eben die Scheibe des Bullauges gewesen war, sah man nun etwas anderes, etwas Blasses flatterte durch die Luft.

Eine Hand. Sie winkte.

10. Kapitel

Das Sprechgerät in Jenkins' Tasche krächzte. »Was treiben Sie da unten?« quäkte Soares' Stimme.

»An Bord der Fähre ist jemand zurückgeblieben«, sagte Jenkins. Die Hand war aus dem Bullauge verschwunden. Die drei schwarzen Ferkel rannten quiekend über das verlassene Deck.

»Verdammt noch mal«, sagte Soares. »Wir haben ein chinesisches Kanonenboot auf dem Radar.«

»Wir befinden uns meilenweit außerhalb der Hoheitsgewässer.«

»Und Sie meinen, das spielt eine Rolle?« kreischte das

Funkgerät. »Wenn sie uns schnappen wollen, schnappen sie uns.«

Hinter dem Mann schrie das kleine Mädchen etwas Chinesisches, der Hysterie nahe. Ein kleiner Auflauf begann sich zu bilden. Jenkins schaltete das Sprechgerät aus und schob sich auf die Reling zu.

Lee stand oben an der Gangway. Seine Augen wirkten wie Kanonen in schmalen Kasematten aus Knochen. Er schüttelte den Kopf und zeigte auf die Rolex an seinem kräftigen Handgelenk.

Jenkins versuchte, sich an ihm vorbeizudrängen. Lee packte die Reling und und versperrte ihm den Weg mit einem stahlharten Unterarm. In der Menge der Chinesen begann der Vater des Mädchens zu schreien. Dann schrien sie alle. Es hörte sich an wie Möwengezänk. Lees Lächeln verblich. Der Arm blieb, wo er war.

»Was bildet sich dieser Mann eigentlich ein?« fragte Jenkins Ho.

Ho sagte etwas auf chinesisch. Lee schüttelte den Kopf. »Loch im Boden«, sagte Ho. »Boot sinkt.«

Nach Jenkins Erfahrung widersetzten sich Maschinisten Ersten Maaten nicht. Er stieß gegen Lees Arm. Lees Arm wich nicht.

Jenkins hieb ihm sein Knie zwischen die Beine, kletterte über seinen zusammengekrümmten Körper hinweg und rannte die stählerne Gangway hinunter. Von der Brücke schien ein Megaphon zu dröhnen. Er sprang auf das Oberdeck der Fähre und fand eine Tür. Er riß sie auf. Der Gestank würgte ihn: allzu Menschliches, Erbrochenes, überfüllte Toiletten. Das Bullauge mit der winkenden Hand hatte sich drei Decks tiefer befunden. Er fand eine Treppe und lief sie, vier Stufen auf einmal nehmend, hinunter. Drei Decks tiefer fand er sich in einem langen, übelriechenden Gang wieder mit Kabinentüren zu beiden Seiten. Das Deck fühlte sich matschig an, als würden irgendwo unter seinen Füssen große Wassermengen schwappen. Das einzige Licht war ein düsterer

Schein am anderen Ende des Ganges, ein Bullauge vielleicht. Er blieb stehen, hörte aber nur das Knacken und Knirschen der beiden Schiffe und das Rauschen des Bluts in seinen Ohren. Die Fähre schlingerte, und das Deck hob sich träge. Er hielt Soares durchaus für fähig, die Fähre sinken zu lassen – ganz gleich, ob sein Erster Maat an Bord war oder nicht.

»Ist da wer?« rief er.

Von weiter hinten im Gang kam ein schwaches, durch Wände gedämpftes Geräusch. »Hier!« rief eine Frauenstimme.

Jenkins lief dem Geräusch nach, bis er die Tür gefunden hatte.

»Gott sei Dank«, sagte die Stimme von innen. »Ich habe uns eingeschlossen. Der Riegel klemmt.«

Jenkins merkte, daß seine Füße naß waren. Der Gang stand unter Wasser. »Gehen Sie zur Seite«, rief er. Er trat gegen die Tür. Sein Fuß schmerzte. Dem Erbauer dieser Fähre hatte jede Menge tropischen Hartholzes zur Verfügung gestanden. Die Tür rührte sich nicht.

Jenkins platschte durch den Gang zurück. Das Wasser reichte ihm bis an die Knie, trieb gurgelnd den Treppenschacht hoch. Er zerrte einen Feuerlöscher aus der Verankerung, watete zurück und hieb mit ihm gegen die Tür.

Beim dritten Schlag begann das Holz zu splittern. Jenkins rang nach Atem. Das Wasser hatte seine Oberschenkel erreicht. Die Türkline bewegte sich.

»Noch einmal«, sagte die Stimme. »Genau gegen das Schloß.«

Er schlug erneut zu. Die Tür flog auf. Wasser strömte in die Kabine.

Zunächst sah Jenkins nur die Frau – klein, zierlich und in einem Overall, der ihr zu groß war. Das Wasser reichte ihr fast bis zur Taille. Sie hatte ein noch junges Gesicht, nicht hundertprozentig chinesisch.

»Schnell«, sagte er. »Laufen Sie an Deck.«

Sie hielt einen Koffer in der Hand. »Sie werden ihm helfen

müssen«, sagte sie. Ihr Englisch war ausgezeichnet, mit einem leicht amerikanischen Unterton. Sie hörte sich erstaunlich gelassen an. Über ihre Schulter hinweg sah Jenkins, daß ein Mann auf der oberen Koje lag. Seine Augen waren halbgeschlossen, die eingefallenen Wangen entsprachen der Farbe des Fettrands um kaltes Roastbeef.

»Er ist krank«, sagte die Frau.

»Der Kahn kann jederzeit kentern«, sagte Jenkins.

»Ich weiß.« Sie verließ die Kajüte, als ginge sie zu einer Bushaltestelle.

Jenkins griff nach dem Arm des Mannes. Er war kräftig und muskulös unter dem weißen Nylonhemd. Muskulös genug, um einen bockenden Riegel zurückzuziehen, wenn er nicht krank gewesen wäre. »Aufstehen«, sagte er.

Langsam richtete sich der Mann auf und glitt mit den Füßen ins Wasser. Das Weiße in seinen Augen hatte die Farbe von Vanillepudding. Jenkins zerrte ihn aus der Kabine und schob ihn den Gang entlang. Die Fähre schlingerte, und für einen Moment sank der Wasserpegel, brachte die Tür zum Schwingen. Irgend etwas stimmte nicht mit der Tür, aber den Grund konnte Jenkins nicht feststellen, denn er konzentrierte sich darauf, was geschehen würde, sobald die Fähre das nächste Mal rollte. Er folgte dem kranken Mann die Kajütstreppe hinauf und trat in die blendende Helligkeit an Deck.

Die dicht gestaffelten Zuschauer auf den rostigen Containern der *Glory of Saipan* stöhnten auf – ob vor Erleichterung oder Enttäuschung war schwer feststellbar. Die Frau lief über die Gangway. Jenkins bedeutete dem kranken Mann, ihr zu folgen, und lief hinterher.

Als sie das Ende erreicht hatten, kreischte das Megaphon von der Brücke. Die Taue wurden gelöst. Die Fähre schnaufte tief und gurgelnd auf und legte sich auf die Seite. Dann, ganz langsam, drehte sie sich ganz herum und trieb kieloben – wie eine große schwarze Schildkröte im türkisfarbenen Meer.

Lee lehnte an der Reling und starrte die Frau mit zusammengekniffenen Augen an. Die Frau lächelte ihn an und reckte den Mittelfinger. Zu Jenkins sagte sie: »Er wird Ihnen sagen, daß er uns übersehen hat. Oder daß wir blinde Passagiere sind. Und daß Jer eine ansteckende Hepatitis hat und somit eine Gefährdung der Fracht bedeutet. Alles wäre gelogen.«

Jenkins antwortete nicht. Das gehörte nicht zu seinem Job. Er packte den Arm des kranken Mannes und steuerte ihn auf die Unterkünfte zu. Der Filipino neben der Tür zeigte lächelnd seine Goldzähne und schwenkte einen mit zehn Zentimeter langen Nägeln bestückten Baseballschläger. Sie kamen zur Kadettenkajüte; jetzt unbenutzt, da es keine Kadetten gab. Der kranke Mann setzte sich auf die Koje, zog die Beine hoch und legte sich erschöpft auf die Seite. Er muß dann doch noch einmal aufgestanden sein, denn draußen hörte Jenkins das Klicken, mit dem der Riegel vorgeschoben wurde.

Er lehnte sich an die Wand des Ganges. Seine Beine fühlten sich wacklig an. Er übte den Job des gewissenhaften Ersten Maats aus, fühlte sich verantwortlich für die Fracht. Aber je länger er darüber nachdachte, desto vertrackter kam es ihm vor. Denn er erinnerte sich daran, was ihm an der Kabinentür nicht gefallen hatte.

Der Riegel wäre verklemmt gewesen, hatte die Frau gesagt. Aber als die Fähre schlingerte und die Tür aufgeschwungen war, hatte Jenkins das Schnappschloß gesehen. Aus dem Schloß hatte nicht nur ein Messingstift geragt, sondern zwei.

Der Riegel könnte geklemmt haben. Aber es sah ganz so aus, als hätte jemand die Tür auch noch zusätzlich verschlossen. Also hatte er als Erster Maat der *Glory* nicht nur einfach Verantwortung für die Fracht übernommen. Er hatte auch verhindert, daß Teile von ihr ermordet wurden.

Vier Minuten später fuhr der massige Bug der *Glory of Saipan* voll über die Fähre.

Der Bug schnitt durch das verrottete Plankenwerk der Fähre wie eine Axt durch ein Schoko-Ei. Eingeschlossene Luft entwich zischend zum blauen, blauen Himmel.

»Volle Fahrt zurück«, sagte Soares und kratzte sich.

Die *Glory of Saipan* lag still und drückte den breiten Fährenrumpf unter Wasser. Blasen stiegen aus Spalten und Rissen hoch, gaben den Gestank aus dem Fähreninnern frei. In der glasklaren See wurde der grüne Rumpf blau, dann verschwand er. Übrig blieben nur ein paar wurmzerfressene Planken, zwei Rettungsringe und die drei Schweine.

Die Schweine schwammen zuversichtlich durch den Ölschlick auf die Stahlwand der *Glory of Saipan* zu – ihrer Rettung gewiß.

Aber es gab keine Rettung. Da war nur die rostige Stahlwand, an der ihre Hufe abrutschten. Von oben redete ihnen jemand gut zu, ermutigte sie, mit ihren Bemühungen nicht nachzulassen: Lee, der Maschinist.

Gähnend Soares riß den Maschinenraum-Telegraph auf volle Kraft voraus. Gischt schäumte unter dem Heck der *Glory of Saipan* auf.

Lee sah zu, wie die drei kleinen schwarzen Köpfe achtern untergingen. Er brüllte vor Lachen.

Verzweifelt ruderten die Ferkel in den Öllachen herum. Zunächst quiekten sie noch. Dann hörten sie damit auf. Sie lagen jetzt tiefer im Wasser. Es schwappte in ihre Schnauzen, stach in ihre Nasenlöcher. Ihre Bewegungen wurden träge, immer träger.

Dann tauchten die schwarzen Finnen auf und durchschnitten v-förmig die Wellen. Zwei Tigerhaie, jeder von ihnen viereinhalb Meter lang. Die Haie rissen die Kiefer auf. Sie rissen die hintere Hälfte eines Schweins und die vordere des anderen. Das dritte paddelte quiekend in den blutigen Wellen, bis es ertrank.

Natürlich hätten sich die Schweine dort nicht aufhalten

sollen. Falscher Ort, falscher Zeitpunkt. Die Haie hatten nur ihren Job getan.

Lee trottete in den Maschinenraum zurück, gelassen, aber ohne jedes Anzeichen von Erschöpfung. Eine Menge Arbeit kam auf ihn zu, eine Menge Befehle war zu befolgen. Es gab ein paar – Objekte. Er ging in seine kleine Stahlkabine und machte hundert Liegestütze. Seine Hoden schmerzten noch immer, aber bald würde er den Gweilo fertigmachen. Amerika wäre gut. In Amerika waren sie Weicheier, hatte er gehört.

Jemand klopfte an seine Tür.

Er setzte sich auf der Koje auf, mit schweren Lidern und einem leichten Schweißfilm auf dem Gesicht. »Wer ist da?« fragte er.

»Captain«, sagte eine chinesische Stimme.

Er öffnete die Tür. Der Captain war klein, schmuddelig und stank. Ho war bei ihm. »Diese Frau«, sagte der Captain. Ho übersetzte. »Sie . . . ist dir entkommen.«

Lee antwortete nicht.

»Der Captain würde sie gern wiedersehen.«

Lee nickte einmal. Die widerliche Zunge des Captain wanderte in seinem nassen und schauerlichen Mund herum. »Fünfzig Dollar«, sagte er.

»Danach«, sagte Ho.

Lee überlegte und entschied positiv. »Es muß bald sein«, sagte er. »Es sei denn, der Captain schätzt kaltes Fleisch.«

»Überraschen würde es mich nicht«, sagte Ho auf kantonesisch. In Englisch sagte er zu Soares: »Für hundert Dollar läßt es sich arrangieren. Sie hat Sie gesehen, und ihr gefällt, was sie gesehen hat.«

»Sicher, sicher«, sagte Soares und ging.

Als Jenkins in die Messe hinunterging, konnte er hören, wie sehr sich das Schiff verändert hatte. Über das schwache Plärren des Fernsehers in der Mannschaftsmesse hinweg war das Starkastengezwitscher vieler Stimmen zu hören. Da waren die Gerüche von dreihundertsiebenundsechzig zusätzlichen Menschen, Zigaretten und Desinfektionsmittel, Räucherstäbchen und Holzkohlenpfannen, in denen irgendwelche Dinge schmurgelten.

Soares saß am Tisch in der Messe und las eine Zeitung. Jenkins öffnete die Kühlschranktür und zog die Rohstoffe für ein Tomaten-Käse-Sandwich heraus. »Zwei zusätzliche Passagiere«, sagte er.

Soares' Augen musterten ihn mit der ganzen Verachtung eines Kaltblüters für einen Warmblüter. »Ist Ihnen bekannt, daß man Anordnungen auch befolgen kann?«

Jenkins drückte sein Sandwich unnötig präzise auf dem Teller zusammen. Es würde sich nicht auszahlen, die Beherrschung zu verlieren. »Was ist aus Ihrem chinesischen Kanonenboot geworden?«

»Warum sollten wir blinde Passagiere befördern«, erkundigte sich Soares. Plötzlich sah er tückisch aus. »Wir sind hier im Osten. Wenn einem nach einer Frau ist, kauft man sich eine. Wenn man Passagiere aufnimmt, berechnet man die Passage.«

»Und wenn sie nicht zahlen können, bringt man sie um?«

Soares zog die Nase hoch, steckte sich eine Rothmans an und wandte den Blick ab.

»Sie bleiben an Bord«, sagte Jenkins. »Oder ich greife zum Funkgerät.«

Soares entließ Rauch durch seine Nasenlöcher. »Verdammte Boy Scouts«, sagte er schließlich. Die Tür öffnete sich, und die Nairns traten ein. »Mistress Nairn«, sagte Soares, »unser Boy Scout hier hat einen Kerl an Bord geholt, der erschreckend gelb aussieht. Leberkrebs sagt er. Infektiöse Hepatitis sagt ein anderer.«

»Ich habe ihn mir bereits kurz angesehen«, sagte Mrs. Nairn. »Er wirkt tatsächlich gelbsüchtig. An seiner Leber kann ich nichts fühlen. Könnte beides sein.«

Nairn hatte sich gesetzt und starrte mißmutig auf einen

Apfelsaftbehälter. »Wie kam er eigentlich an Bord?« fragte er.

»Der Erste Maat hat ihn raufgelassen.«

»Und warum?« fragte Nairn.

»Man kann Menschen nicht ertrinken lassen«, sagte Mrs. Nairn mit einem Seitenblick auf Jenkins. Sie lächelte ein zuckersüßes Lächeln, die Art von Lächeln, das sie Mutter Teresa geschenkt hätte.

»Und wenn er nun das ganze verdammte Schiff ansteckt?«

»Immer mit der Ruhe«, sagte Mrs. Nairn. »Es bricht erst drei Monate später aus. Dann sind sie längst fort.«

Jenkins war nicht in der Lage, sein Sandwich zu essen.

»Noch eins, Dave«, sagte Soares. »Sie haben Lee jetzt schon zweimal geschlagen. Er ist kein Mann, an dem ich mich auch nur einmal vergreifen würde.« Er leckte sich lächelnd die Lippen. »Sie sollten sich vor ihm in acht nehmen.«

Jenkins ging mit seinem Sandwich auf die Brücke, auf der Pete Wache hatte und jemand mit lebhafter Einbildungskraft so tun konnte, als wäre die *Glory* ein normales Schiff.

Mit sehr lebhafter Einbildungskraft.

Zuvor hatten die Containeroberflächen eine rostbraune Plattform gebildet, eben wie das Deck eines Flugzeugträgers. Jetzt waren sie mit kleinen Menschengruppen besiedelt, die miteinander plauderten und in der Sonne lagen. An einigen Stellen hatten Wäscher mit Unternehmungsgeist zwischen Pfeilern Leinen gespannt, und Wäschestücke flatterten im warmen Passat. Aus den Innenhöfen und von den Laderaumventilatoren stiegen graue Rauchfähnchen hoch.

»Ich war im Laderaum«, sagte Pete. »Sagte ihnen, sie sollten kein Feuer machen. Hätte ich mir sparen können. Kein Mensch spricht Englisch.« Er sah Jenkins an. »Bißchen komisch, was?«

Jenkins warf die Reste seines Sandwichs in den Abfallkorb. »Ist es, aber auch wieder nicht.«

»Hübsches Geschäft für jemanden«, sagte Pete. »Die Passage kostet pro Kopf zwanzig Riesen. Amerikanische.«

»Passage plus Visum plus Green Card.«

»Visum«, sagte Pete. »Yeah. Vermutlich ist es das wert, wenn man in ihrer Lage ist. Wirklich ganz direkt und unverblümt. Wie immer im Leben. Alles läuft aufs Geld hinaus.«

Nicht ganz direkt und unverblümt. Auf der Fähre hatte sich immerhin ein Mordversuch abgespielt.

An blinden Passagieren. Soares hatte es gesagt und nun auch Pete. Alles lief aufs Geld hinaus.

Sei vernünftig, sagte sich Jenkins. Stell keine Fragen. Nimm das Geld.

»Was ich sagen will, ist das«, sagte Pete, »was ich nicht weiß, macht mich nicht heiß. Stimmt's?«

»Stimmt«, sagte Jenkins. Er hatte immer für Geld gearbeitet. Man arbeitete, um seine Familie zu ernähren. Diana wäre auch hiermit einverstanden.

Rachel nicht.

Wenn Rachel wüßte, was er dachte, würde sie nie wieder mit ihm reden. Nicht, daß er etwas getan hätte, weswegen er sich schämen müßte. Er hatte zwei Menschen vor dem Ertrinken gerettet. Es war ein krummer Job, aber er konnte ihn aufrecht ausüben. Diana könnte ihr Geld bekommen. Und Rachel würde es nie erfahren. Durfte es nicht erfahren. Es war die Art von Wissen, die man evenuell mit dem Leben bezahlen mußte. Es blieb ein unangenehmes Gefühl in seiner Magengrube. Es wurde Scham genannt.

Halt den Mund, und es wird vergehen. Niemand weiß etwas. Niemand wird je etwas erfahren.

Allmächtiger.

Seine Gedanken wanderten zu seinem Geburtstagsdinner mit Rachel im Loon Fung zurück. Er hatte Chang erwähnt und gesagt, daß er auf einem seiner Schiffe arbeiten würde und daß sich der Job irgendwie vertrackt anhörte. Mehr nicht. Und sie hatte nicht so gewirkt, als würde sie intensiv zuhören. Aber er mußte sich vergewissern. Hier ging es um einen ganz persönlichen Kampf, den Jenkins allein ausfechten mußte wie all seine anderen persönlichen Kämpfe. Es war nicht Rachels Problem. In keiner Hinsicht.

Er stand auf, ging in den Kartenraum und zog einen Stuhl vor das Inmarsat. Er gab den Zugangscode ein, die Nummer des Apartments und hob den Hörer ab.

»Küßchen, Küßchen«, sagte der Photograph.

Rachel hob die Augen über die Kamera, machte einen Kußmund und bewegte ihren Körper so, daß das kleine Seidenhemd in genau den eleganten, aber provokanten Schwung geriet, die der Modeschöpfer damit beabsichtigt hatte. Model-Spielen war total langweilig. Wenn das Geld nicht wäre . . .

Vor dem Anlegesteg, auf dem sie posierte, tuckerte ein mit Gemüse beladener Sampan durch den Aberdeen Harbour.

»Nur noch einmal«, sagte der Photograph. »Der Pony . . .«

Während Antoine Chen sich mit ihrem Haar befaßte, bemerkte Rachel am Zugang zum Anlegesteg ein kleines Getümmel. Ein Mann war gekommen, ein Chinese, groß, mit hohen Wangenknochen und in elegantem Armani-Anzug. Die beiden anderen bei den Aufnahmen beschäftigten Mädchen flatterten auf ihn zu, tschilpend wie Spätzchen.

»Okay, danke, Antoine«, sagte der Photgraph.

Rachels Herz schlug schneller. Sie bewegte sich wieder, flirtete mit der Kamera, versuchte, sie von sich zu überzeugen.

»Perfekt«, sagte der Photograph. Sie hat etwas, dachte er. Plötzlich beginnt sie zu leuchten. Einfach so. Natürlich bedarf es eines Genies, das herauszulocken.

Aber er sah, daß sie wieder fortblickte auf den Chinesen im Armani-Anzug. Er seufzte. Damit kann man nicht konkurrieren. Nicht mit Raymond Chang. »Danke, Engelchen«, sagte er. »Alles erledigt.«

Rachel entspannte sich und lief mit ihren Rennpferdschritten auf die Fischerhütte zu, die als Umkleidekabine diente. Raymond Chang beobachtete sie. Er hatte eine Flasche Krug Champagner in den Händen und zwei Gläser. Die anderen Mädchen kicherten und taten so, als wollten sie nach der Flasche greifen. Er übersah sie. »Hey, Rachel«, rief er. »Wie wär's mit einem kleinen Schluck?«

Arroganter Blödmann, dachte sie. Die Art arroganter Blödmann, der glaubte, einfach den Hörer auflegen und das gutmachen zu können, indem er am nächsten Abend wieder anrief, zu spät ... Sie versuchte, ihn zu ignorieren, wußte aber nicht genau wie. Sie ging in die übelriechende Hütte, streifte sich das Kleid über den Kopf und stieg in ihre Levi's 501, das Cure-T-Shirt und die Bomberjacke, ihre Tarnung für die lange Busfahrt nach Hause.

Als sie wieder ins Freie trat, war Raymond noch immer da. Er bedachte die anderen Mädchen mit einem Kopfnikken und kam auf sie zu. Er roch nicht, als hätte er getrunken. Hinter dem Rücken holte er einen Strauß Jasminblüten hervor. Und das fand Rachel nun wirklich süß, sehr viel besser als einen Telephonanruf. Im Grunde, arrogant oder nicht, konnte man sich der Tatsache nicht verschließen, daß Raymond wirklich und total süß war.

»Rachel«, sagte er. »Wie geht's?« Er lächelte.

Er war schlau, verwöhnt, faul, stinkend reich. Aber sein Lächeln war hinreißend. Es ließ Rachel glauben, er wäre gerade aus einem wundervollen Traum erwacht und fände sie noch viel wundervoller als seinen Traum. Sie stellte fest, daß sie zurücklächelte.

»Gehen wir essen?« fragte er.

»Ich bin in Eile«, sagte sie.

»Du kannst mit mir fahren«, sagte er.

»Der Verkehr ist schrecklich. Ich wohne in Repulse Bay.«

»Ich weiß, wo du wohnst. Deshalb bin ich mit meinem *dai fei* gekommen.« Er zeigte auf den nächsten Anlegesteg, an dem ein schlankes rotes Boot auf den Wellen schaukelte.

»Nein«, sagte sie. Aber es wäre reizvoll, dem Verkehr zu

entgehen. Und noch reizvoller, mit Raymond zusammen zu sein.

»Bitte, meine Schöne.«

Rachel lachte. Was soll's, dachte sie. Unter den finsteren Blicken der anderen Mädchen stiegen Raymond und sie in das Boot. Er schoß mit ihr zum Hafen hinaus. Der Wind wehte ihr die Haare aus dem Gesicht, drückte sie in die weißen Lederpolster. Wie in einer verdammten Shampoo-Werbung, dachte sie. Aber sie lachte trotzdem.

Sie brauchten eine halbe Stunde bis nach Repulse Bay. Er nahm den Motor zurück. Das Boot schaukelte auf den Wellen, fünf Meter vom Strand entfernt. »Und wie soll ich an Land kommen?« fragte sie.

»Habe ich nicht bedacht«, sagte er. »Waten?«

Sie sah ihm in die Augen. »Jemand wird sich naßmachen müssen«, sagte sie.

Raymond Chang war bekannt für seine tadellose Kleidung. Einen Moment lang sagte er gar nichts. »Sir Walter Laleigh«, sagte er dann.

Sie hatte schon früher bemerkt, daß sich emotionale Erregung auf sein »r« auswirkte. Gut, sehr gut. »Selbstverständlich.«

Er senkte den Kopf. Er fuhr das Boot mit dem Bug auf den Strand, sprang ins Wasser und trug sie an Land. Sie sah auf seine sandigen Füße, die nassen Hosenbeine. »Ist meine Krawatte verrutscht?« fragte er.

Sie lachte. »Sitzt perfekt«, sagte sie. Sie hatte sich für das Auflegen gerächt. Sie wußten es beide. Und noch etwas mehr.

»Sehen wir uns ein bißchen häufiger?« fragte er.

»Du könntest anrufen«, sagte sie.

Er griff nach ihrer Hand. »Vielleicht bekomme ich es hin«, sagte er. »Diesmal.« Eindeutig eine Entschuldigung. Obwohl die eigentlich nicht vonnöten war. Er schob das Boot ins Wasser und stieg ein. Winkend verließ er die grüne Bucht. Sie sah ihm nach, bis er um die Landspitze verschwand.

Zahlreiche Boote waren in der Bay. Aber nachdem er fort war, kam sie ihr leer vor. Meine Güte, dachte Rachel. Ich scheine mich verliebt zu haben.

Das Apartment lag dreihundert Meter weiter, mit Blick auf das Meer, wenn man auf dem Balkon den Hals reckte. Ohne Raymond fühlte sie sich seltsam müde und einsam. Sie kam eine Stunde zu früh, also mit ein wenig Glück war Mummy noch nicht zurück, und sie konnte ein bißchen arbeiten. Mummy würde jede Einzelheit der Photosession erfahren wollen. Mummy nahm die ganze Sache viel zu ernst. Sie verbrachte viel Zeit damit, ihre Tochter dazu zu überreden, nicht auf die Universität zu gehen. Sieh dir deinen törichten Vater an, sagte sie. Trotz all seiner Patente und so weiter sitzt er seit Jahren in diesem Sackgassenjob fest. Du willst doch nicht so enden wie er. Das Modelgeschäft bringt Geld, Popularität. Mach's.

Rachel verließ den Fahrstuhl und lief auf die Wohnungstür zu. Mummy war nicht die hellste. Arme Mummy.

Sie öffnete die Tür. Also wirklich, dachte sie, als sie auf bloßen Füßen über den Wohnzimmerteppich zu ihrem Zimmer lief, es ist höchste Zeit, daß ich mir etwas Eigenes suche. Obwohl ich Daddy vermissen werde.

Das Telephon klingelte. Sie lief darauf zu, angezogen von der Vorstellung, es könnte Raymond sein. Das Klingeln hörte auf. Jemand hatte den Hörer abgenommen.

Der andere Apparat stand im Schlafzimmer ihrer Mutter.

Auf der Brücke der *Glory of Saipan* begann Jenkins vor Ungeduld zu schwitzen. Komm schon . . .

»Hello?« sagte eine Männerstimme.

»Wer ist da?« fragte Jenkins.

»Jeremy. Bist du es, Dave?« Jenkins bestätigte es. »Bin vorbeigekommen, um den Fernseher zu reparieren«, sagte Jeremy. »Diana sagte, er sei nicht in Ordnung.«

»Ah«, machte Jenkins desinteressiert. »Ist Rachel zu Hause?«

»Nein. Hat irgendwelche Aufnahmen, glaube ich.«

Jenkins war enttäuschter, als er vermutet hätte. Er hatte Rachel nicht nur warnen wollen, er hatte sich auch darauf gefreut, ihre Stimme zu hören. »Diana da?« Zumindest könnte er eine Nachricht hinterlassen.

»Fürchte nicht«, sagte Jeremy. »Sie wollte über den Maclehose Trail. Soll ich irgendwas ausrichten?«

Das überraschte Jenkins. Der Maclehose Trail war ein langer Wanderpfad über die Berge der New Territories. Normalerweise streikte Diana bereits beim Treppensteigen, von Bergen ganz zu schweigen. »Nein«, sagte er. »Nun . . . vielleicht doch.« Jeremy war diskret, er wußte, wie die Dinge manchmal liefen. »Könntest du Rachel etwas von mir bestellen?«

»Selbstverständlich.«

»An meinem Geburtstag, beim Dinner, habe ich ihr etwas über meine Arbeit erzählt. Könntest du ihr sagen, sie soll mit niemandem darüber sprechen? Mit niemandem. Es ist wichtig.«

»Sicher«, sagte Jeremy, und sein Tonfall vermittelte über Satellit, daß sich seine Augenbrauen irgendwo knapp unterhalb seines Haaransatzes befanden.

»Hört sich verrückt an«, sagte Jenkins. »Aber tu mir bitte den Gefallen.« Er zögerte. Wenn ihm jemand einen Rat geben konnte, dann Jeremy. Nein, dachte er. Nicht einmal Jeremy. »Es ist nur so, daß es unter Umständen jemand in den falschen Hals kriegen könnte.«

»Sicher«, wiederholte Jeremy. Jetzt hörte er sich wirklich ernst an. »Hör mal, Junge. Möchtest du darüber sprechen?«

»Darüber gibt es nichts zu sprechen. Sag nur Rachel Bescheid, ja?« Er hängte ein.

Jeremy ließ langsam den Hörer sinken. Er runzelte die Stirn. Seine dichten Brauen stießen über der Nasenwurzel zusammen. Er legte den dunklen Kopf wieder auf die Kissen des breiten Bettes.

»Wer war das?« fragte Diana neben ihm. Wie er war sie

nackt. Sie küßte ihn auf den Nacken. Ihre Finger wanderten über seinen sorgsam gebräunten Bauch.

Jeremy hörte auf, die Stirn zu runzeln, und zog ihr Gesicht zu sich heran. »Dave«, sagte er. »Mach weiter.«

Sie lachte leise und schob ein Bein über seinen Körper, bis sie rittlings auf ihm kniete. »Noch einmal?« fragte sie.

»Bis zum Abend ist noch lange hin.«

»Was wollte er?«

»Nichts.«

Sie bewegte ihre Hüften. Er sah zu ihr auf. Die Brüste waren noch immer straff, der Bauch flach. Das mit dem Verstand war bedauerlich.

»Wirklich nichts?«

»Mach«, sagte er.

Sie bewegte ihre Hüften, lockte und peinigte ihn. »Wir haben Mittel und Wege, dich zum Sprechen zu bringen.«

»Er sitzt in der Scheiße«, sagte Jeremy. »Bis zum Hals.«

»Wie üblich«, sagte Diana.

Das Bett begann zu ächzen wie ein keuchendes Monster.

Keiner von beiden verschwendete auch nur einen Gedanken an Jenkins.

In ihrem Zimmer schloß Rachel sehr leise die Tür. Was gesagt wurde, hatte sie nicht verstanden. Aber sie hatte Jeremys Stimme erkannt und gehört, was danach kam. Wie konnte sie nur? Mit Jeremy?

Du dumme, dumme Frau, dachte sie. Und Jeremy war angeblich Daddys Freund. Jeremy war ein Schwein.

Beide waren sie Schweine.

Zweites Buch

1. Kapitel

Um zehn Uhr abends fuhr sich Soares mit einem Kamm durch die pomadisierten Haare, spritzte sich Menthol in den Mund, klatschte ein paar Tropfen Rasierwasser auf seine Bartstoppeln und lief in den Laderaum hinunter. Man muß ein Lebensziel haben, dachte Soares. Er hatte zwei: Geld und Sex.

»N'Abend, Sah«, sagte die Wache an der Tür zum Laderaum. Soares nickte und leckte sich die Lippen. Ihm gefiel der Geruch auf der Burma Road, dem Gang, der sich um den Laderaum herumzog. Es war ein schmutziger Geruch nach verrücktem Essen und vielen, vielen Menschen wie eine Art fremdländisches Dorf. Mit Dutzenden von Frauen, die alle danach lechzten. Und eine ganz besonders.

Ein Mann in weißem Overall saß auf der Burma Road und rauchte eine Zigarette. Als er Soares sah, trat er die Zigarette aus und stand auf. Es war Lee, der Maschinist. Soares zwinkerte ihm zu. Nützlicher Mann, dieser Lee. »Mädchen?« fragte er.

Lee grinste. Er ging voran über einen schmalen Gang zwischen zwei durchsackenden Vorhängen und zeigte auf einen Spalt. Soares schob den Vorhang zur Seite. »Hallo, Schlampe«, sagte er.

Der Verschlag war ein Zelt ohne Dach und wurde von den an den Lukendeckeln befestigten Leuchtstoffröhren erhellt. Die Frau war die Frau, die Jenkins von der Fähre geholt hatte. Sie stand nervös auf. »Was wollen Sie?«

Soares lachte hüstelnd. »Wieviel?« sagte er.

Ihre Augen wurden groß. Grüne Augen. Hübsch. »Wovon reden Sie?«

Spielt die Prüde, dachte Soares. Er grinste. »Komm her, dann zeige ich es dir«, sagte er. Die hier hatte wirkliche Titten, keine chinesischen Spiegeleier. Die Lippen waren voll und vielversprechend. Sehr hübsch. Soares zog seinen Hosenschlitz auf.

Die Augen der Frau wurden noch größer. Das gefiel Soares. So wie es ihm gefiel, ein Schiff zu steuern und Burschen wie Jenkins anzuheuern. Er streckte die Hand aus und befummelte die Wölbung ihrer Brust unter dem T-Shirt.

Die Frau zuckte zurück. »Lassen Sie das«, sagte sie.

Soares hatte nicht gewußt, daß sie englisch sprechen konnte. Gut, dachte er, dann kann ich ihr meine besonderen Wünsche erklären. »Komm mit in meine Kabine. Du kannst die Dusche benutzen, und ich sorge für Essen.«

Die Frau sah überhaupt nicht mehr ängstlich aus. Wenn Soares es recht bedachte, sah sie sogar wütend aus. »Wenn Sie nach einer Prostituierten suchen, sollten Sie es am Ende des Ganges versuchen«, sagte sie kühl mit einer Art Anwaltsstimme.

Jetzt war Soares doch ein wenig betroffen. Aber Anwältin oder nicht, sie gehörte zur Fracht, und Lee hatte alles geklärt. Er nahm ihre Hand und führte sie zu seinem Hosenschlitz. »Ich will dich, Baby«, sagte er.

Sie lächelte mit ihrem hübschen, großzügigen Mund. Alles in Ordnung, dachte Soares. »Capatin Soares«, sagte sie. »Ich bumse nicht für Geld. Und darüber hinaus muß ich Ihnen zu meinem Bedauern mitteilen, daß ich Sie körperlich abstoßend finde. Wenn Sie nicht wollen, daß ich mich unverzüglich mit den Eignern dieses Schiffes in Verbindung setzte, schlage ich vor, daß Sie sich mit Ihrem Verlangen dorthin begeben, wo es mehr willkommen ist.«

Soares starrte sie mit offenem Mund an.

»Zur Tür hinaus«, sagte sie. »Dann nach links. Wie ich höre, soll sie sehr gut sein.«

Soares machte sich bewußt, daß er brav den Gang entlanglief. Weiter hinten schob sich ein Gesicht durch den durchsackenden Vorhang und lächelte Soares mit einem breiten Lächeln unter schweren schwarzen Wimpern an. Es gehörte einer Chinesin in knappem schwarzen Kleid, das durch einen Schlitz hellrote Unterwäsche sehen ließ. Sie zog ihn hinter den Vorhang. »Captain«, sagte sie. »Wie haben Sie mich gefunden?«

»Die Frau hat es mir gesagt.« Soares zeigte mit dem Daumen nach hinten.

»Ah«, sagte die Frau. »Lucy Moses.« Sie legte ihm die Arme um den Hals und knabberte an seinen Bartstoppeln. »Dumme Frau«, sagte sie.

»Yeah«, machte Soares. Er nahm sich vor, mit Lee ein Wörtchen zu reden. Allerdings war Lee jemand, mit dem man sich besser nicht anlegte.

Er nahm sich vor, auf sein Wörtchen mit Lee zu verzichten.

In ihrem dachlosen Zelt hörte Lucy das Stöhnen und Ächzen. Sie setzte sich auf ihren Koffer und drückte die Knie zusammen, um sie am Zittern zu hindern. Eine perfekte Art, das Leben zu verkürzen. Sitze auf einem Schiff mit Lee, dem Killer, fest. Und dann beleidige auch noch den Captain sexuell.

Sie würde Hilfe suchen und finden müssen. Schnell.

Jenkins hatte den größten Teil der Nacht im Schiffsbüro über Karten und Plänen verbracht. Wenn man es auf Zahlen reduzierte, konnte man sich durchaus einbilden, einen legitimen Job zu tun.

Hundertsiebenundfünzig Menschen befanden sich in den Innenhöfen der Container und weitere zweihundertundzehn im Laderaum: dreiundneunzig Familien und eine gute Handvoll Singles. Es gab Forderungen, daß etliche Familiengruppen zusammen untergebracht wurden. Es gab Anordnungen, daß einige Passagiere, vor allem junge und männliche, achtern im Laderaum einquartiert wurden, wo das Maschinengeräusch immens und die Hitze beträchtlich war.

Jenkins hatte dafür gesorgt, daß hundertundzwanzig leere Fünf-Gallonen-Chlortrommeln ausgeteilt wurden. Die Schweißer hatten Sechs-Loch-Latrinen mit Segeltuchtrennwänden aufgestellt: Frauen an Steuerbord, Männer an Backbord. Jenkins hatte die mürrischen chinesischen Köche zusammengerufen und ihnen Anweisungen erteilt. Um zehn Uhr vormittags und vier Uhr nachmittags sollten sie gekochten Reis sowie irgendeine Art von Fleisch oder Fisch in die hundertundzwanzig bereitgestellten Plastiktrommeln austeilen, fünfhundert Gramm pro Person.

Zur Zehn-Uhr-Ausspeisung ging er in die Brückennock und blickte auf die Container hinunter. Eine ganz neue Welt tat sich ihm auf. Wie Ameisen strömten die Menschen auf den schmalen Gang zwischen den Containern und dem Unterkunftsblock, in dem die Köche ihre Kessel aufgestellt hatten. Am Fuß der Treppe, die an Deck führte, strich Rodriguez, der Dritte Maat, die Namen der Passagiere auf einer Liste ab. In der Schlange rumorte es.

Es hat System, dachte Jenkins. Abgesehen von den Streitereien schien es ganz gut zu gehen. Organisation hatte entschieden etwas für sich. Und sie hielt einen vom Nachdenken über Dinge ab, die man aus Gründen des eigenen Seelenfriedens besser ruhen ließ. Beispielsweise Gedanken über einen Viehtransport für Menschen oder die Vorzüge der Frau, die man geheiratet hatte, aber nicht mehr wiedererkannte.

Jenkins war schockiert. Woher kam ihm nur dieses Grübeln? Woher auch immer – es war falsch.

Plötzlich nahm das Geschrei zu, und die Menge scharte sich um einen Mann mit T-Shirt und eine Frau mit einem Strohhut. Der Mann in Shorts kreischte etwas und griff nach ihrem Behälter mit Reis.

Die Frau umklammerte den Behälter mit beiden Armen. Der Mann griff nach dem Henkel. Aus seiner Höhe konnte Jenkins alles deutlich überblicken. Vom Rand, von den Köchen her, drängte sich eine Gestalt im Overall zielstrebig durch die Menge: Lee. Erleichtert über die Ablenkung rief Jenkins: »Hey!« Ein paar Gesichter blickten zu ihm auf, wandten sich wieder ab. Plötzlich stand zwischen dem Mann und der Frau eine dritte Gestalt: eine zierliche Frau mit schwarzem T-Shirt und Jeans. Selbst von hier aus, von der Brücke, erkannte Jenkins sie als die Frau, die auf der Fähre eingeschlossen gewesen war. Lucy hatte man sie genannt. Lucy nahm einem der Wartenden eine Schüssel ab und löffelte eine Handvoll Reis aus dem Behälter der Frau in den des Mannes. Gelächter drang zu Jenkins herauf.

Lucy sah zu Jenkins hoch und rief lächelnd: »Alles okay.« Jenkins verspürte ein Gefühl von Wärme und Verständnis.

Auf dem Weg ins Ruderhaus traf Jenkins auf Soares. »Muß mit Ihnen reden«, fauchte Soares gereizt. »Habe gesehen, wie Sie dieses Mädchen beobachten. Sie kommen Ho und Lee in die Quere, die Disziplin bricht zusammen, und das endet für gewöhnlich mit einem Messer im Bauch.« Er zog verächtlich die Nase hoch. »Dieses Mädchen, das Sie an Bord geholt haben, ist ein Scheiß-Störenfried. Sie können die größten Probleme bekommen. Überlassen Sie es Ho und Lee, sie werden dafür bezahlt. Jemand tanzt aus der Reihe und . . . zack. Darin sind sie Experten. Es ist die einzige Sprache, die diese Leute verstehen.«

»Ist das so?« fragte Jenkins.

Soares gefielen die Augen des Mannes nicht. Sie waren zu blau und zu fanatisch. Wie die eines gottverdammten Nazis, dachte Soares, oder der Mönchstatuen in der Kathedrale von Lissabon, in die Mama mich immer mitgenommen hat. »Ich habe mit Lee gesprochen«, sagte Soares. »Sagte ihm, er soll Jenkins nicht umbringen. Aber inzwischen haben Sie eine ganze Schiffsladung Miezen. Holen Sie sich eine, amüsieren Sie sich.«

»Ich werde es mir überlegen«, sagte Jenkins. Er war noch immer erschüttert von seinen Gedanken über Diana. Er hatte absolut keinen Grund, so über sie zu denken, sie sogar abzulehnen. Eher hätte sie Anlaß dazu, ihn abzulehnen. Scham überzog ihn wie eine Hautkrankheit.

In all diesen Jahren hatte Diana zu Hause die Festung gehalten. Schon damals in Lee-on-the-Solent. In diesem Dezember war er von einer Fahrt mit der *Penang Bridge* zurückgekehrt. Sie hatten Makrelendosen und australisches Bier um Indonesien und Neuguinea herumgeschippert: Sonne, Sand, Palmen und eine See, die unter heißen und blutroten Sonnenuntergängen wie Gin schwappte.

Am Heiligen Abend war er in Lee-on-the-Solent angekommen. Kalt war es gewesen, und es hatte geregnet. Alles schien düster und schmutzig, und der Weg zum Haus hatte naß unter seinen Schritten geknirscht. Im Haus war es heiß gewesen, überall hing der Geruch nach trocknenden Windeln. Rachel war drei gewesen und Bill ein Jahr alt. Keiner von ihnen hatte Jenkins erkannt. Aber Diana hatte einen Weihnachtsbaum gekauft, ihn geschmückt und ein Lächeln auf ihr Gesicht gezaubert, ihr noch immer schönes, aber jetzt so erschöpftes Gesicht. Sie hatten den süßen Sherry von ihren Eltern getrunken und später seine Eltern auf der Farm besucht, wo es keinen süßen Sherry gab, nur Gin, Whiskey und Rotwein, was Diana damals nicht ausstehen konnte.

Noch später hatte Diana geweint. Und Jenkins, der zwanzig der letzten vierundzwanzig Monate auf der anderen Seite der Welt verbracht hatte, wußte nicht, was er tun sollte. Er wußte, wie man mit einer Schiffsmannschaft aus Neuguinea fertig wurde, die eine norwegische Crew achtundzwanzig zu null im Fußball geschlagen hatte und nun den Schiedsrichter verspeisen wollte. Aber das hatte nichts mit einer Familie zu tun und einer Frau, die seine Eltern nicht mochten, und die er zu selten sah.

Er und Diana gegen den Rest der Welt. Aber er sah

Diana doch kaum. Und wenn sie weinte, war es seine Schuld.

Die Dinge besserten sich, natürlich. Seine Schiffskameraden ließen sich scheiden. Er und Diana lernten, miteinander zu leben; nun, getrennt zu leben, besser gesagt. Und dann war das Entsetzliche geschehen.

Diana hatte es ihm erzählt. Sie und die Kinder: Rachel war zehn, Bill acht. Sie waren in England gewesen – in der Heimat, sagte Diana – und verbrachten am Ende der Reise drei Tage in London. Bill war Dinosaurier-Fan, also gingen sie ins Naturhistorische Museum. Rachel war ein Christopher Robin-Fan, also gingen sie zur Wachablösung in der Mall. Dann erlag Diana einem kleinen Kaufrausch bei Harvey Nichols, und sie aßen ihren Lunch bei McDonald's am Marble Arch. Bill hatte neue Jeans, neue Sneakers und ein Victoria Harbour-T-Shirt getragen, auf das er sehr stolz war. Sie waren durch den Hyde Park gelaufen zu Harrods. In Hongkong gab es keine wirklich großen Parks.

Bill entdeckte das Eichhörnchen auf dem Rasen weit weg von jedem Baum. Er rannte ihm nach; es gab nur sehr wenige Eichhörnchen in Hongkong. Er wollte es fangen und mit dem Rest der Erdnüsse füttern, die er in der Tasche hatte. Das Eichhörnchen wollte sich nicht fangen lassen. Es rannte davon, nach Süden. Auch Bill rannte los.

Jenkins konnte sich vorstellen, wie sich Diana ein leichtes, wohlerzogenes Lächeln gestattete und ihre Haare zur Freude eines vorbeikommenden Joggers in den Nacken warf. Das Eichhörnchen blieb am Rand des South Carriage Drive stehen und blickte über die Schulter zurück. Das hatte sie später immer wieder betont. *Es hat tatsächlich über die Schulter zurückgeblickt.*

Dann rannte es quer über die Straße und Bill ihm nach.

Das Taxi erfaßte ihn mit dem geometrischen Zentrum seines Kühlergrills. Es wirbelte ihn fast zwanzig Meter durch die Luft. Als sie zu ihm kamen, standen seine Augen offen und spiegelten – blau – den Himmel wider. »Wo ist Dad?« fragte er. Dann starb er.

Das war das andere Detail, das sie später betonte. Sie betonte es häufig; fast täglich.

Der schlimmste Tag in Jenkins' Leben. Und er war nicht einmal dabei gewesen. So etwas konnte man nicht so schnell vergessen.

Er hatte versucht, es Diana zu erleichtern. Er war schließlich ihr Mann. Er übernahm die Dinge, die er übernehmen mußte, tat seine Pflicht, sorgte nach Kräften für sie, denn so waren die Dinge nun einmal organisiert. Jenkins sorgt für Diana, Diana sorgt für die Kinder. Sie hatte eine grauenhafte Zeit durchgemacht. Eine grauenhafte Zeit verdiente Ausgleich. Er liebte sie. Wie nicht anders zu erwarten; sie waren verheiratet.

Aber als er durch die Brückenfenster seines Schiffes voller Gangster und Flüchtlinge auf die funkelnde See und den strahlenden Himmel blickte, begann die Scham wieder an ihm zu nagen.

Sobald man sich einmal außerhalb des Rasters des Wohlverhaltens befand, sah man die Dinge anders. Und er sah, daß Liebe seit nun schon sehr langer Zeit nichts damit zu tun hatte.

2. Kapitel

Mrs. Nairn hielt viel von Dämmerschoppen, weil sie wußte, daß man am Ende eines langen Tages und nach ein paar Bier die Menschen kennenlernte. Und auf einer Fahrt wie dieser hing viel von den Menschen ab, mit denen man es zu tun hatte. Und so füllte sie um halb sechs den Kühlschrank mit San Migs, stellte eine Schale Erdnüsse bereit und arrangierte ein paar trockene Pampasgräser und eine Straußenfeder in der Vase. Gemütlich, dachte sie. Eine nette Veränderung der Umgebung, um die Jungs zu entspannen.

Kurz nach halb sechs tauchten Jenkins und der Zweite Maat auf, ließen ihre Schuhe im Gang und setzten sich.

Mrs. Nairn erkannte, daß sie sich um Pelly keine Sorgen zu machen brauchte. Er mochte vielleicht ein bißchen chinesisch aussehen, aber er war ein ordentlicher, anständiger Profi. Er schien nicht viele Nebeninteressen zu haben. Der Alte war ein Mistkerl, aber ein habgieriger Mistkerl und darauf aus, sein Geld zu verdienen, also sorgte sich Mrs. Nairn auch um ihn nicht allzu sehr. Jenkins war ein bißchen komplizierter, und Mrs. Nairn hatte die Dinge gern einfach und simpel. Ich sollte versuchen, Jenkins ein wenig näher zu ergründen, dachte sie.

»Nun«, sagte Pelly nach einem Bier. »Ich sollte jetzt besser gehen und ein bißchen navigieren.« Er ging.

»Nun«, sagte Mrs. Nairn. »Haben Sie sich eingewöhnt? Unten im Laderaum?«

»Noch zu früh«, sagte Jenkins. »Arme Hunde.«

»Nur zu wahr«, sagte Mrs Nairn unaufrichtig. Arme Hunde oder nicht, die Fracht war da, weil sie es so wollte. Und ein Job war ein Job und das Leben hart wie Stahl und in der Welt kein Platz für sentimentalen Firlefanz. Ihr kam der Verdacht, daß Jenkins eine ausgesprochen sentimentale Ader haben könnte. Irgend jemand mußte versuchen, sein Vertrauen zu gewinnen. Wenn man ihm die Hand zur Freundschaft reichte, würde der Bursche vermutlich vor Dankbarkeit dahinschmelzen.

»Muß häßlich gewesen sein, Orient zu verlassen«, sagte sie.

»Ja.«

Als praktische Ärztin in Western Australia war Mrs. Nairn dafür berühmt gewesen, gut mit Kranken umgehen zu können. Jetzt schüttelte sie mitfühlend den Kopf. »Was ist geschehen?«

»Zusammenstoß«, erwiderte Jenkins mundfaul.

»Und Sie haben den Kopf hingehalten.«

»Es war meine Schuld«, sagte Jenkins und fühlte sich extrem unbehaglich. »Keiner von uns ist hier, weil er es sich gewünscht hätte.«

Bringt absolut nichts, dachte Mrs. Nairn. »Sie meinen Edwin«, sagte sie und betrachtete angelegentlich ihre Hände. »Er hatte einen Zusammenbruch. Kam ins, äh, Krankenhaus.« Sie bedachte ihn mit einem Blick aufdringlicher Offenheit. »Edwin hat eine labile Persönlichkeit. Also quittierte er den Dienst auf See. Kam an Land, wo ich ihn im Auge behalten konnte. Die *Glory* ist eine Art Rentnerjob für uns«, sagte sie, als spräche sie über Macramé oder Basteln. »Edwin war immer auf See. Mit der Auszahlung haben wir uns eine Farm gekauft.« Sie zeigte auf das Photo mit Nairn und dem Mähdrescher. »Fast in der Wüste. Zehntausend Morgen Weizen. Mit der Auszahlung und einem Bankdarlehen kauft man die Maschinen und betet um Regen.«

Jenkins betrachtete das Photo. Nairn lehnte am Steuerrad des Mähdreschers. Er wirkte betrunken. »Aber es hat nicht geregnet?«

»Oh, geregnet hat es. Aber Edwin betrank sich und setzte die Farm auf ein Pferd. Also kam Edwin wieder in die Klinik, ein anderer Bastard fuhr die Ernte ein, und wir machten uns wieder auf die Suche nach einem Schiff.« Sie nippte an ihrem Bier, den kleinen Finger abgespreizt. »Und fanden eins.«

»Muß hart gewesen sein«, sagte Jenkins.

Mrs. Nairn schüttelte den Kopf. Ihr Hals faltete und entfaltete sich wie eine Concertina. »Jedenfalls nicht leicht«, sagte sie. Weich wie Butter, dieser Jenkins. Das sah man ihm an. »Und es machte Edwin ein bißchen nervös. Er fürchtet um seine Position. Er ist nicht mehr der Jüngste. Er fühlt sich bedroht.«

Jenkins nickte. Seiner Ansicht nach litt Nairn unter Paranoia, zum großen Teil berechtigt.

»Wir müssen Verständnis füreinander haben«, sagte Mrs. Nairn. »Falls Sie Probleme haben – ich bin für Sie da.«

Jenkins hatte lange genug mit Diana gelebt, um sich mit derlei Tricks auszukennen. »Ich werde daran denken«, sagte er und wechselte das Thema. »Sind Sie mit diesem Gelbsuchtfall vorangekommen?«

»Ich kümmere mich darum«, sagte Mrs. Nairn, die in der Tat lange darüber nachgedacht hatte. »Diese Fahrt soll uns einen neuen finanziellen Start ermöglichen. Ich arbeite wieder. Edwin bleibt trocken. Jeder konzentriert sich auf das Seine.« Plötzlich waren ihre Augen stahlhart. Und Sie auch, vermittelten sie Jenkins.

Jenkins' Miene blieb unverbindlich. Sobald es der Anstand zuließ, trank er sein Bier aus und ging.

Früher einmal war Edwin Nairn in schneeweißer Uniform über schimmernde Deckplanken marschiert, nicht über rostigen Stahl, und hatte einen makellos sauberen Maschinenraum mit dreißig Mann dirigiert. In jenen Tagen hatte er seine Zeit in seiner Kabine verbracht oder mit dem Zweiten und Dritten Maat bei Drinks vor dem Lunch oder dem Dinner, wobei Diskussionen über technische Fragen mit Gin-and-Tonics geschmiert wurden: eine Handbreit Gin, ein Finger Tonic, um die Form zu wahren.

An Land hatte sich Nairn stets verloren gefühlt. Die Welt war nicht heiß und nicht laut genug, selbst wenn man in Wüstennähe lebte. Nairn liebte Bullenhitze, Höllengetöse und jede Menge Ordnung und System.

Im Grunde lief es darauf hinaus: Die Menschen waren eine Bande Misthunde, aber bei einer Maschine wußte man genau, woran man war. Und neuerdings wurden die Menschen immer schlimmer. Dabei war es auf seinem letzten Schiff, einer besseren Barke namens *Nome*, schon schlimm genug gewesen. Er wußte nicht genau, wie er seinen Job dort eigentlich beendet hatte. Er erinnerte sich dunkel, daß es da einen Anschlag auf sein Leben gegeben hatte, indem man ihm gemahlenes Glas ins Essen gemischt hatte – eine Verschwörung, an der die ganze Besatzung beteiligt war. Und so war er in der Malacca Strait über die Reling gesprungen und hatte versucht, nach Java zu schwimmen. Dann versagte sein Gedächtnis. Plötzlich hatte er auf einem Traktor gesessen, aber die Misthunde konspirierten weiter, und dann war die Farm weg, er kam wieder ins Krankenhaus, und Irma schrie ihn an. Danach saß Irma auf dem Fahrersitz, und die Misthunde putschten aus dem Hintergrund. Das Problem mit Irma war, daß sie die Dinge nicht so klar erkannte wie er. Sie mochte vielleicht schlau sein und zäh wie altes Leder; aber ihr fehlte der Durchblick.

Aber das würde er ihr natürlich nie sagen. Bei Irma mußte man seine Zunge hüten, oder das Leben wurde wirklich unangenehm.

Um halb neun am nächsten Morgen war ihm übel. Muß am Essen liegen, sagte er sich. Oder an nervöser Verdauung. Kann nicht ertragen, sie San Mig schlucken zu sehen, während ich Limo trinken muß. Und nur Kaffee zum Frühstück war auch nicht gut. Jede Leistung brauchte den entsprechenden Treibstoff. Genau wie eine Maschine. Fürs Manövrieren hatte man sein Leichtöl und sein Bunker-Rohöl für die See. Man hatte seine Dampfkocher, um Dampf in die Rohre zu jagen, die sich durch die Tanks schlängelten, und das Bunker-Rohöl erhitzten, bis es flüssig genug war, um durch die Filter und Reiniger zu laufen und den ganzen Mist herauszuschleudern, bis man ein schönes, sauberes, schwarzes Öl von etwa hundertdreißig Grad hatte, das durch Injektoren in die Zylinder des Sieben-Zylinder-MAN-Diesel sprudeln konnte, wo es explodierte und die Kolben antrieb, die die Kurbelwelle antrieben, die den Propeller antrieb, der diese Rostlaube durch die . . .

Nairn stellte fest, daß er den Faden verloren hatte. Er blickte auf die Skalen, dreimal, denn seit kurzem war es schwierig für ihn, die Daten lange genug im Kopf zu behalten, um sie begreifen zu können.

Der Wasserkessel sah immer noch mies aus. Es war ein Niedrigtemperatur-Destillationsgerät, in dem Pumpen für ein partielles Vakuum sorgten, damit das Salzwasser bei Raumtemperatur kochte. Die Pumpen waren ausgelaugt und die Verschlüsse ramponiert. Wenn der Wasserkessel den Geist aufgab, gäbe es keinen Wassernachschub für die

Tanks, und das verdammte Öl würde sich wieder in Straßenteer verwandeln. Und natürlich hätten auch die Passagiere nichts zu trinken, was die Passagiere zu einer noch größeren Gefahr machen würde, als sie ohnehin schon waren. Und dieser Tommy-Maat war derart erpicht, Nairn seinen Job abspenstig zu machen, daß ihm keine Zeit blieb, die Fracht unter Kontrolle zu halten. Nairn kannte diese Typen.

Er runzelte die Stirn.

Im schallisolierten Kontrollraum war das Maschinengeräusch laut gewesen, aber beständig. Einen Moment lang hatte er neue Vibrationen gehört, wie laufende Füße hörte es sich an. Draußen im Maschinenraum war irgend etwas geschehen.

Seine Augen flogen zu den Anzeigeskalen. Nichts hatte sich verändert.

Da war es wieder – ein Klopfen, das er nicht richtig hörte, aber durch die Sohlen seiner Füße und die Oberfläche seiner Haut aufnahm. Er verließ den Kontrollraum und trat in den Lärm ein.

Ein Chinese stieß mit ihm zusammen und schleuderte ihn gegen den vollen Treibstofftank. Benommen nahm er wahr, wie ein weißer Schatten die Eisenleiter zur nächsten Galerie hinaufeilte. Als er erkannte, daß es sich bei dem Mann, mit dem er zusammengestoßen war, und dem Schatten auf der Treppe um ein und dieselbe Person handelte, und den Mund zu einem Schrei öffnete, war der Schatten auf der Treppe verschwunden.

Zitternd rappelte er sich hoch. Er hatte weiß Gott genug Probleme. Er brauchte sich keine neuen zu schaffen. Es gab eine Zeit, in der ein Maschinist, der mit seinem Chief zusammenprallte, freiwillig über Bord gesprungen wäre. Aber jetzt waren alle hinter ihm her . . . Nervös sah er sich um. Sein Kopf auf dem hageren Hals bewegte sich wie der eines Kamels.

Wie neuerdings üblich, wirkte alles wie irgendwie aus dem Ruder gelaufen. Aber hier im Filterraum ganz besonders.

Die drei Ölreiniger standen in einer Reihe, ihre Hauben sahen aus wie umgedrehte Woks, gestreift von öligen Prismen. Zwischen ihnen lag ein Mann mit dem Gesicht nach unten. Er hatte relativ lange, schwarze Haare. Er trug Jeans, Zehensandalen und ein T-Shirt, das vor dem Aufschlagen auf den Boden weiß gewesen war. Betriebssicherheit, dachte Nairn. Niemand betritt meinen Maschinenraum mit Zehensandalen.

Der Mann wand sich auf dem Stahlboden und schlug die Hände vors Gesicht. Nairn spähte zu ihm hinunter. Einer von der Fracht, dachte er. Was hat er hier unten zu suchen? Die Haut zwischen seinen Fingern sah seltsam aus, weiß und blasig. Hatte sich verbrannt. Jede Menge heißer Dinge hier unten. Seine eigene, verdammte Schuld, wenn er hier herumwandert, als gehöre ihm das Schiff. Geht mich nichts an. Fracht-Sache. Ein bißchen Arbeit für den Maat.

Er schlurfte in den Kontrollraum zurück und griff zum Telephon.

Mrs. Nairn stampfte über den Gang und begann mit ihrer Runde. Die Sprechstunde begann erst um zehn, aber zuvor gab es wichtigeres zu tun.

Vor der Tür der Kadettenkabine blieb sie stehen und klopfte. »Wer ist da?« fragte eine verschlafene, phlegmatische Männerstimme.

»Die Ärztin.«

Die Tür öffnete sich einen Spalt weit. In dem Spalt erschien das mißtrauische Gesicht des kranken Mannes. Er zog die Tür auf.

»Legen Sie sich hin«, sagte Mrs. Nairn und schob ihn auf die Koje zu.

Jer legte sich auf die Koje und schloß die Augen. »Ziehen Sie Ihr Hemd hoch«, sagte Mrs. Nairn.

Zögernd entblößte er seinen gelblichen Bauch.

Mrs. Nairn begann, die Haut rechts unter dem Rippenbogen zu befühlen. Jer stöhnte auf.

»Tut das weh?« fragte Mrs. Nairn.

Wieder stöhnte Jer.

»Yeah«, machte Mrs. Nairn. »Wie schön, daß Sie eine eigene Kabine haben.«

Jer äußerte Unverständnis.

»Sehr schön«, sagte Mrs. Nairn, griff nach seiner Hand und zog ihn hoch. Seine Augen standen jetzt offen. Sie erinnerten sie an Pflaumen und Vanillesauce. »Geld?« Sie rieb Daumen und Zeigefinger.

Jer wühlte unter seinem Kopfkissen, förderte einen Umschlag zutage und entnahm ihm einen Zwanzig-Dollar-Schein.

Mrs. Nairn holte weit mit den Armen aus. »Mehr.«

Jer griff wieder in den Umschlag und zog eine Hundert-Dollar-Note heraus.

»Und noch einmal«, sagte Mrs. Nairn. »Im Laderaum würde es Ihnen gar nicht gefallen.« Ihr Gesicht war ausdruckslos, ihr Blick durchdringend. »Wie es aussieht, will Sie jemand umbringen.«

Langsam zerrte Jer weitere hundert Dollar heraus und gab sie ihr.

»Das reicht«, sagte Mrs. Nairn. Sie steckte das Geld in ihren Büstenhalter. Draußen vor der Tür traf sie auf Jenkins. Unter seinen Augen lagen Schatten, ganz so, als hätte er nicht geschlafen.

»Armer Kerl«, sagte sie.

»Wer?« fragte Jenkins abwesend.

Sie zeigte mit dem Daumen auf die Kabinentür. »Sieht nicht sehr gut aus. Wir sollten ihn weiter isoliert halten.« Sie seufzte. »Wir tun, was wir können.« Ihre Miene hellte sich auf. »Ist es nicht ein herrlicher Morgen?«

»Tut mir leid, ihn verderben zu müssen«, sagte er. »Könnten Sie mitkommen?«

Er führte sie die Burma Road entlang. In der Zeltstadt gackerten Hühner, es roch nach Herdfeuern und Exkrementen.

Im Maschinenraum war es heiß und laut. Im Kontrollraum saß Nairn auf einem einarmigen Vinylsessel und starrte verbissen in irgendwelche Unterlagen. Als Jenkins den Kopf durch die Tür steckte, zeigte er, ohne aufzublikken, Richtung Ölreiniger.

Der Mann im Filterraum lag mit angezogenen Knien da. Er bedeckte noch immer das Gesicht mit den Händen. Sein Mund war sichtbar. Er stand offen. Er sah aus, als ob er schreien wollte.

Mrs. Nairn ging neben ihm auf die feisten Schenkel zu. Sie schlug dem Mann leicht auf die Schulter. Seine Augen sahen sie an. Sie faßte nach seinen kleinen Fingern und zog ihm sacht die Hände vom Gesicht.

»Großer Gott«, sagte Jenkins.

Auf jeder Wange sah die Haut in der Größe einer Zigarettenschachtel tot aus, wie gekocht. Mrs. Nairn senkte eine Spritze in seinen Arm und drückte zu. Das Gesicht des Mannes entspannte sich, seine Pupillen rutschten nach oben. Jenkins und zwei Öler schleppten ihn hinaus auf die Burma Road.

»Hat sich verbrannt«, sagte Mrs. Nairn. »Armer Teufel.«

»Nicht er«, sagte Jenkins.

»Wie bitte?«

»Dazu hätte er erst eine Wange gegen den Ölreiniger drücken müssen und dann die andere«, sagte Jenkins.

»Stimmt«, sagte Mrs. Nairn uninteressiert.

»Dieser Mann war es, der mir gesagt hat, daß noch Leute auf der Fähre sind.«

»Tatsächlich?« sagte Mrs. Nairn. »Hören Sie, wir sollten ihn in die Krankenstation bringen.«

Als Ärztin war Mrs. Nairn nur an dem medizinischen Problem interessiert. Als Erster Maat war Jenkins am Fracht-Problem interessiert – kein übliches, aber immerhin ein Fracht-Problem. Lee hatte Jenkins darin hindern wollen, Lucy und den gelbsüchtigen Mann zu retten. Der kleine Mann mit den Verbrennungen hatte Jenkins gesagt, daß sie sich noch auf der Fähre befanden. Es war durchaus vorstellbar, daß sich Lee gerächt hatte.

Sie legten den Mann auf die Lazarettkoje. Mrs. Nairn hatte ihm Morphium gespritzt. »Wer hat das getan?« fragte Jenkins.

Der Mann murmelte etwas auf chinesisch.

»Darüber sollten Sie sich keine Sorgen machen«, sagte Mrs. Nairn. »Sie schlagen sich. Dagegen kann man nichts machen. Sie sprechen unsere Sprache nicht. Sie denken auch nicht wie wir.«

Mit der Sprache hatte sie recht. Aber Jenkins hatte sein ganzes Leben lang mit chinesischen Besatzungen zu tun gehabt. Die Sprache war das einzige, womit Mrs. Nairn recht hatte.

Er brauchte einen Dolmetscher, und er dachte unwillkürlich an die Chinesin mit den grünen Augen. Sie sprach Englisch. Und sie hatte den Streit an der Essensausgabe geschlichtet. Sie besaß so etwas wie Autorität. Und Lee hatte sie umbringen wollen. Sie befanden sich alle in einer quasi gesetzlosen Situation, aber Jenkins nahm an, daß sich Lee einer Schiffsdolmetscherin gegenüber anders benehmen würde als einem einfachen Passagier.

Er begeisterte sich für seine Idee. Und noch etwas. Das Gefühl von Wärme, das er gestern abend empfunden hatte, war wieder da.

»Ich komme gleich zurück«, sagte er und machte sich auf die Suche nach Lucy.

Im vorderen Innenhof spielten ein paar kleine Mädchen Seilspringen. Eins davon war mit dem Mann an Bord gekommen, der jetzt mit verbrannten Wangen auf der Krankentsation lag. Er winkte ihm zu. Es winkte schüchtern zurück. Ihre dunklen Augen waren schmal und wachsam. »Lucy?« fragte er.

»Lusi Moses«, erwiderte das Kind. Es gab das Seil einer Freundin weiter und winkte Jenkins, ihm zu folgen.

Sie verließen den Containerbereich, gingen in den Laderaum hinunter. Hinten an den Turnschuhen des Mädchen blinkten kleine rote Katzenaugen auf, als es vor Jenkins durch den Irrgarten der Zelte und Vorhänge lief.

Sie hielten vor einem mit zwei Bettlaken abgeschirmten Verschlag inne. Zwei dünne, nervös wirkende Männer saßen auf Faltstühlen. Die *Glory of Saipan* sensibilisierte Jenkins auf ganz neuen Gebieten. Er wußte, daß diese Männer Leibwächter waren, und nahm an, daß es sich nicht um Profis handelte. Das kleine Mädchen zeigte auf die Bettlaken. Jenkins nickte lächelnd.

Eins der Bettlaken wurde vorsichtig zwei Zentimeter beiseite geschoben wie ein Spitzenvorhang hinter dem Fenster einer Vorortvilla.

Das Gesicht war schmal, hart und argwöhnisch. Es veränderte sich nicht, als sie ihn erkannte.

»Ich brauche Ihre Hilfe«, sagte er.

»Wobei?«

Jenkins rief sich in Erinnerung, daß ihr Leben bedroht war. »Es hat einen Unfall gegeben«, sagte er.

»Was für einen Unfall?«

»Es geht um jemanden, den Sie kennen. Kommen Sie, bitte.«

Der Krankenhausgeruch mischte sich mit Marlboro-Rauch aus der Mannschaftsmesse am Ende des Ganges. Der verletzte Mann lag auf der Koje, Tannin-Gel bedeckte die Wunden auf seinen Wangen. Lucy betrachtete ihn einen Moment lang schweigend. Dann sagte sie etwas in einer Sprache, die kein Kantonesisch war. Der Mann antwortete mit langsamer, schwerfälliger Stimme.

»Er heißt Fung«, sagte Lucy mit hoher, ausdrucksloser Stimme. »Er hat sich im Maschinenraum umgesehen. Aus Neugierde. Er ist Ingenieur. Er ist gestürzt.«

»Das ist der Mann, der mir erzählte, daß Sie noch auf der Fähre sind. Ich glaube, daß Lee darüber nicht gerade erfreut war. Also hat er ihn in den Maschinenraum gezerrt und verbrannt.«

»Warum sollte er lügen?«

»Sie waren auf dieser Fähre. Also sollten Sie es wissen.«

Sie hob die Schultern. Ihre Miene war nicht zu deuten.

»Ich muß es wissen«, sagte er. »Sonst kommt noch jemand ums Leben.«

»Warum sollte Ihnen das etwas ausmachen?« Noch immer war ihr Gesicht ausdruckslos.

Jenkins verspürte leichte Gereiztheit. »Ich werde dafür bezahlt. Es ist mein Job. Daß ich auf einer Rostlaube voller illegaler Immigranten fahre, heißt noch längst nicht, daß ich meine Pflichten vernachlässigen werde. Ich bin Erster Maat und für die Fracht verantwortlich, und im Moment heißt das, daß ich erfahren möchte, was da unten passiert ist. Ist das klar?«

»Ja.«

»Und dafür brauche ich einen Dolmetscher.«

Ihre dunklen Brauen zeichneten feine Bögen auf ihre Stirn. »Sie meinen mich?«

»Sie sprechen Englisch.«

»Und die Bezahlung?«

»Bezahlung?«

»Sie erwarten doch nicht, eine Dolmetscherin gratis zu bekommen.«

China, dachte Jenkins. Dort hat alles seinen Preis. »Was verlangen Sie?« fragte er.

»Ich möchte eine Kabine. In der Nähe von Jer. Mit einem Schlüssel.«

Jenkins sah in das schmale, verschlossene Gesicht. Es gab freie Kajüten. Eine Dolmetscherin wäre sehr nützlich. Und vielleicht gäbe es da noch etwas: eine gewisse Dauerhaftigkeit des Gefühls von Wärme und Vertrauen, das er empfand. Eigentümlicherweise ertappte er sich dabei, sich auf die Zusammenarbeit mit Lucy Moses zu freuen. »Warten Sie«, sagte er.

Soares saß in seinem Sessel im Schiffsbüro, rauchte eine Zigarette und blätterte im *Penthouse.* Er richtete seine Spaniel-Augen auf Jenkins. Winzige Rauchfähnchen rankten sich um seinen Schnurrbart. »Was wollen Sie?« Jenkins erläuterte es.

»Diese Schlampe«, sagte Soares.

»Mit einer Dolmetscherin könnten wir Probleme noch vor dem Entstehen verhindern. Haben Sie keine Extrakasse?«

Soares furzte und wedelte mit dem Magazin durch die Luft. »Yeah«, meinte er. Er stand auf und spähte durch das Büro-Bullauge, das aufs Deck hinausführte. Das Bullauge rahmte das Mädchen ein: Ellbogen auf der Reling, Blick aufs Meer. Die Schultern waren schmalgliedrig, aber energisch. Der Wind fuhr in ihren kurzen, schwarzen Pagenkopf. Hübscher Hals, dachte Soares. Hübsches Hinterteil. Er leckte sich die Lippen und zwinkerte. »Lucy Moses«, sagte er. »Also sind auch Sie nur menschlich. In einer Kajüte läßt es sich eben doch bequemer bumsen. Stimmt's?«

Jenkins schwieg. Es war egal, welche Motive Soares seinem Vorhaben unterstellte. Wichtig war, es in Angriff zu nehmen.

»Warum nicht?« sagte Soares. Eine Kabine war mit Sicherheit privater. Es wäre nicht schlecht, sie allein in dieser Kabine zu haben. »Sie hat Glück, ich werde ihr eine geben.« Er zog einen Schlüssel aus der Schreibtischschublade und warf ihn Jenkins lachend zu. »Und wenn Sie den Generalschlüssel brauchen, Dave, ich habe ihn. Vielleicht werden Sie doch noch ein ganz passabler Kerl.«

Jenkins dachte an die Wärme, die er empfunden hatte. Das hoffe ich nicht, dachte er. Das hoffe ich wirklich nicht.

3. Kapitel

Lucys Kabine war zweieinhalb Meter lang und zwei Meter breit. Sie besaß ein WC, das gerade so funktionierte, und ein Waschbecken, das überhaupt nicht funktionierte. Sie hatte ein eingedelltes Metallspind, einen klebringen Fußbodenbelag, und sie roch nach kaltem Rauch. Sie war nicht viel größer als die Zelle, in der sie nach den Vorfällen auf dem Tiananmen-Platz drei Monate verbrachte hatte. Wie damals und davor schon gab es draußen Menschen, die ihr schaden wollten. Damals hatte der Schlüssel in der Außenseite der Tür gesteckt. Diese Zelle hier stank, sie war heiß und dreckig. Aber in dieser Zelle befand sich der Schlüssel in der Innenseite der Tür. Und das war nahezu perfekt.

Lucy legte sich die Hände auf die Schultern, als wollte sie sich umarmen. Sie konnte kaum glauben. daß sie gewagt hatte, darum zu bitten. Noch weniger konnte sie glauben, daß der Maat sie ihr gegeben hatte. Ohne Geld zu fordern. Er mußte verrückt sein. Allerdings würde sie dafür arbeiten müssen ...

Sie saß auf der Koje, hämmerte mit den Fingernägeln ein schnelles Ratatata an die Wand und rief: »Alles in Ordnung, Jer?« Und nebenan klopfte Jer mit seiner gelbsüchtigen Hand zweimal zurück.

Jeder an Bord hatte Freunde um sich. Da waren die Passagiere mit ihren Verwandten, die Mannschaft und die Offiziere, Lee und Ho – eine ganz eigene Gruppe, klein aber erschreckend mächtig ... Sie verdrängte jeden Gedanken an Lee. Jedermann gehörte zu einer Gruppe, nur sie und Ler nicht. Nicht dazu zu gehören bedeutete, nicht bemerkt, nicht vermißt zu werden. Sie dachte an die Fähre und erschauerte. Fung hatte sie vermißt. Der gute Fung, ein echter Freund. Aber einen Verbündeten unter den Offizieren zu haben – das war unbezahlbar.

Ein wenig aufgemuntert begann sie mit fast sinnlichem Vergnügen, ihre Kleidung aus dem Koffer in den Schrank zu räumen. Ihren eigenen Schrank. Sie schüttelte jedes Kleidungsstück aus, faltete es neu zusammen und legte es mit mathematischer Präzision in die grünrostigen Fächer: die Baumwollunterwäsche, die drei guten Kleider, die sie in Amerika tragen wollte, das zweite Paar Jeans. Und den Strohhut, der wundersamerweise heil geblieben war. Sie hängte ihn an einen rostigen Nagel an der Wand. Schmücke dein Heim, dachte sie und lachte. Es war lange her, daß sie etwas so amüsant gefunden hatte, um darüber lachen zu können.

Das Beste war, daß es jetzt so aussah, als wären Jer und sie vor Lee sicher. Und daß sie in die Lage kam, etwas zu tun, was aus Wahrscheinlichkeit Fast-Gewißheit machte. Und dann könnte sie diese Reise in die Richtung zu lenken, die ihr vorschwebte.

Es klopfte an der Tür. Sofort verspannte sie sich wieder. »Wer ist da?«

»Erster Maat«, sagte Jenkins' Stimme.

Sie öffnete die Tür einen Spalt und stellte von hinten den Fuß dagegen.

»Ich muß ein paar Dinge wissen«, sagte er. Er war ein großer Mann. Er hatte ein freundliches Gesicht, aber da war eine eigenartige Aura um ihn. Ganz so, als könnte ihn niemand mehr davon abbringen, wenn er sich erst einmal zu etwas entschlossen hatte. Jetzt kam er geradewegs in ihre Kabine, und sie stellte fest, daß sie ihm die Tür geöffnet hatte, als gäbe es keinerlei Probleme, keine Gefahren, und als wäre er ein Freund.

Aber natürlich war er kein Freund. Als er in der Kabine war, ließ sie die Tür offen und hielt sich von ihm so weit wie möglich entfernt. Er hatte der Arbeit auf diesem Viehtransport zugestimmt, und das bedeutete, daß sie auf verschiedenen Seiten standen.

»Vielen Dank, daß Sie mir diese Kabine besorgt haben.« Sie lächelte ihn an. Sie wußte, daß es ein beeindruckendes Lächeln war.

»Es war Ihre Idee«, sagte er schroff. »Hören Sie, wenn es eine angenehme, ruhige Fahrt werden soll, muß ich erfahren, was hier vorgeht.«

Ihr war klar, daß er nach Lee fragte. Sie beschloß, ihn

nicht zu verstehen. Es gab keinen Grund, etwas über Lee zu erfahren.

»Wir sind vor einer Woche am Perlenfluß ausgelaufen.«

Jenkins versuchte, sich eine Woche auf der Fähre vorzustellen. Er konnte den Gestank noch immer riechen. »Was ist mit der Besatzung passiert?«

»Sie ging von Bord«, sagte sie. »Nachts, mit einem Motorboot. Dann kamen Sie drei Tage später.«

»Und wenn nun andere als wir gekommen wären?«

Sie zuckte mit den Schultern. »Sie sagten, mit ausgeschalteten Maschinen außerhalb territorialer Gewässer wären wir ein Schiff in Seenot. Und niemand würde uns übernehmen, weil die Menschen auf einem Schiff in Seenot der Verantwortung der Retter unterliegen. Sie sagten, nur Sie würden uns übernehmen, weil Sie dafür bezahlt würden.«

Jenkins wollte taktvoll wieder auf Lee zurückkommen. Aber Takt war nicht seine Stärke. »Warum wurden Sie und Ihr Freund auf der Fähre zurückgelassen?«

»Der Türriegel klemmte. Man hat uns übersehen«, sagte sie.

Das war die offizielle Version, die mit Sicherheit nicht stimmte. Aber es machte wenig Sinn, jetzt darauf herumzuhacken. »Sie sind aber keine Chinesin«, sagte er.

»Der Abstammung nach halb. Aber chinesische Staatsbürgerin. Mein Vater war Amerikaner.«

»Mister Moses.«

Sie hob die Brauen. »Wer hat Ihnen das gesagt?«

»Ein anderer Passagier.«

Sie lachte. Weshalb wußte er nicht. »Und warum bemühen Sie sich nicht um einen amerikanischen Paß?«

»Meine Eltern waren nicht verheiratet«, sagte sie.

Es war die Frage eines konventionellen Mannes gewesen; eines Mannes, der zwanzig Jahre plus einer regelmäßigen Beschäftigung nachgegangen war, achtzehn davon verheiratet, und seinen Lebensrhythmus – vier Monate an Bord, zwei an Land – nie in Frage gestellt hatte. Der im Grunde nie etwas in Frage gestellt hatte, sondern weitergemacht, nach der immer gleichen Pfeife getanzt hatte.

Und zum ersten Mal stellte er fest, daß er, obwohl die Pfeife nicht mehr aufspielte, doch noch immer den alten Rhythmen gefolgt war.

Ohne jeden Grund.

»Wenn Sie mich jetzt bitte entschuldigen würden«, sagte sie. »Es ist eine Woche her, seit ich eine Dusche gesehen habe.«

Zum Dinner gab es Ochsenschwanz, kurzgebraten und in Süßsauer-Sauce. Es war, als würde man auf Tauwerk herunmkauen. »Heiliger Strohsack«, sagte Pete und schob seinen Teller von sich. »Dieses Zeug kann man doch nicht essen.« Er stand auf, ging zum Telephon an der Wand und wählte.

»Smutje?« sagte er. »Schon mal was von Chips gehört?« Stille. »Chips«, wiederholte er. »Frittierte Kartoffeln, großer Gott.« Er drehte sich um. »Wie heißen Chips auf chinesisch?« Jenkins hatte den Eindruck, daß er es sehr wohl wußte, aber auf der Feststellung beharrte: Ich gehöre zu euch, nicht zu denen. »Niemand weiß es«, sagte Pete. »Chips, Sie Bastard.«

»Schluß damit«, knurrte Soares. Ihm schien irgendeine Laus über die Leber gelaufen zu sein. Er saß an der Stirnseite des Tisches, zerrte an den Schwanzknochen und spritzte Sauce auf die schmuddelige Serviette, die er sich in seine Goldkettchen gesteckt hatte. »Wasser«, sagte er. Pete reichte ihm den Krug.

»Vorsicht«, sagte Nairn. »Wasser gibt es nicht unbegrenzt.«

»Wovon zum Teufel reden Sie?« fragte Soares.

»Wasserkessel ist am Auseinanderbrechen«, sagte Nairn.

»Dann ordern Sie Ersatzteile.« Soares spuckte Knorpel auf seinen Teller. Er stand so abrupt auf, daß sein Stuhl umkippte, verließ die Messe und schlug die Tür hinter sich zu.

»Gemach, gemach«, sagte Mrs. Nairn und lachte fröhlich.

Um sechs rief Johnny, der Vierte Maat, Jenkins an. »Herz krank«, ächzte er. »Miese Scheiße in der Toilette. Zu krank für die Brücke.«

»Sind Sie sicher?«

»Kommen Sie runter nachsehen«, sagte Johnny.

»Ich übernehme Ihre Wache«, sagte Jenkins. Um acht Uhr ging er zur Brücke hinauf.

Die Nacht hinter den Fenstern war schwarz wie Samt. Die Bleistiftspur auf der Karte führte nach Osten, berührte die kleinen Umrißlinien, die Inselchen und Untiefen am südlichen Rand des Balintang Channel markierten, an der Nordspitze der Philippinen. Sie befanden sich sehr weit südlich der Route, die Jenkins auf dem Weg nach Kalifornien genommen hätte.

Er packte die Griffe des ARPA und blickte auf den Schirm. Voraus und nach Backbord sah er die Schraffur einer Insel und die Punkte von Fischerbooten. Würde er ans Fenster treten, könnte er sie sehen: kleine gelbe Kerosin-Sterne in der schwarzen Leere. Hinter den Inseln und den Lichtern lag die Weite des Pazifik: sechstausend Meilen und fast ein Monat Fahrt für die *Glory of Saipan.* Auf der Brücke war es behaglich. Jenkins gab sich fachlichen Sorgen hin, teils, weil er sich wirklich sorgte, teils, weil es ihm Gefühl gab, ein fähiger Seemann und kein Bandit zu sein. Er hoffte, daß Nairn im Hinblick auf den Wasserkessel übertrieben hatte. Dreihundertsiebenundsechzig Passagiere tranken eine Menge, von Körperpflege, Kochen und Waschen ganz zu schweigen. Auf diesem Schiff war der Pazifik ein sehr trockenes Gebiet.

Eine Wolke schalen Deodorants nebelte ihn ein. Soares stand neben ihm. »Ich übernehme den Rest von Johnnys Wache«, sagte er. »Gehen Sie schlafen.«

»Nicht nötig«, sagte Jenkins.

»Verschwinden Sie unter Deck und rütteln Sie Ihre verdammte Übersetzerin durch.« Die Flamme seines Feuerzeugs beleuchtete den Schweiß auf seinem Gesicht.

Jenkins spürte, wie Ärger in ihm hochkochte. Ruhig, Jenkins, sagte er sich. Du bist der Maat und er der Captain. Er kann tun, was er will. Und so ging er zum Logbuch und trug ein, daß der Kapitän um 20.03 Ortszeit die Wache übernommen hatte. Dann ging er in seine Kajüte.

Er lag schwitzend auf seiner Koje und starrte an die schmutzige Kunststoffdecke der Kajüte. Die Ameisen waren noch immer auf dem Marsch, und das Klo stank gegen die Desinfektionsmittel an.

Zehn Minuten lang schwitzte er so vor sich hin. Sein Herz hämmerte wie eine Trommel, der Gestank der Toilette nahm ihm den Atem. Es gefiel ihm nicht, von Soares so behandelt zu werden. Man konnte nicht so tun, als wäre das der normale Umgang zwischen Kapitän und Maat. Noch weniger konnte man so tun, als wäre dies eine normale Fahrt.

Eine normale Fahrt, um eine normale Ehe zu unterhalten, sagte die kleine Stimme in seinem Kopf. Er dachte an Diana. In seiner Vorstellung wurde ihr Gesicht riesig und karikaturähnlich, ledrige, gelbbraune Haut, die klebrigen roten Lippen . . .

Das Telephon neben seinem Kopf explodierte wie eine Bombe. Er fuhr hoch und griff nach dem Hörer. »Jenkins«, flüsterte eine Stimme. »Gehen Sie an Deck, Steuerbordseite.«

»Wer ist da?«

Der Hörer wurde aufgelegt.

Jenkins schob die Füße aus dem Bett. Er zog sich T-Shirt und Shorts über den schweißnassen Körper und lief an Deck.

Die Passagiere in den Containern waren ruhig. Der Passat blies sanft aus Osten. Er lehnte sich an die Reling und atmete tief durch. Auf der Brücke plärrte ein VHF. Blitze zuckten über ihm auf. Es erinnerte ihn an Zamboanga. Allerdings hatte es vor Zamboanga keine Telephonanrufe gegeben.

Ihm wurde bewußt, daß er den Atem angehalten hatte.

Das Zucken waren keine Blitze. Es war zu gelb und nicht hell genug. Ein Lichtstrahl zuckte auf dem Deck direkt über ihm auf. In der Brückennock spielte jemand mit einer Taschenlampe herum. Und das keineswegs willkürlich. Dreimal kurz. Pause. Dreimal kurz.

Die *Glory of Saipan* schipperte weiter, die ganzen siebentausend Tonnen. Beleuchtet wie ein Rangierbahnhof. Mit beruhigendem Rauschen tauchte der in eine Welle. Jenkins blickte angestrengt in die Dunkelheit. Rote Flekken trieben vorbei; das Blut hinter seinen Augen.

Aber draußen schimmerte etwas Weißes. Etwas, das Kielwasser gewesen sein könnte.

Der Schweiß auf Jenkins' Körper wurde plötzlich eiskalt. Er stürzte die Leiter zur Nock hinauf.

Oben waren die Decklichter abgeschirmt, das einzige Licht ging vom grünen Radar und den silbernen Sternen aus. Vor den Sternen hob sich eine Silhouette ab, die er als Soares identifizierte. »Jemand hat mit einer Taschenlampe Signale gegeben«, sagte Jenkins.

»Ich habe mein Feuerzeug fallen lassen und danach gesucht«, sagte Soares' Silhouette ziemlich scharf. »Sie träumen.«

Er hat recht, dachte Jenkins. Ich bin übererregt, sehe Gespenster. Der einzige Mensch, der hätte signalisieren können, war Soares. Aber warum sollte Soares signalisieren? »Ich dachte, ich hätte Kielwasser gesehen«, meinte er lahm.

»Sie haben sich geirrt«, sagte Soares. »Gehen Sie wieder ins Bett.« Er fummelte in seiner Tasche nach seinem Feuerzeug, und es war ein leises Klirren zu hören. Er bewegte sich auf die Ruderhaustür zu, fort von der Brückennock und in den Schutz des Schirms neben der Ruderhaustür, und riß sein Feuerzeug an. Und in seinem Schein sah Jenkins Soares' schweißnasses Gesicht.

Soares' Augen waren geschlossen.

In diesem Moment hörte er hinter sich das Knurren eines großen Außenborders.

Die roten Flecken vor seinen Augen lösten sich auf. Er rannte zur Reling.

Ein großes Boot schob sich an Steuerbord heran. Fünf kleine braune Männer balancierten auf dem Bambus-Ausleger. Als das Boot die *Glory* erreicht hatte, griffen sie nach der Reling und kletterten herüber.

Diesmal hatten sie keine Bazooka.

»Warten Sie«, sagte Soares.

Jenkins begriff.

Emigranten reisen mit leichtem, aber wertvollem Gepäck. Piraten erbeuten die Wertgegenstände. Soares bekommt die Folgen zu spüren.

»Was hatten Sie vor?« fragte Soares. »Missionar spielen? Kommen Sie, Jenkins. Machen wir ein Geschäft.«

Aber Jenkins sah, daß seine rechte Hand verstohlen zu seiner Taille fuhr. Sie fummelte in seinen Jeans. Als sie wieder auftauchte, hielt sie etwas Langes, das im grünlichen Schein des ARPA bösartig funkelte. Soares hielt das Messer in der ausgestreckten Hand. Eigenartig watschelnd bewegte er sich auf Jenkins zu.

Unten in den Containern begannen Menschen zu schreien.

Jenkins trat hinter das Kompaßgehäuse. Sein Mund war trocken, sein Blick auf das blitzende Messer in Soares' Hand gerichtet. Über das Rauschen des Kielwassers hinweg hörte er Soares' Keuchen. Soares machte einen Ausfallschritt vorwärts. Jenkins roch den Schweiß seines Körpers, seinen Alkoholatem. Vor zehn Minuten hatte er über die normalen Beziehungen zwischen Kapitän und Maat nachgedacht.

Messer gehörten nicht zu normalen Beziehungen.

Diesmal durfte er wütend werden.

Er wurde wütend.

Er trat hinter dem Kompaßgehäuse hervor. Wieder machte Soares einen Schritt vorwärts. Jenkins sprang nach hinten und spürte die Messerklinge an seinem T-Shirt vorbeizischen. Er trat noch einen Schritt zurück und fühlte sich gegen das Stahlbord gedrückt, das unter der Reling verlief. Er sah sich blutend auf dem Deck liegen, hörte das leiser werdende Heulen des Bootsmotors. *Dummer Hund. Boy Scout. Hat gegen die Piraten gekämpft. Sie haben ihn natürlich umgebracht.*

Die *Glory* schlingerte. Auf dem Bord in seinem Rücken geriet etwas ins Rollen. Etwas Zylindrisches. Seine Hand griff danach. Die Taschenlampe, die Soares benutzt hatte.

»Jetzt mache ich Sie kalt, Mister Boy Scout«, sagte Soares.

Jenkis' Daumen fand den Schalter der Taschenlampe. Er sah kurz Soares' schwarzen Schnurrbart und die großporige Nase, die in der plötzlichen Helligkeit zusammengekniffenen Augen. Dann hieb ihm Jenkins mit aller Kraft mitten ins Gesicht. »Uff«, sagte Soares und kippte um. Jenkins hörte, wie das Messer auf den Boden schepperte. Er bückte sich, hob es auf und warf es über Bord. Sein Atem ging pfeifend, seine Knie waren wacklig. Bis auf Soares' Schnaufen war es auf der Brücke still. Er löste den Alarm aus, rannte in die Brückennock und dann die Stahltreppe zum Bootsdeck hinunter.

Fung hatte auf dem Rücken in seinem Container auf dem ersten Innenhof gelegen und gebetet. Offengestanden hätte er lieber geschlafen, aber seit den Verbrennungen kam Fung kaum in den Schlaf. Zum einen konnte er keine Wange auf das Kopfkissen legen, zum anderen machte er sich Sorgen. Was als Marsch aus der Gefangenschaft begonnen hatte wie der Auszug der Israeliten aus Ägypten, hatte eine beunruhigende Wendung genommen. Es gab Wölfe unter der Fracht. Sie hatten sich an Fung vergriffen. Und sie würden noch Schlimmeres tun. Fung verspürte die Angst der Verzweiflung, daß sie sich als zu stark erweisen würden. Herr, sagte er, wir sind nur wenige und sie so viele . . .

In diesem Moment hatten die Schiffsglocken zu schrillen begonnen, war der bislang graue Türauschnitt blendend weiß geworden. Eine Frau kreischte. Irgendwo in der Nähe sagte eine heisere Stimme etwas in einer ihm fremden Sprache. Fung schob seine Füße aus dem Bett und in die Zehensandalen auf dem Cointainerboden. »Bleibt, wo ihr seid!« rief er seiner Tochter in der oberen Koje und den drei Cousins auf dem Boden zu.

Füße rannten über den Container und kletterten über die Leiter neben der Tür herab. Helles Licht schien in Fungs Augen und auf etwas, was eindeutig ein Gewehrlauf war. Der Mann mit der Waffe war kräftig und vierschrötig mit breitem Mund und hervorquellenden Augen. Er erinnerte Fung an eine Kröte. Er machte eine Geste, die Fung verstand.

»Alle raus«, sagte Fung zu den anderen im Container und durch Zähne, die klappern wollten.

»Und unsere Sachen zurücklassen?« fragte Yu, der erste Cousin. »Du bist übergeschnappt.«

»Schnell«, sagte Fung.

Cousin Yu begann zu zetern. Lin, Fungs Tochter, sagte ihm, er solle ihrem Vater nicht widersprechen. Fung schob sie zur Tür hinaus und die Leiter hinunter. Der Innenhof war bereits voller Menschen. Es herrschte ein unvorstellbarer Lärm. »Was ist los?« fragte jemand.

»Piraten«, sagte ein anderer. »Tausende von Piraten.«

»Und wo ist Lee? Und Ho?«

»Haben sich versteckt.«

Die Wölfe fliehen das Feuer, dachte Fung.

Oben in Fungs Container hatte der braune Mann inzwischen die Pappkartons aufgerissen, die Bücher verstreut und die fünf Hundert-Dollar-Scheine im Futter eines Koffers gefunden. Fungs Cousin Yu war noch auf der Leiter. »Hey!« sagte er. »Sie . . .«

Das Licht des Piraten richtete sich auf ihn. Ein Fuß trat ihm gegen den Kiefer. Er stürzte in den Innenhof, in dem es totenstill wurde. Der Name des Piraten war Bing. Er sah auf die Masse gelber Gesichter hinunter und knirschte mit den Zähnen, es war ein heiteres Amphetamin-Knirschen. Geld, Geld, Geld sang es in seinem Kopf.

Bings Freunde Jojo und Inky waren auf der Brücke und machten sich über den Schiffstresor her. Nur Jojo und Inky waren ernsthaft geschäftlich hier auf Einladung. Binky, Julio und Lupo waren nur mitgekommen, weil sie voller Schnee steckten und ihnen der Sinn nach Aufregung und Vergnügen stand zuzüglich allem, was sie mitnehmen konnten. Diese Schlitzaugen sind wie kopflose Hühner: Gacker, gacker, gacker, dachte Bing. Für mich heißt es Nimm, nimm, nimm. Und er stopfte sich das Geld, Geld, Geld in seine Hose.

Yeah.

Oben in der Brückennock dachte Jenkins an den Schiffstresor. Der Safe war im Büro. Das hatte Soares den Piraten mit Sicherheit mitgeteilt. Sie konnten damit rechnen, daß er sie dort erwartete mit dem Schlüssel. Das kannst du nicht zulassen, sagten über zwanzig Jahre plus konditionierte Reflexe. Er lief die Außentreppe hinunter, verharrte einen Moment auf dem Bootsdeck, um die kurze Stahlpinne aus dem Rettungsboot zu holen. Dann trat er die Unterkunftstür auf und rannte den Gang entlang.

Und blieb stehen.

Die Beleuchtung war gelb. Die Schiffsglocken schrillten. Vor der Bürotür stand ein kleiner brauner Mann. Bis auf lindgrüne Satinshorts war der Mann nackt. Er hielt eine Maschinenpistole in den Händen. In der Planungsphase, dachte Jenkins, hatte Soares diesen Mann doch sicher angewiesen, Offiziere ungeschoren zu lassen. Zumindest mußte er es hoffen.

Das kleine Loch in der Maschinenpistole paßte zu den schwarzen Pupillen des braunen Mannes. Alle drei waren auf Jenkins' Bauch gerichtet. »Lassen Sie das verdammte Ding fallen«, sagte Jenkins sehr langsam und sehr deutlich. Er begann auf den Mann zuzugehen.

Die Augen huschten erst in die eine, dann in die andere Richtung. Es waren verrückte, blutunterlaufene Augen. Die Mündung der Waffe senkte sich. Schweiß rann aus Jenkins' Haaren in den Ausschnitt seines T-Shirts.

Hinter ihm krachte die Tür zum Gang erneut auf. Plötzlich war Soares hinter ihm und schrie etwas, was wie Tagalog klang. Der kleine braune Mann runzelte die Stirn; die Worte durchdrangen das Kreischen der Amphetamine in seinem Kopf nicht. Erneut schrie Soares los. Das Gesicht des Mannes klärte sich. Die Waffe kam hoch.

Jenkins begriff, daß er zum Tod verurteilt war.

Sein Mund füllte sich mit trockenem Zement. Er sprang vorwärts und schwang die Rettungsbootpinne. Sie traf etwas Metallisches. Schüsse donnerten neben seinem Ohr. Hinter sich hörte er ein Krachen und ein keuchendes Stöhnen. Seine Hand griff um einen braunen Hals und schleuderte ihn mit aller Macht von sich. Jenkins fand sich auf allen Vieren wieder. Sein rechtes Knie befand sich auf dem Karabiner des Piraten. Der Pirat lag mit dem Gesicht nach oben und zeigte einen Mund voller roter Zähne; ob von Blut oder Betelnuß wußte Jenkins nicht und wollte es auch gar nicht wissen. Er nahm den Karabiner auf. Die Bürotür stand offen, das Schloß war zertrümmert. Der Safe war verschlossen. Ein Mann stand davor.

Jenkins richtete den Karabiner auf ihn. Er hatte keine Ahnung, wie er funktionierte. Der Mann ließ sein Messer fallen.

»Raus.«

Der Mann hatte ein breites, gewalttätiges Gesicht. »Äh?« machte er.

Jenkins packte den Karabiner fester. Plötzlich donnerte er los, ratterte in seinen Händen, und das Glas des Bullauges splitterte. Der Mann rannte zur Tür hinaus.

Der Gang schien jetzt voller Menschen zu sein. Da war Rodriguez, der Dritte Maat, und tätschelte nervös seine Tolle, und Ramos, der Zweite Ingenieur, schrie etwas in Tagalog. Der Pirat, den Jenkins niedergeschlagen hatte, röchelte auf dem Boden. Jenkins zeigte auf den Mann aus dem Büro. »Bringen Sie ihn an Deck hinter der Brücke und halten Sie ihn fest.« Die einzige Person, die zu fehlen schien, war Soares.

Er blickte über den Gang dorthin, wo Soares gestanden hatte. Mrs. Nairn hockte dort, ihre massiven Schenkel dehnten einen Morgenrock mit rosa Papageien. Neben ihr lag ein Körper. Auf dem Boden und an den cremefarbenen Plastikwänden sah Jenkins rotes und graues Zeug.

Jenkins erinnerte sich an das keuchende Stöhnen.

Der Körper war Soares. Das rote und graue Zeug hatte sich in Soares' Kopf befunden, bevor ihm die Maschinenpistole die Schädeldecke abgerissen hatte.

Vor Jenkins tauchte eine Kindheitserinnerung auf: Sonntagsfrühstück in Dorset, wenn sein Vater zu Hause war. Im unveränderlichen Rhythmus der Wochen hieß Sonntag bestes Benehmen und gekochte Eier, denen Dad den Kopf abgeschlagen hatte. Sein Magen geriet ins Schlingern. Jetzt war keine Zeit für Übelkeit.

Rodriguez' Elvis-Nonchalance war gewichen. Er zeigte ein nervöses Lächeln und vorstehende Zähne. »Was machen wir jetzt?« fragte er.

»Senden Sie ein Mayday.«

Mrs. Nairn blickte hoch. Im Vordergrund sah Jenkins ihr glattes Lächeln, im Hintergrund Soares' wächserne Haut, seine toten Fischaugen und graue Partikel in dem, was von seinen Haaren übrig geblieben war. »Das ist vielleicht keine besonders gute Idee«, sagte sie. »Was ist, wenn das Flip-Militär diesen Haufen sieht?«

Ihre Worte schienen keine große Bedeutung zu haben. »Sie sind jetzt der Captain«, sagte sie leise.

Jenkins schluckte, dachte an Geoff, seinen Tod in der Zamboanga Strait und daran, wie das philippinische Militär den dicken Umschlag mit Dollars entgegengenommen hatte. Noch hatte niemand einen genügend großen Umschlag erfunden, um die *Glory of Saipan* abzusichern. Die vorrangige Aufgabe bestand darin, die *Glory* über Wasser zu halten. »Bringen Sie diese kleinen Bastarde auf die Brücke«, sagte er zu Rodriguez.

Bing beendete seinen Raubzug durch den ersten Innenhof, kletterte die Leiter hoch und lief auf den nächsten zu. Seine Hose war voller Geld, der Schnee summte in seinem Kopf, und er fühlte sich locker, locker, locker. Hoch über ihm ertönte eine laute, blecherne Stimme. Schockiert erkannte Bing, daß sie Tagalog sprach.

Bings Gefühl der Lockerheit schwand. Er nahm seine M-15 von der Schulter und richtete sie auf das Geräusch. »Kommt auf die Container herauf«, sagte die Stimme. »Bing, Julio und Lupo.«

Bing war plötzlich wütend. Welcher Blechhund kläfft unsere Namen in die Nacht?

Oben neben der Brücke ging ein Licht an, ein Scheinwerfer. Er beleuchtete einen Totenschädel. Nein, keinen Totenschädel. Das Gesicht von Inky, bleich und hohl vor Entsetzen. Inkys Mund stand offen. Da steckte etwas in seinem Mund, so heftig hineingeschoben, daß es den Kopf zur Seite drückte. Bing blickte auf die M-15 in seinen Händen. Yup. Das war's. In Inky steckte der Lauf einer M-15.

Bings Eingeweide gerieten ins Schleudern. Inky schloß die Augen. Die Waffe wurde aus seinem Mund gezogen. »Kommt herauf! Haltet eure Waffen bei den Läufen!« schrie seine Blechstimme.

Bing drehte sich um, blickte über das Flachdach der Container. Julio und Lupo waren ins grelle Licht des Portalkrans getreten. Sie hielten ihre Waffen an den Läufen.

»Werft sie auf den Boden!«

Bing war von der Qual auf Inkys Gesicht tief beeindruckt. Außerdem konnte man nicht wissen, wie viele Waffen sich im Dunkel hinter den Lichtern verbargen. Mist, dachte Bing. Es hatte ein toller Spaß werden sollen. Er warf seine Waffe zu Boden.

Inkys Blechstimme meldete sich wieder: »Rückt das Geld raus!« Bing griff sich in den Schritt, zog eine Handvoll Geldnoten heraus und ließ sie in den Innenhof flattern. »Und jetzt holt das Boot!«

Bing trottete an den Rand der Container. Mit zitternder Hand suchte er in seinen Shorts nach seiner Taschenlampe, knipste sie an und blinkte dreimal lang in die Dunkelheit.

Oben an der Reling der Brücke lief Jenkins der Schweiß vom Körper wie Wasser aus einem Hahn. Unten in der Dunkelheit kam das Boot zurück. Die drei kleinen braunen Männer von den Containern kletterten über die Reling.

»Über Bord«, sagte Jenkins.

»Was?« sagte Rodriguez.

Jenkins deutete über die Seite. Der Pirat, der die Anordnungen weitergegeben hatte, begann zu zappeln.

»Ta-ra, Sonnenscheinchen«, sagte Peter. Er hob den Piraten hoch und warf ihn ins Meer.

»Und jetzt den anderen«, sagte Jenkins.

Der Pirat, den er bewußtlos geschlagen hatte, murmelte etwas, als sie ihn hochhoben. Schlaff und klatschend fiel er ins Wasser. Das Boot fiel achtern ab und kreiste mit eingeschalteten Lichtern.

»Nachsehen, ob jemand verletzt ist«, sagte Jenkins. »Pete, Sie sollten Lucy holen. Sorgen Sie dafür, daß sich die Leute beruhigen. Finden Sie heraus, was gestohlen wurde, und geben Sie es zurück, wenn möglich.«

»Wo waren Ho und Lee?« fragte Pete.

Jenkins dachte an den Telephonanruf. *Gehen Sie an Deck. Steuerbordseite.* Er sah rotgrauen Fragmente von Soares' Gehirn, die weiße Gischtblüte, als der bewußtlose Mann aufs Wasser aufgeschlagen war. »Keine Ahnung«, sagte er, beugte sich über die Reling und erbrach sich.

»Sieht ganz so aus, als würden Sie jetzt den Laden schmeißen«, sagte Pete.

Jenkins fühlte sich grauenhaft. Die Welt war weit weg,

drehte sich schwindelerregend. Es war eine Sache, Erster Maat zu sein und Befehle zu befolgen. Es war eine andere, der Alte zu sein und Verantwortung zu übernehmen. Zentimeter für Zentimeter war er in den Sumpf hinein gewatet. In die Hände von Tommy Wong: Erster Maat auf einer Rostschüssel, dann Erster Maat auf einem illegalen Immigrantenschiff und jetzt amtierender Kapitän, Mitwisser von Mordtaten.

Er konnte spüren, wie ihm der Sumpf an die Lippen schwappte.

So haben sie aus gewöhnlichen Soldaten Kommandanten von Konzentrationslagern gemacht, dachte Jenkins. Wie willst du da widerstehen?

So gut wie möglich. So, wie du deinen Job getan hast. So wie du deine Ehe führst.

Sehr ermutigend.

Steifbeinig lief er in den Kartenraum und schickte einen knappen Datacom-Bericht an die Eigner in Hongkong. Mit der Routine des Autopiloten rauschte die *Glory of Saipan* den Sternen entgegen.

4. Kapitel

Anderthalb Stunden später erstattete Pete Bericht. »Erledigt«, sagte er. »Diese Lucy hat sie tatsächlich dazu gebracht, einander alles zurückzugeben.« Er machte Kaffee und saß eine Weile schweigend da. »Ich komme einfach nicht darüber hinweg«, sagte er. »Er muß doch Unmengen Zaster bekommen haben. Und trotzdem holt er seine kleinen Kumpane an Bord und an den Schiffstresor.« Wieder schwieg er, sein Kopf zeichnete sich klotzartig vom heller werdenden Himmel ab. Es herrschte eine eigentümliche Atmosphäre auf der Brücke, als hätte der Tod die Barrieren beseitigt, die der Kommunikation gewöhnlich im Wege standen.

»Entschuldigen Sie die Frage«, sagte Pete. »Aber Sie sind doch wirklich nicht der richtige Typ für diese Art von Schiff, oder? Ich meine, ich weiß zwar, daß es bei Orient ein bißchen Ärger gab, aber was hat Sie ausgerechnet hierher gebracht?«

Jenkins wollte etwas Besänftigendes sagen, daß ein Job so gut wie der andere sei, aber so kam es nicht heraus. Mit Pete stand er auf vertrautem Kumpels-in-der-Messe-Fuß, und in einer Messe erzählte man nicht die Wahrheit, wenn es ein schlechter Witz auch tat. Und so sagte er: »Ich bin vor meiner Frau geflohen.«

Als er es ausgesprochen hatte, bemerkte er, daß es nicht das war, was er sagen wollte. Er hatte die Wahrheit gesagt.

Pete schien das nicht einmal ansatzweise überraschend zu finden. »Meine ist mit einem Piloten durchgebrannt. Mehr Freizeit, sagte sie. Habe zwei Kinder.«

»Und warum dieses Schiff?«

»Habe es in mich hineingefressen«, sagte Pete. »Irgendwann ging das nicht mehr. Drehte durch. Prügelte mich. Das sprach sich rum. Sie wissen, wie das ist.«

»Ich weiß«, sagte Jenkins.

Johnny trat seine Wache an, keuchend, und Jenkins ging zu Bett.

Fast sofort überfiel ihn der Traum. Er war in einem Garten mit Bäumen, Eichen und Eschen, Dorset-Bäume. Er saß an einem Tisch. Auf dem Tisch befand sich ein Schachbrett. Ihm gegenüber, mit buttergelben Haaren, saß Diana. Diana spielte weiß.

»Du bist am Zug«, sagte Diana.

Aber als er auf das Brett blickte, waren alle Figuren weiß.

Doch das gehörte zu den Regeln.

Diana brauchte Regeln wie diese.

Dann sagte die kleine Stimme in seinem Kopf: »Sie braucht keine Sonderregeln. Sie betrügt auf jeden Fall.«

Er wurde wach. Schweißnaß. Soares war tot, und es war fünf vor vier morgens. Zeit für seine Wache.

Er trat unter eine lauwarme Dusche und ging auf die Brücke. Johnny war am ARPA. Der Schirm war leer. Hinter den Fenstern lag die Weite des Pazifik, beleuchtet von Milliarden Sternen-Laternen.

»Morgen, Sah«, sagte Johnny. Das »Sah« war neu.

Jenkins suchte sich seinen Weg zur Kaffeemaschine und braute sich eine Nescafé-Zucker-Wasser-Mischung. Sein Kopf fühlte sich benommen an. »Alles ruhig?« fragte er.

»Alles ruhig«, erwiderte Johnny und verdrehte die kranken Augen. »Mein Herz nicht gut.«

»Tut mir leid, das zu hören.«

»Ja«, sagte Johnny und nahm es für bare Münze. »Wenn ich zu Geld komme, bezahle ich gute Operation in den Staaten. Jetzt gehe ich schlafen.«

Jenkins setzte sich im Kartenraum an den Tisch. Wieder hörte er das Telephon neben sich schrillen, die seltsame Flüsterstimme an seinem Ohr, die Warnung.

Er stand auf, lief auf und ab. Auf einem Schiff mit vierhundert Leute hatte immer irgend jemand die Augen offen.

Gott sei Dank.

Der Himmel erhellte sich. Die Sterne verblaßten, und auf den Containern beschäftigte sich eine Gruppe Männer, vor allem ältere, mit T'ai chi-Übungen. Hinter den Brückenfenstern begann die Dämmerung, einen schwachen, optimistischen rosa Streifen an den Himmel zu malen.

Um acht erschien Rodriguez auf der Brücke. Hinter ihm Lucy, Fung und drei weitere Chinesen. »Diese Leute wollen mit Ihnen sprechen«, sagte Rodriguez. »Ich habe sie nach Waffen durchsucht. Keine . . .«

Lucy schob ihn zur Seite. »Die Passagiere der *Glory of Saipan* möchten Ihnen für Ihr schnelles Handeln bei der Abwehr des nächtlichen Piratenüberfalls danken«, sagte sie energisch. Fung und seine Begleiter nickten heftig. »Sie bewundern Ihre Geistesgegenwart, Ihren Mut und Ihre Entschlossenheit bei der Wahrung ihrer Interessen. Auch wenn sie den Tod des Kapitäns bedauern, können sie sich zu keiner allzu tiefen Trauer überwinden, da es wahrscheinlich ist, daß er und die Piraten im Einverständnis handelten.«

»Woher wissen Sie das?« Soweit Jenkins bekannt war, wußten nur drei Menschen von Soares' Signalen: Soares, Jenkins und der Besitzer der Stimme, die ihn geweckt hatte.

Sie hob die Schultern. »Das ist allgemein bekannt.«

»Jemand hat mich gestern abend angerufen. Ein Mann. Er warnte mich vor einem Überfall auf das Schiff. Wer war das?«

Lucy lächelte ein höfliches, unverbindliche Lächeln. »Irgend jemand mit sozialer Gesinnung«, sagte sie und wechselte das Thema. »Jetzt hoffen wir auf eine problemlose Weiterreise und eine glückliche Landung mit Ihnen als Captain.«

Als Jenkins erstmals ein Schiff anvertraut wurde, war alles ganz anders gewesen. Es hatte eine Übergabezeremonie gegeben, um diesen Gipfel seiner Berufslaufbahn zu würdigen. Das Schiff war ein Bohrinsel-Versorgungsschiff im Golf gewesen, eigentlich nicht mehr als ein besserer Kahn. Aber es war auch der Moment, an dem Diana Mrs. Captain Jenkins wurde. Und der Moment, an dem sein Vater anerkennender als sonst knurrte, als wollte er sagen, daß sechsundzwanzig kein allzu schlechtes Alter für ein erstes Kommando war. Vielleicht würde David doch noch zur Vernunft kommen. Er hatte es geschafft, und er paßte sich an.

Auf der *Glory of Saipan* war alles anders.

Jenkins verneigte sich. »Ich bin nicht der Captain«, sagte er. Es war eine ehrenvolle Anerkennung, und daran herrschte neuerdings in seinem Leben akuter Mangel. Aber er war nicht bereit, Kapitän der *Glory of Saipan* zu sein. Das würde bedeuten, Verantwortung zu übernehmen, den Sumpf über seinem Kopf zusammenschlagen zu lassen; und er konnte sich nichts vorstellen, was ihn dazu bewegen könnte.

»Tennis, Darling?« fragte Diana.

Rachel blickte vom Schreibtisch hoch und ihre Mutter an. Ich weiß, was du tust, wollte sie sagen, und das ist nicht fair gegenüber Daddy, mich oder sonst jemanden. Aber sie wußte nicht, ob das die richtige Vorgehensweise war und welche Konsequenzen sie für Daddy oder sie hätte. Und ohnehin dauerten Affairen nicht notwendigerweise für immer. Die hier könnte vorübergehend sein, eine Verirrung. Vielleicht hatte Mummy unter Streß gestanden wie Daddy, es aber nicht gezeigt.

Nie im Leben.

Diana sah adrett aus, sogar hübsch, in ihrem écrufarbenen Seidenpullover, der üblichen allzu glänzenden Goldkette um den Hals und den bis zu den Wurzeln aschblonden Haaren. Aber Rachel konnte die collagengeglätteten Falten sehen, die vertikalen Linien um den Mund, den Fettglanz auf den Tränensäcken. Hat sich was mit vorübergehend. Betrug, Betrug, Betrug, dachte Rachel.

»Darling«, mahnte Diana. »Mummy hat es eilig.«

Rachel konnte kaum atmen. Ich muß hier weg. Mir eine kleine Wohnung nehmen oder so. Es war in Ordnung, als Daddy hier war. Aber jetzt ... Nun, ich kann es einfach nicht mehr aushalten. »Ich habe zu tun«, sagte sie.

»Aufnahmen?« fragte Diana erregt. »Für wen?«

»Nein.« Sie würde den Tag mit Raymond Chang verbringen, aber sie hätte das Getue nicht ertragen, das eine solche Information auslösen würde. »Ich möchte lesen.«

»Oh, verstehe«, sagte Diana, in deren Leben Bücher nur als Basis von Schminkspiegeln dienten. »Meine kluge Tochter.«

»Tschüs«, sagte Rachel.

Diana schürzte die roten Lippen. »Einen Kuß für Mummy?«

Rachel tat so, als hätte sie es nicht gehört. Einfach widerlich, dachte Rachel, und bekam Gewissensbisse, obwohl es stimmte.

Die Tür fiel zu. Aber es gelang ihr nicht, sich auf Arthur Waleys *Secret History of the Moguls* zu konzentrieren. Sie sah Raymond vor sich: mit nackten Füßen, in seinem Armani-Anzug hielt er das schmale Boot in der Bay fest. Raymond war stets makellos gekleidet. Nie hätte sie geglaubt, daß er sich seine Hosen für jemanden naß machen würde. Auch wenn sie es gehofft hatte, so wie sie jetzt hoffte, daß er anrief.

Das Telephon klingelte.

Sie nahm den Hörer ab und hörte ihn.

Plötzlich sangen die Vögel, strömte die Sonne zum Fenster herein. Freudige Erregung durchpulste sie. Auch Raymond hörte sich erregt an, sofern sein Verwöhntes-Kind-Tonfall überhaupt so etwas wie Begeisterung vermitteln konnte. »Bist du an etwas wirklich Spannendem interessiert?«

»Was?« fragte Rachel zurück. Bleib cool.

»Hör zu«, sagte er. »Mein alter Herr möchte mich nach Xian mitnehmen. Wir haben da ein Haus. Er hat geschäftlich zu tun, ich soll ihm helfen, und er erzählte etwas von Ausgrabungen dort in der Gegend. Neue Ton-Armeen oder so. Ich dachte, es könnte dich interessieren.«

Neue Ton-Armeen! Rachel hatte gerüchteweise davon gehört. Aber die Ausgrabungen waren nicht zugänglich. Ihr Herz machte Sprünge. Dennoch zwang sie sich zu Einwänden. »Xian? Aber das ist meilenweit weg.«

»Wir fliegen mit dem Jet hinauf«, sagte Raymond. »Morgen früh um sechs. Grauenhaft früh. Möchtest du mitkommen?«

Eine abgeschottete Ausgrabung und Raymond. Rachels Wangen glühten, und es war schwer, die passenden Worte zu finden. Ruhig, ganz ruhig. »Für wie lange?«

»Eine Woche. Zehn Tage. Schwer zu sagen. Du kannst auch bei uns schlafen, um nicht noch früher aufstehen zu müssen. Das heißt, wenn du es über dich bringst, nett zu meinem alten Herrn zu sein. Er ist, hm, altmodisch, wenn du verstehst, was ich meine.«

Unter diesen Umständen hätte Rachel auch nichts dagegen gehabt, wenn Raymonds alter Herr ein fünfköpfiger Drache gewesen wäre. »Das hört sich sehr angenehm an«, sagte sie.

»Yeah«, sagte Raymond. »Schön. Ich komme in einer halben Stunde und hole dich ab.«

Zwanzig Minuten später war er da, saß mit seinem hinreißenden Lächeln vor dem Apartmenthaus in einem roten Mercedes mit weißen Lederpolstern.

Jeder Vorsatz, die Kühle zu spielen, war vergessen. Rachel griff nach ihrer Tasche und lief zu ihm hinaus. Sie hatte zwei Wochen Arbeit abgesagt, das Protestgeschrei von Mavis Yee ignoriert und eine Nachricht an der Schlafzimmertür ihrer Mutter hinterlassen. Falls sie Probleme beim Entziffern der großen Buchstaben hatte, konnte sie ihr Jeremy ja vorlesen.

»Entschuldige, daß ich so früh komme«, sagte Raymond und lehnte seinen perfekt frisierten schwarzen Kopf gegen das Autofenster. »Konnte es nicht mehr erwarten.« Wieder schenkte er ihr dieses Lächeln. Rachel spürte, daß ihr Herz dahinschmolz. Sie warf ihre Tasche auf den Rücksitz. Er fuhr langsam zum Peak hinauf, denn er wußte, daß Rachel das Auto gefiel. Das entging ihr ebensowenig wie die Tatsache, daß vor jeder Säule am Portal zum Haus seines Vaters Polizisten standen.

Er führte sie an den Bronzelöwen vorbei die Treppe zur Haustür hinauf und in einen Raum, in dem ein kleiner, pausbäckiger Mann telephonierte. Als der kleine Mann aufstand, erkannte sie ihn als Mr. Chang, den sie auf Zeitungsphotos gesehen hatte. Er lächelte. Das Lächeln überraschte und erfreute Rachel. Ein Pausbackenlächeln; süß, dachte sie. Aber vielleicht lag das nur daran, daß er mit Raymond verwandt war. »Aha«, sagte er. »Miss Jenkins.«

»Rachel«, sagte Raymond. Es kam ihr so vor, als wäre er nervös.

»Ja«, sagte Chang, ohne mit der Wimper zu zucken. »Es

freut mich sehr, daß Miss Jenkins uns in unserem kleinen Haus auf dem Festland Gesellschaft leisten kann. Jiang wird Ihnen Ihr Zimmer zeigen. Und dann gibt es ein kleines Dinner.«

Während des Essens sprachen sie Mandarin. Es gelang Mr. Chang, ihr ohne Worte zu vermitteln, wie beeindruckt er von ihren Sprachkenntnissen war, und sie erzählte ihm mehr, als sie eigentlich wollte, von ihren Studienplänen. Raymond schien sich ein wenig zu entspannen. Nach dem Dinner, das mit Rücksicht auf ihren Aufbruch am nächsten Morgen um sechs schon früh endete, wünschte ihr Mr. Chang charmant eine gute Nacht, und sie ging in ihr Zimmer, in dem sich eine Sammlung von Bronzen befand, die jedem Kaisergrab zur Ehre gereicht hätte. Rachel bewunderte sie bereits seit einer halben Stunde, als das Telephon neben ihrem Bett klingelte. »Gute Nacht«, sagte Raymonds Stimme.

»Gute Nacht«, sagte sie.

»Noch eins«, setzte er hinzu. »Geh behutsam mit meinem Vater um. Wie ich dir sagte. Er ist . . . altmodisch. Nacht.«

»Nacht.«

Sie setzte sich auf die Bettdecke, blaue Seide mit roten *feng-huang*-Phönixen, Symbole der ehelichen Vereinigung. Ich sollte mich sehr glücklich schätzen. Viktorianische Atmosphäre mit Intercoms, dachte sie. Natürlich würde sie mit Mr. Chang behutsam umgehen. Mr. Chang war ein Schatz. Das spürte sie.

Am Morgen gab es Croissants und Kaffee. Mr. Chang trank Tee und aß Congee. Seine Augen wirkten geschwollen, als hätte er schlecht geschlafen. Als er fertig war, sah er auf die Uhr. »Es ist noch Zeit«, sagte er. Der Butler erschien mit einem Telephon. Mr. Chang drückte ein paar Tasten und reichte es Rachel weiter. »Ihr Vater«, sagte er.

»Satellit«, sagte Rodriguez. »Ein Anruf.«

Jenkins nahm den Hörer auf.

»Daddy«, sagte eine Stimme.

Rachels Stimme. Einen Moment lang empfand er nur Freude. »Wo bist du?« Als nächstes würde er fragen, wie das Wetter war. »Wie hast du mich gefunden?«

»Raymonds Dad hat die Verbindung hergestellt. Ich bin in seinem Haus.«

Die Freude war verschwunden, spurlos. »Raymonds Dad?«

»Mister Chang. Wir fliegen aufs Festland. Deshalb rufe ich so früh an. Wir fliegen nach Xian, wo sie eine Ton-Armee ausgraben. Mister Chang kennt jemanden, der eine neue ausgräbt.«

Jenkins konnte wieder denken. »Mister Chang«, sagte er.

Wie immer spürte sie die Besorgnis in seiner Stimme. Aber sie ordnete sie falsch zu, Gott sei Dank. »Es ist völlig in Ordnung. Er hat dort ein Haus, im alten Stil, mit Geisterschirmen und drei Innenhöfen. Raymond hat mir Photos gezeigt. Mister Chang wünscht bedauerlicherweise nicht, daß sich Raymond mit Gweilos abgibt. Also geht es nicht um deine befürchtete Orgie von Unzucht und Drogenmißbrauch. Es geht darum, auf unterschiedlichen Seiten des Innenhofs zu schlafen, langweilig, und um Archäologie. *Wow*!«

»Hör mal . . .«, sagte Jenkins.

»Muß los«, sagte sie. »Mister Chang ist nebenan. Er möchte noch mit dir sprechen.« Und schon war sie fort wie ein Wirbelwind.

»Hello«, sagte eine neue Stimme.

Jenkins sah die munteren Augen, das pausbäckige Lächeln. Sei vorsichtig, dachte er. Sei bloß vorsichtig. »Wie ich hörte, haben Sie . . . meine Tochter zu Besuch.«

Sogar seine Stimme lächelt. »Sie hat meinem Sohn und mir die Ehre erwiesen, unser Haus zu besuchen. Sie freut sich schon sehr auf unseren archäologischen Ausflug. Captain Jenkins, mein Büro hat mich von Ihrem Datacom in Kenntnis gesetzt. Die von Ihnen erwähnten Piraten hatten großes Glück, zufällig einen solchen Treffer zu landen.«

»So war es nicht.«

»Wie bitte?«

»Es war kein Zufall. Soares signalisierte ihnen über VHF und mit einer Taschenlampe.«

Chang schnalzte empört mit der Zunge. »Tatsächlich«, sagte er. »Und dann ist er gestorben. Ich stehe tief in Ihrer Schuld, Captain Jenkins. Es wäre mir eine Ehre, wenn Sie eine Beförderung akzeptieren würden.«

Jenkins wartete.

»Das Schiff und seine Ladung sind sehr wichtig«, sagte Chang. Er lachte ein hüstelndes Lachen. »Ich empfinde große persönliche Hochachtung vor Ihnen. Beispielsweise weiß ich, welch hingebungsvoller Vater und Ehemann Sie sind.«

Jenkins verharrte in angstvollem Schweigen.

»Und ganz besonders«, fuhr Chang fort, »lieben Sie Ihre Tochter. Ich weiß, Sie wissen es zu schätzen, daß wir sehr liebevoll für sie sorgen.«

Es entstand eine Pause, die Jenkins wie eine Million Jahre vorkam.

»Natürlich«, sagte Chang, »gibt es einen Kapitänsbonus in Höhe von zwanzigtausend Dollar und eine Empfehlung an das College Ihrer Wahl, damit Ihre Tochter Rachel ein Stipendium erhält. Ich vergebe viele Stipendien. Ich bin wirklich sehr dankbar.«

Nur nicht die Beherrschung verlieren, sagte sich Jenkins.

»Also herzlichen Glückwunsch, Captain«, sagte Chang. »Es freut mich, daß wir uns verstehen. Sie erhalten Ihre Anweisungen über Datacom.«

Die Verbindung brach ab.

Jenkins stand auf, lief zu den Vorderfenstern der Brücke, stützte die Ellbogen auf die Kunststoffbretter und sah dem Geschwirr der fliegenden Fische über dem blauen, blauen Meer zu.

Rodriguez kam auf die Brücke, um seine Wache anzutreten. Er griff zum Kessel. »Tasse Schlamm, Captain?«

Jenkins griff zu dem Becher. Aber als er trinken wollte, zitterte seine Hand so sehr, daß er ihn nicht an die Lippen brachte.

Es gab Beweggründe, die jede Vorstellungskraft überstiegen. Der Sumpf war über seinem Kopf zusammengeschlagen.

Schlamm traf zu.

Nach Bills Tod hatte die Line ihm Urlaub gewährt. Er war von Guam nach Lee-on-the-Solent zurückgeflogen. Sie hatten die Beerdigung seinetwegen verschoben. Diana war abweisend und distanziert gewesen. Er hatte es verstanden oder geglaubt, es zu verstehen. Es war alles seine Schuld, weil er nicht dagewesen war. Er hatte mit Rachel an der Hand vor dem Krematorium in der Sonne gestanden, und die Menschen hatten das gesagt, was bei derartigen Ereignissen vermutlich üblich war. Vor allem seine Eltern.

Sein Vater hatte im Krieg zwei Zerstörer versenkt. Er hatte ihm auf die Schulter geschlagen, ihn mit seinen marineblauen Augen fixiert und gesagt: »Verdammte Schande. Aber nicht zu ändern. Das Leben geht weiter.« Und seine Mutter sagte: »Darling. Wir haben ihn kaum gekannt.« Was natürlich ein Seitenhieb gegen Diana war, die mit den Kindern nie die Großeltern besucht hatte, weil sie – nach Dianas Meinung - in ihr eine Mitgiftjägerin sahen, die ihnen den Sohn abspenstig gemacht hatte . . .

Im Grunde war die Bestattung eine Katastrophe gewesen. Sofort danach waren sie nach Hongkong zurückgekehrt. Diana hatte die alte Wohnung verkauft; zu klein, zu viele Erinnerungen, sagte sie. Sie leasten eine größere unter immensem Kostenaufwand. Diana zog sich zurück. Mit Familie wollte sie nichts mehr zu tun haben. Die Familie hatte ihr Schmerz und Trauer zugefügt, also war es nur logisch, Kontakte zu vermeiden. Jenkins begann, für Rachel zu sorgen, teils, um die arme Diana zu entlasten, und teils, weil er sich eingestand, zu wenig Zeit mit Bill verbracht zu haben und diesen Fehler bei Rachel nicht wiederholen wollte. Er lernte Rachel besser kennen, als er es je für möglich gehalten hätte. Eigentlich war er es, der sie aufgezogen hatte. Diana schien der Ansicht zu sein, daß alle Gefühle, die über die oberflächliche Kumpanei der Clique hinausgingen, zu riskant waren, zuviel Verletzungspotential bargen. Eines Tages, sagte er sich, würde sich das ändern. Geduld.

Und in der Zwischenzeit kamen Rachel und er sich näher. In seinen Urlauben verbrachte er mehr Zeit mit ihr als mit Diana. Sie waren Freunde geworden.

Und jetzt das.

Um zehn Uhr zerrten die Köche ihre Kessel auf die kleine Plattform oberhalb der Container, und die Passagiere stellten sich für den Morgen-Reis an. Pete übernahm die Wache, und Jenkins kümmerte sich um die Vorbereitungen für Soares' Bestattung. Um fünf nach zehn begann der Datacom-Drucker zu surren, und eine lange Papierschlange schob sich aus dem Gerät.

Befehle von Mr. Chang auf einer Brücke wie jede andere; einem Raum in der Reihe identischer Räume, die sein Leben ausgemacht hatten.

Er breitete das Papier auf dem Kartentisch aus.

Nach Erreichen von Lat. 40° N 135° W werden Sie auf CH72 VHF um 13.10 GMT und 01.10 GMT fünf Minuten lang die Worte Iron Hotel *senden. Unterstützung steht vom 7. März an für den Zeitraum von drei Wochen bereit.*

Bis zum 7. März waren noch drei Wochen hin. Unterstützung außerhalb territorialer Gewässer war keineswegs illegal.

Dem Telex war noch ein Hinweis angefügt: *Betrifft die vom Ersten Ingenieur geforderten Wasserkessel-Ersatzteile. Diese werden c/o Chee Agents nach Yap geliefert. Teilen Sie Ankunft 20 (zwanzig) Meilen vor Yap mit. Ersatzteile werden per Barkasse geliefert.*

Yap gehört zu den Caroline Islands, einem Bundesstaat

von Mikronesien. »Wie weit ist es bis Yap?« fragte er Pete. Der griff zu seinem Rechner.

»Elfhundert Meilen«, sagte er. »Komische Route nach Oakland.« Aber Jenkins war schon fort. Pete hob die Brauen. Mach einen Kumpel zum Captain, und er ist nicht mehr derselbe. Er wandte sich wieder seinen Berechnungen zu.

Jenkins ging in seine Kajüte und stieg in seine weiße Uniform. Dann lief er ins Schiffsbüro und wühlte in den klebrigen Büchern, bis er den *Ship's Captain's Medical Adviser* gefunden hatte. Er schob den Band in seine Tasche, stülpte sich die Mütze auf und ging zu den Containern hinaus. Es war ein Job, und Jobs hatten ordentlich erledigt zu werden. Was für ein Pflichtgefühl, sagte die kleine Stimme. Da war Hirnmasse gegen die Wand gespritzt, und Rachel kam unter den Hammer. Alles ganz normal. Er befahl der Stimme, den Mund zu halten. Es war Zeit für die Kapitäns-Runde.

Das Schiff roch nach heißem Eisen. Unten in den Innenhöfen saßen kleine Gruppen von Chinesen im schmalen Schatten. Sie blickten hoch, als sein Schatten auf die sonnenüberfluteten Quadrate fiel, erkannten, daß er unsichtbar war, und sahen wieder fort. Aber einer von ihnen, ein alter Mann mit weißem Sonnenhut und blauen Boxershorts, hob eine Hand und winkte. Jenkins erkannte in ihm einen der T'ai chi-Anhänger wieder. Die Fracht verwandelte sich in kleine, wiedererkennbare Gruppen. Das fand er ermutigend.

Lucy saß in Fungs Container und sah einer Schachpartie zu. Dutzende Leute drängten sich unter dem Kreuz an der Wand. Ausnahmslos Christen aus dem ersten Innenhof. Es war heiß. Aber es war auch gesellig. Die Menschen waren dort, weil sie sich miteinander wohlfühlten. Natürlich nahmen sie regen Anteil am Leben der anderen. Das war auch der Grund, weshalb sich zwei von ihnen, Mitglieder von Fungs Gemeinde, an Lucy wandten.

»Sie gefährden sich, wenn Sie allein herkommen«, sagte die alte Frau mit tiefen Falten in ihrem Pergamentgesicht.

»Der Kerl könnte es wieder versuchen«, sagte der Mann der alten Frau. »Diese Typen geben nicht so schnell auf.«

»Keine Sorge«, erwiderte Lucy. Hier war es nicht wie auf der Fähre, wo niemand erfahren hätte, daß ihr Tod kein Unfall war. Jetzt achtete der Captain auf sie.

Die alte Frau tätschelte Lucys Knie. »Vorsicht«, sagte sie. »Wir sind auf Sie angewiesen, Moses.«

Lucy lachte. Sie stand auf und kletterte die Leiter hoch. Als ihr Kopf die Ebene der Containeroberfläche erreicht hatte, sah sie den Kapitän. Er trug weiß, die Farbe der Trauer, und eine Mütze unter dem Arm. Er wirkte ernst und besorgt. Ganz anders als Soares. Er sah eindeutig wie ein Mann aus, der Verantwortung übernehmen würde. Aber vielleicht geheimniste sie auch zuviel in ihn hinein.

Die Zeit würde es erweisen.

Jenkins war noch nie auf einem Passagierschiff gefahren. Am nächsten kam seine Position als Zweiter Maat auf einem für eine Hadjj umfrisierten Frachter. Die Pilger waren wie Sardinen in den Laderaum gestopft worden unter der Obhut eines Mullah, der als ihr Sprecher agierte. Ihre einzigen Wünsche waren Mengen von Reis und ein aufs Deck geschweißter Kompaß, damit sie wußten, in welche Richtung sie zu beten hatten.

Die Pilger waren eine große homogene Masse gewesen, alle mit dem gleichen Ziel. Ganz anders auf der *Glory*. Der erste Innenhof war sauber und aufgeräumt, mit Plastikmarkisen über Strohmatten, auf denen eine größere Gruppe über ein Buch diskutierte. Jenkins hatte den Eindruck einer Sonntagsschule. Im zweiten Innenhof war die Atmosphäre anders, weniger bevölkert. Aus einem Radio dröhnte verzerrter Canto-Pop, und vor einer Containeröffnung hatte jemand Tische aufgestellt. Es war mehr oder weniger ein Café. Die Leute spielten Mahjongg und tranken Tee oder Bier. Ein Mann holte ein großes Dollarbündel hervor, um eine Fanta zu bezahlen. Er sah hoch, als Jenkins' Schatten auf ihn fiel. Er wirkte selbstsicher: ein Geschäftsmann, der seine Unternehmungen von einer Seite des Pazifik auf die andere verlegte. Jenkins nickte ihm zu. Der Mann nickte flüchtig zurück auf die Art, wie vielleicht ein Hotelgast dem Direktor zunicken würde. Alles in Ordnung im Iron Hotel.

Der hintere Innenhof unterschied sich wiederum. In ihm war es lauter, er sah sehr viel mehr Menschen. Sie schienen an einer Ecke sogar einen kleinen Markt eingerichtet zu haben, wo Orangen und Nudeln feilgeboten wurden, die jemand in seinem Bündel an Bord gebracht hatte. Jenkins dachte daran, wieviel Spaß das Rachel gemacht hätte, die bewundernswerte Anpassungsfähigkeit dieser Leute.

Aller.

Er kletterte eine Leiter hinunter und trat durch eine Tür neben dem Schornstein.

Lucy folgte ihm.

Oben von der Tür aus beobachtete sie, wie er auf einer Galerie stand und auf die Maschine hinunterblickte. Er bückte sich und überprüfte seine weißen Segeltuchhosen nach Ölflecken. Er war menschlich. Seltsam; sie hatte nicht erwartet, mit Menschen zu tun zu haben. Sie folgte ihm zwei Leitern hinunter und fand sich im hinteren Bereich des Laderaums wieder. Wenn schon die Innenhöfe wie Dörfer wirkten, war der Laderaum ein richtiges Dorf. Hier gab es zwei 25-Meter-Räume und einen von zwölf Metern, verbunden durch die wasserdichten Türen der Burma Road, beleuchtet von den Leuchtstoffröhren an der Unterseite der Lukendeckel und mit einem Boden aus mit Sandballast gefüllten Containern, die drei Meter Bewegungsspielraum zwischen Boden und Dach ließen.

Es waren dichtbesiedelte drei Meter.

Die Passagiere hatten den Raum mit Zelten, Trennvorhängen oder Kartons abgeteilt. Der Lärm war unglaublich: Das Dröhnen der Schiffsmotoren wurde überlagert von Dutzenden von Kassettenrecordern und Videos sowie vielstimmigen Gesprächsfetzen. In den Gestank nach Essen, Exkrementen und Räucherstäbchen mischte sich der Geruch von Holzrauch. Kann ich nicht dulden, dachte Jenkins und bog in einen Gang ein.

Der Gang war wie eine Straße. Über den Sackleinenvorhang hinweg sah er, daß ein blasser Mann auf einem Lumpenhaufen schlief, zwei muskulöse Jugendliche machten Liegestütze, und eine Frau stillte ein Baby. Als sich ihre Blicke trafen, wandten die Chinesen die Augen ab. Hier unten verspürte er Feindseligkeit, Hunger und Begehrlichkeit. Der Rauch stieg hinter ihm auf. Er trat auf eine Art Platz, auf dem aus Pappstücken ein Feuer entfacht worden war. Um das Feuer saß ein Dutzend junger Männer. Sie sahen ihn an, leer und abweisend.

»Machen Sie das Feuer aus«, sagte Jenkins.

Keine Reaktion.

Er griff nach einem Eimer, der neben dem Eingang zu einem Wohngeviert stand, und schüttete den Inhalt auf die Glut. Es zischte und qualmte. Die jungen Männer schrien Protest. Einer von ihnen griff in seine Hosentasche. Nach einem Messer, dachte Jenkins. Das war nicht klug. Eine Stimme bellte Worte, die Jenkins nicht verstand. Hos Stimme.

Gähnend kam er auf den Platz geschlendert.

»Kein offenes Feuer«, sagte Jenkins.

Ho sprach mit den Männern. Jenkins ignorierend, setzten sie sich wieder. »Entschuldigung«, sagte Ho und lächelte unaufrichtig. »Kein weiteres Feuer.«

Lucy war im Gang geblieben. Sie konnte Jenkins' Kopf und Schultern über den Abtrennungen sehen. Sie hörte das Zischen der Flammen, die lauten Stimmen. Wenn er einige der Leute hier unten kennen würde, dachte sie, wäre er nicht allein dort hineingegangen. Hier wohnten die Diebe, der Abschaum. Nach einer knappen Woche waren bereits Prostituierte tätig, und sie hatte gehört, daß Gangster um Frauen und Heroin miteinander kämpften.

In diesem Moment entdeckte Lee sie.

Er stand mit zwei Schwachköpfen zusammen. Die Schwachköpfe waren harte Kerle, aber sie rauchten dicke Zigaretten aus Tabak und Heroin. Lee hatte nichts gegen Junkies, denn sie gaben ihm das Gefühl besonderer Macht.

Besonders aber gefiel Lee das Zittern und Beben eines Menschen, wenn er starb – vermischt mit dem Bewußtsein, daß er eine Aufgabe erledigte, mit der er wirkliches Geld machen konnte. Außerdem war da die Loyalität.

Lee legte großen Wert auf Loyalität.

In den anderen Bereichen des Laderaums herrschte eine andere Atmosphäre, fand Jenkins. Er lief durch die Straßen wie ein Bürgermeister. Hähne krähten, Enten schnatterten. In einem Abteil nahm ein Schneider einem Mann Maß für einen Anzug. Mrs. Nairn untersuchte ein Baby, ängstlich beobachtet von der Mutter. An ein Schott gelehnt, spielte ein Mädchen Bach auf einer Geige. Jenkins blieb stehen und hörte zu. Als die junge Frau ihn bemerkte, hörte sie verängstigt auf.

»Weiter«, sagte er und bemühte sich, ermunternd auszusehen.

Sie spielte weiter. Sie spielte wirklich gut. Als sie fertig war, applaudierte er. Sie verbeugte sich lächelnd.

So schlimm war das alles doch gar nicht.

In diesem Moment begann das Getöse.

Als der Captain hinter einer hohen Abtrennung verschwunden war, erkannte Lucy plötzlich, daß nicht nur sie hier unten allein war. Sie hatte sich aus ihrem vertrauten Bereich entfernt, war ohne Schutz. Ich muß verrückt sein, dachte sie entsetzt. Was hatte sich verändert, daß ich ein solches Risiko eingegangen bin? Sie drehte sich um, wollte an Deck zurücklaufen.

Ein Mann im weißen Overall verstellte ihr den Weg.

Lee.

Seine rechte Hand glitt zur Linealtasche im Hosenbein seines Overalls und kam mit einem langen Messer wieder hoch.

Lucy machte einen Satz rückwärts. Eine Juteabtrennung gab nach, und sie stürzte mit ihr auf einen Körper. Jemand brüllte vor Wut. Auch sie schrie, die Leuchtstoffröhren an den Lukendeckeln im Blick, wartete auf das Zischen des Messers und dachte: Ich habe versagt.

Aber statt des Messers hörte sie eine schwere, okzidentale Stimme. Federnde Schritte auf dem Stahldeck, das Zufallen einer wasserdichten Tür. Lee hatte das Weite gesucht.

Sie rappelte sich hoch. Der Mann, der hinter der Abtrennung geschlafen hatte, nahm die Störung nun doch als Scherz. Ein paar Kinder starrten sie mit riesigen Augen an. Vor ihr stand der Kapitän.

»Was ist hier vorgegangen?« fragte er. Er wirkte nervös und zornig.

Lucy war so durcheinander, daß sie es ihm fast gesagt hätte. Gerade noch rechtzeitig erinnerte sie sich an die Tatsache, daß er nicht schon deshalb ihr Freund war, weil er nicht versuchte, sie zu töten. »Ich bin ausgerutscht«, sagte sie.

Sie hätte am liebsten geweint. Es war denkbar knapp gewesen. Sie wollte ihm danken, ihm die Wahrheit sagen. Sie hatte ihn beobachtet. Er würde sie vermutlich beschützten. Höchstwahrscheinlich sogar.

Nein, nein, dachte sie. Es gab noch mehr zuverlässige Menschen an Bord als den Captain. Menschen, die wußten, was vor sich ging. Sie würden Lee im Auge behalten.

Die Deckmannschaft hatte Soares' Leiche in ein Stück schmutziggrüne Persenning genäht. Wie eine faulende Frühlingsrolle lag sie auf einer von zwei Ölfässern gestützten Planke auf dem Achterdeck, umspült vom Dröhnen des Generators.

Mrs. Nairn und Pete standen neben der Leiche. »Seebestattungen«, seufzte Mrs. Nairn.

Petes Augen verließen den Horizont und richteten sich auf ihr graues, zerfurchtes Gesicht. »Er war ein Arschloch«, sagte er.

»Der Captain hat es gern, wenn etwas richtig gemacht wird«, sagte Mrs. Nairn und verschob ihren Büstenhalter. Die zwei Fünfzig-Dollar-Scheine, die sie der Mutter des Babies abgegaunert hatte, drückten in ihre Brust.

»Guter Kerl, Dave«, sagte Pete und wandte den Blick ab.

»Er wird Hilfe brauchen«, sagte Mrs. Nairn. »Unterstützung.«

»Stimmt«, sagte Pete gleichmütig.

»Man kann nicht vorsichtig genug sein«, erklärte Mrs. Nairn irgendwie zusammenhanglos und pappte ein Willkommenslächeln auf ihr Gesicht. »Ah, da sind Sie ja, Dave.«

Auf Jenkins' weißem Hemd waren Schweißflecken. »Alles bereit?«

Ein paar Marlboro-rauchende Filipinos standen herum und überraschenderweise dreißig Chinesen. Jenkins blätterte im *Medical Adviser* von Abszessen bis Tripper. Bestattungen standen ganz hinten.

Er nahm die Mütze ab und begann zu lesen. Die getragenen, tröstlichen Worte waren durch das Dröhnen des Generators kaum zu verstehen. Schließlich kam er zum Ende: »Wir übergeben diesen Körper der Tiefe.«

Die Filipinos steckten ihre Marlboros wieder zwischen die Lippen, hoben die Planke hoch und über die Reling. Wie ein Turmspringer tauchte die grüne Rolle mit einem kleinen Klatscher in die blauen Wellen. Eigenartige hohe Töne mischten sich in das Generatorgeräusch.

Jenkins drehte sich um.

Die rund dreißig Chinesen hatten sich in zwei Blöcke geteilt, Frauen rechts, Männer links. Sie sangen einen chinesischen Choral zur Melodie von »Onward Christian Soldiers«

mit von der Sonne und Begeisterung leuchtenden Gesichtern. Mit verpflasterten Wangen stand Fung vor ihnen und dirigierte. Jenkins drehte sich wieder um und blickte auf das weiße Band des Kielwassers, das sich schnurgerade bis zum westlichen Horizont zog.

»Den wären wir los«, sagte Pete.

Weiter hinten im Kielwasser tauchte eine grüne Omeletterolle auf und drehte sich.

Das Singen geriet ins Stocken. Der Generator dröhnte weiter. »Was für ein Pfusch«, sagte eine Stimme neben Jenkins' Schulter höhnisch. Nairns Stimme. Jenkins erkannte, daß der Hohn ihm galt.

»Sie hätten Ihrer Frau sagen können, ein wenig Gewicht hineinzutun«, sagte er in das rotgeäderte Gesicht.

Nairn wurde hochrot. »Was wollen Sie damit sagen?« Jenkins sah, daß sich die Wut in seinen Augen in Furcht verwandelte. »Sie wollen mich aus dem Weg haben«, sagte er. »So wie ...« Er brach ab. So wie Sie Soares beiseitegeräumt haben, hatte er sagen wollen. Eine Offenbarung. Dieser Jenkins, dieses ... Würstchen hatte Soares getötet, um seinen Platz einnehmen zu können. Und was sagt uns das? Das war Mord Nummer eins, er könnte uns alle töten. So wie sie ihm gesagt hatten, er könne sich zur Ruhe setzen, so wie sie ihn um die Farm betrogen hatten. Alle hatten sie diese Augen. Blickten ganz freundlich drein. Aber sie warfen einen vom Schiff, stahlen einem Hab und Gut ...

»So wie was?« fragte Jenkins.

»Nichts«, sagte Nairn und sah ihn nicht an. Ich bring dich um, schrie er innerlich.

»Edwin«, sagte Mrs. Nairn scharf. »Was ist los?«

»Nichts«, wiederholte Nairn listig. Neugierig wie ein Beagle. Wieg sie in Sicherheit. Sonst wird es furchtbar.

Sie warf ihm einen mißtrauischen Blick zu und ging.

Nairn wußte, was ihm dabei helfen würde, sich über all das hier klarzuwerden. »Haben Sie was zu trinken?« fragte er Pete, der noch immer an der Reling lehnte.

»Nicht bei mir«, sagte Pete.
»Meine Frau hält nichts davon«, sagte Nairn von Mann zu Mann.
»Ah«, sagte Pete. »Also Wodka? Wodka macht keine Fahne.«
»Wodka wäre gut«, sagte Nairn mit wässrigem Mund.
»Hundert Bucks«, sagte Pete. »Literflasche.«
»Bringen Sie ihn in den Maschinenraum«, sagte Nairn. »Und passen Sie auf, daß sie Sie nicht sieht.«

5. Kapitel

Nairn zog die Smirnoff-Flasche aus dem Plastikbeutel und öffnete sie mit Fingern, die keine Befehle vom Gehirn brauchten. Er goß sich ein Glas ein, drei Viertel Wodka, ein Viertel Seven-Up. Natürlich brauchte er es nicht, aber die Bestattung war deprimierend gewesen. Und dieser Killer, dieses Würstchen Jenkins beunruhigte ihn. Nicht nur, weil er sich das Schiff unter den Nagel gerissen hatte. Da gab es noch einen anderen Aspekt. Nie hätte Soares ein solches Tamtam mit einer Bestattung gemacht. Über Bord damit und ferig. Harter Bursche, dieser Soares. Und mit einer Fracht wie dieser brauchte man einen harten Burschen. Jeder dachte nur an sich selbst. Das mit dem Wasserkessel war kein Klacks. Durst war gefährlich. Es war deswegen schon zu Rebellionen gekommen.
Er brauchte einen Drink.
Cheers.
Der Wodka brannte ein glühendes Loch in seinen Magen. Er goß sich noch einen ein. Der zweite glitt ihm besser durch die Kehle als der erste. Im abweisenden Kontrollraum war es hell und behaglich geworden. Zeit für Nummer drei.
Nummer drei war komisch. Er machte ihn unsicher, mutlos und nervös.
Diese Bastarde, die ihm die Farm gestohlen hatten, hatten

ihm irgendwie seinen Mumm genommen. Ohne seine Schuld natürlich. Es gab eine Zeit, in der er eine solche Fahrt mit links gemacht hätte. Aber jetzt war er . . . nun, ginge es um einen anderen, hätte er ängstlich gesagt. Er wußte selbstverständlich, was ihn neben all diesen Menschen ängstigte. Die Zukunft. Die Zukunft ohne seine finanzielle Rücklage, die ihm die Bastarde abgegaunert hatten. Er sah sich selbst als alten Mann, wie er seiner Frau zuschaute, wie sie Bieruntersetzer häkelte. Er. Der Chief, der in schneeweißer Uniform über Teakdecks geschritten und für ein Dutzend Kadetten ein Gott gewesen war. Er sah einen Wohnwagen neben einer Müllhalde, zwei inkontinente Wracks – Armut, Tod . . .

Um halb zwölf trank er Nummer vier, vielleicht auch schon Nummer fünf, er hatte aufgehört zu zählen. Viel schien nicht mehr in der Flasche zu sein. Aber genug. Armut und Tod waren verschwunden wie hinter einem Vorhang. Er schwankte in das Getöse des Maschinenraums, erleichterte sich auf den Wellenbock und sah auf seine Armbanduhr.

Zeit für die tägliche Runde. Er lauschte dem ohrenbetäubenden Geklapper der Nocken am großen Diesel, musterte finster die Skalen an den Ölreinigern und am Wasserkessel, ganz besonders am Wasserkessel, und bewegte seine Lippen vor der großen Tafel mit den Angaben für die Treibstoffzufuhr.

Runde eins geschafft, ging er in den Kontrollraum zurück und setzte sich. Zeit für eine Erfrischung. Er griff zur Smirnoff-Flasche. Seine Finger waren ölig und unbeholfen. Sie glitten von der Flasche ab. Sie rutschte aufs Stahldeck und zersprang.

Nairn blickte auf die kleine Pfütze um die Glassplitter. Scheiße, dachte er. Keine Flasche mehr. Muß wieder zu Pete, hundert Dollar, habe aber keine hundert Dollar. Jemand könnte merken, daß er einige zur Brust genommen hatte, und es der verdammten Irma stecken. Bastarde. Ein Mann seines Alters, er hatte sich schon in Maschinenräumen aufgehalten, als Jenkins noch an der Brust seiner Mutter ...

Muß unbedingt was trinken, dachte Nairn, ist aber nichts mehr da. Brauche einen Drink, um über diesen Mangel hinwegzukommen.

Eine Art Whirlpool begann in Nairns Kopf zu strudeln, begleitet von einem merkwürdigen Schrillen in seinen Ohren. Er begann zu schluchzen.

Er weinte nicht unbedingt über den Verlust des Wodkas. Er weinte darüber, daß ihm seine Frau keine Ruhe ließ. Er weinte, weil Schiffe nicht mehr so wie früher waren. Er weinte, weil er das mit der Farm nicht besser hingekriegt hatte, aber es war nicht seine Schuld, daß er die Wette verloren hatte, nur sein verdammtes Pech, stimmt's? Und er weinte, weil er so tief gesunken war, daß er sich auf einer Rostschüssel voller Schlitzaugen und Banditen befand, die von diesem mörderischen, verdammten Jenkins-Würstchen gesteuert wurde, der doch nicht einmal das Pissoir einer Brauerei in den Griff bekommen würde. Und wenn das Wasser ausging, was mit Sicherheit passieren mußte, würde es einen großen Chinesen-Aufstand geben, bei dem sie alle in Scheiben geschnitten würden.

Eine furchterregende Vision tauchte vor Nairns innerem Auge auf: Er lag mit einer klaffenden Wunde in der Kehle am Boden und holte mit keuchenden Atemzügen Blut in seine Lungen. Ho und Lee, die Maschinisten, die keine Maschinisten waren, standen mit ihren dreckigen gelben Gesichtern und bluttriefenden Macheten über ihm und lachten schallend.

O Gott, dachte Nairn und ballte die Fäuste, um seine Hände am Zittern zu hindern. O Gott, hilf mir. Wir hocken auf einer verdammten Zeitbombe.

Also gut. Konzentriere dich. Trink einen Schluck. Kein Schluck da. Denk nach. Irma hat den ersten Teil des Geldes unter falschem Namen auf einem steuerfreien Konto in Singapur, an das die Schlitzaugen nie herankamen. Fünfzig

U.S.-Riesen. Ein halber Laib ist besser als gar kein Brot. Höchste Zeit, sich in Sicherheit zu bringen. Yeah, dachte Nairn, und das Blut begann, mit neuer Energie durch seine Adern zu pulsen. Wenn du es schlau genug anstellst, könnte es sogar eine Belohung geben, um den Verlust auszugleichen. Aber ziemlich gefährlich, dachte Nairn erschauernd. Doch wer sich in harten Zeiten bewährt, bekommt ... weiß nicht mehr, was er kriegt. Aber keine Armut. Keinen Tod.

Er schwankte aus dem Maschinenraum und über die Burma Road mit den Zelten der Zwischendeck-Emigranten zu seiner Linken. Er hielt den Blick gesenkt, spürte aber ihre Blicke, schwarz und bösartig – nie wußte man, was sie dachten. Seine Zähne klapperten vor Angst, als er am Posten an der Tür zum Unterkunftsblock vorbeistolperte. Er stieß fast mit einer Chinesin zusammen, als er die Treppe zur Brücke hinauflief. »Aus dem Weg«, sagte er. »Ich werde es euch zeigen.« Bastarde, dachte er. Vielleicht sagte er es auch. Gelbe Bastarde. Ihr schneidet mir nicht die Kehle durch. Dazu erhaltet ihr keine Chance.

Vorsicht hier, dachte er, als er auf der Brücke anlangte. Das Würstchen könnte sich irgendwo herumtreiben. Auch die Flips könnten mich sehen. Sie stecken doch alle unter einer Decke. Ich, Nairn, Erster Ingenieur, weiß ganz genau, was hier vor sich geht, aber alle anderen, die Bastarde aller Farben, sind bösartig, tückisch, unmenschlich. Warum sie Bastarde waren, daran konnte sich Nairn wegen des Nebels in seinem Kopf nicht erinnern. Die Bastarde waren Bastarde. Das genügte.

Peter sah von der Karte auf, als er hereinkam. »Tag noch mal«, sagte er.

Nairn musterte ihn mit blutunterlaufenen Augen. »Verpiß dich«, sagte er.

Pete grinste. »Haben Sie die ganze Flasche gekippt?«

»Kümmern Sie sich um Ihre verdammten Angelegenheiten.«

Pete wurde nervös. Das würde Mrs. Nairn ganz und gar nicht gefallen. »Ich werde Ihnen besser einen Kaffee machen.« Er packte Nairn bei den Schultern und drückte ihn in den Rattan-Sessel. Nairns Gesicht war bläulich-weiß, sein Atem roch wie Benzin. »Bleiben Sie sitzen. Hier ist keiner mehr. Ich hole welchen aus der Kombüse.«

Paßt wie die Faust aufs Auge, dachte Nairn. Stöhnend ließ er den Kopf sinken und täuschte Müdigkeit vor.

»Verdammter Idiot«, murmelte Pete.

Na bitte, dachte Nairn. Sie hassen mich. Alle. Und sie werden mich umbringen.

Er wartete, bis sich die Tür geschlossen hatte. Dann legte er den Riegel um und stolperte in den Kartenraum. Der Satcom-Bildschirm beobachtete ihn, machte irgendwelche hinterhältigen Pläne. Er streckte die Finger nach der Tastatur aus. Aber die Tasten bekamen plötzlich Zähne. Er hatte einen prophetischen Eindruck von blutenden Fingerstümpfen und empfand gräßliche Schmerzen.

Nairn verzog das Gesicht, um nicht vor Schmerzen zu wimmern. Los, dachte er. Tu es. Du schaffst es. Unter der Androhung von Armut und Tod.

Er begann zu tippen.

Die Tasten hüpften ein bißchen herum, aber er stellte fest, daß Fluchen sie ruhigstellte. Er tippte weiter. Das sollte genügen, dachte er, als er fertig war. Er stolperte durch den Kartenraum, stöberte ein nautisches Jahrbuch hervor und fand die Nummer der Küstenwacht. Dann setzte er sich wieder und begann, die Nummer einzugeben. Irgend etwas kroch über den Kartentisch. Aber er ignorierte es, denn er wußte aus Erfahrung, daß es vermutlich gar nicht da war. Irgend etwas atmetete hinter ihm. Aber er brauchte nur sitzen zu bleiben, die Return-Taste zu drücken, aufzustehen und sich etwas zu trinken zu holen – dann würde es schon verschwinden. Und wenn er keinen Wodka mehr fand – er konnte schwören, am Zweiten Maat Aqua Velva gerochen zu haben.

Sein Finger bewegte sich in Richtung Return-Taste.

Er erreichte sie nicht.

Eine Hand hatte seine Finger ergriffen, eine schmale, braune Hand, die seine Finger von den Tasten fortzog, auch seine andere Hand einfing und ihn mit seinem Stuhl rückwärts auf den Boden zerrte. Nairn hatte früher schon kriechende Dinge gesehen, Atmen gehört. Aber sie hatten noch nie nach ihm gegriffen. Ihn ergriff eine Ahnung, daß er starb und in die Hölle geschleppt werden sollte. Er begann zu schreien und um sich zu schlagen.

Jenkins hörte das Schreien in seiner Kabine. Er rannte zur Tür hinaus und die Treppe zur Brücke hinauf, zwei Stufen auf einmal, wie ihm schien. Die Tür war verschlossen. Er rannte zur Außentreppe.

Zwei Gestalten rangen miteinander auf dem Boden des Kartenraums. Es roch nach Alkohol. Eine der Gestalten war Nairn, die andere Lucy.

»Also gut!« sagte er, stürzte sich auf die Kämpfenden, packte Lucy am Arm und zog sie hoch. Nairn rollte sich zu einem Ball zusammen und begann zu wimmern. »Was zum Teufel machen Sie hier?« fragte Jenkins Lucy. »Der Aufenthalt auf der Brücke ist Ihnen nicht gestattet.«

Lucy entwand sich seinem Griff. Ihr Gesicht war hochrot und wütend. »Sehen Sie auf den Bildschirm«, sagte sie und streckte die Hand aus.

»An den Leiter der U.S.-Coast Guard, Westküste – MS *Glory of Saipan* nähert sich mit 370 illegalen chinesischen Einwanderern U.S.-Hoheitsgewässern Stop Schiff ernstes Sicherheitsrisiko Stop Verlange Belohnung für Information über beabsichtigte Verletzung von U.S.-Einwanderungs- und Coast Guard-Bestimmungen Stop Gezeichnet Nairn Erster Ingenieur *Glory of Saipan*.«

Jenkins griff zum Telephon und wählte langsam mit unsicheren Fingern die Nummer von Mrs. Nairn.

Sie kam schnell mit einer Arzttasche, zwei Deckmatrosen und einer Trage. Sie warf einen Blick auf ihren Mann und biß sich auf die Lippe. »Tur mir leid«, sagte sie. »Es wird nicht wieder vorkommen.« Sie zog eine Spritze auf und stieß sie ohne viel Federlesen in Nairns Schulter. Nairn wimmerte, erschauerte und fiel in sich zusammen. Pete erschien mit einer Kanne Kaffee. Er sah Mrs. Nairn, stellte den Kaffee ab und verließ hastig wieder die Brücke.

»Was ist passiert?« fragte Mrs. Nairn.

Jenkins zeigte auf den Datacom-Schirm und und setzte sich so behutsam, als wollte er jede Erschütterung vermeiden.

Der Mitteilung auf dem Bildschirm fehlte ein einziger Tastendruck, um zum Todesurteil für Rachel zu werden. Jenkins bewegte den Cursor und löschte die Nachricht.

Als er hochblickte, war Lucy noch immer da. Er wollte aufspringen, sie umarmen, ihr für die Rettung seiner Tochter danken. Aber das schickte sich nicht für einen Kapitän. Statt dessen fragte er spröde: »Was haben Sie hier oben gewollt?«

»Ich sah, wie dieser Mann auf die Brücke ging. Betrunken, schreiend und fluchend. Er sagte etwas von Coast Guard. Dann schloß er sich ein. Ich kam über die Außentreppe und las . . . das.« Sie schlug die Augen nieder. »Ich hielt es für besser, daß er das nicht weitergibt.«

»Ja«, sagte Jenkins. »Danke.«

Sie lächelte. Es war ein sehr kluges Lächeln, wieder voller Wärme und Verständnis. »Wir sitzen alle im selben Boot«, sagte sie.

Er nickte und zwang sich dazu, die Gedanken an Rachel zu verdrängen. Irgend jemand hatte ihn vor dem Piratenüberfall gewarnt. Und jetzt war diese Frau zur Stelle gewesen, um ihre Auslieferung an die Küstenwache zu verhindern. Es geschahen Dinge, über die er als Captain informiert sein mußte. »Was war das vorhin im Laderaum?«

Sie fragte sich, ob sie es ihm erzählen sollte. Seine Augen gefielen ihr. Aber das war noch kein Grund, ihm zu trauen. »Jemand ist mit mir zusammengestoßen«, sagte sie. »Unbeabsichtigt.« Sie sah ihm in die Augen. Im Laderaum sagte man, er hätte wirre, fanatische Augen. Sie waren durchdringend, blau, und manchmal, sehr selten, wirkten sie fast freundlich. Aber im Moment, fand Lucy, sahen sie weder wirr noch freundlich, sondern spekulativ aus.

»Ich muß wissen, was hier an Bord eigentlich vor sich geht«, sagte er.

Sie machte große, unschuldige Augen. »Erwarten Sie etwa von mir, daß ich meine Landsleute ausspioniere?«

»Nur daß Sie die Ohren aufsperren. Mehr nicht.«

Sie hob die Schultern. »Ich werde es mir überlegen.«

»Tun Sie das bitte.«

Lucy verließ die Brücke und ballte die Fäuste vor Genugtuung. Das Ohr des Captain zu haben, würde alles viel leichter machen. Ihn zum Verbündeten zu haben. Vielleicht sogar mehr als das.

Zunächst muß der Fisch anbeißen.

Dann kannst du ihn an Land ziehen.

Sie ging zu Jers Kabine und klopfte dreimal. Jer ließ sie ein. Sie setzte sich.

»Ich konnte Schreien hören«, sagte Jer.

»Das ist geregelt«, sagte sie. »Der Captain möchte, daß ich für ihn spioniere.«

Jer verbeugte sich leicht. »Vermutlich kannst du das sehr gut.«

Sie lachten. Jer lachte sehr laut und herzhaft für einen Kranken. Lucy mußte sich schon mehr anstrengen. Sie mochte den Kapitän. Wenn sie es recht bedachte, war sie überrascht, wie sehr sie ihn mochte. Wenn man einen Fisch fangen wollte, sollte man darauf achten, daß man nicht selbst an den Haken geriet.

Mrs. Nairn schloß die Tür von Petes Kabine mit einem Dietrich hinter sich ab. Sie war sehr ordentlich, die Kajüte: Spind verschlossen, eine blondes Pin-up-Girl mit Schmollmund über der Koje, eine Flasche Johnny Walker auf der

Kommode. Mrs. Nairn stöberte in der Kommodenschublade, fand sechshundert Rothmans und drei weitere Flaschen Whiskey. Sie zerschlug zwei der Flaschen und goß den Inhalt auf die Zigaretten. Dann betrat sie das Mini-WC, klappte den Klodeckel herunter, setzte sich und wartete.

Zwanzig Minuten später drehte sich ein Schlüssel im Schloß, und Pete kam herein. Er pfiff vor sich hin. Als er den Whiskey roch, verstummte das Pfeifen. Er schloß die Tür und trat an die Kommode.

In diesem Moment kam Mrs. Nairn aus dem WC und hieb ihm die letzte Whiskeyflasche um die Ohren.

»Verdammt!« sagte Pete, drehte sich um und hielt sich das rechte Ohr. Tränen traten ihm in die Augen. Sie hieb noch einmal zu, aber nicht hart genug, um die Flasche zu zerbrechen. »Mist«, sagte er und fiel auf den Stuhl. Sie schraubte den Verschluß auf und goß ihm den Inhalt der Flasche auf den Schoß. »Sie haben Edwin Wodka verkauft«, sagte sie.

»Nein«, sagte Pete.

Mrs. Nairn zog ein Bic-Feuerzeug aus der Tasche. Der Whiskeygestank in der heißen Kajüte war atemberaubend.

»Ja«, sagte Pete, die Augen fest auf das Feuerzeug gerichtet. »Bitte.«

»Ich bin nur eine arme, hilflose Frau«, sagte Mrs. Nairn. »Aber beim nächsten Mal zünde ich Sie an, das schwöre ich Ihnen.«

Jenkins blieb auf der Brücke. Er mußte seinen Job ordentlich tun. Um ihn ordentlich tun zu können, mußte er sich mit der Fracht besser auskennen. Offiziere und Mannschaft würden ihm dabei kaum helfen. Also brauchte er Lucy.

Er wünschte nur, er könnte ihr trauen.

Er nahm die Bedienungsanleitung für das Satcom vom Bord, setzte sich vor das Keyboard und gab ein neues Passwort ein: Bill Jenkins. Armer Bill. Er nahm die Handapparate des VHF und des SSB, trug sie in seine Kabine und verschloß sie im Safe neben der Koje.

Von jetzt hatten die vierhundert Menschen auf der *Glory of Saipan* nur noch eine Stimme, die sie mit der Außenwelt verbinden konnte.

Seine.

6. Kapitel

In dem schäbigen Zelt in einer Ecke des Laderaums war Chiu an der Arbeit: Sie stöhnte wollüstig auf, rieb ihre Hüften am Körper des Mannes zwischen ihren Beinen und drückte ihre roten Fingernägel in seinen Nacken. Chiu warf einen verstohlenen Blick auf ihre Mondphasen-Patek Philippe aus Platin und begann, die Dinge ein bißchen zu beschleunigen. Es warteten zwei weitere, und sie hatte heute bereits zwei bedient. In Schanghai hatte sie sich auf lange Sitzungen spezialisiert. Ihr bester Kunde, ein Triade namens Tsing, hatte sie »Drei-Stunden-Regenbogen« genannt. Aber hier auf dem Schiff war das Honorar nicht besonders, also mußte Quantität die Qualität ersetzen. Leise stöhnend rieb Chiu ihre Hüften an denen ihres Klienten und kalkulierte ihre Einnahmen. Fünfhundert U.S.-Dollar sind nicht schlecht, dachte sie und holte keuchend Luft, um ihren vorgetäuschten Orgasmus einzuleiten. Abzüglich der Unkosten bleiben vierhundert. Mit der Anzahlung, die sie in Schanghai geleistet hatte, müßte sie ihre Überfahrt bei der Ankunft in Amerika eigentlich erwirtschaftet haben. Und dann würde es sanft pinkfarbene Lämpchen geben anstelle der Öllampe in ihrem Zelt und ein Wasserbett anstelle einer Schaumstoffmatratze auf einem verrosteten Schiffsboden und elegante Millionäre anstelle der ungepflegten Kaufleute wie dem da auf ihr . . .

Der Kaufmann zeigte die Zähne. »Uaah«, machte er und brach auf ihren Brüsten zusammen. Behende tauchte Chiu unter ihm weg und kombinierte Schnelligkeit und Effizienz (ausgezeichnete Geschäftspraxis) mit einer Umarmung, die ihre harten Brustwarzen gegen seinen haarlosen Brustkorb drückte (und so die vertrauensvolle Kundenbeziehung intensivierte). Der Kunde zündete sich eine Zigarette an und genoß die Nachwirkungen. Aber Nachwirkungen waren nicht kostenwirksam, und das verdroß Chiu. Dennoch blieb sie liegen und strich dem Kunden über die Haare, denn es machte ökonomisch Sinn, zuvorkommend mit den Stammkunden umzugehen.

Sie blickte zur Zeltwand, ließ ihm noch ein paar Minuten und dachte darüber nach, ob sie mit der Auffrischung ihres Make-up beginnen konnte. Sie glaubte, draußen Schritte zu hören. Der nächste Kunde, dachte sie und sah auf die Patek Philippe. Dann öffneten sich ihre verschmierten Lippen, und ihre Augen wurden fast kreisrund.

Die Zeltwand beulte sich leicht aus. Eine lange, flach endende Klinge schob sich durch den Stoff und und schlitzte ihn von oben bis unten auf. Durch den Spalt trat eine stämmige Gestalt im weißen Overall. Pech, dachte Chiu und kroch blitzschnell in eine Ecke. Der Hung Kwan, der Kriegsherr.

Der Kunde kam auf die Füße und bedeckte seine Nacktheit mit den Händen, von denen eine noch immer die Zigarette hielt. Der Hung Kwan packte ihn bei den Haaren, trat ihn zum Vorhangschlitz hinaus und warf ihm seine Kleidung nach. Der Kunde gab keinen Mucks von sich. Chius Zeltgeviert lag sehr diskret am Ende eines Ganges und im Winkel von zwei Schiffwänden. Wenn der Kunde sich still verhielt, würde vermutlich niemand erfahren, was er getrieben hatte.

Chiu schlang sich einen Sarong um die Brüste, zog einen Spiegel aus einem Beutel und begann, sich die Lippen nachzuziehen und die Wimpern zu tuschen. »Ihr Besuch ist eine Ehre für mich«, sagte sie. »Darf ich so anmaßend sein, nach den Gründen zu fragen?« Sie kannte die Gründe sehr gut, und sie ängstigten sie so, daß sie sich mit dem Tuschpinsel ins Auge stach.

»Eine Schönheit zu beehren ist immer erfreulich«, sagte der Hung Kwan sanft.

Die Sanftheit gefiel ihr gar nicht. »Sie hätten die Tür benutzen können.«

»Ich habe etwas gegen normale Türen«, sagte er. Sie hörte Rascheln und sah in ihrem Schminkspiegel, daß der Overall zu Boden fiel. Sein Körper war korpulent, mit einem Rettungsring um die Taille. Innerlich bebend hoffte sie, daß das alles war. Sie zwang ein Lächeln auf die Lippen, ließ den Sarong fallen und legte sich auf den Schaumstoff.

»Ihnen zu Diensten«, sagte sie. Er war so dick, daß ihre Arme nie um ihn herumreichen würden.

»Da wäre noch die Sache mit dem Geld«, sagte der Hung Kwan.

Sie wurde ganz steif. »Geld?«

»Einunddreißig Kundenbesuche«, sagte der Hung Kwan. Er legte seine Hände auf ihre Hüftknochen und warf sie herum, so daß sie mit dem Gesicht nach unten auf der Matratze lag und er hinter ihr kniete. »Einhundert Dollar pro Besuch«, sagte der Hung Kwan und klatschte ihr erst auf die eine Pobacke, dann auf die andere. »Genug für alle. Wir geben uns mit der Hälfte zufrieden.«

»Mit der Hälfte!« empörte sich Chiu. Sie versuchte, sich umzudrehen, aber der Hung Kwan legte sich auf sie. »Hör zu«, zischte er neben ihrem Ohr. »Gib mir das Geld, und ich sorge für dich. Oder möchtest du dich lieber von den Frommen beschützen lassen?«

Das mit den Frommen war natürlich ein Scherz. Aber Chiu müßte verrückt sein, wenn sie ihr Geld dem Hung Kwan geben würde. Dann wäre ja die ganze Plackerei umsonst. Er wird danach suchen, dachte sie. Aber vielleicht findet er es nicht. Er drang gewaltsam in sie ein. Sie stöhnte auf. Es ist nur Arbeit, dachte sie dann. Und sie begann mit den Bewegungen, die das Geld brachten.

»Es ist kein Geld da«, sagte sie danach.

Der Hung Kwan war keiner, der die Nachwirkungen genoß. Mißmutig sah Chiu zu, wie er seinen Overall anzog und die Kartons und Kisten in der Ecke zu durchsuchen begann. Soll ich weglaufen? dachte sie. Aber sie hatte keine Kleider an, um weglaufen zu können, und wußte auch nicht wohin.

Fünf Minuten später unterbrachen die gesetzestreuen Familien der Zeltstadt ihre Unterhaltungen und lauschten den Geräuschen, die aus der Richtung des Zeltes hinten in der Ecke drangen.

Chius Schreien.

Als es klopfte, befand sich Jenkins in einem schweren, unruhigen Schlaf. Er schwang die Beine von der Koje. Mrs. Nairn stand vor der Tür. Sie trug einen rotfleckigen weißen Overall. »Wir haben einen unerfreulichen Vorfall im Laderaum«, sagte sie.

Jenkins stolperte zum Waschbecken und spritzte sich lauwarmes Wasser ins Gesicht. Er folgte dem Geklapper von Mrs. Nairns Absätzen die Treppen hinunter.

Sobald sie die wasserdichten Türen zur Burma Road hinter sich gelassen hatten, wußte er, daß wirklich etwas geschehen sein mußte. Gestern war das Gewirr von Zelten und Verschlägen voller Stimmen gewesen. Jetzt herrschte Grabesstille – bis auf das Dröhnen der Maschine.

Er folgte Mrs. Nairn eine Sackgasse hinunter bis zum letzten Verschlag neben dem Schott, schob einen Vorhang beiseite und sagte: »Hier.«

Er sah einen Stapel Kartons, die von einem Seidentuch mit gestickten Drachen bedeckt waren, an den Wänden lehnten Plakate mit rotgoldenen Schriftzeichen, und eine Schaumstoffmatratze lag auf dem Boden. Eine Frau lag bäuchlings auf der Matratze, bedeckt mit einem blauen Tuch. Ihre schwarzen Haare waren auf dem Kissen ausgebreitet. Ihr Profil war mit Lippenstift beschmiert, die Haut erschreckend blaß, die Augen weiße, maskaraumrandete Sicheln. Sie atmete mühsam durch den halbgeöffneten Mund.

»Ich habe ihr eine Spitze gegeben«, sagte Mrs. Nairn. Blutlachen waren auf dem Boden und auf dem Blut Fliegen. Ächzend beugte sie sich vor und zog das blaue Tuch vom nackten Körper der Frau. Ihre Glieder waren schmal und blaß, die Fingernägel rot lackiert. Um ihre Taille lag eine dünne Goldkette. Und direkt unter der Kette, dort, wo die Hüften begannen, lag ein breiter Streifen Verbandsmull. Mrs. Nairn zog ihr zur Seite.

»Allmächtiger«, sagte Jenkins.

Über den Hüften verlief ein zwei Zentimter tiefer Schnitt, als hätte jemand mit einem Fleischermesser versucht, die Frau in zwei Hälften zu schneiden.

Mrs. Nairn rieb sich die Hände mit Alkohol ein. »Vermutlich wird sie Ihnen erzählen, sie sei gestürzt«, sagte sie und rammte eine neue Spritze Novocain knapp über die Wunde. Die Frau stöhnte auf und begann sich zu rühren. »Nicht bewegen.«

Ein Filipino der Deckmannschaft stand auf der Burma Road. »Holen Sie Lucy Moses her«, sagte Jenkins.

»Lucy Moses?«

»Die Übersetzerin.«

Wenige Minuten später war sie da. Mrs. Nairn hatte inzwischen zwei Drittel der Wunde zusammengeflickt. Jetzt blickte sie auf. Ihre Miene war ausdruckslos, zeigte nichts mehr von ihrer üblichen Koketterie.

»Fragen Sie sie, wer das getan hat«, sagte Jenkins.

Lucy sprach Kantonesisch, die Frau anwortete mit hoher, benommener Stimme. »Sie ist gestürzt«, sagte Lucy.

Mrs. Nairn sah Jenkins an und verdrehte die Augen. Die gebogene Nadel senkte sich in den Wundrand, kam wieder heraus. Mollige Finger verknoteten den Faden.

Als Jeremy noch bei der Polizei gewesen war, hatte sich Diana erschauernd seine Stories über Bandenkriminalität angehört. Das Durchtrennen wichtiger Muskeln – Waden, Bizeps, Brust- und Gesäßmuskeln – war eine Art Markenzeichen.

»Sieht ganz nach der Strafaktion eines Triaden aus«, sagte Jenkins.

»Auf der *Tan Shan* haben wir es dauernd erlebt, chinesische Crew«, sagte Mrs. Nairn. »Es wird dieser Ho oder dieser Lee gewesen sein. Aber was macht das schon aus?«

Jenkins sah Lucy an. »Was glauben Sie?«

»Ich fürchte, ich hatte kaum Gelegenheit, mich näher über Prostituierte zu informieren«, erwiderte Lucy steif.

Mrs. Nairn sah sie desinteressiert an. »Sie gehört zur Fracht«, sagte sie. »Sie ist das Problem, nicht die Lösung.«

»Die Ärztin hat natürlich recht«, sagte Lucy und ging.

»Warten Sie«, rief Jenkins.

Sie drehte sich nicht um.

Mrs. Nairn zog einen Knoten energisch zu. Die Schlampe hatte sie von hundert auf fünfundsiebzig Dollar heruntergehandelt, also sah sie keinen Grund zur Rücksichtnahme. »Sie halten alle zusammen. Eine Bande zwielichtiger Chinesen.«

»Hier unten geschehen Dinge, die wir wissen sollten«, sagte Jenkins. »Wie wäre es, wenn Sie Ihre Arbeit machen und mich meine tun lassen?«

Mrs. Nairn rümpfte die Nase. »Das klingt ja ganz nach Edwin«, sagte sie. »Aber ich sage Ihnen eins, Maat – nur ein guter Rat, nichts weiter.« Sie zeigte wieder ihr kokett-überlegenes Lächeln. »Diese Bande dankt es Ihnen nicht, wenn Sie sich für sie einsetzen. Die benutzen Sie nur. Sie müssen ihnen eindeutig klarmachen, was Sache ist, notfalls mit Gewalt, das ist die einzige Sprache, die sie verstehen. Nur wenige haben Qualität, den Rest können Sie vergessen.« Sie klatschte Chiu aufs weiße Hinterteil. »Sie sind keine Menschen. Sie sind Fracht.«

»Das ist Ihre Meinung«, sagte Jenkins und ging an Deck.

Die Sonne glühte von einem milchigen Himmel. Im ersten Innenhof hielten die Christen eine weitere Gebetsstunde ab. Im zweiten saßen ein paar alte Männer im Café um einen runden Blechtisch und schlürften Nudeln aus kleinen Schalen. Auf einer Matte in einer Ecke spielten vier kleine Mädchen mit ihren Puppen, bewirteten sie mit Tee. Als Jenkins die Leiter hinunterging, fand er die Luft unter der Markise kühl, und der Geruch von Tee und Räucherstäbchen überdeckte den Latrinengestank. Eins der Mädchen warf einen Ball hoch, aber so schief, daß es ihn nicht wieder auffangen konnte. Er traf Jenkins am Bauch. Das Mädchen fuhr sich mit der Hand an den Mund. Seine Augen wurden ganz groß vor Erschrecken. Jenkins warf den Ball zurück. Das Kind lachte errötend. Eine alte Frau, die Wäsche in einem Eimer wusch, lächelte ihn an, und die Mädchen steckten die Köpfe zusammen und flüsterten.

Diana hätte Mrs. Nairn zugestimmt. Man tat, was man zu tun hatte. Man beförderte Ananas, man aß sie nicht. Man beförderte Menschen und machte sich nicht mit ihnen gemein – es sei denn, man wurde dafür bezahlt.

Aber die Fracht lachte nicht.

7. Kapitel

Man konnte nahezu alles ertragen, war Petes Lebensphilosophie – solange man dafür bezahlt wurde. Aber der Profit einer Hundert-Dollar-Flasche Smirnoff war keine rechte Kompensation für seine schmerzenden Ohren. Da habe ich mich ganz schön in die Tinte gesetzt, dachte Pete und verdrängte die Erkenntnis, daß er tatsächlich Angst gehabt hatte. Verrückte alte Schachtel. Er dachte an das Bic und erschauerte. Was hatten seine Lehrer gesagt, bevor sie ihn auf die Seven Sisters Road hinauswarfen? Sei in Zukunft vorsichtiger.

Das Telephon klingelte. »Wo ist der verdammte Tommy?« fragte die Stimme des Chief.

»Der Captain?«

»Nicht für mich.«

Pete wußte aus langer Erfahrung, daß man zwischen

Captain und Chief zwischen Baum und Borke geraten konnte. Besonders, wenn der Chief gerade eine Standpauke von seiner Frau erhalten hatte – wegen Alkohols, den man besorgt hatte. Und so fragte er betont versöhnlich: »Kann ich ihm etwas ausrichten, Chief?«

»Geht um die Wasserration«, sagte Nairn. »Für Besatzung und Passagiere gibt es künftig nur noch eine Tonne pro Tag. Verstanden?«

Pete kannte seine Chinesen. Verdammte Hölle, dachte er. Da bahnte sich was an. »Hoffe, Ihre Frau hatte genügend Fäden für ihre Nadel«, sagte er.

»Sagen Sie es ihm«, forderte Nairn. »Ich bleibe hier unten. Habe zu tun.«

Pete empfand Überdruß. Das Geld war in Ordnung, aber das Leben wurde langsam eintönig. Es wäre interessant zu erfahren, wie der Alte mit der Situation fertig wurde. Lächelnd leckte er sich die Lippen. Dann rief er in der Kajüte des Captain an und teilte ihm die Neuigkeit mit.

»Danke«, sagte Jenkins höflich und gelassen. Er war aber nicht gelassen. Der Wind wehte heiß und salzig, er brachte einen ins Schwitzen. Eine Tonne am Tag bedeutete zweieinhalb Liter pro Kopf. Ein Tropfen im Ozean.

Er rief Lucy an.

Ihre Stimme klang hoch und kühl. »Könnten Sie bitte ins Büro kommen?«

»Ich denke schon.« Sie kam – mit schwarzen Jeans, einem schwarzen T-Shirt und die Haare zu einer Art Knoten zusammengefaßt, was ihren Augen einen schmalen, feindlichen Ausdruck verlieh. »Was gibt's?« fragte sie.

Jenkins seufzte. »Es mag Mistress Nairns Ansicht sein, daß Sie . . . ein Teil des Problems sind«, begann er unbeholfen. »Ich denke das nicht.«

Lucys Miene blieb ausdruckslos. »Die Fracht ist tatsächlich ein Problem«, sagte sie. »Das sehe ich ein.«

Für derlei Diskussionen war keine Zeit. »Meine Güte«, sagte Jenkins. »Mistress Nairn hat eine Ansicht, ich eine andere. Sie sind so . . . und Lee ganz anders. Na und? Das wissen wir beide, aber Mistress Nairn ist offenbar zu einfältig, um es zu merken.«

Lucy sah ihm in die Augen. »Nicht einfältig«, sagte sie. »Gleichgültig.« Aber dieser Mann ist nicht gleichgültig, dachte sie. Es überraschte sie.

»Okay«, sagte Jenkins. Hier ging es nicht um Gleichgültigkeit oder nicht. Hier ging es darum, eine Aufgabe ordentlich zu erledigen. »Ich denke, wir sind alle Individuen und haben ganz unterschiedliche Gründe, den verdammten Pazifik zu überqueren. Und daher muß ich Ihnen zwei Dinge sagen. Erstens wird die tägliche Wasserration auf zwei Liter pro Kopf beschränkt, bis wir auf Yap Ersatzteile an Bord nehmen können. Ich möchte, daß Sie das den Passagieren mitteilen.«

»Wie weit ist es bis Yap?« fragte sie.

»Vier Tage. Also dauert es nicht allzu lange. Ich stelle einen Matrosen neben den Zapfhahn auf dem Kombüsendeck. Ich möchte, daß jeder heute um vier seinen Wasserbehälter mitbringt, wenn wir den Reis austeilen, damit wir sie numerieren können.«

»Irgend jemand wird bestimmt Ärger machen«, sagte sie.

»Andernfalls geht uns das Wasser aus, das Schiff kann nicht mehr weiter, und dann kommen wir in eine echte Notlage. Alle.« Er beobachtete sie. Sie betrachtete ihre Hände. Jetzt, dachte er, solange sie sich bewußt ist, daß wir beide auf derselben Seite stehen. Er holte eine von Soares' Wild Turkey-Flaschen und zwei Gläser hervor. »Trinken Sie einen Schluck mit?«

Sie zuckte mit den Schultern. Taktvolle Höflichkeit gehörte nicht zu seinem Job. Er wollte, daß die Menschen die Situation begriffen.

»Und zweitens«, fuhr er fort, »gibt es da noch ein paar Sachen, die dringend einer Erklärung bedürfen.«

Sie trank einen Schluck Whiskey und musterte ihn mit hochgezogenen Brauen. Er spürte die Distanz zwischen ihnen. »Beispielsweise?«

»Sie und Jer wurden auf der Fähre eingeschlossen – von außen, ganz gleich, was Sie auch behaupten –, aber über die Gründe wollen Sie mir absolut nichts mitteilen. Und dann hat mich jemand am Abend des Piratenüberfalls angerufen. Er hat mich gewarnt.«

»Beide Vorfälle hatten ein gutes Ende«, sagte sie leise. »Also warum länger darüber nachgrübeln?«

»Das ist Mistress Nairns Philosophie.«

Sie lächelte und senkte dann den Kopf.

»Ich muß wissen, was dahinter steckt«, wiederholte er störrisch.

»Sie sind ein aufgeschlossener Mensch«, sagte sie. »Davon haben wir nicht viele in China. Sie interessieren sich zu sehr für die Belange anderer Menschen.«

»Ich bin Kapitän eines Schiffes mit vierhundert Menschen, die ich ungefährdet an Land bringen muß.«

»Warum sollte ich Ihnen trauen?«

Jenkins ohnehin spärliches Reservoir an taktischen Finessen war erschöpft. »Verdammt noch mal, ich habe Sie und Ihren Freund Jer vor dem Ertrinken gerettet.«

Sie lachte. Sie war sehr hübsch, wenn sie lachte. »Das ist chinesisch«, sagte sie. »Sie fordern Ihre *guanxi* ein.«

»Werden Sie mir also endlich sagen, was hier vor sich geht?«

»In Ordnung«, sagte Lucy. »Lee befürchtete, daß Jer die Fracht anstecken könnte. Ich bin mit Jer befreundet. Also wollte er mich auch zurücklassen – um zu verhindern, daß ich Schwierigkeiten mache. Über den abendlichen Anruf weiß ich nichts.«

»Warum vertrauen Sie Ho, aber nicht Lee?«

»Lee hatte einen Handel mit Soares abgeschlossen«, sagte sie. »Er nahm von Soares Aufträge entgegen, für die ihn Soares extra bezahlte. Deshalb war von ihm nichts zu sehen, als die Piraten an Bord kamen.«

»Auch Ho war verschwunden.«

»Ho könnte man vielleicht als Pragmatiker bezeichnen.

Vermutlich nahm er an, daß ein Mann allein nicht viel ausrichten konnte.« Sie warf ihm einen Blick unter gesenkten Wimpern zu. »Unberechtigt, wie sich dann herausstellte.«

Jenkins erkannte, daß das ein Kompliment war. »Also warum vertrauen Sie Ho?«

»Ho ist effizient. Wenn auf seine Weise auch skrupellos. Lee ist wahnsinnig. Pathologisch.«

»So?«

»Mehr steckt nicht dahinter.«

»Er wollte Sie töten. Jetzt hat er diese Absicht offenbar aufgegeben. Einfach so.«

»Jer stellt kein Risiko dar. Mistress Nairn hat erklärt, daß er nicht infektiös ist. Lee braucht niemanden mehr zu töten. Pragmatismus ist das Motiv.«

So war es wohl. Aber pragmatisch genug, um einem den Atem zu nehmen. »Also sind Ho und Lee . . . Überwacher.«

»Wie Sie längst vermutet haben.«

Jenkins trank einen Schluck Whiskey. »Können Sie mit Ho über das Wasserproblem reden?«

»Selbstverständlich.« Unter anderen Umständen hätte sie sich diesem Mann gern anvertraut. Aber so, wie die Dinge nun einmal standen, erhielt er nur eine redigierte Version der Wahrheit. Jetzt war es an der Zeit, das Thema zu wechseln.

»Und jetzt sitze ich auf einem Schiff und trinke ein Glas mit einem Liberalen.« Sie seufzte. »Sie können sich gar nicht vorstellen, wie privilegiert ich mir vorkomme.«

Jenkins fühlte sich leicht unbehaglich. Sie gefiel ihm. Sie hatte eine schnelle Auffassungsgabe, einen Sinn fürs Praktische, eine Unkompliziertheit, die ihn an . . . Hölle, die ihn an Rachel erinnerte. Aber er wurde das Gefühl nicht los, daß sie nicht offen zu ihm war. »In England halten Sie mich nicht für einen Liberalen.«

»Glauben Sie mir, ich habe lang genug mit Sklaven gelebt, um einen freisinnigen Menschen zu erkennen. Mein Vater war einer.«

»Der Amerikaner.«

»Nicht nur irgendein Amerikaner«, sagte sie gespielt hochnäsig, sie machte sich über sich selbst lustig. »Professor für Englische Literatur an der Universität von Buffalo.«

»Und wie hat er Ihre Mutter kennengelernt?«

»Er war auf einer Vortragsreise«, sagte sie. »In Schanghai kurz vor der Kulturrevolution. Er hat sich in sie verliebt und außer Landes geschmuggelt. Ein sehr gewagtes Unternehmen. Er war einer Ihrer radikalen Akademiker. Ein freisinniger Mann. Hielt nicht viel von der Ehe. Und sie liebte ihn zu sehr, um darüber zu streiten. Sie gingen in die Vereinigten Staaten und lebten zusammen – eheähnlich, würden Sie es nennen. Ich wurde in Buffalo geboren. Mein Vater zog nach Kalifornien. Wir alle gingen natürlich nach Kalifornien.« Jetzt spielte sie nicht mehr die Unzugängliche. »Kann ich noch etwas Whiskey haben?«

Jenkins goß ihr ein. Wasserknappheit oder nicht. Vertrauen oder nicht – es gefiel ihm. Zwei Leute, die auf dieser gigantischen Blechbüchse miteinander redeten von Mensch zu Mensch. Er hatte noch nie mit jemandem von Mensch zu Mensch geredet. Nicht einmal mit Rachel. Und auf keinen Fall mit Diana.

»Aber meiner Mutter gefiel es nicht in Kalifornien. Sie schämte sich. Mit Chinesen verkehrte sie nicht, weil sie nicht wollte, daß die herausfanden, daß sie mit einem Gweilo zusammenlebte. Und die Amerikaner machten ihr Angst, besonders die, die sie dort kennenlernte, wo sie lebte – draußen im Grünen, in einem kleinen weißen Haus mit Garten, viel Platz und einer Toilette mit Wasserspülung. Ich hatte ein pinkfarben gestrichenes Zimmer mit einem Plattenspieler und den gesammelten Werken von Nathaniel Hawthorne, gebunden in olivgrünes Tuch. Ich fuhr mit dem Rad zur Schule. Einem blauen Rad. Ich liebte Kalifornien. Aber meine Mutter haßte es. Für sie war es eine Wüste, weil die Häuser so weit voneinander entfernt standen, weil es keine Onkel, Tanten, keine gottverdammten Cousins und Cousinen gab. Sie wurde unglücklich, ihr Unglück machte sie zänkisch, und ihre Nörgelei hielt meinen Vater von zu Hause fort. So wurde sie einsam, und er lernte eine andere Frau kennen. Er heiratete die andere Frau und starb am Herzschlag. Niemand wußte, daß es uns gab. Dann hörte meine Mutter, daß sie die Viererbande inhaftiert hatten und sich die Lage in China besserte. Also fuhr sie nach Hause und nahm mich mit.« Lucy brach ab, erinnerte sich an die Menschenmassen, die Gerüche, das Gewirr fremder Sprachen. Dann riß sie sich zusammen. Sie war nicht hier, um sich einem anderen Menschen anzuvertrauen. Sie war hier, um eine Fährte zu legen.«

So lachte sie auf. »Jeder auf diesem Schiff hat seine Geschichte«, sagte sie. »Fung ist Christ, aber für die Partei von der falschen Art. Ho ein Gangster, dem es nur um Dollars geht. Und Chiu eine Hure, die sich bessere Kunden wünscht. Es gibt Ganoven, politische Radikale, Krämer, alles mögliche.« Sie stand auf. »Ich rede zuviel.«

»Für mich nicht«, sagte Jenkins.

Sie lächelte ihn an. Und wieder spürte er die Wärme, das Verstehen, die Komplizenschaft. Stärker als je zuvor. »Ich werde ihnen wegen des Wassers Bescheid sagen«, sagte sie und ging.

Jenkins bedauerte es. Es gab nicht viele Menschen auf der *Glory of Saipan*, mit denen er sich unterhalten konnte.

Oder sonstwo.

Lucy klopfte ihr Signal an Jers Tür. Er öffnete, und sie berichtete ihm von der Wasserrationierung. Sein graugelbes Gesicht blieb unbewegt, aber sie merkte, daß er beunruhigt war. »Lee ist erbittert über Soares' Tod«, sagte er. »Er wird jeden Anlaß ergreifen, um Unruhe zu stiften.«

»Vermutlich.«

»Kannst du irgend etwas dagegen unternehmen?«

»Ich denke, der Captain wird genau beobachten, was sich am Nachmittag abspielt«, sagte Lucy.

»Wie ist dir das gelungen?«

Zu ihrem Erstaunen stellte Lucy fest, daß sie den Kapitän gegenüber Jer verteidigte. »Er wird da sein«, sagte sie. »Er ist ein ehrenwerter Mann.«

Jer musterte sie eigentümlich. »Das könnte nicht genug sein.«

»Du bist zu mißtrauisch.«

Er lächelte sie an. Es war ein unerwartet bezauberndes Lächeln. »Du solltest Missionarin werden. Dann könntest du dich deinen sozialen Neigungen hingeben - ohne persönliche Risiken.«

Sie boxte ihn leicht gegen die Schulter. »Mit dir in der Nähe gehe ich kein Risiko ein«, sagte sie. »Schläger.«

Er lachte. Es war nicht das Lachen eines Schlägers und schon gar nicht das eines Kranken. Es war einfach das Lachen eines Mannes, dessen Sinn für Humor auf eine härtere Probe gestellt worden war als der der meisten Menschen.

Beide gingen sie an Deck. Wenn Jer stand, sah man, wie hochgewachsen er war, ungewöhnlich groß für einen Chinesen und fast bärenähnlich mit breitem Brustkorb und einem noch immer kräftigen und muskulösen Nacken. Merkwürdigerweise ließ ihn seine Größe keineswegs bedrohlich, sondern vielmehr gütig wirken. Vielleicht lag das daran, daß sein Rücken von Krankheit gebeugt war und ihm das blaue Arbeitshemd und die Hosen so locker am Körper hingen, als wären sie ein paar Nummern zu groß. Er stützte sich auf Lucys Arm, als sie an Deck gingen, und setzte sich dann auf einen kleinen Hocker neben sie, während sie auf die Kombüsenleiter kletterte und per Lautsprecher über die Wasserrationierung informierte.

Die Menge hörte ihr schweigend zu, offenbar einsichtig und fügsam. Aber Lee in seinem heißen Verschlag in der Nähe des Schornsteins wußte es besser. Lee war ein Mann mit einer feinen Antenne für Gewaltbereitschaft, und Gewaltbereitschaft spürte er von den Menschen ausgehen, die vor der zierlichen Gestalt standen, die ihre Bekanntmachung durch den Lautsprecher rief und gestikulierte.

Es ist höchste Zeit, dachte Lee. Höchste Zeit, daß diese Frau starb. Bisher war durch Glück oder Schläue immer jemand in ihrer Begleitung gewesen. Durch Glück wahrscheinlich. Lee hatte eine hohe Meinung von seiner eigenen Schläue. Man denke doch nur an Ho beispielsweise. Ho war ein einfacher Mann und seinem Auftraggeber loyal ergeben. Ho hatte Helfer unten im Laderaum, Leute, auf die er sich verlassen konnte, wenn es an der Zeit war, für Ordnung zu sorgen. Aber Lee hielt es für profitabler, zwei Herren gleichzeitig zu dienen, mindestens. Jetzt fehlte ihm nur noch eine kleine Rebellion, die ihm genügend Deckung für einen kleinen Mord gab.

Lucy beendete ihre Ankündigung. Jemand stellte eine Frage im Zusammenhang mit den blauen Plastikbehältern, in denen das Wasser ausgegeben wurde. Warte auf die Zuteilung, dachte Lee. Neid und Habgier würden ihr Werk schon tun. Und inmitten der Auseinandersetzung er und sie.

Er befeuchtete sich die Lippen. Er liebte die Art, in der sich die Welt angesichts seines Messers veränderte: Sein Messer bewegte sich in normaler Geschwindigkeit, aber alles andere wurde langsamer wie in einem Jackie Chan-Film und bereit, auseinanderzufliegen und sich in wundervolle rote Blumen aus Blut aufzulösen.

Lee gestattete sich einen Moment der Ruhe, in dem er sich und diese Frau ganz allein in der Menge sah, wie Liebende. Der Hals der Frau war wie schimmerndes Elfenbein – das die wuchtige Messerklinge durchschnitt in der verlangsamten Zeit, die die Luft in Sirup verwandelt, und Lee spürte die heiße Lust daran in seinen Lenden.

Vorn an der weißen Stahlwand des Unterkunftsblocks bildete sich die Wasser-Schlange. Lee stand auf, streckte sich und wischte den Schweiß von seiner Stirn. Vielleicht bot sich jetzt seine Chance.

Die Schlange war unruhig, aber nicht gereizt. Jer hatte sich zu einem kleinen Gesundheitsspaziergang entschlossen.

Es begann alles wie üblich. Ramos, der Zweite Ingenieur, erschien mit einem Clipboard am Fuß der Treppe, ein weiterer Mann baute sich mit Farbeimer und Pinsel neben ihm auf. Ramos nickte. Die Schlange setzte sich in Bewegung.

Lucy legte die Hände auf die Knie und wartete.

Sobald jemand aus der Schlange auf ihn zutrat, hakte ihn Ramos von seiner Liste ab und streckte die Hand aus. Jedermann drückte zwei U.S.-Dollar in die Hand und ging weiter, um sich eine Nummer auf seinen Wasserbehälter malen zu lassen. Lucy hatte errechnet, daß Ramos pro Essenausgabe die Summe von zweihundertundvier Dollar einnahm, und die Wasserrationen würden mit Sicherheit einen zusätzlichen Bonus ergeben. Ihre Nachforschungen hatten ergeben, daß ein Viertel seiner Einnahmen an die Köche und der Rest an die Maschinenraum-Mannschaft gingen. Es war ein gutes Geschäft. Aber die Menschen hatten ihre Passage inklusive Verpflegung gebucht. Sie zweimal zahlen zu lassen grenzte an Piraterie. Ihr Auftritt im Schiffsbüro hatte dazu gedient, dies zu beenden. Und Jenkins im Hinblick auf andere Dinge zu testen, die sie mit ihm vorhatte. Verstohlen blickte sie zum Brückendeck hinauf.

Aha.

Da oben stand er, eine hochgewachsene, leicht linkische Gestalt mit einer großen, sonnenverbrannten Nase und blauen Shorts. Die Arme auf die Reling gestützt, sah er den Vorgängen auf dem Deck hinter den Containern zu. Sein Blick ruhte auf Ramos, der damit beschäftigt war, das Geld entgegenzunehmen. Seinen Gesichtsausdruck konnte Lucy nicht erkennen, empfand aber so etwas wie hämische Freude, als sie ihn sich vorstellte.

Wenige Minuten später verschwand der Captain. Kurz darauf tauchte der Maat Peter mit einem stämmigen Matrosen auf. Sie bezogen Position neben Ramos. Peter sprach mit Ramos. Der zog eine Faust voll Geld aus der Tasche, gab es Peter und verließ mit mürrischer Miene das Deck. Grinsend gab Peter den Menschen ihr Geld zurück. Zufriedenes Gemurmel war aus der Menge zu hören. Die schlaksige Gestalt in den blauen Shorts stand wieder an der Brückenreling. Lucy verspürte das warme Gefühl, recht behalten zu haben. Dann ging sie intensiver in sich und war erstaunt.

Das warme Gefühl war nicht ausschließlich Selbstzufriedenheit. Ein Teil davon hing eindeutig mit dem Captain selbst zusammen.

Traue niemandem, ermahnte sich Lucy. Oder du wirst sterben.

Lee beboachtete, wie sie da unter den Füßen des Captains auf den Stufen saß. Die Passagiere blieben enttäuschend gelassen und liefen nacheinander mit ihren Behältern zu ihren Quartieren zurück. Er hätte es genossen, sie gleich zu töten, sie unter den Blicken des Captain in Stücke zu schneiden. Aber Ho hätte etwas dagegen. Schluck deinen Stolz, sagte Ho immer wieder. Deine Zeit wird kommen.

Lee begann Ho zu hassen.

Der Haß tobte in ihm, daß er nicht mehr stillsitzen konnte. Er lief nach hinten aufs Achterdeck, fort von den ganzen Leuten, und steckte sich eine Mild Seven an.

Das Kielwasser wirkte wie eine große Wunde, die das Schiff ins Meer schnitt – weiß, die Farbe der Trauer. Lee liebte das Kielwasser.

Ein Mann trat hinter dem Generator hervor.

Lees Mund klappte auf. Er ließ die Zigarette fallen. Dann begann er zu lächeln, spürte die Spannung in seinen Lenden, als der Mann auf ihn zutrat. Die Sonne brannte, der Generator heulte, und das Kielwasser rauschte in seinem Kopf wie eine Düsenmaschine. Seine Hand glitt zur Linealtasche und schloß sich um das Heft seines Messers.

Von seinem Aussichtspunkt auf dem Brückendeck sah

Jenkins, daß sich hinter den Containern eine kleine Menge zu sammeln begann. Ein seltsames Geräusch war zu hören und wurde immer lauter.

Es hatte mit einem einzigen Ruf begonnen. Dann begannen die Menschen zu schreien. Und durch das Schreien waren Worte zu vernehmen.

Mann über Bord.

8. Kapitel

Jenkins folgte den ausgestreckten Händen mit seinem Fernglas. Er sah etwas Weißes in einer Welle aufblitzen, die nicht brach, und behielt es im Blick.

Das Objekt war nicht mehr als ein weißer Schimmer in den blauen Wellen und begann zu rotieren, als Rodriguez das Schiff in eine scharfe Williamson-Wende brachte. Es wurde zu einer Gestalt, die langsam an der Steuerbordseite entlangtrieb. »Maschinen stoppen«, sagte Jenkins und hörte das Summen des Telegraph. Die *Glory of Saipan* dümpelte mit ausgeschaltetem Propeller weiter. Fünfzehn Meter von der Gestalt entfernt trieb ein orangefarbener Rettungsring. Die Gestalt unternahm keine Anstalten, darauf zuzuschwimmen. Dummer Hund, dachte Jenkins. »Wo ist das Rettungsboot?« fragte er.

Johnnys trübsinnige Augen sahen ihn vom Bootsdeck aus an. »Steckt fest«, rief er. »Kann nicht zu Wasser gelassen werden.«

Verfluchte Hölle, dachte Jenkins. »Ganz langsame Fahrt zurück«, sagte er.

Der Telegraph surrte. Gischt schäumte um das Heckwerk auf.

Er trieb nur fünf Meter entfernt, schwamm aber nicht. Es war ein ausgezeichnetes Schiffsmanöver, aber wenn der verdammte Idiot nicht schwamm . . .

»Maschinen stoppen.«

Der rostige Rumpf der *Glory* schlingerte in der blauen Dünung. Jenkins eilte die Eisenstufen zum Deck hinunter.

Die Gestalt lag mit dem Gesicht nach unten im Wasser. Ein Luftpolster im Rücken ihres weißen Overalls hinderte sie am Versinken. Während Jenkins zusah, glitt ein langer, dunkler Schatten aus dem blauen Nichts der See herbei.

Der Hai rollte, sein Bauch blitzte weiß in der Sonne. O nein, dachte Jenkins. Die Gestalt im Wasser zuckte und drehte sich. Jenkins wurde klar, daß er in ein Gesicht blickte.

Es hatte eine totenblasse Haut, einen offenen Mund und Augen, die ins Nichts starrten. Als er sie das letzte Mal gesehen hatte, funkelten sie gewalttätig, und die Füße, die jetzt schlaff in den blauen Wellen hingen, waren über das Deck gefedert. Das Gesicht war das von Lee.

Jenkins starrte fassungslos.

Unter dem Mund war ein zweiter Mund, sehr breit und rosafarben.

Haie griffen keine Menschen an, es sei denn, sie bluteten. Lee mußte sehr heftig geblutet haben, denn bevor er über Bord ging, hatte ihm jemand die Kehle durchgeschnitten.

Jetzt waren da drei Haie, von drei Seiten schwammen sie auf die Gestalt zu. Lees Körper begann im Wasser zu tanzen, die Wolken seines Bluts verbargen die Fetzen seines Overalls. Als die Turbulenzen aufhörten, was nichts mehr übrig.

Jenkins schob sich mit dem Handrücken den Schweiß von der Stirn. Dann rief er die Brücke und ordnete halbe Kraft voraus an. Er versuchte, Bedauern oder Entsetzen zu empfinden. Aber das Entsetzen war vergangen, als er das Gesicht gesehen hatte. Und was das Bedauern betraf – nun, es ging um Lee. Trotz aller Bemühungen konnte er den Gedanken nicht verdrängen, daß der Mann es vermutlich verdient hatte.

Du verwilderst, sagte er sich.

Keineswegs. Mit Lee war ein Problem beseitigt. Jetzt empfand er nur noch Neugierde.

Die Schiffsschraube begann sich wieder zu drehen. Die Leute kehrten zu ihrem abgekühlten Reis zurück. Jenkins rief Johnny an und las ihm die Leviten wegen des Rettungsbootes und forderte ihn auf, es in Ordnung zu bringen. Johnny keuchte Entschuldigungen. Die *Glory of Saipan* setzte ihre behäbige Fahrt nach Yap fort.

Das letzte Mal hatte sich Nairn so gefühlt, als er zwölf Jahre alt war und seine Ma ihn beim Rauchen hinter dem Fahrradschuppen der Woop Woop High erwischt hatte. Ma hatte sich ein paar Beefeater genehmigt und es seinem Dad erzählt, der bereits vom Ned Kelly beduselt war. Sein Dad hatte ihn nach Strich und Faden versohlt und in den folgenden zwei Wochen immer wieder, sobald er ihn zu Gesicht bekam, um ihm zu zeigen, was er von kleinen Nikotinabhängigen hielt. Vor allem erinnerte sich Nairn neben den seelischen und körperlichen Qualen an den Geruch seines Vaters, eine Mischung aus Whiskey und Tabak. Es war ein verstörender Moment gewesen, einer der ersten von vielen.

Und so versuchte Nairn, sich im Hinblick auf Irma so unsichtbar wie möglich zu machen. Er saß in der Messe, pickte an seinem verbrannten Milkfish herum und war bemüht, weder die Aufmerksamkeit von Peter zu seiner Linken noch von Irma zu seiner Rechten zu erregen. Und natürlich hätte er für einen kleinen Drink alles gegeben.

Irma schob ihren Teller von sich. »Es hat also angefangen«, sagte sie grimmig.

»Was hat angefangen?«

»Erst das Flittchen. Jetzt dieser Lee. Sie schlitzen sich gegenseitig auf.«

»Oh, ich weiß nicht«, wiegelte Pete diplomatisch ab. »Bei Flittchen gehört das irgendwie zum Berufsrisiko. Und dieser Lee war doch ein harter Brocken, oder?«

Nairn öffnete den Mund, um zu sagen, daß er seine Maschinenraum-Mannschaft kannte und daß Lee ohne jeden

Zweifel ein Bastard gewesen war. Dann erkannte er, daß das so aussehen würde, als schlüge er sich gegen Irma auf Petes Seite, und das war nach dem Wodka-Zwischenfall nicht angeraten. So zuckte er mit den Schultern und aß weiter.

Jenkins kam herein. »Milkfish«, verkündete Mrs. Nairn mit dem Lächeln, das Nairn bei sich Klugscheißer-Lächeln nannte. »Verbrannter Milkfish.«

»Wer hat Ihrer Meinung nach Lee getötet?« fragte Jenkins Nairn.

Nairn zupfte eine Gräte aus seinem Milkfish. »Keine Ahnung.«

»Er hat unter Ihnen gearbeitet.«

Nairn legte Messer und Gabel beiseite. Sein Herz begann wie wild zu klopfen. »Wollen Sie damit sagen, daß ich nicht weiß, was in meinem Maschinenraum vorgeht?«

»Ich will nur herausfinden, wer diesen Mann getötet hat, bevor er noch jemanden umbringt.«

»Ich weiß, daß Edwin sagte, er hätte dauernd mit seinem Freund gestritten, diesem Ho«, sagte Mrs. Nairn.

»Unter anderem«, sagte Nairn und warf ihr einen verärgerten Blick zu.

»Gut, daß wir ihn los sind«, sagte Pete.

Es lag auf der Hand, daß keiner von ihnen an einer Aufklärung sonderlich interessiert war. Solange sie bezahlt wurden, zählte ein Mord dann und wann für sie nicht. Ihre Einstellung wies eine irritierende Ähnlichkeit zu den Überlegungen auf, die Jenkins auf dem Brückendeck gehabt hatte. Er machte sich ein Sandwich, ging ins Büro und rief Lucy an.

Sie meldete sich mit hoher, klarer Stimme.

»Lee ist tot«, sagte er.

»Ich weiß.«

»Angenehm für Sie.«

»Wie bitte?« Ihre Stimme hörte sich abweisend und metallisch an.

»Wer hat ihn Ihrer Meinung nach getötet?«

»Wie gesagt. Er war ein Psychopath. Solche Leute haben Feinde.«

So komme ich nicht weiter, dachte Jenkins. »Denken Sie nach«, sagte er.

»Keine Ahnung.«

»Wer hat Fung das Gesicht verbrannt?«

»Lee, nehme ich an.«

»Diesen Verdacht haben Sie bisher nicht geäußert.«

»Es ging Sie nichts an«, sagte sie.

»Ab jetzt geht es mich etwas an.«

»Möglich.« Noch immer dieser abweisende Tonfall. Sie würde ihm nicht helfen. Und Jenkins wollte sie nicht unter Druck setzen, wollte alles vermeiden, das die Stimme so distanziert werden ließ, die Wärme und Vertrautheit zwischen ihnen vertrieb und er wieder allein wäre.

Nicht, daß mir das Alleinsein etwas ausmachen würde, dachte er. Was zählt, ist mein Job. Aber in seinem Kopf meldeten sich die kleinen Stimmen zurück, um ihn zu fragen, warum er sich so allein fühlte und wem es nützte, daß er diesen Job ausübte. Glücklicherweise klingelte das Telephon.

»Satellitengespräch auf der Brücke«, sagte eine Stimme.

Jenkins stand auf. »Danke«, sagte er.

Unter Deck streckte sich Lucy auf ihrem Bett aus und blickte an die cremefarbene Kajütendecke. Es war ein guter Tag gewesen. Lee lauerte nun nicht mehr im Dunkel auf die Chance, sie zu töten. Der Captain glaubte, sie wäre nicht bereit, ihm dabei zu helfen, einen Mörder zu fangen. Im Moment traute er ihr nicht. Aber das würde vorübergehen. Schon bald.

Hinter den Brückenfenstern war es Nacht geworden, schwarz wie Pech. Jenkins griff zum Hörer des Satellitentelephons. »Ja?«

»Captain«, sagte die glatte Stimme von Mr. Chang. »Man hat mich darüber informiert, daß Lee getötet wurde.«

Jenkins spürte, wie nervös er war. »Ich muß Ihnen sagen, daß der Mann kein Verlust ist, Mister Chang.«

»Das deckt sich mit meinen Informationen«, sagte Chang. »Ich bin Ihnen dankbar.« Er lachte trocken. »Direkte Aktion, um Schlimmeres zu verhindern. Genau das hatte ich von Ihnen erhofft.«

Einen Moment lang hatte Jenkins keine Ahnung, was er damit meinte. Dann traf es ihn wie ein Blitz: Er glaubt, daß ich Lee getötet habe.

»Es ist eine erfreuliche Vorstellung, daß Sie auf eigene Initiative gehandelt haben«, fuhr Chang fort. »Aber wie Sie nach Ihrem Zwischenfall vor Zamboango selbst feststellen konnten, sollte Initiative stets mit Beherrschung gepaart sein. Ich möchte nicht hoffen, daß Sie sich derartig drastische Maßnahmen zur Gewohnheit machen.«

»Zur Gewohnheit?«

»Es war nun schon das zweite Mal.«

Changs Worte fielen ihm ein, als er ihm von Soares Signalen an die Piraten berichtet hatte: *Und dann ist er gestorben.*

Er glaubt, daß ich auch Soares getötet habe.

»Ich räume ein, daß Piraterie verwerflich ist, und ich weiß zu schätzen, daß Sie meine Interessen wahren«, sagte Chang. »Aber als ich das von Lee hörte, dachte ich, wir sollten miteinander reden.«

Als ich das von Lee hörte.

Jenkins hatte die Kommunikationsmittel der *Glory* im Griff. Von der Brücke aus konnte niemand mit Chang in Verbindung getreten sein. Irgend jemand mußte ein eigenes Funkgerät oder Satellitentelephon besitzen.

»Jetzt möchten Sie sicher mit Rachel sprechen«, sagte Chang. »Sie wächst uns immer mehr ans Herz.«

Lächle, dachte Jenkins. Du wirst beobachtet.

»Abend, Dad«, sagte Rachel.

»Geht es dir gut?« krächzte er.

»Sollte es mir nicht gutgehen?« Ihre Stimme klang vertraut, ein wenig heiser, unbeeindruckt von der Gefangenschaft.

»Doch, natürlich«, sagte Jenkins und dachte an Telephongespräche durch schußfeste Sichtfenster, Besuchszeiten ... reden, aber nicht berühren. Die Stimme hatte ihm Kraft verliehen. »Was treibst du so?«

»Wir wohnen in Mister Changs Villa«, sagte Rachel. »Raymond und ich. Es ist wundervoll.«

»Raymond und du?« Die *Glory of Saipan* hob sich mit einer Welle, ein Kaffebecher fiel vom Fensterbord.

Rachel lachte. »Ich habe es dir doch gesagt. Das Personal ist angewiesen, uns im Namen von Konfuzius streng getrennt zu halten. Es läuft wirklich sehr gut. Sie haben mich gebeten, noch etwas länger zu bleiben. Einen Monat oder so.«

In einem Monat wäre die Reise beendet. Chang ist ein Mörder, wollte Jenkins schreien. Sieh zu, daß du von dort verschwindest. Aber solange er seinen Job tat, war nichts zu befürchten. »Paß gut auf dich auf«, sagte er statt dessen.

»Ich passe auf mich auf. Wie geht's auf dem Schiff?«

»Jede Menge Container«, sagte Jenkins. »Immer dasselbe.«

»Beeil dich«, sagte Rachel. Ein vertrauter Spruch. Jenkins hatte häufig vom Schiff aus mit ihr telephoniert, wenn Diana nicht da war oder – in den letzten Jahren – wenn Diana da war, aber nicht gestört werden wollte.

»Ich beeile mich. Wird deine Mutter dich nicht vermissen?«

»Nein«, erwiderte Rachel überraschend scharf.

»Ein Monat ist eine lange Zeit.«

»Nicht lange genug.«

Ich muß nur spuren, dachte Jenkins. Immerhin werde ich gut bezahlt. Die Passagiere sind an Bord, weil sie es so wollten. Warum sollte ich nicht spuren?

Jenkins hörte Unverständliches am anderen Ende der

Leitung. »Zeit für den Lunch«, sagte Rachel. »Muß los.« Sie legte auf.

Ihr Vater hatte sich erschöpft angehört. Aber sie dachte nicht lange über ihn nach, denn sie saß an einem Lacktisch vor den großen Fenstern einer Terrasse, deren Seitenmauern mit grünen Kacheln gedeckt waren. Hinter der Terrasse erstreckte sich ein winterbraunes Tal bis zu den fernen, blauen Bergen. Auf dem roten Lacktisch stand eine blauweiße Schale mit Tee. Es gab einen kleinen Teich, in dem zwei Karpfen neben einer einzigen weißen Seerosenblüte dösten. Neben dem Teich telephonierte Raymond mit einem Professor des Archäologischen Instituts von Xian, um einen Besuch der Ausgrabungsstätte zu vereinbaren.

Perfekt.

Raymond blickte zu ihr herüber und lächelte sein herrliches Lächeln. Als sie mit dem Privatjet seines Vaters in Xian eingetroffen waren, hatte er zunächst vorgeschlagen, ein paar Gläser zu trinken und Videofilme anzuschauen. Aber sie war fest geblieben, und er hatte nachgegeben. Inzwischen stellte sie fest, daß sie ihn durch Überredung stets zum Nachgeben bewegen konnte. Sein besseres Ich kommt zum Vorschein, dachte sie.

Und jetzt nutzte er seine *guanxi* bei dem Professor, sie aßen zu Mittag, und nach dem Essen zog sie alte Jeans an und brachte ihn dazu, mit ihr zu den Ausgrabungen zu fahren.

Es waren streng abgeschottete Ausgrabungen, also gab es keine Touristen. Aber Mr. Changs *guanxi* öffnete alle Türen. Sie sahen Sandhügel, ein paar Lastwagen, viele Fahrräder, einen ameisenähnlichen Schwarm Arbeiter in wattierten Jacken und den Professor.

Der Professor begrüßte sie mit einer schmeichlerischen Unterwürfigkeit, die Raymond für selbstverständlich zu halten schien, Rachel aber grotesk fand. Sie tranken Tee in dem überheizten Büro und ließen sich dann vom Professor durch die Ausgrabungsstätte führen. Bei seinen Erklärungen sprach er ein Mandarin, das für Kinder und Ausländer passend sein mochte, und erläuterte die Arbeiten in Begriffen, die selbst die Passagiere eines Kreuzfahrtschiffes verstanden hätten. Als die formelle Besichtigungstour vorüber war, sagte sie zu Raymond: »Laß uns gehen.«

»Jederzeit«, sagte Raymond mit seinem hinreißend sinnlichen Lächeln. Er zog sein Telephon hervor. »Wohin?«

»Die Ausgrabungen ansehen.«

Raymond Blicke schweiften über die abgesperrten Gruben und die Hügel staubigen Sands. »Die haben wir bereits gesehen«, sagte er.

»Richtig.«

Seufzend schob Raymond das Telephon wieder in die Tasche. Sein Vater erklärte ihm mitunter, er sei pflegeleicht. Man brauchte nicht pflegeleicht zu sein, um Rachel zu folgen. Er folgte ihr über einen Pfad zwischen den Hügeln und eine Rampe hinunter in eine Grube, in der Frauen mit sanften Bürsten eine Wand bearbeiteten. Seine Schuhe wurden schmutzig. Er konnte kaum glauben, was er da tat.

Das ist doch nichts weiter als eine Lehmwand, dachte Raymond. Wie langweilig. Aber Rachel wirkte ganz und gar nicht gelangweilt. Sie unterhielt sich mit einer Frau, einer der Ausgräberinnen, über Einzelheiten aus der T'ang-Dynastie, die er kaum ansatzweise verstand. Die Frau lächelte und übergab Rachel ihre Bürste. Rachel lächelte zurück mit diesem winzigen Heben der Braue, das Raymonds Knie weich werden ließ, wann immer er es sah, und machte sich an der Wand zu schaffen. Die Frau, die ihr die Bürste gegeben hatte, hielt sich die Hand vor den Mund und lachte, halb schüchtern, halb erstaunt.

Und hielt inne.

Raymond stellte fest, daß er den Atem angehalten hatte.

Da tat sich etwas Wunderbares.

Der Lehm unter Rachels Bürste hatte sich in einen Vorsprung und eine Kuppel aus Ton verwandelt: eine Nase und einen Mund mit einer behelmten Stirn darüber. In den Kopf eines Kriegers.

Der Krieger kam ganz langsam aus der Erde, mit finsterer Miene, als wäre er zornig, aus dem Schlaf geweckt zu werden. Raymonds Langeweile war verflogen. Er suchte sich auch eine Bürste, begann neben Rachel zu arbeiten und achtete nicht auf die Risse, die der scharfe Xian-Kies im Leder seiner eleganten Schuhe verursachte, die schwarzen Halbmonde, die sich unter seinen sorgsam gefeilten Fingernägeln bildeten. Er spürte, wie sich sein Schweiß mit dem Rachels mischte, aber es war ihm nicht peinlich. Raymond besaß zwei Maserati, eine kleine Herde Rennpferde und mehr Häuser, als daß er sich an alle ihre Adressen erinnert hätte. Aber als er da mit Rachel in der Nähe von Xian in der Erde wühlte, fühlte er sich wohler als je zuvor in seinem Leben.

Der Professor kam und schüttelte den Kopf. »So schnell?« fragte er. »Großes Glück.« Er strahlte Rachel an. Und Raymond konnte sich nicht erinnern, jemals so stolz gewesen zu sein.

Erst als es so dunkel war, daß sie nichts mehr sehen konnten, kehrten sie zum Lexus zurück. »Das war unglaublich«, sagte Rachel, als sich Raymond seinen Weg durch die Lastwagen, Ochsenkarren und hochbeladenen Fahrräder suchte. »Können wir das wiederholen?«

Raymond war überrascht. Das klang ja fast so, als bitte sie um Erlaubnis. Dabei kam es vielmehr ihm zu, darum zu bitten.

Sei vernünftig, sagte er sich. Es gab da gewisse Rangordnungen. Ganz oben sein Vater, der die Anordnung erlassen hatte, daß Rachel unter allen Umständen in Xian zu halten war. Dann kam er, Raymond, und danach, mehr oder weniger nirgendwo, Rachel, die Gweilo, mit der sich Raymond im Moment die Zeit vertrieb.

Raymond dachte darüber nach. Irgend etwas schien daran nicht zu stimmen.

Er lenkte den langen schwarzen Wagen auf die kopfsteingepflasterte Auffahrt und zwischen den *feng-shui*-Löwen hindurch. Rachel legte ihm eine Hand aufs Knie, beugte sich vor und küßte ihn auf die Wange. Der Druck ihrer Hand und die Sanftheit ihrer Lippen faszinierten Raymond, aber das bewirkte auch allein schon ihre Anwesenheit. Seine früheren Beziehungen waren eindeutig verlaufen. Die Mädchen waren darauf aus gewesen, soviel wie möglich zu bekommen, und er auch. Gewöhnlich hatte es sich für beide Parteien gelohnt.

Das Verdrehte an dieser Gweilo war, daß sie ihn ständig zu beschenken schien. Er wollte sich revanchieren, aber es sah so aus, als würde sie kaum etwas brauchen. Es war verwirrend; die Rangordnung geriet offenbar aus den Fugen. Raymond fühlte sich plötzlich ganz unten irgendwo bei den vergrabenen Kriegern, und das Eigentümliche daran war, daß es ihm gar nichts ausmachte.

Er stieg aus dem Auto. Ein Diener erschien, um es zum Reinigen und Polieren zu bringen. »Ihr verehrter Vater erwartet Sie, wenn Sie nichts dagegen haben, Sir«, sagte ein weiterer Diener.

»Entschuldigst du mich?« fragte er Rachel.

»Selbstverständlich. Ich habe zu tun.«

Raymonds Schuhe waren abgestoßen, also warf er sie fort. Er duschte, zog einen schwarzen Armani-Anzug an und ging in das Büro seines Vaters zu einer telephonischen Konferenz mit einem PLA-Beamten auf Hainan Island, wo sein Vater ein Casino mit Girls-Revue eröffnen wollte. Eine hervorragende Verdienstmöglichkeit. Aber als sich Raymond in die Unterlagen vertiefte, um die Gewinnanteile des Casinos zu berechnen, dachte er: Wenn Rachel wüßte, was ich hier mache, wäre ihr das nicht recht. Ganz und gar nicht.

»Raymond?«

»Vater?«

»War der Ausflug mit dem Mädchen interessant?«

»Mit Rachel?«

»Mit dem Mädchen.«

Raymond hütete sich, allzu interessiert zu wirken. Familienpflichten hatten Vorrang. Mädchen lenkten nur ab, selbst Rachel. Mädchen konnte man loswerden, sobald sie die Pflichterfüllung bedrohten. »Sicher«, sagte er. »Sie ist in Ordnung.«

»Gut«, sagte Chang. Er bemerkte, daß unter zwei Fingernägeln von Raymonds linker Hand Schmutz klebte. Was hatte das zu bedeuten? »Ich denke, sie wird noch eine Weile bei uns bleiben. Ihr Vater ist ein sehr skrupelloser Mann.«

»Was?«

»Du hast also nichts dagegen, sich weiterhin um sie zu kümmern?«

»Im Grunde nicht«, erwiderte Raymond kühl, um seine Erregung zu verbergen. Also war Rachel eine Art Handelsobjekt. Sie verlor ein wenig an Bedeutung für ihn, während er sich im großen, bequemen Sessel zurücklehnte. Er dachte an den Krieger. Er war nur vergrabenes Geld. Kein Grund, sich derart zu erregen. Sollte ihn doch jemand anders ausgraben.

Flüchtig kam ihm der Gedanke, daß Rachel auch mit dieser Einschätzung nicht einverstanden wäre. Er versuchte, sich davon nicht beeindrucken zu lassen. Er war Herr der Lage, und das war alles, was zählte, ganz gleich, was sie sagte.

Aber irgendwie gelang es ihm nicht, sich davon zu überzeugen.

Drittes Buch

1. Kapitel

Zwei Tage später verließ Jenkins kurz nach Sonnenaufgang seine Kajüte und kletterte die Außentreppe hinauf, um den frischen Wind zu genießen. Es war ein herrlicher Morgen und noch immer kühl. Auf der Brückenreling lag noch der Tau der Nacht. Er fuhr mit dem Finger über das Metall und leckte ihn ab. Die Feuchtigkeit linderte das brennende Gefühl auf seiner Zunge und hinterließ in ihm das Verlangen nach mehr. Als er auf die Brücke ging und sich eine halbe Tasse Kaffee zubereitete, verfolgten ihn Johnnys hervortretende Augen wie die eines Kindes, das einem anderen Kind beim Naschen zusieht.

»Datacom-Botschaft für den Chief«, sagte Johnny.

Jenkins riß das Papier aus dem Drucker und ließ sich auf den Rattan-Sessel fallen. Der einzige Vorzug des Wassermangels war die Apathie, die er unter den Passagieren verursachte. Seit Lees Tod war alles ruhig geblieben.

Hinter den Fenstern schob sich der V-förmige Bug der *Glory* auf die Wolkenpyramide über den vulkanischen Felsen von Yap zu. Der Himmel mochte wissen, warum Changs Leute dafür gesorgt hatten, daß die Ersatzteile ausgerechnet dort ausgeliefert wurden, tausend Meilen südlich der Route nach San Francisco.

Er blickte auf das GPS. Sie näherten sich der Rendezvous-Position. Jenkins griff zum Fernglas, suchte das Meer nach der Barkasse ab, sah aber nur das blaue Geglitzer der Wellen. Er fragte sich, wie die Barkassen-Crew zusammengebracht worden war. Aber vermutlich hatte Chang Kontakte auf Yap, die sich nichts dabei dachten, ein Schiff voller chinesischer Emigranten mit Ersatzteilen zu beliefern. Er sah auf die Datacom-Nachricht.

»Ersatzteilübergabe auf Yap nicht möglich. Leiten sie nach Saipan weiter. Dort stehen sie drei Tage nach dem heutigen Datum zur Verfügung.«

Jenkins las die Mitteilung zweimal, stand auf und trat an die Konsole, um Nairns Kabine anzurufen.

»Was heißt nicht möglich?« erkundigte sich Nairn.

»Wir bekommen sie erst auf Saipan. In drei Tagen. Es sei denn, wir können ein wenig Geschwindigkeit zulegen.«

»Nicht, wenn Sie auch noch den Rest des Pazifik überqueren wollen.«

»Vermutlich ist es nicht möglich, weiteres Wasser aufzubereiten?« formulierte Jenkins vorsichtig, um ihn nicht zu reizen.

»Hören Sie mal«, erwiderte Nairn. »Dieser Wasserkessel ist total im Eimer. Heute habe ich noch genug, um meinen Treibstoff zu erhitzen, aber das wär's dann auch schon.«

»Und welche Möglichkeiten bleiben uns?«

»Dreiviertel Liter pro Kopf und Tag«, sagte Nairn so schnell, als wollte er verhindern, daß Jenkins Einwände machte.

»Hört sich nicht gut an.«

»Wenn Sie mehr wollen, machen Sie's selbst.«

Jenkins legte auf. Dreiviertel Liter. Kaum mehr als ein Fingerhut. Für mindestens drei Tage. Bis sie Saipan erreichten.

Er rief Lucy an. Mittlerweile war es ihm zur Gewohnheit geworden, in Passagierfragen ihren Rat einzuholen.

»Schlecht«, sagte sie. »Es gibt Städter unter den Passagieren. Sie könnten es nicht begreifen. Sie würden verrückt werden.«

»Wie verrückt?«

»Hören Sie«, sagte Lucy. »Ein Bursche im Laderaum hat

Wasser zu zehn Dollar pro Pint verkauft. Ein anderer wollte ihn töten. Ich mußte Ho Bescheid sagen, damit der etwas dagegen unternahm. Aber es gibt nur einen Ho.«

Hinter den Brückenfenstern war der Himmel so blau wie die Augen eines Babies, dekoriert mit ein paar Schäfchenwolken.

»Ich dachte, wir wären in der Nähe von Yap«, sagte Lucy. »Da müssen sie doch Wasser haben.«

»Haben sie auch«, erwiderte Jenkins ironisch und hängte ein.

Das war der Vorzug gewesen, bei der Orient Line arbeiten zu können. Das Leben verlief in klar vorgezeichneten Bahnen vom Kadetten bis zum Ruhestand. Deshalb hatte ihn sein Vater in die Handelsmarine gesteckt. Im Alter von vierzehn war er versessen gewesen, mit Motorrädern über die Landstraßen von Dorset zu brausen. Warum auch nicht? Dort herrschte kaum Verkehr, und selbst Vierzehnjährige mußten irgendwie mobil sein.

Bis er eines Tages in eine Schafherde gebraust und im Krankenhaus gelandet war, die Prüfungen in Dartmouth verpaßt hatte und statt dessen vor Gericht kam. Fünfzig Pfund Strafe. Und für vier Jahre disqualifiziert. Es lohne sich nicht, es noch einmal bei der Navy zu versuchen, erklärte sein Vater. Für die Navy brauchte man ein gewisses Verantwortungsgefühl.

Also war er zur Handelsmarine gegangen. Und dann hatte er Diana geheiratet, was neue Zweifel in seinem Vater weckte. Aber damals hörte Jenkins schon nicht mehr auf seinen Vater. Jenkins war dahinter gekommen, daß dieses ganze Navy-Gerede ebenso blühender Blödsinn gewesen war wie das geheimnisvolle Getue um Diana. Jenkins hatte begonnen, selbständig zu denken. Und deshalb hatte er das Boot in der Zamboanga Strait in die Luft gejagt.

Und im Moment bestand seine Aufgabe darin, seine Fracht sicher über den Pazifik zu bringen. Wahrscheinlich hätte Chang nicht viel gegen einen kleinen Aufstand einzuwenden, nicht einmal gegen ein paar Tote.

Jenkins dachte an die Passagiere: an die alten Männer mit ihren T'ai chi, an Lin, die Tochter von Fung, die Mahjongg-Spieler. Es waren die Unschuldigen, die zu leiden hätten.

Er blickte durchs Fenster auf den trockenen Himmel. Dann griff er zum Telephon und rief Nairn an. »In welchem Zustand sind die Plichtböden?«

»In welchem Zustand sollen sie denn sein?«

»Sind sie zu reinigen?«

»In Maßen«, knurrte Nairn. »Warum?«

Die Plichtböden sind Tanks zwischen dem Schiffs- und dem Laderaumboden. Normalerweise werden sie zur Aufnahme von Seewasserballast genutzt. »Ich möchte zwanzig Tonnen Süßwasser da unten deponieren«, sagte Jenkins.

»Und woher kriegen Sie zwanzig Tonnen Süßwasser?«

»Auf Yap«, sagte Jenkins und legte auf.

Das kann dich Kopf und Kragen kosten, dachte er. Yap mit seiner Fracht anzulaufen war illegal. Die Fracht zu verheimlichen war noch illegaler. Bisher war alles legal gewesen.

Nach Changs Vorstellung von Legalität. Die Legalität, die ein paar Morde für selbstverständlich hielt.

Change wäre es lieber, wenn einige von ihnen starben, als daß alle verhaftet wurden.

Jenkins faßte einen Entschluß. Er würde Chang nicht konsultieren. Er würde die Verhaftung riskieren, Rachels Leben riskieren. Aber er kannte Rachels Antwort, wenn sie sich zwischen dem Verdursten der Menschen und ihrer eigenen Sicherheit entscheiden müßte. Chang würde natürlich davon erfahren. Aber erst danach.

Es ging doch nichts über ein *fait accompli.*

Er rief Lucy an. »Wir machen es.«

»Wirklich?« schnurrte sie. »Wir legen an? Gehen an richtiges Land?«

»Für drei oder vier Stunden.Es wird schon klappen. Es sei denn, irgend jemand kommt auf dumme Gedanken. Ich möchte, daß Sie das verhindern.«

»Sicher«, sagte sie. »Und wenn wir an Land sind, spendiere ich Ihnen einen Drink.«

»Klar machen Sie das.« Für lockere Scherze war keine Zeit. Die Fahrrinne von Yap war ein schmaler Schlitz im Riff, das für die Flut wie eine Schleuse wirkte, und das bedurfte intensiver Konzentration. »Kommen Sie hoch und holen Sie sich das Megaphon.«

Die Schlange vor der Wasserzuteilung begann sich sechs Stunden vor der Zeit zu bilden, und die Passagiere holten die letzten Tropfen aus den Tanks. Unter Deck waren Coke und Seven-Up für fünfzehn Dollar die Dose verkauft worden. Die Extra-Ration nahm dem Markt die Hitze. Unter den Passagieren breitete sich eine fast heitere Stimmung aus. Gleichmütig sah Fung zu, wie einer der Deckmatrosen in die Kabine des Portalkrans kletterte und die Container erst kurz den Himmel verdunkelten, um dann in seinen Innenhof herunter zu schweben. Chiu, die zum ersten Mal seit vier Tagen ihre Unterwäsche ausspülte, beobachtete mit professionellem Blick, daß die Passagiere das Deck verließen und in den Laderaum hinunterliefen. Dort befanden sie sich unter der Wasserlinie, und die Hitze war nicht ganz so katastrophal. Es war mitgeteilt worden, daß jeder Zwischenfall die sofortige Rückkehr nach China zur Folge hätte. Um der Mitteilung Nachdruck zu verleihen, waren die wasserdichten Türen zwischen den Laderaumbereichen geschlossen worden und wurden nun von Zwei-Mann-Teams bewacht, einem Mannschaftsmitglied mit Baseballschläger und einem der muskulösen Chinesen aus dem hinteren Teil des Laderaums. Chiu fand das alles sehr befriedigend. Am befriedigendsten war jedoch, daß sie die Aufmerksamkeit des stämmigen Mr. Wong erregt hatte, des Besitzers eines Möbelgeschäfts aus dem zweiten Innenhof, dem es gelungen war, seine Frau und die beiden Kinder woanders unterzubringen. Sie hatte Mr. Wong in ihren Verschlag eingeladen und ihm den Taillenbund seiner Hosen aufgeknöpft. Mr. Wong stöhnte auf. »Still!« zischte Chiu und ging auf die Knie, um den Reißverschluß mit den Zähnen zu öffnen. »Gehorche den Befehlen oder wir gehen zugrunde!«

Es war herrlich, wieder arbeiten zu können.

Auf der Brücke griff Jenkins zum VHF-Mikrophon, stellte den Hafenkanal ein und sagte: »Hafenmeisterei von Yap, hier *Glory of Saipan*. Erbitten Erlaubnis, anlegen zu dürfen, um Wasser aufzunehmen.«

»Glory of Saipan«, erwiderte eine weitherzige Stimme. »Sie sind uns willkomen.«

Die *Glory* kroch um den westlichen Punkt der Insel herum, und ihr Schornstein entließ eine schwarze Rauchwolke in den sauberen Passatwind. Das Riff glitt vorbei, erst blau, dann türkis, schließlich braun. Mit trockenem Mund stand Jenkins am Brückenfenster, blickte auf den Azimut und murmelte dem Steuermann Richtungsanweisungen zu. Yap war eine heiße, feuchte Tropeninsel, deren Bewohner lange und viel schliefen, und auf der eine Handvoll Hotels Taucher beherbergten, die die Schönheiten des Riffs erkunden wollten. Niemand hatte für etwas anderes Interesse als für die Fische und das Innenleben seiner Lider. Wenn man irgendwo mit einer Fracht wie der *Glory* anlegen wollte, war Yap der ideale Ort.

Das seichte Wasser war mit schmucken weißen Taucherbooten getüpfelt, die Ränder ihrer Sonnensegel flatterten im Wind. Ein braunes Kind spielte auf einem aus rostigen Blechteilen zusammengebauten Katamaran.

Schwitzend vor Hitze und Angst brachte Jenkins die Leitfeuer in Deckung und dampfte durch den Schlitz im Riff. Um zwölf Uhr mittags lag die *Glory of Saipan* vertäut an einem weißen Betonkai.

Die Zoll- und Einreisebehörden der Bundesstaaten Mikronesien wurden von einem schokoladenfarbenen Melanesier in pinkfarbenen Shorts angeführt, der seine offiziellen Unterlagen in einer gefransten Kokosfasertasche bei sich trug. Er ließ sich im Schiffsbüro zu einem San Miguel einladen, tupfte sich den Schweiß mit einer *Herald Tribune* von den molligen Wangen und blättere lustlos in den Pässen der Mannschaft. »Wie lange bleiben Sie?«

»Vier Stunden«, sagte Jenkins.

»Zu schade«, sagte Zoll-und-Einreise. »Heute abend Grillparty im Shark Bay Hotel. Was ist Ihr Zielhafen?«

»Oakland. Zum Abwracken.«

Zoll-und-Einreise blinzelte den Rost an. Im Hafen, ohne den Fahrtwind, war die Luft in der Unterkunft der *Glory* absolut unerträglich. Jenkins fragte sich, wie es ihm gelang, die Menschen im Laderaum nicht zu riechen. »Lieber Sie als ich«, sagte er. Er leerte sein Bier mit einem gigantischen Schluck, hievte sich hoch und führte sein Team aus dem Büro.

Jenkins sah ihm nach. Zwei Männer entrollten am Kai einen Schlauch von Feuerwehrgröße. Nairn kam an Deck, kniff seine wäßrigen Augen vor der blendenden Helle des Betons zusammen und schrie ein paar Ölern gereizt etwas zu. Der Schlauch schwoll an. Das Wasser kam an Bord.

Unten in ihrer Kabine warf Lucy einen prüfenden Blick in den Spiegel und richtete den Sitz ihres Huts. Dann trat sie auf den Gang hinaus und steckte den Kopf durch Jers Tür.

»Wünsch mir Glück«, sagte sie.

Jers gelbliche Augen zwinkerten sie vom Bett her an. »Was hast du vor?«

»Etwas Törichtes. Ihm einen kleinen Stubs geben.«

Vor dem Ocker seines Gesichts strahlten Jers Zähne schneeweiß. Er griff nach ihrer Hand. »Langsam, kleine Schwester«, sagte er. »Wenn du das Boot zu sehr ins Schaukeln bringst, fällst du raus.«

»Ich kümmere mich um meine Aufgaben. Kümmere du dich um deine.«

Er seufzte. »Es ist nur, weil wir so gut miteinander auskommen.«

»Feigling.«

Beide lachten. »Paß auf, daß du bei deinem Schubs nicht selbst das Gleichgewicht verlierst.«

»Heb dir das für die Karate-Schüler auf«, sagte sie und schloß die Tür.

Jenkins war in seiner Kajüte, drehte Rachels tropischen Schneesturm in den Händen und versuchte, nicht an die Gefahr zu denken, der er sie aussetzte. Die Hitze war erbärmlich. Es klopfte an der Tür, und Lucy kam herein.

Schnell stand Jenkins auf. Das war nicht Lucy mit schwarzem T-Shirt, Jeans und schmutzigen Füßen. Diese Lucy trug ein weißes Leinenkleid, das gut oberhalb der Knie endete, einen breiten Strohhut und flache Schuhe, denen selbst Jenkins ansehen konnte, daß sie teuer gewesen waren. »Kommen Sie?« fragte sie.

»Wohin?«

»An Land. Ich möchte Sie zu einem Drink einladen. Schon vergessen?«

»Sie sind verrückt«, sagte Jenkins und dachte gleichzeitig: Hübsche Beine hat sie auch.

Sie legte die Stirn in Falten. »Bin ich das?«

»Sie haben keinen Paß. Wenn jemand Sie sieht . . .«

»Ah«, machte Lucy. »Verstehe. Sie wollen nicht mitkommen. Auch gut.« Sie lächelte.

Jenkins fühlte sich in einer Zwickmühle. Er konnte die Tatsache nicht ignorieren, daß sie sehr schön war. »Geht leider nicht«, sagte er mit aufrichtigem Bedauern. »Wollen Sie nicht hier ein Bier trinken?«

Sie hob eine Braue, und ihre Augen funkelten wie Leuchtfeuer. »Eigentlich nicht«, sagte sie und ging.

Jenkins schüttelte wieder den tropischen Schneesturm. Er konnte sich nichts Angenehmeres vorstellen, als den

Schmutz der *Glory* zu verlassen, um mit Lucy im Shark Bay ein Glas zu trinken.

In einer idealen Welt.

Sein Telephon klingelte.

»Brücke«, meldete sich Petes Stimme. »Ich ... äh, ich glaube, Sie sollten heraufkommen. Schnell.«

Jenkins rannte aus seiner Kabine und die Treppe hinauf. Pete stand in der Brückennock und sah auf den Kai hinaus. Als er Jenkins' Schritte hörte, drehte er sich um. Ebenso verblüfft wie mißvergnügt deutete er durchs Fenster.

Der Kai war eine leere, weiße, sonnenüberflutete Korallenstaubfläche. Bis auf eine schlanke Frau mit breitem Strohhut und weißem Leinenkleid, das gut oberhalb der Knie endete. Sie trug ihre Tasche an einem Finger über der Schulter, trat vorsichtig über den Wasserschlauch hinweg und lief auf die Tore zu.

Jenkins war bereits wieder auf der Treppe, holte seinen Paß aus dem Safe im Schiffsbüro und rannte über die scheppernde Stahlgangway an Land.

Er holte sie ein, als sie gerade ein verrostetes Maschendrahttor mit einem verrottenden Sperrholzschild und der Aufschrift »Zutritt für Unbefugte verboten!« durchqueren wollte. »Captain«, sagte sie leicht überrascht, als hätten sie sich zufällig im Hongkong Yachtclub getroffen.

»Um Himmels willen«, sagte er. Schweiß durchfurchte den Staub auf seinem Gesicht. »Wo wollen Sie denn hin?«

»Ich hörte, daß es hier ein nettes Hotel geben soll«, sagte sie. »Dort würde ich gern etwas trinken.«

Dreihundertsiebzig Leute am Kai, dachte Jenkins, Rachel als Faustpfand für ihre sichere Ankunft in Xian. Ein nettes Hotel ...

Sie lief weiter, durch das Tor und an einem fleckigen Gebäude mit der verblichenen Aufschrift »Vereinigte Staaten von Mikronesien – Ministerium des Inneren« vorbei.

»Kommen Sie zurück«, sagte er. »Sofort. Oder ich schleppe Sie an Bord.«

Sie lächelte. »Das wäre nicht sehr klug«, sagte sie.

»Hi«, dröhnte eine Stimme. Jenkins drehte sich um. Da stand Zoll-und-Einreise und drückte so viele Körperteile wie möglich in einen schmalen Schattenstreifen. »Kann ich Ihnen irgendwie helfen?«

In Jenkins zog sich alles zusammen. Oh, Rachel.

»Wir würden gern etwas trinken«, sagte Lucy und schenkte ihm ein Lächeln, das den Schatten unter ihrem Hut erhellte. »Etwas Ordentliches.«

»Wir könnten aufs Schiff zurückgehen«, sagte Jenkins.

Zoll-und-Einreise sah erst ihn, dann Lucy an. »Nah«, sagte er. »Es ist heiß. Sie sollten ein bißchen entspannen und mit der Lady ein Bier trinken gehen.« Er deutete die Straße hinunter. »Das Shark Bay ist gleich da hinten. Ich würde gern mitkommen, habe aber noch zu tun.«

Lucy legte ihre Hand auf Jenkins' Arm. »Oh, ergebenen Dank, Sir«, sagte sie, ganz Southern Belle aus Shanghai. »Ich wünsche Ihnen einen guten Tag.«

»Nichts zu danken«, sagte Zoll-und-Einreise.

Jenkins spürte seinen wohlwollenden Blick in ihrem Rükken, als ihn Lucy mit steinernem Gesicht die Straße hinunter und in den Schatten der Bäume führte. Es wäre auffällig gewesen, wenn er sich gewehrt hätte. Und Auffälligkeit bedeutete Fragen.

»Wissen Sie eigentlich, wie unvernünftig das war?« fragte er, als sie den Schatten erreicht hatten.

Sie sah ihn nicht an. Sie lief weiter, formvollendet und beherrscht, ihre Finger leicht in seiner Armbeuge. »Wir sind für einen Drink an Land gekommen mit ausdrücklicher Genehmigung der Zoll und Einreisebehörden«, sagte sie. »Ich kann absolut kein Problem erkennen.«

»Nein.«

Sie lächelte ihn unter der Hutkrempe an mit mutwillig blitzenden Augen. »Der Zoll beobachtet uns«, sagte sie. »Und im Hotel werden sie auch große Augen machen. Also verhalten Sie sich ganz normal.«

Schweiß rann ihm über das Gesicht. Sie liefen unter grünen Kokospalmen über Beton, der nicht verrostet war und nicht schaukelte. Die Passagiere waren unter den Lukendeckeln verwahrt. Die Tanks füllten sich.

Jenkins war aus seinem Tief heraus.

Das Hotel war ein weißer Holzkasten mit einem grünen Wellblechdach und einer palmenbeschatteten Veranda über einer kleinen Bucht. Als er ihr die Tür öffnete, schlug ihm die klimatisierte Luft entgegen wie ein Schwall kühlen Wassers. Drei oder vier Pärchen saßen an Tischen, und irgendwo sang Jimmy Buffett »Margaritaville«. Der Australier hinter der Bar lächelte sein Willkommen. Hinter den Fenstern, über das braune Wasser zwischen den Mangroven hinweg, hatte man einen Blick auf den korallenweißen Kai und dem rostfarbenen der *Glory of Saipan.* Sie hätte auch ein ganz anderer Planet sein können.

Mit einem kleinen Seufzer ließ sich Lucy in einen der Bambussessel fallen und schlug die Beine übereinander. Jenkins setzte sich ihr gegenüber, verspannt vor Nervosität. Sie hob die Hand zum Bartender, der sie bewundernd beobachtete. »Haben Sie vielleicht eine Flasche Champagner?«

»Französischen oder kalifornischen?«

»Französischen.«

»Moët«, sagte der Barmann.

»Fein.«

Der Champagner ließ nicht lange auf sich warten. Sie zahlte. Nachdem er eingegossen hatte, trank sie einen Schluck und schloß die Augen. »Ich bin das Schiff wirklich leid«. Sie sah ihn wieder an, bemerkte sein starres, schweißnasses Gesicht und lächelte – nicht das formelle Lächeln, das sie auf dem Schiff zeigte, sondern ein sehr herzliches. »Vielen Dank, daß Sie mir Gesellschaft leisten. Es ist wirklich alles in Ordnung.«

Jenkins stürzte den Champagner hinunter und verdrängte das Gefühl des Erschauerns. Es war überhaupt nicht in Ordnung.

Sie rollte das kühle Glas an ihrer Wange. »Ich werde Ihnen sagen, was mir an diesem Schiff überhaupt nicht gefällt«, sagte sie. »Man kann nicht über ganz normale Dinge miteinander sprechen. Über das Wetter beispielsweise, was es zum Lunch gibt, oder daß Sie hübsche Augen haben.« Sie sah ihn an.

Jenkins betrachtete seine Hände. »Oder daß Sie eine Flasche Moët trinken wollen«, sagte er. Er klammerte sich an seine Grobheit wie an einen Anker, weil der Champagner ihn erwärmte und er spürte, wie sie ihn anzog.

Sie zuckte mit den Schultern. »In Schanghai trinken wir ihn häufig.«

Der Australier kam an ihren Tisch. Er war groß und blond mit Spaniel-Augen und einer Sportboot-Bräune. »Sind Sie von dem Schiff da draußen?« fragte er.

Jenkins grunzte Unverständliches.

»Ja«, sagte Lucy.

»Aus Hongkong, stimmt's?«

»So ist es«, sagte Lucy. »Das ist der Captain. Ich bin seine Frau.« Sie richtete ihre grünen Augen auf Jenkins.

Jenkins wünschte sich sehnlichst, daß sie den Mund hielt. Aber gleichzeitig empfand er einen absurden Drang zum Grinsen – wie ein Kind, das die Schule schwänzte.

Der Bartender starrte ihn stirnrunzelnd an. Plötzlich hellte sich sein Gesicht auf. *»Powderfinger«,* sagte er und schnippte mit den Fingern. »Ich bin Harry McFee. Erinnern Sie sich?«

Alles Blut schien aus Jenkins' Gesicht zu weichen. »Nein«, sagte er knapper als beabsichtigt.

»Rennen von Macao, letztes Jahr«, sagte der Barmann. »Sie haben uns geschlagen, wissen Sie's noch?«

»Kann mich beim besten Willen nicht erinnern«, sagte Jenkins steif und wandte den Blick ab.

»Yeah«, sagte der Bartender. »Ich war auf dem Boot eines

Freundes von Ihnen, Jeremy Selmes. Wir hatten Sie fast überholt, aber Sie luvten uns auf, schoben uns glatt über die Linie. Himmel, hat Jeremy getobt. Segeln Sie dieses Jahr wieder mit?«

»Nein.« Gleich würde er sich auch noch zu ihnen setzen. Natürlich erinnerte sich Jenkins an ihn. Er hatte Diana in der Bar des Yachtclubs kennengelernt. Und Diana zufolge waren sie sich recht sympathisch gewesen.

Der Barmann fand Jenkins arrogant. »Wie geht es Jeremy?« fragte er. Auf Yap gab es nicht viel Gesellschaft.

»Gut.«

»Der Pazifik ist klein«, sagte der Barmann. »Mein Reden. Wohin wollen Sie?«

Draußen ertönten Stimmen. Die Tür ging auf und drei Männer kamen herein. Sie trugen weiße Polohemden, blaue Shorts, Bootsschuhe und eine tiefe Bräune. Alle sprachen auf einmal.

»Neue Gäste«, sagte Jenkins zu schnell.

Das Gesicht des Barmanns erstarrte. Er weiß, daß ich ihn loswerden will, dachte Jenkins. Ich habe ihn gekränkt. Er wollte gehen, jetzt, sofort. Aber die Champagnerflasche war noch nicht einmal halb geleert. Sie hatten bereits genug Aufmerksamkeit erregt, um nun nicht auch auch noch mehr als ein Pint des teuersten Getränks im Pazifik stehenlassen zu können.

Der Barmann lächelte ein unaufrichtiges, professionelles Lächeln. »Captain«, sagte er. »Mistress Jenkins.«

»Sie kennen ihn?« fragte Lucy, als er gegangen war.

»Freund eines Freundes.«

»Ganz ruhig«, sagte sie. »Es ist nicht ungewöhnlich, ein Glas zu trinken.«

Jenkins nickte. Sie waren Captain Jenkins und Frau, die sich in einer ruhigen Ecke miteinander unterhielten. Vielleicht hatte der Bartender Diana vergessen. Bleib gelassen. Denk an etwas anderes. Er trank sein Glas aus. »Warum wollen Sie China verlassen?« fragte er.

Sie legte die Fingerspitzen an den Stiel des Glases. »Konnte es nicht mehr ertragen«, sagte sie.

Und sie konnte sich Champagner leisten. »Ich dachte, die herrschende Klasse führt ein angenehmes Leben.«

»Dafür ist ein Preis zu zahlen.«

»Was meinen Sie damit?«

Sie sah ihn nicht an. Sie trank einen Schluck, als müsse sie Kraft sammeln. »Wie schon gesagt, kam ich mit sieben Jahren nach Schanghai, um bei meiner Tante Daisy zu wohnen in ihrem Apartment.« Sie runzelte die Stirn. Es war nicht leicht, sich an die Art zu gewöhnen, in der ihr Gesicht Gefühle zeigte: chinesisches Aussehen, westliche Körpersprache. »Tante Daisy war nicht erfreut, mich zu sehen. Aber das kann ich ihr kaum übel nehmen. Die Roten Garden hatten sie zusammengeschlagen, weil ihre Schwester, meine Mutter, emigriert war. Ihr Mann war Professor an der Universität von Schanghai, aber sie schickten ihn in den Norden zum Arbeiten in der Landwirtschaft, wo er sich Tuberkulose holte und starb. Alles Schuld meiner Mutter, dachte sie. Und nach unserer Rückkehr ließ sie es mich entgelten. Habe ich Ihnen von meinem pinkfarbenen Zimmer erzählt? In Schanghai gab es keinen pinkfarbenen Raum. Ich teilte mir ein Zimmer von der Größe meiner Schiffskabine mit meinen Cousinen Chee und Yin. Keine netten Mädchen. Jedenfalls nicht zu mir. Wenn ihre Mutter ihre Schwester nicht leiden konnte, brauchten sie auch ihre Cousine nicht leiden zu können. Sie sagten mir ins Gesicht, daß meine Haut zu rosa war, meine Augen zu grün und meine Füße zu groß. Und stahlen mir meine Kleider. Um mich zu ärgern, sprachen sie untereinander Kantonesisch, das ich kaum verstand, weil ich Mandarin gelernt hatte. In Amerika hatten mich die Kinder ›Schlitzauge‹ und ›Chink‹ genannt. Also begann ich zu glauben, nirgendwohin zu gehören. Und das war ein sehr deprimierendes Gefühl. Verzeihen Sie«, sagte sie, »aber das alles ist vermutlich sehr langweilig für Sie.«

Jenkins schüttelte den Kopf. Der Champagner tat seine

Wirkung. Er hatte vergessen, sich Sorgen zu machen. Es schien Wochen her zu sein, daß ihm jemand die Wahrheit über irgend etwas gesagt hatte. Und das hier hörte sich wahr an.

»Und wenn einem so etwas passiert, muß man entscheiden, ob man untergehen oder schwimmen will. Es kann am Osten liegen, ich bin mir nicht sicher. Aber man muß herausfinden, was in einem steckt. Und wenn man innen hohl ist, geht man unter.« Sie sah Jenkins an. »Drücke ich mich verständlich aus?«

Sie drückte sich verständlich aus.

Sie betrachtete die in ihrem Glas aufsteigenden Perlen, als wären sie Kristallkugeln, in denen sie ihre Vergangenheit sah. »Meine Mutter starb. Die Cousinen benutzten mich als, nun ja, als Dienstmädchen. Ich erkannte, daß ich für immer ein Dienstmädchen bleiben würde, wenn ich nicht endlich etwas lernte. Also ging ich zur Schule und danach zur Universität. Das heißt, ich zwang meine Cousine dazu, mich dabei zu unterstützen.«

»Sie zwangen sie?«

»Ich sagte ihr, daß ich sie denunzieren würde, wenn sie nicht tat, was ich wollte. Sie hatte etwas zu verbergen; stahl Benzin in der Tankstelle, in der sie arbeitete. Man lernt schnell, die Menschen zu benutzen.« Sie sah Jenkins an. »Wie Sie sicher schon bemerkt haben. Wie auch immer, ich wurde Physikerin und knüpfte gute *guanxi* an. Nicht nur an der Universität, auch im Geschäftsleben und unter politischen Kadern. Ich stieg die Leiter hinauf.« Sie verzog das Gesicht. »Und dann habe ich mir alles verpatzt.«

»Wie?«

»Ich verliebte mich.« Sie leerte ihr Glas, Jenkins füllte es auf. »Er hieß Piao. Wir lernten uns an der Universität kennen. Bei einer Vorlesung von Isaiah Berlin. Er war ein netter Kerl. Dünn. Pianist. Hatte schöne Hände. War sehr lustig. Liebte Politik, haßte Politiker. Neunzehnachtundachtzig bekamen wir eine Tochter. Klein-Lucy nannte er sie. Und dann kam es neunundachtzig zu diesen Sachen; wir faxten Nachrichten und Gedichte in alle Welt, und er war auf dem Tiananmen-Platz, und diese Arschlöcher griffen ihn sich heraus. Sie schnappten auch mich. Ihn schickten sie in ein Lager in der Mandschurei, wo sie Wagenheber für den westlichen Markt produzierten. Und mich steckten sie für eine Weile ins Gefängnis. Klein-Lucy ließ ich bei Nachbarn zurück. Als ich aus dem Gefängnis kam, erzählten sie mir, daß sie gestorben war. Krippentod. Ich glaube, sie ist verhungert.« Wieder verzog sie das Gesicht. »Und Piao fiel in den laufenden Metallshredder.« Sie ließ die Hände auf den Tisch sinken. »Der Tod von Menschen ist das einzige, was *guanxi* nicht verhindern können. Bedauerlich, nicht? Damals entschloß ich mich zur Auswanderung. Aber ich arbeitete in einem, nun, sensitiven Bereich. Ich konnte kein Visum bekommen. Aber ich ließ nicht locker – fünf Jahre hat es gedauert. Dann nutzte ich ein paar *guanxi,* um auf dieses Schiff zu kommen. Und hier bin ich. Vermutlich sind das Dinge, die jedem zustoßen.«

»Nein«, sagte Jenkins. Ein Kind zu verlieren war etwas, das nicht jedem zustieß.

»Was wollen Sie damit sagen?«

Er konnte nicht über Bill sprechen. »Ich ging mit sechzehn zur See. War ein schönes, sicheres Leben.«

»Sie arbeiten für Hugh Chang. Das ist durchaus nicht sicher.«

»Mitunter kommt man in eine verzweifelte Lage.« *Man muß herausfinden, was in einem steckt. Wenn man innen hohl ist, geht man unter.* Und was steckte in ihm?

Diana. Zwanzig Jahre plus auf See.

Da mußte doch noch etwas anderes sein.

»Hört sich sehr ähnlich an«, sagte sie. »Man bekommt eine Chance und greift zu.« Ihre Hände auf dem Tisch waren nur zwei Zentimeter voneinander entfernt.

Es könnte am Champagner gelegen haben. Aber es

schien ganz natürlich zu sein, daß sich ihre Finger berührten, umeinander verhakten.

Wie konnte das geschehen? dachte Jenkins.

Oh, Scheiße.

2. Kapitel

Jenkins zog seine Hand fort. Er war der Captain und sie die Fracht. Er goß erneut Champagner ein. Es war Zeit zum Aufbruch.

Die Australier an der Bar bestellten eine neue Runde. Es war nicht ihre erste, nicht einmal ihre vierte. Jetzt griff einer von ihnen zu einer Polaroid und machte Schnappschüsse von den anderen. Lautes Gelächter. »Wie kommen wir auf dieser Insel zu einer Frau?« fragte eine Stimme.

»Holen Sie Ihr Eheweib, Len«, sagte der Barmann mit einem beschwichtigenden Lächeln.

Len ignorierte ihn. Er hatte langgezogene, dünne Wangen und die Augen eines Stiers. Er ließ seine Blicke durch die Fenster schweifen, hinter denen gerade eine Frau in indigoblauem Laplap und mit schlingernden braunen Brüsten über das Betonband unter den Palmen lief. »Sie ist zu verdammt riesig«, sagte er.

Marv war der kleinste der vier Männer am Bartresen. Marv war heute früh durchgedreht, als er sich am Riff einem Manta Auge in Auge gegenüber sah, und nun erpicht darauf, sich wieder in Lens Wohlwollen zu schmeicheln. Er sah Dozzie und Lurch an, um sie mit ins Komplott zu ziehen. »Wie wäre es denn mit der kleinen Chink-Puppe da drüben?« fragte er.

Sie waren ihnen allen aufgefallen, wie sie da ruhig in einer Ecke miteinander plauderten, der hochgewachsene Kerl in Jeans und Batik-T-Shirt, mit schwarzen, an den Schläfen leicht grauen Haaren und dem müden, abgekämpften Gesicht, und die Chinesin oder Halb-Chinesin in seiner Gesellschaft. Sie war schon in Ordnung. Sie hatte ein paar reizvolle Titten und Klasse-Beine. Aber sie wirkte zu adrett für Yap. Zu . . . nun, zu erwachsen, meine Güte. Es wäre, als würde man eine Anwältin bumsen.

Aber Len und seine Kumpel waren bei ihrem fünften Bier angelangt, und das hier war der wilde Pafizik, wo alles ging.

Len nahm einen Schluck San Mig, stützte die Ellbogen auf den Tresen, richtete seine Augen auf den Strohhut und sagte: »Mein Lieblingsmaterial.«

Niemand hörte zu. »Mein Lieblingsmaterial«, wiederholte er lauter.

Das Gemurmel in der Bar geriet ins Stocken und verstummte. »Und eine so schöne Farbe«, sagte Len. »Meine Lieblingsfarbe. Gelb.«

Seine Freunde grinsten.

»Yeah«, sagte Len, durchschritt steifbeinig den Raum und setzte sich neben Lucy an den Tisch. »Hübsches kleines Stück gelben Samts.«

Jenkins sah in das grobe, dümmliche Gesicht mit den bösen Augen und dem ausgeprägten Kinn. Die Wärme und Intimität war dahin. Er stellte fest, daß er plötzlich in kaltem Schweiß gebadet war. Er hob leicht die Brauen und sah Lucy an. »Vielleicht sollten wir besser gehen«, sagte er.

Lucy nickte. Sie stand auf. Jenkins stand auf. Len runzelte die Stirn. »Was'n das?« sagte er. Er streckte eine klobige braune Hand aus und griff nach Lucys rechter Brust.

Und dann geschah alles auf einmal.

McFee sah, wie sich die Finger der Chinesin in Lens Augen bohrten. Len brüllte auf und verpaßte Jenkins einen Fausthieb. Jenkins schlug zurück. Lens Kopf donnerte gegen die Wand, und es klang, als würde eine Kokosnuß auf einen Felsen prallen. Nicht schlecht, Len, dachte McFee, dem hochnäsigen Jenkins den Landgang zu vermiesen. Aber dann rationaler: Und was wird aus meiner verdammten Einrichtung? Aber als er endlich über den Tresen hinwegsetzte, geschahen bereits eine Menge anderer Dinge.

Len lag mit dem Rücken auf dem Boden, Blut rann aus seinem linken Auge. Marv und die anderen beiden kläfften wie Jagdhunde und schossen auf den großen Mann und die Chinesin los. Jenkins schob den Tisch für die chinesische Frau beiseite, damit sie nicht über Len hinwegtreten mußte. Er sah aus, als hätte er einen schlechten Geruch in der Nase. Arroganter Bastard, dachte McFee.

Marv schnappte sich eine San Mig-Falsche und schrie mit seiner schrillen Stimme: »Jetzt geht es dir dreckig, du Hund.«

»Tun Sie das nicht«, sagte McFee begütigend und nahm sie ihm wieder weg. Flaschen waren entschieden übertrieben.

Marv wirkte verdutzt, ließ die Flasche aber fahren und hopste über den Tisch, um sich neben Dozzie zu stellen. Jenkins griff nach dem Marmortisch und hob ihn an. »Nei-ei-ein!« schrie McFee.

Zu spät.

Der Tisch kippte um: eine wundervolle Carrara-Platte, unter phantastischen Kosten um die halbe Welt herangeschafft.

Sie prallte gegen Marv und Dizzies braune Schienbeine und rutschte ihnen, hautabschürfend, vor die Füße. Dann zerbrach sie in fünf Teile.

Lurch war rechtzeitig in Sicherheit gesprungen. Er empfand plötzlich leichte Unruhe. Seine Kumpel lagen auf dem Boden, also sah es jetzt so aus wie zwei gegen einen, und das war einfach nicht fair. Dieser Kerl hatte etwas ausgesprochen Unangenehmes an sich. Er war . . . nun, gewalttätig. Er hatte keine Lust, zu Schaden zu kommen. Glücklicherweise landete er in McFees Armen. McFee legte seine Arme um ihn, fing seine Fäuste ein. Aus dieser Sicherheit heraus entschloß sich Lurch zu einer kämpferischen Pose.

»Vielen Dank«, sagte Jenkins. »Wir müssen jetzt los.«

»Und was ist meinem verdammten Tisch?« schrie McFee über Lurchs Schulter.

Jenkins zeigte auf Len. »Halten Sie sich an den.«
»Auf Wiedersehen«, sagte Mrs. Jenkins.
Die Tür öffnete sich, ließ einen Schwall heißer Luft ein, und schloß sich wieder. Sie waren fort. Einfach so. Dieser verdammte Scheißer Jenkins. Schlug die Bar zusammen und verdrückte sich. Das hier war keine verfluchte Regatta. McFee fragte sich, wer den Tisch jetzt wohl bezahlen würde.
Er ließ Lurch los.
Dann sagte er: »Ach, du blindes Känguruh.«
Denn er hatte sich gerade an etwas erinnert.
Nach dem von Macao hatte es eine Party gegeben. Er wußte nicht mehr, ob Jenkins daran teilgenommen hatte oder nicht. Aber eine Frau war dabeigewesen, eine Frau, die Jeremy ihm als Mrs. Jenkins vorgestellt hatte.
Und diese Mrs. Jenkins war eine aufdringliche Blondine gewesen, keine schnucklige Chinesin mit grünen Augen. Vor nur einem Jahr. Der Bartender wußte verdammt gut, daß man innerhalb von zwölf Monaten keine Frau loswurde, um sich eine neue angeln zu können. Und da war noch etwas. Als die schnucklige Chinesin den Champagner bezahlt hatte, waren keine Ringe an ihren Fingern gewesen.
Was alles auf einen neuen Marmortisch hinausläuft, dachte McFee.
»Leihen Sie mir Ihre Polaroid«, sagte er zu Lurch.
Lurch reichte ihm eine Nikon mit Polaroid-Zusatz. Okay, du Rotzlöffel, dachte McFee. Ich werde dir dein mieses Spiel gründlich vermasseln.
Der große Mann und die Frau mit dem Hut liefen das helle Betonband unter den Palmen hinunter. Mit dem Rükken zu ihm. Mist, dachte McFee. Rückansichten bringen nicht viel. Er hob die Kamera vor die Augen und öffnete schon den Mund zu einem Schrei, damit sie sich umdrehten.
Dann war ihm das Glück hold.
Die Frau blieb stehen. Der Mann blieb stehen. Sie wand-

ten sich einander zu. Sie waren gut hundert Meter entfernt, so daß McFee nicht hören konnte, was sie sagten. Aber er konnte immerhin sehen – durch das lange Objektiv der Nikon.

Die Frau streckte die Hände aus, legte sie um den Kopf des hochgewachsenen Mannes und zog ihn zu sich herunter. Ihre Lippen berührten seine, leicht wie eine Feder. Die beiden Köpfe hoben sich deutlich vom frischen tropischen Grün der Mangroven hinter ihnen ab.

Die Kamera jaulte und stieß das Sofortbild aus. Und da waren sie: Mr. und Nicht-Mrs. Jenkins. Das hebe ich mir auf, dachte McFee. Bringt nicht viel, dir aufs Schiff nachzusetzen. Ich treffe dich lieber, wo es wirklich weh tut. Dann ging er wieder in seine Bar, um das Chaos zu beseitigen.

Lucy und Jenkins liefen schnell und schweigend an Bord zurück. Nach Verlassen der Gangway betraten sie wieder die wirkliche Welt.

Jenkins hatte den Gestank ganz vergessen, den scharfen Geruch nach altem Treibstoff, Schweiß, kaltem Zigarettenrauch, menschlichem Abfall und Kochdünsten aus den Containern. Er ging auf die Brücke und telephonierte mit zitternden Fingern auf dem Schiff herum, bis er Nairn gefunden hatte.

»Gleich«, sagte Nairn.

»Beeilen Sie sich gefälligst«, sagte Jenkins und warf unter Nairns schrillem Protest den Hörer auf.

Die Sohlen seiner Schuhe klebten am Deck fest, als er ans Brückenfenster trat. Er hatte es versaut. Polizisten und Vertreter der Einreisebehörden würden auftauchen, und Rachel müßte sterben.

Aber die Sonne strahlte auf einen weiterhin leeren Kai herunter, und niemand kam, um einen europäischen Mann und eine chinesische Frau festzunehmen, die in eine Auseinandersetzung geraten waren. Zehn Minuten später klingelte das Telephon. »Worauf warten Sie noch?« fragte Nairns Stimme.

Jenkins erteilte die Anordnung zum Ablegen. Langsam löste sich die *Glory of Saipan* von der Kaimauer, richtete ihren Bug auf die Fahrrinne und schob sich durch die Öffnung im Riff. Draußen im freien Pazifik brachte Jenkins sein Schiff wieder auf Kurs. Dann setzte er sich schlaff wie ein Lappen an das Satcom und gab eine neue Anforderung bezüglich der Übergabe der Wasserkesselteile auf Saipan ein.

Auch McFee schickte eine Nachricht. »Hier sehen Sie Ihren Freund Jenkins«, schrieb er. »Sagen Sie ihm, daß er mir 1500 Dollar für den Tisch schuldet.« Er steckte das Schreiben mit dem Polaroid in einen Umschlag und adressierte ihn an Jeremy Selmes in Hongkong. Er wurde mit dem Abendflugzeug befördert.

Die Sonne fiel ins Meer, Yap und McFee blieben hinter dem Horizont zurück. Die Decklichter wurden eingeschaltet, der Portalkranmotor erwachte zum Leben und hievte die Container wieder in die Innenhof-Formation zurück. Jenkins lehnte sich auf die Bückenreling und sah zu, wie sich die Menschen wieder über die Decks verteilten und unter Ausnutzung der neuen Wasserration Wäscheleinen spannten. Es waren noch drei Tage bis Saipan. Es gäbe keine Entschuldigung dafür, daß dort die Ersatzteile nicht auf die *Glory* warteten. Und von Saipan aus wäre es eine glatte Route über den Pazifik.

Vorausgesetzt, es kam nicht zu Zwischenfällen.

Er wartete, bis die Messe leer war, und machte sich dann ein Thunfisch-Sandwich. Dann ging er auf die Brücke. Pete lehnte an der Nockreling.

»Bißchen Wind einfangen«, sagte er. »Verdammt heiß.«

»Ladung okay?« fragte Jenkins.

»Zwei Zusammenbrüche durch die Hitze«, sagte Pete. »Mistress Nairn hat sie versorgt.« Er hustete, steckte sich eine seiner seltenen Zigaretten an und verzog das Gesicht.

»Geht mich ja nichts an«, meinte er. »Aber sie ist ziemlich sauer auf Sie.«

»Tatsächlich?«

»Glaubt, Sie würden sich fraternisieren«, sagte Pete. »Weil Sie mit dieser Lucy an Land gingen. Hübsches Ding.«

Jenkins nickte. Er hatte etwas verdammt Unvernünftiges getan und war nur um Haaresbreite davongekommen. Aber da war noch mehr. In all diesen Jahren hatte er das Gefühl gehabt, zu etwas zu gehören. Jetzt kam er sich losgelöst vor; allein auf sich gestellt. *Wenn man innen hohl ist, geht man unter.*

Er ging in seine glutheiße Kabine und duschte. Das neue Wasser zeigte eine rostige Färbung und roch nach Chlor. Als er aus der Dusche kam, begann er fast sofort wieder zu schwitzen. Er setzte sich auf seine Koje und griff nach Rachels Tropeninsel im Glas. Er drehte sie um. Die kleinen Flocken rieselten auf die Palmwedel. Er dachte an Rachel, an ihre zuversichtliche, beherrschte Stimme, als sie aus der Höhle des Löwen angerufen hatte. Rachel war in ihm.

Aber mehr nicht. Alles andere waren Schuldgefühle, Bedauern über geschehene Dinge, die sich nicht mehr ändern ließen. All die Jahre im festgefügten Gleis hatten nirgendwohin geführt; Bill und was sich nach seinem Tod ereignet hatte. Reichte das?

Der tropische Schneesturm in seiner Hand war schweißnaß. Er stellte ihn wieder auf das Brett unter dem Bullauge. Es mußte verdammt nochmal reichen. Er streckte sich auf der Koje aus und fiel in einen unruhigen Schlaf.

3. Kapitel

Als Mrs. Leung Mr. Leung heiratete, wußte sie, daß er ein Mann mit einem Hang zur Eigenwilligkeit und einer Neigung zu Temperamentsausbrüchen war. Das war sogar einer der Gründe gewesen, aus denen sie sich für ihn entschieden hatte.

Leung war Schneider, der in Konkurrenz zu mehr als tausend anderen Schneidern in einem Viertel von Schanghai gearbeitet hatte. Die Konkurrenz war keineswegs fair und Erpressung an der Tagesordnung. Bei einer Gelegenheit, als ein auf eigene Faust arbeitender Gesetzeshüter zwei Gratis-Anzüge als Versicherung gegen mysteriöse Werkstattbrände forderte, hatte ihm Leung die Lippen mit Knopflochgarn zusammengenäht – als diskreten Hinweis darauf, daß er seine Versicherungspolicen künftig für sich behalten sollte. Diese Eigenwilligkeit führte erst zu der Erkenntnis, daß es klug wäre, Mr. Changs Auswanderungsagenten aufzusuchen, und dann zum Aufenthalt von Mr. und Mrs. Leung sowie ihrer sechsjährigen Tochter Ma in der vorderen Backbordecke von Laderaum Nummer zwei.

Ma liebte ihre Puppen über alles. Am Nachmittag nach ihrem kurzen Aufhalt am Kai von Yap servierte sie ihnen eine Mahlzeit. Große-Puppe beschwerte sich bei Ohne-Nase bitter über die Reisqualität. Ohne-Nase sagte nichts dazu, weil Ma für beide sprach und ihr der Hals wehtat. Aber eigentlich tat ihr der Hals ohnehin weh, und sie verspürte noch weitere Beschwerden, keine Schmerzen, aber doch unerfreuliche. Große-Puppe beklagte sich weiter, daß der Reis überhaupt nicht weiß sei, sondern bräunlich, mit einem metallischen Geschmack und einem Hauch von etwas, was Kloreiniger sein könnte oder sogar (sagte Große-Puppe) Klo selbst.

Leung saß da und sah seiner Tochter zu, seine Gedanken bei den morgendlichen T'ai chi-Übungen, seine flinken Finger auf dem Segeltuch, aus dem er ein Zelt für Mrs. Wa von nebenan nähte, ein unwürdiger Auftrag, aber nichtsdestotrotz ein Auftrag. Er war sehr stolz auf Ma. In Amerika würde sie wahrscheinlich einen guten Job in einer Bank bekommen oder als Ranchbesitzerin von der Art, wie sie Barbara Stanwyck in den Western-Filmen spielte, die er gesehen hatte. Und mit dem Reis hatte sie recht. Der Reis war ebenso unansehnlich wie ungenießbar gewesen. Aber jetzt, da die Köche nicht mehr für die Rationen bezahlt wurden, war es nur natürlich, daß sie sich rächten.

Er betrachtete die kleinen, regelmäßigen Stiche des Saums, den er gerade nähte. Noch drei, dann kam die Ecke . . .

Er hörte ein höchst unerfreuliches Geräusch. Als er aufblickte, saß Ma mit hervortretenden Augen ganz reglos da. Große-Puppe und Ohne-Nase lagen wie Inseln in dem See, den sie erbrochen hatte. »Schlechter Reis«, sagte sie und begann zu weinen.

Die Schiffsglocke läutete zweimal. Es war vier Uhr, Zeit für den Nachmittags-Reis. Diese Tatsache wurde Leung nur vage bewußt, denn er sprang hoch, rief nach seiner Frau. Seine Frau kam von den Nachbarn herbeigeeilt, erblickte die arme Ma und das Erbrochene, und er erklärte ihr, was geschehen war, daß der Reis Schuld hatte, und sie erklärte ihm, daß er als Mann keine Ahnung vom Kochen hätte, denn jeder Dummkopf könne sehen, daß nicht der Reis Schuld hatte, sondern das Wasser, in dem er gekocht worden war, und alle Nachbarn steuerten ihre Kommentare bei. Schon bald hatte sich eine erkleckliche Schar um Ma versammelt, und jedermann schrie, und das Blut begann in Leungs Adern zu kochen.

Und so, während seine Frau aufwischte, Ma hinlegte und mit dem Rest der gestrigen Wasserration einen ihrer Beruhigungstees brühte, stürmte Leung auf den Schwingen des Zorns an Deck.

Die Helligkeit oben am Ende des Niedergangs traf ihn wie eine Faust ins Gesicht. Vor ihm erstreckten sich die Container bis zum weißen Unterkunftsblock. Am Fuß der Unterkunft hatten die Vergifter bereits ihre Schmutzkübel aufgestellt. Eine unordentliche Schlange begann sich zu bilden. Einer der Vergifter wagte sogar ein Lächeln.

Das Lächeln brachte das Faß zum Überlaufen. Mit einem

Wutgeheul durchbrach Leung die Schlange und rannte die Stufen hinauf. Der Chefkoch grinste ihn unverfroren an. Mas klägliches kleines Gesicht tauchte vor Leungs innerem Auge auf. Er umfaßte den Kessel, zerrte ihn von seinem Untersatz und rollte ihn quer über das Deck. Der merkwürdig bräunliche Reis ergoß sich auf die rostigen Stahlplanken. Die Schlange stöhnte enttäuscht auf. Einer der Köche versetzte ihm einen Stoß. Leung holte mit der Faust aus. Zwei Männer versuchten, ihn zurückzuhalten. Mit Unterstützung von drei Freunden aus seinem Mahjongg-Kursus wehrte er sie ab. In weniger als zwanzig Sekunden war der Bereich auf den Containern gleich hinter der Unterkunft ein Getümmel miteinander ringender Körper.

Jenkins hatte die Wache zwischen Mitternacht und vier Wache gehabt und den ganzen Morgen gearbeitet. Jetzt lag er in tiefem Nachmittagsschlaf.

Eine Brandung von Stimmen durchdrang seinen Schlaf. Jenkins zuckte hoch. Er rollte von der Koje und stolperte zur Brücke hinauf.

Rodriguez saß am Steuerrad, summte gähnend »Love Me Tender« vor sich hin und hielt den rostigen Bug der *Glory* auf einen metallisch-blauen Horizont gerichtet. Er sah Jenkins, reckte den Daumen nach hinten und grinste. »Große Aufregung.«

»Holen Sie Miss Moses auf die Brücke«, sagte Jenkins, griff zum Megaphon und lief zur Brückennock. Auf den Containern hatte sich eine schreiende Menge zusammengefunden, hier und da prügelte man sich. Anfeuerungsrufe klangen auf. Ein kleiner, dürrer Mann hatte einen der Reis-Kessel umgestürzt und über Bord gerollt. Mehrere Passagiere trampelten unisono auf dem Deck herum – ein Geräusch wie von Kriegstrommeln.

Lucy erschien auf der Brücke. Mit Jeans und schwarzem T-Shirt, und als sie Jenkins ansah, stand in ihren Augen nichts mehr von der gestrigen Intimität.

»Was zum Teufel tut sich da unten?«

»Ein Mädchen hat sich mit dem schlechten Wasser im Laderaum vergiftet.«

»Das Wasser ist nicht schlecht.«

»Das werden Sie beweisen müssen.«

Jenkins blickte zur Menge auf den Containern hinunter. Der Deckstreifen mit den Speisekesseln wirkte wie eine Bühne. »Eine öffentliche Wasserprobe«, sagte er.

Sie nickte. »Wir brauchen Ho.«

»Ho?«

»Einige dieser Leute trauen nur ihm.«

»Dann holen Sie ihn.«

Jenkins rief Mrs. Nairn an und schickte sie zu dem kranken Mädchen. Als er den Hörer wieder auflegte, kam Lucy mit Ho zurück. Hos dunkle Augen musterten die Brücke, erkundeten offenbar die Möglichkeiten für Gewalttätigkeiten. Er war nur ein Mann in einem weißen Overall, wirkte aber wie eine Kettensäge auf einem Couchtisch.

»Passen Sie auf«, sagte Jenkins. Er trat ans Waschbecken und zapfte ein Glas Wasser. »Widerliche Farbe«, stellte er fest und beäugte die bräunliche Brühe. Er roch daran und merkte, daß ihn Ho nicht aus den Augen ließ. »Chlor. Eisenreste. Beides anorganische Stoffe und im Prinzip medizinisch unbedenklich.« Er trank das Glas in einem Zug aus. Hos Gesicht hellte sich auf. Er nickte. »Okay«, sagte Jenkins. »Und nun demonstrieren wir das vor den Leuten. Wir drei.«

Draußen begann die Menge wieder zu schreien. »Schnell«, sagte Lucy.

Sie gingen die Treppe hinunter und stellten sich auf das Kombüsendeck, von dem die Menge die Köche inzwischen vertrieben hatte. Einer der Reis-Kessel stand noch an Ort und Stelle. Lucy hatte das Megaphon in der Hand. Ho trat einen Schritt vor. Die Menge wich schnell vor ihm zurück.

Lucy rief ein paar Worte. Die Menschen wurden ruhiger.

»Erklären Sie ihnen, was wir machen werden«, sagte Jenkins.

Wieder ergriff Lucy das Wort. Der Messe-Boy erschien

mit einem Tablett, auf dem ein Glaskrug und drei Gläser im Takt seiner zitternden Hände klirrten. Er setzte das Tablett auf dem von den Köchen verlassenen Tisch ab.

Jenkins griff nach dem Krug. Die Menge wurde ruhig und aufmerksam. Er trug ihn zu dem Hahn, aus dem die Wasserrationen ausgeteilt wurden, und füllte ihn. Dann streckte er ihn dem Messe-Boy entgegen.

Der Messe-Boy warf einen ängstlichen Blick auf die stumme Menge auf den Containern. Er goß Wasser in die Gläser.

Ho nahm ein Glas. Lucy und Jenkins gleichfalls. Der Messe-Boy füllte für jeden von ihnen eine Schale mit Reis aus dem Kessel. Die niedrig stehende Sonne warf die Schatten der drei auf die Wand des Unterkunftsblocks, die in den Bereichen nahezu makellos weiß war, wo sie auf den früheren Fahrten der *Glory* Container hingestellt hatten.

»Heben Sie Ihre Gläser«, sagte Jenkins. »Lucy, erklären Sie den Leuten, daß wir auf ihre Gesundheit trinken.«

Sie hoben die Gläser. Die Sonne verwandelte die Schatten auf der weißgestrichenen Wand in Bernstein.

»Ex«, sagte Jenkins, setzte das Glas an und trank. Die anderen auch. Dann aßen sie den Reis.

Die Menge sah ihnen atemlos zu. Jenkins lächelte und kam sich reichlich töricht vor. Lucy zeigte ein strahlendes PR-Lächeln. Ho rülpste, wedelte sich mit der Hand kurz vor dem Mund herum und zeigte wieder seine Harter-Kerl-Miene.

Dann klappte sein Kiefer herunter. Er griff sich an den Magen und krümmte sich stöhnend zusammen.

Jenkins bemerkte, daß ein Teil der Menge, besonders die jungen Männer aus dem hinteren Bereich des Laderaums, plötzlich erstarrte und ein bösartiges Zischen hören ließ. Weiter vorn sahen ältere Leute beiderlei Geschlechts schweigend und mit höflicher Neugier zu. Fungs Miene wirkte geradezu begeistert.

Doch unvermittelt richtete sich Ho wieder auf. Sein Stöhnen wurde zu einem hohen, nicht endenwollenden Gelächter. Auch die harten Jungs im Hintergrund hatten sich entspannt und lachten gleichfalls.

»Danke, Ho«, sagte Jenkins.

Ho ging davon, ohne sich noch einmal umzusehen.

»Wenn sie sterben, bekommt er kein Geld«, sagte Lucy.

Aber Jenkins dachte nicht mehr über Ho nach. Er dachte über die Menschen nach, die Hos Pantomime zugesehen hatten, das feindselige Zischen im Hintergrund und den Jubel der Leute auf den vorderen Containern. Es waren die Reaktionen von Zuschauern einer Sportveranstaltung gewesen: Hos Anhänger und die der anderen Mannschaft.

Jetzt waren sie sieben Tage auf See. Zwanzig weitere lagen vor ihnen. So wie es aussah, mußten sie nicht unbedingt friedlich verlaufen.

In der Ecke des Laderaums Nummer zwei, die von der Familie Leung bewohnt wurde, diagnostizierte Mrs. Nairn eine Blinddarmentzündung und entfernte das erkrankte Organ später am Abend im Schiffslazarett. Danach kam sie auf die Brücke.

Jenkins hatte Wache. Er wandte sich von den dunklen Fenstern ab und sah sie in der Tür stehen. »Operation erfolgreich verlaufen«, zirpte sie. »Kommen Sie, trinken Sie ein Bier mit mir.«

Jenkins folgte ihr in ihre Kabine. Der Chief war nicht da. Mrs. Nairn schnippte die Kronenkorken von zwei San Miguel und goß die Biere in zwei Gläser mit der Aufschrift: *Erinnerung an Woop Woop. »Cheers«,* sagte sie.

Jenkins wartete.

Sie tupfte sich mit einem rosafarbenen Kleenex den Schaum von den farblosen Lippen. »Wie sieht der Zeitplan aus?«

»Zwei Tage bis Saipan, um die Ersatzteile für den Wasserkessel aufzunehmen. Dann noch zweieinhalb Wochen bis zum Rendezvous.«

»Wenn wir die Fracht im Zaum halten können.«

»So ist es.«

Sie kreiste ihr eigentliches Gesprächsthema ein wie ein Geier seine Beute. Jenkins trank einen Schluck Bier und wartete ab.

»Im letzten Jahr haben sie westlich von Baja California ein Schiff entdeckt«, sagte sie. »Alle Offiziere getötet, die Passagiere verdurstet. So was kommt vor.«

So etwas hatte Jenkins noch nie gehört. Er nahm an, daß sie sich die Geschichte ausgedacht hatte. »Meine Güte«, sagte er.

»Kann man wohl sagen.« Sie schob ihr Kleenex in den Ärmel. »Kluges Mädchen, diese Lucy.«

Also darum ging es. Jenkins rührte sich nicht.

»Verstehen Sie mich nicht falsch.« Mrs. Nairn lächelte süß. »Ich möchte Ihnen gegenüber nur kein Blatt vor den Mund nehmen. Ich bin sicher, daß Sie es verstehen. Schließlich ist es die beste Methode, oder?«

Jenkins ermutigte sie nicht.

»Wir haben alle unsere Probleme«, sagte Mrs. Nairn. »Sonst wären wir nicht hier. Aber ganz unabhängig von unserer individuellen Einstellung dürfen wir doch nicht vergessen, daß jeder freiwillig auf diesem Schiff ist.«

Also wollte Lucy ihn korrumpieren, und Mrs. Nairn vertrat den gesunden Menschenverstand. Lucy, die wußte, wie es war, ein Kind zu verlieren. Mrs. Nairn, der egal war, was sie tat, solange sie ihre Zukunft absichern konnte.

»Warum sollte Lucy Moses versuchen, mich herumzukriegen? Uns geht es doch allen um dasselbe, oder?«

Mrs. Nairn lächelte. »Ich kenne die Welt, Dave. Und Sie haben den größten Teil Ihres Lebens auf See verbracht.« Ihr Lächeln enthielt ungefähr soviel Mitgefühl wie das der Mädchen im Kitten Club für ihre Kunden. »Sie müssen sie nicht verstehen«, sagte sie. »Wir sind wir und die sind die, so einfach ist das.«

Diana hätte ihr hundertprozentig zugestimmt. Aber Rachel nicht. Sie sprachen über Lucy, und Lucy war nicht »die«.

Mrs. Nairn und Diana waren »die«.

Jenkins stand auf, bevor er zornig werden konnte. »Danke für das Bier«, sagte er und ging.

Er lief zu Lucys Kajüte hinunter und klopfte an die Tür. Er hörte die Geräusche einer Auseinandersetzung, chinesisch. »Wer ist da?« fragte sie mit der hohen, argwöhnischen Stimme, die sie in der Öffentlichkeit benutzte.

»Captain«, sagte Jenkins.

Die Tür ging auf, und er sah ihr Gesicht mit den schmalen, mißtrauischen Augen. Tabakrauch hing in der Luft. Über ihren schwarzen Kopf hinweg sah er, wie Ho eine Zigarette im Aschenbecher ausdrückte. Lucy rief ihm über die Schulter etwas zu. Er drängte sich an Jenkins vorbei und verschwand.

Lucy gefiel es, wenn Jenkins die Stirn runzelte. Es wirkte aufrichtig und entschlossen.

»Was wollte Ho hier?« fragte Jenkins.

»Wir hatten eine Besprechung über die allgemeine Ordnung an Bord.«

»Ich dachte, das wäre meine Aufgabe.«

»Selbstverständlich. Aber Ho kennt sich damit aus, wie sie denken und fühlen. Und ich gleichfalls. Sie haben genug anderes zu tun. Wir können diese Dinge unter uns regeln.«

»Und ich brauche es nicht zu wissen?« Jenkins fand, daß seine Stimme fast gereizt klang. Das war es, was ihm Mrs. Nairn geraten hatte, wenn auch mit sehr viel mehr Worten.

»Warum sollte es Sie interessieren?«

»Ich bekomme einen Übergabe-Bonus«, sagte er brutal.

Sie musterte ihn. Seine Augen waren selten so hart wie sein Gesicht. Er war nicht wie die anderen weißen Offiziere. Sie hatte den Eindruck, daß er mitfühlte.

Aber wenn das so war – was tat er dann auf diesem Schiff?

Es schien einfach nicht logisch zu sein. Doch dann

machte sich Lucy bewußt, daß dies ein Moment für Instinkte sein könnte, nicht für Logik. Nutze ihn. »Ho kennt eine Gruppe unserer Passagiere sehr gut. Ich kenne eine andere«, sagte sie »Beide wollen wir, daß unsere Leute ihr Ziel gesund und wohlauf erreichen. Hitze und schlechtes Wasser machen die Menschen gereizt. Wir haben . . . ein paar Streitigkeiten bereinigt.«

»Welche Streitigkeiten?«

Jetzt, dachte sie.

»Dummheiten. Nebensächliche Dinge. Aber doch gefährlich, weil sie zu begreifen beginnen, was mit ihnen geschieht. Es ist eine Sache, seine Sachen zu packen, die Passage anzuzahlen und eine Fähre zu besteigen, um sich von ihr zu einem Schiff bringen zu lassen. Das ist leicht – verglichen mit dem, was dann geschieht.«

»Sie steigen auf ein anderes Boot um«, sagte Jenkins. »Jemand händigt Ihnen eine Green Card und ein Visum aus. Wo liegt das Problem?«

Lucy spürte, wie es ihr warm durch den Körper und in die Wangen schoß. Sie hatte richtig vermutet. Plötzlich war die Welt hell und hoffnungsvoll.

»Wer hat etwas von Green Cards und Visa gesagt?« fragte sie.

Dann setzte sie sich auf ihre Koje und sah ihn mit ihren grünen Augen an.

4. Kapitel

Jenkins hörte das Blut in seinen Ohren rauschen. »Soares sagte mir, daß Sie an Bord der Thunfischboote Visa und Green Cards erhalten würden.«

Sie lachte über die Absurdität dieser Vorstellung. Oder über Jenkins' Naivität, Soares etwas zu glauben, was der nur gesagt hatte, um ihn zu beruhigen. »Er wußte, daß Sie ein aufrichtiger Mann sind, und das beunruhigt Diebe. Sicher, sie machen sich über anständige Menschen lustig, aber sie haben auch Angst vor ihnen. Soares fürchtete sich vor Ihnen. Wußten Sie das nicht?«

Wenn das stimmte, hatte auch Chang vor ihm Angst. Deshalb hatte er Rachel in sein Haus geholt. Geld reichte ihm nicht. Wie hatte ihn Soares genannt? Boy Scout Jenkins. Aufrichtigkeit machte einen Mann unkalkulierbar.

»Und wie wollen Sie sich Unterkunft und Arbeit suchen, wenn Sie keine Visa und Green Cards erhalten?«

Lucy sah auf ihre Hände. »Man wird sich um uns kümmern«, sagte sie. »Die meisten Menschen konnten den vollen Passagepreis nicht aufbringen. Also leisteten wir eine Anzahlung. Zehntausend Dollar, manche Leute sehr viel weniger. Wenn wir diesen Treffpunkt erreichen, werden wir auf Thunfischboote gebracht. Diese Boote gehören Freunden des Besitzers dieses Schiffs. Sie bringen uns nach San Francisco. Und wir arbeiten, bis der volle Fahrpreis bezahlt ist. Es stehen Jobs für uns an Orten bereit, wo man keine Arbeitspapiere braucht. Wenn wir dort die schuldige Summe abgearbeitet haben, melden sie uns für Green Cards an.« Sie blätterte in einem blauen Aktenordner und zog eine Karte mit chinesischen Schriftzeichen hervor. »Da, sehen Sie.«

»Das kann ich nicht lesen.«

»Es heißt Venusberg-Massagesalon.«

Jenkins setzte sich und starrte sie an.

»Nur für ein Jahr«, sagte sie. »Dann bin ich frei.«

Jenkins fand seine Stimme wieder. »Wissen Sie, was das ist?«

»Natürlich. Aber welche Wahl habe ich ohne Visum, Green Card und das alles?« Sie senkte den Blick. »Und verglichen mit China ist es ein Kinderspiel. Wie auch immer. Prostituieren Sie sich denn nicht?«

Jenkins öffnete den Mund. Und schloß ihn wieder. »Und Sie glauben wirklich, daß Sie am Ende eine Green Card bekommen?« fragte er schließlich.

»Nichts im Leben ist sicher.« Sie lächelte bitter. »Und vermutlich ist selbst so etwas besser als der Tod.«

»Der Tod?«

Sie schien zu erröten. »Ich habe Ihnen gestern nicht die ganze Geschichte erzählt. Der eigentliche Grund, aus dem ich China verlassen wollte, war der, daß jemand die Absicht hatte, uns zu ermorden. Mich und Jer, meine ich. Sie wußten, daß Lee mitfahren würde, und haben ihn bezahlt, damit er uns umbringt.«

»Wer hat ihn bezahlt?

»Eine Bande. Triaden.« Sie zuckte mit den Schultern. »Also hatte ich großes Glück, daß Sie mich zur Übersetzerin machten, denn so wurde ich nützlich für denjenigen, der dieses Unternehmen leitet, und auch für Ho. Er beschloß, mich vor Lee zu beschützen. Und dann hat er ihn umgebracht. Großartig, was?«

Sie saßen alle im selben Sumpf und klammerten sich im Dreck aneinander. »Einfach so«, sagte Jenkins.

»Es heißt, daß Sie Piratenschiffe in die Luft jagen«, sagte sie ausdruckslos. »Einfach so.«

Jenkins wollte etwas sagen. Aber als er die Lippen öffnete, schloß sie der Sumpf wieder.

»Das ist nichts, wessen man sich schämen müßte«, sagte sie. »So ist es nun einmal.«

Eine andere Frage ging Jenkins durch den Kopf; eine, die nichts mit Mord, Piratenschiffen oder der *Glory of Saipan* zu tun hatte. Sie hatte mit Lucy und Jenkins zu tun und mit niemandem sonst. »Und das, was Sie mir über den Tod Ihrer Tochter erzählt haben«, sagte er. »War das wahr oder nicht?«

Ihr Kopf fuhr hoch. Sie sah ihn an. »O ja«, sagte sie. »Das war wahr.« Zwei Tränen traten in ihre Augen und liefen ihr über die Wangen. Sie wischte sie ärgerlich mit dem Handballen fort.

Gott sei Dank, dachte Jenkins allen Ernstes. Dann riß er sich zusammen. Sie konnte noch immer lügen. Er drängte seine ... Sympathie für sie in den Hintergrund. »Und warum sollten Triaden Sie und Jer töten wollen?«

»Habe ich Ihnen gesagt, daß ich Akademikerin bin? Ich arbeitete im Shanghai Institute. Hologramme. Sie brauchen sie für Kreditkarten. Jer war mein Chef. Er entdeckte eine Möglichkeit, die Matrizen zu vervielfältigen. Wir fanden es spannend, mehr nicht. Aber da gab es einen Hauptmann in der Volksbefreiungsarmee, die unsere Arbeit überwachte, und der erkannte die kommerziellen Möglichkeiten. Er nutzte Jers Methode, um vier Millionen falscher Visa-Karten in Umlauf zu bringen.«

Jenkins versuchte, sich eine von Dianas Monatsrechnungen in viermillionenfacher Vervielfältigung vorzustellen. Es gelang ihm nicht.

»Das war natürlich eine törichte Idee«, sagte Lucy. »Viertausend, ja. Aber mit vier Millionen kann man eine Volkswirtschaft aus den Angeln heben, und es bestand durchaus die Gefahr, daß Jer und ich für immer im Gefängnis verschwanden, während dieser Hauptmann mit einem Rolls-Royce durch die Gegend fuhr. Also ging ich zu einem mir bekannten politischen Kader und machte ihn auf den Hauptmann aufmerksam. Ein Fehler. Der Hauptmann war der Cousin einer hochgestellten Persönlichkeit, unantastbar. Also schalteten sie nicht den Hauptmann aus, sondern wollten Jer und mich ausschalten. Sie schnappten sich zwei Freunde von Jer und verpaßten ihnen Nackenschüsse. Jer und ich beschlossen, China zu verlassen. Ich kannte jemanden, der einen Platz auf dem Schiff hatte: Fung, der Mann, dessen Gesicht verbrannt wurde. So kamen wir an Bord. Aber Lee war von einem Triaden-Kontakt des Hauptmanns auf uns aufmerksam gemacht worden. Das hat er mir gesagt. Er sollte uns umbringen, so, daß es wie ein Unfall aussah. Nachdem Sie uns auf der Fähre gefunden hatten, sagte ich Ho, daß Sie ihn und Lee töten würden, sobald Jer oder mir etwas zustoßen sollte. Er hat mir geglaubt.«

»Warum?«

Sie sah ihm direkt in die Augen. »Er konnte sehen, daß Sie ein integrer Mann sind.« Ihre Wimpern senkten sich. »Und daß Sie und ich uns verstehen.«

Jenkins war so unbehaglich, als hätte er gerade ein unverdientes Kompliment erhalten. Er fühlte sich eher wie ein Sklavenhändler, jedenfalls nicht wie ein integrer Mann.

Ihre Finger berühten sich, er drückte ihre Hand. Massage-Salon Venusberg. O Gott! Irgend etwas mußte er dagegen unternehmen. Aber wie konnte er das, solange sich Diana auf ihn verließ und Chang Rachel in Gewahrsam hatte?

Es klopfte. »Captain«, rief Rodriguez. »Satcom. Auf der Brücke. Dringend, sagen sie.«

Jenkins stand auf, als würde er aus Wassertiefen auftauchen. »Bin schon unterwegs«, sagte er.

Lucy schloß die Tür hinter ihm ab. Er ist ein feiner Kerl, dachte sie. Ein wirklich feiner Kerl. Aber mitunter muß man feine Kerle benutzen, wenn es um höhere Ziele geht.

Diana fragte sich, ob Jenkins je begreifen würde, wieviel Mut sie dieser Anruf kostete. Wahrscheinlich nicht. David war absolut gefühllos und verstand nicht, was eine Frau empfinden mußte, auf deren Gefühlen herumgetrampelt wurde.

Im Grunde war es Jeremy gewesen, der alles ins Rollen gebracht hatte – unwissentlich natürlich. Jeremy war bemerkenswert sensibel. Er kannte sich wirklich mit Frauen aus. Es war seltsam, dachte Diana manchmal, wie viele wunderbare, nun, Ereignisse mit Jeremy zusammenhingen. Während David praktisch ein Nichts war. Nach Billys Tod hatte sie ihn nur aus Menschenfreundlichkeit ertragen. Aber jetzt war das Faß übergelaufen.

Es war ein wunderbarer Zufall gewesen. Madam Lao, ihre vietnamesische Astrologin, hatte in ihre Berechnungen geblickt und gesagt: »Ein wunderbarer Zufall wird Ihr Leben verändern. Ich sehe da einen dunklen Mann.«

Und natürlich hatte sich dieser wunderbare Zufall ereignet. Jeremy war sehr dunkel, und Madam Lao hatte sich noch nie geirrt; auch damals nicht, als David so gemein auf den süßen Laney mit den himmlischen braunen Augen und dem Pferdeschwanz reagierte, der das Apartment umgestaltet hatte, eine einmalige Chance.

Aber jetzt war es zu spät. Und zwar aus folgendem Grund.

Jeremy hatte da dieses Boot, ein Segelboot, größer als das, das David besessen hatte, und sehr viel bequemer. Diana hatte Davids Boot nur ertragen, weil sie die Leute ganz nett fand, die sie in der Bar des Yachtclubs kennenlernte, Maxine Davison beispielsweise, fett und alkoholsüchtig, aber offensichtlich eine Busenfreundin der Pattens, nicht, daß Patten besonders gut gewesen wäre, aber ein Gouverneur war immerhin ein Gouverneur, und er war schneller. David in seinem Boot, nicht Patten.

Wie auch immer. Da Davids auf irgendeinem Schiff herumschipperte und sich Rachel mit dem Sohn des wirklich sehr netten Mr. Chang in China aufhielt, hatte sie viel Zeit mit Jeremy verbracht. Und logischerweise führte Jeremy sie gern aus. Natürlich bedeutete das die alten Torturen: das Fitness-Center, den Schönheitssalon, Maniküre, lange heiße Bäder mit den Lotionen der Aromatherapeutin. Dann hinein in etwas Kleines von Versace, hinunter zum Yachtclub, um ein bißchen mit den Wimpern zu klimpern, während Jeremy ein bißchen segelte, danach ein nettes Dinner, häufig mit ein paar wichtigen Geschäftspartnern von Jeremy. Endlich konnte sich Diana wieder nützlich fühlen, und das war etwas, was sie in den öden Jahren mit David sehr vermißt hatte.

Schrecklich, wie sie David als etwas Vergangenes betrachtete. Aber das war seine eigene Schuld. Er hatte sich die Suppe eingebrockt, dachte Diana, jetzt sollte er sie auch auslöffeln.

Es war ein phantastischer Zufall gewesen. Eigentlich ein wirkliches Wunder.

Sie hatte an der Bar des Yachtclub gesessen, und Jeremy war gerade vom Segeln zurückgekommen, als ihm der Bartender seine Post überreichte.

In einem der Umschläge schien sich ein Photo zu befinden, aber Jeremy mochte es nicht, wenn sich andere Leute seine Post ansahen, war sogar ziemlich scharf geworden, als sie es einmal versucht hatte. Aber Jeremy war ja auch in der Securitybranche. Also tat sie uninteressiert und nahm sich vor, ihm nach seiner Lektüre einen zarten Hinweis auf ihr Bedürfnis nach einem weiteren Gin zu geben.

Jeremy lachte. Ihr gefiel, wie sich die Fältchen in seinen Augenwinkeln zusammenzogen, wenn er lachte. »Sieh dir das an«, sagte er und schob ihr das Photo zu.

Es war ein Polaroid-Schnappschuß. Sie warf lächelnd einen Blick darauf, bereit, das Photo lustig zu finden.

Dann verging ihr das Lächeln.

Herr im Himmel, dachte Jeremy. So würde ich ihr ungern im Dunklen begegnen.

Dianas Lippen, eben noch so sanft und hingebungsvoll, hatten sich zu einem schmalen Strich verzogen, ihre Winkel zeigten nach unten. Ihre Stirn war plötzlich eine Notenzeile aus Falten geworden, und ihr Kinn war so eingezogen, daß ihr Hals mit der Goldkette Jeremy an eine der kleinen Pumpen erinnerte, die man an Bord einsetzte, um Schlauchboote aufzublasen.

Er reckte den Hals, um noch einmal einen Blick auf den Mann und die Frau vor dem Hintergrund grünen Blattwerks zu werfen. Die Frau lehnte den Kopf zurück, der Mann beugte sich über sie. Ihre Lippen berührten sich.

»Romantisch, was?« meinte Jeremy.

»Woher hast du das?« fragte Diana mit seltsam verzerrter Stimme.

»Wurde auf Yap aufgenommen«, sagte Jeremy. »Hat mir ein Freund geschickt. Harry McFee. Hatte Dave erkannt. David war gar nicht begeistert, ihn wiederzusehen. Offenbar hat David sein Flittchen als Mistress Jenkins vorgestellt. Dann wurde er sauer und zertrümmerte die Bar. Da ist auch noch eine Rechnung offen.« Er rückte näher, so daß sich ihre Knie berührten. »Tut mir leid. Wirklich.«

»Leid?« Dianas Lächeln sah aus, als würde es ihr Gesicht jeden Moment mitten entzweireißen. »Was sollte dir denn leid tun?« Sie griff nach dem Photo. »Ich finde es sehr gelungen«, sagte sie. »Kann ich es behalten?«

»Fürs Familienalbum?« fragte Jeremy lachend.

Auch Diana lachte, schmiegte sich an seinen hübschen blauen Blazer und atmete seinen Rasierwasser-und-Rothmans-Duft ein. Denn sie hatte gerade das Gute an der Sache entdeckt.

Der wundervolle Jeremy hatte ihr aus blauem Himmel gerade eine Zukunft gezeigt, in der sie sie selbst sein konnte, indem sie den langweiligen David los wurde und ihm die Schuld daran zuschieben konnte.

»Noch einen Gin-and-Tonic?« fragte Jeremy.

»Entschuldige«, sagte Diana. »War gerade ganz woanders. Ich sag dir was. Ich werde dir einen holen.« Sie streckte sich, zeigte ihm ihre Brüste. »Nein. Ich sag dir was. Wir trinken Champagner.«

Sie amüsierten sich prächtig. Später im Apartment duschte sie sich das Babyöl vom Körper und wählte die Satcom-Nummer der *Glory of Saipan.*

»Ja?« meldete sich Jenkins.

»David?« fragte eine Frauenstimme am anderen Ende der Leitung. Dianas Stimme. Die Entfernung machte sie ganz dünn, aber da war noch etwas, das ihn mit düsteren Ahnungen erfüllte. »Bist du noch da?« fragte sie. Sie war eindeutig erzürnt über irgend etwas. »Ich hoffe, du bist es. Denn du solltest gut zuhören. Ich will die Scheidung.«

Eine Bombe schien geräuschlos neben Jenkins zu explodieren. »Was?«

»Muß ich es buchstabieren? S-C-H-E-I-D-U-N-G.«

In Jenkins Ohren dröhnte es. »Wovon redest du eigentlich?«

Diese Gelegenheit ließ sich Diana nicht entgehen. Sie holte tief Luft und gab es ihm - richtig, wie sie Jeremy später erzählte. »Ich rede davon, daß du nie hier bist. Ich rede davon, daß du dein Leben auf verdammten Schiffen verbringst und nicht für deine Kinder da bist. Und daß du nicht da warst, als der arme kleine Billy quer über die Straße rannte und von einem Taxi getötet wurde – nicht, daß es dir etwas ausgemacht hätte . . .«

»Hör mal!« ächzte Jenkins.

»O nein, es hat dir nichts ausgemacht.« Jetzt war sie richtig in Fahrt und nicht mehr zu bremsen, bis sie es hinter sich gebracht hatte. »Du Mistkerl. Du hattest einen absolut anständigen Job an Land, und du weißt genau, daß ich es nicht ertrage, wenn du fort bist, aber du mußtest ja unbedingt alles hinschmeissen, um wieder zur See zu gehen. Aber ich werde dir sagen, wovon ich wirklich spreche. Ich spreche von einem Photo, das jemand von dir und einem Mädchen auf einer Insel aufgenommen hat. Mit einem chinesischen Mädchen. Wie nennt man sie doch gleich? LGFM? Kleine gelbe Fick-Maschinen? Man meinst du, wie ich mich fühle, wenn jemand sagt: Ach, deshalb ist er wieder zur See gegangen? Wollen wir hoffen, daß er nicht mit einer Krankheit zurückkommt. Glaubst du, das ist angenehm für mich?« Sie begann heftig zu schluchzen. »Und deshalb verlange ich die Scheidung. Du Mistkerl.«

Einen Moment lang war Jenkins vor Schuldgefühlen wie gelähmt. Die arme Diana, ganz allein, auf sich gestellt. Dann setzte sein Denkvermögen wieder ein. Jemand hatte Photos gemacht? Auf Yap? »Moment mal«, sagte er. »Wer dir das auch gesagt hat, er hat es völlig falsch . . .«

»O nein«, unterbrach ihn Diana. »O nein, nein, nein. Ich habe das Photo gesehen. Schwarz auf weiß. Sehr romantisch, unter den Kokosnußbäumen. Du und dein kleines gelbsamtenes Miststück.«

Eine Ameise wanderte über die Tasten des Satellitentelephons. Jenkins sah zu, wie sie an der Leertaste innehielt, sich umdrehte und in die entgegengesetzte Richtung lief.

Gelbsamtenes Miststück.

Er dachte an Lucys feine Zurückhaltung, an Dianas Rücksichtslosigkeit, die sich ihrer Rechte und ihrer Rolle in der Clique so sicher war. Wie konnte sie es wagen, ihm Bill vorzuwerfen? Und seinen absolut anständigen Job an Land, für den sie sich so interessierte, daß sie kein einziges Mal nach ihm gefragt hatte? Gelbsamtenes Miststück.

Er hörte eine Stimme sagen: »Es gibt nichts zu erklären. Wenn du die Scheidung willst, dann leite sie ein.« Die Stimme klang erschöpft. Es war seine eigene.

Ein Zischen, als würde sie tief Luft holen. Es klang giftig, selbst über Satellit. »Soll ich dir etwas sagen?« Sie wartete seine Antwort nicht ab. »Als Billy starb . . .« Jetzt weinte sie richtig. »Ich habe dir doch erzählt, daß er ›Wo ist Dad?‹ gefragt hat?«

»Diana . . .«

»Ich habe gelogen«, sagte sie. »Er hat gar nichts gesagt. Er ist einfach gestorben. Ich habe es dir nur gesagt, um es dir leichter zu machen. Aber er konnte ja gar nicht wissen, wo du eigentlich bist, oder? Du bist zu nichts nutze, David. Du warst noch nie zu etwas nutze. Ich verabscheue dich abgrundtief und werde dafür sorgen, daß du zahlst.« Die Verbindung war zu Ende.

Jenkins legte den Hörer so behutsam auf, als wäre er aus Porzellan. Er lehnte sich auf seinem Stuhl zurück und schob die Hände in die Taschen seiner Shorts.

Er war Kapitän eines Sklavenschiffs. Und Rachel von Mr. Chang mehr oder weniger entführt. Aber für Diana war er nun auf ihren eigenen Wunsch hin nicht mehr verantwortlich, und das war der Hauptgrund dafür gewesen, daß er an Bord dieses Schiffs gegangen war. Und er brauchte nichts von dem zu glauben, was sie über ihre Kinder gesagt hatte. Auch er kannte seine Kinder.

Er fühlte sich unbeschwert und heiter, als würde er frische, von Schuldgefühlen unbelastete Luft atmen.

Die Luft der Freiheit.

Auch die Atmosphäre des Schiffes veränderte sich jetzt, da es diese neue Luft durchwehte. Es war, als hätte alles an Tiefenschärfe zugenommen. Die Gesichter der Offiziere, der Mannschaft waren noch immer im Vordergrund, aber jetzt konnte er dahinter auch die Gesichter der Passagiere dahinter deutlich erkennen – mit Lucys Gesicht im Zentrum.

Lucy beanspruchte sogar den größten Teil von Jenkins' Gedanken jetzt, da Diana ihn freigegeben hatte. Er hätte ihr am liebsten davon erzählt, aber das war natürlich unmöglich. Sie wußte nicht, wer Diana war, noch konnte sie sich eine Vorstellung von dem Freiheitsgefühl machen, das Jenkins nach dem Anruf erfaßt hatte. Über die Ursachen dieses Gefühls war sich Jenkins selbst noch nicht einmal ganz klar bis auf die Tatsache, daß es ihn an den Zeitpunkt erinnerte, als er das Rauchen aufgegeben, sich von einer unangenehmen Angewohnheit befreit hatte, was seine Sinne mit neuen Energien ausstattete.

Aber ganz so einfach waren die Dinge natürlich nicht. Er wußte sehr wohl noch, daß er kein freier Mann, daß Rachel eine Gefangene von Chang war und daß Lucy, so gern er ihr auch glauben wollte, unter Umständen ihm doch nicht die Wahrheit sagte.

Und so, anstatt ein Bier unter den bohrenden Augen von Mrs. Nairn zu trinken, steckte er zwei San Mig in seine Taschen und ging hinunter zu Lucys Kabine und klopfte. Keine Reaktion. Aber aus der Nebenkajüte rief Jer: »Wer?«

»Ist nicht wichtig«, sagte Jenkins.

»Captain?«

»So ist es.«

»Kommen Sie doch bitte herein.« Ein Riegel wurde zurückgeschoben. Jers Tür ging auf. Jenkins trat ein.

In der Kajüte war es heiß. Es roch nach Schweiß, vermischt mit etwas Süßlichem, was Medikamente gewesen sein könnten. Jers Gesicht war gallegelb, seine Brust eingefallen. Er lächelte das Lächeln eines Kranken, der nicht viele Menschen sieht und sich nach Gesellschaft sehnt. Er setzte sich auf sein Bett und deutete auf den einzigen Stuhl im Raum. »Schach«, sagte er.

»Nun«, meinte Jenkins, »ich weiß nicht ...«

Aber Jer stellte mit flinken, ockerfarbenen Fingern bereits die Figuren auf. Jenkins zog die Biere aus den Taschen, öffnete eins mit seinem Schweizer Armeemesser und streckte es Jer entgegen.

Jer runzelte die Stirn und legte sich eine Hand an die rechte Bauchseite. »Hier schlecht«, sagte er. Dann zeigte er auf seinen Kopf und grinste. »Aber hier gut.« Jenkins öffnete die andere Flasche. »Chinchin«, sagte Jer und streckte ihm seine beiden Fäuste hin.

»Wo ist Lucy?« fragte Jenkins.

»Ah«, machte Jer. »Ihre Freundin Lucy. Später, Musik. Wählen Sie.«

Jenkis tippte auf seine rechte Faust. Die Haut war heiß und ein bißchen feucht. »Sie fangen an.«

Rachel hatte versucht, Jenkins die Schachregeln beizubringen, ohne jeden Erfolg. Das war ein Mordsvergnügen für sie gewesen. Jer war ein Spieler von Rachels Rang, aber höflicher. Nach zwei glücklichen Zügen trat Jenkins die Flucht an. In einer Viertelstunde war alles vorbei.

»Pech«, sagte Jer.

»Schlecht gespielt«, sagte Jenkins.

Jer lachte. Er hatte ein angenehmes Lachen, das Lachen eines gesunden Mannes. Trotz seines mehr als knappen Englisch kam er Jenkins sehr intelligent und sympathisch vor. »Jetzt«, sagte Jer, »vor Musik noch eine Partie.«

»Welche Musik?«

Jer zeigte nach oben. »Mittlerer Hof«, sagte er. »Susan.«

Jer imitierte einen Geiger und zeigte auf seine Armbanduhr. »Halb sechs.« Er stellte die Figuren wieder auf, trank einen Schluck Bier und stieß auf. »Anfangen.«

Mit einer gewissen Selbstzufriedenheit beobachtete Fung, wie sich der mittlere Innenhof zu füllen begann. Natürlich war es Lucys Idee gewesen. Hol Susan Hong, hatte sie gesagt. Bitte sie, für uns zu spielen. Verlange kein Eintrittsgeld, aber bring Yip dazu, während des Konzerts in seinem Café Tee zu verkaufen. Das wird die Leute freuen. Es werden Frieden und Harmonie herrschen, und das Mißtrauen, das die Menschen im mittleren Hof gegenüber dem vorderen Innenhof empfinden, wird unter dem Einfluß von Yips Teeangebot schwinden. Auch aus dem Laderaum werden Zuhörer kommen, und uneingeschränkte Solidarität wird sich einstellen.

Und natürlich würde auch Musik zu hören sein.

Susan Hong war vierzehn Jahre alt, ein intelligentes Mädchen mit dicken Brillengläsern und Lippen, die mit ihrer Fülle und Sinnlichkeit irgendwie nicht zu Susans restlichem Äußeren zu passen schienen. Bedauerlicherweise waren ihre Eltern nicht musikalisch. Darüber hinaus verübelten sie ihr, kein Junge zu sein. Daher hatten sie das Mädchen schon früh an den Freund eines Onkels verkauft, der, während er darauf wartete, daß Susan das heiratsfähige Alter erreichte, sie mit einem Filmemacher in Schanghai bekanntgemacht hatte, der ein Ohr für Musik hatte. Der Filmemacher erkannte Susans Begabung in der Woche, in der er in einem Dokumentarfilm den japanischen Imperialismus der dreißiger Jahre mit dem chinesischen der Neunziger verglich. Der Filmemacher wollte dafür sorgen, daß Susan ausgebildet wurde. Aber seine *guanxi* konnten den Stacheldraht des Arbeitslagers nicht durchdringen, in dem er inzwischen saß. Also hatte Lucy Ng, jetzt Moses genannt, Susan in der Hoffnung an Bord der *Glory of Saipan* gebracht, daß die Dinge in Kalifornien besser wurden.

Und jetzt stand sie da auf einem kleinen Podium und im

Licht eines Scheinwerfers, ein schmales Mädchen in einem schwarzen Hemdkleid mit einer Violine, die im Vergleich zu ihrem zierlichen Körper wie eine Viola wirkte.

Jenkins saß neben Jer und Lucy am Rand der Container. Ein leichter Wind wehte, und das Schiff schaukelte sanft auf den Wellen. Der Generator dröhnte leise im Hintergrund, fast übertönt vom gespannten Flüstern des Auditoriums.

Auf dem Podium hob die zierliche Gestalt in Schwarz die Geige ans Kinn und begann zu spielen.

Jenkins hörte nicht oft Violinsoli, und die Melodie, die Susan spielte, kannte er nicht. Aber es hörte sich gut an, verstärkt durch die Stahlwände der Container. Und während er zuhörte, wurde es besser als gut. Die Melodie bekam Flügel, schwang sich aus dem Hof zwischen den Containern zum Himmel empor, wo der Mond zwischen den unglaublich hellen Inkrustationen der Milchstraße hing.

Plötzlich war die *Glory of Saipan* keine Rostschüssel voller Not und Elend mehr, sondern eine Rakete, die mit Hoffnungen, Ängsten und Ambitionen einem neuen Leben zustrebte. Diese Erregung teilte sich Jenkins mit. Er empfand aber auch die Trauer des Abschieds, die Tatsache, Verwandte und Freunde zurückgelassen zu haben – auf dem Weg in eine Zukunft, die ebenso hoffnungsvoll wie ungewiß war.

Die erste Melodie endete, Applaus brandete auf. Susan begann eine andere. »Englisch«, flüsterte Lucy. »›Salut d'Amour‹. Elgar.«

Es war ein langsames, getragenes Stück, und es nahm Jenkins wieder mit hinauf in die schwarzen Weiten zwischen all diesen Sternen. Captain Durant, einer seiner ersten Kapitäne, hatte einen kleinen Wandbehang in seiner Kabine gehabt, zu der Jenkins nur zum rituellen Gin vor dem Sonntags-Curry Zutritt erhielt. Auf dem Wandbehang hatte ein Zitat von Conrad gestanden: »Der wahre göttliche Frieden ist tausend Meilen vom nächsten Land entfernt zu finden.« In der Dunkelheit auf einem rostigen Container zu sitzen und Edward Elgar zu hören . . .

Hinter Jenkins begann jemand zu schreien.

5. Kapitel

Fungs Tochter Lin war in einem Alter, in dem sie Violinmusik hören oder auch darauf verzichten konnte. Meistens verzichtete sie darauf. Und so wanderte sie über die Container und beobachtete fasziniert das Meeresleuchten. Dann wanderte sie wieder zurück zum Innenhof der Christen, der leer war . . .

Aber nicht so leer, wie er eigentlich sein sollte.

Im fahlen Licht der Unterkunftsbeleuchtung tauchte ein Gesicht in der Tür eines Containers auf. Ein Gesicht, das sie nicht kannte.

Mit trockenem Mund und auf Zehenspitzen schlich sie zum zweiten Innenhof zurück und zu ihrem Vater. Ihr Vater stand auf und mobilisierte ein halbes Dutzend anderer Männer. Weitere folgten. Während die Violine die Sterne einfing, liefen sie zum Containerrand und warteten.

Der Innenhof hätte leer, und die Türen der Container hätten geschlossen sein sollen. Aber eine der Türen stand offen, und Lin hatte gesagt, daß sich da drinnen etwas bewegt hätte.

Fung öffnete den Mund. Aber was er auch sagen wollte, ging im Empörungsgeheul der Männer hinter ihm unter. Ein Gesicht erschien in der Tür, ein rundes Gesicht, glänzend vor Schweiß und bleich vor Angst. Im trüben Licht erkannte Fung einen der Schmalspur-Ganoven, die im hinteren Bereich des Laderaums wohnten. Fast tat er Fung leid.

Mit dem Getöse einer Brandungswelle stürmte die Menge in den Innenhof hinunter.

Als das Getümmel die Violine übertönte, reagierte Jenkins einen Augenblick lang völlig benommen. Dann lief er die Leiter um Brückendeck hinauf und schaltete die Decklichter ein. In ihrem weißen Schein sah er Menschen wie Ameisen über die Container wimmeln. Füße klapperten über Eisenleitern. Sie gehörten Fung und vier stämmigen Männern, die er inzwischen der christlichen Formation zuordnete. Lucy war bei ihnen. Sie hielten zwei dünne Jugendliche fest, die aussahen, als würden sie in den hinteren Bereich des Laderaums nahe dem Maschinenraum gehören. Einer der Jugendlichen schielte. Der andere war klein, mondgesichtig, und seine Zähne klapperten wie Dreschflegel.

»Was soll das alles?« fragte Jenkins.

»Diese Männer warteten, bis die Christen zum Konzert gegangen waren«, sagte Lucy. »Dann sind sie in ihre Räume eingebrochen, um zu stehlen. Wir sind der Meinung, daß sie bestraft werden sollten.«

»Sie können im Farbenverschlag an Backbord eingesperrt werden«, sagte Jenkins. Dort drinnen war es heiß und unangenehm, aber immer noch besser, als von der Menge in Stücke gerissen zu werden.

Lucy übersetzte. Die Christen nickten befriedigt. Jenkins dankte Lucy, und alle gingen ihrer Wege.

Jenkins lief auf die Brücke, wo Pete Wache hatte. »Berechnen Sie, wann wir ungefähr in Saipan ankommen«, sagte er.

»Ein kleiner Aufstand?« fragte Pete.

Jenkins nickte. Er fühlte sich aus einem Traum gerissen, der realer war als die schummrige, surrende Welt der jüngsten in einer endlosen Reihe von Brücken.

»Konnte Gefiedel noch nie ausstehen«, sagte Pete.

Du wußtest von den Arbeitsgenehmigungen und den Visa, aber es hat dir nichts ausgemacht, dachte Jenkins. Aber warum sollte es auch? Essen, schlafen, Lohn erhalten. Der Mensch ist ein Tier, das bezahlt wird . . .

Der machte, was man ihm sagte.

Pete fummelte mit Lineal und Winkelmaß herum. »Morgen sechs Uhr früh«, sagte er.

Jenkins setzte sich an das Datacom. Er gab sein Paßwort ein, teilte den Kommissionären in Saipan die Ankunftszeit mit und verlangte, daß ein Boot oder Hubschrauber zur *Glory* geschickt wurde. Pete saß noch immer am Kartentisch, kratzte sich den Kopf und ließ Schuppen auf die Pazifikkarte rieseln. »Da Sie gerade dabei sind«, sagte Jenkins, »berechnen Sie mir einen Great Circle-Kurs von Saipan nach vierzig Grad N hundertfünfunddreißig Grad W.«

»Wird auch Zeit«, sagte Pete. »Ich kann es verdammt nicht mehr abwarten, das hier hinter mir zu haben.«

Ja, dachte Jenkins: Lucy, Jer, Fung und die Christen, Susan, Leung, ihre Freunde und Nachbarn auf die Thunfischfänger verfrachten, eine Menge Geld kassieren und sie den Ausbeuterbetrieben und Bordellen überlassen.

Die Luft der Freiheit schmeckte schal. Es gab kein neues Leben nach Diana. Es gab nur eine Kette schmutziger Kompromisse, bis man so wurde, wie Nairn es bereits war.

Er lief durch die feuchte Hitze in die leere Messe und machte sich ein Käse-Tomaten-Sandwich. Dann ging er in seine Kabine und gab sich lebhaften Träumen von Sternen und Violinen hin.

Ein Hämmern an der Tür weckte ihn. Mittlerweile hatte er sich daran gewöhnt: an das halb benommene Anziehen von Shorts und T-Shirt, das flüchtige Waschen mit lauwarmem Wasser, den metallischen Geschmack im Mund, die wegen des Schlafmangels schmerzenden Augen. Er sah auf seine Armbanduhr. Halb fünf. Vor einer halben Stunde hatte die Wache gewechselt. Er öffnete die Kajütentür.

Pete stand auf dem Gang. Die erschöpfte Leuchtstoffröhre warf einen blauflackernden Schein auf seine schweißbedeckte Stirn. »Was gibt's?« fragte Jenkins.

Pete sah ihn grimmig an. »Rodriguez meint, den Ganoven im Farbenverschlag sei irgendwas zugestoßen.«

Pete lief Jenkins voran über den Gang zu den Treppen. Da war der übliche Gestank nach Schmutz und kaltem Tabakrauch. Aber als sie die Treppe hinuntereilten, machte sich etwas Neues bemerkbar, ein flacher, alkalischer Geruch, der in Jenkins Nase fuhr und sich schwer in seiner Magengrube absetzte.

Die Tür zum Farbenverschlag war offen und schwang im leichten Stampfen der *Glory of Saipan* hin und her. Drinnen auf dem Boden rollten Farbkanister von einer Seite zur anderen. Einige von ihnen hatten sich geöffnet und waren ausgelaufen. Da war Weiß, eine Menge Mennigebraun und noch mehr Scharlachrot.

Das Scharlachrot hatte sich fächerförmig durch die Türöffnung und auf den Gang verspritzt. Es sah aus, als hätte jemand mit einer Spritzpistole verrückt gespielt. Warum zum Teufel, dachte Jenkins, hatte die *Glory* scharlachrote Farbe geladen? Er ging zur Tür und sah in den Raum. »Scheiße«, sagte Pete, krümmte sich auf dem Gang zusammen und erbrach sich.

Jenkins hielt sich am Türpfosten fest. Jetzt erklärten sich die Farbe, der Geruch.

Das Scharlachrot war keine Farbe.

Jemand hatte die Tür des Farbenverschlags geöffnet. Dieser Jemand hatte etwas bei sich gehabt, was ein Küchenmesser oder ein Beil gewesen sein könnte. Dieser Jemand war hineingegangen und hatte zugeschlagen. Er hatte ganze Arbeit geleistet: Es war kaum noch festzustellen, wo der eine Einbrecher begann und der andere aufhörte.

Mrs. Nairn drängte sich in einem Flanellnachthemd an ihm vorbei, das am Saum bereits blutbefleckt war, und begann mit ihrer Arbeit. »Tst-tst«, machte sie. »Hübscher Anblick.« Sie ging in die Hocke. »Der hier lebt noch.« Sie schob die zerschnittenen Körperteile hin und her. »Dieser auch. Es waren doch nur zwei, stimmt's?« Es sollte ein Scherz sein.

»Stimmt«, sagte Jenkins.

Sie blickte sachkundig zu ihm auf. »Jemand hat sich alle

Mühe gegeben«, sagte sie. »Höchst gekonnter Beweis einer nichttödlichen Verstümmelung.« Sie fletschte die Zähne und sog anerkennend den Atem ein. »Nun«, sagte sie. »Der Erste Maat auf dem Gang ist ganz grün um die Nase. Sie sollten lieber hinausgehen und dem armen Kerl beistehen.« Sie tupfte Blut von etwas, was einmal ein Brustkorb gewesen sein konnte. Der scharfe Geruch von Aseptika mischte sich mit dem Blut.

»Wann könnte das passiert sein?« fragte Jenkins.

Mrs. Nairn leckte einen Faden an, der aussah wie Segelgarn, und schob die Ende durch das Öhr einer gebogenen Nadel. »Vor einer halben Stunde«, sagte sie. »Zwanzig Minuten vielleicht. Das Blut ist noch nicht geronnen. Hören Sie mir eigentlich zu?«

Jenkins hatte einen weißen Overall in einer Ecke zwischen den Farbkanistern entdeckt. Er war blutgetränkt. Er bückte sich, hob ihn auf und trat auf den Gang hinaus.

Draußen hing Rodriguez mit drei oder vier Filipinos herum. Das alles war fast so gut wie ein Horror-Video. Rodriguez schüttelte den Kopf. »Viel Blut«, sagte er anerkennend.

Pete sah bleich und besorgt aus. »Sie hatten Wache«, sagte Jenkins.

»Richtig.«

»Noch immer?«

»Johnny sagte, er sei krank.«

»Wer ist jetzt auf der Brücke?«

»Johnny. Krank oder nicht.«

»Was ist geschehen?«

»Ich notierte unsere Vier-Uhr-Position. Plötzlich ein Mordsgetöse. Hämmern, Krachen und Geschrei. Rodriguez meinte, es käme aus dem Farbenverschlag. Da bin ich sofort zu Ihrer Kabine gelaufen. Allmächtiger.«

»Wasser!« schrie Mrs. Nairn aus dem Verschlag. Der Messe-Boy eilte davon.

»Wer hatte den Schlüssel?«

»Am Haken im Schiffsbüro.«

Meine Schuld, dachte Jenkins. »Und wo ist er jetzt?«

»Im Schloß der Verschlagtür.«

»Na fein«, sagte Jenkins. »Wo war Ho?«

»Habe ihn nicht gesehen.«

Jenkins ging ins Schiffsbüro und setzte sich auf den klebrigen Drehsessel. Pete blieb an der Tür stehen. Jenkins wählte eine Nummer. »Maschinenraum, Ramos«, sagte eine philippinische Stimme.

Lucy kam herein mit verschlafenen Augen. Er zeigte auf einen Stuhl.

»Hier Captain«, sagte Jenkins. »Ich suche nach Ho, dem Maschinisten.«

»Ho ist hier«, sagte Ramos.

»Seit wann ist er dort?«

»Seit wann?«

»Genau das habe ich gefragt.«

»Um halb drei kam ich zum Dienst. Früh. Konnte nicht schlafen, Captain. Anker hat mich geweckt . . .«

»Ho.«

»Er war um halb drei schon hier.«

»Ist er irgendwann weggegangen?«

»Nicht weggegangen.«

»Sicher?«

»Wir haben uns unterhalten.«

»Die ganze Zeit? Über was?«

Ramos kicherte. »Frauen«, sagte er.

»Geben Sie ihn mir«, sagte Jenkins und zu Lucy: »Nehmen Sie den anderen Hörer.« Pause. »Ho«, meldete sich eine Stimme.

»Im Farbenverschlag waren zwei Männer eingeschlossen«, sagte Jenkins.

»Was? Verstehe nicht.« Lucy übersetzte. »Jemand hat sie zwischen halb vier und vier in Stücke gehackt.«

Schweigen. Überraschtes Schweigen. »Sie tot?« fragte Ho schließlich, auf englisch.

»Nein. Haben Sie die beiden zerstückelt?«

Ho ließ Lucy keine Zeit zum Übersetzen. »Fragen Sie diesmal Ihre Freundin Lucy.« Er lachte ein schrilles Lachen, das Jenkins hochfahren ließ. Er lachte noch immer, als Jenkins den Hörer auflegte.

Jenkins dachte nach, sorgfältig. Die Männer im Farbenverschlag hatten sich gegen die Bewohner des ersten Innenhofes vergangen: Fungs Leute, Lucys Freunde. Aber Fung zerstückelte keine Menschen und Lucy auch nicht.

»Ho hat es nicht getan«, sagte er zu Lucy.

»Wer dann?«

»Ich dachte, Sie hätten da vielleicht eine Idee.«

»Nein.« Ihre Miene war ausdruckslos. »Ich bin müde.«

»Ich will keinen Krieg auf dem Schiff«, sagte Jenkins.

»Es geht um zwei Diebe und nicht um Krieg.« Sie sah ihn nicht an. »Vielleicht hat jemand beschlossen, ihnen eine Lehre zu erteilen.« Sie gähnte. »Ich sollte wirklich wieder ins Bett gehen«, sagte sie und ging.

Schwerfällig stand Jenkins auf und griff nach dem Overall, den er in dem Farbenverschlag gefunden hatte. Der rechte Ärmel und die rechte Brustseite waren blutgetränkt, die Taschen leer. Der Overall war sauber bis auf das Blut und einen gelblichen Farbfleck am linken Handgelenk, der vielleicht eine oder zwei Wäschen überlebt hatte. Wir suchen nach einem mittelgroßen, mordlustigen Mann, einem Rechtshänder mit einer Abneigung gegen Menschen, die Christen bestehlen, dachte Jenkins.

Unter den vierhundert Menschen an Bord gab es ungefähr hundert, auf die diese Beschreibung zutreffen würde. Und Lucy würde ihm nicht helfen, den Richtigen herauszufinden.

Vergiß es. Hoffe das Beste. Tu, wofür du bezahlt wirst. Selbst, wenn du dich dafür verabscheust.

Das Telephon klingelte. »Schleppboot kommt«, sagte Johnny. »Mit Ersatzteilen.«

Jenkins ging an Deck. Eine rote Sonne kroch über den östlichen Horizont. Weit draußen am westlichen Horizont war Saipan ein konischer, lichtfunkelnder Fleck im Küstenstreifen. Japanische Flitterwöchner und philippinische Huren, dachte Jenkins. Unschuldige Kinder – verglichen mit uns.

Ein Schleppboot schob seine Reifenfender gegen die Backbordseite der *Glory*. Zwei Frachtkisten kamen über den Derrickkran an Bord. Das Schleppboot scherte ab, und die *Glory of Saipan* dampfte in das heller werdende Licht eines neuen Tages.

Auf der Zielgeraden, dachte Jenkins.

Wo immer das Ziel auch sein mochte.

Im Kartenraum klingelte das Satellitentelephon.

Jenkins ging an den Apparat. »Haben Sie Ihre Teile bekommen?« fragte Hugh Chang.

»Vielen Dank. Ihr Agent ist sehr zuverlässig.«

»Mein Agent«, sagte Chang. »Ah, ja. Da ist noch etwas.«

Jenkins' Magen krampfte sich zusammen. Rachel geht es gut, dachte er. Es muß ihr gut gehen.

»Zum Thema Disziplin«, sagte Chang. »Es ist riskant, Ihrer Fracht eine zu lange Leine zu lassen.«

»Was meinen Sie damit?«

Jenkins konnte Changs Lächeln fast sehen. »Zwei Männer wurden verletzt. Dazu hätte es nicht kommen dürfen. Ho hat mein volles Vertrauen in dieser Hinsicht.«

»Die verletzten Männer haben gestohlen.«

»Ich wünsche keine Verletzungen«, sagte Chang und lachte. Ho hat ihn über das Mobiltelephon informiert, das er da unten hat, dachte Jenkins. Jetzt wird ein bißchen an meiner Kette gezerrt.

»Rachel geht es gut«, fuhr Chang fort. »Das wird Sie freuen. Ich bin in Hongkong, aber sie ist in Xian geblieben, wo sie meinen Sohn in die Freuden der Archäologie eingeweiht hat.«

Die Kette wurde angezogen.

»Aber ich fürchte, die Archäologie ist ein gefährliches Terrain.«

Jenkins hielt den Atem an.

»Besonders, wenn kein Teamgeist herrscht«, sagte Chang und beendete das Gespräch.

Jenkins ging zum Brückennock. Er blickte aufs Meer hinaus und auf den Kielwasserstreifen, den die *Glory* auf ihrem Weg nach Osten durch die Wellen zog. Er dachte über Susan Hongs Konzert, Jers Schachspiel und Teamgeist nach. Er ging in den Kartenraum zurück, setzte sich vor das Satellitentelephon und wählte mit zitterenden Fingern die Nummer von Changs Haus in Xian.

6. Kapitel

Die Stimme war die eines jungen Mannes. »Mit wem spreche ich?« fragte Jenkins.

»Raymond Chang.«

»Guten Abend«, sagte er und bemühte sich um Gelassenheit. »Ich bin Rachels Vater.«

»Ich weiß«, sagte Raymond.

»Kann ich bitte mit Rachel sprechen?«

»Einen Augenblick bitte.« Der Hörer wurde halb abgedeckt. »Willst du mit deinem Vater sprechen?« hörte Jenkins ihn fragen. Wäre sie in Gefahr, dürfte sie bestimmt nicht mit ihm reden. Er begann, sich zu entspannen.

»Vater, liebster Vater«, sagte Rachel. Las sie gerade einen viktorianischen Roman?

Jenkins lauschte angespannt nach Gefahrensignalen in ihrer Stimme, konnte aber keine entdecken. »Geht es dir gut?« Er wollte ihr sagen, sich vor diesen Bastarden in Achtung zu nehmen, so bald wie möglich nach Hong Kong zurückzukehren, und diesem Raymond keinen Zentimeter weit zu trauen.

»Gut, gut, gut!« sagte Rachel. »Wir graben einen Teil der

T'ang-Armee aus. Dann geht es nach Peking. Nicht wahr, Darling?« Abgesehen von seinem Mißfallen darüber, daß sie ihn »Darling« nannte, sagte sich Jenkins, daß es vielleicht nicht schlecht war, sich mit dem jungen Mann gutzustellen. »Und wie geht es dir auf dem Schiff?«

Jenkins hatte sich nicht gut genug überlegt, was er ihr sagen würde. Er widerstand dem Drang, ihr alles zu erzählen. Am liebsten hätte er ihr geraten, so schnell wie möglich aus Xian zu verschwinden. Aber das wäre zu alarmierend. Ich muß ihr einen Wink geben, dachte Jenkins. Aber das ist nicht gerade meine Stärke. »Äh, nicht schlecht«, sagte er. »Hör mal, da gibt es etwas sehr Bedauerliches.«

»Was?«

Er schwieg, suchte nach rücksichtsvollen Formulierungen und scheiterte. »Deine Mutter und ich . . .« Das war es. Keine großen Erklärungen. Sag ihr nur soviel, daß sie so schnell wie möglich nach Hongkong zurückkehrt. »Deine Mutter und ich werden uns trennen. Nun ja, uns scheiden lassen.«

Stille. O Gott, dachte Jenkins. Sie wird nie wieder ein Wort mit mir sprechen.

»Mein armer Dad«, sagte sie. »Was hat sie denn diesmal angestellt?«

»Ich bin immer unterwegs.« Jenkins sagte das, was ihm gerade in den Sinn kam, und achtete überhaupt nicht auf ihre Frage. »Kann es ihr eigentlich nicht übelnehmen.«

»Doch, das kannst du«, sagte Rachel. »Mit Fug und Recht.«

Er wollte sie von Chang fortbekommen. Aber wenn er ihr den wahren Grund sagte, könnte sie in Panik geraten und sich verraten. »Ich möchte, daß du zurückfährst«, sagte er. »Und mit ihr redest.«

»Sie würde ja doch nur lügen«, sagte Rachel.

»Wie bitte?«

»Nichts. Aber es würde absolut nichts ändern, wenn ich mit ihr rede. Sie . . . nun ja, sie lebt in einer anderen Welt.«

Wieder entstand ein Schweigen. Der arme Dad, dachte Rachel. Kurvt da draußen auf dem weiten Meer herum und bemüht sich, ein bißchen Geld zu verdienen. Und die verdammte Mummy macht sich im Yachtclub wichtig und bumst mit Daddys bestem Freund. Aber wie kann man seinem Vater so etwas sagen?

Am liebsten hätte Jenkins sie angeschrien: Um Himmels willen, siehst du denn nicht, daß du eine Gefangene bist? Vertraue keiner Menschenseele, verschwinde von dort – befreie dich und mich auch. Aber wie kann man so etwas einer Tochter sagen?

Abgesehen davon könnten Changs Leute mithören oder das Gespräch sogar aufzeichnen. »Du würdest mir wirklich sehr helfen, wenn du nach Hongkong zurückfährst und mit deiner Mutter sprichst«, sagte er.

»Ich werde sie anrufen«, sagte Rachel. »Ich kann jetzt nicht zurück. Es gibt so viel Spannendes zu tun.«

»Bitte.«

»Sie ist dumm und rücksichtslos. Sei froh, daß du sie los wirst.«

»So darfst du nicht über sie reden«, sagte er. »Bitte, fahr zu ihr.«

Sie seufzte. »Ich rufe sie an.«

Diesen Tonfall kannte Jenkins. In den vergangenen Jahren hatte sie ihn erfolgreich gegen Spinat bis zu von Diana organisierten Terminen angewandt. Er bedeutete, daß sie ihre Entscheidung getroffen hatte. Sie wollte nicht.

»Mach dir keine Sorgen, liebster Vater.«

Nachdem sie den Hörer aufgelegt hatte, sah Raymond sie an. »Dein Vater klang nicht allzu zufrieden.«

»Es geht ihm gut«, erwiderte sie.

Rachel schämte sich, ihm die Wahrheit zu sagen. Er könnte seinem Vater von der Scheidung erzählen, und Mr. Chang, der Moralist, wäre darüber so schockiert, daß er Raymond den weiteren Umgang mit ihr untersagen würde. Verdammt, Mummy, dachte sie. Du bist zwar nicht allzu klug, hast aber ein unglaubliches Talent, die Dinge zu komplizieren. Ich werde nicht nach Hongkong zurückfahren, um mit dir zu reden. Im Grunde will ich dich überhaupt nie wiedersehen.

Raymond warf dem Karpfen im grünen Teich Reiskörner zu. »Möchtest du wieder zu den Ausgrabungen?«

»Selbstverständlich. Soll ich dir da helfen?«

»Es ist ungeheuer anstrengend.« Er grinste sie an. Er hatte sich gewünscht, daß die Ausgrabungen in ihrer Faszination auf ihn nachließen, doch das war nicht der Fall. Raymond wußte nicht, ob das an den Ton-Soldaten oder an diesem bezaubernden Mädchen lag. Wie auch immer: Zum ersten Mal war Raymond rundum glücklich.

Für Rachel bildeten das Haus, die Ausgrabungen und Raymond im Augenblick den Mittelpunkt ihres Lebens. Mr. Chang irritierte sie wegen seiner Anschauungen über Zucht und Sitte, ihren Vater hatte das Glück verlassen, und ihre Mutter war eine Katastrophe. Aber sie alle bewegten sich irgendwie im Hintergrund, reichten nicht an sie heran.

Sie setzte sich neben Raymond und warf gleichfalls Reis ins Wasser.

Am Abend rief Mr. Chang an, um geschäftliche Dinge mit Raymond zu bereden, und wollte dann mit Rachel sprechen. »Wie ich höre, machen Ihnen die Ausgrabungen großen Spaß?«

»Sehr großen.«

»Das freut mich. Und Ihrem Vater gefällt es auf seinem Schiff?«

»Ein Schiff ist ein Schiff, sagt er immer.«

»Ein kluger Mann«, lachte Chang leise. »Darf ich noch einmal mit Raymond sprechen?« Und dann erteilte er seinem Sohn eine ganze Reihe von Aufgaben, die ihn bis nach Mitternacht beschäftigten.

Rachel machte es nichts aus. Sie wollte auch arbeiten. Inzwischen beschäftigte sie sich sehr intensiv mit der T'ang-Dynastie. Sie hatte damit begonnen, Aufbau und Organisation der vergrabenen Armee zu ergründen, aber die Büchereien in Xian ließen zu wünschen übrig. Die Unterlagen, die sie brauchte, befanden sich zum größen Teil in Peking. Und Professor Yu von der Ausgrabungsstätte hatte ihr ein paar interessante Hinweise gegeben, denen sie nachgehen wollte.

Als sie Raymond eine Reise in die Hauptstadt vorschlug, hatte er lächelnd genickt und das Thema gewechselt. Und so packte sie am nächsten Tag den Stier bei den Hörnern.

Es war Mittagszeit, sie saßen am Fenster und sahen auf die Terrasse hinaus. Sie zählte seine Finger – er besaß zehn. »Und morgen geht es also nach Peking?«

»Ja«, sagte er. Er entzog ihr seine Hände und faltete sie. Ihr kam es so vor, als wirkte er nervös. »Nun, im Glunde ist etwas dazwischen gekommen.« ›Im Glunde‹. Er war eindeutig nervös.

»Dazwischen?«

»Mein Vater hat den Jet.«

»Dann laß uns doch Linie fliegen.«

»Da gibt es ein paar Probleme.«

Normalerweise hatte Raymond einen erstaunlich ausdrucksstarken Mund und Augen, die mehr verrieten als seine Lippen. Aber jetzt war der Mund verschlossen wie eine Briefkastenklappe, die Augen unergründlich. *Man weiß nie, was sie denken*, hörte Rachel die Stimme ihrer Mutter. Rassistischer Mist, Mummy. Typisch. Das ist nichts anderes als Zurückhaltung.

Aber was es auch immer war, sie fand es schrecklich.

»Welche Probleme?«

»Probleme eben.« Er zog sein Telephon aus der Anzugtasche, wählte eine Nummer und begann zu reden – geschäftlich.

Rachel wurde ganz kalt. »Raymond?« fragte sie, als er sein Gespräch beendet hatte.

Er hob eine Augenbraue.

»Worum geht es bei diesen Problemen?«

»Um Geschäfte.«

»Welche Geschäfte?«

»Geschäfte eben. Du würdest das nicht verstehen.«

Ihre kleine Welt geriet ins Wanken. Sie wurde bei Laune gehalten. Die Kälte in ihrem Inneren verwandelte sich in hitzige Erregung, ihre Furcht in Zorn. »Weil ich eine Frau bin«, sagte sie.

Etwas wie Schmerz überzog Raymonds Gesicht. »Nein«, sagte er. »Wir können nicht nach Peking, das ist alles. Mein Vater wünscht es nicht.«

»Deine Beziehung zu deinem Vater ist deine Sache, nicht meine. Wenn wir nicht nach Peking können, möchte ich nach Hongkong zurück. Sofort.«

»Keine Transportmöglichkeit«, sagte er.

Sie streckte die Hand aus. »Gib mir das Telephon. Ich besorge einen Flug. Mit links.«

Er rührte sich nicht. Wut schoß in Rachel hoch. Wie kannst du es wagen, mich hierher in die Wildnis zu verschleppen, dachte sie, aber dann keinen Finger rühren, wenn ich wieder zurückwill? Was bildet sich dein Vater eigentlich ein?

Raymond Miene hatte sich verändert, besonders um die Augen herum. Jetzt wußte sie genau, was er dachte. Er flehte um Verständnis, um Gnade. Mit einer plötzlichen Aufwallung von Mitgefühl glaubte Rachel, ihn genau zu verstehen.

Wahrscheinlich war der Traditionalist Chang enttäuscht, daß Raymond kein nettes chinesisches Mädchen gefunden hatte, die üblichen Wohltätigkeitsbälle besuchte, Kauforgien veranstaltete und Pläne für die Produktion reizender chinesischer Enkel schmiedete. Wahrscheinlich dachte der listige Chang, es war die beste Art, Raymond daran zu erinnern, was ihm alles entging, wenn er ihn hier mit Geschäften und Ausgrabungen festhielt. Immerhin war sein Sohn Raymond, der Playboy. Raymond Chang könnte in Gstaad skilaufen, vor Barbados tauchen oder sich auf einem der australischen Weingüter seines Vaters die Nase begießen. Aber statt dessen hockte er mit diesem britischen Mädchen zusammen und buddelte in einer kalten Wüste in Mittelchina alte Ton-Soldaten aus.

Du altes Stinktier, dachte Rachel mit glühender Wut. Dir werd ich's zeigen.

Langsam zwang sie sich zur Ruhe. Sie mußte vorsichtig zu Werke gehen, denn Raymond war ein wohlerzogener Junge, der die Wünsche seines Vaters mit einer Ehrfurcht respektierte, deren kulturelle Wurzeln zweieinhalb Jahrtausende zurückreichten. Behutsam, Rachel. Schritt für Schritt. »Aber zu den Ausgrabungen dürfen wir?« fragte sie.

Raymonds Miene hellte sich auf. »Selbstverständlich«, sagte er.

»Gleich?«

»Selbstverständlich.« Er stand auf. Sie ergriff seine Hand und spürte die leichte Hornhautbildung an Fingern und Handfläche. Das war erstaunlich für Raymond Chang, den Playboy. Diese höchst ehrenwerten Male hatte er sich ihretwegen zugezogen. Sie empfand überwältigende Zärtlichkeit, küßte ihn auf die Lippen und dachte: Ich werde dich retten, mein armer Schatz. Sein Arm legte sich um ihre Taille. Sie liefen hinaus zum Auto.

»Hey«, sagte sie, als sie kurze Zeit unterwegs waren. »Laß uns doch kurz am Flughafen halten und Tickets kaufen.«

Raymond blickte nach vorn durch die Windschutzscheibe. »Ich habe dir doch gesagt, daß das unmöglich ist.«

Sie fuhren zu den Ausgrabungen. Sie fuhren auch in den nächsten sieben Tagen dorthin. Raymond war aufmerksam und liebevoll, ließ sich aber nicht erweichen.

Am siebten Tag wehte ein eisiger Wind und wirbelte Staubwolken hoch. Links tauchte das Flughafengelände auf, ein paar Hangars, umgeben von einem Maschendrahtzaun, die Eingangstore. Raymond fuhr zügig daran vorbei.

Als sie an der Ausgrabungsstätte ankamen, vermied es Raymond, sie anzusehen. Es ist vorbei, dachte Rachel.

Wenn du mit Raymond unterwegs bist, bist du gleichzeitig mit seinem Vater zusammen. Du bist eine Sklavin. Wie kamst du darauf, das ändern zu können?

Die Sicherheitsposten winkten sie mit dem Lächeln durch, das sie für Kader und Feuerwehrinspektionen bereithielten. Professor Yu begrüßte sie wie alte Freunde. Raymond wirkte verdächtig enthusiastisch. Rachel sah zu, wie die beiden die dunklen Köpfe über einem Ton-Soldaten zusammensteckten. Sie konnte sich nicht konzentrieren. Sie befand sich in einer stickigen Hütte in einer kalten Ebene, und in Tausenden Kilometern Umkreis war die Welt ein fremder, feindlicher Ort, den sie ohne die Erlaubnis ihrer Gastgeber nicht verlassen durfte. Sie war nichts anderes als eine Gefangene.

Sie brauchte frische Luft. »Ich gehe hinaus«, sagte sie.

Sie stieg in einen Graben hinab, der als Fundstätte für eher unbedeutet erachtet wurde, und half unter einem kalten blauen Himmel elf blaugekleideten Frauen beim Aufschütten des Sands zu Hügeln. Die Arbeit erwärmte sie, und die Frauen machten ihre Scherze über die Nutzlosigkeit der Männer – ob nun innerhalb oder außerhalb des Bettes. Eine der Frauen hatte sie recht gut kennengelernt. Sie hieß Suyn. Sie war mit einem Lastwagenfahrer verheiratet und hatte ein zehnjähriges Mädchen. Sie redete oft und gern über ihre Tochter und überhörte die Bemerkungen der Kolleginnen, die aufgrund mitleidloser Abtreibungen Söhne zu Welt gebracht hatten.

»Wo ist Ihr Mann?« fragte Suyn, als die Frauen eine Teepause machten.

»Im Büro«, erwiderte Rachel. »Mit dem Professor.«

»Sie sind ja verrückt, hier draußen in der Kälte zu buddeln«, sagte Suyn. »Warum bleiben Sie nicht bei ihm? Im Warmen?«

»Hier unten im Graben ist es doch recht warm.«

»In der Anwesenheit eines Menschen, der einen liebt, ist es sehr viel wärmer.«

Rachel wurde von Angst und Trostlosigkeit überwältigt. Sie senkte den Blick auf die Teetasse zwischen ihren Händen, um ihre Tränen zu verbergen. »Es kann sehr kalt sein, wenn man mit jemandem zusammen ist, der vorgibt, einen zu lieben.«

Fältchen erschienen um Suyns Augen und ihren Mund. »Vorgibt?« lachte sie. »Wenn der nur etwas vorgibt, habe ich ein knallblaues Hinterteil.«

Rachel trank ihren Tee aus, nahm den Spaten auf und stieß ihn in den gelbbraunen Sandhügel. »Es ist knallblau«, sagte sie.

»Meine Augen sind zehn Jahre älter als Ihre. Es sind verläßliche Augen.«

»Er will mich nirgendwohin lassen«, sagte Rachel.

»So? Sie lieben ihn. Er liebt Sie. Er will Sie für sich. Ein Grund zur Dankbarkeit.«

Ich liebe ihn, dachte Rachel. Aber wenn er sich so benimmt, wie er es tut, kann er mich nicht lieben. Aber während sie weitergrub und sich das Blut warm und wohlig in ihrem ganzen Körper ausbreitete, ertappte sie sich bei dem Gedanken, daß Suyn recht haben könnte. Das könnte der Grund sein.

Eine halbe Stunde später fiel ein Schatten über die Grube. Sie blickte hoch. Da stand Raymond, und der Wind spielte mit seinen elegant geschnittenen Hosenbeinen. Plötzlich empfand sie Angst. Diesmal nicht davor, in einer fremden Umgebung ganz allein zu sein – sondern davor, diesen Mann zu verlieren.

»Wir sollten gehen«, sagte Raymond leise, fast unsicher.

»Denken Sie an mein Hinterteil«, sagte Suyn und ließ ein hohes Lachen hören.

Raymond streckte die Hand aus, die von den Grabearbeiten rauh und schwielig gewordene Hand, und zog Rachel aus der Grube. Die niedrig stehende rote Sonne warf von den Erdhügeln lange schwarze Schatten. Sonst lief er ein paar Schritte voraus, erhaben und würdig, wie es sich für einen reichen Mann und seine Gweilo schickte, die einer Gruppe Schatzsucher ihren Besuch abgestattet hatten. Aber heute hielt er ihre Hand und sagte kein Wort, während sie zum Auto zurückgingen.

Schweigend fuhren sie zum Haus zurück. Rachel konnte die Wärme seiner Finger noch immer spüren. Sie war sicher, daß Suyn recht hatte.

Aber was würde sein Daddy sagen?

Es war ihr gleichgültig, was sein Daddy sagte. Konfuzius konnte ihr gestohlen bleiben. Sie war eine erwachsene Frau und mit dem Mann zusammen, den sie liebte. Sie war am Ball, wie der Mistkerl Jeremy sagen würde.

Raymond steuerte den Lexus zwischen den Löwen hindurch. Ein Diener erschien und fuhr den Wagen in die Garage. Sie betraten die Halle, in der das Licht die Jadeschirme wässrig durchscheinend machte und Weihrauch in arachischen Schang-Pfannen brannte. Was Rachel zu sagen hatte, steckte ihr wie ein Tennisball in der Kehle.

»Warum werde ich festgehalten?« fragte sie in englisch.

Er sah sich um. Er sucht nach einem Diener, um dem Thema ausweichen zu können, dachte sie. Aber da war kein Diener in Sicht und die Halle fast zwanzig Meter breit, so daß auch niemand sie hören konnte. Rachel erkannte, daß er sichergehen wollte, daß das, was er sagen würde, nur von ihr gehört werden konnte. Es war ihm ernst.

»Ich liebe dich«, sagte er. Seine Zähne schimmerten im Lampenlicht.

Suyn, dein Hinterteil ist nicht blau, dachte Rachel und hörte sich sagen: »Ich liebe dich auch.« Lieber Gott, verzeih mir, verzeiht mir alle. Vermutlich bin ich eine verdammte Törin, aber es ist mir ernst, und mir zittern die Knie. Und dann lehnte sie sich haltsuchend an ihn, sein Arm legte sich um ihre Taille und sein Mund suchte ihre Lippen. Ihr letzter klarer Gedanke war: endlich!

Eine Stunde, eine leidenschaftliche Stunde später lagen sie in Raymonds Ebenholzbett und spielten Schach.

Sie sah ihm in die Augen und dachte, wie wundervoll dicht und schwarz seine Wimpern doch waren. Dann dachte sie: Jetzt gibt es nur noch dich und mich, dein Vater ist ohne jede Bedeutung. Die Macht ist wieder ausgeglichen. Yin und Yang – der Phönix auf der Bettdecke.

Sie lächelte. Das goldene Mädchen, dachte er. Sie hat die Macht des Goldes, aber sie ist weicher, sanfter, und sie hat mir sehr viel mehr Lust und Erfüllung gegeben.

Er kam sehr langsam, sehr sinnlich auf sie zu.

Sie streckte die Hand aus und bewegte ihren Läufer. »Schach«, sagte sie.

Normalerweise verabscheute er es zu verlieren. Diesmal war es ihm egal. Er wischte die Schachfiguren zu Boden, aber nicht das Brett, das war aus kühlem Stein. Er legte sie darauf, schob sich zwischen ihre Beine und sah ihr in die runden, goldbraunen Augen. »Matt«, sagte er.

Am nächsten Morgen fuhr er – blaß und ziemlich nervös – mit ihr zum Flughafen und kaufte Tickets für den Flug nach Peking.

Viertes Buch

1. Kapitel

Die *Glory of Saipan* dampfte weiter nach Nordosten, fort von den vulkanischen Erhebungen der Karolinen und hinein in die blaue Weite westlich von Hawaii. Der Nordost-Passat wehte sanft und warm, die Sonne strahlte unerbittlich auf die Container herab.

Am achten Tag nach der Reparatur des Wasserkessels war Jenkins nach der Vier-Uhr-Wache um acht in seine Koje gekrochen. Wie üblich hatte sich sehr schnell ein sehr bleierner Schlaf auf ihn gelegt. Doch plötzlich wurde er wieder hellwach.

Er lag da und starrte die friedliche tropische Insel in der Plastikhalbkugel an. Dort war es ruhig, kühl, eine kleine Welt ohne Vergangenheit und ohne Zukunft. Die Art von Welt, in die er sich gern geflüchtet hätte, um weiterzuschlafen. Aber eine andere Welt wartete auf ihn: eine Welt, die von Hugh Chang beherrscht wurde und dem, was er Rachel antun könnte. Eine Welt, in der sich Jenkins in den vergangenen sieben Tagen nur zwischen seiner Kajüte und der Brücke bewegt, die Passagiere ignoriert und lediglich das getan hatte, was für das Funktionieren des Schiffes absolut unverzichtbar war.

Eine Welt, in der an diesem Morgen irgend etwas nicht stimmte.

Die *Glory* schlingerte behäbig, nicht wie ein Schiff, daß zielstrebig die Wellen durchschnitt, sondern von Seite zu Seite, als stecke sie mitten in einem Wellental. Es war still.

Entsetzlich still.

Jenkins griff nach dem Telephon. Der Hörer fühlte sich klebrig an, als er die Nummer wählte.

»Maschinenraum«, sagte eine philippinische Stimme, zu laut und zu klar wegen der fehlenden Hintergrundgeräusche.

»Warum haben wir gestoppt?« fragte Jenkins.

»Maschinendefekt«, sagte die Stimme.

»Geben Sie mir den Chief.«

Eine kurze, schreckliche Pause, dann Nairns Stimme: »Yeah?«

»Hier Captain . . .«

»Die Wellenleitung ist hin«, sagte Nairn fast befriedigt. »Vor fünf Minuten.«

Jenkins dachte an die stille Halbkugelwelt. »Wie lange?«

»Sechs Stunden vielleicht.«

»Viel Glück«, sagte Jenkins.

»Glück hat verdammt wenig damit zu tun«, sagte Nairn. Er warf den Hörer auf die Gabel.

Jenkins duschte und ging auf die Brücke. Pete schwitzte im Kartenraum. »Position?« fragte er. Pete tippte auf den Plotter. Sein Finger hinterließ eine feuchte Markierung ostnordöstlich von Wake Island. »Heiß«, sagte er.

Der Schweiß lief in Strömen. Das Schiff rollte. Eine laue Brise durchwaberte kaum spürbar die stickige Luft. Jenkins trat in die Brückennock. Die Passagiere hockten oder lagen lustlos auf den Containern. Auch Lucy war dort. Im Schatten des Unterkunftsblocks spielte sie Karten mit Fungs Tochter Lin. »Hey«, rief Jenkins ihr zu und winkte sie auf die Brücke herauf. Als sie kam, sah er sie kaum an. Es ging um ein sachliches Thema. Er führte sie in einen schmalen Streifen Schatten. Seit einer Woche hatte er sie kaum gesehen. Treffen mit ihr waren riskant. Rachels wegen mußte er sie auf das Notwendige beschränken. »Die Maschine ist zusammengebrochen«, sagte er. »Sie arbeiten daran. Vermutlich wird es sechs Stunden dauern.«

Lucy zeigte ein knappes ironisches Lächeln.

»Zehn Tage und sechs Stunden bis zu den Thunfischbooten«, sage sie und ließ ihn nicht aus den Augen. »Lin wird enttäuscht sein. Fungs Tochter. Sie kann es kaum abwarten. Sie glaubt, sie wird bald zur Schule gehen.«

»Glaubt?«

»Ohne Visa keine Schule. Vermutlich wird sie in einer Konfekionsfirma arbeiten. Der Lohn ist nicht schlecht. Wenn sie die Passage abgezahlt hat, kann sie noch ein bißchen mehr verdienen, um eine private Schule zu besuchen und das aufzuholen, was sie versäumt hat.«

Jenkins verzog keine Miene. »Und was erwarten Sie von mir?«

Lucys Gesicht war eine undurchdringliche Maske. »Sie haben ein Gewissen.«

Jenkins runzelte die Stirn. Dann machte er sich klar, was sie meinte und empfand eine Art schuldbewußter Panik. »Ich habe eine Tochter«, sagte er.

»So?«

»Sie ist . . . Gast von Mister Chang.« Die Worte schmeckten bitter. Sie machten ihn wütend, erfüllten ihn mit einem zornigen Drang zur Rechtfertigung. »Sie ist das einzige Kind, das ich noch habe. Vielleicht können Sie das verstehen.«

Lucy sah ihn an. Er glaubte, ihre Züge wären sanfter geworden, aber sicher konnte er sich nicht sein. Es war ihm auch egal. Es ging sie nichts an.

»Fragen Sie sie«, sagte Lucy.

»Was soll ich sie fragen?«

»Fragen Sie sie nach ihrer Meinung über Ihre . . . Situation.«

»Würden Sie das an meiner Stelle tun?«

»Vielleicht.«

»Das ist keine Antwort.«

Sie senkte den Kopf. »Die Antwort müssen Sie sich selbst geben«, sagte sie und verließ die Brücke.

Hervorragend, dachte Jenkins. Prächtig. Aber es ist ja nicht dein Kind.

Ihr Kind war tot. Wie Bill.

Himmel.

Es war Zeit für Jenkins' Runden, aber er brachte es nicht über sich, den Menschen ins Gesicht zu sehen. Er setzte sich in den Kartenraum, ertrug die Hitze, den Gestank und lauschte dem Schiff. Jetzt, da die Maschinen nicht liefen, konnte er die Menschen hören, eine Art chaotischer Chor von Stimmen, Bandgeräten und Schritten auf Metall: das Geräusch des Lebens. Er gehörte nicht dazu. Er war distanziert, wie er immer distanziert gewesen war, ein Teil der Maschinenanlage.

Es war, als würde er nicht leben.

Draußen rief jemand irgend etwas. Jenkins blickte durch das Fenster und sah, daß Fung mit einer unbekannten Frau die Außenleiter heraufgekommen war. Jetzt standen sie mit ausdruckslosen Mienen vor Pete, der wild mit den Armen fuchtelte. »Weg hier, verpißt euch dorthin, woher ihr gekommen seid. Hier habt ihr verdammt noch mal nichts zu suchen!« schrie er.

Jenkins lief in die Brückennock. »Was gibt's?« fragte er.

Fungs Gesicht überzog ein geradezu strahlendes Lächeln, und er verbeugte sich vor Jenkins, als sei er überglücklich, ihn zu sehen. Die Frau hinter ihm hob die dünnen Brauen. »Bitte, Captain«, sagte sie.

»Verpißt euch!« brüllte Pete.

»Moment«, sagte Jenkins. »Worum geht es eigentlich?«

»Kulzes Gespläch nötig«, sagte die Frau. »Von Fung.«

Jenkins zuckte mit den Schultern. »Okay«, sagte er. »Vielen Dank, Pete.«

Pete zog sich zurück und drückte seine Empörung durch die hektische Art aus, in der er sich eine Zigarette anzündete.

»Ja«, sagte die Frau, und Fung begann langsam und lange zu reden. Die Frau nickte hin und wieder, es war ein eigentliches Hochreißen ihres Kopfs. »Fung sagt, Lucy Moses nicht glücklich, weil Sie schlechte Bemelkung über Ihl Kind gemacht. Ja?«

Jenkins hob die Schultern.

»Fung möchte Ihnen von Lucy Moses Kind elzählen, Geschichte, die Lucy nie sagen wülde. Lucy in Gefängnis, viele Fleunde. Lucy sagte Polizei Namen von Fleunden nicht, weil Fleunde sonst gloße Plobleme. Polizisten holten Lucys Kind und gaben ihm nichts zu essen. Du leden, dann Kind zulück. Aber Lucy ledete nicht. Kind stalb. Fleunde in Sichelheit.«

Jenkins sah erst sie, dann Fung an. Fung nickte heftig.

»Stimmt«, sagte die Frau.

Jenkins nickte. Er spürte, daß er rot wurde. Na und? fragte er sich. Na und, verdammt noch mal?

Aber da war noch eine andere Stimme. Und diese Stimme sagte: So macht man Unmenschen. Man schiebt einen Menschen Zentimeter für Zentimeter weiter in die Unmenschlichkeit, man zwingt ihn zu einer schmutzigen kleinen Tat nach der anderen. Dann nimmt man, was ihm am liebsten ist, als Geisel, und er ist ganz dein: kompromittiert durch seine Taten und zur letzten und einzig mitfühlenden Handlung genötigt, die er überhaupt noch tun kann.

Es gibt kein Entkommen.

Lucy war entkommen. Lucy hatte sich geweigert, sich in einen Unmenschen verwandeln zu lassen.

Lucys Tochter war gestorben.

»Vielen Dank«, sagte er. »Ich verstehe, was Sie sagen wollen.«

Fung und die Frau gingen wieder. Schwitzend betrat Jenkins den Kartenraum, setzte sich an das Satellitentelephon und rief die Nummer in Xian an. Eine chinesische Stimme meldete sich. »Rachel Jenkins?«

Die Stimme äußerte Unverständliches.

»Raymond Chang?«

»Ah, Laymond. Nein.« Die Verbindung brach ab. Aus welchen Gründen auch immer.

Also kein Kontakt mehr.

Jenkins sah die *Glory* vor sich, sah sein eisernes Hotel, vollgestopft mit Menschen, die sechs Millionen Dollar für Chang repräsentierten – durch eine Nabelschnur der Brükkenkommunikation und Jenkins' Liebe zu seiner Tochter mit Chang verbunden, sowie einem Satellitentelephon irgendwo auf dem Schiff.

Und in diesem Moment veränderten sich die Aspekte der *Glory*. Jenkins war hier draußen auf dem Meer mit der Verfügungsgewalt über einen großen Teil von Changs Geld. Gab ihm das nicht ähnliche Macht über Chang, wie Chang sie über ihn hatte?

Sieh es einmal so, dachte Jenkins: Jedes bißchen Macht, das Chang nicht hat, ist ein bißchen mehr Macht für dich.

Jenkins ging auf die Brücke, griff zum Telephon und rief in der Mannschaftsmesse an.

»Rodriguez? Ich möchte, daß Sie das Schiff nach einem tragbaren Satellitentelephon durchsuchen«, sagte Jenkins.

»Ja?«

»Tausend Dollar Belohnung für jeden, der es findet.«

»Ja«, sagte Rodriguez.

»Machen Sie es zusammen mit Pete.«

»Ja, Sah.«

»Worum geht's?« fragte Pete.

»Um das Aufspüren eines Satellitentelephons. Irgend jemand hält Kontakt zum Land.«

»So?« Pete legte die Stirn in Falten.

»Von jetzt an Kommunikationen nur noch über die Brücke. Also gehen Sie bitte hinunter und fordern Sie die Passagiere auf, vorübergehend den Laderaum zu verlassen. Erzählen Sie ihnen, es ginge um Ungezieferkontrolle. Ich möchte, daß sie durch den Backbordausgang hinausgehen. Ohne Gepäck. In einer halben Stunde können sie wieder hinein.«

»Das wird ihnen kaum gefallen«, sagte Pete.

»Sie werden sich damit abfinden müssen.«

Pete blickte ihn skeptisch an. »Wenn Sie darauf bestehen«, sagte er.

Die Hitze hatte den üblichen Gestank im Laderaum in einen wahren Ammoniakdunst verwandelt. Als die Leute die Kanister mit Desinfektionsmitteln erblickten, mit denen sich Rodriguez im Dienst der Glaubwürdigkeit bewaffnet hatte, reagierten etliche von ihnen ausgesprochen erleichtert.

In Rodriguez Gesellschaft befanden sich fünf Filipinos der Deckmannschaft mit Eimern und Handpumpen. »Sehr heiß«, sagte Rodriguez zu Pete. »Sie setzen sich. Wir suchen.« Dann rasselte er ein paar Anweisungen auf tagalog herunter, und die Deckhands schwärmten in das Labyrinth der Zelte und Verschläge aus. Mit Fingern, die so naß waren, daß sie das Papier durchfeuchteten, zündete sich Pete eine Zigarette an. Dann ging er nach hinten. Zügig und immer schneller. Der Geruch nach Desinfektionsmitteln war über die Abteilungen hinweg vernehmbar. Wenig später hörte er einen Schrei: »Sah!«

Pete trat die Zigarette aus und tauchte, der Stimme folgend, in einen der Nebengänge ein. Er schob eine Sackleinwand beiseite und sah sich dem hinteren Schott gegenüber. Im Schott befand sich ein Inspektions-Panel. Die Abdeckung war abgenommen. Neben der Öffnung stand einer der Filipinos und grinste. »Hier drinnen«, sagte er. »Versteckt. In der Ecke.« Er hielt einen Samsonite-Koffer in der rechten Hand. »Scansat« stand außen auf dem Koffer, und drinnen befand sich ein Telephon mit Antenne, aus schwarzem Kunststoff, nichtssagend. Pete schloß den Koffer. Sie gingen an Deck.

Jenkins wartete an der Tür zum Laderaum. Pete trug den Koffer, Rodriguez kämmte sich grinsend die Haare. Er sah bereits, wie sich die tausend Dollar in ein chices Bad für das Haus verwandelten, das er in Cebu City baute.

Die Bewohner des Laderaums strömten schwitzend und gereizt in ihre Behausungen zurück. Kein Wunder bei dieser Hitze, dachte Rodriguez. Er kletterte an Deck und sah auf die Container hinunter. Ein paar der harten Jungs aus dem hinteren Bereich des Laderaums standen in Gruppen beisammen und drohten zur Brücke hinauf. Dort oben stand der Captain mit dem Koffer in der Hand und schien Pete irgendwelche Fragen zu stellen. Rodriguez ließ seine Blicke über die Menge auf den Containern schweifen. Tausend Dollar, dachte er. Eine Toilette mit Wasserspülung, vielleicht sogar das gleiche Modell, auf dem Elvis gestorben war. Die Cousins würden Augen machen.

Im Meer der Gesichter fiel ihm eins auf – breit, krötenähnlich, die Augen mit furchterregender Konzentration auf den Koffer in der Hand des Captain gerichtet. Das Gesicht von Ho.

Dann wandte sich Ho ab und verschwand. Jesus Maria, dachte Rodriguez, und ein Schauer lief ihm über den Rükken. Dieser Bursche sieht wütend aus. Dieser Bursche sieht aus, als könnte er glatt einen Mord begehen.

Er merkte, daß der Captain etwas zu ihm gesagt hatte. »Wie bitte?« fragte er.

»Gehen Sie runter und spritzen Sie die Container ab.«

»Abspritzen?«

»Mit Seewasser«, sagte der Kapitän. »Um sie abzukühlen.« Rodriguez bekam Hochachtung vor dem Captain. »Stellen Sie einen Matrosen an jede Schlauchanschlußstelle. Sonst braten sie noch, bis die Maschinen wieder laufen.«

»Eintausend Dollar?« fragte Rodriguez leise und für den Fall, daß er es vergessen haben sollte.

»Am Ende der Reise«, sagte Jenkins.

Rodriguez nickte, das Bad nahm vor seinem inneren Auge immer deutlichere Formen an. Er trommelte fünf Leute der Deckmannschaft zusammen und ließ sie die Schläuche an die Hydranten anschließen.

Weiße Wasserfontänen stiegen hoch, wurden in der Sonne zu Regenbogen und trommelten auf das Metall. Ein kühler, salziger Dunst trieb über die Innenhöfe hinweg.

In ihrer Ecke des ersten Innenhofes hörte Fungs Tochter Lin Wasser auf Metall rauschen. Als sie hochblickte, sah sie den Himmel voller Regenbogen. Es war eine langweilige Woche gewesen. Und heute passierte nun schon zum zweitenmal etwas Aufregendes, und diesmal schien es etwas ganz Tolles zu sein. Mit einem Freudenschrei rannte sie auf die nächste Leiter zu.

Sechs weitere Kinder befanden sich im vorderen Innenhof. Sie begriffen ähnlich schnell. Dreißig Sekunden später standen sie alle oben auf den Containern und tanzten durch den silbernen Regen. Menschen in den anderen Innenhöfen hörten sie jauchzen. Neugierige Köpfe tauchten auf. Schon bald strömten weitere Kinder zusammen aus dem Laderaum ebenso wie aus den Innenhöfen. Auch die kleine Ma, der vor kurzem der Blinddarm entfernt worden war und die sich unter der unablässigen Fürsorge ihres Vaters Leung längst auf dem Weg der Besserung befand. Und nach den Kindern kamen die jungen, unverheirateten Leute, denen gleichfalls heiß war und die nichts an Würde zu verlieren hatten. Auf der *Glory* betraf das vor allem Chiu, die Prostituierte, die die Abkühlung in einem kurzen schwarzen Kleid und mit lackierten Zehennägeln genoß, und ein halbes Dutzend muskelbepackter Männer zwischen achtzehn und zwanzig aus dem hinteren Bereich des Laderaums.

Die Wasserspiele dauerten an, das Schiff schaukelte auf den Wellen. Chiu setzte sich züchtig an den Containerrand und hielt ihr Gesicht der Sonne entgegen. Einer der jungen Männer nickte ihr zu. Mehr oder weniger aus Gewohnheit lächelte sie zurück, ein verheißungsvolles Lächeln. Der junge Mann ließ die tropfenbesprengten Muskeln spielen. Chiu empfand fast so etwas wie übermütige Urlaubslaune.

»Schöne Abwechslung für die Kinder«, sagte sie.

Der junge Mann reagierte mit einem anzüglichen Grinsen. Er nannte sich Larry, weil es ihm durch emsiges Üben gelungen war, den Namen aussprechen zu können.

»Im Wasser plantschen ist was für Kinder«, erklärte Chiu und trommelte mit ihren molligen Fersen auf den Containerboden. »Richtige Männer schwimmen.«

»Schwimmen?« fragte Larry und beäugte den wogenden blauen Pazifik.

Chiu ließ die Zunge sehen und fuhr sich lasziv über die Lippen. Larrys Adamsapfel verfiel in nervöse Zuckungen. Er erinnerte sich an seine Manneskraft. Er nickte knapp und sprang.

Chiu klatschte in die Hände. Vielleicht setzten sich die Schiffsmotoren gleich wieder in Bewegung, und dieser Schwachkopf blieb für die Haie zurück. Sie lächelte ihm schmachtend hinterher. Zwei andere junge Männer wollten ebenfalls so angeschmachtet werden. Flugs streiften sie ihre Hosen von sich und sprangen Larry hinterher.

Wie unbedeutend ihre kleinen schwarzen Köpfe im weiten Ozean aussehen, dachte Chiu, wie lachhaft winzig und impotent. An Steuerbord sahen Filipinos zu, grinsten, hielten sich an ihren Schläuchen fest und bliesen Marlboro-Rauch in die schwüle Luft.

Die Gesichter im Wasser wirkten blaß und ängstlich. Das Meer wirkte größer, als sie gedacht hatten, und die rostige Schiffswand ferner. Aber sie mußten weiterschwimmen, sonst verloren sie das Gesicht.

»Hey!« rief eine Stimme von den Containern.

Chiu drehte sich um und erblickte den Hung Kwan. Furcht ließ die lange Narbe über ihrem Hinterteil unangenehm kitzeln, aber sie war entschlosen, sich das nicht anmerken zu lassen. »Einen schönen Nachmittag wünsche ich, Limp Wand.«

Der Hung Kwan ignorierte sie. »Was machen diese Leute denn da?« fragte er.

»Sie kühlen sich ab. Sie können so etwas nicht begreifen. Wäre Ihr Blut nur etwas kühler, wären Sie tot.«

Er errötete. Aber der Hohn einer Hure war für einen Hung Kwan ohne jeden Belang. Entzückt sah sie zu, daß einer der

Filipinos mit seinem Schlauch einen kleinen Schwenk machte, ein Wasserschauer auf den Hung Kwan niederging und ihn von Kopf bis Fuß durchnäßte. Sein Gesicht wurde vor Wut blutrot. Chiu kicherte verächtlich. »Es reicht!« tobte er. »Schluß mit diesen dummen Spielen!«

Die Köpfe im Wasser schwammen schnell auf das Schiff zu. Die Filipinos ließen die Lotsenleiter über die Seite fallen. Die jungen Männer kletterten herauf, blieben oben stehen wie linkische Vögel und hoben abwechselnd die Beine, um das Wasser aus ihren Unterhosen laufen zu lassen.

»Genug Blödsinn!« schrie der Hung Kwan. Er drehte sich zu den inzwischen zwanzig bis dreißig Kindern um, die unter den Wasserfontänen gespielt hatten. »Verschwindet!«

Fungs Tochter Lin war außer sich vor Freude über die nasse Abkühlung. Sie fühlte sich wie an einem wundervollen Sommerferientag. Der große Mann war sehr zornig, und seine nassen Sachen klebten ihm am Körper, daß sein dikker Bauch vortrat. Ihr Vater hatte sie ermahnt, brav zu sein, aber dafür war sie viel zu aufgeregt. »Verschwinde selbst, du!« kreischte sie. Dann stieß sie ihrer neuen Freundin Ma mit dem Ellbogen in die Rippen, und beide mußten so lachen, daß Mas Operationsstiche zu schmerzen begannen und sie sich vorbeugen mußte. Natürlich beugte sich auch Fungs Tochter vor. Innerhalb von Sekunden lachten und kreischten alle Kinder wie hysterisch.

Der Hung Kwan funkelte sie finster an, seine Unterlippe zuckte. Schnelle Schritte kamen eine Leiter herauf, und Ho stand neben ihm mit steinernem Gesicht, zusammengezogenen Brauen und gefletschten Zähnen. »Wir müssen miteinander reden«, sagte der Hung Kwan und ging. »Zurück in eure Quartiere«, rief Ho.

»Zurück in eure Quartiere!« imitierte Lin mit hoher Stimme den Fukien-Dialekt des Hung Kwan. Jubelnd fielen die anderen Kinder in diesen Refrain ein. Ho trat einen Schritt vor. Seine Hand zuckte hoch und verpaßte Ma eine Ohrfeige. Larry hatte schon vor geraumer Zeit beschlossen, sich Ho zum Vorbild zu nehmen. Jetzt machte er einen Satz vorwärts, packte Lin bei der Schulter und zischte: »Bösartige kleine Kröte!«

Lin schlug wie wild gegen seine Beine. Einer ihrer Schläge landeten rein zufällig in seinem Schritt. Er krümmte sich zusammen. Seine gewaltige Rückhand traf Lin am Kopf und schleuderte sie über den Rand des Containers hinaus in den Innenhof, wo sie auf ein Sonnensegel fiel, von ihm hinunterrutschte und auf einem kleinen Tisch liegenblieb, an dem vier reifere Frauen Mah-Jongg spielten.

Einen Moment lang blieb sie dort liegen mit weitaufgerissenem Mund, aber stumm. Dann erinnerte sie sich an ihre Stimme. »Hilfe!« schrie sie. »Sie bringen die Kinder um!«

Die Leute im ersten Innenhof hatten immer gewußt, daß es irgendwann dazu kommen würde. Heute war allerdings nicht der Tag, den sie abwarten sollten. Doch in der Erregung des Moments wartete niemand das vereinbarte Stichwort ab. Die Vorbereitungen waren längst getroffen.

Unter den Schaumstoffmatratzen der Dexion-Kojen holten die Menschen aus Containerverbindungsstücken geschnittene Eisenstangen hervor: an einem Ende nadelspitz gefeilt, am anderen mit Klebeband oder Strippe umwickelt.

Oben auf den Containern richtete Chiu ihren trägen Blick auf Larry, der an Deck kniete und sich die Lenden hielt. »Nicht viele Männer hätten den Mut aufgebracht, dieses Kind zu schlagen.« Sie stand auf und strich sich den knappen Rock über den Hüften glatt. Unten in den Containern summten die Leute wie ein gereizter Bienenschwarm. Ihre Menschenkenntnis sagte ihr, daß es hier oben sehr bald sehr ungemütlich werden würde. »Besuch mich doch irgendwann einmal«, sagte sie. »Für dich mache ich einen Sonderpreis. Das Doppelte vom üblichen.« Sie steckte die Nase in die Luft und tänzelte davon. Als sie die Treppe zum Laderaum hinunterging, hörte sie die Frauen kreischen und die Männer schreien.

Voller Angst hatten die Kinder beobachtet, wie der Mann

Lin geschlagen hatte. Doch dann sahen sie, wie sie auf dem Tisch landete, hörten sie schreien und fanden alles nur noch komisch. Sie sahen auch, wie sich der Innenhof plötzlich mit Erwachsenen füllte, ihren Müttern und Vätern, die sich in den Containern ausgeruht hatten. Ihre Mütter fingen sie ein, aber ihre Väter marschierten mit ihren Eisenstangen auf Ho und die Schwimmer zu, entschlossen und mit finsteren Mienen. Der Aufruf mochte vielleicht nicht erfolgt sein. Aber die Zeit, auch die andere Wange hinzuhalten, war eindeutig vorüber. Sie befanden sich auf einem Kreuzzug.

Der Stoßtrupp bestand aus drei Christen und zwei anderen Männern, von denen Larry gehört hatte, daß sie im Gefängnis gewesen waren – aber nicht für anständige Vergehen wie Vergewaltigung oder Raub, sondern weil sie Filme gedreht, Bücher geschrieben oder andere unsinnige Verbrechen gegen den Staat verübt hatten. Mühsam rappelte sich Larry hoch. Ho schrie die fünf Männer an, die sich seltsam zögerlich verhielten. Ihnen fehlte die für einen ordentlichen Kampf nötige kaltblütige Entschlossenheit. Larry kroch rückwärts zu seinen Jeans, fummelte in einer bestimmten Tasche und holte sein Messer heraus. Es war gut vierzig Zentimeter lang, die Klinge mit dem Schleifstein aus dem Maschinenraum auf Rasierklingenschärfe gebracht. Der beklebte Griff lag gut in seiner Hand. Aus dem Augenwinkel sah er, daß seine Kameraden ihre Dolche ebenfalls gezogen hatten. Er begann sich tapfer und unbesiegbar zu fühlen, spürte, wie heißer Zorn seinen malträtierten Hoden heilte, sich durch seinen ganzen Körper ausbreitete, bis er den Wutschrei ausstieß, der den Schwung des Messers beflügeln sollte, mit dem er diesem Trottel Fung das Gesicht zerschnitt.

Aber er hatte die Schritte hinter sich nicht gehört.

Unten in den Innenhöfen waren die Frauen nicht untätig geblieben. In den Zwischenwänden bestimmter Container gab es Löcher, eigens für einen Moment wie diesen geschaffen. Durch eins dieser Löcher schrie Mrs. Fung ihrer Freundin Mrs. Lee nebenan zu, daß Verbrecher die Kinder ermorden wollten. Mr. Leung, der Schneider, der gerade bei Mrs. Fungs Freundin Maß nahm, um ihr ein Paar Hosen für abendliche Anlässe in San Francisco zu nähen, hörte die Neuigkeit, stürmte hinaus und griff nach der Eisenstange, die in einer Ecke des Innenhofes bereitstand. Er drängte sich zur nächsten Leiter durch, vorbei an drei Männern, die gleichfalls bewaffnet auf die Container hinauf wollten.

Leung kam gerade rechtzeitig oben an, um zu sehen, wie Larry gegen Fung zum Schlag ausholte. Leung zögerte keine Sekunde. Die Eisenstange wie einen Baseballschläger schwingend, rannte er von hinten auf Larry zu und hieb ihm auf den rechten Arm. Der Knochen zersplitterte mit übelkeiterregendem Knirschen. Larry schrie auf, und das Messer schepperte auf das Deck. Leung wandte seine Aufmerksamkeit den anderen drei Männern zu, die zu ihm herumgeschossen waren. Auch sie trugen Messer. Seit Tagen hatte sich gereizte Nervosität in ihm aufgebaut, ihm jede Gelassenheit genommen. Jetzt spürte er, wie ihn aufrechter Zorn erfaßte, angefeuert von den Schreien der anderen, dem Kriegstrommel-Getrampel der Gefährten.

In diesem Moment hörte Jenkins das Getümmel.

Die Fracht krabbelte über die Container wie Ameisen über eine Karkasse. Die Filipinos hatten die Hydranten abgedreht und sich zurückgezogen. Sonnenstrahlen glitzerten auf dem Wasser und den Klingen von Messern und Dolchen.

Jenkins steckte den Kopf in die Brücke und sagte: »Holen Sie Lucy.« Johnny hatte Wache. Ihm fielen vor Furcht fast die Augen aus dem Kopf. Die Mannschaft war unbewaffnet. Diese Leute konnten das Schiff übernehmen. Und was dann? Jenkins griff zum Megaphon, lief an die Brückenreling und schrie: »Gehen Sie in Ihre Unterkünfte zurück!« Niemand schenkte ihm auch nur die geringste Beachtung.

Er zerrte das Funkgerät aus der Tasche und sagte: »Alle

Schläuche mit voller Kraft auf die Container. Rest der Mannschaft auf die Brücke.« Er rannte zum Bootsdeck hinunter und riß, zum zweiten Mal auf dieser Fahrt, die Eisenpinne aus dem Rettungsboot. Sie fühlte sich klobig in seinen Händen an. Stiefel polterten über die Eisentreppen. Sechs Filipinos erschienen. »Wir müssen diesen Kampf beenden. Aber ohne Messer.« Pete lehnte an der Reling, Hände in den Taschen. Seine Miene war nur ansatzweise interessiert, aber sonst ausdruckslos. »Die da unten haben ziemlich beeindruckende Hauer«, sagte er.

»Sie werden uns schon nichts tun«, sagte Jenkins. »Schließlich sind wir es, die wissen, wie man ein Schiff steuert.«

Lucy kam. »Begeben Sie sich nicht in Gefahr«, sagte sie. »Bitte.« Sie hatte diesen Mann unterschätzt. Sie brauchte seinen Schutz. Aber wenn er sich umbringen ließ, konnte er ihr nicht mehr nützen. Sie würde irgend etwas unternehmen müssen.

»Nehmen Sie das Megaphon«, sagte Jenkins. »Aber wenn es zu brenzlig wird, schließen Sie sich in Ihrer Kajüte ein.«

Sie sah ihm nach, wie er die Treppe zu den Containern hinunterhastete, ein Mann, der sich in ein Gefecht stürzte, ohne zu wissen, auf welcher Seite er stand.

Auch der Hung Kwan sah, wie Jenkins die Außenleiter des hohen weißen Unterkunftsblocks herunterkam. Er lief durch die übelriechenden unteren Bereiche des Schiffes, bis er Ho gefunden hatte. Ho nickte ihm zu. Hos Telephon war fort. Ho war taub, hilflos und wütend.

»Vielleicht ist es Zeit für einen neuen Kapitän«, sagte er Hung Kwan.

»Heute?« fragte Ho.

»Es sind unerwünschte Elemente am Werk. In dem allgemeinen Durcheinander kann alles mögliche passieren.«

Hung Kwan ging. Ho griff nach dem Schaft seines Messers und zog es in der Linealtasche seines Overalls aus der Scheide. Dann schritt er entschlossen Richtung Deck.

2. Kapitel

Unten am letzten Schlauch backbords bekam es Jorge mit der Angst zu tun. Der Captain hatte gut reden, wenn er »volle Kraft« befahl, aber es war nicht möglich, mit dem Schlauch direkt auf die Containeroberflächen zu zielen. Man konnte den Schlauch lediglich in die Höhe richten und hoffen, daß ihr Inhalt traf. Mehr eine kühle Dusche als ein Wasserwerfer, dachte Jorge mißmutig. Er ließ den Schlauch sinken, verließ seinen Posten und lief zum Bootsdeck hinauf. Aber die Anschlußstellen auf dem Bootsdeck waren mit Farbe verklebt. Seufzend ging Jorge zum Farbenverschlag, suchte sich einen Hammer nebst Zange und wanderte die Treppe wieder hinauf. Auch Ramos hielt sich auf dem Bootsdeck auf. Er steckte sich eine Marlboro an und verfolgte die Auseinandersetzungen mit offensichtlichem Vergnügen. Jorge schnorrte ihn um eine Zigarette an und begann dann gemächlich am Wasseranschluß zu werkeln.

Als das Wasser aus den Schläuchen versickerte, entbrannten die Kämpfe in voller Macht. Hitman, einer der Schwimmer, fand sich in einem Kreis von Männern wieder, jeder mit einer Eisenstange bewaffnet. Hitmans Gesicht war eine glänzende Maske von Schweiß und Meerwasser. Blut klebte an seiner Dolchklinge. »Bastarde«, zischte er. »Mistfressende, schleimscheißende Söhne von unbestatteten Wanderarbeitern. Worauf wartet ihr noch?«

Keiner der Männer antwortete. Der Mann vor ihm hob seine Eisenstange. Hitman schoß vorwärts. Der Mann hinter ihm verpaßte ihm einen Schlag in die Kniekehle. Hitman ging zu Boden und drosch wütend ins Nichts. Einer der

Männer setzte den Fuß auf sein Handgelenk. Ein anderer nahm ihm den Dolch ab und warf ihn ins Meer. Hitman schloß die Augen und wartete darauf, daß ihm jemand den Schädel einschlug. Aber gemessen an Hitmans Erfahrungen verhielten sich diese Männer praktisch gewaltlos. »Laß ihn in Ruhe!« rief jemand. Das Schlachtgetümmel wogte woanders weiter.

Lucy sah, wie Jenkins auf das Deck lief. Sie sah, wie die Mitglieder der Deckmannschaft ausschwärmten, sichernd um sich blickten und an die Wand des Unterkunftsblocks zurückwichen. Sie sah, daß Jenkins mitten ins Kampfgetümmel hineinlief. Ihre Hand zuckte zu ihrem Mund, als sie bemerkte, wie er zögerte, sich nach Unterstützung umsah und dann zum Bootsdeck mit den Wasseranschlüssen hochblickte. Aber da gab es keine Unterstützung, und die Männer auf dem Bootsdeck hantierten mit ihren Werkzeugen noch immer an den Wasseranschlüssen herum. Von ihrem Aussichtspunkt bemerkte sie, daß die Männer aus den Innenhöfen nicht auf ihn achteten, die Dummköpfe. Aber eine kleine Gruppe bewegte sich jetzt auf ihn zu, junge Männer aus dem hinteren Bereich des Laderaums und ein älterer. Der ältere war Ho.

Lucy preßte ihre Finger gegen die Lippen, bis ihr die Zähne ins Fleisch schnitten. Sie hatte getan, was sie tun mußte. Sie konnte nur hoffen, daß sie es rechtzeitig getan hatte.

Jenkins war außer Atem und schwitzte. Und er hatte Angst.

Mit der Pinne in der Hand stand er mit dem Rücken am Containerrand zum zweiten Innenhof. Seine Unterstützung schien sich verdrückt zu haben. Er sah sich vier jungen Männern und Ho gegenüber. Einer der Männer hatte ein Messer in der Hand.

»Gehen Sie in Ihre Quartiere zurück«, sagte er.

Ho musterte ihn verächtlich. Das Gesicht des Captain

war hochrot und erregt. Er hatte eine einfache Reise unnötig kompliziert. Er hatte das Hauptziel aus den Augen verloren: Geld. Er hatte Hos Satellitentelephon gestohlen. Er war im Wege. Wenn er beiseitegeschafft war, würde der Rest der Fahrt problemlos verlaufen.

Ho tötete nur, wenn er es für notwendig hielt, aber das stand in keinem Widerspruch zu seinem Vergnügen, Menschen sterben zu sehen. Er lächelte. Sein Lächeln, das Jenkins' Magen ins Unendliche abrutschen ließ. »Tötet ihn«, sagte er zu dem Mann mit dem Messer – englisch, damit Jenkins es auch verstand. Dann noch einmal in kantonesisch.

Der Dolch wurde gehoben. Die Bewegung schien kein Ende zu nehmen. Jenkins spürte den Sieben-Meter-Abgrund in seinem Rücken, die Sonne auf der Messerklinge blendete ihn. Nein, dachte er. So nicht. Das wäre zu blöde. Er schwang die Pinne gegen den Angreifer. Sie verfehlte ihr Ziel, rutschte ihm aus den schweißnassen Fingern und fiel irgendwo auf Metall. Jenkins begriff, daß er dem Tod ins Auge sah.

Er hörte ein Geräusch, irgend etwas zwischen einem dumpfen Schlag und einem Rauschen. Das Deck hinter dem Mann mit dem Messer wurde schneeweiß. Etwas Salziges traf Jenkins ins Gesicht und schleuderte ihn rückwärts durch die Luft. Blut, dachte er, als er den Boden unter den Füßen verlor. Aber für Blut war das Zeug zu kalt, außerdem hatte es die falsche Farbe. Wasser. Aus den Schläuchen vom Bootsdeck.

Krachend schlug er auf dem Boden auf.

Verdutzt blieb er einen Augenblick lang reglos liegen. Er befand sich im mittleren Innenhof flach auf dem Rücken. Probeweise streckte er Arme, Beine, Finger, Zehen. Nichts schien gebrochen zu sein. Ein Wunder. Er hörte Gegacker. Unter seinem Rücken spürte er Korbgeflecht, kein Metall. Federn segelten durch die Luft. Eine Frau schimpfte aus Leibeskräften.

Er lag auf einem Stapel von Körben. In den Körben gakkerten empörte Hühner. Es schien Meerwasser zu regnen. Er zog die Beine an und kroch mühsam aus dem Korbgewirr heraus.

Er schien nicht der einzige zu sein, den die Wasserschläuche in den Innenhof geschleudert hatten. Einige Meter von ihm entfernt hievten sich die Männer aus einem Gewirr miteinander verknoteter Körper. Und neben ihm rappelten sich Ho und der Mann mit dem Dolch aus den Körben.

Wieder wurde Jenkins die Kehle eng. Der Mann mit dem Messer sah ihn und sprang behende auf die Füße.

Fortsetzung des Alptraums, zweites Kapitel.

Eine neue Gestalt schob sich in sein Blickfeld.

Jenkins kannte die meisten Menschen an Bord insofern, daß er sich an sie gewöhnt hatte und wußte, wie sie aussahen und wie sie sich bewegten. Aber mit diesem Mann stimmte etwas nicht.

Es war ein großer Mann in Jeans und T-Shirt, und er bewegte sich so schnell und behende wie einer von Hos jungen Freunden. Was an ihm nicht stimmte, war seine schwarze Kapuzenmütze, die er sich über Kopf und Gesicht gezogen hatte. Das Weiße seiner Augen glitzerte wie Eis in den Sehschlitzen, und seine rechte Hand hielt ein langes, schwertähnliches Messer.

Die Augen flogen zu Jenkins, zu Ho und dann zum Mann mit dem Dolch. Der Mann mit dem Dolch hatte ihn noch nicht bemerkt. Der Mann mit dem Dolch stand breitbeinig auf dem rostigen Deck, grinste und schwang seine Waffe

Der Mann mit der Kapuzenmütze sprang ihn von hinten an und schlug ihm die Hand ab.

Jenkins schluckte. Er sah, wie die Hand ihren Aufwärtsschwung fortsetzte und durch eine Kordel mit dem Messer verbunden hoch in die Luft flog und sich überschlug. Er sah das Blut aus dem Stumpf schießen, sah, wie sich die Wut auf dem Gesicht des Mannes in Entsetzen und Schmerz verwandelte. Er sah auch, wie der Mann mit der

Kapuzenmütze mit affenartiger Geschwindigkeit die Leiter hinaufeilte und irgendwo auf den Containern verschwand. Die Welt um Jenkins begann sich zu drehen und zu verschwimmen. Vage nahm er wahr, daß auch Ho verschwunden zu sein schien. Zwei Menschen beugten sich über den verletzten Mann. Das Blut strömte in zuckenden Stößen aus dem Stumpf. Jenkins kletterte die Leiter hinauf. Große Wasserpfützen standen auf den Containern. Menschen waren nirgendwo zu sehen. Das Wasser mußte sie fortgeschwemmt haben. Er zog sein Funkgerät hervor, aber das Wasser oder der Sturz schienen es unbrauchbar gemacht zu haben. Er hörte kein Kampfgetöse mehr, nur die Geräusche eines eiligen Rückzugs in die Container und das Stöhnen des einhändigen Mannes.

Pete stand auf der Brücke. Mit blassem Gesicht starrte er durch die Fenster aufs Meer. »Nehmen Sie sich vier Mann und holen Sie mir Ho. Aber nehmen Sie sich in acht.«

Als Pete fort war, rief Jenkins Lucy an. »Kommen Sie her«, sagte er.

Wenig später stand sie auf der Brücke. »Ho wollte mich töten lassen. Aber ein Mann, den ich noch nie gesehen habe, tauchte buchstäblich aus dem Nichts auf und hieb meinen Angreifer ab. Wer war das?«

Lucy verzog das Gesicht. »Ich weiß nicht, was Sie meinen.«

»Sie wissen sehr wohl, was ich meine.«

Das Telephon klingelte.

Pete war am anderen Ende der Leitung. »Der Mistkerl ist über Bord«, sagte er und hörte sich ausgesprochen selbstzufrieden an.

»Welcher Mistkerl?«

»Ho. Ich habe mit zwei Leuten gesprochen, die seinen Abgang beobachtet haben. Vielleicht haben sie auch nachgeholfen, wer weiß. Jedenfalls ist er von Bord.«

»Wer sind diese Leute?«

»Sie waren mit den Christen zusammen.«

»Bringen Sie sie her.«

»Sie haben sich verdrückt«, sagte Pete. »Waren ganz schön durcheinander.«

»Wie haben Sie sich mit ihnen unterhalten?«

»Einer von ihnen konnte ein paar Brocken Englisch.«

»Glauben Sie ihnen?« fragte Jenkins.

»Habe keinen Grund, es nicht zu tun.«

»Ich schicke Ihnen Lucy. Suchen Sie mit ihr zusammen diese Leute und bringen Sie sie ins Schiffsbüro.«

»Sir«, sagte Pete pointiert und legte auf.

Ho war tot. Der Alptraum war nur ein Alptraum.

»Ho ist über Bord gegangen«, sagte er zu Lucy. »Zwei Burschen wollen es gesehen haben. Vielleicht wurde er auch gestoßen. Finden Sie es heraus. Ich möchte es wissen.«

Lucy kam und stellte sich neben ihn an den Kartentisch. Er konnte ihr Shampoo riechen, es war ein unpassend sauberer Duft auf der *Glory of Saipan.* Sie legte ihre Hand auf seine Finger. »Ich bin sehr froh, daß Ihnen nichts geschehen ist«, sagte sie. Und dann küßte sie ihn.

Ihre Lippen waren unglaublich weich. Ihm war, als würde er nach Hause kommen.

Das ist kein Traum, dachte Jenkins. Das ist ganz real.

Die Tür ging auf. Lucy sprang zur Seite. »Oh, tut mir wirklich leid«, sagte Mrs. Nairn.

Lucy errötete. »Entschuldigen Sie mich«, sagte sie und ging schnell hinaus.

Mrs. Nairn trug einen Pullover mit einer Reihe Westmoreland-Terriern und einen blauen Denimrock mit frischen Blutflecken. »In flagranti ertappt?« fragte sie und preßte die Lippen zu einem grauen Strich zusammen. »Geht mich ja nichts an«, sagte sie, »aber ich nehme doch an, daß Sie eine Frau haben. Ich weiß, wie hart es für Männer ist. Aber ist es ihr gegenüber fair? Und dann auch mit der da. Sie sollten sich fragen, was sie im Schilde führt.«

Wieder Dianas Stimme. Aber die Worte hatten noch eine andere Bedeutung: Wenn Sie sich weiter so benehmen, ist unser Geld in Gefahr. »Sie haben gewisse Verantwortlichkeiten«, sagte Mrs. Nairn. »Ich habe Augen im Kopf. Sie sind vom Weg abgekommen. Meilenweit.« Sie hörte sich an wie die Sekretärin eines Golfclubs, die ein Mitglied verwarnte, weil er auf das neunte Grün gespuckt hatte. »Reißen Sie sich zusammen, Dave.«

Jenkins spürte noch immer die Sanftheit von Lucys Lippen. Im Vergleich dazu war das finanzielle Wohlergehen von Mr. und Mrs. Nairn mehr als belanglos.

»Wenn Sie Rat brauchen, jederzeit«, sagte Mrs. Nairn. »Ein älterer Kopf ist häufig auch weiser.«

»Ich werde mich daran erinnern«, sagte Jenkins.

Das Telephon klingelte.

»Vielen Dank, Mistress Nairn«, sagte Jenkins und griff zum Hörer.

»Maschinen laufen wieder«, sagte Nairns Stimme.

Durch das Deck war inzwischen ein schwaches Beben spürbar. Durch die hinteren Fenster des Kartenraums konnte er sehen, wie der Schornstein Rauch in den feurigen Himmel pustete. Jenkins ordnete volle Kraft voraus an, vermerkte die Informationen im Logbuch, schaltete den Autopilot ein und schickte den Datacom-Bericht über den Maschinenschaden ab, den Nairn eingetippt hatte. Als er fertig war, lehnte Mrs. Nairn mit ihrem Terrier-Pullover noch immer am Fenster und musterte ihn mit grimmigem Gesicht, das aus Granit gehauen schien.

»Bier-Zeit«, spielte sie ihre Trumpfkarte aus. »Wollen Sie eins?«

Jenkins schüttelte den Kopf. Als Rodriguez zu seiner Wache antrat, ging er in seine Kajüte hinunter.

Ich habe in den letzten drei Wochen viel hinter mich gebracht, sagte er sich. Anfangs habe ich für Diana gearbeitet, überwacht von Soares, Ho und Lee. Aber nun gab es keine Diana, keinen Soares und keinen Lee mehr. Und so wie es aussah, auch keinen Ho.

Er hörte ein Schnalzen aus der Wand.

Er trat an den Safe an der Kabinenwand und öffnete ihn mit dem Schlüssel, den er an einer Kette um den Hals trug. Das Schnalzen war Hos Satellitentelephon.

Er trug den Koffer in die dunkle Brückennock hinauf. Unter dem Bugfeuer zischte das Kielwasser wie ein Nest voller Vipern.

Er hob den Hörer ab.

3. Kapitel

»Ho?« fragte eine Stimme.

Er antwortete nicht.

Die Stimme begann schnell und kantonesisch zu sprechen. Er glaubte, das Wort ›Jenkins‹ zu hören.

Dann hörte er nur noch das leise Rauschen atmosphärischer Störungen. Jenkins spürte die dunkle Weite um sich, unendlich weit und voller Feinde.

Er warf den Koffer ins Meer und ging zu Lucys Kabine hinunter.

Er erhielt keine Antwort auf sein Pochen, hörte aber Stimmen aus der Nebenkajüte. Eine davon gehörte Lucy. Also klopfte er dort und sagte: »Captain hier.«

Lucy öffnete. »Ich habe Jer ein wenig Wasser gebracht«, sagte sie.

Sie zog die Tür weiter auf. Jers Gesicht zeichnete sich quittegelb von den weißen Kissen ab. Die Decke hatte er bis ans Kinn gezogen. Er hob eine Hand. »Captain«, sagte er. »Schach?«

»Im Moment nicht«, sagte Jenkins.

In der Kabine roch es nach Schweiß und Desinfektionsmitteln. Jers Gesicht glänzte feucht. »Ist es Ihnen denn nicht heiß«, fragte Jenkins.

»Fieber«, sagte Jer.

»In meinem Raum ist es kühler«, sagte Lucy. Sie gingen hinüber, und Lucy schloß die Tür ab. »Ich habe mit diesen

Leuten geredet«, sagte sie. »Sie erzählten mir, daß Ho fortrannte, nachdem diesem Mann die Hand abgeschlagen worden war. Nach hinten über die Container. Jemand schlug ihn mit einer Eisenstange, aber sie wissen nicht wer. Vielleicht wissen sie es auch, wollen es aber nicht sagen. Er ist von den Containern ins Meer gestürzt. Das haben sie mir erzählt.« Eine kleine Pause entstand. Dann fragte sie: »Sie haben Ihr Telephon, Funkgerät oder was auch immer gefunden?«

»Ja.«

»Warum haben Sie danach suchen lassen? War das denn nicht auch riskant - im Hinblick auf Ihre Tochter und so weiter?«

»Von abstrakten Überlegungen halte ich nicht viel«, sagte Jenkins. »Ich dachte, es würde schon nicht allzuviel ausmachen. Ich meine, wenn ich das Satellitentelephon habe, wie soll Chang dann erfahren, daß es in meinem Besitz ist?«

Sie lachte. Jenkins wollte schon sagen, daß er inzwischen überzeugt war, sein Leben besser im Griff zu haben, ließ es dann aber. Statt dessen lehnte er den Kopf an die Stuhllehne.

Also gab es keinen Ho mehr, und er war hier mit Lucy zusammen – in dem einzigen Raum auf dem Schiff, in dem er zu Hause war. Im für ihn einzigen Ort auf der Welt. In der Halbkugel, in den kühlen Tropen mit den falschen weißen Flocken, die auf Palmwedel rieselten . . .

Finger legten sich auf seine Hand. »Kommen Sie, setzen wir uns aufs Bett«, sagte sie.

Er ließ sich von ihr zur Koje führen. »Ziehen Sie die Schuhe aus.« Es war still hier unten, nur das gedämpfte Brummen der Maschinen zu hören. Er konnte ihre Haare riechen, was ihn verwunderte, bis er erkannte, daß ihr Kopf auf seiner Schulter lag. Mrs. Nairn tauchte vage in seinem Hinterkopf auf. Er sagte Mrs. Nairn, sie solle sich zum Teufel scheren. Seine Finger wanderten über Lucys Nacken in ihr seidenes schwarzes Haar. Das solltest du lieber nicht tun, sagte er sich. Aber Lucy sagte: »Bitte« und zog seine Hand an ihre Brust. Doch es war ihm inzwischen völlig gleichgültig, ob es aufrichtige Empfindungen oder Selbstbetrug war, denn solche Unterscheidungen gingen irgendwo zwischen seinen und ihren Lippen verloren, die sich jetzt vereinten. Das Schiff gab es nicht mehr, das Kupfersulfat-Meer und den Eisenoxid-Rumpf mit seinen Untiefen unergründlicher Augen und rasiermesserscharfer Klingen, die in der Sonne funkelten. Es gab nur noch die schmale Koje im Kunststoffgeviert einer Kabine mit einem Strohhut an der Wand, das Bett mit zwei Menschen darauf, einem großen Mann und einer zierlichen Frau. Lucys Körper, inzwischen nackt wie seiner auch. Sogar die Kabine verschwand. Von irgendwo wisperte ihm eine Stimme zu: Gefahr! Jemanden von der Fracht zu lieben, liefert diesen Bastarden Munition. Die Stimme wisperte auch dann noch weiter, als Lucys Mund an seinem Ohr aufstöhnte und sie sich an ihn drängte, als müsse sie seinen Kopf und seinen Körper auf einmal umfangen. Halt den Mund, Stimme, sagte er. Denn es ist einfach wundervoll, und alles andere ist mir absolut egal.

Danach klammerten sie sich aneinander wie ertrinkende Seeleute an Strohhalme.

Er setzte sich auf, zog Shorts und T-Shirt an. Lucy rollte sich herum. »Captain?« fragte sie.

Er stand auf, vermied es, sie anzusehen. Er liebte sie. Was war falsch daran? Er verlor die Perspektive. Er wußte nicht, ob es richtig war oder nicht. Aber es war . . . unerwünscht. Unschicklich, sagte eine kleine Stimme, die Guy Warwick gehört haben könnte, Ross Clement oder sogar Jeremy Selmes.

Sie reckte sich auf die Zehenspitzen und küßte ihn auf die Lippen. Als er seine Kajüte erreicht hatte, schloß er die Tür, setzte sich und schüttelte die Schneeflocken in der Halbkugel. Es waren Papierfetzen in einer Plastikhülle. Keine Ruhe, keine Kühle.

Was habe ich getan?

Die eingefahrenen Gleise verlassen. Hals über Kopf. Getan, was nur natürlich ist. Getan, was richtig erschien. Getan, was falsch erschien.

Zu Hause gewesen. Nach zwanzig Jahren plus unterwegs, achtzehn Jahren mit Diana. Schließlich bist du endlich wieder zu Hause gewesen.

Aber jetzt befindest du dich wieder in der realen Welt. Allerdings kann es nach dem Besuch zu Hause keine wirkliche Rückkehr geben.

Er ging zur Tür und trat in die uringelbe Beleuchtung des Ganges. Er rannte zwei Treppen hinauf und blieb oben auf dem Absatz kurz stehen. Er hörte das Klappern von Pfannen in der Kombüse und das Tagalog-Geschrei des Videogeräts in der Mannschaftsmesse.

Er ging in die Messe und trat vor den Kühlschrank. Er fand ein paar Scheiben orangefarbenen Käse, ein wenig Chutney und häufte beides auf eine Scheibe altes Weißbrot aus der Brotbüchse. Es erinnerte ihn an Sandwiches auf dem Boot im Hafen von Hongkong, als er mit Rachel ein wenig gesegelt war. Es war nicht die Art von Sandwich, die man in Dianas Gesellschaft aß; viel Cholesterin, wenig Ballaststoffe. Strafe: eine Woche Dickdarm-Irritation. Aber das alles gehörte nun der Vergangenheit an.

Die Tür flog auf.

Der Teller krachte zu Boden, gefolgt vom Sandwich. Es landete mitten in der Rattenscheiße und den Salmonellen.

Nairn stand im Türrahmen. »Muß mit Ihnen sprechen«, sagte er.

Jenkins machte sich ein neues Sandwich. Es schmeckte pappig und säuerlich, genau so wie ein Käse-Chutney-Sandwich nun einmal schmeckt. »Wo liegt das Problem?«

»Geht um das Datacom, daß Sie für mich abgeschickt haben. Eigner wollen, daß wir Ersatzteile aufnehmen«, sagte Nairn.

»Keine Ahnung, daß Sie Ersatzteile brauchen.«

»Die Reparatur war ein Notbehelf«, sagte Nairn. »Kann jederzeit wieder losgehen.« Er machte eine kurze Pause. »Es sei denn, Sie wissen es besser.«

»Ihre Maschine«, sagte Jenkins.

»Schön, daß Sie das bemerkt haben«, sagte Nairn. »Aber wie auch immer. Sie wollen uns vor Kauai ein Schleppboot schicken. Die genaue Position nennen sie noch.« Er verschwand. Jenkins ging auf die Brücke.

Johnny hatte Wache. »Bald vorüber«, sagte er. »Noch vierzehn Tage?«

»Unter Umständen weniger.«

»Großartig«, sagte Johnny. »Geht mir gar nicht gut. Herz, Magen. Wenn ich zu Geld komme, Operation. Magengeschwüre, Bypass.« Er begann mit einer langatmigen Schilderung der Symptome. Jenkins sah zu, wie die Sterne hinter Wolken verschwanden. Die Welt veränderte sich. Schon bald würden sie die Tropen verlassen, und der März würde beginnen.

Im Kartenraum piepte das Datacom. Jenkins entrollte den Ausdruck. Irgend jemand in Changs Büro war immens fleißig gewesen. Es war eine Position hundertfünfzig Meilen nordwestlich von Kauai innerhalb der Inselkette von Hawaii angegeben. Dazu die Ersatzteilnummern und ein Rendezvous-Termin in zwei Tagen. Jenkins übertrug die Position auf die Karte, zeichnete die mutmaßliche Ankunftszeit ein.

»Ziemlich weit südlich vom Kurs«, schnaufte Johnny über seine Schulter.

Stirnrunzelnd blickte Jenkins auf die Bleistiftmarkierung. Johnny hatte recht. Und da gab es auch noch andere Probleme.

»Warum führen uns die Eigner so nahe an die amerikanischen Hoheitsgewässer heran?«

»Verrückt?« mutmaßte Johnny mit einem kummervollen Zucken der Brauen. »Zuviel Coastguard.«

Ein hohes Risiko, um Ersatzteile für einen im Moment intakten Schiffsmotor aufzunehmen. Verrückt, wie Johnny gesagt hatte. Es war nicht Changs Art, verrückte Risiken einzugehen. Also mußte er seine Gründe dafür haben.

Jenkins tat nicht gern Dinge, für die er den Grund nicht wußte. So etwas weckte in ihm paranoide Gefühle. Und auf der *Glory of Saipan* waren paranoide Gefühle für gewöhnlich durchaus berechtigt.

Das Satellitentelephon schnarrte ihn an. Er griff zum Hörer.

4. Kapitel

Changs Haus in Peking versteckte sich hinter einer hohen Mauer. Im riesigen Garten raschelten die Blätter der dekorativ gepflanzten Rhododendronbüsche im Wind, der Sand aus den Ebenen des Nordens herantrug. Rachel gefiel der nagelneue Mercedes, der sie vor dem Flughafen erwartet hatte. Ihr gefielen die breiten grauen Boulevards und der dachziegelgedeckte Bogen über der Einfahrt. Ihr gefiel die Art, in der Raymond heimlich ihre Hand hielt. Aber seine Nervosität gefiel ihr nicht.

Nun, dachte Rachel und reckte entschlossen das Kinn vor der Glasscheibe, die sie von dem Chauffeur trennte. Viel Glück, Konfuzius. Rachel ist am Drücker.

Ein breitschultriger Mann öffnete ihnen die Tür. Er trug ein schwarzes Sakko, gestreifte Hosen und ein leeres Butler-Lächeln. »Mister Pei«, stellte Raymond den Mann vor. »Unser Majordomus in Peking.« Es schien mindestens ein halbes Dutzend weiterer Diener zu geben. Mr. Pei führte sie in zwei Zimmer. Raymond erhob keine Einwände. Rachel duschte in einem makellosen Marmor- und Jade-Geviert und lief dann auf einen schattigen Gang hinaus, der in das Zentrum des Hauses zurückführte.

Es war wie in allen Chang-Häusern, die sie bisher gesehen hatte: Ein Innenhof folgte auf den anderen, irgendwie wirkte alles wie ein Zwischending zwischen Museum und der *Marie Céleste.* Es war wunderschön, aber die Diener, die durch die ungeheuren Innenräume huschten, wirkten wie Geister und menschliche Stimmen hörten sich zwischen den Geisterschirmen und Arkaden merkwürdig gespenstisch an.

Mr. Pei lächelte sein Butler-Lächeln, als sie die Halle durchquerte. Aus der Ferne hörte sie Raymonds Stimme am Telephon. Sie blieb stehen, um sich einen T'ang-Krug näher zu betrachten.

Raymond hatte kaum Zeit gehabt, sich die Haare zu trocknen, als Mr. Pei ihm mitteilte, sein ehrenwerter Vater wünsche ihn am Telephon zu sprechen.

»Ich habe dir befohlen, in Xian zu bleiben«, fauchte ihn der alte Mann an.

»Ich habe meine Pläne geändert«, sagte Raymond und riß allen Mut zusammen. »Ich muß dringend ein paar Leute in Peking sprechen.«

»Nachtclubs. Casinos.«

»Wenn du auch nur ein einziges anständiges Casino hier kennst, nenn mir bitte die Adresse. Hier geht es um Geschäfte.«

Changs Stimme klang gefährlich leise. »Ich zahle dir einen sehr großzügigen Unterhalt. Das kann jederzeit enden. Du hast dich eklatant meinen Wünschen widersetzt.«

»Andere Leute arbeiten für ihren Lebensunterhalt.«

»Andere Leute sind nicht meine Söhne.«

»Wie hat deine beachtliche Karriere begonnen?«

»Das ist meine Sache.«

»Verzeih«, sagte Raymond. Er spürte, wie sie alle auf ihn einstürmten, Tausende von Jahren. *Ehre deinen Vater, arbeite für deine Familie.*

Dann tauchte Rachels Gesicht vor ihm auf. Das goldene Mädchen, die das alles verstand und sich doch nicht zur Sklavin machen ließ. Die Welt hatte sich weiterentwickelt.

Raymond stellte fest, daß er lächelte. Etwas ist sehr gut, dachte er. Der ehrenwerte Vater ist so altmodisch, daß er sich nie vorstellen könnte, daß Rachel ihn zu dem Besuch in Peking überredet hatte, nicht er sie. »Selbstverständlich verehre ich dich. Aber ich muß auch eigene Interessen verfolgen – neben denen, die ich mit dir teile.«

»Selbstverständlich«, wiederholte Chang in dem Tonfall, mit dem er sonst seine Gegner einschüchterte. Es klang wie Schlangengeraschel in trockenem Laub.

Raymond fühlte sich verletzt. Darüber hinaus ertappte er sich bei einem höchst respektlosen Gedanken. *Du alberner alter Mann.*

»Hör zu«, sagte Chang. »Ich habe einen Auftrag, wenn du schon in der Stadt bist. Du wirst meinen Freund Jing Zhimin aufsuchen.« Er nannte eine Adresse.

»Das ist das Hauptquartier der Volksbefreiungsarmee.«

»Richtig. Bitte Zhimin vertraulich darum, jemanden vor den Hawaii-Inseln an Bord eines Schiff – der *Glory of Saipan* – zu schicken. Schreib dir die Position auf.«

»Kann das denn nicht jemand anderes tun?« fragte Raymond.

»Alles, was mit diesem Schiff zusammenhängt, ist eine absolut vertrauliche Angelegenheit. Ich kümmere mich persönlich darum. Mit deiner Hilfe, ausschließlich mit deiner Hilfe.«

»Danke, Vater.« Raymond schrieb sich die Position auf.

»Du wirst Zhimin sagen, daß der Mann zur Besatzung eines Schleppbootes der Stein Marine Services auf Kauai gehören wird. Die Firma ist bereits informiert. Dieser Mann soll den Kapitän der *Glory of Saipan* ablösen.«

»Den Kapitän der *Glory of Saipan* ablösen.«

»Man kann nur hoffen, daß er des Schwimmens mächtig ist«, sagte Chang.

Raymonds Mund war plötzlich ganz trocken. »Schwimmen?«

»Ich kann mir seiner Loyalität nicht mehr sicher sein – jetzt, da seine Tochter nicht mehr meiner direkten Kontrolle unterliegt.«

»Natürlich«, sagte Raymond mit dem gebotenen Respekt.

»Das heißt, falls dir deine anderen Geschäfte genügend Zeit dafür lassen.« Er beendete das Gespräch.

Raymond starrte das Telephon an. Mein Vater hätte jeden seiner Angestellten damit betrauen können, dachte er. Aber er hat sich an mich gewandt. Er will, daß Rachel mir die Schuld am Tod ihres Vaters gibt.

Er hat mir die Wahl gelassen, ist aber sicher, daß mir keine Wahl bleibt.

Danke, Vater, dachte er. Vielen Dank für die Chance, meine Liebe auf die Probe zu stellen. Er spürte, wie Zorn in ihm hochstieg. Und danke, daß du mich so wenig kennst, denn damit hast du es mir leicht gemacht.

Er hatte das merkwürdige Gefühl, wie ein Zahn aus einem Kiefer gezogen zu werden. Er ignorierte es. Vater, dachte er, ich war ein pflichtbewußter Sohn. Aber Pflichten verlaufen nicht nur in eine Richtung.

Rachel betrat den Raum. Sieh sie dir an, dachte Raymond. Das goldene Mädchen. Rachel lächelte. Ein Lächeln, das das einzig Natürliche in diesem Mausoleum war. Er wünschte sich, daß diese Natürlichkeit sein Leben erhellte. Immer.

In den Augen meines Vaters bin ich ein Nichts, dachte Raymond. Ich bin ein unausgebrütetes Ei, ein Blatt im Wind, ein Haus mit Türen, aber ohne Wände. Ehrenwerter Vater, in jedem Leben gibt es Augenblicke, in denen Loyalitäten eine andere Wendung nehmen müssen.

Rachel blickte in das hölzerne Gesicht, die ausdruckslosen Augen. »Stimmt irgend etwas nicht?«

Er trat an die grüne Malachitbar, griff nach der Flasche Johnny Walker Black Label und goß sich ein großzügiges Glas ein. Rachel sah, daß seine Hand zitterte. »Ich habe mit meinem Vater gesprochen.« Er hob den Kopf und sah sie an. »Ich bin es gewohnt, meinem Vater . . . zu gehorchen. In allen Dingen.«

Rachel sah ihn unverwandt an. Ihr kam es vor, als wäre ihr Augenkontakt das rettende Seil über einem Abgrund, in den sie beide stürzen mußten, sobald einer von ihnen den Blick abwandte. »Er ist ein sehr gefährlicher Mann für alle, die ihm nicht gehorchen«, sagte er.

Rachel wollte ihn fragen, worum es eigentlich ging, aber das wäre zu direkt gewesen. Sie wußte, daß alles, was sie jetzt sagte, den weiteren Verlauf ihres Lebens beeinflussen würde. »Fühlst du dich gefährdet?« fragte sie.

Er ergriff ihre Hand. »Nein«, sagte er. »Ich bin nicht in Gefahr.«

Sie entspannte sich. »Du läßt ihn wegen einer Blondine im Stich«, sagte sie.

»Gentlemen Prefer Blondes.« Er lächelte. Nein, dachte sie, das ist kein wirkliches Lächeln. Seine Augen wanderten von ihr fort. »Die Gefahr betrifft deinen Vater«, sagte er fast beiläufig. »Es wäre besser, wenn dein Vater mit seinem Schiff den Hawaii-Inseln nicht zu nahe kommt.« Ein Diener erschien und servierte gebratene Ente, Teigfladen und mehrere Saucen.

»Mein Vater?«

Er nickte. »Ente?« Er sah sie wieder an.

Sie stand auf. Plötzlich sah sie ganz weiß aus, mit tiefen grauen Ringen unter den Augen. »Entschuldige«, brachte sie mühsam über die steifen Lippen, »aber ich muß dringend telephonieren.«

Botschaft übermittelt und verstanden.

Jetzt ging es nur noch um die Folgen.

Klar und deutlich kam Rachels Stimme über das Satellitentelephon. »Dad?«

»Wo bist du?« fragte Jenkins.

»In Peking. Wir sind schon eine Weile hier.« Mit ihrer Stimme stimmte irgend etwas nicht. »Unabhängig, wie man so schön sagt.«

»Was meinst du damit?«

»Du wolltest doch, daß ich tue und lasse, was ich will. Nun, das habe ich getan.«

»Hervorragend.« Jenkins wurde ganz heiß vor Erleichterung. »Weiß Mister Chang, wo du bist?«

»Er weiß es. Aber hat nicht . . . mehr soviel Einfluß. Hör zu«, fuhr sie fort. Das Eigentümliche in ihrer Stimme war Nervosität, vielleicht sogar Furcht. »Ich kann nicht lange sprechen. Sie wollen, daß du dich vor Hawaii mit einem Schleppboot triffst.«

»Woher weißt du das?«

Sie überhörte seine Frage. »Tu es nicht.«

»Was meinst du damit?«

»Mach es auf keinen Fall.« Sie war nicht nur nervös. Sie war den Tränen nahe. »An Bord dieses Schleppbootes ist jemand, der dich . . . beseitigen soll.«

Jenkins hörte das letzte Klingeln des Handy, sah den Dolch in der Sonne glitzern. »Wer hat dir das gesagt?«

»Tut nichts zur Sache.« Schweigen. »Auf was für einem Schiff bist du da eigentlich?«

Was sollte er ihr darauf antworten? Auf einem Sklavenschiff mit einer Ladung illegaler Auswanderer, Ziel San Francisco, aber die Bezahlung ist Klasse?

Doch wenn sie jetzt frei war, änderte das alles.

Er antwortete nicht auf die Frage. »Ich möchte, daß du nach Hongkong zurückkehrst. So schnell wie möglich.«

»Bei Raymond bin ich ganz sicher. Wenn du ihn kennen würdest, wüßtest du das. Ich muß jetzt aufhören.«

»Moment . . .«

»Sei vorsichtig«, sagte sie mit ihrer eigentümlich verspannten Stimme. Dann legte sie auf.

Chang hat Rachel verloren, dachte Jenkins. Das letzte Druckmittel. Also muß er auch mich loswerden.

Er ging zum Kartentisch hinüber. Er radierte die Rendezvous-Markierung aus, zeichnete den Great Circle-Kurs nach San Francisco ein und stellte den Autopilot ein. Dann rief er Nairns Kabine an.

»Wir können Ihre Ersatzteile nicht übernehmen«, sagte er.

»Und warum verdammt noch mal nicht?«

»Zu gefährlich.«

»Wenn ich meine verdammten Teile nicht bekomme, setzen die Maschinen aus.«

»Sie müssen ohne sie auskommen.«

»Wollen Sie mir vorschreiben, wie ich meinen Maschinenraum zu führen habe?«

»Nein.«

»Dann besorgen Sie mir meine Ersatzteile.«

»Ich möchte mit Ihrer Frau sprechen«, sagte Jenkins.

Der Hörer wurde aufgelegt.

Zehn Minuten später erschien Mrs. Nairn. Im Licht des Kartenraums sah Jenkins, daß sie ihren Terrier-Pullover über einem pinkfarbenen Nachthemd und Kunstpelz-Pantoffeln trug. Ihr Gesicht wirkte aggressiv und verschwollen. »Großer Gott, Dave«, sagte sie, »Edwin ist außer sich.« Ihre Stimme klang honigsüß. »Was gibt es für ein Problem?«

»Ich möchte, daß Sie Ihrem Mann etwas erklären.«

»Können Sie es ihm denn nicht selbst erkären?«

»Offensichtlich nicht. Sagen Sie ihm einfach, daß der Rendezvous-Punkt, an dem wir seine Ersatzteile übernehmen können, Hawaii zu nahe liegt. Wenn die Coastguard der Vereinigten Staaten an Bord kommt oder uns überfliegt, werden sie Außenlatrinen, Wäsche auf Leinen und dreihundertsiebzig Passagiere ohne Visa entdecken. Und das wär's dann. Gefängnis für uns, Rückführung für die Passagiere. Und kein Geld.«

Mrs. Nairn beknabberte ihre Unterlippe. »Und was geschieht, wenn wir auf dieses Rendezvous verzichten?«

»Wir fahren nach Norden, eine lange Strecke nach Norden. Außerhalb territorialer Gewässer. Wenn die Maschine ausfällt, setzen wir uns über Funk mit den Thunfischfängern in Verbindung. Sie werden uns zur Hilfe kommen. Sobald wir die Passagiere übergeben haben, funken wir Mayday und werden abgeschleppt.«

Sie dachte darüber nach. Die Reise wirkte sich nicht positiv auf Mrs. Nairn aus. Ihr Teint schien sich von Leder in Papier zu verwandeln, und sie selbst wirkte wie eine Maske, die sich langsam löste. Hinter der Maske konnte Jenkins fast die Geräusche hören, unter denen Furcht und Habgier miteinander rangen. Natürlich siegte die Habgier. Sie legte eine tröstliche Hand auf seinen Arm. »Überlassen Sie es mir«, sagte sie.

Zwei Stunden später klingelte das Brückentelephon.

»Hundertvierzig RPM höchstens«, sagte Nairn mürrisch.

»Alles okay da unten?« fragte Jenkins.

»Allmächtiger«, knurrte Nairn und warf den Hörer auf die Gabel.

Jenkins trat in den kühlen Luftzug vor der Brücke. Wenn die Maschine nicht durchhielt, saß er in der Tinte.

Für das, was er vorhatte, brauchte er sie.

In den nächsten beiden Tagen dampfte die *Glory of Saipan* nach Norden. Das Meer wurde grüner, und dichte graue Wolkenbänke bedeckten den Horizont. Die Nairns waren sehr schweigsam, aber Jenkins spürte ihre Blicke auf sich – wie die Blicke von Spielern, die den Lauf der Roulettekugel mit den Augen bestimmen wollen, aber dennoch wissen, wie machtlos sie sind. Er merkte ihnen jetzt auch eine gewisse Nervosität an. Die Dinge entwickelten sich nicht so, wie sie es wünschten. Jenkins bekam den Eindruck, daß sie etwas Unüberlegtes tun könnten. Sie bedurften einer sehr behutsamen Behandlung ohne Erschütterungen – wie Nitroglyzerin.

Also hielt sich Jenkins bewußt von Lucy fern. Er verbrachte viel Zeit im Rattansessel auf der Brücke, inzwischen aber in einem langärmeligen Hemd. Er dachte an die kalte graue See eine Woche weiter im Nordosten. Wenn man da unten war in der Zone der fliegenden Fische, glaubte man, es könnte nie anders sein. Doch dann schlug das graue Wasser plötzlich gegen die Brückenfenster, und man fror sich die Ohren ab. Und das bisher Unvorstellbare umgab einen. In dieser Hinsicht war das Meer wie die Liebe.

Das Unvorstellbare hatte Jenkins längst umzingelt. Am dritten Tag hielt er die Zeit für gekommen, Lucy davon zu erzählen und ihr zu erklären, wie sie da hineinpaßte.

Als Johnny um zwölf Uhr mittags auf der Brücke erschien, um die Wache zu übernehmen, ging Jenkins zu Lucys Kabine und klopfte an die Tür.

Als sie die Tür öffnete, sah sie ihn mit großen, glänzenden Augen an. Zu glänzenden Augen. Er erkannte, daß sie fast weinte. »Was ist?« fragte er.

Sie zwinkerte. Zwei Tränen liefen ihr über die Wangen. »Ich kann jetzt nicht reden. Ich arbeite.«

Er war total verwirrt. Er war herunter gekommen, um den Schritt in ein neues Leben zu tun und die Tür zu seinem bisherigen hinter sich zuzuschlagen. Er hatte damit gerechnet, sie allein vorzufinden, damit er ihr sagen konnte, daß er frei war und was er mit seiner Freiheit anzustellen gedachte. Aber da befanden sich bereits zwei Männer in ihrer Kabine. Einer von ihnen war Fung, der andere Jer. Fung lächelte. Jer hob langsam eine ockerfarbene Hand.

Sie stand da, sah ihn an und widersetzte sich dem Magnetismus, der sie zueinander zog. »Ich hätte mich anders verhalten sollen«, sagte sie und berührte mit der flachen Hand sanft seine Wange.

»Was soll das heißen?« fragte er.

Sie schlug ihm die Tür vor der Nase zu. Er hörte, wie sich der Schlüssel im Schloß drehte.

Er wollte sie eintreten. Er wollte sagen: Ich verspreche dir, das und das für dich zu tun, damit du keine Sklavin zu werden brauchst, und das sind die Opfer, die ich gebracht habe und noch bringe, weil ich dich liebe.

Er würde schweigen, bis er sie allein antraf. Aber lange durfte es nicht dauern. Es war ein großer Schritt, und wenn er zu lange wartete, könnte ihn der Mut verlassen.

Es war leicht, aus dem Impuls heraus mutig zu sein. Es war das Warten, das die Tapferen von den Feiglingen unterschied.

Mit vor Enttäuschung schweren Beinen ging er die Treppe zur Brücke hinauf. Pete kam aus dem Schiffsbüro. »Sind Sie etwa krank?«

»Nein.«

»Sehen aber verdammt käsig aus«, sagte Pete. »Kommen Sie, essen Sie einen Happen.«

Jenkins hätte die Messe nicht ertragen. Er schüttelte den Kopf. »Muß meine Runde machen.«

Er lief über den Unterkunftsblock, dann nach hinten, Richtung Maschinenraum. Er wußte kaum, wo er war. *Warum wollte sie nicht mit mir reden?* Jenkins, du schmollst.

Er ging an Deck. Die Sonne schien heiß, aber nicht mehr so heiß wie vor einer Woche. Er lief über den schmalen Deckgang zwischen den Containern und dem Meer. Vorn durchschnitt der Bug eine blaugrüne Welle. Eine Gischtwolke kam hoch, langsam wie der Arm einer Tänzerin, und wurde nach hinten getrieben gegen die Seitenwände der Container. Davon gibt es bald mehr, dachte Jenkins. In drei, vier Tagen. Vielleicht noch früher. Ich sollte die Container-Vertäuungen überprüfen.

Inzwischen sollte sie ihre Besprechung beendet haben. Ich werde hinuntergehen und nachsehen. Es ihr sagen.

Er marschierte auf die Brücke zu. Ein Tölpel glitt über ihn hinweg. Ein bißchen sehr nördlich für dich, dachte er.

Ein weiterer Schatten kam in sein Gesichtsfeld. Für einen Tölpel schien er zu groß und zu massiv zu sein, und er kam aus der falschen Richtung, aus einem dunklen Spalt zwischen den Containern. Jenkins sah sich um.

Es war kein Tölpel. Es war ein Mann mit wilden Augen und schwarzen Stoppelhaaren, und in seiner erhobenen Hand hatte er etwas, was auf seinen Kopf zielte. Jenkins zuckte zur Seite. Der für seinen Kopf bestimmte Gegenstand landete krachend auf seiner Schulter.

Ho.

Aber Ho war über Bord gegangen. Tot.

Irgend etwas Schreckliches war mit seiner Schulter geschehen. Jenkins Beine gaben unter ihm nach. Er stürzte zu Boden. Die Messerklinge fing die Sonne ein, blendete seine Augen und stieß klirrend gegen den Deckgang. Da waren kleine orangefarbene Funken wie Meteoriten. Ho kann nicht tot sein, dachte Jenkins erstaunlich logisch, denn das ist Ho.

Seine Schulter schmerzte, daß er sich fast übergeben mußte. Wieder hob sich das Messer. Jenkins' Haut sträubte sich vor Entsetzen. In panischer Angst rollte er herum.

Er stürzte.

Der Abstand zwischen Deckgang und Seitendeck betrug anderthalb Meter. Er landete auf der verletzten Schulter und federte ab. Das war nicht so gut. Erstens schmerzte es wie die Hölle. Zweitens war das Seitendeck einen Meter zwanzig breit mit einer Stahlwand auf der einen Seite und dem Ende des Schiffs auf der anderen. Die *Glory of Saipan* war ein Handelsschiff und als solches nicht vorrangig auf die Sicherheit von Passagieren ausgerichtet. Es gab keine Reling.

Schreiend vor Entsetzen rutschte Jenkins über das Seitendeck und unter den einzigen Taustrang, der die *Glory of Saipan* von der zischenden grünweißen See trennte. Die stählerne Lukenkimming schrammte seinen Rücken auf.

Tausendfünfhundert Meilen vom Land entfernt.

Er ging über Bord.

5. Kapitel

Seine Hände schrappten über das Seitendeck. Kochendes Wasser schlug gegen seine Füße. Er krallte die Finger, spürte Nägel splittern, Rostpartikel drangen ihm in die Haut. Die Kimming kam ihm unter die Finger. Die Finger seiner rechten Hand hakten sich fest. Mit den Fingern seiner linken Hand stimmte etwas nicht. Er hielt sich krampfhaft fest.

Die linke Hand löste sich. Er hing nur noch mit der rechten, das Gesicht an die rostige Außenhaut gedrückt. Da war ein schwarzer Farbfleck in der Form von Australien in einem Meer orangefarbenen Rosts sowie ein zerklüfteter weißer Farbklecks, übriggeblieben von einem längst vergessenen Anstrichsversuch. Auf diese Dinge achtete man eben, wenn einem das Kielwasser an den Knöcheln zerrte, die Sehnen in Achselhöhle und Ellbogen ächzten und krachten, die rostige Kimming in die Finger schnitt und man darauf wartete, daß Ho kam, um einem die Finger abzuhacken und einen schreiend in die Gischt stürzen zu lassen. Der Schmerz reichte aus, einen auch ohne den Dolch resignieren zu lassen, aber man hielt sich dennoch fest, weil die Finger die einzige Chance waren, die man hatte. Und dieser Mistkerl Ho stand bestimmt da oben, schonte seine Messerklinge, verlängerte die Qual. Ho, der chinesische Folterknecht. Wartete darauf, daß Jenkins von selbst aufgab.

Niemals.

Aber die Armsehnen glühten, die Gelenke dehnten sich, und die Finger verloren jedes Gefühl. Jenkins drückte den Kopf in den Nacken. Er sah seinen Arm, die Bordwand, das blauweiße Strahlen des Himmels.

Und gegen den Himmel die Umrisse eines Mannes.

Er hielt ihn für Ho. Er verzerrte das Gesicht und stieß einen wilden, trotzigen Schrei aus.

Die Gestalt neigte sich ihm zu. Komm schon, du Hund, dachte Jenkins. Schneid mir die Hand ab . . .

Jenkins' Nerven und Muskeln nahmen keine Befehle vom Gehirn mehr entgegen. Seine Finger beschlossen von sich aus, sich zu strecken. Er spürte, wie sie über den Rost glitten. *Du Mistkerl.* Er verlor auch noch den letzten Halt.

Die Gestalt über ihm streckte zwei Hände aus. Die Hände

schlossen sich um Jenkins' Handgelenk und zogen ihn hoch. Als sein Bauch auf Deckebene war, sah er ein schwarzes Tuchgesicht. Augen funkelten in den Sehschlitzen.

Es war nicht Ho.

Er landete mit dem Gesicht auf dem stinkenden Metall. Schon bald konnte er wieder atmen. Sein Leben behalten zu haben, erneuerte die Angst, es zu verlieren. Vorsichtig rollte er sich auf die Seite.

Er war allein.

Leer und einsam erstreckte sich der Deckgang zwischen den Containern und dem blauen Geflirr des Meeres.

Er begann zu kriechen.

Rodriguez fand ihn. Er brachte ihn ins Schiffsbüro, setzte ihn auf einen Sessel und lief los, um Mrs. Nairn zu holen.

»Lassen Sie mich nicht allein«, sagte Jenkins. »Nehmen Sie das Telephon.«

Rodriguez stellte fest, daß das Gesicht des Captain über dem blutdurchtränkten Hemdkragen schneeweiß war. Jenkins' glasige Augen zuckten von seinem Gesicht zur Tür, als erwarte er, daß jeden Moment jemand hereingestürmt kam.

»Okay«, sagte Rodriguez.

Als das Telephon klingelte, griff Mrs. Nairn automatisch zu der Tasche mit den Gummihandschuhen und den gebogenen Nadeln. Sie nahm sie mit hinauf ins Schiffsbüro, stellte sie auf den Schreibtisch und betrachtete die Gestalt im Sessel.

Jenkins hatte eine ausgesprochen üble Gesichtsfarbe, und da war eine Menge Blut, frisches und bereits geronnenes. Er sah nicht besonders gut aus. Und daraus bezog Mrs. Nairn eine beträchtliche Portion Trost. In letzter Zeit hatte sie häufig das Gefühl, daß dieser Drongo sich ihr entzog und sich gebärdete, als stäche ihn der Hafer. Wie er da im Sessel hing, konnte er sie nicht mehr einschüchtern. Fleisch auf dem OP-Tisch, dachte Mrs. Nairn und schlüpfte zu Ehren des weißen Mannes in die Gummihandschuhe.

Menschen waren so unberechenbar, wenn es um heikle, aber wichtige Dinge ging. Aber als Fleisch auf dem OP-Tisch waren sie so unkompliziert wie ein verdammter Pie. Sie schnitt ihm das Hemd von der Schulter. Unter dem Hemd das übliche Schlachtfeld. Aber immerhin hatte er einen ansehnlichen Torso, anständige Muskeln, keine Spur von Fett. Zum Zunehmen gab es aber auch kaum eine Chance auf der *Glory*. Wenn das alles vorüber und sie ausgezahlt waren, würde Mrs. Nairn mit Edwin eine lange, teure Kreuzfahrt unternehmen, eine Kreuzfahrt ohne Alkohol, aber mit wahrhaft überwältigenden Buffets.

»Nun, Sie scheinen unter irgendein Messer geraten zu sein«, sagte sie.

Jenkins' Pupillen waren riesig, seine Haut feucht. Schock, dachte sie. »Das war Ho«, sagte er mit qualliger Stimme. »Wollte mich über Bord werfen.«

Was haben Sie denn erwartet? dachte Mrs. Nairn. Ein Chink ist ein Chink. Mach dich Liebkind mit ein paar von ihnen, und es geht dir an den Kragen. »Meine Güte«, säuselte sie. »Ich dachte, der wäre tot.«

»Ich auch«, murmelte Jenkins.

»Nun«, meinte Mrs. Nairn, »ich verkneife mir jede Bemerkung darüber, daß ich Sie gewarnt habe.« Sie schüttete ein Aseptikum in eine Schüssel und begann mit kundigen, aber heftigen Bewegungen seine Wunden zu betupfen; ganz so, wie ein Tierarzt vielleicht ein halbdomestiziertes Tier behandelt hätte. »Hätte Ihnen glatt den Arm abtrennen können«, sagte sie. »Hat das aber offenbar gar nicht gewollt. Das Schlüsselbein wurde nicht durchtrennt und auch kein großer Schaden am Muskelgewebe angerichtet.«

Er wollte, daß ich ertrinke, dachte Jenkins, nicht verblute.

Als sie mit der Schulter fertig war, widmete sie sich der rechten Hand. Dort waren keine Stiche nötig, nur eine Desinfizierung der Finger. Sie riß sich die Handschuhe von den breiten, weißen Händen und gab ihm einen Umschlag mit

Tabletten. »Sie werden sich eine Zeitlang noch ziemlich mies fühlen. Schock.« Sie hob dozierend den Finger. »Und wie ich schon sagte, gehen Sie Ihren Chinkfreunden aus dem Weg.«

Sobald sie fort war, streckte Jenkins die Hand nach dem Telephon aus. Von seiner Schulter ging ein dumpf pochender Schmerz aus, und das Wählen gestaltete sich schwierig wegen der Pflaster auf den Fingerinnenseiten.

Auch sein Verstand schien verpflastert zu sein. »Suchen Sie Ho«, sagte er, als Pete an den Apparat kam.

»Was meinen Sie mit Ho?«

»Er lebt. Der Hund hat versucht, mir den Arm abzuhacken und mich vom Schiff zu werfen. Und machen Sie alle ausfindig, die angeblich gesehen haben, wie er von Bord stürzte.«

»Allmächtiger«, sagte Pete.

»Töten Sie den Bastard, falls er Schwierigkeiten macht.«

»Was . . .?«

»Tun Sie, was ich Ihnen sage. Und stellen Sie zwei Mann vor meine Tür. Leibwächter.« Seine Zunge schien die Größe eines Ruderblatts zu haben. Er fummelte den Hörer auf die Gabel zurück, spülte zwei der weißen Pillen mit Wild Turkey aus dem Aktenschrank hinunter und stolperte in seine Kajüte.

Da war ein Mann mit einer Kapuzenmaske gewesen. Ein Mann mit Kapuzenmaske, der in Sekundenschnelle mit Ho fertiggeworden war und Jenkins an Deck gezogen hatte. Muß mir überallhin gefolgt sein, dachte Jenkins. Aber warum zum Teufel?

Er ließ sich auf seine Koje fallen. Vor seinem inneren Auge flog eine abgeschnittene Hand mit einem Dolch hoch in den blauen Himmel.

Und noch etwas anderes. Eine schmierige Substanz, die sich leicht klebrig anfühlte, ockergelb – so etwas hatte er schon einmal gesehen. Dieses Zeug hatte an dem Overall im Farbenverschlag geklebt, in dem die beiden Einbrecher zerstückelt worden waren.

Ein Licht ging ihm auf.

Ich weiß, wer du bist.

Er zerrte das Telephon zu sich heran und wählte Lucys Nummer. »Mir wurde gesagt, Ho sei tot«, sagte sie, als sie seine Stimme erkannte. »Ich schwöre Ihnen, daß mir die Männer erzählten, er sei tot.«

»Ja«, sagte er mit der kratzigen, mühsamen Stimme, die seine eigene zu sein schien. »Höchstwahrscheinlich. Hören Sie, ich weiß, was Sie vorhaben.« Sie wollte etwas sagen, aber Jenkins fummelte den Hörer auf die Gabel und verlor das Bewußtsein.

Irgendwann klingelte das Telephon. »Kann ihn nirgendwo finden«, sagte Pete, als Jenkins den Hörer endlich in der Hand hielt.

»Wen finden?«

»Ho. Vielleicht hat ihn der Typ, der Sie gerettet hat, über die Seite geworfen.«

»Suchen Sie weiter.« Draußen vor der Tür hustete ein Leibwächter. Jenkins fiel wieder in seinen wirren Traumzustand.

Dort blieb er sehr lange. Wie lange konnte er nicht sagen, denn er wußte nicht, ob er wachte oder schlief. Er zitterte, schwitzte und verließ die Koje nur, wenn der Leibwächter erklärte, vor der Tür wären Mrs. Nairn oder der Messe-Boy mit einer Schüssel Reis, den er nicht essen konnte oder wollte. In seinen wachen Momenten empfand er Angst, die mit den schwarzen Stoppelhaaren und gefletschten Zähnen von Ho in Verbindung stand. In weniger lichten Momenten peinigten ihn komplizierte Träume, in denen Diana mit Lucy über Pflicht und Verantwortung stritt. Dann schwanden die Träume, und er glitt in einen langen, dunklen Schlaf.

Als er erwachte, fühlte er sich wie zermatscht. Aber er befand sich in der vertrauten, schmutzigen Kajüte, und er konnte die Beine über den Rand der Koje und auf den Boden schieben. In seiner Schulter pochte es nicht mehr ganz so schmerzhaft, auf den rohen Fleischstellen seiner Finger hatte Lymphe eine feine Schutzhaut gebildet.

Jenkins blieb einen Augenblick lang auf dem Bettrand sitzen. Ihm war schwindlig. Er fror. Irgendwo krachte eine Tür zu, wurde von den Schiffsbewegungen wieder geöffnet und erneut zugeschlagen. Ein sehr einsames Geräusch, fand er. Er sah auf seine Uhr. Die Datumsangabe sagte ihm, daß er drei Tage lang in der Kajüte gelegen hatte. Er spürte, daß alles anders geworden war.

Vor drei Tagen war die *Glory of Saipan* mit behäbigen Schlingerbewegungen durch die gleichmäßigen blauen Roller der Passatwinde gestampft. Jetzt waren ihre Bewegungen abrupter, heftiger. Die Wellen schienen vom Bug aus anzubranden. Er erschauerte und rieb sich fröstelnd die Arme. In drei Tagen konnten sie sich gut und gern acht-, neunhundert Meilen von ihrer letzten Position entfernt haben. Sie näherten sich ihrem Rendezvous mit den Thunfischbooten. Seine Zeit wurde knapp.

Er stöberte im Stahlspind, fand ein Flanellhemd, einen blauen Pullover mit Schulterpolstern und zog sie mühsam an. Die Anstrengung ließ ihn fast wieder auf die Koje zurücksinken. Er öffnete die Tür. Die Filipinos blickten ihn überrascht an. »Wir gehen auf die Brücke«, verkündete er.

Bis auf eine Wasserpfütze auf dem Linoleum und einen kalten Luftzug von irgendwoher war der Gang leer. Unter ihnen flog die Tür noch immer auf und zu. Sich an den Handlauf klammernd, führte Jenkins die Leibwächter auf die Brücke hinauf und brach auf dem Rattansessel zusammen.

Der Pazifik vor den Fenstern war ein ganz neues Meer. Die Tölpel waren fort. Wie auch die fliegenden Fische und die messerscharfe Horizontlinie. An ihrer Stelle verblich eine niedrig hängende graue Matte von Stratuswolken zu schwärzlicher Düsternis. Die See war eine endlose Kette grau aufwallender Berge, über die sich die *Glory of Saipan* hinwegmühte. Jenkins sah, wie sich ihr stumpfer Bug einen grauen Abhang hinaufschob, einen Moment lang schwerelos in der Luft zu hängen schien, um dann in das nächste Tal hinabzutauchen. In der Tiefe des Wellentals ließ ihr schwerer Rumpf Fontänen eisweißen Wassers hochschießen, die immer noch strömten, als sich bereits der nächste Wasserberg anhob und donnernd über dem Vordeck zusammenbrach, gelblichweiß um das Ankerspill schoß und die Anker mit einer Wucht gegen den Vorsteven zurückschleuderte, die ihre lepröse Beplattung erzittern ließ. Weiße Gischt schäumte an den Brückenfenstern hoch und trieb in trägen Wolken nach achtern. In den Containern würde es feucht werden. Er zog das Telephon zu sich heran und wählte Petes Nummer.

»Da sind Sie«, sagte Pete, Erleichterung in der Stimme.

»Wo ist Ho?«

»Konnten ihn noch immer nicht finden.«

Genau das hatte er erwartet. Er legte auf, rappelte sich hoch und stolperte zum Navtex.

Der Ausdruck sprach von intensiven Tiefdruckgebieten über dem Nordpazifik und äußerte Sturmwarnungen. Dem GPS zufolge waren sie zwei Tage von der nordamerikanischen Küste entfernt. Jenkins dachte daran, was hinter den grauen Wolken wartete: wie Boxer tänzelnde Thunfischboote, dreckige kleine Stahlschüsseln mit stinkenden Laderäumen und Besatzungen, die mit Thunfischhaken bewaffnet waren. Danach noch einmal vierundzwanzig Stunden bis Oakland und zur Auszahlung, vielleicht ein bißchen länger. Vor seinem inneren Auge sah Jenkins Menschen ein Cargonetz hinunterklettern, das von der *Glory* herabhing. Unter ihnen Frauen, Kinder und Gepäck: jetzt Koffer, keine Hühner, keine Kochtöpfe. Die Christen waren darunter und Fung. Und Ho mit seinen leeren, schwarzen Augen. Hos Job war getan. Die Besatzungen der Thunfischboote waren seine Kampfgefährten und Geschäftspartner.

Jenkins sah, wie Fung und seine Tochter auf ein besonderes Floß kletterten mit den anderen Christen und dem gelben, unsicheren Jer. Und als letzte von allen Lucy.

Die Flöße entfernten sich in Richtung der schlingernden Aufbauten der Thunfischflotte. Leer lag die *Glory of Saipan* im Wasser – mit Ausnahme ihrer Manschaft und ihrer Offiziere.

Wir fahren alle nach Amerika, dachte Jenkins, weil man dich dafür bezahlt hat, dorthin zu fahren, und wir dafür bezahlt wurden, dich zu beseitigen.

Das wußte er schon seit geraumer Zeit. Bereits bevor Rachel aus Peking angerufen hatte.

Er sammelte seine Leibwächter ein und machte sich auf den Weg zu Lucys Kabine.

Niemand reagierte auf sein Klopfen. Ein paar Türen weiter schloß Ramos, der Zweite Ingenieur, gerade seine Kajütentür auf. »Sie ist in den ersten Innenhof gegangen«, sagte er.

An Deck schlug ihm der Wind ins Gesicht wie ein nasser Lappen. Jemand hatte Deckstützen mit doppelten Rettungsleinen auf den Containern errichtet. Die Metalldächer der Container schimmerten vor Wasser. Als er mit unsicheren Füßen die Leiter hinauflief, schlug eine Welle gegen die Unterkunftswände. Gischt schoß hoch und prallte krachend auf das Metall.

Die Deckstützen boten einen einigermaßen sicheren Weg von der Unterkunft zu den Stahlleitern, die in den Innenhof hinunterführten. Als Jenkins die Sprossen hinabkletterte, rang er nach Atem. Die Stiche in seiner Schulter puckerten, und sein Körper war schweißnaß.

Im Innenhof stand ein kleiner See, der mit den Schiffsbewegungen nach vorn oder nach hinten schwappte. Jenkins versuchte, den richtigen Zeitpunkt abzupassen, bekam aber dennoch kaltes Wasser in seinen Schuh. Er hörte einen Leibwächter fluchen. Es begann zu nieseln.

Der Innenhof hatte sich verändert. Die Reste der Sonnensegel flatterten als Plastikfetzen im Wind. Die Türen der einzelnen Unterkünfte waren mit Brettern alter Paletten verschlossen, die Ritzen mit Polyäthylen verstopft. An den Containerwänden rann Kondenswasser herunter. Er sah keine Wäsche, keine Menschen. Aber natürlich hörte er Stimmen. In einem chinesischen Innenhof hörte man immer Stimmen.

Jenkins wartete die für ihn günstige Schieflage des Decks ab und trat über den Lukendeckel hinweg zu der Leiter, die zum Hapag Lloyd-Container hinaufführte, der Fung beherbergte. Er blieb einen Moment vor der rotkarierten Wachstuchtischdecke stehen, die Fung als Türvorhang diente. Hinter dem Vorhang erklangen Stimmen. Erst Fungs, dann Lucys.

Jenkins hielt den Atem an. Er stellte fest, daß sich seine Hände um die Leiter krampften.

Fung sprach nur Chinesisch. Deshalb war Lucy zur Schiffs-Dolmetscherin gemacht worden.

Warum unterhielten sie sich dann englisch?

6. Kapitel

»Ich weiß nicht«, sagte Lucy. Sie hörte sich besorgt an, fast ängstlich.

»Jetzt«, sagte Fung mit starkem Akzent, aber verständlich. »Jetzt ist der richtige Zeitpunkt.«

Zwei oder drei andere Stimmen sprachen Kantonesisch. Lucy und Fung unterhielten sich offenbar englisch, um nicht verstanden zu werden. Eine Auseinandersetzung schien auszubrechen. Es klang, als drängten sich zwanzig Leute in dem Container zusammen.

Jenkins klammerte sich für die nächsten beiden Roller fest an die Leiter. Er hörte Mrs. Nairns Stimme, die ihn verspottete. *Ich verkneife mir jede Bemerkung darüber, daß ich Sie gewarnt habe.*

Lucy hatte ihn die ganze Zeit nur benutzt.

Er steckte den Kopf durch den Vorhang. Der Container war vollgestopft mit Menschen und Gepäck. Er sah das schreckensstarre Gesicht von Lucy, das überraschte von Fung. Und er sah Jer.

Einen ganz neuen Jer. Einen Jer, dessen Teint nicht quittegelb war, sondern elfenbeinfarben, dessen Augäpfel nicht wie gelbliches Gummigutt schimmerte, sondern klar und weiß. Und in seiner rechten Hand ein lange, vorn stumpfe Messerklinge, mit deren Breitseite er sich in die linke Handfläche schlug.

Wieder sah Jenkins, wie sich die abgetrennte Hand und der Dolch in der Luft überschlugen.

Jer lächelte ein vertrautes, freundliches Lächeln. »Guten Tag, Captain«, sagte er. Jenkins blickte ihn an, weil er es nicht ertrug, Lucy anzusehen.

Ich bin auf sie reingefallen, dachte er. Voll und rettungslos.

»Was machen Sie hier?« fragte er.

Lucy verbarg das Gesicht in den Händen. Sie empfindet doch etwas, dachte er.

»Es ist Zeit zu gehen«, sagte Fung.

Hinter Jenkins klang Geschrei auf, Körper schienen auf Container zu stürzen.

Dann packte jemand sein Bein. Jenkins drehte sich um.

Er sah, daß sich eine Hand um seinen Knöchel schloß. Er sah, daß eine andere Hand einen spitzgefeilten Eisenstab auf seine Kniekehle richtete. Zwei weitere Männer befanden sich unten im Innenhof, jeder von ihnen drückte einen seiner philippinischen Leibwächter mit dem Gesicht gegen die Wand.

Der Mann mit dem Messer riß den Kopf unmißverständlich nach hinten.

Langsam kletterte Jenkins die Leiter hinunter.

Der Mann packte seinen linken Arm, den verletzten, und drehte ihn auf den Rücken mit einer Entschlossenheit, die noch nicht schmerzte. Noch nicht.

Jers Kopf tauchte neben der rotkarierten Wachstuchdecke auf. Seine Augen blitzten, als sei er sehr aufgeregt. Er sah Jenkins an und begann sehr hastig zu sprechen. »Ihre Kajüte. Geben Sie mir den Schlüssel. Sie gehen voran«, sagte der Mann mit dem Messer.

Jenkins gab ihm den Schlüssel und setzte sich in Bewegung. Der Mann ging um ihn herum und zielte mit der Messerspitze auf seine rechte Niere. Da waren noch andere Männer, Jenkins hörte ihre Schritte auf dem hohlen Metall. Lauf los, sagte sich Jenkins. Schrei, ruf um Hilfe.

Aber er war zu schwach zum Davonlaufen, und es waren zu viele, um vor ihren davonlaufen zu können.

Jer hatte keinen Leberkrebs. Jer hatte einen gelben Fettstift und gelbe Kontaktlinsen. Gelbe Make-up-Flecken waren auf dem weißen Overall gewesen, den Jenkins bei den verstümmelten Einbrechern gefunden hatte. Lucy hatte sich im Hinblick auf ihre Sicherheit auf ihre Allgegenwart verlassen. Aber ein allgegenwärtiger Jer hätte nicht einmal fünf Minuten im Durcheinander der Fähre oder des Laderaums überlebt. Ein isolierter Kranker war unsichtbar. Um sich Bewegungsspielraum zu verschaffen, hatte sich Jer selbst zum Kranken gemacht.

Chang hatte seine Vollstrecker. Auch Lucy hatte ihre Vollstrecker, damit sie ihre Freunde schützen konnte.

Jenkins schloß die Augen. Andererseits hatte Lucy für die Sicherheit ihrer Freunde gesorgt, indem sie sich mit dem Captain anfreundete. Sie hielt ihn bei Laune und damit aus dem Weg. Der Captain war ihr Verbündeter gewesen. Sie mußte gewußt haben, daß die Zeugen für Hos Sturz unzuverlässig waren. Daher hatte sie Jer gebeten, ihn im Auge zu behalten und dafür zu sorgen, daß er am Leben und nützlich blieb. Sie und Jer waren immer ein Team gewesen, Jer der Muskelprotz, Lucy der Verstand. Gemeinsam hatten sie dem Kapitän Sand in die Augen gestreut, was die Vorgänge innerhalb der Fracht anbelangte. Lucy, die Dolmetscherin, als Fadenspinnerin.

Kein Wunder, daß Lee versucht hatte, sie mit der Fähre untergehen zu lassen.

Sie trieben ihn die Außentreppe zur Unterkunft hinauf. Sie führten ihn in seine Kabine und bedeuteten ihm, sich auf den schweren Schreibtischstuhl zu setzen. Die Kajüte schien voller Leute zu sein. Ein Mann zog Handschellen aus der Tasche und schloß eine um Jenkins' Handgelenk, die andere um die Armlehne des Sessels. Dann riß er das Telephonkabel aus der Wand. Er verneigte sich ausdruckslos. »Tut mir leid«, sagte er. Er ging zur Tür hinaus und schloß hinter sich ab.

Jenkins zog probeweise an den Handschellen. Heftiger Schmerz durchzuckte seine Schulter. Der Stuhl war zu schwer für ihn.

Schlampe.

Aber er konnte keinen Zorn empfinden. Enttäuschung und Bedauern, ja. Sieh der Wahrheit ins Gesicht, sagte sich Jenkins. Sie hatte keinen Grund, dir zu trauen. An ihrer Stelle hättest du vermutlich genauso gehandelt.

Geschrei im Unterkunftsblock. Er hörte Petes Stimme und ein heiseres Heulen, das nach Mrs. Nairn klang.

Der Rumpf der *Glory of Saipan* hob sich und glitt so heftig in ein Wellental, daß sie von Deck bis Kiel erzitterte. Der Wind frischte auf. Warum hatten diese Leute ihn in seiner Kajüte gefesselt und eingeschlossen?

Ein Schlüssel drehte sich im Schloß. Lucy trat ein. Sie öffnete den Mund, aber kein Ton kam heraus. Sie hatte geweint.

Jetzt, da er sie sah, war es nicht leicht, objektiv zu sein. »Was soll das?« fragte er.

Sie blickte ihn nicht an. »Die Maschinen laufen auf langsame Kraft voraus. Das Schiff ist auf Autopilot geschaltet. Die Crew wurde im Farbenverschlag eingeschlossen, die Offiziere in ihren Kabinen. Pete hat ein paar Schlaftabletten bekommen. Wenn er aufwacht, wird er dich befreien.«

»Warum?« fragte Jenkins.

»Wir gehen von Bord. Wir nehmen das Rettungsboot.« Sie zuckte mit den Schultern, als wollte sie noch etwas sagen, aber es gab nichts Sinnvolles mehr zu sagen.

»Du kannst das Rettungsboot bei diesem Seegang nicht zu Wasser lassen. Ihr würdet umkommen.«

Sie lächelte. »Das mußtest du sagen.«

»Es ist die Wahrheit. Hör zu. Ich war auf dem Weg zu dir, um es dir zu sagen. Ich werde dich . . .«

»Entschuldige«, unterbrach Lucy, »aber ich muß mich beeilen. Ich kann dir nur sagen, daß meine Freunde und ich lieber sterben, als an Bord dieser Thunfischboote zu gehen.«

»Genau darüber wollte ich mit dir sprechen. Ich werde euch nicht auf diese Boote schicken.«

Sie lächelte ihn an. In ihrem Lächeln lag Bedauern, Zärtlichkeit. »Vielleicht stimmt das. Aber wir sind zu viele, als daß ich ein Risiko eingehen könnte.«

Die Glory tauchte in ein neues Wellental. Wind heulte in den Antennen.

»Angenommen, ihr laßt das Rettungsboot zu Wasser. Ihr würdet es nie besteigen können. Und selbst wenn, würde es euch wenig nützen. Wir sind fünfhundert Meilen vom Land entfernt, und es gibt Sturmwarnungen.«

Lucy schien nicht zuzuhören. »Du wirst es mir nicht glauben, aber ich bedauere sehr, dich belogen zu haben.«

Er sah sie an. Er fand, daß sie wunderschön war. »Es war nicht nötig. Jedenfalls nicht zum Schluß.«

»Vielleicht.« Sie hörte sich unsicher an.

»Wer bist du?« fragte er.

»Ein ganz gewöhnlicher Mensch«, sagte sie. »Ich hörte davon, daß Mister Chang diesen Transport organisiert. Ich wurde eine von seinen, nun ja, Werberinnen. Ich warb Menschen an, die ich kannte, die in China Probleme hatten, aber aus politischen Gründen nicht legal ausreisen durften, und die nicht reich genug waren, um das Land illegal zu verlassen. Jer ist ein alter Freund, ein Kampfsporttrainer. Er begleitete mich, um mich zu beschützen und gegen Ho und Lee zu kämpfen. Auf der Fähre verlor Fung die Beherrschung und erzählte einem von Changs Spionen, was ich tat. Der Spion sagte es Lee, und Lee versuchte, uns zu töten.« Sie senkte den Kopf. »Und du hast uns gerettet.«

»Und was sollte der Unsinn mit der Kreditkartenfälschung?«

»Damals dachte ich, es wäre die Erklärung, die du hören wolltest. Eine wirtschaftliche Begründung, verstehst du? Manche Menschen verstehen nur die.« Die grünen Augen wichen seinem Blick aus. »Ho war Changs Polizist, auch Lee, und Lee wollte mich umbringen, weil es so aussah, als würde ich den Interessen seines Chefs zuwiderhandeln.«

»Und der Rest waren Lügen.«

»Lügen.« Sie hob die Schultern. »Aber jetzt muß ich diese Menschen auf die letzte Etappe ihrer Reise geleiten, oder es gibt für mich nur den Venusberg.«

»Lucy Moses«, sagte Jenkins. »Das ist nicht dein richtiger Name.«

»Nein.« Sie lächelte.

»Du führst sie aus der Gefangenschaft ins Gelobte Land?«

»Richtig.«

»Hast du über deine Tochter die Wahrheit gesagt?«

»Ja.«

Gott sei Dank, dachte Jenkins. »Lucy, ich liebe dich«, sagte er.

Sie umfing sein Gesicht mit den Händen und küßte ihn. Ihre Lippen waren weich, warm und leicht salzig von ihren Tränen. Aufrichtigen Tränen. »Die Lügen tun mir leid. Und das mit Ho. Jer auch. Keiner von uns will, daß dir etwas zustößt.«

»Und ich will nicht, daß dir etwas zustößt. Aber ich schwöre dir, daß du sterben wirst, wenn du von Bord gehst.«

Die Tür schlug zu. Der Schlüssel rasselte im Schloß. Sie war fort.

Das Weitere sah er durch das Bullauge.

Wie in einer Prozession kamen sie aus Richtung der Container mit ihren alten Koffern und Bündeln. Vierundfünfzig Menschen – die Christen und ein paar andere. Sie drängten sich auf der Stahl-Briefmarke des Bootsdecks zusammen und trugen Rettungswesten aus orangefarbenen Korkscheiben und cremefarbene Gesichter.

Jer schien die Operation zu leiten. Er schlug die Tür zum Gang zu und stellte Posten an die Stahltreppen, die zu den anderen Decks führten. Dann nahm er das Rettungsboot in Angriff.

Er war ein großer, kräftiger Mann, aber auf einem Schiff hatte er keine Chance. Es war offensichtlich, daß er sich mit Davits nicht auskannte. Um das Rettungsboot zu Wasser zu lassen – so stand es in der Bedienungsanleitung –, muß ein Auslösemechanismus aktiviert werden. Er läßt die beiden, das Rettungsboot haltenden Schlitten an ihren Schienen hinuntergleiten, die sich ursprünglich im Abstand von dreißig Grad zur Horizontalen befinden, sich nun aber vertikal aufrichten, woraufhin sich das Rettungsboot aus den Schlitten löst, die jetzt vertikal von den Miniaturkränen der Davits herabhängen in sicherem Abstand zur Bordwand. Zu diesem Zeitpunkt sollte der Bediener die Handkurbel der Winsch in Betrieb setzen und das Boot langsam in die Wellen hinunterlassen.

Doch nichts davon geschah, als Jer versuchte, das Rettungsboot vom Bootsdeck der *Glory of Saipan* zu Wasser zu lassen.

Er stand vor der Menge und betrachtete sich die Apparatur. Er sah eine Reihe von Trommeln mit schmierigen schwarzen Kabeln. Die Kabel schlängelten sich nach oben und um verschiedene Taljen herum, deren Funktion er nicht ganz verstand. Er spürte den Druck der mehr als fünfzig Menschen nebst Gepäck auf dem schwankenden Deck, ihre Blicke in seinem Rücken, die Anstrengung, die es sie kostete, ihm keine Ratschläge zuzurufen. Falls sich Ho noch immer irgendwo auf dem Schiff befand und jetzt heraufkam, mußte es ein Massaker geben. Die Posten an den Treppen mochten verzweifelt sein, aber es gab gewisse Grenzen für das, was ein verzweifelter Universitätsprofessor gegen Ho ausrichten konnte.

So dachte Jer eben nicht gut genug nach. Er packte die Winschkurbel, schlug den Sperrhaken beiseite und machte ein paar Umdrehungen. Die Kabel lockerten sich, das Boot rührte sich nicht. Er reckte sich, wollte das Boot aus der Verankerung schieben. Ebensogut hätte er die Chinesische Mauer verschieben können.

Denk nach, sagte er sich. Ganz ruhig. Er schwitzte. Er hatte in seiner Kabine trainiert, so gut es ging, aber seine Ausflüge waren zu kurz und verstohlen gewesen, um ihn mit der für einen Notfall nötigen Gelassenheit auszustatten. Die Menge begann zu wispern. Das machte ihn nervös. Gischt spritzte ihm ins Gesicht. Da muß es, folgerte er, eine Art Sperre oder Auslöser geben. Er verfolgte die Kabel mit den Blicken und entdeckte einen weißlackierten Stahlhebel. Er zog mit beiden Händen daran. Der Hebel rührte sich nicht. Natürlich, dachte er, durch die lockeren Winschkabel liegt jetzt das ganze Gewicht des Rettungsbootes auf dem Mechanismus.

Frustration lähmte sein Überlegungsvermögen. Schnell, dachte er. Schnell! »Die Kurbel wieder zurückdrehen!« rief er. Und obwohl er wußte, wie sinnlos das im Moment war, zog er am Auslöser.

In diesem Moment schlug eine Kreuzsee, ein gut acht Meter hoher Wasserberg, gegen die Steuerbordseite der *Glory*, gegen die Seite, an der sich das Boot, die Menge und Jer befanden. Und dann geschah alles sehr schnell.

Die Woge schoß die Schiffsseite hoch in das Rettungsboot hinein, drückte es sieben entscheidende Zentimeter die Schlitten hoch und nahm so die Last vom Auslösermechanismus. Jer spürte, wie sich der Hebel in seiner Hand löste. Und plötzlich schrie die Menge auf, denn als die

Welle zurückwich, begann das Rettungsboot zu gleiten, langsam zunächst, dann immer schneller, bis die Schlitten wegkippten und die Kranausleger nach außenbord schwankten.

»Sperrhaken!« schrie der Mann an der Winsch, und kalter Schweiß durchnäßte den Kragen seiner Rettungsweste.

Das Boot verschwand außer Sicht und rollte die Taljen zur Gänze ab, als die *Glory* nach Steuerbord rollte. Es wurde vom Ende der Stahltrossen so heftig gebremst, daß der gesamte Unterkunftsblock erbebte. »Kurbeln!« schrie Jer.

Der Mann an der Winsch bemühte sich, aber vergebens. »Klemmt!« rief er.

Jer verstand nichts vom Meer oder von Schiffen.

Als sich die nächste Welle an Steuerbord auftürmte, glaubte er zu wissen, was geschehen würde. Das mächtige Stahlboot hing in der Luft, durch die Steuerbordrolle des Schiffs vom Rumpf fortgedrückt. Gleich würde es zurückschwingen und gegen die Schiffswand prallen. Jemand mußte an Bord und die Schäkel lösen, die seiner Meinung nach die Trossen mit dem Rettungsboot verbanden, um es in die Wellen hinabzulassen.

Jer warf einen prüfenden Blick auf die nächste Woge, eine flacher, langer Wasserwall mit schmutzigen Schaumkronen, der aus siebzig Metern Entfernung langsam auf die *Glory* zukam. Zeit genug, dachte er. Ich springe ins Boot und löse die Laschen. Sie werden alle über die Leiter hinunter müssen. Das wird ihnen nicht gefallen, aber es bleibt keine andere Wahl.

Leichtfüßig trat er über den Handlauf hinweg. Das Rettungsboot hing knapp zwei Meter unter ihm, groß wie ein Schwimmbecken.

Er sprang.

Er sprang fehl.

Es war eine Laune des Meeres, ein kaum spürbares Zukken der *Glory*, als die vorangegangene Welle sich von ihrem

Heck absetzte. Es reichte aus, um Jer den Halt verlieren und zwanzig Zentimeter zu kurz springen zu lassen – direkt in die Lücke zwischen Rettungsboot und Schiffswand.

Er wußte es schon, als er zu stürzen begann. Sein Mund öffnete sich, er streckte die Hände aus, breite Kriegskünstlerhände, die noch Spuren von gelbem Fettstift trugen, und krallte die Finger um das Strombord des Rettungsbootes.

Die Finger fanden Halt. Er blieb hängen. Oberhalb und hinter dem Handlauf stöhnte die Menge in den orangefarbenen Rettungswesten vor Erleichterung auf.

Die nächste Welle schlug zu, als Jer sich hochstemmte und über die Seite ins Boot hieven wollte. Die *Glory* rollte nach Backbord. Das Rettungsboot schwang gegen ihre Stahlwand wie ein Zweitonnen-Hammer, der auf einen siebentausend Tonnen-Gong traf.

Jer befand sich zwischen Hammer und Gong.

Seine Rippen durchbohrten sein Herz und durchschnitten sein Rückgrat. Er fiel in die graue See und sank wie ein Stein.

Schreckensstarr verharrte die Menge in ihren orangefarbenen Rettungswesten. Die nächsten sechs Wogen schlugen das Rettungsboot an der Schiffswand zu Eisenspänen.

Die *Glory of Saipan* führte nur eins mit sich.

Dann hörten die Menschen auf dem Bootsdeck ein seltsames Geräusch. Sie blickten zum Aufbau hinauf, wo die Antennen des Peildecks in den windgezausten, grauen Himmel ragten. Unter den Antennen, mit den Ellbogen auf der Reling, stand ein Mann in weißem Overall. Der Mann lachte schallend. Die Menschen auf dem Bootsdeck starrten ihn benommen an, bis er verschwand.

Der Mann war Ho.

7. Kapitel

Lucys Kabine vermittelte ein kaltes, aufgeräumtes und unbewohntes Gefühl. Der Strohhut war von der Wand verschwunden. Mit grauem Gesicht saß sie in der Ecke und blickte nicht auf, als Jenkins hereinkam.

»Ich werde dich bis nach San Francisco bringen und irgendwo landen, wo du von diesem Schiff direkt in einen Bus umsteigen kannst.«

Sie hob den Kopf. Ihre Augen waren vom Weinen gerötet.

»Vertrau mir«, sagte er. »Es wird für euch keine Thunfischfänger geben.«

»Jer ist tot«, sagte sie. »Ho hat zugesehen. Er hat gelacht.«

»Das tut mir sehr leid. Er war ein mutiger Mann. Aber er war . . . hilflos. Ich bringe dich an Land. Euch alle. Keine Thunfischboote.«

»Warum sollte ich dir glauben?«

»Weil ich verdammt schlecht im Lügen bin. Und ich möchte, daß du mit mir kommst.«

Sie lächelte ein abwesendes, sprödes Lächeln. Sie umfaßte seine Hand mit ihren kalten Fingern. »Danke«, sagte sie. »Aber würdest du mich jetzt bitte allein lassen? Ich muß allein sein.«

»Wirst du mitkommen?«

Sie drückte seine Hand. Diesmal war der Druck wärmer. »Keine Sorge«, sagte er und verließ die Kajüte.

Jenkins hörte das Telephon im Schiffsbüro klingeln, als er hinaufging. Pete war auf der Brücke, groggy und mit glasigen Augen. Die Scheibenwischer jaulten wie Hunde. Hinter den Fenstern brandeten die weißen, gespenstischen Kronen der brechenden Wellen hoch. »Himmel«, sagte er, als er Jenkins sah. »Komme mir vor wie überfallen und ausgeraubt.«

Jenkins ignorierte ihn. »Ho lebt«, sagte er. »Und Sie behaupteten, Sie könnten ihn nicht finden.«

»Konnte ich auch nicht. Aber es überrascht mich nicht,

daß er noch an Bord ist. Versuchen Sie mal, in diesem Durcheinander jemanden zu finden.«

Jenkins blickte ihn an und sah nichts als gekränkte Unschuld. Was sollte man sonst erwarten?

»Trinken Sie eine Tasse Kaffee«, sagte Jenkins. »Nehmen Sie eine Dusche. Werden Sie wach.«

Pete nickte, mit dem mürrischen Lächeln eines unberechtigt Gescholtenen. Jenkins rief Rodriguez an. »Kommen Sie auf die Brücke.«

Rodriguez erschien. Ihm quollen fast die Augen aus dem Kopf. »War eingesperrt«, sagte er. »Im Farbenverschlag. Auch Mistress Nairn und der Chief. Sehr wütend.« Er grinste. »Aber jetzt zufrieden. Sie sagen, nur noch zehn Stunden bis zum Treffpunkt, dann werden wir alle diese Leute los.«

Das Telephon klingelte. »Ich war gerade vier Stunden lang eingeschlossen«, sagte Mrs. Nairns Stimme. »Was zum Teufel . . .«

»Einige der Passagiere wollten von Bord gehen. Ich habe die Situation entschärft.«

»Haben Sie?« Sie klang überrascht. »Gratuliere.«

Jenkins legte auf. »Besorgen Sie mir jemanden, der streichen kann«, sagte er zu Rodriguez.

»Streichen?«

»Mit einem Pinsel.«

»Hmhm«, machte Rodriguez. »Graceland, ich komme.«

Es war kein angenehmer Job. Er paßte dem Zweiten Ingenieur Ramos nicht, der im strömenden Regen Zuleitungen vom Generator verlegen mußte, um sie mit einem Bündel Inspektionslichter zu verbinden. Aber war er nicht annähernd so schlimm dran wie Eduardo, eine Deckhand. Rodriguez mußte Eduardo sogar vier Flaschen Fundador versprechen, damit er den Job überhaupt übernahm.

Und jetzt hing Eduardo außen am Heck der *Glory*, das knochige Hinterteil an einen Bootsmannsstuhl gegurtet, eine Büchse schwarzer Farbe ans rechte Bein geschnallt, während der Regen auf seinen Schutzhelm prasselte und anderthalb Meter unter seinen Stiefeln die schwarze See weiß aufkochte. Im gelben Schein der Inspektionslichter übermalte er einige Buchstaben des Namens *Glory of Saipan* mit einem großen Pinsel.

Als er mit dem Schwarz fertig war, ließ sein Kumpel an Deck einen Kanister weißer Farbe und einen neuen Pinsel zu ihm hinunter. Er arbeitete eine weitere halbe Stunde. Dann sagte er mit klappernden Zähnen: »Geschafft.«

Sie winschten ihn hoch. Rodriguez beugte sich über das Heck und inspizierte seine Arbeit. *»Mabuti«,* schrie er über den Lärm des Generators hinweg. »Gut.«

Tropfend und zitternd stand Eduardo auf dem Achterdeck. »Und jetzt geben Sie mir eine der Flaschen.«

»Flaschen?« Die Inspektionslichter spiegelten sich in Rodriguez' Goldzähnen. »Verrückt geworden? Erst die Arbeit, dann das Vergnügen.«

Also schleppte Eduardo seine Farbtöpfe zum Bug, der arme Teufel. Und während die *Glory* das Heck den Wellen zuwandte, um mit langsamer Kraft voraus weiterzudampfen, klatschte Eduardo Farbe an die Bugwand. Eine Stunde später war ihm der Pinsel aus den klammen Fingern gefallen, die Farbe mit Seewasser gemischt und er halbtot vor Kälte. Aber die Arbeit war getan.

Das Schiff schipperte weiter auf den Rendezvous-Punkt zu, mit schwarzen Farbflecken unter den Buglichtern, die die Worte *Glory of Saipan* überdeckten. Aber an ihrem Heckwerk standen die Worte: *Yoofus* – Liberia. So gut es Jenkins in der ihm gegebenen Zeit bewerkstelligen konnte, und möglicherweise ausreichend, um einen Thunfischboot-Skipper in die Irre zu führen, der nach einem Schiff mit anderem Namen Ausschau hielt.

Er hatte den großen Schritt gewagt. Um Lucy und ihrer Israeliten willen hatte er das Richtige getan, ob sie nun dankbar waren oder nicht.

Es war kein beruhigendes Gefühl. Diese Thunfischfänger

bedeuteten Sicherheit und Schutz. Jenseits von ihnen befand er sich außerhalb der Gesetze von Chang, der Gesetze der Vereinigten Staaten von Amerika, der Gesetze der See.

Auf sich allein gestellt. Du, Lucy und dreihundertsiebzig andere.

Die Nairns waren in ihrer Kabine. Pete schlief. Die Crew wußte nicht, was vor sich ging.

Niemand außer Jenkins wußte, was vor sich ging.

Wie können sie uns jetzt noch aufhalten?

Ein schrilles Trillern erfüllte die Brücke. Das Satellitentelephon klingelte.

Düster blickte Raymond Chang durch das Fenster des Mercedes auf die riesigen neostalinistischen Gebäude, die den Boulevard säumten.

Nachdem sie bereits eine Woche in Galerien und Bibliotheken zugebracht hatten, wollten Rachel und er vor wenigen Stunden gerade zur Keramikabteilung des Peking Gugung aufbrechen, als sein Vater anrief und ihn aufforderte, einen Mr. Lim im Ministerium für Kultur aufzusuchen, um die Ausstattung eines Hotels auf Hainan Island zu besprechen. Nicht, daß Hainan Island unwichtig gewesen wäre; Geld war ein Thema, das Raymond am Herzen lag, und das Hainan-Projekt verhieß eine Menge davon. Noch war entscheidend, daß Mr. Lim ein Schwätzer mit ungeheurem Appetit auf Schmeichelei und Einfluß war. Raymond ärgerte vor allem, daß sein Zusammensein mit Mister Lim ihn vom Zusammensein mit Rachel abhielt, die daraufhin, begleitet von Mr. Pei, dem Majordomus, ins Museum gefahren war – trotz ihrer Proteste, es lieber allein aufsuchen zu wollen, wenn sie schon auf Raymonds Begleitung verzichten mußte.

Der Mercedes kam vor dem graugrünen Mauerwerk zu einem fast geräuschlosen Halt. Raymond stieg aus und wurde zu Mr. Lim geleitet, einem kleinen Mann mit vorstehenden Zähnen, der nach kaltem Zigarettenrauch roch.

»Ah, Mister Chang«, sagte Mr. Lim. »Lassen Sie uns über Tapeten reden.«

Raymond setzte sich auf einen harten Stuhl und lächelte ein mechanisches Lächeln. Sein Vater hatte gesagt, daß Mr. Lim versöhnlich gestimmt werden mußte. Wenn er über Tapeten reden wollte, waren eben Tapeten das Thema.

Im Peking Gugung verbrachte Rachel einen ähnlich unerfreulichen Vormittag. Pei klebte an ihr wie Leim. Sein Lächeln wankte und wich nicht, aber er blickte ständig auf die Uhr an seinem breiten, unbehaarten Handgelenk und seufzte unterdrückt auf. »Warum fahren Sie nicht nach Hause?« fragte sie auf mandarin, nachdem er eine halbe Stunde lang ihre Konzentration erheblich beeinträchtigt hatte. »Ich werde ein Taxi nehmen.«

»Ich bin Ihr Übersetzer«, sagte er.

»Aber ich kann Mandarin.«

»Jeder braucht einen Übersetzer.« In seiner Tasche zwitscherte ein Telephon. Also wirklich, dachte Rachel verärgert. Telephone im Gugung sind entschieden zuviel. Sie ließ ihn stehen und ging weiter. Hinter sich hörte sie, wie Pei sein Gespräch beendete. »Das war Mister Raymond«, sagte er, als er wieder neben ihr stand.

»Oh?« Es überraschte sie, daß Raymond sie im Museum anrufen sollte. Aber sie befand sich in einem Zustand, in dem sie schon die Erwähnung seines Namens glücklich machte. »Warum haben Sie mich nicht mit ihm sprechen lassen?«

»Nicht nötig«, sagte Pei. »Er hat etwas Interessantes entdeckt. Er will es Ihnen zeigen. Kommen Sie.«

»Eine Überraschung«, sagte Pei abstoßend zimperlich. »Kommen Sie.«

Sie kam. Sie verließen das Museum und bestiegen den anderen Chang-Mercedes – Raymonds und ihren, wie sie inzwischen fand; mitunter schockierte es sie, wie einfach es war, sich an die Luxuswagen zu gewöhnen. Pei sagte etwas zu dem Chauffeur, was sie nicht mitbekam. Das Auto fuhr an. Es fuhr schnell. Es schoß durch die Spätvormittagswolke von Fahrrädern, tauchte in eine Reihe von Nebenstraßen ein und bog von der letzten zu zwei hohen Stahltoren in einer von Stacheldraht gekrönten Mauer ab. Die Tore öffneten sich im letzten Moment. Der Mercedes fuhr auf einen betonierten Hof und hielt mit quietschenden Bremsen.

Es war ein großer Hof, vielleicht fünfzig Meter im Quadrat. Die Mauer mit den Toren schloß ihn zu einer Seite ab, die anderen drei Seiten wurden von einem hohen Gebäude eingenommen. Es gab vielleicht zehn Stockwerke mit Fensterreihen – kleinen Fenstern, stellte Rachel verdutzt fest. Nicht nur klein, auch vergittert. Es sah aus wie ein Gefängnis. »Was ist das?« fragte sie.

»Überraschung«, sagte Pei und lächelte nicht mehr. »Wir steigen aus.«

Als Rachel auf dem Hof stand, verwandelte sich ihr Erstaunen in so etwas wie Furcht. Es roch nach Schweiß und Latrinen. »Da drüben«, sagte Pei. Da drüben war eine Tür. Sie schien aus Stahl zu sein und war grün angestrichen. Rachel sah, daß sich in Augenhöhe ein Schlitz öffnete und wieder schloß. »Kommen Sie«, sagte Pei und packte ihren Arm oberhalb des Ellbogens.

In diesem Moment wußte Rachel, daß es ein Gefängnis war.

»Willkommen in der Residenz des rechtmäßigen Denkens«, sagte Pei.

Ihre Knie begannen zu zittern. Sie ließ sich nichts anmerken. Sie sah Pei in die schwarzen Augen und sagte: »Nehmen Sie Ihre Hände von mir.«

Er tat es nicht. Seine Finger waren wie Schraubzwingen. Die grüne Stahltür öffnete sich weit.

Panik durchströmte sie wie Krakentinte das Wasser. Raymond, dachte sie. *Raymond! Hilf mir!*

Es kam keine Hilfe.

Zwei kleine Männer mit Schirmmützen kamen aus der Tür und zerrten sie hinein. Mit einem Knall flog die Tür zu.

Mr. Pei bestieg den Mercedes und befahl dem Chauffeur, ihn nach Hause zu fahren.

Auf der Brücke der *Glory of Saipan*, die jetzt *Yoofus* hieß, nahm Jenkins den Hörer des Satellitentelephons auf.

»Captain Jenkins?« fragte eine chinesische Stimme, die er nicht erkannte. »Ein Gespräch für Sie.« Er hörte schlurfende Geräusche. Dann eine andere Stimme. Rachels. »Wer ist dran?« fragte sie.

»Ich.«

Rachel sagte: »Ich bin im Gefängnis.«

Unter Jenkins Füßen schien sich der Boden zu öffnen. »Gefängnis?«

»Mister Chang hat es veranlaßt«, sagte Rachel. »Ich glaube, der Direktor steht auf seiner Lohnliste. Sie haben mich gezwungen, dich anzurufen.« Ihre Stimme klang gepreßt, mühsam beherrscht.

Der Hörer in Jenkins Hand war schweißnaß. Ganz ruhig, dachte er. »Wer sind sie und was wollen sie?«

»Du hast etwas zu übergeben. Sobald das geschehen ist, werde ich entlassen.« Ihre Stimme schwankte. »Was ist das für eine Übergabe?«

Jenkins versuchte, sich eine Antwort auszudenken. Ihm fiel keine ein. »Sag ihnen, daß ich genau das tun werde, was sie von mir verlangen.«

»Oh, Daddy«, sagte Rachel.

Die Verbindung brach ab.

Jenkins starrte vor sich hin.

Lucy übergeben.

Oder Rachel verlieren.

Großer Gott.

Nach einer Dreiviertelstunde wechselte Mr. Lim von Tapeten zu Kronleuchtern über. »Ja, in der Tat«, sagte Mr. Lim und warf einen verstohlenen Blick auf seine Uhr. »Es gibt da auch Kronleuchter aus Metall. Beispielsweise Kronleuchter aus Bronze, Kronleuchter aus Stahl, Kronleuchter aus poliertem Messing, selbst, wie mir gerade einfällt, Kronleuchter aus Goldbronze oder Ormulu . . .«

»Verzeihen Sie«, sagte Raymond. »Ich leide unter einer persönlichen Unpäßlichkeit.« Höflichkeit war schön und gut, aber das hier wurde unerträglich. Raymond wollte zu Rachel zurück. »Ein kleines Leiden, das ich mir in Xian eingefangen habe.«

Mr. Lim lächelte verständnisvoll und verbeugte sich.

Raymond stand auf und kniff sein Hinterteil zusammen wie ein Mann, der es sehr eilig hat. »Ich danke Ihnen für Ihre erhellenden Ausführungen«, sagte er und rannte los, an der Toilette vorbei, hinunter zum Mercedes.

Der Wagen rollte durch das Eingangstor des Chang-Hauses. Raymond sprang hinaus und lief in das riesige, warme Innere. »Rachel!« rief er.

Pei tauchte neben ihm auf. »Sie ist nicht hier«, sagte er.

»Wo ist sie?«

»Woanders. Auf Anordnung Ihres Vaters.«

Raymond kam es vor, als hätte ihm jemand mit einer Schrotflinte ins Gesicht geschossen. »Was soll das heißen?«

»Ihr Vater war der Meinung, daß sie in Schwierigkeiten geraten könnte«, sagte Pei. »Sie befindet sich an einem sicheren Ort.«

Raymond lächelte. Hinter dem Lächeln tobte er. Wie konnte es sein Vater wagen, sich Rachels zu entledigen, als wäre sie ein Spielzeug, das er für ihn nicht mehr angebracht hielt? Es zuckte ihm in den Händen, Mr. Pei zu pakken und gegen ein paar Wände zu schleudern . . .

Denk genau nach.

Wenn sein Vater ungehalten war, stand Rachels Leben auf Messers Schneide. Nur Rachels; denn in der Welt seines Vaters waren die Interessen des Sohnes mit den Wünschen des Vaters identisch. Es war eine Welt, in der Liebe nicht zählte.

Raymond stellte fest, daß er Angst hatte.

»Wohin haben Sie sie gebracht«, fragte er beiläufig.

Pei wußte, daß natürlich absolutes Vertrauen zwischen Raymond und dem alten Mr. Chang herrschte. Er wußte auch, daß alle, die den Unwillen der Familie Chang erregten, für gewöhnlich nicht lange lebten. Und in Peis Hinterkopf schlummerte das Bewußtsein, daß Mr. Chang fünfzehn Jahre älter war als er, und wenn auch glücksbegünstigt, so doch nicht unsterblich. Pei betrachtete sich weniger als Mr. Changs Angestellter denn als Faktotum der Familie Chang. Das im Laufe der Zeit, wenn er seine Karten richtig ausspielte, ein altes Faktotum werden würde.

Und so zögerte Pei keine Sekunde. »Ins Volksgefängnis Nummer fünf«, sagte er.

In Raymonds Kopf schien ein Gewitter loszubrechen. Aber er lächelte und gähnte verhalten. »Meine Güte«, sagte er. »Ich glaube, ich sollte einen Happen essen.«

Der Happen kam. Er zwang sich dazu, sich zu setzen und ihn zu essen. Dann sammelte er gelassen, aber mit bebenden Fingern, in seinem Arbeitszimmer ein paar Papiere zusammen, steckte sie in seine Aktentasche und ließ seinen Wagen vorfahren.

Der Wagen brachte ihn zum Gefängnis. Er stieg aus, durchquerte den Verwaltungseingang und verlangte den Direktor zu sprechen. Der Direktor war ein rundgesichtiger Mann aus dem Norden. Er fand Raymonds Anzug ebenso beeindruckend wie seinen Haarschnitt und die Aura lässiger Autorität, die er in das neonbeleuchtete Büro mit den harten Stühlen und dem gesprungenen Emailschreibtisch brachte.

»Sie halten auf Anordnung meines Vaters eine Gweilo fest, eine Rachel Jenkins.«

Der Direktor wartete ab.

»Das war eine vorübergehende Anordnung«, sagte Raymond.

Der Direktor verbeugte sich. »Der Staat ist Einzelpersonen mit Unternehmungsgeist stets zu Diensten.«

»Mein Vater hat mich beauftragt, diese Frau zu übernehmen.«

Der Direktor wand sich auf seinem harten Stuhl. »Sie werden verstehen ...?« Sein Unbehagen ließ ihn erblassen. »Ihre Vollmacht?«

Raymond zwang seine Augen zu einem gelassenen, gesichtwahrenden Kontakt mit den Augen jenseits des Schreibtischs. Er zog seinen Paß hervor; den aus Hongkong, nicht den britischen.

Der Direktor vertiefte sich in den Paß. Dieser junge Mann war einwandfrei der, der zu sein er vorgab. Aber der Direktor saß in der Klemme. Wenn er beim Vater nachfragte und der Vater den Sohn tatsächlich beauftragt hatte, die Frau zu übernehmen, hätte er nicht nur das Gesicht verloren, sondern auch die Pflichttreue innerhalb der Familie Chang in Zweifel gezogen. Wenn er nicht beim Vater nachfragte und das Mädchen gegen seinen Willen entließ, hatte er sich einen Feind geschaffen. Aber Gefängnisdirektoren hatten ebensoviele Feinde wie Gefangene. Immerhin hatte er dann legal gehandelt und konnte sich im Notfall darauf berufen.

Der Direktor lächelte. Er griff zu einem Telephon und bellte einen Befehl hinein. Auf der anderen Seite des Schreibtischs inspizierte Raymond angelegentlich seine Fingernägel und spürte, wie ihn eine Woge der Erleichterung überrann.

Fünf Minuten später wurde Rachel hereingeführt, bleich und abgezehrt. Als sie Raymond sah, kehrte wieder Farbe in ihr Gesicht zurück. Rosig und golden wie ein Pfirsich, dachte Raymond.

»Also das ist die Frau«, sagte Raymond.

Wie besorgt er aussieht, dachte Rachel. Armer Schatz. Jetzt bloß nicht weinen. Halte durch.

»Kommen Sie mit mir«, sagte Raymond mit steinerner Miene.

Ihre Knie zitterten so heftig, daß sie glaubte, keinen Schritt gehen zu können. Aber irgendwie hielt sie sich auf den Beinen, als der Direktor sie persönlich die Treppe hinunterbegleitete. Sie bestieg den Mercedes. Raymond verabschiedete sich formvollendet von dem Direktor und stieg hinter ihr ein. Er suchte ihre Hand. Sie fühlte sich fast so kalt und verängstigt an wie seine.

»Fahren Sie los«, sagte er zum Chauffeur.

Rachel sah ihn an. Tränen liefen ihr über die Wangen. »Ich danke dir«, sagte sie.

Er schüttelte den Kopf. Sie sah, daß auch er weinte. Sie zog seinen dunklen Kopf an ihre Brust. »Ich kann das Gefängnis an dir riechen. Es tut mir so leid.« Er weinte noch immer. »Er hat dich hintergangen. Er hat mich hintergangen. Törichter alter Mann.« Rachel spürte, daß er zitterte. »Wie kann er es wagen?«

»Ganz ruhig«, sagte Rachel. »Es ist ja alles gut.«

»Wenn du das glaubst, begreifst du nicht, was er getan hat.« Raymond lächelte durch seine Tränen. »Er glaubte, du würdest mich lieben. Aber er glaubte, daß meine Pflicht ihm gegenüber größer wäre als meine Liebe zu dir. Er glaubte nicht, daß ich dich lieben könnte. Also brauchte er dich nur aus dem Weg zu schaffen. Und dann brauchte er mich nur zurückzupfeifen. Wie einen Hund.«

»Es geht nicht nur um dich«, sagte Rachel. »Es geht um meinen Vater . . .«

Er hörte nicht zu. »Wie einen Hund«, wiederholte er. »Er wird alt. Er kann sich nicht mehr vorstellen, wie Menschen denken und empfinden. Aber jetzt wird er feststellen müssen, daß Hunde beißen können.« Er beugte sich vor und schob die Trennscheibe zur Seite. »Bringen Sie uns zum Flughafen«, sagte er.

Rachel griff zum Telephon und wählte. Sie mußte lange warten. Dann hörte sie die Stimme ihres Vaters, fern, mitten im Meer.

»Ich bin es«, sagte sie. »Ich bin da raus.« Sie lauschte. »Und ich bin auf dem Weg, Peking zu verlassen.« Sie holte tief Luft und drückte Raymonds Hand. »Könntest du mir jetzt vielleicht endlich erklären, was da eigentlich vor sich geht?«

Raymond beobachtete sie, während sie zuhörte. Ich will mit den schmutzigen kleinen Spielchen meines Vaters nichts mehr zu tun haben. Ich will mein eigenes Leben führen . . .

»Himmel«, sagte Rachel mit dieser unergründlichen Sanftmut, der sich Raymond so schwer entziehen konnte. »Nun, mach es, um Gottes willen.« Eine erneute Pause. »Ich kann auf mich selbst aufpassen«, sagte sie. »Du kümmerst dich zunächst einmal um diese Menschen. Kennst du ein Hotel in San Francisco?«

»Four Seasons«, sagte Raymond.

»Dad«, sagte Rachel. »Wir treffen uns in San Francisco im Four Seasons. Abgemacht?«

»Abgemacht«, sagte Jenkins' dünne Stimme über die Tausende Meilen hinweg.

Sie legte auf. Sie strahlte. »Nun«, sagte sie. »Jetzt heißt es: du und ich gegen sie.«

»Gott sei Dank«, sagte Raymond.

8. Kapitel

Hinter den Brückenfenstern der *Glory of Saipan* begann sich die Welt mit dem Tagesanbruch zu verändern. Die schwarze See wurde grau, hob und senkte sich unter einem bleiernen Himmel. Wo Meer und Himmel zusammentrafen, war kurz ein orangefarbener Strich zu sehen.

Das ARPA war auf einen Umkreis von fünfundzwanzig Meilen eingestellt. Rechts voraus waren in elf Meilen Entfernung zehn grüne Punkte zu sehen. Jenkins drückte die Taste, die die ARPA-Vektoren dreißig Minuten in die Zukunft projizierte, dann eine Stunde, zwei Stunden. Den Echozeichen auf dem Schirm wuchsen lange grüne Schwänze, die konvergierten. Ein Alarmsignal ertönte. In der rechten oberen Ecke erschien die Nachricht: *TCA 1 Stunde, 07 Minuten.*

»Iron Hotel, Iron Hotel, hier Catcher«, meldete sich das VHF mit harter chinesisch-amerikanischer Stimme.

Jenkins war allein auf der Brücke. Hinter verschlossenen Türen. Er war nervös. Jeder auf der *Glory of Saipan* war nervös.

Es klopfte an der Tür. »Rodriguez«, sagte eine Stimme. Jenkins ließ ihn ein.

»Alles okay?« fragte Rodriguez.

»Nein.«

»Nein?« Rodriguez wirkte schockiert. »Problem?«

Jenkins deutete auf den orangefarbenen Streifen, auf dem die Echozeichen auf der Lauer lagen. »Diese Jungs da.«

»Hmhm«, machte Rodriguez und beäugte das ARPA. »Wir übergeben die Passagiere.«

»Nein.«

Die Brauen stiegen unter die pomadisierte Tolle. »Nein?«

»Das sind nicht die Boote, mit denen wir zusammentreffen sollen. Das sind Coastguard-Spione.«

»Jesus Maria«, sagte Rodriguez.

»Kann man wohl sagen«, sagte Jenkins. »Schalten Sie das VHF aus.«

»Sicher.« Rodriguez lief die Brückenfenster entlang und schaltete die Geräte aus, als könnten sie ihn beißen. »Und was machen wir jetzt?«

»Das, wofür wir bezahlt werden«, erwiderte Jenkins. Er ging in den Kartenraum.

Rodriguez nickte so heftig, daß seine Tolle durcheinandergeriet. Jenkins suchte die Karte von San Francisco Bay und Umgebung heraus. Vierundzwanzig Stunden, schätzte er; vielleicht dreißig, das hing vom Wetter ab. Er stellte den Autopilot auf den neuen Kurs ein. Der Bug des Schiffes richtete sich nach Norden.

»Navtext«, sagte Rodriguez.

Der Ausdruck sprach von Windstärke acht aus Nordwest, westlich aufkrimpend, neun bis zehn.

Die Thunfischfänger auf dem ARPA waren noch immer ein Rudel. Sie hatten die Kursveränderung nicht bemerkt und drehten auf, ihrem Treffen mit der *Glory* entgegen. In zwanzig Minuten würden sie längsseits sein, jedenfalls schienen sie das zu glauben. Jenkins blickte aus den Fenstern. Da draußen, wo sie sein mußten, schüttete eine schwarze Wolke Regenfluten über das Meer. Jenkins war angespannt und nervös. Du siehst sie noch früh genug, sagte er sich.

Die Brückentür schepperte, als jemand von außen an ihr rüttelte. »Wer ist da drinnen?« fragte Mrs. Nairns Stimme. Rodriguez stand nahe der Tür am Steuerrad. Jenkins sah die Überlegungen hinter seiner Stirn. Mrs. Nairn ist niemand, den man ausschließt. Sie ist eine von uns. Sie meinte der Captain nicht, als er sagte, die Tür solle verschlossen werden.

Und bevor Jenkins etwas sagen konnte, hatte Rodriguez bereits die Tür geöffnet und sie hereingelassen. »Morgen, Mistress Nairn«, sagte Rodriguez und grinste von einem Ohr zum anderen. »Bißchen stürmisch heute.«

Jenkins' Finger fand die Abschalttaste des ARPA und drückte zu. Das Bild schnurrte zu einem grünen Punkt zusammen und wurde schwarz. Mrs. Nairn ließ ihn nicht aus den Augen. Ihre Zunge fuhr hervor und befeuchtete die trockenen Lippen. »Müßte doch bald soweit sein mit dem Rendezvous«, sagte sie.

»Noch nicht«, sagte Jenkins.

»Doch, jederzeit.«

»Noch zwölf Stunden mit Sicherheit«, sagte Jenkins.

In diesem Moment sagte Rodriguez »Da!« und hob die Hand.

Jenkins sah, wie Mrs. Nairns Augen der braunen Hand mit dem silbernen Schulabschlußring folgten.

Die Regenfront war weitergezogen. Unter dem grauen Wolkendach hob sich die See träge wie noch unstarrer Beton, der von unten in Bewegung gebracht wird. Vierhundert Meter von Steuerbord entfernt tummelte sich eine ganze Herde solider, schmutziger Fischerboote mit quadratischen Ruderhäusern vor langen Arbeitsdecks.

»Sie haben den ganzen verdammten Ozean zur Verfügung, aber sie müssen uns ausgerechnet hier abpassen«, sagte Jenkins mit trockener Kehle. »Ruder, Rodriguez, zehn Strich Backbord.«

»Zehn Strich Backbord«, wiederholte Rodriguez.

»Was machen die da draußen?« fragte Mrs. Nairn. Sie wirkte verwirrt, aber noch nicht mißtrauisch.

»Fischen, nehme ich an«, sagte Jenkins. Die Schiffe strebten direkt auf den Bug der *Glory* zu. Nun, dachte Jenkins, wenn sie auf eine Kollision aus sind, haben sie mehr zu verlieren als wir.

»Wollen Sie denn nicht Fahrt zurücknehmen?« erkundigte sich Mrs. Nairn.

»Treibstoffverbrauch«, sagte Jenkins.

Es begann wieder zu regnen. Die Scheibenwischer quietschten über die Fenster. Die Fischerboote waren jetzt nahe genug, daß man von der *Glory*-Brücke aus auf ihre Decks blicken konnte.

»Woher wissen Sie, daß das nicht die Flotte ist, die unsere Fracht übernehmen soll?« erkundigte sich Mrs. Nairn.

»Wie bitte?«

»Die Übernahme«, sagte Mrs. Nairn. »Die Übernahmeflotte.« Ihre Stimme war schrill geworden, ihre grauen Wangen färbten sich rötlich.

»Sie hätten über Funk Kontakt aufgenommen.«

Mrs. Nairn blickte auf die Gräte. »Sie sind nicht eingeschaltet«, sagte sie.

»Entschuldigen Sie«, sagte Jenkins. »Keine Zeit zum Plaudern. Möchte mit keinem dieser Burschen da zusammenstoßen.«

Der Scheibenwischer putzte seine Glasfläche sauber. Jenkins sah eins der Fischerboote, massig und rund wie ein Badespielzeug, zehn Meter vor dem Steuerbordbug der *Glory*. Die Ladeluken standen offen und bereit, die Ladung aufzunehmen. Ein Mann stand neben dem Ruderhaus an Deck. Sein Gesicht war deutlich zu erkennen: ein chinesisches Gesicht mit verblüfft herunterhängendem Unterkiefer, den Kopf in den Nacken geworfen, die Augen auf den frischen Farbfleck am Bug der *Glory* gerichtet. Ein Finger zeigte auf die hohe, rostige Brücke des Containerschiffs.

»Frage mich, was er hat«, murmelte Jenkins.

Dann blieb das Fischerboot achtern zurück, und die *Glory* dampfte weiter durch eine leere See. Eine Bö heulte in den Antennen über dem Peildeck.

Mrs. Nairn sah Jenkins an. Ihr Gesicht wirkte fleckig. Ihre Augen wanderten zum GPS. 40° N 135° W stand dort. Sie stampfte von der Brücke.

»Ziemlich wütend«, sagte Rodriguez und gluckste.

»Schließen Sie die Tür wieder ab.« Jenkins griff zum Telephon und rief Lucys Kabine an.

Sie nahm sehr schnell ab, und es klang so, als wäre sie nicht allein. Ihre Stimme hörte sich verzagt und erschöpft an. »Mistress Nairn ist auf dem Weg nach unten«, sagte er. »Wir haben gerade die Thunfischboote passiert. Ich möchte, daß du sie von Funkgeräten fernhältst.«

»Selbstverständlich.« Sie schien noch etwas sagen zu wollen, aber er legte auf.

Mrs. Nairn lief eilig die Treppen hinunter. Sie wußte zwar nicht, was dieser Kerl auf der Brücke da eigentlich vorhatte, aber damit würde er auf keinen Fall durchkommen – jedenfalls nicht, solange sie noch einen Funken Atem in sich verspürte. Sie war für dieses Geld bis zu den Knien in Blut gewatet und fest entschlossen, es nun auch in Empfang zu nehmen. Vor ihrem inneren Auge erschien der Wohnwagen neben der Müllhalde, Edwin sturzbetrunken und fliegenumsummt auf den Stufen und sie immer wieder dieselben Bieruntersetzer häkelnd. Es war die Hölle gewesen. Ich muß meine Kräfte bündeln, sagte sie sich. Vielleicht können wir uns sogar Jenkins Anteil unter den Nagel reißen.

Als sie unten am Ende der Treppe und im Gang angekommen war, hörte sie, wie in ihrer Kajüte eine Dose geöffnet wurde. Laß ihn bloß nicht angetrunken sein, dachte sie. Bloß nicht! Sie trat schnell ein.

Die Dose war eine Seven-up. Gott sei Dank. Er hob die Dose und sagte: »Prost«. Sie sah ihm ins verhärmte Gesicht. Du armer alter Narr. Es ist nicht fair, nicht in deinem Alter. Laß uns behutsam zu Werke gehen, und es wird alles vielleicht wieder so angenehm wie früher.

»Wir sind am Treffpunkt. Jenkins ist gerade eben an der Übernahmeflotte vorbeigegefahren.«

Nairn legte die Stirn in Falten. »Vorbei?«

»Dieses gelbe Flittchen hat ihn dazu gebracht«, sagte sie. »Ich glaube, er will mit diesem verdammten Schiff direkt in den verdammten Hafen.«

»Das kann er nicht«, sagte Nairn.

»O doch, das kann er sehr wohl. Der Mistkerl hält sich für einen gottverdammten Wohltäter. Hör mir jetzt zu, Edwin. Du gehst jetzt hinunter in den verfluchten Maschinenraum und sagst den Jungs da unten, daß es kein Geld gibt, wenn wir nicht mit den Thunfischbooten zusammentreffen. Und du stoppst die verdammten Maschinen. Die Männer auf den Thunfischfängern wissen, was zu tun ist . . .«

Die Tür flog auf. Als sie sich umdrehte, war die Kajüte voller Gesichter. Östlicher Gesichter. Philippinischen oder chinesischen, so genau konnte sie das nie unterscheiden. Für sie waren sie alle Schlitze. Sie öffnete den Mund, um zu schreien. Jemand stopfte ihr ein Stück Stoff zwischen die Lippen, verpflasterte ihr Gesicht mit Klebeband. Glas klirrte. Sie hörte, wie Edwin heiser aufschrie, dann verstummte. Mrs. Nairn mußte mit ansehen, wie ihr Mann tapfer gegen dreißig Hände gleichzeitig ankämpfte, aber dennoch bis auf die Unterhosen ausgezogen wurde. Er wird sich erkälten, dachte sie. Dann zog man auch ihr Bluse und Rock aus, riß ihr die Strümpfe von den Beinen. Sie stürzte auf den klebrigen Teppich. In den baumwollenen Geschmack des Knebels mischte sich der metallische Beigeschmack von Angst. Ich habe euch zusammengeflickt, begehrte sie innerlich auf. Wir sind hier alle an Bord, weil wir es so wollten. Meine Aufgabe bestand darin, euch in marktfähigem Zustand abzuliefern. Ich habe lediglich versucht, mir ein paar Dollars zu verdienen.

Die Chinesen lehnten Nairns weißen, skelettähnlichen Körper gegen den fülligen seiner Frau und banden sie mit Gaffelband Wange an Wange zusammen. Keuchend vor Anstrengung schleppten sie beide auf die Koje. Dann rissen sie das Telephonkabel aus der Wand und ließen sie allein.

Hinter den zugezogenen Vorhängen des Kartenraums war die Welt ruhig und dämmrig – bis auf den Lichtkegel über der Karte von San Francisco.

Absolut direkter Kurs, dachte Jenkins. Der offizielle Zielhafen der *Glory of Saipan* war Oakland an der San Francisco Bay. Er hatte vage im Gedächtnis, daß Chinatown mehr oder weniger am südlichen Ende der Golden Gate Bridge seinen Anfang nahm.

Also brauchte er nur die Brücke zu unterqueren und sich dann rechts halten, um eine Pier, eine Anlegestelle oder einen Strand zu finden, um die Passagiere über die Seite von Bord und an Land zu lassen. Es wäre kein Problem für sie, in San Francisco unterzutauchen. Die Passagiere, die in Changs Bordellen arbeiten wollten, könnten jederzeit in Changs Bordellen arbeiten. Aber die Passagiere, die das nicht wollten, bekämen wenigstens eine faire Chance. Die Filipinos konnte er aus dem Schiffs-Tresor entlohnen. Dann würde er ins Four Seasons gehen, um sich mit Rachel zu treffen. Lucy würde Rachel gefallen.

Niemand brauchte etwas zu tun, was er nicht tun wollte,

mit Ausnahme der Nairns und Pete. Aber die hatten dreißigtausend Dollar von Chang auf ihren Konten.

Absolut direkt und problemlos.

Das Satellitentelephon meldete sich neben seinem Ellbogen. Er nahm den Hörer auf.

»Jenkins«, raschelte Changs Stimme über das Meer wie eine Schlange durch dürres Laub. »Erklären Sie mir bitte, was Sie da tun.«

»Was ich tue?«

»Es hat Schwierigkeiten gegeben.«

»Tatsächlich?«

»Es ist leicht, nicht begreifen zu wollen«, sagte Chang. »Aber ich glaube, auch nicht sehr hilfreich.« Er machte eine Pause. Jenkins wartete. »Und wie ich schon sagte: Ich weiß, wo Ihre Tochter ist.«

»Mit Ihrem Sohn zusammen, glaube ich«, sagte Jenkins. »Mit Raymond.«

»Eins sollte man stets im Gedächtnis behalten.« Changs Stimme klang angespannt. »Man sollte sich stets daran erinnern, daß die höchste Loyalitat innerhalb einer chinesischen Familie die zwischen Eltern und Kind ist. Ich verlasse mich auf meinen Sohn, Captain Jenkins. Und wenn ich mir eine persönliche Bemerkung gestatten darf, würde ich es mir zweimal . . . mehr als zweimal überlegen, bevor ich eine so begabte und schöne Tochter wie Rachel aufs Spiel setze.«

Jenkins versagte sich jeden Blick auf das Bild von Rachel, das vor seinem inneren Auge auftauchte. »Wo ist sie?«

»In Sicherheit.«

Es war, als würde man mit verbundenen Augen Schach spielen. Im Schachspielen war er noch nie gut gewesen. »Sie können nicht auf meine Kooperation rechnen, bevor ich von ihr höre.«

Pause. »Ich versichere Ihnen, daß sie in Sicherheit ist, Captain Jenkins.«

»Bitten Sie sie, mich anzurufen.«

»Mein Wort ist bindend«, sagte Chang. »Das war schon immer mein Prinzip.«

Es war kein Schach. Es war Poker. Als er das letzte Mal mit Rachel gesprochen hatte, war sie in Freiheit gewesen. Chang bluffte. Jenkins spürte, wie Zuversicht in ihm hochstieg. »Was wollen Sie?« fragte er.

»Es liegt in Ihrem ureigenen Interesse, die Maschinen zu stoppen und Kontakt zur Thunfischbootflotte aufzunehmen.«

»Das stimmt nicht.«

»Was Ihnen diese Frau auch versprochen hat, um Sie zu Ihrem jetzigen Verhalten zu bewegen«, sagte Chang, »Sie werden es nicht bekommen.«

Jenkins war überrascht. »Diese Frau?«

»Sie heißt Lucy Ng. Aber ich glaube, man nennt sie Lucy Moses. Sie hat ein paar Passagiere für mich angeworben. Sie bildet sich ein, sie aus der Gefangenschaft ins Gelobte Land führen zu können.«

»Und Sie wollten sie durch Lee töten lassen.«

»Zunächst. Dann habe ich das Urteil . . . außer Kraft gesetzt, um die Ordnung aufrechtzuerhalten.« Chang seufzte. »Es sieht so aus, als hätte ich sie unterschätzt. Ich habe nicht bedacht, daß ihre Freunde gar nicht die Absicht hatten, ihre volle Passage zu bezahlen. Deshalb hat sie sich an Sie herangemacht, um Sie zu beeinflussen. Ich nehme an, daß sie von Freiheit gesprochen hat. Aber ihre wahren Motive sind finanzielle, das versichere ich Ihnen.«

»Sie hat mich nicht beeinflußt«, sagte Jenkins.

Chang lachte. »Mister Jenkins, es ist noch nicht zu spät, Ihre Meinung zu ändern. Sie haben diese Aufgabe übernommen, weil Sie das Geld brauchten, um Ihre Frau zu unterstützen. Das ist mir bekannt. Was hat Ihnen Lucy Moses versprochen, damit Sie Ihre frühere Entscheidung über Bord geworfen haben?«

»Das würden Sie doch nicht verstehen.«

»Stellen Sie mich auf die Probe.«

»Ich habe getan, was ich für richtig hielt.«

Schweigen, nur das leise Zischen atmosphärischer Störungen. »Wie vor Zamboanga«, sagte Chang schließlich. »Sie taten es aus Gewissensgründen heraus, nicht aus Rachebedürfnis.«

»Stimmt.«

»Ich habe Sie falsch eingeschätzt, Mister Jenkins«, sagte Chang.

Die Verbindung brach ab.

Die Anker der *Glory* schlugen gegen ihre Bordwand, als sie in ein Wellental eintauchte. Mit jeder Welle fühlte es sich an, als würde sie immer tiefer liegen, ganz so, als wollte sie sich den Tumulten der Oberfläche entziehen und in die stillen, dunklen Tiefen eintauchen. Weiter und hinab, dachte Jenkins im Maschinengesumm des Schiffes; still und unauffällig, als würde gar nichts geschehen.

Als ob man fällt. Nichts geschieht, bis man auf dem Asphalt aufprallt. Chang würde nie einen Fehler einem Mann gegenüber einräumen, den er am Leben lassen wollte.

Das Telephon klingelte. Schiffstelephon. Nimm ab.

Lucys Stimme. Wieder verzagt. Offenbar machte sich der Druck bemerkbar. Aber der Klang wärmte ihm das Herz. »Bitte«, sagte sie. »Komm her. Erzähl mir, was du vorhast.« Pause. »Ich brauche dich.« *Was hat sie Ihnen versprochen?* hatte Chang gefragt.

Nichts, hatte er erwidert.

Das stimmte nicht ganz. Da waren Liebe, Zuneigung, ein kleines Feuer in einer kalten Wüste. Vielleicht sogar eine Zukunft.

Er stand auf. Seine Schulter schmerzte. Er fühlte sich erschöpft und fröstelte. In vierundzwanzig Stunden wäre alles vorüber.

Aber dann wäre es natürlich nicht vorüber. Was hatte ihm Lucy versprochen, das über die sichere Ankunft der *Glory of Saipan* an den Gestaden der Vereinigten Staaten von Amerika hinausging?

Die Leibwächter standen noch immer vor der Brückentür. Müde schlurfte er die Stufen hinunter; eine Treppe, zwei, drei. Er lief den Gang hinunter, an dem Lucys Kajüte lag. Aus der Kombüse drang ein Geruch nach gekochtem Blut. Jers Kabinentür stand offen, festgehakt. Sie war leer, als hätte nie jemand darin gewohnt. Er blieb vor Lucys Tür stehen.

Er klopfte.

Die Tür öffnete sich.

Er blieb stehen, sah hinein.

Zwei Menschen befanden sich in der Kabine. Einer lag auf der Koje, gefesselt mit blauem Polypropylenseil. Der andere hatte die Tür mit der linken Hand geöffnet. In der anderen hielt er einen langen, flach endenden Dolch.

Auf der Koje lag Lucy. Sie verdrehte verzweifelt die Augen oberhalb des Taus, das durch ihren Mund führte und um ihren Kopf herum in den Nacken führte.

Der andere, derjenige, der jetzt die Hand ausstreckte, um Jenkins' Jersey zu packen und ihn in die Kajüte zu reißen, war Ho.

9. Kapitel

Jenkins wurde mit der verletzten Schulter gegen die Wand geschleudert und fühlte, wie Stiche aufplatzten. Vor ihm begann sich die Kabine zu drehen. Er mußte laut gestöhnt haben, denn Ho sagte: »Halt den Mund.«

Als er hochblickte, stand Ho mit dem Messer in der Hand da wie ein Fleischer, der Schlachtvieh maßnimmt. »Was zum Teufel suchen Sie in der Kajüte dieser Lady?« brachte er über vor Angst nahezu gefühllose Lippen, denn er wußte, was gleich geschehen würde.

Hos weißer Overall war mit schwarzem Öl beschmiert. Er schwang das Messer. Ein paar Holzspäne flogen von der Leeseite der Koje. »Ende ist nah«, sagte er.

»Wollen Sie sterben?« fragte Jenkins.

Ho grinste.

»Dieses Schiff fährt in ein heftiges Unwetter hinein«, sagte Jenkins. »Ohne mich auf der Brücke wird es sinken, und alle Leute an Bord müssen sterben. Sie brauchen einen Kapitän, Ho.« Zuckte da so etwas wie Unsicherheit über Hos Miene? »Gehen Sie auf die Brücke. Fragen Sie den wachhabenden Maat.«

Ho starrte ihn an. Jenkins erkannte, daß die Leere in seinem Gesicht nur Leere war, keine Unsicherheit. Ho glaubte ihm nicht. Wir hätten es fast geschafft, dachte Jenkins. Aber jetzt wird er uns in Juliennestreifen zerschneiden.

Ho trat einen Schritt vor. Jenkins konnte ihn riechen: Schweiß, Öl und einen unangenehm süßlichen Duft. Er roch wie die Seife im Tennisclub – vor langer Zeit, als er noch geglaubt hatte, nicht mehr tiefer fallen zu können.

»Ich liebe dich«, sagte Jenkins zu Lucy. Vor dem Erschiessungskommando legten Männer Bekenntnisse ab, zündeten sich die letzte Zigarette an. Es war ein erbärmlich kleiner Satz, zu klein, um all das umfassen zu können, was er ihr über Freiheit, Aufrichtigkeit und so weiter sagen wollte. Dennoch meinte er jedes Wort ernst.

Ho bewegte sich.

Die Messerklinge blitzte auf. Jenkins war zu schwach, um sich wegducken zu können, selbst wenn er schnell genug gewesen wäre. Er spürte, wie ihn die Klinge links im Nacken traf. Er spürte eine schwere, massive Erschütterung. Sein Kopf flog quer durch die Kabine und prallte hohl auf die Seite der Koje. Eine Tür schlug zu.

Die schmuddelige Decke war von einer fliegendreckbesprenkelten Neonröhre beleuchtet. Jenkins blinzelte sie an. Dann machte er sich klar, daß abgeschlagene Köpfe nicht blinzeln konnten. Abgesehen davon war da neben dem Schmerz in seinem Nacken auch noch das dumpfe Pochen in seiner Schulter. Und ein unangenehm gegen einen Stuhl verdrehtes Bein. Ohne nachzudenken bewegte er das Bein.

Er sah, daß es sich bewegte. Sehr gut. Abgeschlagene Köpfe können Beine nicht in Bewegung setzen.

Er rollte herum. In seinem Schädel surrte ein Bienenschwarm, seine Zunge flappte in seinem trockenen Mund hin und her. Es gab Dinge, an die er sich erinnern sollte, aber sie fielen ihm nicht ein. Mühsam rappelte er sich auf die Knie. Mit ungelenken Fingern löste er den Knoten an Lucys Hinterkopf. Sie spuckte die Zwiebel aus, die sie am Sprechen gehindert hatte. Sie wirkte wütend.

»Er hat mich mit der stumpfen Seite getroffen«, wollte er sagen, doch es kam nur ein unverständliches Gurgeln heraus. Aber Lucy war längst am Telephon und schrie etwas auf chinesisch hinein. An das Telephon hatte Ho nicht gedacht.

Er war also doch nach oben gegangen, um den Maat auf der Brücke zu fragen, ob Jenkins die Wahrheit gesagt hatte. Er würde wiederkommen. Verriegle die Tür, bevor er zurückkommt.

Er war bereits zurück.

Draußen auf dem Gang waren Schritte, jede Menge Schritte. Und Hos Stimme. Ho schrie. Noch jemand schrie. Die Tür flog auf. Ho kam herein. Er schlug sie hinter sich zu und schob den Riegel vor. Seinen Dolch hatte er nicht mehr. Er verdrehte die Augen auf eine Weise, die Jenkins an ein verschrecktes Pferd erinnerte. Füße und Fäuste hämmerten gegen die Tür. Ho sah Jenkins an. Aus dem brutalkalten Riesen war ein kleines, angstschlotterndes Etwas geworden. »Bitte, Captain.«

Das Getöse an der Tür verwirrte Jenkins. Er wünschte, es würde endlich aufhören, damit er klar denken und überlegen konnte, was er mit diesem Bastard machen sollte, der ihn um Hilfe anflehte. Hilf ihm, dachte er über die Glocken von Notre Dame in seinen Ohren hinweg. Du mußt Menschen, Passagieren, Fracht und Bastarden helfen – ganz gleich, wer sie sind. Sonst bist du nicht anders als Chang, Soares und Ho.

Aber es war Ho.

Zu kompliziert. Jenkins setzte sich in Bewegung. Langsam und, wie er hoffte, hilfsbereit.

Das Hämmern gegen die Tür änderte sich. Jetzt waren es keine Füße und Fäuste mehr, sondern etwas Härteres, metallischer. Zwei weitere Rammstöße und der Riegel sprang ab. Ein Dutzend schreiender Chinesen durchbrach die Tür und den Nebel in Jenkins' Schädel. Im Hintergrund schien eine weiße Fontäne zu sprudeln. Ah, dachte Jenkins und konnte sich endlich zumindest etwas erklären. Die metallischen Schläge. Jemand hatte mit dem Feuerlöscher auf das Türschloß eingehämmert.

Die Kajüte war voller Menschen, die wild und kantonesisch durcheinanderschrien. Schwankend kam Jenkins auf die Füße. Eine Schulter prallte gegen ihn und schickte ihn neben Lucy auf die Koje. Die Menge wogte weiter. Plötzlich war die Kabine leer, die zersplitterte Tür schwang mit den Schlingerbewegungen der *Glory* hin und her. Auf dem Gang schwoll das Stimmengewirr zu einem Höhepunkt an.

Dann war da ein neues Geräusch, ein grauenhaft quietschender Schrei. Er klang, als würde da draußen ein großes Tier getötet.

Jenkins stand auf und lief die acht Kilometer zur Tür. Das Kreischen verwandelte sich in ein Gurgeln und verstummte. Er schob den Kopf auf den Gang. Er war von Leuten verstopft. Über den Leuten versprühte der Feuerlöscher noch immer Schaum. Aber jetzt war der Schaum rosafarben gesprenkelt wie die Buttercreme einer Hochzeitstorte.

»Allmächtiger«, ächzte Jenkins.

Die Menge zuckte, löste sich auf. Die Tür am Ende des Ganges öffnete sich. Ein kalter, salziger Windstoß, das Donnern einer brechenden Welle. Die Tür schloß sich wieder. Der Gang war leer – bis auf Jenkins, den Schaum am Boden und das Blut, das Ho verloren hatte, als die Menge ihn in Stücke geschlagen hatte.

Jenkins ging in Lucys Kabine zurück und löste die Fesseln an ihren Beinen. Sie klammerte sich an ihn. Sie zitterte. »Das war die Rache für Jer«, sagte sie.

Jenkins nickte. Sie waren angeblich Christen, liberale Akademiker und friedliebend.

Aber sie waren auch Fracht gewesen. Wie Mrs. Nairn gesagt hatte: Fracht bleibt Fracht.

Und wer das große blutige Messer ergreift, wird durch das große blutige Messer umkommen.

Die Thunfischfänger bewegten sich in die Ausläufer des Sturms hinein und stoppten. Die Winde kamen von vorn, die ungeheuren Wellen ließen sie auf und ab schwanken, und die Böen heulten um ihre Laufbrücken. Neben dem ersten Boot trieb etwas im Wasser.

Zwei Männer blickten über die Reling. Einer von ihnen laschte eine Gaffel an das Fall des Derrickkrans, den sie zum Löschen des Fangs benutzten, und ließ sie zum Gegenstand in den Wellen hinunter. Beim dritten Versuch griff der Haken. Der andere Mann drückte auf einen Knopf, und der Derrickmotor jaulte auf.

Als der Gegenstand aus dem Wasser tauchte, sah der Derrickführer, daß er sich in einen weißen Overall mit zahllosen Messereinschnitten verwandelt hatte. Im Overall steckte das, was einmal Ho gewesen war.

»Runter«, sagte der Mann am Fall. Der Derrickführer senkte den Körper auf das Deck. Dort lag er und verströmte Wasser, aber kein Blut. Blut war nicht mehr in ihm. Der Mann am Fall beugte sich zu ihm hinunter und durchsuchte die Overalltaschen. In der Beintasche fand er, wonach er gesucht hatte: ein schwarzes Gerät mit kurzer Antenne und einer Triggerschaltung, ähnlich einem Notfallposition-Leitstrahlsender, jedoch nicht auf eine Notfall-Frequenz eingestellt, sondern auf eine, die nur von Mr. Changs Thunfischbooten abgehört wurde.

»Mist«, sagte der Mann. Er schaltete den Leitstrahlsender

aus und schob ihn sich in die Tasche. Spare in der Zeit, so hast du in der Not. Dann ließ er einen Finger kreisen.

Der Kran hob Hos Leiche von den Deckplanken und schwenkte ihn über die Seite. Der Mann am Fall zog ein Messer hervor, beugte sich über Bord und schnitt den Körper vom Tau. Er glitt in die grauen Wogen, wurde zu einem auf- und abtauchenden weißen Fleck und verschwand.

Der Thunfischfängerflotte wuchsen weiße Schnurrbärte. Die Boote wandten sich gen Westen, mit einem leichten Drall nach Süden, und fuhren nach Hause.

Jenkins saß auf Lucys Bettkante und lauschte auf das Glokkengeklingel in seinen Ohren. Sie war bleich. Ihre Haare waren zerzaust wie die einer Puppe. Sie wollte sie glätten, aber es gelang ihr nicht recht.

Schweigend und zitternd saßen sie da. Es war ein Gefühl wie auf einer Beerdigung. »Und was jetzt?« fragte sie.

Jenkins sagte es ihr.

»Das würdest du tun?« fragte sie.

»Noch ist es nicht geschehen.« Jenkins gefiel, wie sie ihn ansah. Er erinnerte sich an Changs Worte. *Was hat sie Ihnen versprochen?*

Das hier war genug.

»Und wenn wir an Land sind?« fragte sie leise. »Was wirst du dann machen?«

»Ich möchte, daß du mit mir ins Hotel Four Seasons kommst, um jemanden kennenzulernen.« Weiter hatte er noch nicht gedacht. Es hörte sich unsinnig an. Schnell begab er sich wieder auf vertrautes Terrain zurück. »Ich möchte, daß du alle Leute aus den Containern in den Laderaum bringst. Wir kommen in unangenehmes Wetter.«

Er verließ die Kajüte, ohne sich noch einmal umzudrehen.

Er trat auf den kalten Gang hinaus. Seine Schulter fühlte sich an, als würde sie bluten. Er konnte den Kopf nicht bewegen, und das Körperzittern war zu einer Art spastischem

Krampf geworden. Oben an der Treppe sah er Pete, der sich mit verschwollenen Augen vor seiner Kajüte in einen Pullover zwängte.

»Großer Gott«, sagte Pete. »Was ist passiert? Was sollte dieser Höllenlärm?«

»Die Passagiere haben Ho getötet.« Was sage ich Pete, fragte sich Jenkins. So wenig wie möglich. Aber er ist ein Seemann, er wird es herausfinden. »Wir kommen in einen Sturm«, sagte er. »Und das ist schlecht, weil wir nicht auf Dauer hier draußen bleiben können.«

Pete runzelte die Stirn. »Warum nicht?«

»Wir haben die verdammten Thunfischboote verpaßt. In der Maschine läuft die Achse heiß. Wir können hier nicht ewig herumhängen.«

»Verpaßt?« Die *Glory* rollte. Wie gigantische Hämmer schlugen die Anker in die Klüsen zurück. »Wir werden die Container verlieren«, sagte Pete spröde, ganz Erster Maat, der sich um die Fracht kümmert. »Was ist mit den Passagieren?«

»Ich habe mit der Einsatzleitung gesprochen«, sagte Jenkins. Die Lügen fielen der fremden Stimme leicht, die das Sprechen für ihn übernommen hatte. »Sie wollen, daß wir sie in San Francisco an Land setzen.«

»An Land?« Petes Mund blieb offen.

»Das hat der Mann gesagt.« Das kauft er mir nie ab, dachte Jenkins. Er ist doch nicht verrückt.

»Heilige Seekuh«, sagte Pete, und seine pflaumenfarbenen Augen wurden eine Spur größer. »Das ist ein bißchen abseits der Legalität.«

»Das Geld stimmt«, sagte Jenkins.

»Yeah«, sagte Pete offenbar beruhigt. Er gähnte. »Nun ja, höchste Zeit, einen Happen zu essen, nehme ich an.« Er schlurfte in Richtung Messe davon. Jenkins ging zur Brücke hinauf.

Pete ging nicht in die Messe. Als er hörte, daß die Tür hinter Jenkins zuschlug, lief er schnell zur Kabine der

Nairns und klopfte energisch. Innen hörte er ein seltsames Stöhnen. Er drückte auf die Klinke. Die Tür war verschlossen. Er rannte zum Farbenverschlag und kam mit der Brandaxt wieder. Er hieb zweimal damit gegen das Schloß. Die Tür schwang auf.

Mr. und Mrs. Nairn waren von der Koje gefallen und bildeten auf dem Boden eine unordentliche, mit Gaffelband verklebte weiße Körpermasse. Pete stand einen Moment lang mit den Händen in den Taschen da und lachte schallend. Dann zog er ein Messer hervor und durchschnitt das Band. Mrs. Nairn verhüllte ihre Nacktheit schnell mit einem Bademantel. »Wo ist dieser verdammte . . .«

»Mund halten«, unterbrach Pete mit einer neuen, scharfen Stimme, die ihr das Wort im Mund ersterben ließ. »Sind Sie verletzt?«

»Nein.«

»Chief?«

»Nein.«

»Dann ziehen Sie sich etwas an«, sagte Pete. »Erzählen Sie mir, was geschehen ist, Mistress Nairn.«

Die Nairns taten, wie ihnen geheißen. Irgendwie hatte sich Pete verändert. Ganz so, als hätte er bisher im Leerlauf funktioniert, stünde nun aber unter Volldampf. »Gut«, sagte Pete. »Sie bleiben hier, Mistress Nairn. Und Sie, Chief, gehen in den Maschienraum und tun, was Ihnen gesagt wird.«

»Was denn?« sträubte sich Nairn.

»Tun Sie es«, sagte Pete. »Und Sie haben wenigstens eine winzige Chance, zu Ihrem Geld zu kommen.«

Mrs. Nairn war nicht dumm. Sie bemerkte die Veränderung. Sie bemerkte gleichfalls, daß Pete nicht »wir« gesagt hatte. Er hatte »Sie« gesagt.

Im Maschinenraum saß Ramos vor der Instrumentenkontrolltafel. Er hatte keine Ahnung, was über ihm eigentlich vor sich ging, konnte den Bewegungen seines Schaumstoffsessels aber entnehmen, daß sie in übles Wetter dampften.

Bald würde es vorüber sein. Bald gab es Geld. Er fragte sich, ob er sich darauf verlassen konnte, daß sein Schwager Juan im Sommer das Unkraut zwischen dem Zuckermais jätete. Er sah Juan schon vor sich, wie er zwischen den Pflanzenreihen döste, der faule Hund . . .

Auf der Konsole blinkte es. Das Warnlicht der Ölreinigungsanlage. Vermutlich eine Fehlfunktion des Warnsystems. Mistiges altes Schiff, nichts funktionierte.

Neben dem ersten begann ein zweites Licht zu blinken.

Das war höchst ungewöhnlich. Ramos' Blicke zuckten zu den Öldruckmessern. Zwei der vier Nadeln waren auf Null gesunken. Jetzt fiel auch die dritte, und ein weiteres Licht blitzte. Sein Unterkiefer klappte herunter. Das Herz hämmerte ihm gegen die Rippen. Er griff sich Ohrenschützer und rannte aus dem Kontrollraum.

Als seine Stiefel auf den Stahlgang vor der Tür trafen, kamen sie ins Rutschen. Er stürzte auf das Deck, schlitterte weiter und bemerkte ebenso verblüfft wie ungläubig, daß der Boden zentimeterhoch mit heißem, schwarzen Öl bedeckt war. Seine Rutschpartie brachte ihn zur Tür des Reinigerraums. Inzwischen stand sein Mund weit genug offen, um Öl hineinzubekommen, zu husten, zu spucken und immer noch verblüfft zu sein.

Ein schwarzer Mann stand im Ölreinigerraum. Bis auf schwarze Boxer-Shorts schien er nackt zu sein. Er hob und senkte die schwarzen Arme. In den schwarzen Händen hielt er eine einst rote, nun aber schwarze Brandaxt. Die Brandaxt schlug auf Rohre und Leitungen ein, so fachkundig, daß die kochenden Ölströme in die Bilgen sprudelten, ohne ihn zu verletzen.

Ramos öffnete den Mund noch weiter, um zu schreien. Aber mehr Öl drang in seine Mundhöhle, er besann sich eines Besseren und begann, in den Kontrollraum zurückzuweichen. Die Gestalt hinter den Ölreinigern schien die Bewegung zu bemerken und wandte den Kopf. Ramos fing den wilden Blick der gelbroten Augen in dem ölschwarzen Gesicht ein und entsetzte sich. Er schlitterte weiter, stürzte durch die Tür, schlug hin, streckte den Arm aus und schlug mit der flachen Hand auf den Alarmknopf. Während sich das Schrillen der Schiffsglocke durch das ganze Schiff verbreitete, rief er die Brücke an.

Eine kühle Stimme antwortete. Mister Pelly, dachte er; breites Gesicht, harter Mann. »Öl«, sagte er. »Kein Öl.«

»Ah«, machte Pelly gelassen, begriffsstutzig wie alle Amerikaner, Briten und Australier. »Maschinen stoppen.« Der Telegraph surrte.

Ramos trat vor den Hebel der Treibstoffzuführung und zog ihn an sich heran. Die Maschine der *Glory* verlangsamte sich. Mann mit Axt total plemplem, verrückt, dachte Ramos, während ihm der Schweiß in Strömen vom Körper lief. Achsen könnten okay geblieben sein. Hoffentlich kann ich die Maschine rechtzeitig stoppen.

Die Hoffnung erfüllte sich nicht.

Ohne Ölzufuhr war die untere Achse von Kolben Nummer drei bereits trockengelaufen. Trocken wurde sie rotglühend, obwohl Ramos die Maschine gestoppt hatte. Die letzten paar Umdrehungen brachten sie in Weißglut, ließen das Öl in der Ölwanne verdampfen und entzündeten den Dampf. Ein dumpfes *Wumppp*! ertönte, und eine orangeblaue Flammenwand zuckte durch den Maschinenraum.

»Feuer!« schrie Ramos, obwohl er nicht wußte, wer ihn hören sollte. Dann verließ er den Raum durch die den Flammen fernste Tür und schoß wie ein Kaninchen durch die luftdichten Türen und schaffte es, die letzte hinter sich zu verschließen.

Zitternd und fröstelnd stand er am Heck des Schiffes und atmete die frische, salzige Luft in tiefen Zügen ein. Er dachte an die Augen, in die er drei Minuten zuvor geblickt hatte.

An die Augen des Ersten Ingenieurs.

Dann erinnerte sich Ramos daran, daß er auf zweihundert Tonnen gebunkertem Rohöl stand, die sich bald ihrem

Flammpunkt nähern mußten. Und so begann er nach vorn zu laufen, so weit wie möglich.

Als er zu den Containern kam, sah er vor dem Buckel einer riesigen grauen Welle eine dürre schwarze Gestalt über das Seitendeck auf die Unterkunft zulaufen. Alle Heiligen, dachte Ramos, laßt mich nur leben, und ich werde nie das Land nie wieder verlassen.

Jenkins hatte zugesehen, wie die großen grauen Wogen achtern herankamen und das hintere Ende der *Glory* hoben, sodaß ihr Bug hinuntergedrückt wurde und die Brükkenfenster einen Moment lang in das lange, glasige Wellental blickten. Dann glitten die Wellen unter dem Kiel hindurch, schossen kniehoch über den schmalen Deckgang neben den Containern hoch, ließen das Heck in die nächste Meeresmulde fallen und hielt die Stahlschüssel des Schiffes im Stillstand, bis die nächste Woge das Heck erfaßte und alles von vorn begann.

Der Wind kam von Westen, die Dünung aus Nordwesten. Noch dreißig Meilen vielleicht. Die Container begannen sich aus den Verankerungen zu lösen. Du mußt zugeben, sagte sich Jenkins, daß da draußen eine Menge Meer ist. Eine verfluchte Menge Meer.

Eine Sekunde lang hörte das Zittern des Decks auf, und das Schiff lag absolut ruhig. Dann begann die Schiffsglocke ohrenbetäubend zu schrillen. Die Maschine hatte gestoppt. Durch das Fenster sah er an den Wellen, daß das Schiff aus dem Kurs lief, daß die Wellen, die unter dem Kiel vom Heck zum Bug verlaufen waren, sich nun auf die größte Schiffsbreite richteten. Schon bald würde sich die *Glory* in den Wellentälern die verrottete Seele herausschlingern.

Jenkins kurbelte am Maschinenraum-Telegraph. Kein Summen deutete an, daß der Maschinenraum die Botschaft gehört hatte. Er griff zum Telephon und wählte. Er hörte nicht einmal ein Rufzeichen.

Er ging nach hinten und blickte durch die Kartenraumfenster.

Hinten am Schornstein waberte schwarzer, öliger Rauch. Aber er kam nicht aus dem Schornstein, sondern von irgendwo seitlich. Jenkins dachte an den Laderaum, an die wasserdichten Türen, die die Leute für gewöhnlich zu schließen vergaßen, und an Rauchschwaden, die durch die Burma Road trieben. Plötzlich begann sein Herz unangenehm heftig zu pochen.

Er rief Pete Pelly an. »Brandkommando«, sagte er. »Gehen Sie hinunter und sammeln Sie die Passagiere zusammen.« Die Bienen summten noch immer in seinem Schädel, aber die Furcht war lauter. »Bringen Sie sie in den Unterkunftsblock. Schließen Sie die wasserdichten Türen. Fluten Sie notfalls den Maschinenraum, aber nur notfalls, um Himmels willen.«

»Yeah«, machte Pete so gelassen, daß es fast wie ein Gähnen klang.

»Und lassen Sie den verdammten Generator nicht den Geist aufgeben.«

»In Ordnung.« Die Verbindung brach ab.

Nächster Schritt, dachte Jenkins. Schadensbewertung. Ausmaß des Schadens unbekannt. Maschinenversagen, vermutlich nicht zu beheben. Zum Positiven: Der Wellengang war hoch genug, um die Radaranlagen der Küstenwache zu beeinträchtigen. Und die Wolken dicht genug, um Satellitenphotos zu verhunzen. Der Wind wehte die *Glory* in die ungefähre Richtung von San Francisco mit drei Knoten, die durchaus auf fünf zu steigern waren. San Francisco lag an einer Leeküste, aber es war eindeutig San Francisco.

Die Brückentür schwang auf und fiel wieder zu. Mrs. Nairn kam herein. Ihre Haare hatten sich aus den Vertäuungen gelöste, ihre Augen blitzten. »Was haben Sie sich eigentlich dabei gedacht?« fragte sie mit tonloser, irgendwie gebrochener Stimme.

»Die Maschine ist offenbar ausgefallen.«

»Es gibt eine eindeutige Vereinbarung«, sagte Mrs. Nairn, als hätte sie ihn gar nicht gehört. »Danach übergeben wir an die Thunfischboote. Wir fahren nach Oakland. Wir bekommen unser Geld.« Sie beknabberte das Innere ihrer aschfahlen Lippen. »Sie sind an den Thunfischfängern vorbeigefahren. Daher hat Edwin das Schiff an Ihrer Stelle gestoppt.«

Jenkins lehnte sich haltsuchend gegen das Fenster. »Mit den Thunfischbooten können wir jetzt nicht mehr rechnen.«

Ihr Gesicht verfiel. Sie war nur noch ein altes, gehetztes Tier, das sich in die Ecke getrieben fühlte und zum letzten, bösartigen Schlag ausholen wollte. Sie schob ihr Gesicht nahe an ihn heran. Sie roch nach Schweiß. »Ich will, daß die verdammte Fracht an die Thunfischboote übergeben wird.«

Die *Glory* schlingerte heftig. Die Kaffeekanne fiel vom Bord, rutschte über den Boden der Brücke und prallte wie eine Bombe gegen die Tür.

»Wie gesagt, gibt es keine Thunfischboote mehr«, sagte Jenkins. Er schaltete das ARPA auf den größten Peilbereich ein.

Fünfundzwanzig Meilen voraus zeichnete sich die Küste als helle Linie ab. Ansonsten war der Schirm schwarz.

»Schalten Sie die Funkgeräte ein«, sagte Mrs. Nairn. »Hier geht es um unsere Altersversorgung. Wir haben sie uns nach all dieser Zeit mehr als verdient. Nur weil Sie unbedingt Ihre gelbsamtene Schlampe bumsen mußten . . . Gott im Himmel.« Sie schüttelte den Kopf. »Wie kann ich es Ihnen nur begreiflich machen, Sie törichter Drongo? Sie sind schließlich ein Weißer. Und Sie wollen uns mit hineinziehen, mich und Edwin? Wir haben unser Leben lang nur gearbeitet. Das können Sie nicht tun. Sie können es einfach nicht tun.«

Jenkins mußte an die Tennisplätze im Stanley Club denken, an kleine Drahtkäfige, in denen sich freie Menschen, uniform gekleidet, nach Bällen reckten und festgesetzten Regeln folgten.

»Wir sind alle aus freiem Entschluß an Bord«, sagte Mrs. Nairn. »Wenn diese Leute sterben, ist das ihre Sache. Mir ist es gleich, wie viele von ihnen verenden. Ich will mein verdammtes Geld.«

Jenkins sah ihr ins vage vom grünen ARPA-Schirm beleuchtete Gesicht. Die Ärztin Mrs. Nairn gab es nicht mehr. An ihre Stelle war eine heimtückische Alte getreten mit Augen wie Schieferkiesel. »Wir werden sie an Land bringen«, sagte er.

Sie begann zu schluchzen. Rohölgeruch trieb auf die Brücke. »Was haben Sie ihr angetan?« fragte eine Stimme.

Jenkins blickte hoch. Es war Nairn, halbnackt, sein Brustkorb wölbte sich über seinem ölverschmierten Kugelbauch, seine rotgelben Augen leuchteten in seinem schwarzen Gesicht. »Sie hat es sich selbst angetan.« Erneut schlingerte die *Glory* heftig und anhaltend. Achtern klirrte und krachte es. Offenbar hatten sich weitere Container gelöst. Er konnte Nairns Alkoholfahne riechen. »Maschinen haben ausgesetzt«, sagte er.

»Habe sie zerschlagen«, sagte Nairn. »Sie brennen.«

»Zu spät«, sagte Jenkins.

»O nein, das ist es nicht«, sagte Nairn. »Ich übernehme hier das Kommando.«

»Ich habe das Kommando«, sagte Jenkins. »Und ich bringe das Schiff an Land.«

Nairns zeigte schwarze und gelbe Zähne. Sein Skelettarm holte langsam, unsicher gegen Jenkins aus. Jenkins wich der öligen Faust aus. Nairn stürzte nach vorn und auf das Deck. Auf Händen und Knien blieb er am Boden und schüttelte den Kopf. Mrs. Nairn ergriff seine Hand. »Edwin«, sagte sie. »Steh auf.« Sie zog an seinem Arm. Er rappelte sich hoch. Er schien zu weinen.

Seite an Seite standen sie da: Nairn, das ölverschmierte Skelett, und Mrs. Nairn, massiv wie ein Rugbystürmer und befleckt durch das Öl vom Körper ihres Mannes. Schwarze Rauchwolken ballten sich am Heck des Schiffes, und die Wogen wirkten wie riesige graue Berge.

»Ich hoffe, Sie sind zufrieden«, sagte Mrs. Nairn und führte ihren Mann von der Brücke.

Jenkins rief Pete an und sagte: »Ich möchte ein paar der Container loswerden. Vom hinteren Ende.«

»Warum?« fragte Pete.

Jenkins fühlte sich gleichzeitig übel und leichtsinnig. »Wir unternehmen eine Segelpartie«, sagte er.

»Was . . .?«

»Und Sie sollten besser den Maschinenraum unter Wasser setzen. Der Generator kann jeden Moment flötengehen.«

»Oh, gut«, sagte Pete. »Würden Sie vielleicht erklären, was verdammt noch mal eigentlich vor sich geht?«

»Wir tun alles, um nicht zu ertrinken«, erwiderte Jenkins und schaltete das Funkgerät aus.

Auf dem Flughafen Peking durchquerten Raymond und Rachel, ohne nach rechts oder links zu schauen, schnell die Abflughalle. Sie passierten die Sicherheitskontrollen und erkämpften sich ihren Weg zur Maschine. Sie wirkten wie die üblichen Passagiere der Touristenklasse, zermürbt und mitgenommen. Das Flugzeug hob ab. Raymond bestellte Weißwein.

Rachel lehnte sich in ihrem Sitz zurück und dachte an China, das unter ihr hinwegglitt, eine riesige, von Menschen zugedeckte Falle. Sie griff nach Raymonds Hand. *»California, here we come«,* sang sie leise.

»Und was wollen wir in Kalifornien machen?« fragte Raymond.

»Leben«, sagte Rachel. »Wie die Kalifornier.«

»Man muß das Leben eben nehmen, wie das Leben eben ist«, sagte Raymond.

10. Kapitel

Stunden vergingen. Der Generator hielt sich. Befreit von ihren Verankerungen rutschten die Container von den Lukendeckeln. Geschoben vom Winddruck gegen ihren Unterkunftsblock trieb die *Glory of Saipan* auf Amerika zu.

Johnny stand am Steuer. Jenkins stützte sich auf die ARPA-Griffe, als wäre es ein ZimmerRahmen. Es war ruhig hier oben, die Geräusche der in der Unterkunft zusammengepferchten Passagiere waren nur ein fernes zwitscherndes Gemurmel.

Pete kam auf die Brücke. Sein Teint war grau, sein Gesicht ein schlaffes Rund. »Erledigt«, sagte er. »Würden Sie mir jetzt endlich erklären, was Sie verdammt noch mal vorhaben?«

»Wir haben den Wind im Rücken«, sagte Jenkins. »Er weht uns an Land.«

Petes graue Zunge verließ den Mund und befeuchtete seine Lippen. Der Bug der *Glory* durchschnitt eine Welle, Gischt spritzte an den Fenstern hoch.

»Segelunterricht«, sagte Jenkins und blickte auf den Bildschirm. »Wir haben uns der hinteren Container entledigt. Jetzt liegt unsere Windangriffsfläche im vorderen Bereich des Schiffes. Also sind wir nun ein Segelboot, und solange wir einen Generator für die Steuerung haben, können wir uns nach Belieben bewegen – mit Maßen.«

»Mit Maßen?« wiederholte Pelly. »Was meinen Sie damit?«

Jenkins widerstand der Versuchung, die Stirn gegen das kühle Glas des ARPA zu lehnen. Als er die Tasten an der Seite des Bildschirms drückte, zeigte er zwei Landzungen zu beiden Seiten einer Wasserfläche, das von einer grünen, hängemattenähnlichen Konstruktion überspannt wurde. Der Golden Gate Bridge.

Die grüne Kurslinie der *Glory* führte auf die Südseite der Lücke zu.

Bevor Nairn die Maschinen ruiniert hatte, hätten sie die Hafenkontrollen ignorieren, unter der Brücke hindurchfahren, sich nach rechts wenden und ihr Glück versuchen können.

Aber jetzt nicht mehr.

Nicht ohne Maschine.

Aus den hinteren Fenstern nahm sich das Heck der *Glory* tiefer als zuvor aus. Der schwarze Rauch ballte sich nicht mehr. Der Generator war noch da. Jenkins sah achtern eine Welle hochkommen, fast schwarz im Licht der Deckbeleuchtung, über das Heckwerk hinweg und den Schornstein umspülen und auf den Lukendeckeln verlaufen. Früher oder später würden etliche Gallonen Wasser in die Lufteinlaßdüse des Generators fließen. Dann gäbe es kein Licht mehr, keine Steuerungsmöglichkeit.

»Und was machen Sie, wenn Sie den Generator verlieren?« fragte Pete.

»Wir treiben mit dem Bug voran an Land. Das Heck wird herumkommen. Wir machen eine Leelandung. Dann können sie mit den Rettungsflößen an Land.«

»Einfach so«, sagte Pete.

»Wollen Sie vielleicht lieber Rettungsboote und Hubschrauber rufen?«

Pete wandte sich ab. »Sie sind übergeschnappt«, sagte er.

Er hat recht, dachte Jenkins. Es war genau das, wovor er sich sein ganzes Leben lang gefürchtet hatte. Er sah die *Glory* im harten braunen Sand festsitzen, während die Wogen sie in Stücke schlugen. Er sah ihren rostigen Rumpf schlingern, sah, wie die kleinen Körper herausgespült wurden, noch einen Moment lang kämpften und dann schlaff im schwarzen Wasser trieben.

Er ging zum Telephon hinüber und rief Lucys Kabine an. Das Vogelgezwitscher rumorte im Hintergrund. »Die Landung könnte riskant werden. Ich könnte die Coastguard rufen. Helikopter.«

»Bitte nicht«, sagte sie. »Wie lange noch?«

»Vier Stunden.«

»Gut.«

Er legte auf. Er lehnte sich auf das Sims unterhalb der Brückenfenster.

Der Bug senkte sich. Tief und tiefer, als eine große Welle, größer als alle vorangegangenen, das Heck zu heben begann. Jenkins sah über die Schulter hinweg auf die Lukendeckel, sah den Schwell im Schein der Decklichter, sah das silberne Leuchten der Schaumkronen. Eine Schaumkrone brach. Er sah sie nahezu endlos über dem schwarzen Quadrat des Generators hängen. Er sah, wie sie sich kräuselte, sich über den Generator beugte und zu stürzen begann ...

Es wurde dunkel.

Die *Glory* erschauerte und verströmte Wasser, als sie wieder auftauchte. »Keine Steuerung, Sah«, sagte Johnny am Ruder. Ein Aufstöhnen der Furcht ersetzte das Vogelgezwitscher in der Unterkunft.

»Lassen Sie das Steuer«, sagte Jenkins zu Johnny. »Bitten Sie den Chief, den Generator wieder in Gang zu bringen.«

»Sah.« Die Tür öffnete und schloß sich. Johnny war fort. Vergebliche Liebesmüh, dachte Jenkins. Kann aber nichts unversucht lassen.

Jenkins trat an die vorderen Fenster der Brücke. Noch stampfte die *Glory*, kam noch voran. Aber der Wind bekam wieder einen Drall aus Norden. Ohne Ruder würde sie nach Süden getrieben, fort vom Eingang zur Bay und direkt auf den Strand.

Könnte schlimmer sein, meldete sich eine kleine, unvernünftige Stimme in Jenkins' Kopf.

Er blickte zum Fenster hinaus, sah aber nichts als schwarzes Dunkel. Gischt schäumte unter dem Bug der *Glory* auf. Sie kam wieder hoch. Die Nacht wurde erneut schwarz.

Nicht ganz.

Da draußen in der pechscharzen Finsternis tauchte ein winziges rotes Funkeln auf. Es verschwand so schnell, wie es gekommen war, dann kam es wieder, noch einmal und verschwand erneut.

Fünf Sekunden später war es wieder da, am selben Platz.

Es war eine Boje: die erste Markierungsboje an der südlichen Begrenzung des San Francisco Channel.

11. Kapitel

»Holt Lucy«, sagte Jenkins. Er hörte Gemurmel. Die Brükkentür öffnete und schloß sich. Dann Lucys Stimme. »Ja?« Er spürte ihre Wärme neben sich.

»Wir gehen an Land«, sagte er. »Irgendwo am Strand. Ich möchte dir alles ganz genau erklären, damit du es den anderen sagen kannst.«

»Ist es auch sicher?« fragte Lucy.

»Wenn alle tun, was ihnen gesagt wird. Ich werde den Bug des Schiffes auf den Strand setzen, das Heck wird herumgeschoben, so daß der Rumpf parallel zum Land liegt. Das schützt vor den Wellen. Ich werde einige Männer mit Tauen an Land schicken. Seilen. Dann können die Frauen und Kinder über die Seite hinunter und auf die Rettungsflöße, und die Männer ziehen sie an Land. Ich möchte, daß du mir die Männer nennst. Männer mit Familien, die auf ihre Frauen und Kinder warten und sich nicht einfach davonmachen.«

»Verstehe«, sagte Lucy. Sie wirkte skeptisch.

»Und weiterhin möchte ich, daß du dafür sorgst, daß jedermann an Bord eine Rettungsweste bekommt. Rodriguez wird sie austeilen. Wirst du das den Leuten erklären können?«

»Ja.« Lucy drückte seine Hand. »Man vergißt sehr schnell, daß es auch anständige Menschen auf der Welt gibt.«

Jenkins fühlte sich müde und erschöpft. »Nicht unbedingt anständig«, sagte er. »Nach einer gewissen Zeit will man mit diesem ganzen Unsinn einfach nichts mehr zu tun haben.« Er dachte wieder an die Tenniscourt-Käfige. In ihnen wurden Punkte gemacht und rituelle Tänze vollführt. Draußen gab es weder Punkte noch vorgeschriebene Schritte. Aber Freiheit.

Er spürte ihre Haare an seiner Wange, ihre Finger auf seinem Gesicht, die Sanftheit ihrer Lippen. »Vielen Dank.« Nachdem sie gegangen war, öffnete sich die Tür zur Brücke und schloß sich wieder.

»Wer ist da?« fragte Jenkins.

»Pete«, sagte eine Stimme. »Und Ramos.«

»Können Sie mir genügend Energie für das Satcom und das ARPA beschaffen?« fragte Jenkins.

»Kann ich«, erwiderte Ramos. »Captain, was . . . äh . . . haben Sie vor?«

»Das Boot auf den Strand setzen. Die Passagiere und uns an Land bringen. Einen kleinen Spaziergang in die Stadt unternehmen«, sagte Jenkins.

»Nein, nein. Was wird dann aus unserer Bezahlung?«

»Sie werden aus dem Schiffstresor bezahlt.«

»Ah«, machte Ramos, als wäre damit alles in Ordnung, als strudelten nicht sieben Meter Meer unter dem Rumpf der *Glory* und als wäre die Bay kein Leestrand. »Gut. Ich kümmere mich um Saft für das Satcom.«

»Pete?« fragte Jenkins, »sind Sie da?«

»Hier.«

»Ich fürchte, es läuft nicht ganz so, wie Sie es sich vorgestellt haben.«

»Nein.« Petes Stimme war ausdruckslos, abweisend. Auch sein Gesicht wirkte leer. Noch nie war er Jenkins so chinesisch erschienen. Seine asiatischen Augen waren schmal und rätselhaft. »So hatte ich es mir in der Tat nicht vorgestellt.«

»Kümmern Sie sich um Kletternetze und Rettungsflöße. Und sehen Sie zu, was Sie an Tauen und Leinen zusammenbringen können.«

»Yeah«, sagte Pete. »Also gut.« Es entstand eine kleine Pause. »Sie hatten das alles von Anfang an geplant, stimmt's?«

»Sie haben einiges an Geld bekommen«, sagte Jenkins. »Und jetzt machen Sie sich an die Arbeit.« Die Brückentür krachte zu.

Schwitzend stand Jenkins in der Dunkelheit. Er hatte Schlimmeres von Pete befürchtet.

Am Satcom leuchtete ein rotes Licht auf. Ramos kam auf die Brücke zurück. »Habe ein bißchen gebastelt«, sagte er. »Aber ich weiß nicht, ob genug Energie da ist.«

Jenkins sah auf seine Uhr. Die Leuchtzeiger standen auf ein Uhr. Bei Tagesanbruch würde alles vorüber sein. Er schaltete das ARPA an. Die Küste war ein grüner Wall, rund zweieinhalb Stunden entfernt. Der Wind war nach Nordost umgeschlagen. Sie würden ein paar Meilen südlich der Golden Gate Bridge auf den Strand laufen.

Das Satellitentelephon klingelte. Er nahm ab.

Die Stimme am anderen Ende der Leitung gehörte Rachel. »Wo bist du?« fragte sie.

Er wollte sie nicht beunruhigen. »Kurz vor San Francisco.«

»Wir auch.«

»Wir?«

»Raymond und ich. Wir sind gerade gelandet. Jetzt fahren wir ins Four Seasons.«

Jenkins lehnte sich auf dem Sessel zurück. Die Erleichterung überschwemmte ihn wie warmes Badewasser. Dann dachte er an die Wellen, die um den Rumpf donnerten. »Noch sind wir nicht an Land«, sagte er.

»Wo werdet ihr landen?«

»Direkt vor Chinatown.« Er grinste ins Telephon. »Bis dann im Fernsehen.«

»Dad . . .«

»Keine Zeit mehr. Hab viel zu tun.«

»Sei vorsichtig.«

Jenkins fühlte sich unbeschwert und glücklich. Er warf ihr einen Luftkuß zu und schaltete das Datacom auf Faxbetrieb. Oben auf den Bildschirm tippte er die Worte »Pressemitteilung« und darunter: »Hugh Chang bereichert sich an illegalen Immigranten. (Sperrfrist 9 Uhr morgens Western Standard Time).« Dann stemmte er sich gegen gegen das Schlingern des Schiffes und begann den Text abzusetzen.

Er tippte rund eine halbe Stunde lang, listete Namen und Zahlen auf und schickte die Pressemitteilung los. Draußen vor der Tür hörte er Schritte und Stimmen. Die Passagiere wurden unruhig.

Nicht nur sie.

Mr. Chang befand sich im Haus auf dem Peak. Er war gerade von einem Dinner mit einigen seiner Geschäftspartnern bei dem Hainan-Projekt zurückgekehrt. Wie zu dieser Tageszeit üblich hielt er sich in seinem Arbeitszimmer auf, um mit den Gegenden des Erdballs zu telephonieren, wo es inzwischen früher Morgen war.

Aber der erste Anruf kam nicht vom anderen Ende der Welt. Er kam von Mr. Soong, seinem besten Kontaktmann bei der New China News Agency. Mr. Soong hörte sich merkwürdig reserviert an. »Ich habe gerade eine höchst absonderliche Pressemitteilung erhalten«, sagte er. »An Ihrem Kommentar wären wir sehr interessiert.«

»Einen Moment«, sagte Chang, schaltete Soong in die Warteschleife, drückte die Taste des Intercom und fragte seine Sekretärin: »Haben wir eine Pressemitteilung herausgegeben, Gladys?«

»Nicht direkt«, sagte Gladys Yip.

»Nicht direkt?« Mr. Chang ließ sich zu einem leichten Stirnrunzeln herab.

»Da ist gerade etwas gekommen. Von einem Schiff. Soll ich es Ihnen bringen?«

»Wenn Sie es für angebracht halten«, erwiderte Chang honigsüß.

Miss Yip hielt es für angebracht.

Chang las die Mitteilung. »Verbinden Sie mich mit dem Kapitän der *Glory of Saipan*«, zischte er.

Fünf Minuten später war Jenkins in der Leitung.

»Was soll diese Verleumdung?« fragte Chang.

»Sagen Sie, was Sie zu sagen haben. Ich bin beschäftigt.«

»Ich möchte nur wissen, ob Sie sich immer auf diese Weise für Gefälligkeiten revanchieren.«

»Sie meinen Erpressung und Sklavenhandel?«

»Ich könnte Sie immens reich machen.«

»Darum brauchen Sie sich keine Sorgen zu machen«, sagte Jenkins. »Aber Sie könnten den Ersten Ingenieur und seine Frau bedenken wie auch Pete Pelly. Die haben sicher nichts gegen Schweigegeld. Aber Sie müßten ihnen schon mehr zahlen als die New China News Agency, der *Eastern Express*, die *Star News* oder der *San Francisco Examiner*. Ihnen allen habe ich Mitteilungen zukommen lassen.«

Schweigen. Dann sagte Chang: »Und das alles, um die Schulden Ihrer Frau zu bezahlen?«

»Entschuldigen Sie«, sagte Jenkins, »ich habe zu tun.« Die Leitung brach ab.

Chang begann, Papiere zusammenzusammeln. Sechs Millionen Dollar waren eine Menge Geld. Aber der Schaden war weit größer. Er konnte die Geschichte dementieren; aber wenn an der amerikanischen Westküste ein Schiff an Land ging, würden Fragen gestellt werden. Und neuerdings waren aus der Hauptstadt höchst unangenehme Töne zu hören. Anti-Korruptionstöne. Heutzutage war niemand mehr sicher.

Und da war Raymond.

Chang preßte die Hände gegen die Schläfen und atmete tief durch. Dieser Jenkins hatte ihm sein Geld gestohlen, seinen Sohn gestohlen, seinen guten Namen gestohlen. Kurz und knapp: Jenkins hatte ihm alles genommen, was ihm am teuersten war.

Also war es nur fair, daß er sich dafür revanchierte.

»Sorgen Sie dafür, daß das Flugzeug bereitsteht«, sagte Chang zu Gladys. »In einer Stunde fliege ich nach Peking.«

Aber bevor er das Büro verließ, tätigte er noch einen letzten Anruf. Er galt seinem alten Freund Tommy Wong.

Es war ein Abend wie viele im Yachtclub. Diana hatte mit einem Geschäftsfreund von Jeremy geplaudert, während sich Jeremy mit dem Club-Sekretär über die Organisation von Regatten und allgemeine Bootspflege unterhielt. Sie hatten wie üblich ein paar Gin getrunken, und der Geschäftsfreund – Wayne, ein Amerikaner – erzählte vom Golfspielen auf den Philippinen und wie ärgerlich es doch war, wenn einem die Kinder Bälle vom Fairway klauten und versuchten, sie einem wieder zu verkaufen, und daß er persönlich nicht viel davon hielt, auf sie zu schießen, auch wenn die Caddies das mitunter taten. Aber im Grunde war Wayne reichlich langweilig, und so hatte sie versucht, ihn ein bißchen auf Vordermann zu bringen. Eine flüchtige Hand auf seinem Knie, einen kleinen Einblick in ihren Ausschnitt. Es war einfach wundervoll . . . nun ja, frei zu sein. Und prompt hatte Waynes Gesicht diesen benebelten, hingerissenen Ausdruck angenommen. Aber bedauerlicherweise war das Jeremy nicht entgangen. Und so war Jeremy von der Bar an ihren Tisch geschossen gekommen. Und um Jeremy zu besänftigen, dessen Blicke wirklich beängstigend wirkten, hatte Wayne schnell erklärt, er könne den Wachschutzvertrag für irgend so ein altes Bürogebäude haben. Also Jeremy hatte noch eine Runde bestellt, und gegen elf Uhr, sehr früh für sie, waren sie alle aus dem Yachtclub auf den Parkplatz hinausgegangen. Jeremy hatte Wayne in ein Taxi gesetzt, dem Fahrer die Hoteladresse zugerufen, mit der flachen Hand auf das Wagendach geklatscht, und das Taxi war losgefahren.

»Ausgezeichnet«, hatte Jeremy zu ihr gesagt »Meine kleine Geisha, was?«

Diana hatte ein bißchen verständnislos gekichert und zu

ihm aufgesehen. Er sah so gut aus. So jung. Ihr gefiel, wie sich sein Haar über den Ohren kräuselte und der Blick seiner Augen, diese Mischung aus Cleverness und . . . nun ja, Grausamkeit. Nie wußte man, was er gerade dachte. Das war ja so sexy an ihm. An Dave hatte sie nur noch eine schwache Erinnerung. In Daves Gesicht tat sich zu viel, und seine Augen wirkten irgendwie gehetzt. Das war ja das Problem mit Dave. Entweder war er stinklangweilig, oder er regte sich über irgend etwas auf. Überhaupt nicht sexy.

Sie griff nach Jeremys Arm und streichelte ihn, spürte die gespannte Kraft seines Bizeps. Seine weißen Zähne blitzten in der Parkplatzbeleuchtung. Er zog sie hinter eine kleine Mauer. Sie roch seinen Rothmans- und Gin-Atem, spürte seine Zunge in ihrem Mund, spürte, wie sich sein Ding in den Schritt ihrer seidenen Versace-Hosen drückte, spürte das Prickeln, spürte, wie sie ganz leidenschaftlich und sentimental wurde, so daß sie ihn hier und auf der Stelle wollte . . .

Hinter ihnen rief irgend jemand irgend etwas. Diana ließ Jeremy los und fuhr sich stirnrunzelnd über die Haare, als zwei Männer über den Parkplatz kamen: zwei Chinesen, nicht besonders gut gekleidet.

Sie schienen einem BMW am Rande des Parkplatzes entstiegen zu sein. Die Innenbeleuchtung war lange genug an, um einen weiteren Chinesen im BMW sehen zu lassen. »Tommy Wong«, sagte Jeremy.

Diana fand, daß von den beiden Männern etwas Finsteres ausging. Dann sah sie, daß beide von ihnen etwas in den Händen hielten, lange, glänzende Gegenstände. Messer. Und plötzlich hatte sie Angst. Sie streckte dem linken Mann ihre Handtasche entgegen. »Hier«, sagte sie. »Nehmen Sie. Sie können sie haben. Wirklich.«

Aber der Chinese sah in ihre Augen, nicht auf ihre Handtasche. Neben ihr ertönte ein dumpfes, widerliches Geräusch. Jeremy schrie. Dann ein weiterer Schlag, und etwas rollte über den Parkplatz. Etwas mit schwarzen Haaren und einem Lächeln. Jeremys Lächeln.

Diana öffnete den Mund, um zu schreien.

Der Gegenstand in der Hand des Chinesen blitzte im Schein der Parkplatzlaternen auf, und Diana empfand einen ungeheuren, überwältigenden Schmerz. Dann wurde es dunkel um sie, für immer.

Tommy Wong sprang aus dem BMW, bevor die Körper auf den Boden aufschlugen. Er hätte es Mr. Chang von Anfang an sagen können.

Das mit Jenkins war ein Fehler, ein großer Fehler.

Jenkins saß im Schiffsbüro. Die Kerze vor ihm auf dem Schreibtisch warf einen gelblichen Schein auf die schweißnassen Gesichter von Johnny und von den Ingenieuren und einen dunklen Schatten auf die Stapel Banknoten auf dem Schreibtisch. »Rodriguez ist an Deck«, sagte jemand.

»Sagen Sie ihm, er soll zu mir ins Büro kommen«, befahl Jenkins.

Die Männer ergriffen die Geldstapel und quittierten ihren Empfang. Weiße Filipinozähne blitzten im Halbdunkel. Das Deck hob und senkte sich unter ihren Füßen, aber das Heulen des Windes in den Antennen war nur noch ein leises Stöhnen.

»Okay«, sagte Jenkins und schlug das Kontobuch zu. »Lassen Sie mich jetzt allein, bitte.«

Sie gingen. Er teilte die verbliebenen Banknoten in Stapel zu je tausend Dollar. Freikauf-Geld. Er holte tief Luft und drückte die Finger gegen die geschlossenen Lider. Er war sehr müde, und in seiner Schulter puckerte es. Er schob das Geld in vier Umschläge, steckte einen in seine Tasche und ging zur Kabine des Ersten Ingenieurs.

Die Tür war verschlossen. »Öffnen Sie«, sagte Jenkins. Stille. »Ich bringe Ihnen Ihr Geld.«

Die Tür ging auf. Das Gesicht konnte er nicht erkennen,

aber er roch keinen Alkohol, also nahm er an, daß es Mrs. Nairn war. »Welches Geld?« fragte sie.

»Damit Sie sich Flugtickets kaufen können.«

»Verdammt großzügig«, sagte Mrs. Nairn.

»Vielen Dank für Ihre Hilfe.«

»Stecken Sie es sich in den Hintern«, sagte Mrs. Nairn und riß ihm die Umschläge aus der Hand.

Jenkins ging auf die Brücke hinauf. Im Ruderhaus war niemand, das ARPA ausgeschaltet. Nicht genug Energie. Neben der Seitentür sah Jenkins eine dunkle Silhouette vor dem helleren Himmel. Pete. Leise trat Jenkins auf die Brükkennock hinaus. Trotz seiner Erschöpfung kam es ihm vor, als durchwate er tückische Gewässer. Die Luft roch nach Nebel.

Pete stand mit dem Rücken zu ihm, leicht zur Seite geneigt, hielt er etwas an sein Ohr. Ein VHF-Gerät, die Lautstärke heruntergeschaltet. Er sprach etwas hinein. Anordnungen für die Deckmannschaft, sich auf das Anlanden vorzubereiten, dachte Jenkins.

Dann bemerkte er, daß etwas nicht stimmte.

Pete sprach Chinesisch.

12. Kapitel

Über der *Glory of Saipan* riß der Himmel auf und zeigte blauschwarze, sternenlose Flächen. Voraus und nach Steuerbord funkelten Diamanten unter einem Nimbus rötlich dunstiger Lichter. San Francisco.

Das VHF wurde ausgeschaltet. Pete drehte sich zu ihm um. Im Licht der Stadt sah sein Gesicht graurot aus. Der Bug der *Glory* tauchte in ein Wellental. Die Lichter verschwammen. Nebel, dachte Jenkins. Der Nebel von San Francisco.

»Mit wem haben Sie sich chinesisch unterhalten?« fragte er.

»Chinesisch?« Pete kam auf ihn zu. Gelassen-freundlich, wie es schien. Jenkins versuchte, seinen Verstand auf das Problem zu konzentrieren. Aber alle Probleme entzogen sich ihm angesichts des großen Problems, das gerade noch eine halbe Stunde entfernt war. »Nah, Maat.«

»Zu wem haben Sie denn dann gesprochen?«

»Mit niemandem.« Petes Stimme klang irritierend locker.

Jenkins lehnte sich gegen das Stahlschott der Brückennock. Warum sollte Pete, der kein Chinesisch konnte, mit jemandem chinesisch sprechen? Eine halbe Stunde bevor die *Glory of Saipan* den Strand erreichte?

Unter den Passagieren gab es keine Funkgeräte.

Also hatte Pete mit einem Menschen gesprochen. Mit jemandem in dieser Lichterkette hinter der Nebelbank. Mit jemandem, der dort wartete: kein Angloamerikaner, weil Angloamerikaner Englisch sprachen. Ein Amerikaner chinesischer Abstammung.

Die *Glory* stampfte weiter. Eine Hand schoß plötzlich aus der Dunkelheit. Harte Finger gruben sich in Jenkins Luftröhre. Er spürte, wie er hochgehoben und gegen das Schott geschleudert wurde. In seiner verletzten Schulter explodierten Feuerstöße. Er versuchte zu schreien, aber die Finger drückte jeden Ton in seine Kehle zurück.

»Darauf freue ich mich schon die ganze Zeit«, sagte Petes Stimme neben seinem Ohr.

Auf was, fragte sich Jenkins benommen.

»Ich werde Ihnen das Lebenslicht ausblasen«, sagte Petes Stimme. »Aber zunächst möchte ich, daß Sie ein paar kleine Dinge erfahren. Beispielweise, daß Sie ein überaus nützlicher Wichser waren, der mir sehr geholfen hat, weil ich ein paar kleine Schwierigkeiten mit Mister Chang und seinen Thunfischfängern hatte. Mister Chang wollte alle diese Leute für sich selbst haben. Wir hätten ihm natürlich ein paar abkaufen können. Aber wir haben etwas gegen unnütze Ausgaben. Jetzt habe ich dafür gesorgt, daß wir abgeholt werden. Und die Leute, die ich vom Schiff bringen will, sind vor allem die hübschen wie Ihre Freundin Lucy. Sie werden verdammt noch mal für meine Leute arbeiten oder nach China zurückgeschickt. Also«, sagte er, »haben Sie uns die Dinge sehr erleichtert. Mister Chang wird glauben, Sie waren es, der seine Pläne durchkreuzt hat. Sie haben also in Wahrheit immer für uns gearbeitet. Gut gemacht, wirklich.«

Die Finger um Jenkins' Kehle lockerten sich ein wenig. »Ich verstehe kein Wort«, krächzte er.

»Meine Auftraggeber sind die Vierzehn-K. Eine Triade, alter Knabe. Ich bin als Hung Kwan angestellt, als Roter Pfahl. Sie würden mich vermutlich als Leiter der Feldoperationen bezeichnen. Ich bezahlte den netten Mister Soares dafür, mich anzuheuern. Ich bezahlte auch Ho und Lee. Sie haben zwar nicht direkt für mich gearbeitet, aber sie räumten mir . . . Bewegungsfreiheit ein. Der einzige, der sich mir in den Weg stellte, waren Sie. Man kann jeden Menschen auf dieser Welt bestechen, nur einen gottverdammten Boy Scout nicht. Aber jetzt werden Sie spüren, wie sinnlos diese Gefühlsduselei ist, Captain.«

Die Finger schlossen sich wieder. Jenkins hatte das Gefühl, als müßte ihm das gestaute Blut jeden Augenblick den Schädel sprengen. Ich Schwachkopf, dachte er. Ich habe Pete vertraut, ihm ungeahnte Möglichkeiten eingeräumt, weil er weiß ist – nicht gelb oder braun. Ich habe nichts anderes verdient.

»Captain?« meldete sich eine neue Stimme. »Sie da?« Dröhnendes Schweigen. Dann sagte die Stimme: »Hey! Er hat mein Geld.«

»Wenn er Ihr Geld hat, dann geht Ihr Geld gleich über Bord«, sagte Petes Stimme.

Die andere Stimme begann zu protestieren.

»Wer sollte mich davon abhalten?« fragte Pete. Die Hände zerrten an Jenkins' Kehle. Jenkins wußte, daß er über die Reling geschoben wurde. Die Hände drückten ihn außenbords, so daß er das Donnern der Wogen zwölf Meter unter sich hören konnte. Er zupfte an Petes Ärmel hilflos wie ein kleines Kind. Die andere Stimme schrie etwas. Sie klang nach Rodriguez.

Dann verspürte Jenkins ein seltsames Schlingern, und Petes Stimme ächzte auf. Die Finger um Jenkins' Hals lokkerten sich, neue Hände packten sein Hemd und zogen ihn von der Reling wieder an Deck zurück. Vor dem Hintergrund des Himmels machte Petes Gestalt zwei Schritte rückwärts, dann weitere zwei, bis er an der Reling lehnte. Irgend etwas schien mit ihm nicht zu stimmen: als wäre er aufblasbar gewesen, und jemand hätte den Stöpsel herausgezogen. Seine Arme ruderten hilflos vor der grauen Nebelwand. Mit dem Kopf voran beugte er sich über die Reling, sein Körper schwankte. Einen Moment lang sah ihn Jenkins so in der Schwebe hängen. Dann trat Rodriguez vor und verpaßte ihm einen kleinen Stoß. Er verlor das Gleichgewicht, stürzte über die Reling und verschwand.

Mann über Bord, dachte Jenkins benommen. Er stemmte sich hoch und stolperte zur Reling. Tiefschwarz strudelte die Wellen da unten zwischen Nebelschwaden. Natürlich war da kein Körper zu sehen.

»Habe mit dem Messer zugestochen«, stellte Rodriguez sachlich fest. »Damit er Sie nicht tötet.« Er räusperte sich. »Haben Sie mein Geld?«

Jenkins suchte in der Tasche nach dem Umschlag und überreichte ihn. »Ich werde nachzählen«, sagte Rodriguez. Er trat ins Ruderhaus und setzte ein Feuerzeug in Betrieb. »In Ordnung«, rief er zwei Minuten später über die Schulter.

Jenkins blieb auf der Brücke. Noch immer benommen. Noch immer rauschte das Blut in seinen Ohren . . .

Nicht das Blut.

Mit Blut hatte das Rauschen nichts zu tun.

Es waren Brecher.

Der Wind flaute ab, blies mit nicht mehr als Stärke fünf. Mit zwei Knoten bewegte sich die *Glory* auf den Strand zu und schleppte ihre überfluteten Heckcompartments hinter sich her wie ein Tier einen verletzten Hinterlauf. Der Strand war ein einziges rötliches Leuchten.

Die Wellenbewegungen veränderten sich. Die Wogen kamen jetzt steiler, hoben das Heck an und drückten den Bug hinunter, bis Jenkins durch die Brückenfenster nur noch auf die tintenschwarze Wand der nächsten Woge blickte. Dann konnte Jenkins die ganze Last des Schiffes spüren – siebentausend Tonnen Eisen, vierhundert erbärmlich gelebte Leben mit unendlichen Hoffnungen auf eine bessere Zukunft.

Dann kam die nächste Woge, und das Schiff hing förmlich in der Luft – Heck unten, Bug oben –, und ein furchtsames Aufstöhnen erhob sich in den prallvollen Kajüten und auf den Gängen des Unterkunftsblocks. Und Jenkins wartete; sah auf das Leuchten des magnetischen Kompasses, das einzige Licht, das auf der Brücke übriggeblieben war, jetzt, da der Gyro aus war; wartete auf das Pendeln des Kompasses, das bedeutete, daß der Wind gegen die Aufbauten nicht mehr ausreichte, um die *Glory* mit der Flut steigen und sinken zu lassen – das Pendeln, das bedeutete, daß sie aufgeluvt hatte, um sich auf die Seite und in die Wellentäler zu legen und so zu schlingern, daß Wasser in die Unterkünfte drang und sie alle ertranken . . .

Aber die Kompaßrose pendelte nicht, das Heck hob sich, und der Bug tauchte wieder ein. Fast hatte es den Anschein, als bewege sich die *Glory* nicht von der Stelle. Tiefe Dunkelheit hatte das Blinken der Fahrrinnenbojen ausgelöscht. Aber voraus war das Rauschen stärker, und vor dem Leuchten war der Himmel eine dichtere Masse, gekrönt von einer geisterhaft weißen Linie.

Land – und Brandung.

Jede Minute, dachte Jenkins. Er trat auf die Nock hinaus.

Der Wind flaute weiter ab. Blas weiter, sagte er. Die Brise flatterte, umwehte leicht seinen Kopf und erstarb kurz. Und in diesem Moment hörte er das Dröhnen der Brecher lauter als je zuvor; und über die kühle Feuchtigkeit der Nacht hinweg nahm er einen warmen Geruch wahr: Strandhafer, Kiefern, Autoabgase und gebratene Zwiebeln. Der Geruch nach Land.

Unter ihm bäumte sich die nächste Welle auf und lief den Rumpf entlang. Jenkins ließ sie nicht aus den Augen. Anstatt in die Dunkelheit zu rollen, veränderte sie sich. Ihre Krone wurde höher und dünner, messerschneidendünn, und hundert Meter vor dem Bug der *Glory* brach sie rotleuchtend in sich zusammen. Die Gischt des Zusammenbrechens konnte Jenkins nicht sehen, das geschah hinter ihm. Aber er hörte, wie sich ihr Donnern mit dem allgemeinen Brandungsgeräusch mischte. Jede Minute, dachte er wieder.

Er ging auf die Brücke zurück und rief »Durchhalten!« die dunklen Treppe hinunter. Er hörte, wie sich Lucys helle Stimme über das allgemeine Gemurmel erhob, als sie übersetzte.

Eine weitere Welle passierte unter dem Rumpf, dann noch eine. Bei der dritten verspürte er ein knirschendes Geräusch unter den Füßen. Er fuhr sich mit der Zunge über die papiertrockenen Lippen. Heck auf Sand, dachte er. So ist es gut.

Die nächste Woge kam. Im Tal traf das Heck erneut auf Sand. Das Donnern der Brandung war ohrenbetäubend, die Luft von Gischt erfüllt. Die Wogen brachen sich in der Mitte des Rumpfes der *Glory*. Voraus und dwars war das Meer schneeweiß; fünf Meter hohe Wasserwände, die sich überschlugen und ineinander verliefen.

Aber der Bug der *Glory* schwamm noch immer.

Das Heck traf erneut auf Sand, härter als zuvor. Die Menschen in der Dunkelheit schrien ängstlich auf. Lucys Stimme rief Beruhigungsworte.

Wieder eine Welle. Wieder traf das Heck auf. Die Wellenkrone hob den Bug und ließ ihn fallen. Diesmal traf auch der Bug auf Sand. Ein mächtiges Zittern wie bei einem Erdbeben durchlief das Schiff. Es krachte. Die Brückenfenster zerbarsten in einem Schauer von zersplitterndem Glas, ein heftiger Luftzug erschütterte das gesamte Ruderhaus. Die Passagiere schrien laut auf.

Wieder eine Welle. Das Heck hob sich. Der Bug hob sich. Noch ein heftiges Krachen, dann das Aufstöhnen gepeinigter Schweißnähte und Planken, während das Schiff sich zu drehen und dem Meer anzupassen versuchte. Der Nebel riß und löste sich auf. Hinter den leeren Fensterhöhlen war alles absolut weiß. Aber die Gischtfelder endeten in einiger Entfernung. Fünfzig Meter weiter sah Jenkins das blasse Schimmern eines Strandes.

Fünfzig Meter.

Erneut hob sich die *Glory* träge und sackte wieder ab. Doch diesmal war das Absacken nicht mehr so heftig, weil die Wellen das Schiff so drehten, daß es der ganzen Länge nach auf Grund lag.

Jetzt, dachte Jenkins. Bitte!

Die nächste Woge hob den Bug überhaupt nicht mehr an, weil sie festsaß. Aber ihr Heck lag hundert Meter weiter in tieferem Wasser. Die Woge packte ihn und drückte ihn nach Backbord. Beim nächsten Mal noch ein bißchen stärker.

Nach einer unendlichen Zeitspanne, die rund fünf Minuten dauerte, lag die *Glory of Saipan* fast parallel zum Land und nahezu unverrückbar fest.

Fung hatte in der Dunkelheit auf seinem Koffer gesessen und die Hand seiner Tochter gehalten. Als die *Glory* erstmals auf Grund stieß, hatte sie nichts bemerkt. Beim zweiten Mal sprang sie entsetzt hoch. Dann hatte der Lärm eingesetzt, ein lautes Lamentieren wie von Hunderten Seelen in der Hölle. Ihre Hand fühlte sich heiß und feucht an. »Ist ja gut«, sagte Fung beruhigend. »Alles wird gut.« Unter seinem Koffer geriet das Schiff in furchterregend abrupte Bewegung. Menschen wurden durch den dunklen Gang geschleudert. Fung hielt die Hand seiner Tochter umklammert und rechnete damit, daß jeden Augenblick die Türen aufflogen und das schwarze, salzige Wasser hereinschoß, um sie alle zu erdrücken.

Doch das geschah nicht. Nach ein paar gewaltigen Erschütterungen kam der Schiffsrumpf zur Ruhe, allerdings in einem Winkel, der es Fung sehr schwer machte, sein Gleichgewicht zu bewahren. Aber wenigstens lag es jetzt ruhig, und diese Ruhe schien für Fung sehr viel mit Land zu tun zu haben. Erstmals regte sich in ihm erste, schüchterne Hoffnung.

Zehn Minuten später kam Lucy den Gang entlang. »Ich bitte um einen Moment Ruhe«, sagte sie. »Der Kapitän läßt sagen, daß das Schiff sicher auf Grund liegt.«

Fung drückte die Hand seiner Tochter und versetzte ihr ein paar zärtliche Klapse auf die Rettungsweste. »Ich habe jetzt ein bißchen zu tun«, sagte er. »Mistress Chen wird sich um dich kümmern.« Und bevor sie zu weinen beginnen konnte, stand er auf und drängte sich durch die Menge zum gelben Lichtkegel der Taschenlampe durch.

»Okay?« fragte der Maat Rodriguez und leuchtete ihm mit der Taschenlampe in die Augen. »Acht Mann? Alle mit Rettungswesten? Wir gehen los.«

Er öffnete die Tür.

Wind trieb herein und eine Wolke Gischt. Fung spürte, wie er durch die Tür gedrängt wurde hinaus auf den kleinen Deckstreifen, auf dem früher die Köche ihre Reiskessel aufgebaut hatten.

Die Männer liefen hinaus. Rodriguez und ein halbes Dutzend anderer Männer schlossen die Tür wieder. »Brauche zwei, drei Männer mit kurzen Seilen, um längeres Tau zu ziehen. Der Wind bläst Richtung Strand. Die Flut geht, also sind die Wellen nicht so hoch. Gut, was?«

Für Fung sah es keineswegs gut aus.

Die *Glory* lag parallel zum Strand. Jedesmal, wenn eine Welle ihre Steuerbordseite traf, erschauerte der Bug, eine

Wolke von Gischt erhob sich mit dem Wind und überspülte die Lukendeckel. Der Hapag Lloyd-Container, in dem Fung gewohnt hatte, war fort. Ebenso wie die meisten anderen.

»Wie ist's?« fragte Rodriguez. »Brauche einen Freiwilligen.« Vor dem Hintergrund der weißen Gischt sah Fung, daß er etwas hochhielt, was einem Seil sehr ähnlich sah.

Alle Männer hatten Familie. Größere Familien als Fung. Fung seufzte. Finde dich damit ab, dachte er. Er war der einzige, der Englisch sprechen konnte. »Ich werde es tun«, sagte er.

Niemand erhob Einspruch.

Rodriguez führte ihn zu den Lukendeckeln hinunter und schlang das Seil um seine Taille. »Vorsichtig«, sagte er und lachte glucksend. »Und dann so schnell wie möglich weg vom Schiff.«

Die Backbordreling des Schiffs befand sich auf fast gleicher Höhe mit dem Meer. Behutsam lief Fung das Deck hinunter und zog das Tau hinter sich her. Er blieb stehen, schloß die Augen, betete und spürte, wie der Rumpf unter einer neuen Woge erzitterte. Als er die Augen wieder öffnete, waren die fünfzig Meter donnernden Wassers zu einer Art Silberstraße geworden, die zum Strand und der dahinterliegenden Stadt führte. Eine Straße, dachte er, auf der man durchaus laufen kann.

Er setzte seinen Fuß darauf.

Was das Laufen anbetraf, so hatte er sich geirrt.

Es war, als hätte er die rotierende Trommel einer Waschmaschine betreten. Fung wurde nach unten und rückwärts gedrückt, unter das Schiff und gegen die Bordwand geschleudert, so daß sein Kopf dröhnte wie ein Tempelgong. Er öffnete den Mund, wollte sagen, daß er mit so etwas nicht gerechnet hatte. Salzwasser strömte ihm in die Kehle. Er konnte nicht mehr atmen. In panischer Angst begann er zu zappeln und verhedderte sich mit den Beinen im Seil. Er hatte keine Ahnung, ob sein Kopf oben oder unten war.

Dann hob die Rettungsweste seinen Kopf über Wasser.

Er spürte sich von einer Welle hochgetragen und glaubte schon, erneut gegen die Schiffswand geschleudert zu werden. Aber er erhaschte einen Blick auf einen sternenbedeckten Himmel und an dessen Rand etwas, was sich lang ausnahm, schwarz, und auf das die Wogen Wolken von Gischt und Schaum zutrieben. Das Schiff, dachte er und paddelte schnell davon fort auf die Lichter hinter dem Strand zu.

Einige Zeit später fühlte er, wie seine Füße etwas berührten. Sand. Er versuchte zu laufen, aber seine Beine hatten sich im Tau verfangen. Er lag im Wasser, ließ sich von der Brandung weiter und weiter auf den sicheren amerikanischen Strand treiben.

Als er seine Beine befreite, begann er zu schluchzen. Er lief über den Strand. Zwei Gestalten erhoben sich vom Sand. »Meine Güte«, sagte einer von ihnen. »Wer sind denn Sie?« Sie waren kräftig gebaut, mit mächtigen Schnurrbärten. Ein starker Marihuanageruch ging von ihnen aus.

Fung wischte sich die Tränen ab. »Ein Mensch aus dem Meer«, sagte er. »Könnten Sie mir vielleicht helfen, an diesem Seil zu ziehen?«

Von der Brücke aus sah Jenkins durch sein Steiner-Fernglas zu, wie Fungs winziger schwarzer Kopf mit den Wellen kämpfte. Am Strand waren Leute. Aber keine Polizei. Noch nicht. Unten auf den Containern wurden jetzt Rettungsflöße aufgeblasen: drei von ihnen, jedes konnte dreißig Leute aufnehmen. Er beobachtete, wie die Gestalten am Strand an dem an Fungs dünnem Taillenseil befestigten Tau zogen und es an etwas festmachten, was wie ein abgestorbener, halb im Sand versunkener Kiefernstamm aussah. Er sah, wie das erste Rettungsfloß zu Wasser gelassen und mit Leuten bemannt wurde. Wir haben Glück, dachte er. Die Ebbe nimmt der See etwas von der Wucht, und der Wind flaut ab. Und der Rumpf der *Glory* gewährt einen guten Windschutz.

Das Rettungsfloß bewegte sich vom Schiff fort. Die Männer am Strand holten es offenbar ein. Den größten Teil der Arbeit besorgten die Wellen, die Männer mußten nur auf die richtige Richtung achten. Das Rettungsfloß erreichte das Land. Die Menschen verließen es. Sie hatten zwei weitere Taue mit an Land genommen. Jetzt waren drei Rettungsflöße in Betrieb, verkehrten zwischen Schiff und Land. Nicht mehr lange, dachte Jenkins.

Ein Arm legte sich um seine Taille. Lucys Arm. »Danke für alles«, sagte sie.

»Glück gehabt«, sagte er. Er hatte den vagen Eindruck, daß ihre Worte etwas Endgültiges gewesen waren, als wollte sie sich von ihm verabschieden. »Du solltest jetzt besser von Bord gehen.«

»Und was ist mit dir?«

»Wir treffen uns an Land.«

»Der Captain geht zuletzt von Bord.«

»So ähnlich. Falls wir uns verpassen: Meine Tochter ist im Four Seasons. Wir können uns dann dort treffen.«

»Wir hatten Glück, einen wirklichen Kapitän zu finden«, sagte sie. Ihre Rettungsweste kratzte ihn, als sie ihn auf den Mund küßte. Dann war sie fort. Wir hatten Glück, hatte sie gesagt. Wieder diese Endgültigkeit.

Aber im Moment gab es andere Dinge, um die er sich Sorgen machen mußte.

Chiu, die Prostituierte, fror, sie war durchnäßt und hatte Angst. Vermutlich habe ich mir eine Blasenentzündung eingefangen, dachte sie. Sie war nur noch wenige hundert Meter von den weichen Betten von San Francisco entfernt. Aber wie um alles in der Welt sollte sie mit einer Blasenentzündung arbeiten?

»Rauf aufs Floß«, sagte eine Stimme neben ihr.

Das Floß befand sich direkt vor ihr. Sie sprang hinauf. Gleich darauf setzte es sich in Bewegung. Jemand landete in letzter Minute auf ihr. Ein Mann, der nach Whiskey stank.

»Entschuldigung«, sagte die Stimme des Ersten Ingenieurs.

»Edwin«, sagte seine Frau. »Hast du getrunken?«

»Ich?« fragte Nairn zurück.

Chiu spürte, wie etwas auf den Boden des Floßes glitt. Es war eine Flasche, eine halbe Flasche. Normalerweise trank Chiu keinen Alkohol. Aber sie war durchnäßt, besaß nur noch die Hälfte ihres Gepäcks, befand sich mitten in einem Schiffsuntergang und hatte keine Ahnung, wohin sie geriet und was sie da anfangen sollte. Es gab Zeiten, in denen ein Mädchen einen Schluck trinken mußte. Sie setzte die Flasche an. Das Rettungsfloß bewegte sich auf den Strand zu.

Langsam ging Jenkins die Treppe zum Deck hinunter. Die Menge war inzwischen kleiner geworden. Er fragte sich, ob Lucy bereits an Land war. Er hoffte es. Es wäre schön, von jemandem an Land erwartet zu werden.

Er zog die Taschenlampe hervor und durchsuchte den Unterkunftsblock. Alle Räume waren leer; aber überall sah er weggeworfene Kleidungsstücke, überquellende Toiletten und Türen, die unter dem Anprall der See in den Angeln schwangen. Bis zum Einsetzen der Flut würde die *Glory* so liegenbleiben. Dann müßte sie auseinanderbrechen.

Jemand wird sich um die Bergung kümmern müssen, dachte Jenkins, als er den Lichtstrahl der Taschenlampe in seine Kabine richtete, den letzten Raum, den er durchsuchen mußte.

Der Lichtkegel fing etwas Glänzendes auf dem Boden ein. Rachels tropischen Schneesturm. Er mußte vom Bord gefallen sein. Die Bodenfläche hatte sich von der Plastikkuppel gelöst, Schnee und Wasser waren ausgetreten. Es waren nur noch die Überreste eines schäbigen Schnickschnacks, made in Hongkong. Das Ding hat seinen Dienst erfüllt, dachte Jenkins. Wir alle erfüllen unseren Zweck und gehen dann zur nächsten Phase über.

Er ging wieder an Deck.

Nur noch rund vierzig Leute waren da sowie Rodriguez und ein paar Leute der Deckmannschaft. Der Rest befand sich an Land. Ein Rettungsfloß lag bereit. An Land bewegten sich dunkle Punkte über den Strand auf den dunklen Streifen unterhalb der Lichter zu. Bald mußte die Polizei auftauchen.

»Steigen Sie ein«, sagte Jenkins zu Rodriguez. »Ich komme dann mit allen nach, die sich noch an Bord befinden.«

»Sah«, sagte Rodriguez. Seine Zähne blitzten weiß in der Dunkelheit. Es hatte zu regnen begonnen. In rund einer Stunde würde es Tag.

Rodriguez verschwand. Das letzte halbe Dutzend Menschen stand herum, unschlüssig. »Ziehen Sie an dem Seil«, sagte Jenkins. »Kräftig.« Er zeigte ihnen, wie man es machen mußte. Das Rettungsfloß löste sich vom Strand und kämpfte sich langsam zum Schiff zurück.

Es kam längsseits, eine trübgelbe Scheibe, die sich hob und senkte. Unbeholfen sprangen die Menschen hinauf und stolperten in der grauschwarzen Vordämmerung über ihre Habseligkeiten und übereinander. Jenkins sah auf seine Uhr. Vor knapp einer halben Stunde waren sie gestrandet. Er blickte nach links, nach rechts, auf die Lukendeckel der *Glory*. So endeten alle Fahrten. Es kam nicht darauf an, was man betrat. Das Verlassen des Schiffes beendete eine Reise.

Er wartete eine Welle ab und darauf, daß sich das Floß mit ihr hob. Dann sprang er an Bord.

Das Tau fühlte sich schwer in seinen Händen an. Er zog. Auch andere Menschen begannen zu zerren. Das Floß drehte sich und tauchte in die Brecher ein. Eisiges Wasser überspülte das Floß. Leute schrien. Aber sie hielten sich aufrecht auf der gelben Scheibe, sie und ihre Habseligkeiten. Nach nicht mehr als drei Minuten traf der Boden des Floßes auf harten Sand. Eine Woge schob sie weiter auf den Strand, verlief sich und ließ den Boden unter dem Floß als Fläche funkelnden Schaums zurück.

»Aussteigen!« sagte Jenkins. Mit einer Hand griff er nach einem Kind, mit der anderen nach einem Bündel, trat über die Seite und auf einen so harten, unbeweglichen Sand, daß er nach der langen Zeit auf dem Schiff ins Stolpern geriet. Aber er setzte das Kind in sicherer Entfernung vom Wasser ab und lief zu den dunklen Gestalten zurück, die sich durch die letzten Ausläufer der Brandung kämpften, und zog sie weiter, bis sie auf dem lockeren, pudrigen, von der Flut unberührten Sand standen. Dann schlossen sie sich zu kleinen Gruppen zusammen und verschwanden über den Strand. Und dann, sehr plötzlich, wie es schien, stand er bei anbrechender Dämmerung im Regen auf einer kleinen Düne. Mit Ausnahme von Hunderten von Fußspuren, die in alle Richtungen verliefen, war der Sandabhang leer.

Jenkins war allein.

Er spähte in die Düsternis.

Keine Lucy.

Er fühlte sich unendlich müde. Mit schweren, schleppenden Schritten stapfte er über den regennassen Strand und verschwand zwischen den Bäumen. Er blickte sich nicht um. Er wußte, daß da draußen ein Schiff war, dahinter der Pazifik und hinter dem Pazifik Diana. Aber das alles war Vergangenheit und nicht wert, es sich noch einmal zu betrachten.

Er fand ein paar Holzstufen und schleppte sich hinauf. Und plötzlich befand er sich auf einer Straße, an der in größeren Abständen Häuser standen. Die Häuser ließen ihn an Bäder denken, an heißes Wasser. Als er an heißes Wasser dachte, erkannte er, daß er fror. Diese Erkenntnis ließ ihn an sein Gepäck denken. Er hatte es auf dem Schiff zurückgelassen, meilenweit da draußen, Lichtjahre entfernt im Pazifik. Er schob die Hände in die Taschen, und seine Finger schlossen sich um den Umschlag mit dem Freikauf-Geld.

Es war, als wäre er neu geboren. Er hatte kein Gepäck. Nur tausend Dollar und die Zukunft.

Schnell lief er weiter durch ein Labyrinth kleiner, baumbestandener Straßen. In der Ferne und hinter sich hörte er Sirenen. Ein Taxi fuhr vorbei. Er hob die Hand.

»Zum Four Seasons«, sagte er zum Fahrer.

Der Fahrer nickte, drehte das Radio auf und fuhr los. Im schnell heller werdenden Morgen lief eine kleine Gruppe Chinesen unter Monterey-Kiefern dahin. »Schickt mir Eure Armen, Eure bedrängten und notleidenden Massen«, sagte der Fahrer.

Jenkins lehnte sich zurück und bemerkte, wie die Häuser näher zusammenrückten und an den Kreuzungen Ampelanlagen auftauchten. Er ließ sich vom Fahrer ein paar Münzen geben, bat ihn, an einer Telephonzelle zu halten, und rief im Four Seasons an.

Rachel kam an den Apparat. Sie hörte sich verschlafen an. Aber die Schläfrigkeit schwand, als sie seine Stimme hörte. »Wo bist du?«

»An Land. Gleich um die Ecke.«

»Phantastisch. Komm her. Schnell. Sofort. Was werden wir machen?«

»Dieses und jenes«, erwiderte Jenkins. »Hat eine Chinesin angerufen?«

»Nein.«

Sie wird da sein, dachte Jenkins. »In zehn Minuten bin ich bei dir«, sagte er.

Lucy war an Land gegangen und hatte die Tropfen von ihrem Koffer gewischt. Sie traf auf Fung, der auf sie gewartet hatte. Mit ihm war sie durch die Dünen gelaufen zu einer Straße, die auf die Lichter zuführte. Der Himmel war bleich und regengrau. Sie hatte Fung geraten, eine andere Richtung als die anderen einzuschlagen, da Menschenmengen Verdacht erregten. Sie hatte Lin zum Abschied geküßt. Dann war sie in einen kleinen Park abgebogen, der plötzlich links neben ihnen aufgetaucht war.

Als sie das Meer nicht mehr hören konnte, war sie hinter ein paar Sträuchern verschwunden und hatte sich das doppelreihige Nadelstreifenkostüm angezogen, dessen Rock knapp oberhalb des Knies endete. Sie suchte in ihrer Handtasche nach dem falschen Paß. Inzwischen war der Himmel hell geworden; ein leichter Nieselregen fiel. Sie trug Lippenstift auf, tuschte sich die Wimpern und trat auf die Asphaltstraße. Es war sechs Uhr. Sie sah ein paar Jogger und hörte vom Meer her den Klang von Sirenen.

Sie hielt ein Taxi an und bat den Fahrer, sie zum Flughafen zu fahren. Als sie am Strand entlang fuhren, hielt sie den Blick auf das Landesinnere gerichtet, sah weder aufs Meer noch auf die kleinen Gruppen Chinesen, die so aussahen, als würden sie einen Morgenspaziergang unternehmen. Sie wollte nicht an Jer erinnert werden. Oder an Jenkins. Besonders nicht an Jenkins. Jenkins würde ein neues Leben beginnen, ob sie bei ihm war oder nicht. Die *Glory of Saipan* war ihr erstes Schiff gewesen, würde aber nicht das letzte bleiben.

Die Lobby des Four Seasons war beige gehalten und beruhigend. Still wie die Halle eines Bestattungsunternehmens. Jenkins sah sich nach Lucy um. Sie war nicht da. Er trat an die Rezeption und hörte das Seewasser in seinen Schuhen quietschen. Er fragte nach Rachel.

Die Empfangsdame hieß Gloria. Sie lächelte ihn strahlend an. »Captain Jenkins?« fragte sie. »Ihre Tochter bewohnt die Grosvenor Suite.«

Rachel hat sie vorbereitet, dachte Jenkins angenehm berührt. »Irgendwelche anderen Nachrichten?«

»Nein, Sir.« Sie sah ihm prüfend ins Gesicht. »Tut mir leid.«

Langsam lief Jenkins über den dicken Teppich auf die Fahrstühle zu. Sie wird kommen, dachte er. Sie kommt ganz bestimmt. Aber von Sekunde zu Sekunde wurde aus der Sicherheit eine vage Möglichkeit. Und am hellen Morgen in der Lobby eines Hotels von San Francisco nahm ein erschreckender Gedanke in seinem Kopf langsam Gestalt an. Vielleicht war es nie mehr als eine Möglichkeit gewesen.

Der Fahrstuhl blinkte ihn an. Die Tür öffnete sich.

»Sir?« rief die Empfangsdame hinter ihm.

Jenkins' Herz begann wie wild zu klopfen.

»Ein Telephonanruf«, sagte sie. »Wollen Sie ihn in der Suite annehmen?«

»Nein, lieber hier«, sagte Jenkins mit trockenem Mund. Er platschte zu einer Reihe Telephonkabinen und griff zu einem Hörer. »Du bist also angekommen«, sagte Lucys Stimme.

»Wo bist du?«

»Auf dem Flughafen.«

Himmel, dachte Jenkins. Nein. »Was machst du da?«

»Ich fliege zurück.«

»Zurück?«

»Nach China.«

Das Schweigen zwischen ihnen wurde so weit wie der Pazifik. »Warum?« fragte Jenkins schließlich heiser.

»Du weißt warum.« Weiteres Schweigen. »Du hast mir gezeigt, wie man es machen muß.«

»Nein.« In Jenkins stieg nackte Verzweiflung hoch. »Ich habe nichts dergleichen . . .«

»Du wolltest dich mit Halbheiten abfinden«, sagte sie. »Aber das konntest du nicht. Du hast es ganz getan, richtig gehandelt. Du hast mir . . . demonstriert, wie man es macht.« Sie lachte ein Lachen voller Schmerz. »Und jetzt muß ich tun, was richtig ist. Und richtig ist es zurückzukehren.«

»Lucy, um Himmels willen. Ich liebe dich.«

»Ich liebe dich auch.« Sie hörte sich erschöpft an. »Aber du hast mir gezeigt, daß es Dinge gibt, die wichtiger sind als Liebe.« Freiheit beispielsweise, dachte Jenkins. Aber Freiheit ist eine Idee, und Lucy ist eine Frau, Fleisch und Blut . . .

»Du kannst mich davon abhalten, wenn du willst«, sagte sie. »Du kannst mich aus der Maschine holen lassen. Aber ich vertraue auf dein Verständnis.«

Er hatte die *Glory of Saipan* und ihre Fracht von Chang fortgebracht – ungeachtet dessen, was Rachel zustoßen könnte. Er konnte sie verstehen. Aber das half nicht viel.

»Du könntest mir Glück wünschen«, sagte sie.

»Viel Glück.«

»Danke.«

Jenkins war sich sicher, daß sie weinte. »Lucy . . .«, sagte er.

»Der Flug wird aufgerufen«, sagte sie. »Leb wohl.«

Sie weinte, eindeutig.

Der Telephonhörer wurde aufgelegt.

Der Fahrstuhl wartete noch immer. Jenkins trat ein und ließ sich von ihm durch die Betonschichten hinauf und in die Zukunft tragen.